Bele Freudenberg

Im Feuer *der* Freiheit

Roman

Bookspot

1. Auflage 2017

Satz/Layout: Martina Stolzmann
Covergestaltung: Nele Schütz, München
Lektorat: Sarah-Janina Hannemann
Korrektorat: Thilo Fahrtmann

Druck: CPI – Clausen & Bosse, Leck
Made in Germany
ISBN 978-3-95669-090-7
www.bookspot.de

Prolog

Preußisch Eylau, 8. Februar 1807

Er sah den Einschlag nicht kommen. Spürte nur im ganzen Körper die Wucht, die fast seinen Verstand zerriss. Sein Pferd bäumte sich auf und er klammerte sich fest. Dann war es nachtdunkel, Schnee peitschte ihm aus öligen Pulverschwaden ins Gesicht.

Der Geruch von verbranntem Fleisch drang in seine Nase, noch bevor er die Körper sah. Vielleicht drei oder vier lagen im braunen Schnee, übereinandergeworfene Leiber, Arme, Beine.

Er fasste an seinen Arm, alles warm und nass, aber er empfand keinen Schmerz. Nur seine Herzschläge, die wie Artilleriesalven gegen seine Rippen prallten. Der Boden bebte erneut, diesmal sanft und bedrohlich. Hinter ihm sprengten französische Kürassiere heran wie eine gepanzerte Gewitterwolke. Er musste seine Schwadron den Hügel hinab hinter die Linien bringen, sonst waren sie verloren.

Sie standen am Abhang, er brauchte den Befehl nur zu geben. Aber er fand den Freund nicht. Sein Brauner beruhigte sich. Er wischte sich Ruß und Eis aus dem Gesicht. Fieberhaft suchte er die Gestalt, die er unter Hunderten Reitern hätte erkennen können.

Der Korporal schrie zu ihm herüber, dass sie hinab müssten. Dann entdeckte er ihn: Friedrichs Zug war abgeschnitten. Französische Dragoner drängten ihn weiter und weiter zurück. In die falsche Richtung, hin zu den vereisten Seen, die wie Todeskrater die Ebene säumten.

Im Gedränge legte ein feindlicher Reiter über den linken Arm an. Der Atem brannte in seiner Lunge. Nicht auf Offiziere. Sie zielen nicht auf Offiziere.

Sein Mann schrie zum zweiten Mal: »Herr Rittmeister, wir können nicht warten!«

Inmitten des Schlachtlärms hörte er den Schuss nicht, sah nur, wie der Schütze den Arm senkte. Friedrich sackte in sich zusammen, die Zügel schlaff in der Hand. Das Pferd jagte weiter. Einen Herzschlag später rutschte der Freund vom Sattel und stürzte auf die Eisfläche.

Das Tier spürte die Gefahr und galoppierte, seine Hufe durchstießen das Eis wie Dolche. Es strauchelte und brach ein. Die panischen Glieder verloren den Kampf gegen das Wasser in wenigen Augenblicken, die Mähne des Rappen versank.

Er konnte nicht schlucken, so stark hämmerte sein Herz in seiner Kehle.

In diesem Moment gab die verschneite Fläche unter dem Freund nach; nur noch dessen Oberkörper hing über der Bruchkante, die Hände gruben und griffen in Todesnot in den Schnee.

Sein Unteroffizier drängte zu ihm heran. »Herr Rittmeister, um der Liebe Gottes willen! Wenn wir jetzt nicht reiten –«

Er wendete sein Pferd und brüllte gegen den Wind und den Schnee zurück: »Reiten Sie, Korporal. Ihr Kommando! Reiten Sie, wir sehen uns unten am linken Flügel. Gott schütze Sie.«

Dann ritt er um Friedrichs und sein Leben, kreuzte die Linie der Kürassiere und erreichte die Einbruchstelle Augenblicke später. Die französischen Reiter verfolgten ihn nicht. Der weiße See war tödlicher als jeder Kavallerie-Säbel.

Kapitel 1

Hamburg, Januar 1813

Der Lexikon-Eintrag für »Beischlaf« war so kurz wie inhaltsleer und hätte Fanny fast das Leben gekostet.

Ein Geräusch fuhr ihr bis ins Mark; es klang, als wäre jemand draußen vor der Tür. Wie ein Stück heiße Kohle schubste sie den Band von Adelungs grammatisch-kritischem Wörterbuch ins Regal zurück. Sie hastete die Sprossen hinunter, die Leiter wackelte und beinahe hätte sie das Gleichgewicht verloren. Unten griff sie sich ein Alibi-Buch und lehnte sich mit klopfendem Herzen ans Bücherregal.

Niemand kam. Ihr Puls beruhigte sich. Wie albern! Vielleicht hatte sie eine Maus gehört oder Gesche, die unten im Kontor Stühle rückte. Und wenn wirklich jemand gekommen wäre, hätte er sich kaum über einen Lexikonband gewundert. Wer, außer ihr selbst und vielleicht noch Caroline, dachte beim Buchstaben ›B‹ an Beischlaf und nicht ebenso gut an Baroness oder Baldrian?

Das Wörterbuch war die ganze Aufregung sowieso nicht wert. Es sagte zum Thema Beischlaf nicht mehr als »die fleischliche Vermischung zweier Personen«. Was das hieß, schienen alle zu wissen, die es etwas anging. Sie nicht eingeschlossen.

Sie wischte sich ein paar Locken aus der Stirn und drehte das Buch um, das sie in der Schnelle gegriffen hatte. Es war eine Reisebeschreibung aus dem Kaukasus von einem Chevalier d'Avincourt. Wo lag der Kaukasus?

Sie ließ den Band auf den Regalvorsprung fallen. Winzige Staubflocken stiegen auf, die wie kleine Diamanten in den Sonnenstrahlen glitzerten. Gesche könnte hier auch mal wieder wischen, war ihr erster Gedanke. Dann entspannte sie sich bei dem Blick auf die flimmernde Luft vor ihren Augen. Unsinnig. Es war unsinnig und demütigend. Zwei erwachsene Frauen, die sich den

Kopf über das Mysterium der Reproduktion zerbrachen. Aber spannender als Handarbeit war es allemal und sie lebten schließlich in einer aufgeklärten Zeit. Es war ungerecht, dass ein großer Teil der guten Gesellschaft über so elementare Dinge nicht unterrichtet war.

Dieser Gedanke brachte sie zu dem Büchlein zurück, das sie beim Hereinkommen auf dem Tisch abgelegt hatte. Der Lederrücken war schon etwas abgegriffen, aber sie konnte den Titel noch gut lesen. *A Vindication of the rights of woman*, die »Verteidigung der Rechte der Frau«. Es war das letzte Geschenk ihrer Mutter gewesen und sie las darin, wann immer sie Zeit hatte. Leider stand auch dort nicht, wie Kinder gezeugt wurden.

Sie strich sich die Haare ordentlich hinter die Ohren, glättete ihr Kleid und ging von der Bibliothek durch den Salon ins Tee- und Frühstückszimmer. Sie stellte sich an das Fenster und wartete. Wann kam Caroline nur? Wenn sie etwas herausgefunden hatte, blieb ihnen nicht mehr viel Zeit.

Sie trommelte mit den Fingern gegen den Fensterrahmen und zählte die wenigen Passanten. Am Jungfernstieg gab es meist Kundschaft. Heute jedoch, bei Kälte und Schneeregen, wartete der Besitzer des Alsterpavillons vergeblich auf Gäste. Alle paar Minuten streckte er sein rotwangiges Gesicht in die Nässe, schüttelte den Kopf und verschwand wieder in sein leeres Kaffeehaus.

Die Linden auf der gegenüberliegenden Straßenseite starrten sie an wie Gerippe, die Äste ein Gewirr aus Bildern und Formen. Die Alster dahinter lag bleifarben und unbeweglich. Kein Boot, nicht eine Ente war zu sehen. Es war der trübste Winter in Hamburg, an den sie sich je erinnern konnte.

Als Gesche den Besuch meldete, zog Fanny die Freundin ins Zimmer. »Caro, ich warte schon eine halbe Stunde auf dich! Tibbs ist beim Onkel und liest ihm vor, aber wer weiß wie lange. Ihren Stickrahmen hat sie hier gelassen. Sie kommt also sicher wieder, wenn er eingeschlafen ist.«

»Mein Gott, du klingst, als sei Tibby eine Armenhausaufseherin. Sei nicht so undankbar, ich bitte dich.« Caroline lachte, legte ihr Handarbeitszeug auf die Chaiselongue und prüfte ihre akkurate Frisur im Spiegel über dem Kamin.

»Caro, du weißt, wie ich es meine. Spiel mir hier nicht die Tochter aus gutem Hause. Also, was hast du herausgefunden? Ich bin hilflos!« Fanny machte sich mit Appetit über die Besucher-Kekse her. »Unser Lexikon sagt gar nichts und einen Brockhaus will der Onkel nicht anschaffen. Gesche hat keine Ahnung. Ich fürchte, sie ist absichtlich falsch informiert worden. Meta hat sie neulich beim Abwasch beiseite genommen und ihr geraten, sie solle sich von allen Burschen fernhalten. Die wollten sie nur auf den Mund küssen und davon kämen junge Mädchen sofort in gute Hoffnung.«

»Was für ein Unfug!«

»Sie ist ja kaum fünfzehn und glaubt das Märchen. Sie meinte sogar, ich müsse mir Handküsse in Gesellschaft verbitten. Man könne ja nie wissen«, sagte Fanny.

Caroline lachte. »Ich habe mir Margarete beim Sortieren der Wäsche vorgenommen. Sie ist schließlich älter und ich bin mir sicher, sie weiß etwas. Du hättest ihren Blick sehen sollen«.

»Na, wunderbar! Erzähl, gleich kommt Tibbs wieder.«

»Du glaubst nicht, was es mich für eine Überwindung gekostet hat. Als sie endlich wusste, was ich wollte, war ich rot wie ein Schornstein. Sie hat sich geweigert, darüber zu reden. Mutter entließe sie auf der Stelle und mit Recht.«

»Typisch Margarete«, sagte Fanny.

»Es geht noch weiter. Nach einer langen Pause meinte sie, dass sie mich aus christlicher Nächstenliebe nicht ganz ahnungslos hineinlaufen lassen wolle. Pass auf: Der Schoß von Männern und Frauen sei unterschiedlich beschaffen, das sei mir sicher aufgefallen. Madame und Monsieur passten in dieser Region also aufeinander. Was auch immer das heißen soll. Mehr hat sie nicht erklärt. Wann soll mir das denn aufgefallen sein? Mit vier

Schwestern?« Caroline zog beide Augenbrauen nach oben und zuckte mit den Schultern.

»Na, herrlich. Da hätte sie lieber geschwiegen. Glaub nichts davon, Caro, die wollte sich wichtigmachen. Und ›aufeinander passen‹ ist das Blödeste, was ich je gehört habe.«

Caro nahm einen Keks in die schmalen Finger, aß ihn jedoch nicht.

»Ach, Fanny, wenn ich Miller nur heiraten könnte. Wenn er nur Offizier wäre! Vater will nur Bommel ...«

»Mein Gott, Bommel! Das mit Miller wird schon.«

»Fanny, ich sterbe, wenn ich als alte Jungfer am Elterntisch sitzen muss. Das Gespött der ganzen Nachbarschaft.«

»Oh, Caro! Das wirst du nicht. Weil ich es nicht erlaube. Willst du Miller immer sonntags in schneidiger Uniform mit einem anderen Mädchen am Arm sehen? Und Bommel drängt dich nach Hause, weil er seine Abhandlung über die Trinitätslehre noch nicht fertig hat?«

Caroline schüttelte den Kopf. »Ganz sicher nicht. Und du sollst auch niemals bei einem alten Pfeffersack enden.«

»Das ist die richtige Haltung!« Fanny nahm Caroline in die Arme und drückte sie. »Und weißt du was? Sollte das alles nichts sein mit Miller – und du weißt, dass ich mir das nicht wünsche –, aber sollte es nicht sein, dann könntest du immer noch hier bei mir wohnen. Wir würden ein Junggesellinnen-Haus gründen und jeden Abend Salon halten und die interessantesten Denker um uns versammeln!«

»Liest du wieder von dieser Frau?«

»Diese Frau heißt Mary Wollstonecraft und du weißt, dass ich sie immer lesen werde. Und danach leben, soweit meine Verhältnisse das zulassen.«

Carolines Haltung wurde augenblicklich weicher. »Aber, Liebes, wir haben doch darüber gesprochen. Ich bin für diese ganze männliche Bildung und all sowas gar nicht gemacht. Schau, ich kann mir ja kaum merken, wie meine Geschwister alle heißen.«

Fanny musste schmunzeln. Sie nahm sich eine Teetasse und schenkte für Caroline ein. »Das ist nichts, worauf eine Frau noch stolz sein sollte, Caro.«

»Nein, richtig. Du hast sicher recht.« Caroline strich ihr Kleid glatt und sah nicht in Fannys Richtung. »Miss Tibbs und der Onkel hoffen so sehr, dass du einen Mann findest und …«

Unsanft stellte Fanny die Tasse auf den Tisch. »Ich muss warten, bis ich volljährig bin, aber dann gründe ich einen eigenen Hausstand und tue, was ich will. Glaub mir, Caro, ich komme wunderbar alleine zurecht. Und jetzt lass uns über etwas anderes reden.«

Als Fanny sich mit finaler Geste noch einen Keks angelte, ging die Tür zum Teezimmer auf. Miss Tibbs, ihre Gouvernante, hatte den Griff zum Gebäck jedoch nicht bemerken können. Sie war damit beschäftigt, ihr Kleid aus der Türangel zu befreien und schimpfte dabei leise auf Englisch.

»Miss Tibbs!« Caroline stand auf und faltete artig die Hände vor dem Schoß. Fanny blieb sitzen, richtete aber auch für Miss Tibbs eine Teetasse her.

»Darf ich fragen, wie es dem Herrn Onkel geht? Fühlt er sich besser?«, fragte Caroline.

»Ja, my dear girls, es geht ihm etwas besser. Aber leider kein Grund zur echten Freude. Die Fieberanfälle kommen häufiger und er wird immer schwächlicher davon.«

»Schwächer«, sagte Fanny, obwohl sie sich das Korrigieren von Tibbys Deutsch abgewöhnen wollte.

»Schwächer, my love, das ist es, schwächer. Ich frage mich, warum er meine furchtbare Deutsch beim Vorlesen erträgt! Ich habe mich eine halbe Stunde mit dieser scheußliche *Monatsschrift für Commerz* abgequält. Nur schockierende Wörters, die nie ein lebendes Mensch gehört hat. Ich glaube, seine Humor ist noch trotz der Leiden so wach, er möchte mich vorführen mit dem Aussprechen.«

»Mit der Aussprache«, sagte Fanny.

»Oh, my doves. Was sollen wir nur tun?« Tibbys Stirn zog

sich zusammen und sah aus wie ein gefaltetes Spitzentaschentuch. Sie schaute zu Fanny herüber.

»Sei unbesorgt, Tibby, der Onkel wird sich erholen. Warte ab, wenn diese Franzosen verschwinden, dann geht es gleich dem Geschäft besser und damit ihm.«

»So ist es recht, mein Kind«, sagte ein ruhiger Bass. Alle drehten sich in die Richtung der dunklen Stimme. Miss Tibbs hatte wie immer die Tür nicht richtig geschlossen und der Hausherr stand mit Morgenrock bekleidet in der Flügeltür.

»Onkel!« Fanny stand auf. »Was für ein seltener Besuch hier bei uns im Weiberzimmer.«

Hermann Breedenbek lächelte und seine Augen bekamen einen jungenhaften Glanz.

»Meine verehrte Miss Tibbs, liebe Mädchen, wie ihr seht, bin ich ganz munter. Es ist genau wie Fanny sagt: Einige Wochen noch und ein Aufschwung des Handels. Dann bin ich wieder der Alte. Nur weg mit den Franzosen!«

Miss Tibbs Gesicht hellte sich augenblicklich auf. Fanny fragte sich, warum sie tagaus, tagein redete und beruhigte, während der Onkel ihre Gouvernante mit zwei hingeworfenen Sätzen in einen leuchtenden Christbaum verwandelte.

»Ich gehe ins Kontor. Fanny, sind die Burschen unten?«

»Ich habe sie beim Mittagessen zuletzt gesehen. Conradi hat ihnen für den Nachmittag aufgetragen, Quittungen zu sortieren.« Es amüsierte Fanny, an die langen Gesichter von Wilhelm und Karl zu denken. Die Lehrjungen sahen ihre Bestimmung in der Zeit von Franzosenbelagerung und ruchlosen Schmuggeleigeschäften offensichtlich nicht in der Erstellung einer Quittungskartei. Conradi schon.

»Ich bin unten und bringe Ordnung ins Chaos. Ich werde wohl den ganzen Abend daran sitzen, wundert euch nicht«, sagte Breedenbek.

»Aber das Hauskonzert bei Reinckes!«, rief Fanny zugleich mit Miss Tibbs und Caroline.

Breedenbek fand einen Faden, der aus dem Revers seines Morgenmantels hing, und nestelte daran herum. Er guckte wie ein schwänzender Schuljunge.

»Oh, Onkel! Sagen Sie nicht, Sie hätten schon wieder abgesagt«, sagte Fanny.

»Aber Fanny, ich habe doch zu arbeiten. Es sind liebe Mädchen, aber ich ertrage dieses Geplapper nicht. Ich schicke euch Johann mit der Kutsche mit, dann habt ihr allen Komfort.«

Als er schon halb auf dem Gang war, drehte er sich um. »Ach, Fanny, Liebes, heute Abend wird Georg von Alvesloh bei Reinckes sein. Ich erhielt eben ein Billett von ihm. Er ist wieder in der Stadt und will uns besuchen. Sei recht freundlich und sage ihm eine Verabredung Morgen zum Mittagessen zu. Meta soll für den Tag ein Stück Fleisch besorgen – und dazu auf keinen Fall Steckrüben, ich kann diese Knolle nicht mehr sehen. Adieu, mes dames!«

Als der Onkel fort war, sahen Caroline und Miss Tibbs sie an.

»Alvesloh?«, fragte Caroline. »Der Bruder eurer Lehrjungen?«

Fanny atmete das heißkalte Gefühl weg, das ihr bei dem Namen durch den Bauch fuhr. »Ja. Viel älter allerdings. Früher, bevor er das Gut seines Vaters übernahm, hat er einmal einige Wochen hier verbracht. Aber wir haben ihn hier ewig nicht mehr gesehen. Ein sehr verschlossener und strenger Mann. Langeweile pur, wenn du mich fragst.« Fanny zuckte mit den Schultern und mied die Blicke der anderen.

»Good grief, Fanny! That's so typical of you. Er ist ein sehr ehrbarer, wenn auch ernster Mensch, Caroline. Zu mir außerordentlich aufmerksam. Und er hat so freundlich und offen mit Fanny gesprochen. Fast ein Wunder, wenn man bedenkt, dass sie damals kaum mehr als ein Kind war.«

Miss Tibbs schüttelte den Kopf in Fannys Richtung. »Ich weiß nicht, was an ihm so plötzlich deine Missfallen erregen konnte. Young girls! Wie sagt ihr? Kapriziös. Er hat viel für deinen Onkel getan und vice versa. Sie sind sehr feste Freunde.«

»Trotzdem mag ich ihn nicht besonders. Warum sollte ich auch? Nur weil er ein alter Freund des Onkels ist?«, sagte Fanny.

Miss Tibbs funkelte mit ihren Gouvernanten-Äugelchen. »Oh, poor me! Ich habe in deine Erziehung alles falsch gemacht. Deine arme Mutter selig, die mir dich kleines Waise anvertraut hat. Was muss ich sehen an Ungestüm! Wie sollen wir nur je einen Mann finden, der deine Launen erträgt?«

Fanny schaute zur Decke und ließ es verzweifelt aussehen. »Tibby, bitte nicht!«

»Du sollst nicht immer diese Sache mit deinen Augen machen, es ist nicht ladylike und hat etwas höchst Unschickliches.«

»Ich mache dir einen Vorschlag», sagte Fanny. »Ich bin heute Abend höflich zu Monsieur von Alvesloh. Du versprichst mir im Gegenzug: keine aufdringlichen Blicke und kein Geflüster, wenn irgendein unverheirateter Stutzer im Raum ist. Sonst fange ich an, für dich zu suchen.«

Miss Tibbs schnappte nach Luft und Caroline sprang auf, bevor Tibby sich auch noch über Fannys Unerzogenheit beschweren konnte.

»Verehrtes Fräulein, liebe Fanny! Ich mache mich jetzt auf den Weg. Wir sehen uns nachher bei dem Konzert. Ich freue mich. Es kann ja nur jedes Jahr besser werden.« Caroline lächelte so gequält, als hätte man ihr kandierte Froschbeine angeboten.

Fanny brachte die Freundin zur Tür. Unten am Treppenabsatz hielt Caroline an. »Fanny, du darfst nicht so zu Miss Tibbs sein. Sie fühlt die ganze Verantwortung deiner Erziehung auf ihren Schultern. Natürlich wäre ihr wohler, wenn sie dich in guten Händen wüsste.«

Fanny seufzte. »Hast du einmal darüber nachgedacht, wo Tibby bliebe, wenn ich mich mit dem erstbesten Kaufmann einließe? Meinst du, der würde eine alte Gouvernante durchfüttern – in diesen Zeiten? Warte kurz.« Sie rief nach Gesche. »Besser ist es, wie es ist und wir bleiben ungestört von Veränderungen.«

»Weißt du, Fanny, manchmal habe ich den Eindruck, du möchtest dich nur auf keinen Fall irgendwem unterordnen müssen und ...«

»Mademoiselle hatte nach mir gerufen?« Gesche trocknete sich die Hände an ihrer Schürze ab.

Fanny war froh über die Unterbrechung, denn sie diskutierte dieses Thema nicht gerne. »Gesche, sei so gut und begleite Mademoiselle Petersen nach Hause. Komm danach gleich zu mir hinauf. Du musst mir bei der Abendtoilette helfen, heute ist das Konzert bei Reinckes. Dieses Struppzeug«, sie griff in ihre Locken, »muss irgendwie manierlich werden.«

Das Gesicht der Magd hellte sich auf. »Das mach ich gerne, nur, ich bin gerade beim Abtrocknen mit Meta. Die wird sich nich' freuen, wenn ich verschwinde.«

»Das erkläre ich ihr, mach dir keine Sorgen, Mädchen. Und nun, husch, beeilt euch.«

Fanny sagte unten in der Küche Bescheid. Auf ihrem Weg nach oben schaute sie auf halber Treppe durch das Glasfenster in die Kontorräume. Im hinteren Teil des langgestreckten Raumes standen ihr Onkel, sein Partner Conradi und die beiden Jungen an ihren hölzernen Pulten. Breedenbek hieß die Burschen mit einer Handbewegung zu sich kommen. Sie stellten sich an beiden Seiten neben ihm auf und er zeigte auf die Bücher vor ihm. Karl holte ein Blatt von seinem Platz und Wilhelm schien den Onkel etwas zu fragen. Karl legte das Papier vor das Grüppchen auf das Kontorbuch. Der Onkel nahm die Feder, tauchte sie in das Tintenfässchen vor ihnen und kratzte mit einem zufriedenen Lächeln etwas vor Wilhelms Nase nieder. Fanny ließ ihre angespannten Schultern nach unten sacken und atmete tief durch. Der Onkel würde gesund werden, wenn er nur seine Arbeit hatte.

Sie hob ihre Röcke leicht an, stieg die weißgestrichene Holztreppe zu ihrem Zimmer hinauf und plante geistig die Garderobe für den Abend. Schon lange hatte sie keine Soirée mehr in großer

Gesellschaft verbracht. Kam Monsieur von Alvesloh wirklich? Ein unangenehmes Gefühl machte sich wieder in ihrem Inneren breit. Sie legte die Hand schützend unter die Brust und schüttelte den Kopf. Es kam gar nicht in Frage, dass er sie durcheinanderbrachte. Sie war erwachsen und wusste, was sie wollte. Weder würde sie sich für den Abend besonders zurechtmachen, noch gab es irgendeinen Grund, nicht erhobenen Hauptes den Freund ihres Onkels zu begrüßen.

Kapitel 2

»Warum bist du gekommen nach so langer Zeit?«

»Zum Teetrinken und Plaudern. Zu was sonst?« Georg von Alvesloh klemmte sich in ein Sesselchen und streckte die Beine aus, damit er ein bisschen mehr Raum hatte.

Madame Francke, die ihm gegenübersaß, rief zur Tür heraus nach ihrer Magd. »Alvesloh, rede, wenn du partout zum Reden gekommen bist. Hättest dich trotzdem anmelden können, dann hätte ich mir Zeit für dich genommen.«

»Kommt noch einträglicher Besuch? Dann räume ich meinen Platz sofort.«

Ein Lack-Fächer à la chinoise klapste auf seinen Arm. Im selben Moment ging die Tür auf und ein mausgesichtiges Mädchen mit zu großer Rüschenhaube steckte den Kopf herein. »Wünschen Madame etwas? Tee und Gebäck?«

»Nein, danke, Josephine, ich habe es mir anders überlegt. Du kannst wieder gehen.«

»Beleidigt, Polly?«, fragte er.

»Alvesloh, heirate ein Kaufmannstöchterchen, an dem du deine Frechheiten auslassen kannst. Sonst wirst du alt und schrullig.«

»Wer sich mit deinem Geschlecht einlässt, dem nützt jedes Jahr an Lebenserfahrung.« Er zog sich die Lederhandschuhe aus und stupste sie in die Schulter. »Guck nicht so, das macht Falten. Ich freue mich, dich zu sehen. Du siehst gut aus.«

Was man von Pollys Wohnstätte nicht sagen konnte: Samtrote Vorhänge verdunkelten das Zimmer mehr als nötig. Es roch abgestanden, nach Liebesfreuden und Lavendelöl. Weit geöffnete Flügeltüren zum Schlafzimmer bündelten die Blicke auf das Bett wie auf einen Altar. Die dunkelgrünen Kassetten der Wandverkleidung waren über und über mit Pfauen und kleinen Singvögeln bemalt, die mit ihren vergilbten Äuglein frivol herüber blinzelten. Alvesloh kannte das alles, aber es stieß ihn ab und er hätte Polly gerne hier herausgeholt.

»Hier hat sich nichts, aber auch gar nichts verändert«, sagte er.

Polly verdrehte die Augen. »Warum nur glaubt alle Welt, ich leide? Ich lebe so unabhängig und angenehm wie du – mit unbedeutenden Einschränkungen ...«

»... wie zum Beispiel der Abhängigkeit vom Geld deiner Gönner?«

»... wie zum Beispiel meinem Mangel an Brüsseler Spitze, seit mon cher Philippe zurück nach Belgien beordert wurde.«

»Man spricht mehr über dich als dir recht sein kann. Aber deswegen bin ich nicht hier. Was nicht heißt, dass du nicht in einer ehrbaren Verbindung besser aufgehoben wärst. Und wenn ich dich zwingen könnte, hätte ich es lange getan. Ich kenne meine Grenzen.«

»Mein Leben ist kultiviert und erfreut sowohl mich als auch die Herren, die hier einkehren. Doppelt so viele Menschen als in der durchschnittlichen Ehe glücklich werden, würde ich sagen. Außerdem: Über Schauspielerinnen sprechen die Leute immer, die einen mit Abscheu, die anderen mit Bewunderung. In das Theater gehen sie doch alle.« Polly machte eine wegwerfende Handbewegung. »Nein, nein, die Frage ist eine andere: Betrifft mich die Meinung eines Salonfräuleins?« Sie wartete keine Antwort ab. »Sie tut es nicht.«

Polly verzog ihre Lippen zu einem unversöhnlichen Strich. Mit den Handflächen glättete sie ihr Chemisenkleid. Alvesloh fragte sich, wo sie einen so feinen Stoff in dieser Zeit herbekommen hatte. Natürlich, dachte er: Die Gönner.

»Sei froh, dass ich nicht gekommen bin, um mit dir zu streiten. Du mit deinem Dickkopf! Aber zu etwas anderem: Mit wie vielen französischen Offizieren«, Alvesloh räusperte sich, »verkehrst du zur Zeit?«

»Und ich dachte, so etwas wie Zuneigung hätte dich hergeführt.« Sie schwieg kurz. »Seit deinem letzten Brief sind zwei Monate vergangen. Ist sie gesund? Macht sie sich? Es sind so grässliche Fieber rumgegangen in letzter Zeit.«

Ihr Blick hatte plötzlich etwas Unsicheres, das gar nicht zu ihr passte, und Alvesloh fühlte sich wie ein Schurke. Er beugte sich vor und strich Polly sanft über die Schulter. »Entschuldige, ich benehme mich wie ein Esel. Jette geht es wunderbar. Sie ist gesund und kräftig, schon fast so groß«, er zeigte mit dem Arm knapp unter seine Brust, »im Stehen natürlich«.

Polly lachte.

»Wilhelmine platzt jedes Mal vor stolz, wenn ich sie nach Jette frage. Daher kann ich dir berichten, dass sie in der Lage ist«, er zählte an den Fingern ab, »selbstständig eine tadellose Fischsülze zuzubereiten, die Ferse am Strumpf zu meistern und ein Bronchientonikum zu kochen, das sogar vor meiner Großmutter Gnade gefunden hat. Letzteres will etwas heißen, wie du weißt.« Er drückte ihren Arm. »Es geht ihr so gut, wie es einem Kind nur gehen kann.«

»Danke, Georg. Es bedeutet mir viel«, sagte Polly leise, dann setzte sie sich geschäftig auf und faltete die Hände im Schoß. »Dann hast du dir wohl auch deine Neuigkeiten verdient. Namen nenne ich dir nicht, aber soviel: Ich weiß besser über die Verhältnisse Bescheid als unser Munizipalrat in seinen besten

Stunden. Und die Lage ist schlecht. Mehr Sterben und Elend als auf dem Rückzugsweg von Moskau hat die Welt noch nicht gesehen. Russland ist öd und leer, die Bauern haben das Land niedergebrannt, alles ist ausgestorben. Die Wege waren frei, aber was nützte das den Soldaten, bei zwanzig Grad Kälte, Nervenfieber und Verletzungen?«

Alvesloh schwieg; zu seinem Missvergnügen war er nicht überrascht.

»Die französischen Offiziere haben mehr Angst vor den Hamburgern als den Bürgern bewusst ist. Und dieser frisch eingetroffene General, ich habe seinen Namen vergessen ...«

»Lauriston«, sagte Alvesloh.

»... Lauriston soll Befehl haben, den größten Teil der Besatzung nach Magdeburg abzuziehen. Angeblich, um ein größeres Heer zu sammeln.« Sie senkte die Stimme. »Du siehst, es gibt Einiges, vor dem die Franzosen sich ängstigen sollten. D'Aubignoscs Spitzel beäugen den Kreis um Buchhändler Perthes. Ihr seid doch gut bekannt? Sie fürchten einen Aufstand.«

Er schwieg weiter. Was sollte er auch sagen? Der Schlamassel war groß, größer als ihm lieb war.

»So ist die Lage, Alvesloh, bist du zufrieden mit mir?« Sie lächelte. Das machte sie noch schöner, denn es betonte die Grübchen in ihren Wangen. Im Spott zog sie die makellosen Augenbrauen hoch. Polly würde noch lange die Phantasie der Männerwelt anregen und das wusste sie.

»Zufrieden bin ich erst, wenn die Franzosen sich ihr Weißbrot wieder an der Seine backen. Euer Theater konserviert eine Welt, die aufgehört hat zu existieren. Hamburg wird nicht mehr lange schweigen«, sagte Alvesloh.

Polly stand auf und schlenderte zu ihrem Schminktisch. »Warum bist du hier? Man bekommt dich doch sonst nicht zu Gesicht. Braucht das Gut dich nicht?«

Als sie sich zu ihm umdrehte und ihn anschaute, wusste er,

warum Polly immer wieder die Informationen bekam, die sie wollte.

»Mit dem neuen Verwalter geht es auch eine Weile ohne mich. Er würde dir übrigens gefallen – er ist auch ein Freund der abrupten Gesprächsführung. Zu deiner ersten Frage: Auf Liebenau ist alles in schönster Ordnung. Aber ich brauche die Bibliotheken der Stadt. Kennst du die Idee der ›Ornamented Farm‹? Wenn du dich dafür interessierst, könnte ich dir den Gedanken kurz referieren.«

Er duckte sich. Der Fächer flog um Haaresbreite an seinem Kopf vorbei und hinterließ eine Schramme in der hölzernen Verkleidung der Schlafzimmerwand. Einem Papagei fehlte nun der halbe Schnabel. Er musste lachen.

»Nicht? Nun, jedenfalls bin ich bei uns auf dem Land mit meiner und der mageren Bibliothek des Pfarrers heillos verloren.«

Polly drehte ein Rougetöpfchen auf, schraubte es wieder zu und kramte in der Schublade nach etwas. Sie schien mit seinen Antworten ganz und gar nicht zufrieden und das amüsierte ihn.

»Also sind es nur eigennützige Dinge, die dich diesen Winter in Hamburg halten?«, fragte sie.

»Natürlich. Und dir sehe ich an deiner Nase an, dass du mir nicht ein Wort glaubst. Was für ein Raubkatzenblick.«

»Meine Neugier kam dir eben noch gut zupass.« Sie setzte hinzu: »Alvesloh, Geheimhaltung kann ich.«

Er seufzte. »Es geht um Breedenbek. Seine anhaltende Krankheit spricht sich herum. Außer dir ist er vielleicht der Einzige gewesen, der mich in meinem Selbstmitleid ertragen hat. Aber das Gut, die Arbeit. Sei es, wie es sei, jetzt braucht er meine Hilfe. Vor allem mit dem Kontor.«

»Gut, gut, Monsieur, das klingt nach Langeweile. Wenn du ein ganzes Handelshaus retten willst, hast du viel vor dieses Frühjahr.« Sie fand eine kleine Brosche und drehte sie vor ihrem Gesicht hin und her, so dass die silbrige Oberfläche aufleuchtete und wieder dunkel wurde. Plötzlich hielt sie inne und hakte ihren Blick in seinem fest. »Und wenn du Hamburg gleich mit retten willst, dann noch viel mehr. Pack es besser gleich an, ich erwarte Besuch. Und dem ist tatsächlich an Diskretion gelegen.«

Polly steckte sich die Brosche auf ihrem voluminösen Haarschopf fest und stellte sich mit verschränkten Armen neben die Tür.

Alvesloh stand auf, beeilte sich aber nicht. »Glaub nicht, ma chère, es gäbe nicht noch andere schöne Frauen, denen ich heute meine Aufwartung machen müsste.«

Er schlenderte zum Spiegel und richtete sich halbherzig die Halsbinde. Ohne Christ, seinen Leibdiener, erinnerte das Ergebnis nicht mehr sehr an den Wasserfall-Knoten des Morgens.

»Ach«, sagte Polly, »du meinst doch nicht etwa die kleine Breedenbek?«

»Nein, Fanny ist noch ein halbes Kind. Ich rede vom Hauskonzert bei Reinckes. Äußerst elegant, die Töchter. Leider haben sie sich in den Kopf gesetzt, Musik zu machen. Ein Vorgeschmack auf den tiefsten Höllenkreis. Warum das in diesen Tagen überhaupt erlaubt ist, weiß ich nicht.« Er packte seine Sachen und ging zur Tür.

»Es hat mich gefreut, dich wiederzusehen, Polly.« Er küsste ihr erst die Hand und dann die Wange und zog mit einem »Adieu und auf bald!« die Tür hinter sich zu.

Alvesloh ging mit seinem Spazierstock durch die schneefeuchte Luft zur Börsenhalle. Es dämmerte, aber er konnte die Wolken noch erkennen. Er sog die kalte Luft ein, denn ihm graute vor den verrauchten Clubräumen der Börse. Maltzahn, mit dem er sich treffen wollte, fühlte sich hingegen erst ab einer fingerdicken gelben Schicht auf der Tapete so richtig wohl.

Alvesloh griff an seine Kehle. Die Halsbinde saß nicht besser, wenn er weiter an ihr herumfingerte. Er hätte sie am liebsten abgenommen, doch schon der Gedanke glich einer Majestätsbeleidigung. Vor seinem geistigen Auge erschien sein Diener mit zusammengekniffenen Lippen. Häuslicher Friede war in diesen Tagen wertvoller denn je und mit Christ, Alveslohs Diener, war nicht zu spaßen. Vor allem nicht bei Krawatten.

Die Nacht brach herein und einsame Schneeflocken taumelten durch die Luft. An den Straßenecken standen französische Patrouillen und beäugten das Treiben der Bürger. Zuweilen durchsuchten die dick vermummten Soldaten eine Kiepe auf Schmuggelgut, fanden aber nichts. Es schienen weniger Männer zu sein als noch bei seiner Ankunft. Vielleicht hatte Lauriston schon mit dem Truppenabzug begonnen.

Unbemerkt von den Augen der Franzosen bewegten sich ausgemergelte Figuren im Dunkel der Häuserschatten. Sie vermieden es, auch nur in die Nähe eines französischen Gendarmen zu geraten. Aufstand? Wie sollten diese armen Gestalten Bürgerstolz entwickeln, wo sie in ihren feuchten Kellerlöchern um das Überleben ihrer Kinder kämpften? In den Beuteln dieser huschenden Schatten war wohl eher etwas für die Zollbeamten.

Eine dünne Flockenschicht bedeckte den Boden, nur an wenigen Stellen konnte er das Pflaster noch erkennen. Alvesloh atmete in einem Stoß aus. Er hasste Schnee. Weiße, erbarmungslose Kälte. Sobald er nachts seine Augen schloss, verlor sie ihre Jungfräulichkeit. Blutstropfen fraßen sich in das Weiß, warmes Blut färbte alles, bis er aufwachte und schweißnass dalag. Er riss sich zusammen und scheuchte die Schatten fort.

Diese Stadt war kein Schlachtfeld und er war nicht gekommen, um zu kämpfen. Das alles war lange her. Und doch: Napoleons Griff lag um Europa wie eine Daumenschraube. Immer noch. Hamburg war nicht mehr die Stadt, die er kannte. Eher eine Festung unter drohendem Beschuss. Zum Teufel mit dieser Besatzung! Auf seinem Gut in Holstein war es so friedlich gewesen. Er zerrte an der Krawatte, die ihm unangenehm die Luft abschnitt. Christ hin oder her.

Kapitel 3

Nach kurzer Fahrt brachte Johann den Einspänner vor Reinckes Tür zum Stehen. Als Fanny ausstieg, lag ein klebriger Nebel über allen Umrissen. Es war so feuchtkalt, dass sie förmlich spüren konnte, wie ihre Locken sich kräuselten. Sie klammerte sich an ihren Muff und ging auf das hell erleuchtete Haus zu. Mit den strahlenden Fenstern erinnerte es sie an den Adventskalender ihrer englischen Kinderfrau. Jedes Jahr hatten sie ihn mit kleinen Talglichtern hinter den Bildchen zum Leuchten gebracht und einmal hatte Fanny sich vor lauter Neugier die wilden Locken an einem der Lichter versengt.

Als Fanny in die Wohnräume kam, war es noch festlicher als sie erwartet hatte. Die meisten Kerzen reflektierten sich in Spiegeln und der warme Schein tauchte die Tapeten in ein goldenes Licht. Nicht so eine Feier, gottlob, auf der sie ihr abgestelltes Glas nicht wiederfand. Oder schlimmer noch, wo sie nicht wusste, was sie trank, weil es so dunkel war.

Fanny ging zu einem der Spiegel und schaute sich aus dem Augenwinkel so an, dass es niemand bemerkte. Sie hatte sich beileibe nicht so ausstaffiert, wie es für einen solchen Anlass üblich gewesen wäre. Mary Wollstonecraft geißelte in ihrem Buch immer wieder die Putzsucht junger Mädchen und Frauen.

Wer sollte Frauen auch ernstnehmen, wenn sie nur ihre Garderobe im Kopf hatten? Und doch: Ihr eisblaues Seidenkleid hob sich vornehm gegen ihre dunkelbraunen Haare ab. Der tiefe Ausschnitt war so à la mode, dass sie sich auch in Paris nicht hätte schämen müssen, – oder jedenfalls hoffte sie das. Wenn Miss Wollstonecraft sie gesehen hätte, dann wäre ihr Aufzug hoffentlich unter schlichte Eleganz durchgegangen und das stand jeder Frau gut zu Gesicht.

Leider war es ihr nicht gelungen, die Stelle aus Livius' *Ab urbe condita* zu Ende zu übersetzen, die sie sich für heute vorgenommen hatte. Miss Wollstonecraft forderte mit Recht auch für Frauen die Lektüre des klassischen männlichen Bildungskanons. Ansonsten hatte sie trotz ihrer inneren Unruhe alles so verrichtet wie immer.

Ein bisschen stolz war sie auf die Borte mit griechischen Mäandern an Brust und Saum, die sie in tagelanger Sklavenarbeit mit Caroline selbst hergestellt hatte. Sie warf einen letzten Blick in den Spiegel und versuchte, einige Locken in Position zu bringen, ließ es aber bald, weil die dummen Dinger immer wieder aus ihrem Knoten sprangen.

Miss Tibbs war bereits bei Caroline und deren Mutter angekommen und drängte die beiden in einen schummrigen Winkel am Ende der Fensterfront. Ihre Gouvernante lebte in ständiger Angst, sie könnte als Engländerin enttarnt werden. Tibby schwieg mit einem Schlag, als ein Franzose sich auf drei Meter ihrer Nische näherte. Fanny trat zu den Dreien und knickste vor Carolines Mutter, Madame Petersen.

»Tibby, wenn du so weitermachst, sehen wir wirklich verdächtig aus. Dort hinten stehen die Reincke-Mädchen. Darf ich Caro entführen und dich hier bei Madame lassen?«

Miss Tibbs wedelte sie mit einer Handbewegung fort und flüsterte zeitgleich Frau Petersen einen Schwall ihrer Sorgen und Nöte zu. Die gutmütige Matrone erkannte ihren Einsatz und nickte mitfühlend.

Fanny ging mit Caroline an den aufgestellten Stuhlreihen vorbei in den hinteren Teil des Salons. Die großen Flügeltüren zum Treppenhaus standen noch offen, doch in den letzten Minuten war niemand mehr hereingekommen. Die Gäste schienen vollzählig.

Sie wischte ihre feuchten Hände an ihrem Kleid ab. Möglicherweise kam der Angekündigte gar nicht und die ganze Aufregung war überflüssig. Als hätte sie es mit ihren Gedanken heraufbeschworen, erschienen in diesem Moment zwei neue Gäste auf dem

Treppenabsatz. Einer davon war der Freund ihres Onkels: Georg von Alvesloh. Er verstaute einen Brief in seiner Westentasche und sah nicht auf, so dass Fanny ihn einige Herzschläge lang mustern konnte. Er wirkte härter, kantiger als sie ihn in Erinnerung hatte. Bevor er über die Menge schauen konnte, wandte sie den Kopf ab.

»Flaschengrün hätte es aber nicht sein müssen, oder?«, flüsterte Caroline. »Und dann auch noch beide. Es macht sie entsetzlich fahl.«

Fanny verstand erst nach einem Augenblick, dass Caroline über die Reincke-Schwestern redete und nicht über die Hereintretenden.

»Ja, wobei ich mir nicht sicher bin, ob es am Kleid liegt oder am bevorstehenden Konzert«, sagte Fanny.

»Sieh mal, das muss doch Monsieur von Alvesloh sein. Sehr elegant!«

»Elegant und finster.«

»Du hast gar nicht erzählt, dass er so groß und kräftig ist«, sagte Caroline.

Fanny erwiderte nichts. Sie hatten die beiden Schwestern erreicht.

»Fanny, Caro! Wie schön, euch zu sehen.« Katharina nahm einem vorbeigehenden Diener in Livree zwei Limonadengläser ab und reichte sie ihnen. »Und was für ein schöner Anlass.«

»Habt ihr viel geübt?« Fanny bemühte sich, nicht zu hoffnungsvoll zu klingen.

»Aber ja! Ich bin schrecklich aufgeregt. Es sind so viele Musikkenner gekommen! Nur Sophie kümmern weder die Darbietung noch meine Gefühle. Hartleibig wie immer. Du bist ein unnatürliches Kind, Schwester.«

Sophie grinste nur und wies auf die Gruppe von Herren.

»Sieh mal, Katharina, da sind sie!« Sophie sagte das in einem Ton, als würde sie ihrer Schwester mit Genuss eine pelzige Spinne ins Bett setzen. Sie wies auf Monsieur von Maltzahn und Monsieur von Alvesloh.

Katharinas Augen weiteten sich. Ihr Gesicht war schon vorher blass gewesen, aber jetzt war es aschfahl und das Glas zitterte in ihrer Hand. Offensichtlich war Fanny nicht die Einzige, die mit Anspannung die Ankunft dieser Männer erwartete.

»Was ist denn mit euch los?«, fragte sie.

»Es tut mir leid«, sagte Katharina mit zittriger Stimme. »Du weißt, ich bin niemand, der tratscht, aber ...« Katharina brach ab, schaute erst Fanny an, dann Sophie, dann ihre Füße.

»Meine liebste Schwester hat in ihrer unnachahmlichen Weise unsere Eltern belauscht –«

»Es war ein Versehen!«, rief Katharina.

Fanny kribbelte ein ungutes Gefühl bis in die Fingerspitzen.

»Gelauscht hast du trotzdem«, sagte Sophie.

»Ist jemand so nett, uns aufzuklären?«, fragte Fanny.

Sophie beugte sich mit ihrem Glas in der Hand zu ihr vor und sagte betont langsam: »Man sagt, er sei ein – Mörder!«

Fanny war einen Moment lang so verdutzt, dass sie nicht reagierte. Caroline schlug sich die Hand vor den Mund und unterdrückte einen Schrei.

Katharina fasste Fannys Arm und drückte fest zu. »Du musst mir verzeihen, Fanny, es sind sicher nur Gerüchte und ich hatte nicht die Absicht, zu lauschen. Wir wollen nichts unterstellen! Mutter hatte eine Meinungsverschiedenheit mit unserem Vater, als es um die Gästeliste ging. Sie meinte«, Katharina flüsterte jetzt fast, »dass ein Mann, der imstande sei, seinen Freund zu töten, nicht in ihren Räumen Gast sein könne. Aber Vater hat sich durchgesetzt. Er sagte, dass alles um Monsieur von Alvesloh nur Gerüchte seien und er dem Wort eines Ehrenmannes Glauben schenke. Außerdem, so sagte er, habe Alvesloh freiwillig seinen Abschied aus der Armee genommen. Er ist also nicht unehrenhaft entlassen worden. Und das muss ja schließlich heißen, dass an den Gerüchten nichts dran ist. Oder?«

Fanny antwortete nicht. Den besten Freund getötet? Unehrenhaft entlassen? Woher wollte Katharinas Mutter solche Dinge wissen?

Alvesloh hatte sich mit einer Kriegsverletzung bei ihnen erholt, nachdem er – freiwillig – seinen Abschied genommen hatte. Jedenfalls hatte man ihr das erzählt. Danach war er für Jahre auf sein Gut in Holstein verschwunden. Bis heute. Sein bester Freund war bei den Kämpfen damals ums Leben gekommen, das wusste sie. Sonst hatte sie nichts gefragt. Der Herzschlag pochte in Fannys Hals. Im Hintergrund klirrten die Gläser unnatürlich laut, jemand schloss mit einem Ruck die Flügeltür zum Treppenhaus. Drei Augenpaare guckten sie an, keiner sagte ein Wort. Sie riss sich zusammen und sandte einen Blick in Sophies Richtung, der dem Mädchen hoffentlich Alpträume bescherte.

»Die ganze Geschichte ist Unsinn. Mehr Kommentar braucht es da nicht«, sagte Fanny kurz.

Sie schwiegen alle, ein unangenehmes und aufgeladenes Schweigen. Die Stille dehnte sich und endlich stöhnte Fanny auf. »Katharina, bitte! Du musst dir keine Sorgen machen. Der Freund meines Onkels ist so wenig ein Mörder wie du eine begnadete Sopranistin bist.« Fanny biss sich auf die Lippen. »Verzeih bitte, das sollte ein Witz sein.«

Katharina lachte unsicher und wedelte mit der Hand. »Verziehen. Ich bin nur aufgeregt. Und dann noch in einem Raum mit einem Mör- nein, Schluss. Ich habe ganz andere Sorgen, da hast du recht.« Sie schaute mit einem ängstlichen Blick zu der kleinen Bühne neben ihnen. »Ich meine nur, ich würde mich nicht trauen, mit ihm zu reden.«

»Ich fänd's aufregend«, sagte Sophie. »Wenn er fähig ist, seinen Freund zu töten, dann müssten wir ihm doch etwas Böses anmerken, oder?«

»Sophie, von wem hast du deine Frechheit eigentlich? Deine Schwester ist doch ein ganz ordentlicher Mensch geworden«, sagte Fanny. Es tat ihr gut, Sophie ein bisschen zu beschimpfen. Verdient hatte sie es für ihre Impertinenz sowieso und es lenkte sie von den Ungeheuerlichkeiten ab, die im Raum standen.

Sophie verschränkte die Arme vor dem Körper und schnaubte.

»Lasst uns bitte nicht streiten«, sagte Caroline mit erhobenen Händen und gehetztem Gesichtsausdruck. »Tu mir nur einen Gefallen, Sophie, und das meine ich ernst: Komm nicht auf die Idee, dich vorzustellen. Ich lasse dich hier allein stehen, falls du uns alle in Verlegenheit bringst.« So streng wie jetzt schaute Caroline eigentlich nur, wenn es um Mary Wollstonecraft und Fannys angestrebten Junggesellinnen-Haushalt ging.

Fanny drehte sich vom Raum weg und ihren Freundinnen zu. »Sophie, dir stände Zurückhaltung wirklich gut. Aber wenn mich nicht alles täuscht, werden wir auch ohne dein Zutun in den Genuss männlicher Gesellschaft kommen. Glaubt nicht, vier unverheiratete Mädchen müssten lange auf die Aufmerksamkeit von älteren Herren warten.«

Ihre Freundinnen starrten wie eingefroren an ihr vorbei. Hatte sie zu laut gesprochen?

»Mesdemoiselles, in der Tat!«, sagte eine angenehme Stimme direkt hinter ihr. »Es wäre ganz unverzeihlich, so bezaubernde Damen wie Sie lange ohne Zerstreuung zu lassen. Wenn Sie mit unserer ältlichen Gesellschaft trotz aller Bedenken vorlieb nehmen mögen? Erlauben Sie mir, mich in Erinnerung zu bringen: Johann Leopold von Maltzahn«, er verbeugte sich tief, »und dies ist mein Freund, Georg von Alvesloh.«

»Ihr Diener«, sagte von Alvesloh und neigte kurz und ruckartig den Oberkörper zum Gruß. Sein Blick ruhte auf ihr, während die Mädchen sich vorstellten. Danach entstand eine Pause, die Monsieur von Maltzahn mit seinem Lächeln niederzuringen versuchte.

Fannys Arme kribbelten, ihr Mund war trocken wie Scheuersand.

Katharina sah aus, als würde sie einen Sprung aus dem Fenster in Erwägung ziehen. Carolines Gemütszustand schien nicht besser, sie war in eine Art Schockstarre verfallen. Nur Sophie wirkte verstörend munter; immerhin war sie klug und schwieg.

Endlich stellte Monsieur von Maltzahn fest, dass die Limonadengläser der Damen leer waren und Fanny war unendlich dankbar, dass überhaupt jemand sprach. Mit großer Liebenswürdigkeit bot Maltzahn an, die Gläser aufzufüllen, aber Alvesloh mischte sich ein. »Lass mich das machen, dann fühle ich mich nützlich – trotz meines Alters«, schob er lächelnd hinterher, als er Fanny passierte.

Alvesloh schlenderte an den Grüppchen der Gäste entlang und hielt auf den Tisch mit den Getränken zu. Er hatte sich daran gewöhnt, dass ihn seine Vergangenheit von Zeit zu Zeit einholte. Die panischen Gesichter der jungen Frauen waren allerdings ein erster Tiefpunkt des Abends. Wenn Maltzahn recht hatte, dann würde nur das kommende Konzert diese Erfahrung noch in den Schatten stellen. In diesem Reigen von Unannehmlichkeiten hatte die kleine Breedenbek fast noch Unterhaltungswert.

Fanny Breedenbek! Wie hatte er annehmen können, für sie sei die Zeit stehen geblieben? In ihrem hellblauen Kleid und den unordentlichen Locken erinnerte sie ihn an eine vorlaute Meerjungfrau. Scheu war sie jedenfalls nicht mehr.

Er ging mit den gefüllten Gläsern zurück und reichte sie den Damen. Wie Fanny wohl ihren Fauxpas von vorhin wieder gutmachen würde?

Als er ihr das Glas überreichte, sah sie kurz zu ihm auf. Es war albern, aber er hätte schwören können, dass sie wütend war. Je länger er während des bemühten Geplappers zwischen den Mädchen und dem stets galanten Maltzahn die schweigende Fanny anschaute, umso mehr verwunderte ihn dieses Geschöpf. Er hatte sie ganz anders in Erinnerung: Schüchtern, ernst, auf eine besondere Art sehr erwachsen und sehr kindlich zugleich. Als durch ein paar vorbeidrängende Gäste die Gruppe getrennt wurde, nahm er Fanny sachte am Arm und zog sie beiseite.

»Mademoiselle, es ist eine Ewigkeit her«.

Er trat noch einen Schritt mit ihr zurück, während Maltzahn mit Sophie, Katharina und Caroline ein Aquarell an der Wand bewunderte. Fanny entgegnete nichts, sah ihn aber an. Ihre Augen funkelten. Sie schien sich besonders gerade aufzurichten. Trug sie ihm ernstlich die Sache von damals nach?

»Haben Sie Nachrichten für mich von Ihrem Onkel? Wie geht es ihm? Und wie ist es Ihnen in all der Zeit ergangen?«, fragte er höflich.

»Er möchte Ihnen seine Einladung Morgen zum Mittagessen aussprechen. Sein Gesundheitszustand ist unerfreulich«, sagte Fanny mit dem Ton eines Quartiermeisters, der Wolldecken ausgab. »Sie waren lange fort«, fügte sie nach einer Pause hinzu.

»Ja«, sagte Alvesloh, »das war ich.« Er trank einen Schluck des schlechten Schaumweins, zögerte einen Moment und entschied sich dann. »Sind Sie mir böse, mein Fräulein?«

»Ich? Wie kommen Sie darauf? Was für einen Grund sollte ich haben, Ihnen böse zu sein?« Fanny starrte weiter auf die Wand, aber ihre Schultern versteiften sich. »Wie geht es Ihrer Verlobten?«

»Fanny.« Er rieb sich kurz über die Augen. Also doch. Er hatte sich seine Ankunft in Hamburg schwierig vorgestellt, aber aus dieser Richtung hatte er keine Probleme erwartet. Also trug sie ihm ernstlich die ausgedachte Verlobte von damals nach? Er hatte doch nur versucht, sie so schonend wie möglich von ihrer kindlichen Schwärmerei abzubringen. Gegen die Unberechenbarkeit von Frauen, ob jung oder alt, waren selbst die kühnsten Taktiken von Napoleon klar wie Quellwasser.

»Ich wollte nicht, dass Sie Ihr Gesicht verlieren.« Sanft setzte er hinzu: »Wollen wir ein anderes Mal reden? Es scheint hier weder Ort noch Zeit –.«

»Das ist sehr in meinem Interesse. Weitere Lügen und Halbwahrheiten könnte ich im Zusammenhang mit Ihnen heute auch nicht mehr vertragen.«

Bevor er reagieren konnte, drängte Mademoiselle Caroline ihr Glas einem Diener auf das Tablett und mischte sich dazwischen.

»Fanny, ich lasse euch hier so stehen! Das Konzert beginnt gleich. Wir wollten uns doch ganz hinten in die Ecke setzen, nicht wahr, dort sehe ich noch genau zwei Plätze.« Mademoiselle Caroline zwinkerte ihrer Freundin mit einem beschwörenden Blick zu.

Er schätzte ihren Mut, denn sie wollte ganz offensichtlich Fanny aus seinen Fängen befreien. Das Mädchen hatte vor ihm vermutlich mehr Angst als vor einem hungrigen Tiger. Und wenn Fanny sich den letzten Satz erspart hätte, hätte er die beiden vielleicht ziehen lassen. Aber so? Wer austeilen konnte, musste auch einstecken können.

»Aber meine Damen«, sagte Alvesloh, »Sie werden mich nicht ganz meinem Schicksal überlassen, wo ich so wenig Freunde in diesem Raum habe. Sehen Sie dort!« Er wies mit der Hand auf die vorderste Reihe, die jeder, der bei Sinnen war, mied. »Drei wunderbare Plätze!«

Alvesloh nahm Fanny das Glas aus der Hand und erntete einen Blick, der jedem Räuberhauptmann Ehre gemacht hätte. »Mesdemoiselles«, sagte er, »das Vergnügen beginnt.« Er reichte jedem Mädchen einen Arm. »Erlauben Sie?«

Das Konzert war genauso schrecklich, wie Fanny es befürchtet hatte. Es war erstaunlich, was für ungeheure Dissonanzen die Reincke-Töchter allein mit Stimme und Bogen hervorbrachten. Neben ihr saß mit einem selbstgefälligen Lächeln Monsieur von Alvesloh, der sie, man konnte es nicht anders nennen, in Geiselhaft genommen hatte. Obwohl sie es nicht wollte, glitten ihre Blicke immer wieder zu ihm hinüber. Wie durch einen bösen Zauber sah auch er jedes Mal zu ihr hin. Auch wenn sie sich schnell wegdrehte, haftete sein Blick auf ihr, das spürte sie.

In ihrem Kopf gingen die ganze Zeit die Anschuldigungen gegen ihn herum. Warum wusste sie davon nichts? Ihr Onkel hatte nie darüber gesprochen und wenigstens er musste doch Bescheid wissen. Oder hatte Alvesloh ihn zum Schweigen verpflichtet?

Sie war schlecht informiert und das hasste sie. Sie würde herausfinden, was es mit diesen Gerüchten auf sich hatte.

Die französischen Offiziere saßen in einem Pulk am Rand der aufgestellten Stuhlreihen und wirkten nicht glücklich. Ob das an den harten Zeiten für die Besatzer lag oder an der musikalischen Folter?

Alvesloh schlug ein Bein über das andere und seine perfekt polierten Stiefel spiegelten das Kerzenlicht wider. Seine Beine zeichneten sich in den vanillefarbenen Hirschlederhosen genau ab. Fannys Wangen wurden heiß und sie schaute schnell weg.

Warum hatte sie dieses Thema nur aufgebracht? Die Peinlichkeit ihrer Unterhaltung brannte jetzt noch in ihrer Brust. Sie wusste selbst nicht, was sie von so einem Gespräch erhofft hatte. Einsicht? Einsicht in was? Es war auch albern nach der langen Zeit. Sie schwärmte schon lange nicht mehr wie das Kind, das sie damals gewesen war. Trotz allem versetzten die Erinnerungen an ihre früheren Gefühle ihr einen Stich, halb aus Selbstmitleid, halb aus Demütigung. Die kratzenden Töne der Violine und das Gekiekse von Katharina bildeten den idealen Kommentar zu ihrer Stimmung.

Als das Martyrium zu Ende war, entfernte sich Fanny mit Caroline so weit wie möglich von den Herren. In einer Runde mit Caro und den gelösten Töchtern des Hauses plätscherte das Gespräch dahin, alle außer den Künstlerinnen wirkten ein wenig erschöpft wie nach einer überstandenen Grippe. Nur Sophie hatte am Gesellschaftsklatsch bald die Lust verloren und ritt ihr Steckenpferd: verstoßene Burgfräulein, Ritter und Liebesdramen längst vergangener Jahrhunderte.

»Sophie, du sollst nicht immer diese Schauermärchen erzählen. Ich schlafe nachher nicht und es ist doch alles nur ausgedachtes Zeug«, sagte Katharina.

»Aber ihr ahnt nicht, was ich diesmal habe. Es wird die schaurig-schönste Geschichte, die ihr je gehört habt! Was ich erzählen will, hat sich sogar in unserer Stadt zugetragen oder jedenfalls nur knapp vor den Toren, draußen im Kloster in Harvestehude.«

Caroline und Katharina bissen an. Sie musste Sophie zugestehen, dass es mit ihr nicht langweilig wurde.

»Und damit ihr mir glaubt, frage ich jetzt den Klosterschreiber. Wer, wenn nicht Monsieur von Maltzahn wird sich auskennen?« Sophie lachte und warf den Kopf nach hinten.

»Lass es bleiben, Sophie!«, sagte Katharina, doch Sophie war schon in die andere Ecke des Raumes verschwunden. Sie knickste tatsächlich vor Monsieur von Maltzahn.

Fanny stöhnte leise auf und suchte Carolines Blick, die mit großen Augen zurückstarrte. Musste der Abend noch unangenehmer werden?

Nach einer Minute kam Sophie zurück. Im Schlepptau führte sie neben Monsieur von Maltzahn auch Baumwollfabrikant Hennigsen, einen dicklichen Mann mit einer so kahlen Stirn, dass man ihm direkt eine Perücke gewünscht hätte. Es war kein Geheimnis, dass er etwas für Sophie übrig hatte. Dahinter schlenderte Alvesloh, der provokant lächelte. Natürlich. Fanny hätte Sophie liebend gern geschüttelt, aber nun war es zu spät und sie mussten das Beste aus ihrer Lage machen. Sie nahm sich vor, kühl und unbeteiligt zu erscheinen.

»Mesdemoiselles«, sagte Maltzahn, »Fräulein Sophie hat mir berichtet, dass Sie sich für die tragische Legende um eine der frühen Jungfrauen des Johannisklosters interessieren. Ich muss Sie allerdings warnen. Die Geschichte ist nichts für zarte Jungfernohren. Sie könnte Ihnen die Nachtruhe rauben.«

»Oh, Monsieur von Maltzahn, wir bitten Sie!«, riefen gleichzeitig Caroline und Katharina, die sich offenbar schnell in die Situation eingefunden hatten.

Sophie grinste.

Fanny zuckte unwillkürlich zusammen und legte Caroline die Hand auf den Arm. Sie ertappte sich dabei, dass es ihr etwas ausmachte, Alvesloh könnte sie alle für albern und sensationslüstern halten. Gleichzeitig ärgerte sie sich über ihre eigene Empfindlichkeit.

»Nun gut, Sie müssen es wohl wissen!« Maltzahn nahm einen Schluck Wein. »Im Mittelalter war unser Johanniskloster noch draußen vor den Toren in Harvestehude gelegen und ein Stift für reiche Bürgerfräulein. Eine solche Bürgerstochter, die liebliche Agnes, verliebte sich in einen Ritterknappen aus einem der umliegenden Herzogtümer. Der Bursche war jung und aus gutem, wenn auch verarmtem Adel. Er suchte auf Kriegszügen in fernen Landen sein Glück. Nach seiner Rückkehr wollte er Agnes als Ehefrau heimführen, so hatten die Liebenden es sich geschworen. Das Mädchen gelobte, nie einen anderen zu ehelichen.

Die Zeit verstrich und der Rittersmann kam nicht aus der Fremde zurück. Der Vater wollte sie verheiraten. Agnes schwor und weinte, sie werde nie einen anderen nehmen als ihren Verlobten. Da sie den Geliebten tot glaubte, entschied sie sich für das Kloster.«

Caroline wischte sich eine Träne aus dem Augenwinkel. Alvesloh nestelte an seiner Krawatte. Fanny hatte das Gefühl, dass er nicht aufschauen mochte, weil er sonst wieder sein herablassendes Lächeln zur Schau gestellt hätte. Ihr wurde immer wärmer und sie fragte sich, ob sie Maltzahns Vortrag irgendwie abkürzen könnte, aber ihr fiel partout nicht ein wie.

»Nun geschah ein Wunder«, fuhr Maltzahn fort, »und der Ritter kehrte von seinen Fahrten zurück. Als er hörte, seine Agnes sei ins Kloster gegangen, eilte er zu ihr. Er wollte sie entführen und mit sich in die Fremde fortnehmen, um sie doch noch zu seiner geliebten Frau zu machen.«

»Das glückliche Mädchen«, sagte Katharina.

Carolines Augen glänzten feucht.

»Meine Damen, frohlocken Sie nicht zu früh! Sie haben nicht

mit der Standhaftigkeit unserer Nonne gerechnet. Der Ritter schwamm des Nachts durch die große Alster, um im umzäunten Klostergarten unter den alten Eichen seine Geliebte zu treffen. Doch das Mägdlein eröffnete ihm, sie könne ihr Gelübde nicht brechen, schließlich sei sie nun eine Braut Christi. Unter vielen Tränen und Umarmungen mussten sie sich trennen, nur mit der Hoffnung, sich im nächsten Leben wiederzusehen.«

An dieser Stelle machte Maltzahn eine Pause, die sehr gefühlvoll wirkte. Niemand außer Fanny achtete auf Alvesloh. Er studierte in aller Seelenruhe die erschrockenen Gesichter der Mädchen. Für seinen amüsierten Blick hätte sie ihn am liebsten in die Alster geschubst.

»Ich weiß nicht«, sagte Fanny, »ist dieses Nönnchen eine Heilige oder der größte Tor auf Erden?«

»Aber Fanny«, rief Caroline, »wie kannst du das sagen? Natürlich hat sie richtig gehandelt – und edel.«

»Hören Sie die Geschichte zu Ende, Mesdemoiselles, Sie kennen noch nicht das ganze schreckliche Bild«, sagte Maltzahn. »Eine Neiderin hatte sich im Schutz der alten Eichen verborgen und das Treffen beobachtet. Diese Nonne wusste nichts Eiligeres zu tun, als unsere arme Agnes beim geistlichen Gericht anzuklagen. Der Bruch des Gelübdes war in damaliger Zeit ein schwerer, ja tödlicher Vorwurf, vor allem, weil niemand zu ihrer Entlastung vorsprechen konnte. Der Ritter war mit gebrochenem Herzen ins Heilige Land gereist und keiner weiß, ob er je zurückkehrte. Auch leugnete Agnes nicht, sich mit Rudolf im Klostergarten getroffen zu haben. So wurde sie zum Tode verurteilt und zur Bestattung auf freiem Feld.«

»Nein!« Sophie schlug die Hand vor den Mund und auch Caroline und Katharina stöhnten auf.

Im Saal schauten schon einige Gäste irritiert auf die Gruppe. Die Witwe Schmalenbeck und Senatorin Curtius zogen die Augenbrauen nach oben und Fanny hätte sich am liebsten unsichtbar gemacht. Es war genau eine dieser sentimentalen Geschichten, die den Geist junger Frauen vernebelten. Ihre Freundinnen benahmen sich wie Gänse, unschuldig und einfältig.

»Oh ja, meine Damen. Ich möchte Ihnen gerne etwas anderes berichten, aber so ist es überliefert. Immerhin durfte Agnes den ungeweihten Ort bestimmen, an dem ihr Grab sein sollte. Sie wählte das Klostergelände außerhalb der Mauern, direkt gegenüber dem verhängnisvollen Eichengarten. Dort stand auf einem Hügel ein noch ganz zartes Lindenbäumchen. Vor dieses Lindenbäumchen stellte sie sich und sprach:

›An mir ist Unrecht geschehen. Ich sterbe als Jungfrau, die nie einen anderen Bräutigam als Jesus Christus gekannt hat. Zum Zeichen dafür verfluche ich diesen Baum. Er soll ewig gedeihen, aber nicht größer wachsen als er heute ist. Daran sollen alle Zeiten meine Unschuld erkennen.‹«

Maltzahn schwieg und es herrschte Stille. Die Pause wurde lang und länger und Caroline sah aus, als ob sie gleich platzen würde. Fanny wollte irgendetwas sagen, aber sie war genauso sprachlos wie die anderen.

Alvesloh stieß seinen Freund in die Seite, woraufhin der sein Schweigen brach und sich verbeugte.

»Meine Damen, noch bis zu diesem Tag soll die Linde an derselben Stelle stehen und seit der fernen Ritterszeit nicht einen Zentimeter gewachsen sein.«

Für Caroline war es zu viel und vor Erleichterung schluchzte sie auf.

Fanny liebte Caroline sehr, aber in diesem Moment überlegte sie kurz, ob sie die ganze Gruppe einfach stehen lassen sollte.

»Genug, Maltzahn. Liebes Fräulein Caroline, fassen Sie sich, es ist ja nur eine Sage und sicher völliger Unfug.« Alvesloh reichte Caroline sein Schnupftuch und schaute mit einem düsteren Blick zu Monsieur von Maltzahn hinüber.

»Wie können Sie das sagen, Monsieur von Alvesloh!«, sagte Fanny. Sie konnte ihm das Feld nicht so einfach überlassen und in ihrem Inneren verwandelten sich die peinlichen Gefühle langsam in Gereiztheit. »Der Beweis liegt doch in dem Lindenbäumchen. Oder wie soll ein gesunder, frischer Baum über die Jahrhunderte nicht wachsen?«

»Mademoiselle«, sagte Alvesloh und sah sie direkt an, »Ihr Widerspruchsgeist in Ehren, aber es ist nur eine Geschichte und durch nichts bewiesen. Auch wenn es zugegebenermaßen eine schöne und traurige Geschichte ist.«

Der letzte Satz schien um Freundlichkeit bemüht. Natürlich hatte er recht, aber das konnte sie nicht zugeben. »Vielleicht ist es eine Gemütsfrage, Monsieur, ob man in allem den Schwindel sieht oder auf sein Gefühl vertraut. Ich frage mich, wie Sie gelassen Ihren Kirchgang bestreiten.« Fanny biss sich auf die Lippen.

Alvesloh verbeugte sich und antwortete ohne Regung: »In der Tat, Mademoiselle, eine Gemütsfrage.«

»Mesdemoiselles, Messieurs«, sagte Maltzahn, »ich sehe nur eine Lösung dieses Disputs.« Er seufzte und lächelte gleich darauf mit dem ganzen Gesicht. »Wir werden einen Lokaltermin anberaumen, an dem wir die Beschaffenheit und Lage dieses verhexten Baumes erkunden können. Vielleicht wird es den Damen nicht unangenehm sein, wenn wir uns obendrein in einem Gasthaus erfrischen und unsere kleine Landpartie zur Zerstreuung in diesen trüben Zeiten nutzen? Erlauben Sie mir, den Ausflug auszurichten, sobald das Wetter ein wenig milder geworden ist?«

Fanny war erleichtert, dass die Spannung durch diesen Vorschlag wich. Sie versteckte sich hinter ihrem Glas und trank ein kleines Schlückchen. Die kühle Flüssigkeit schmeckte erfrischend und vertrieb die Trockenheit in ihrem Mund. Sie nahm noch einen Schluck. Alle redeten durcheinander. Alle, außer Monsieur von Alvesloh.

Kapitel 4

Eine halbe Stunde später huschte Fanny zur Kutsche. Das Schneetreiben war dichter geworden und Flocken fielen ihr auf Wangen und Nase. Im Inneren ließ sie ihren Kopf an das Polster sinken und roch das feuchte Leder der Sitze. Miss Tibbs stieg dazu und Johann schloss von außen die Tür, dann verkroch sich jeder in seinen Winkel.

Fanny wischte die Eisblumen von der Fensterscheibe, damit sie das reinckesche Haus sehen konnte. Oben standen noch Gäste an den Fenstern, vielleicht waren Monsieur Maltzahn und Alvesloh darunter.

Johann fuhr an und die Lichter entfernten sich, bis sie nur noch ein Schimmern in einer tiefschwarzen Zeichnung waren. Die Dunkelheit umhüllte sie und Tibby drängte ihr keine Unterhaltung auf. Fanny verkroch sich in ihren Muff und wünschte sich nur noch unter ihre Bettdecke. Vor allem hätte sie gern das Bild Monsieur von Alveslohs hinter ihrer Stirn vertrieben. Es gab tausend Dinge, die in ihrem Kopf herumdrängten. Sie versuchte mit Gewalt, alles Denken auf Morgen zu verschieben.

Johann trieb Pegasus so zügig an, wie es eben ging. Doch der Rappe war alt und trug seinen Namen mittlerweile sehr zu Unrecht. Es ruckelte hin und her und Fanny war knapp davor, sich in einen erschöpften Schlaf fallen zu lassen. Dann bogen sie um eine Ecke, wurden nach vorne geworfen, Tibby schrie auf und die Kutsche hielt.

Fanny streifte die Decke ab und kletterte aus der Kutsche heraus. Im Schneegestöber konnte sie erst kaum etwas erkennen, aber sie hörte Johann fluchen. Sie ging rasch nach vorne in den Lichtkegel der Kutschenlaterne. Dort stand der alte Diener und hielt Pegasus am Halfter. Vor ihnen kauerte mit schreckgeweiteten Augen ein etwa achtjähriger Junge. Er war nicht angefahren worden, aber doch gestürzt und hatte sich anscheinend Hände und Knie verletzt. Johann beruhigte das Tier, damit es nicht um sich trat. Das Kind nutzte die Chance, um die aus seinem Lumpenbeutel gefallenen Pferdeäpfel aufzuklauben. Fanny ging auf den Jungen zu, der nur dicke Strümpfe, aber keine Schuhe trug. Sie wusste nicht recht, wie sie ihn ansprechen sollte.

»Kleiner Bursche«, sagte sie, »komm zu mir, ich will sehen, ob dir etwas zugestoßen ist. Hab keine Angst, niemand schimpft mit dir.« Fanny streckte ihre Hand aus und der Kleine kam zögerlich ins Licht. Seine Handflächen bluteten und er humpelte mit einem Bein. Was sie jedoch mehr erschreckte, war sein abgemagerter Körper. Er hatte bei diesem Wetter nur geflickte und zusammengebundene Lumpen an und zitterte, ob vor Schreck oder Kälte oder vor beidem, konnte sie nicht sagen.

»Aber Kind, du siehst ja fürchterlich aus«, murmelte sie und sagte lauter: »Was machst du so spät auf der Straße, mein Junge? Wir hätten dich beinahe überfahren.«

»Ich muss doch sammeln!« Er zeigte auf den Beutel mit stinkendem Pferdemist. Als er den Sack über die Schulter werfen und fortrennen wollte, gaben seine Beine nach. Er sank zusammen und verlor das Bewusstsein.

Fanny hockte sich zu ihm hinunter und nahm seinen Kopf auf ihren Schoß. »Johann, komm, der Kleine ist besinnungslos.«

Nun spähte sogar Miss Tibbs aus der Kutschentür und Johann war mit einem großen Schritt bei ihr und dem Kind. Er musterte es kurz.

»Wenn Sie mich fragen, Fräuleinchen, geben wir ihm einen Schluck Branntwein, dann zappelt er wieder. Und wir machen uns auf den Weg, und zwar schnell. Ich möchte nicht noch leichte Beute für Diebesgesindel werden. Glauben Sie mir, solche wie der können am besten auf sich alleine aufpassen. Nur gut, dass er nicht noch zwischen Pegasus' Hufe geraten ist.«

Johann ging zurück zu dem Pferd und strich ihm beruhigend über die Blässe. Pegasus schnaubte und der Atem des Tieres hob sich weiß und neblig gegen die Nacht ab.

»Er ist ein Kind und sollte um diese Zeit gar nicht auf der Straße sein. Sicher sind seine Eltern in Sorge«, sagte Fanny.

»Seine Eltern!«, sagte Johann und schnaubte dabei fast wie Pegasus. »Was meinen Sie, wer ihn zum Sammeln hergeschickt hat, wenn er noch Eltern hat? Wir müssten ihn ins Armenhaus bringen, aber das krieg nu' ich nicht fertig.« Johann fuhr sich durchs Haar. »Fräuleinchen, von diesen Dingen weiß eine Jungfer wie Sie nichts. Der Lütte nimmt jetzt einen Schluck aus meiner Buddel und dann ab mit ihm.«

Johann ließ Pegasus los und kam zu ihr herüber. Mit einer Behutsamkeit, die nicht zu seinen Worten passte, nahm er den Jungen von ihr fort und stemmte ihn ein wenig hoch. Dann träufelte er etwas aus seiner Messingflasche zwischen die Lippen des Kindes. Der Kleine hustete und kam zu sich. Er sah elend aus und Fanny konnte den Blick aus seinen tiefliegenden Augenhöhlen nicht ertragen.

»Johann, setz ihn in die Kutsche. Das Kind fährt mit und verlässt unser Haus erst wieder, wenn es geschlafen und gegessen hat. Meta kann sich kümmern und er kommt zu Gesche in die Kammer. Wir lassen ihn hier nicht zurück!«

»Fräulein, das ist völlig ausgeschlossen!«

»Johann, ich werde es nicht diskutieren.«

Der Diener wollte noch etwas erwidern, aber Fanny wandte sich mit einer Drehung ihres Absatzes um. Es geschah nicht oft, dass irgendjemand Johann widersprach, und sie konnte spüren, wie er sich hinter ihr aufplusterte. Sie zog die Schultern nach hinten. Letztlich blieb sie die Herrschaft, ob es ihm gefiel oder nicht.

Schimpfend beugte der Alte sich über den Jungen. Der ließ sich ohne Widerstand aufheben und in die Kutsche setzen. Fanny hatte den Eindruck, es nun mit drei Kindern zu tun zu haben: Miss Tibbs starrte mit ebenso aufgerissenen Augen auf den Kleinen, wie er auf sie, und zu allem Überfluss tat Johann beleidigt und antwortete nur noch mit abgehacktem Brummen.

Fanny seufzte, legte dem Kind einen Teil ihrer Decke über und begann, mit ihm zu flüstern. Sie erklärte ihm, er würde eine Nacht bei ihnen schlafen und zu essen bekommen. Bei dem Wort »essen« beruhigte er sich und schlief ein.

Fanny lehnte den Kopf gegen die Kutschentür und atmete aus. Der Landauer fuhr an und holperte über das Pflaster. Was für Stunden hinter ihr lagen, dachte sie mit einem unbewegten Blick auf die Schneeflocken vor der schwarzen Scheibe. Sie versuchte zu verstehen, warum ein Tag mehr verstörende Ereignisse bringen konnte als Wochen und Monate in einer vom Feind besetzten Stadt.

Im dunklen breedenbekschen Haus wusch Meta Jakobs Schrammen, verband seine Hände und schlug ihm ein provisorisches Bett in Gesches Kammer auf. Ansonsten verhehlte auch sie nicht, wie unsinnig sie Fannys Verhalten fand. Johann zog sich ohne ein Wort zurück – mit grimmigen Blicken auf seine Herrschaft.

Fanny brachte aus dem Jungen heraus, dass er Jakob hieß und seine Mutter ihn nicht vermissen würde. Der Kleine fasste sich seinerseits ein Herz und teilte ihr mit, dass er unmöglich ohne die übliche Anzahl Pferdeäpfel heimkommen könne. Als Fanny ihm das alleinige Sammelrecht an Pegasus' Mist versprach, schien er zufrieden. Er lächelte sogar und schlief wieder ein.

»Was will er nur mit dem Pferdedreck?«, fragte Fanny, als sie die Kammertür zu zog.

»Trocknen und zur Feuerung benutzen. Oder verkaufen. Pferdekot brennt lange und die armen Leute haben sonst wenig zum Heizen.« Meta setzte hinzu: »Aber, mein Fräulein, Sie hätten ihn nicht bringen dürfen.«

»Ich wundere mich über euch«, sagte Fanny ungehalten. »Da braucht dieses Geschöpf unsere Hilfe, ist unterernährt und hat wahrscheinlich noch nie in einem ordentlichen Bett geschlafen. Und dir und Johann fällt nichts ein, als herumzuzetern. Kennt ihr eure Christenpflicht nicht?«

»Fräuleinchen«, sagte Meta, »der Junge dauert mich schon, aber wir tun ihm keinen Gefallen, glauben Sie mir. Er kriegt nur falsche Vorstellungen und muss doch morgen zurück in seine Welt. Oder wollen Sie ihn bei uns durchfüttern und vielleicht noch seine zahlreichen Geschwister?«

»Ja, vielleicht füttern wir ihn durch, ich werde mir darüber Gedanken machen.« Fanny raffte darauf in einer, wie sie hoffte, dramatischen Geste ihre Röcke und verschwand die Treppe hinauf. Sie war sicher, dass Meta unten den Kopf mit der breiten Schlafhaube schüttelte.

Kapitel 5

Am nächsten Morgen erwachte Fanny, noch bevor Gesche in ihr Zimmer gekommen war, um die Vorhänge aufzuziehen und ihre Waschschüssel mit warmem Wasser zu füllen. Es war eiskalt im Raum und trotz ihres Bettzeugs fror sie. Während sie Arme und Beine rieb, um sich für den Sprung aus dem Bett zu rüsten, traten die Ereignisse des gestrigen Tages in ihr Bewusstsein.

Sie zog sich alleine an, so gut es ging, denn Gesche war gegen ihre sonstige Gewohnheit nicht zu ihr hereingekommen. Als sie fertig vor dem Spiegel saß, kam ihr der kleine nächtliche Besucher schon unwirklich vor. Sie steckte sich die Haare zu einem Knoten, kniff die Augenbrauen zusammen und schüttelte sich leicht, um der Realität auf die Sprünge zu helfen. Dabei rutschten die hinter die Ohren gebannten Strähnen hervor. Heftiger als es hätte sein müssen, löschte sie die Kerze und blieb einen Moment im fast dunklen Zimmer sitzen.

Die Geräusche des Hauses klangen zu dieser Stunde für gewöhnlich leise und gedämpft. Heute hingegen hörte sie schon emsiges Auskehren und Stühlerücken in Salon und Teezimmer.

Dann fiel ihr das Mittagessen mit Herrn von Alvesloh ein. Kein Wunder, dass Gesche nicht bei ihr war. Mit einer Hand fasste sie an ihre plötzlich heiße Wange.

Sie musste unbedingt den Onkel über den kleinen Besucher informieren. Vielleicht war die Gelegenheit sogar günstig und sie konnte fragen, wie es zu diesen mysteriösen Anschuldigungen gegen Monsieur von Alvesloh kam.

Fanny war noch nie so früh bei ihrem Onkel gewesen und fühlte sich wie ein Eindringling. Der Kranke schlief nicht, sondern saß im langen Nachthemd, einer Schlafmütze und einem wollenen Morgenrock in einem Sessel neben dem Bett. Zu seiner Seite stand eine Reihe von Teeaufgüssen, die ihm Meta zubereitet haben musste. Ein Buch lag auf seinem Schoß, er hatte es wohl schon eine Weile nicht zur Hand genommen. Sie erschrak über seinen müden Blick und die im Kerzenlicht fahle Haut.

»Fanny«, sagte er, »was treibt dich so früh in meine Stube?« Er nahm die Mütze vom Kopf. Es folgte ein Hustenkrampf, der schier nicht enden wollte. Als er wieder zu Atem kam, wollte sie schon den Doktor rufen.

»Nein, lass gut sein. Der kann nicht helfen. Es wird über den Tag besser, ich muss noch ein wenig ruhen und meinen Tee trinken.« Sein Kopf sank auf die Sessellehne. »Sei so freundlich, liebes Kind, und hole mir Miss Tibbs. Sie soll mir vorlesen.« Breedenbek lächelte und ließ die Augen zufallen.

»Sofort, lieber Onkel!« Sie nahm seine Hand, küsste sie und glitt auf ihren Seidenpantoffeln aus dem Zimmer. Miss Tibbs musste sie nicht lange suchen, sie kam ihr auf der Treppe zum Erdgeschoss entgegen.

»Tibby, der Onkel braucht dich, es geht ihm schlecht!«

»Yes, my child, ich bin auf dem Weg zu ihm. Es ist nun alle Morgen so arg, aber mach nicht zu große Sorgen, gegen Mittag wird er wieder gut. Wir haben heute Herrn von Alvesloh zu Gast, have we not? Geh nun und kümmere für diesen Jungen, den du gestern mitgenommen hast. Er muss nach Hause zu seine Eltern!«

Miss Tibbs hatte eine festere Stimme als sonst, tätschelte ihr die Wange und ging vorbei, ehe Fanny reagieren konnte. Behandelte sie eigentlich jeder hier wie ein Mädchen? Sie ließ Miss Tibbs vorbeigehen. Offensichtlich wusste sie über den Gesundheitszustand des Onkels mehr als sie selbst. Dann fiel ihr ein, dass sie Jakob bei ihrem Besuch im Krankenzimmer mit keinem Wort erwähnt hatte. Aber hätte sie den Onkel denn mit solchen Petitessen belasten sollen? Sie konnte es ihm ebenso gut später berichten, wenn er sich besser fühlte. Und über Alvesloh würde sie sich bei Gelegenheit diskret erkundigen. Bei Tageslicht schienen die ganzen Geschichten des gestrigen Abends schon nicht mehr so aufwühlend und noch weniger wahr.

Gesches Kammer lag unten neben der Küche, aber der Junge war schon nicht mehr in seinem geliehenen Bett. Er saß nah am Ofen am Gesindetisch. Gegenüber trank Johann einen Becher heißes Bier und Meta bereitete das Frühstück für die Herrschaft vor. Fanny setzte sich dazu. Der Kleine saß über einer Portion Hafergrütze und Meta stellte ihm einen Krug Milch hin.

Johann brummte sie zum Gruß an wie ein verschnupfter Tanzbär. Er machte keine Anstalten, seine schlechte Laune an dem Kind auszulassen.

Jakob lächelte scheu. Er erkannte in ihr wohl die Dame des gestrigen Abends, die ihm das Privileg dieses Frühstücks verschafft hatte. Nach einem weiteren Blick vertiefte er sich wieder in die Grütze.

»Na, Jakob, fühlst du dich kräftiger?«, fragte Fanny.

Der Junge schaute erst Johann, dann Meta an.

»Dies ist unser gnädiges Fräulein Fanny. Antworte ihr ruhig, keine Angst. Sie hat dich ja gestern hergebracht«, sagte Meta.

»Mir geht's gut, gnädiges Fräulein. Und der Herr Johann hat gesagt, ich kann gleich mit ihm nach den Pferdeäpfeln sehen, und er hat auch gesagt, ich kann wiederkommen nach den Pferdeäpfel, wenn ich zu wenig finde.«

»So, hat er das?« Fanny blickte mit einer hochgezogenen

Braue auf Johann. Der errötete unter den Haarwurzeln und drehte sich zu Meta, um ihr zu sagen, dass er mehr Bier wünsche.

»Woher kommst du eigentlich, mein Junge? Und was arbeiten deine Eltern?«

»Och, nicht viel. Ich wohne in einer Bude beim Großneumarkt, aber ich geh nicht gerne dahin. Mutter ist krank und nun haben wir wieder einen kleinen Bruder begraben müssen, der hat immer gehustet und ist zum Schluss ganz blau angelaufen. So als ob man ihm die Luft abdrückt.« Er schnitt eine schaurige Grimasse. »Und als es mit ihm aus war, hat Mutter fast eine Woche nicht gesprochen. Ich sammle Pferdeäpfel. Mutter freut sich, wenn ich die nach Hause bringe, dann lächelt sie manchmal.«

Fanny wusste nicht, was sie sagen sollte. Jakob schien auch keine Antwort zu erwarten.

»Aber was macht dein Vater? Du hast noch einen Vater, oder?«, fragte sie stattdessen.

»Ja, ich hab einen Vater, der ist nicht oft da. Der ist immer am Hafen und guckt, ob er Arbeit findet, aber meistens find't er keine. Is nicht gut, ihm an solchen Tagen in die Quere zu kommen, weil er davon wütend wird. Bin dann auch lieber weg und schlafe bei meinem Bruder, Peer. Der ist ein ganz schlauer, sagt Mutter, und unsere einzige Hoffnung. Der hat nämlich bei einem Kürschner eine Lehrstelle und wenn ich abends zu ihm gehe, hat er mir oft Brot weglegen können. Und er hat eine Kammer am Stall, da kann ich bei ihm schlafen. Das mag ich am liebsten und ich mag Peer.«

Jakob schaute, als ob er fand, zu viel gesagt zu haben. Er verschwand hinter seiner Milch wie hinter einem Schutzschild und rutschte auf der Bank herum.

»Du bist ein guter Junge, Jakob. Sag, kennst du dich in den Straßen aus? Und hättest du Lust, einige Botengänge für uns zu machen? Der Hausherr hat eine Menge Korrespondenz. Das sind Briefe und dieses und jenes, was zu anderen Herren in der Stadt gebracht werden muss. Wenn du zuverlässig bist, kannst du das für uns besorgen. Dann bringst du deiner Mutter ein paar Pfennige mit nach Hause. In der übrigen Zeit warten noch die Pferdeäpfel auf dich. Was meinst du?«

Jakob hielt sich ganz still und blinkte mit den Augen. »Ist das wahr, gnädiges Fräulein?«

Fanny nickte und er sprang vom Schemel auf.

»Ich kenne alle Straßen in der Stadt und ich bin schnell wie der Wind und nie würde ich trödeln oder unachtsam sein! Das verspreche ich heilig, gnädiges Fräulein!«

Sein Gesicht leuchtete so hell, wie sie es noch nie bei einem Kind gesehen hatte. Er lief zu ihr und bedeckte ihr die Hände mit Küssen. Sie entzog sich ihm, denn ihr waren vor Scham die Tränen in die Augen getreten.

»Nun, nun, Jakob, musst ja nicht gleich unser gnädiges Fräulein umrennen«, brummte Johann, nachdem er einen Blick auf seine Herrschaft geworfen hatte. »Komm mit, ich zeige dir das Kontor und Karl und Wilhelm. Von denen wirst du die Briefe bekommen.« Er hatte den Kleinen an der Schulter gegriffen und drehte ihn aus der Küche hinaus.

»Danke, danke, tausend Dank, gnädiges Fräulein! Ich will Sie nicht enttäuschen!«, rief Jakob im Hinausgehen und strahlte wie eine Sternschnuppe.

Fanny stützte die Ellenbogen auf den Tisch und stöhnte in ihre Hände.

»Wenn Sie meine Meinung wollen, so haben Sie an dem Jungen recht getan. Er ist ein gutes Kind, das sieht man gleich.« Meta sah wohlwollender aus als am gestrigen Abend. »Aber fangen Sie nun nicht an, jeden Straßenjungen in meine Küche zu schleppen. So groß ist das Haus wieder nicht. Weiß der gnädige Herr schon von Ihren Plänen?«

»Nein, Meta, wann hätte ich es ihm denn erzählen sollen?«, sagte Fanny ein wenig gereizt. »Ich frage mich eher, was mit unserer Armenanstalt und den Fürsorgeinstituten los ist?«

»Ach, Fräuleinchen, Fürsorge hin oder her, Gott hat Herren und Diener, Reiche und Arme gemacht. Die wird es immer geben. Und seit dieser französische Lump noch kräftig in der Suppe rührt, mehr Arme als uns lieb sein kann. Bekümmern Sie Ihr schönes Köpfchen besser mit dem Mittagessen. Ich will gleich Gesche nach dem Markt schicken. Irgendwie muss sie ein Stück Fleisch oder Geflügel auftreiben, wenn der Freund des gnädigen Herrn heute zu Gast sein wird.« Sie seufzte und klappte ihr Haushaltsbuch auf. »Das wird kosten.«

Kapitel 6

Alvesloh kam. Ausgeruht und selbstsicher. Fanny fragte sich, ob sie ihn heute noch genauso arrogant finden würde wie am gestrigen Abend. Sie nahm ihm den Mantel selbst ab und gab ihn an Gesche zum Ausbürsten. Ihr war der Empfang zu staatstragend, aber der Onkel hatte darauf bestanden.

Breedenbek führte Miss Tibbs zu Tisch, während der Gast ihr den Arm bot. Sie sprach wenig und fühlte sich eigenartig an seinem Arm. Alvesloh war ein außergewöhnlich gut gebauter Mann, ein Umstand, der ihr missfiel, weil sie neben ihm kleiner war als sie sich fühlen wollte. Monsieur versah sie mit neutraler Höflichkeit.

Meta hatte sich an gebratener Hirschkeule, Bohnen und Zimtküchlein versucht. Die Keule war zu lange gegart, vor allem fehlte jegliches Gewürz. Karl und Wilhelm sandten sich Blicke zu. Keines von Metas ständigen Opfern versprach sich vom Essen viel. Wenn sie jedoch die Mienen der Lehrjungen richtig las, war deren geringe Erwartung heute noch unterboten worden.

Während sie das zähe Fleisch kauten, trat eine verzweifelte Stille ein. Breedenbek überspielte das, indem er nach Alveslohs Gutsgeschäften fragte.

Fanny beneidete die Männer um die Chance, reden zu dürfen, statt essen zu müssen. Durch Hin- und Herschieben arrangierte sie die Reste des armen Tieres so, als hätte sie wenigstens ein bisschen davon gegessen. Während sie sich auf ihre Arbeit konzentrierte, musste sie es Alvesloh überlassen, dass er die Tischrunde routiniert und mit einer angenehmen Selbstironie über seine Isolation auf dem Lande unterhielt. Ein Blick auf Miss Tibbs zeigte, dass er es immer noch verstand, alternde Gouvernanten für sich zu gewinnen. Sie nahm sich vor, neutral und sogar freundlich über ihn zu denken und lobte sich im Geist schon für ihre abgeklärte Haltung. Dann wechselte Alvesloh das Thema.

»Alter Freund, ich mag die Damen nicht weiter mit meinen Gutsangelegenheiten langweilen.« Er wandte sich an sie. »Mademoiselle, wie haben Sie es geschafft, ohne eine Einquartierung zu bleiben?«

»Oh«, sagte Fanny, »wir hatten Besuch! Wir haben bereits einen Sergeanten und zwei Offiziere begrüßen und verabschieden dürfen. Obwohl wir nicht klagen konnten, nicht wahr, liebe Tibbs. Es waren sehr höfliche junge Männer.«

Miss Tibbs wich die Farbe aus dem Gesicht und Fanny musste lachen.

Breedenbek schwenkte den erhobenen Zeigefinger. »Ich habe uns nach den Herren von einer weiteren Einquartierung freikaufen können«, sagte er zu Alvesloh gewandt. »Die liebe Miss Tibbs ist – nicht völlig zu Unrecht – in Sorge, ihre englische Herkunft könnte bekannt werden. Und ich fürchte, meine Nichte wird nicht müde, sie damit aufzuziehen. Es bleiben Fremde, Fanny, auch wenn sie Manieren haben! Aber ich weiß, dass dich kein Abenteuer schreckt.« Breedenbek lachte, doch sein Lachen ging sofort in ein gequältes Husten über.

»Ach, lieber Onkel«, sagte Fanny, als der sich beruhigt hatte, »diese Franzosen interessierten sich nicht im Geringsten für uns Frauen. Kartenspiel, Essen und Trinken, das war ihre Welt. Uns drohte zu keinem Zeitpunkt Gefahr. Aber ich bin auch froh, eine zusätzliche Belastung los zu sein. Wir haben genug Sorgen.« Fanny bereute ihren Satz schon in dem Moment, in dem sie ihn aussprach. Warum konnte sie sich nie in Zurückhaltung üben? Auf den Wangen ihrer Gouvernante glänzten rote Flecken und sie plättete hektisch das Tischleinen vor ihrem Teller.

»Oder, Fräulein Fanny, es war einfach nur Glück«, sagte Alvesloh. »Ich habe schon weniger favorable Geschichten gehört. Die Franzosen sind Männer wie andere auch, dazu noch weit von ihrer Heimat und ihren Familien entfernt. Und wenn Sie mir diesen Zusatz gestatten: Französische Offiziere, die sich nicht für Frauen interessieren, wie Sie es nannten, sind mir noch nie begegnet.«

Während er sprach, ließ er sie nicht aus den Augen. Ihr stieg eine verräterische Hitze in die Wangen. Sie zwang sich, ruhig zu atmen. Auf keinen Fall sollte er die Genugtuung haben, sie rot werden zu sehen. Am liebsten wäre sie aufgestanden und aus dem Raum geflüchtet. Stattdessen fiel ihr Blick auf die Hände Karls, die sich in die Tischkante verkrampften.

»Georg, Sie wollen doch nicht andeuten, Madame und Mademoiselle seien hier nicht sicher? Schließlich müssten diese französischen Lumpen erst an Wilhelm und mir vorbei!«

»Karl, das Einzige, was mich beruhigt, ist dieser Umstand«, sagte Alvesloh und Fanny fragte sich, ob nur ihr auffiel, dass seine Mundwinkel bei dieser Antwort zuckten.

»Lass gut sein, Karl.« Breedenbek hob beschwichtigend die Hände. »Dein Bruder wollte sicher nicht sagen, wir könnten nicht auf unsere Damen aufpassen, nicht wahr, mein Freund?«

»Ganz sicher nicht«, sagte Alvesloh. »Aber die Situation zwischen Franzosen und den Bürgern ist angespannt. Hamburg ist immens wichtig für Frankreich. Napoleon kann diese Stadt nicht kampflos aufgeben. Wir sollten uns das stets vor Augen halten.«

»Wenn sie nur jemals wieder gehen!« Miss Tibbs fasste sich an die Schläfe, schmiss dabei eine Gabel vom Tisch und sah so unglücklich aus, dass Fanny die Wendung des Gesprächs verfluchte.

»Aber ja! Machen Sie sich keine Sorgen, Madame, es ist eine Frage der Zeit, bis wir befreit werden.« Breedenbek hob die Gabel auf und zwinkerte ihr zu.

Fanny war aller Spaß vergangen. Sie holte tief Luft. Irgendetwas trieb sie. »Ich hoffe, die Hamburger nehmen bald ihr Schicksal selbst in die Hand und warten nicht ständig auf Hilfe von außen. Wir brauchen patriotische Kämpfer, die Widerstand leisten.«

Alvesloh verschluckte sich an seinem Wein und hustete. Wilhelms Kopf flog herum, Karl ergriff Fannys Hand und drückte sie.

»Fanny, glauben Sie mir, es gibt diese Männer. Sie sinnen im Augenblick auf nichts anderes!« Die Worte quollen förmlich aus Karl hervor.

»Nicht wahr, Monsieur Breedenbek, Sie haben doch von den Männern um Buchhändler Perthes gesprochen?«, sagte Wilhelm.

»Jungens, Jungens!« Breedenbek ließ das Besteck sinken. »Lasst euch niemals bei solchen Äußerungen erwischen. Eure Hitzigkeit schadet mehr,als sie nützt. Das gilt auch für dich, Fanny!«

Alvesloh schien die Angelegenheit weniger gelassen zu sehen. Seine Befehlsstimme durchschnitt die Luft. »Keiner von euch beiden nimmt Verbindungen zu diesen Männern auf. Sollte dies geschehen sein, so endet der Kontakt zu Perthes oder Mettlerkamp von Stunde an. Ist das klar?«

Die Brüder schwiegen.

»Habe ich mich verständlich ausgedrückt oder müssen wir diese Unterhaltung ohne Damen fortsetzen?«, fragte Alvesloh leise und drohend.

Karl und Wilhelm rissen sich zu einem gemurmelten »Ja« hin und Alvesloh ließ von ihnen ab.

»Nun, nun«, sagte Breedenbek, »ihr seid gute Jungen und habt gewiss das Herz am rechten Fleck. Aber euer Bruder kann die Lage doch besser einschätzen und kommt mehr herum als wir alle zusammen. Wir wollen für heute das Politische sein lassen.«

»Aber Onkel, wie können Sie das sagen? Unsere Heimat steht auf dem Spiel und …«

»Fanny, lass sein«, unterbrach Breedenbek. Auch Miss Tibbs fuhr ihr mit zitternder Hand über den Arm. Fannys Atem ging schnell. Alvesloh schaute mit einem düsteren Blick zu ihr herüber.

»Sagt mir lieber, wer dieses Kerlchen war, das heute wie ein Gespenst die Kontorräume durchstreift hat«, wechselte Breedenbek bemüht das Thema. Stoisch und mit viel Soße führte er ein Stück Braten zum Mund. »Mit dir zusammen habe ich ihn gesehen, Karl. Ein kleiner Bursche, nicht älter als acht, neun?«

»Das ist Jakob, Monsieur«, antwortete Karl. »Der junge Botengänger, den Mademoiselle Fanny für uns engagiert hat.«

»Engagiert? Ein Kind? Mich hat darüber niemand unterrichtet.« Er sah fragend zu Fanny, deren Blick reflexhaft zu Alvesloh ging.

»Nun, lieber Onkel, es ist eine merkwürdige und etwas längere Geschichte. Vielleicht später in Ruhe?«, sagte sie.

»Vor Monsieur von Alvesloh wollen wir auch in Zukunft keine Geheimnisse haben, mein Kind«, sagte Breedenbek.

Fanny fluchte innerlich. Sie fasste die Ereignisse der Nacht und des Morgens zusammen. Dabei bemühte sie sich, ihre Eigenmächtigkeit so klein wie möglich aussehen zu lassen. Alle Blicke ruhten auf ihr.

Zu ihrer Erleichterung schien Breedenbek über einen Boten nicht unzufrieden. Niemand, gab er jedoch zu bedenken, kannte diesen Jakob und seine Verlässlichkeit wirklich. Er bat sich aus, das nächste Mal vorher um seine Meinung gefragt zu werden.

Fanny merkte, wie ihr bei diesem sanften Tadel wieder heiß wurde und sie wünschte sich zum zweiten Mal an diesem Tag aus dem Raum. Alvesloh hatte eine Augenbraue hochgezogen und sah so aus, als hätte er für Fannys Eigenmächtigkeit ganz andere Worte gefunden. Angesichts seiner Miene hätte sie auch einiges zu sagen gehabt. Hoffentlich heckten er und ihr Onkel nicht irgendeinen Geschäftsplan aus, der ihn von nun an ständig in ihr Haus führte. Ihr schwante, dass sie und Monsieur nicht gut miteinander auskommen würden. Am besten wäre es, sie könnten ihre Bekanntschaft schnell und gründlich vergessen.

Kapitel 7

Ich hoffe, unser Hirsch hat dich kulinarisch bereichert?« Breedenbek lehnte sich an das Kissen in seinem Armsessel. Alvesloh lachte und setzte sich ihm gegenüber. Er mochte das Zigarrenzimmer im breedenbekschen Haus vor allem deswegen, weil hier seit Jahren kein Tabak mehr geraucht worden war.

»Das Menü hat meinen Horizont erweitert. Ich dachte schon, das sei nicht mehr möglich. Immer, wenn man denkt, man hat die Talsohle der Scheußlichkeiten durchschritten, bietet einem das Leben neue Überraschungen.«

Breedenbek lachte leise, diesmal ohne zu husten, und wurde dann wieder ernst. »Davon habe ich noch mehr zu bieten. Aber zunächst: Dich hier in Hamburg zu wissen, gibt mir ein gutes Gefühl. Es ist ein Trost für mich, auch wenn du dir das vielleicht kaum vorstellen kannst.« Breedenbek hielt kurz inne und grinste auf seine jungenhafte Art. »Ich merke, ich werde in den nächsten Minuten ein wenig larmoyant klingen.«

»Das klingst du jetzt schon. Was ist das für ein Gefasel von Trost?« Alvesloh spielte mit dem Stiel seines Portweinglases. Sein schlechtes Gewissen verpasste ihm einen harten Stoß. Breedenbeks Gesicht sah in dem schummrigen Licht des getäfelten Zimmers wächsern aus.

Breedenbek lachte wieder. »Ich wusste, dein Besuch würde mich aufheitern. Georg, meine Krankheit ist leidiger als du ahnst. Mir kommt dieser Satz bei Portwein unangemessen vor, aber einmal muss es wohl gesagt sein: Ich sterbe. Vielleicht nicht morgen. Aber lange wird es nicht mehr dauern. Das Leben rinnt heraus und ich habe nicht die Kraft, es aufzuhalten. Nur für den Fall, dass du mir das Sterben ausreden willst, wie so viele junge Leute heutzutage: Die Ärzte sind sich sicher.«

Selbst, wenn Alvesloh hätte widersprechen wollen, er konnte es nicht. Seine selbstverschuldete Ahnungslosigkeit machte ihn so wütend, dass sein Mund austrocknete.

Der Ältere nahm behutsam einen Schluck Wein und störte sich an Alveslohs Schweigen nicht. »Aber solange ich noch auf dieser Erde bin, habe ich Sorgen. Und das sind vor allem Fanny, Miss Tibbs, Hamburg und das Kontor. Ungefähr in dieser Reihenfolge. Bei einigem davon kannst du mir nützlich werden.«

Alvesloh stellte das Glas ab und lehnte sich vor.

»Georg, ich habe dich hergebeten, um dich um eine große Hilfe zu bitten. Und ich wollte dich nicht erst fragen, wenn du an meinem Sterbebett stehst. Jetzt hast du Halunke noch die Chance, mir meinen Plan auszureden.«

Diesmal löste Breedenbeks Lachen einen Hustenkrampf aus.

»Du weißt genau, dass du alles von mir haben kannst. Das macht dich ja so gefährlich. Dich und deine vorgeschobene Husterei.« Er griff die alte Hand, die sich beim Keuchen zusammengekrampft hatte, und hielt sie fest.

Breedenbek beruhigte sich und sog die Luft tief und mit einem pfeifenden Geräusch ein. Nach einiger Zeit sprach er wieder: »Fanny, das liebe Kind, ahnt von all dem nichts oder will nichts ahnen. Ich fürchte, sie hängt mit einer naiven Gewissheit an der Vorstellung, ich würde wieder gesund und die Franzosen verließen die Stadt. Vielleicht bin ich daran auch selbst schuld und habe zu oft den Optimisten herausgekehrt.« Er fuhr sich über die Stirn. »Es sei wie es sei. Die Zukunft des armen Mädchens ist unsicher, denn sie hat außer mir und Tibbs niemanden. Die Familie von Fannys Vater in England kann und will ich nicht behelligen.« Breedenbek winkte müde ab und nippte an seinem Port. »Hätte meine Schwester ihn nur nie kennengelernt.«

Alvesloh erinnerte sich vage an die bedrückende, wenn auch übliche Geschichte einer nicht standesgemäßen Beziehung. Die Familie hatte den Bräutigam noch in der Hochzeitsnacht enterbt und ein unschuldiges Kind musste für die Dummheiten seiner Eltern büßen.

Breedenbek versuchte, sich in seinem Lehnstuhl aufzurichten und neigte sich ihm zu.

»Alvesloh, ich vertraue dir wie keinem Zweiten. Conradi ist ein guter Geschäftspartner. Er wird sich um alles kümmern, was das Kontor betrifft. In seinem eigenen Interesse. Aber er wird einen neuen Partner brauchen, und zwar bald. Die Sorge um Fanny will ich ihm in dieser Lage nicht zumuten. Besonders nicht, weil der Handel mit ihrem Erbe verquickt ist.« Breedenbek sah ihm in die Augen und es war ein Blick, der Absolution suchte. »Besser gesagt: Es ist vollständig gebunden. Wer konnte diese politischen Entwicklungen voraussehen? Sie haben jede vernünftige Planung zerstört.«

»Breedenbek, es gab keine Alternative, glaube mir. Ich bin Zeuge, wie reiflich deine Überlegungen waren.»

Breedenbek nickte und schwieg eine Weile.

»Ich mache es kurz«, sagte er dann, »Fanny ist erst neunzehn Jahre alt. Ich möchte, dass du ihr Vormund wirst, wenn ich nicht mehr bin.«

Alvesloh merkte, wie ihm die Gesichtszüge entglitten. »Breedenbek, ich –«

»Du guckst, als hätte ich dir Asche ins Glas gekippt. Du kannst das.« Er machte eine Bewegung, als wollte er alle Bedenken mit der Hand wegwischen. »Sie ist eine ganz normale Jungfer. Kein Zerberus, den du ab jetzt bewachen musst. Ich weiß, du hast von ihr einen eigenwilligen Eindruck gewonnen, aber sie ist ein gutes Kind und verdient eine freundliche Führung.«

»Ich habe überhaupt keine Erfahrung mit jungen Mädchen. Was soll ich denn mit ihr anstellen?«

»Nichts sollst du mit ihr anstellen, du Halunke. Sie ist im

Prinzip erwachsen. Für alle Frauenbelange hat sie meine treue Tibbs an ihrer Seite. Eher ließe die sich skalpieren, als das Mädchen im Stich zu lassen. Ich will ehrlich sein, Georg, denn du würdest es herausfinden: Ich weiß nicht, wieviel Geld Fanny bleibt, wenn Conradi das Kontor in seinem Sinne abwickelt. Es wird wohl mager ausfallen.«

»Wird sie hier wohnen bleiben können?«

»Ich hoffe es. Wie lange, weiß ich nicht. Ich will sie auch ungern mit dir nach Liebenau schicken.«

»Warum eigentlich nicht? Sicherer als Hamburg ist es allemal.«

»Am besten fände sie bald einen Ehemann. In deiner ländlichen Abgeschiedenheit gibt es für sie kaum Umgang. Wenn wir deinen liebenswürdigen, aber uralten Pfarrer und Adler als Gesellschaft ausklammern wollen.«

»Obwohl beide brave Kerle sind«, sagte Alvesloh, musste jedoch beim Gedanken an Mademoiselle Fanny und seinen Dorfschulmeister lächeln.

»Sicher, aber das ist alles nichts. Hamburg ist das bessere Pflaster, aber auch das gefährlichere. Es könnten sich windige Männer um Fannys Gunst bemühen, weil sie glauben, eine reiche Partie vor sich zu haben. Und ob ein verführtes Mädchenherz den Braten riecht, darauf mag ich mich nicht verlassen. Damit wären wir bei der zweiten Sache, um die ich dich bitten möchte.«

»Lass mich raten: Ich werde für Mademoiselle Fanny den Wachhund spielen und die faulen Freier verbeißen? Breedenbek, das wird meine Paraderolle.« Alvesloh kippte mit einem Seufzer den Rest seines Portweins hinunter. Er hätte etwas Stärkeres gebraucht. Schlimmer konnte der Tag nicht werden.

»Ach, mal nicht alles so schwarz. Warum führst du ihr nicht einen Freund oder Bekannten von dir zu? Ich denke, Fanny wird mit ein bisschen Überredungskunst von dir ...«

»Mit allem Respekt, Breedenbek, Mademoiselle wird eines nicht tun: in Jubelrufe ausbrechen, wenn sie den Namen ihres

Vormunds erfährt. Aus Gründen, die dich nicht beschweren müssen, hat deine Nichte eine Abneigung gegen mich gefasst, die wohl schwer zu heilen sein wird. Wenn ich mich zu Ratschlägen auf einem so heiklen Gebiet versteige, werden Mademoiselle und ich keine Freunde, glaub mir. Und wenn du mir diesen Zusatz gestattest – und bitte fasse es nicht als Kritik auf – Fräulein Fanny scheint eine undeutliche Vorstellung von ihrer zukünftigen Rolle zu haben. Sie könnte besser eine Korsarin mit einem Dolch zwischen den Zähnen abgeben als ein Mädchen, das bald eine Frau werden will. Mit all den Verantwortlichkeiten, die damit verbunden sind. Wir leben nicht in einer Zeit für Träumer und Novellenhelden.«

Breedenbek ließ den Kopf nach hinten sinken und schloss die Augen. Alvesloh bereute seinen Ausbruch. Natürlich musste sein Freund sich für Fannys Haltung verantwortlich fühlen und es war sinnlos und grausam, ihn in dieser Lage darauf hinzuweisen.

»Ich weiß, mein Lieber. Vielleicht war ich nicht der Richtige, um ein junges Mädchen anzuleiten.« Er öffnete die Augen wieder. »Aber für die Vormundschaft wird sich Fanny meinem Willen unterordnen. Mein Vertrauen zu dir soll ihr ausreichen. Sie muss schließlich nicht dich heiraten.«

»Nein, Gott bewahre!« Vermutlich hätte Fanny gerade heute eher einer Zahnextraktion oder dem Verzehr von Regenwürmern zugestimmt.

»Alvesloh, fast könnte ich beleidigt sein. Aber ich bin zu sehr auf dich angewiesen, um deine Einsiedlerhaltung zu kommentieren. Und glaub mir, dir wird es guttun, dich um jemanden zu kümmern. Muss ich mir übrigens über euren Zwist Sorgen machen? Ich könnte mit Fanny sprechen?«

»Nein, Breedenbek, bitte nicht. Es wäre völlig überflüssig und würde sie nur in Verlegenheit bringen. Die Animositäten sind übrigens einseitig; ich habe nichts gegen Mademoiselle.«

Breedenbek lachte leise. »Dann schlag ein und gib mir dein Wort: Du wirst auf sie aufpassen?«

Alvesloh zögerte. »Es gibt genug Leute, die mich am liebsten hinter Festungsmauern sehen möchten. Ganz sicher nicht als Vormund für eine Jungfer. Bedenke, welchen Dienst du deiner Nichte tust.«

»Ah, da wird dir das ganze Gerede also einmal nützlich? Feiere den Moment. Er wird nicht lange andauern. Ich weiß zwar bis heute nicht, warum du so beharrlich schweigst. Aber du wirst Gründe haben. Und an der Wichtigkeit dieser Gründe zweifle ich nicht.« Breedenbek brachte sogar so etwas wie ein Grinsen zustande. »Tut mir aufrichtig leid, Georg. Also noch einmal: Dein Wort?«

Alvesloh nahm einen Schluck und stärkte sich. Er umschloss Breedenbeks Rechte mit seinen beiden Händen und drückte sie.

»Du hast mein Wort.«

Kapitel 8

Als Alvesloh aus dem Haus am Jungfernstieg ging, war seine morgens noch gute Laune auf dem Tiefpunkt angelangt. Breedenbek todkrank – er hätte es wissen können.

Sämtliche Schwierigkeiten formierten sich in Angriffsreihe. Lieber Gott, ein Mündel und dann auch noch so eines! Gekrönt wurde das Ganze von Karl und Wilhelm und ihren patriotischen Kinderherzen. Wenn in Hamburg ein Aufstand drohte, was sollte er mit diesen Hitzköpfen tun? Es war tatsächlich eine gute Idee, Fanny zügig einen Ehemann zu suchen, der ihm diesen Teil des Problems abnahm. Irgendetwas sagte ihm, es würde mit Mademoiselle nicht leicht werden.

Er ging die zehn Meter zur Binnenalster hinunter und ergriff mit beiden Händen das kalte Messinggeländer. Der kleine See lag wie ein verlässlicher und abgeschirmter Wachposten vor der angrenzenden Außenalster. Die Wellen leckten an der moosgrünen Kaimauer und gluckten. Das Wasser der Alster kräuselte sich leicht, einige Schwäne wippten auf und ab. Die Kälte und die Umstände waren ihnen egal. Er streckte seine Arme durch, stützte sich auf und ließ den Blick wandern.

Auf der Lombardsbrücke ihm gegenüber zog ein Mann einen Karren mit Rüben. Alles sah krankhaft normal aus. Um ihn herum Spaziergänger und ein paar Blumenmädchen. Sie verkauften zu dieser Jahreszeit Blüten aus Seidenpapier an die Hamburger, die sich solchen Schmuck noch leisten konnten. Hinter den großen Fenstern des Alsterpavillons saßen französische Offiziere und Hamburger in vornehmer Toilette. Sie tranken eine Tasse Mokka, als wäre nichts geschehen.

Was für eine Lüge.

Zumindest die Möwen zogen ihre Bahnen unter Protestgekreische, das aufgeregt und unheilig klang. Alvesloh atmete kräftig aus. Die Bewohner dieser Stadt lebten weder in Frieden noch in Freiheit. Er konnte es Karl und Wilhelm nicht verdenken, dass sie die Fremdherrschaft abschütteln wollten.

Er stieß sich vom Geländer ab und ging mit raschen Schritten auf den Jungfernstieg 22 zu. Buchhändler Perthes würde ihm erklären müssen, was seine Brüder und Fanny beim Essen so aufgewühlt hatte.

Nach wenigen Schritten stand er vor der Ladentür, die ihm ein hektischer Laufbursche fast ins Gesicht schlug. Als die Tür hinter ihm ins Schloss fiel, war es, als tauchte er unter Wasser. Das Gerumpel der Kutschen und die Rufe der Nelkenmädchen drangen nur gedämpft zu ihm durch. Die Räume waren in ein bläulich-rauchiges Licht getaucht. Die dunkel getäfelten Wände mit den gedrechselten Regalen gaben den Verkaufsräumen eher den Anschein einer versunkenen Kogge als den eines Ladens. Der Klabautermann, der diese Unterwasserwelt verwaltete, blieb unsichtbar. Nach einigen Augenblicken bewegte sich jedoch etwas hinter einem Bücherturm auf dem Tresen. Es raschelte, tastete, das oberste Buch verschwand und gleichzeitig paffte eine Qualmwolke auf.

Alvesloh musste lächeln. »Perthes?«

Zunächst erschien ein Haarschopf, dann braune, wieselflinke Augen und zuletzt eine überdimensionierte Zigarre, die viel zu rund und behaglich für das hagere Gesicht wirkte.

»Ah, von Alvesloh!« Friedrich Perthes kam hinter den Folianten hervor und fasste ihn beim Arm. Offensichtlich war er nicht im Mindesten erstaunt, ihn zu sehen. An der Zigarre vorbei sagte er: »Ich habe eine Schrift über den Segen der Zuckerrübe an der französischen Zensur vorbei bekommen. Warten Sie, ich suche sie heraus.«

»Ein anderes Mal, Perthes.«

»Soll ich uns etwas zu trinken kommen lassen, lieber Alvesloh? Sie wirken ja wie versteinert.«

Der Buchhändler nahm gottlob das rauchende Ding aus dem Mund und brachte ihn in die hinteren Räume des Ladens, die über eine Treppe zu den Wohnräumen der Familie führten. Von oben kam der Singsang eines der zahlreichen Perthes-Kinder, das einen uralten Abzählreim herunterbetete.

»Danke, ich würde lieber gleich zur Sache kommen. Perthes, wenn ich richtig vermute, haben Sie in der letzten Zeit nicht nur ihren Buchhandel betrieben. Meine Brüder bei Breedenbek sind ganz von Sinnen: Umsturz, Aufstand, was nicht alles. Ich bitte Sie, im Interesse dieser Jungen, sagen Sie mir, was sie vorhaben. Oder noch besser: Versprechen Sie mir, Kinder aus Ihren Plänen heraus zu lassen. Sie kennen meine Haltung zu vorschnellen Bürgeraufständen.«

Perthes kratzte sich am Kopf.

»Ihnen wird nicht entgangen sein, welche Schwierigkeiten die Franzosen haben, überhaupt noch die Wachen zu besetzen? Seit Lauristons Abzug gibt es kaum mehr Soldaten. Es gibt Ideen, wonach wir eine Bürgerbewaffnung bei den Franzosen durchsetzen könnten. Ein drohender Aufstand ist ein günstiger Vorwand dafür, denn die Führung hat Angst vor den einfachen Bürgern. Der dänische Legations-Rat verhandelt schon.«

»Rist?«, fragte Alvesloh.

»Eben derselbe. Kann ich offen sein?«

»Frei heraus.«

Perthes nahm einen langen Zug aus seiner Zigarre und paffte den blauen Dunst an Alveslohs Schulter vorbei. »Dachdecker Mettlerkamp und ich haben parallel begonnen, den Handwerksstand zu mobilisieren. Glauben Sie mir, Alvesloh, wir Bürger sind fähiger und entschlossener, als die französischen Generäle es annehmen. Uns werden die Tagelöhner und Arbeiter folgen.«

»Perthes, wir haben es hier nicht mit ein paar dummen Jungen zu tun, die Besatzung spielen. Carra Saint-Cyr wird nicht bei der ersten Mistforke in die Elbe springen. Selbst wenn es uns gelingt, die Hiergebliebenen in die Flucht zu schlagen – meinen Sie, Paris wird seelenruhig zusehen, wie die Hauptstadt des Elbdepartements verloren geht?«

Alvesloh griff nach einem kleinen Schälchen, das auf dem Regal neben ihnen stand und reichte es Perthes. Der klopfte mit einer dankenden Kopfbewegung fast ein daumendickes Ascheende ab.

»Wer soll den nachrückenden Franzosen trotzen?«, sagte Alvesloh. »Ihre Bäcker und Dachdecker? Verzeihen Sie, mein Freund, wenn ich zynisch klinge, aber ich habe zu viel Heldenmut gesehen, der Kinder zu Waisen und ihre Mütter zu Witwen gemacht hat.«

Perthes seufzte. »Ich sehe doch auch, was fehlt. Wir bräuchten erfahrene Offiziere, die wir – zugegeben – nicht haben. Aber wenn Männer wie Sie, mit Ihrer Geschichte und Ihrem Geschick, dabei wären? Dann bestünden unsere Reihen nicht nur aus Dachdeckern und klapprigen Buchhändlern!«

Bei der letzten Bemerkung wies Perthes auf sich. Alvesloh musste lächeln, obwohl ihm eigentlich nicht danach war. Heldenmut für eine verlorene Sache machte sie nicht aussichtsreicher, nur blutiger. Er fuhr sich mit der Hand übers Gesicht. Schon das zweite Mal heute wurden seine Versprechen sich selbst gegenüber aufgeweicht: Niemals wieder Verantwortung für andere übernehmen und nie wieder seine Männer und Freunde sterben sehen.

»Wissen Sie, mein Freund, wie Krieg geht?«, fragte Alvesloh sanft. »Nichts für ungut, aber je weniger ein Mann im Felde gestanden hat, desto größer ist seine Neigung dazu. Niemand, der die Schrecken des Kampfes mit eigenen Augen sah, wünscht sich mehr davon.«

Perthes Gesicht rötete sich. Alvesloh bedauerte augenblicklich seine Wortwahl.

»Und ich kenne keinen Mann, der Mann heißen will und seine eigene Ehre und die seiner Stadt ohne Gegenwehr preisgäbe«, sagte Perthes.

»Also wollt ihr euch lieber mitsamt eurer Ehre von den Franzosen zu Hackfleisch machen lassen?«

»Wenn es sein muss, ja.«

Alvesloh schaute in Perthes Gesicht. Es lag viel Kraft und Würde darin. Sein eigenes Herz musste er trotz aller Zweifel nicht lange befragen. Was gäbe er nicht darum, den Norden frei zu sehen von Fremdherrschaft?

»Wenn, dann brauchen wir Bündnisse: die Dänen in Holstein, der Herzog von Oldenburg. Ich kann einige Gespräche führen. Aber ob uns das weiterbringt, weiß ich nicht.«

»Das würden Sie tun? Wenn sich gar ganz Norddeutschland gegen die Besatzer erheben würde!«

»Es sind nur Versuche, Perthes. Ob etwa der Herzog unser Ansinnen unterstützt, steht auf einem anderen Blatt.« Alvesloh seufzte. »Und warum ich ›unser Ansinnen‹ sage, weiß der Himmel allein.«

»Und ich denke, lieber Alvesloh, Sie können gar nicht anders, als in einer gerechten Sache Partei zu ergreifen.« Perthes rieb sich die Hände und sah erschreckend zufrieden aus.

Kapitel 9

Der Winter schloss seine eisigen Hände immer fester um Hamburg und lähmte die Stadt. Die Bürger schlichen umher, vermummt, so dass man kaum Mann von Frau unterscheiden konnte. Nur verstohlen sprach man von den drückenden Kontributionen und der Not durch die Einquartierungen. Im Hafen fraß sich der Frost in die Schiffsbäuche. Sogar die Ratten starben an Unterernährung.

Es wurden kaum noch Gesellschaften gegeben, keine Bälle, wenige private Einladungen. Die Franzosen waren gereizt, viele krank, litten an Durchfällen und Nervenleiden. Ihnen blieb nur der Branntwein, um sich zu wärmen und die immer greifbarere Feindseligkeit der Hamburger zu ertragen.

In den Häusern kam es öfter zu hässlichen Szenen, die in Prügeleien endeten. Die Justiz der Besatzer verfolgte mit kalter Härte all diejenigen Haushaltsvorstände, die sich gegen die Übergriffe des Militärs wehrten. Immerhin erlaubte man einigen verdienten Witwen der Stadt, ein wenig Geld, Kleidung und Hausrat für die vielen Dienstmädchen und Köchinnen zu sammeln, denen von Soldaten Gewalt angetan worden war. Sie würden im nächsten Winter ein Kind ernähren müssen, das keinen Vater hatte.

Die Tage zogen sich wie ein böser Alptraum dahin und immer öfter rumpelte der Leichenwagen über die Straßen. Wer hinausschaute, konnte sehen, dass ein halbes Laken ausreichte, um die ausgemergelten Körper zu bedecken, die zu Dutzenden aus den Hinterhöfen, den Dachkammern und Kellerwohnungen geholt wurden.

Auch das breedenbeksche Haus war in eine Art Starre verfallen. Die Stimmung sank mit den Temperaturen vor der Tür und dem Onkel ging es immer schlechter. Die zweite Februarhälfte brach an und die Kälte ließ die beiden Alsterseen zufrieren. Alle fürchteten das Schlimmste für den Kranken, doch dann erholte er sich ein wenig. Nach Fanny verlangte der Onkel nur äußerst selten und sie vermutete, er wolle ihr den Anblick des Siechenden ersparen.

Seit dem Abend bei Reinckes hatte Fanny Monsieur von Alvesloh nicht mehr gesprochen. Er war in der Zwischenzeit nur zweimal auf einen kurzen Besuch ins Krankenzimmer geschlüpft und mit versteinertem Gesicht gleich wieder verschwunden. Sie gratulierte sich dazu, dass sie ihn fast vergessen hatte. Was auch immer für Gerüchte kursierten, was auch immer für Gefühle sie in seiner Gegenwart gehabt haben mochte, – angesichts ihrer Sorgen waren sie bedeutungslos. Wenn ihr Onkel wirklich sterben sollte, verlor sie das letzte bisschen Familie, das ihr geblieben war.

Würde Conradi die Geschäfte übernehmen? Was, wenn nicht genug Geld blieb, damit sie einen eigenen Hausstand gründen konnte? Während sie in der Wäschekammer mit Meta das Leinen faltete, hatte sie einen fürchterlichen Tagtraum: Sie saß als Abhängige an Conradis Tisch, neben ihr Tibby, nur aus Mitleid geduldet, jeden Tag vom Armenhaus bedroht.

Sie legte die Servietten hin, damit Meta nicht sah, wie ihre Hände zitterten. Ein eisernes Band zog sich um ihre Brust. Auch ohne den Tod ihres Onkels könnten sie bald vernichtet sein, wenn die Franzosen in Hamburg blieben, allen Handel verhinderten und weiter Kontributionen erhoben.

Fanny ließ Meta mit der Wäsche stehen und lief hinaus in den Garten. Sie sog mehrfach die kalte Luft ein. Der kleine Pavillon, das vertraute Mäuerchen, sogar die kahlen Sträucher beruhigten sie. Ganz langsam wurde ihr Herzschlag ruhiger und sie kehrte ins Haus zurück.

Eine Woche später, an einem nasskalten Dienstag, ließ Breedenbek seinen Advokaten zu sich rufen und verfügte eine Testamentsänderung. Einen Tag nach diesem Besuch, am 24. Februar, schickte er früh am Morgen nach Fanny. Als sie eintrat, roch es nach Kampfer und den öligen Salben, die Miss Tibbs säuberlich in vielen Tiegelchen und Fläschchen auf dem Beistelltisch sortiert hielt.

Das Zimmer war kalt wie eine Gruft, aber der Onkel schien nicht zu frieren. Er lag erhöht in seinem Bett und atmete flach, seine Gesichtshaut wirkte eingefallen, aber er war wach und seine Stimme klang wie gewöhnlich.

»Mein Kind, ich habe dich zu mir rufen lassen, weil ich wichtige Dinge mit dir besprechen möchte. Dinge, die nach meinem Ableben eintreten werden.«

»Aber lieber Onkel, Sie werden gesund und ...«

Breedenbek hob die Hand. »Fanny, wir wollen uns nicht gegenseitig mit solchen Reden belasten, mich strengt das Sprechen an. Du bist doch gescheit.«

»Sprechen Sie, ich bin ganz still und will Sie nicht unterbrechen.« Fanny legte die Hände in den Schoß und knetete ihre Finger.

»Du wirst in meinem Testament alles so finden, wie ich es für das Beste hielt. Ich wollte dein Erbe nicht leichtfertig noch mehr schmälern, als die Umstände und auch meine unglückliche Hand im Kontor es bereits getan haben.«

»Onkel, Sie haben sicher alles wunderbar eingerichtet und ich ...«

Breedenbek winkte erneut ab und Fanny besann sich auf ihre Zuhörerrolle.

»Zwei Dinge aber sollst du nicht aus dem Mund eines nicht mitfühlenden Advokaten hören. Ich sagte, ich würde dein Erbe nicht leichtfertig schmälern, aber geschmälert habe ich es doch. Und ich hoffe auf deinen Segen dafür.«

Fanny wusste nicht, was sie denken sollte, so merkwürdig kamen ihr die Worte des Onkels vor. Sie schwieg und wartete.

»Vielleicht hast du es gemerkt«, fuhr Breedenbeek fort, »ich bin deiner Gouvernante, Miss Tibbs, stärker zugeneigt, als es zwischen zwei alten Hausgenossen nur billig wäre. Ich hätte die liebe

Tibby in meinen alten Jahren noch vor den Altar geführt, wenn mir ein längeres Leben vorbestimmt gewesen wäre. Ich bin mir nun sicher – und es ist das größte Geschenk –, dass diese Neigung erwidert wird.« Breedenbeks Augen wurden feucht und er sprach eine Weile nicht. »Aber es kann nicht sein. Nun sorge ich mich um sie genauso wie um dich, wenn nicht ein bisschen mehr. Sie hat nicht mehr wie du die Gabe, sich durch Jugend in der Welt beliebt zu machen. Um es kurz zu sagen, ich habe Miss Tibbs eine jährliche Rente bestimmt, die sie leidlich unabhängig machen wird. Auch dann, wenn du eines Tages von ihr getrennte Wege gehst.«

Fanny stiegen die Tränen herauf. Mit einem Schlag wurde ihr klar, dass Miss Tibbs und ihr Onkel keine Wesen ohne zärtliche Empfindungen waren. Sie nahm Breedenbeks Hände und küsste sie.

»Ich bin dankbar für Ihre Voraussicht«, flüsterte sie, weil sie ihrer Stimme nicht traute. »Ich könnte es mir anders nicht wünschen. Haben Sie nicht die geringste Sorge, ich könnte es missbilligen.«

»Ich hatte das gehofft, Fanny und ich bin froh.« Breedenbek schwieg einen Augenblick. »Dann muss ich dich auch noch über eine andere Angelegenheit unterrichten. Du bist noch nicht großjährig und brauchst einen Vormund. Ich habe Georg von Alvesloh ausgewählt. Er war so gut, meinem Wunsch zu entsprechen – trotz der Bürde, die es für ihn bedeutet.«

Fanny war so überrumpelt, dass sie nichts erwidern konnte.

»Erweise dich ihm gegenüber dankbar. Und begrabt alle kindischen Fehden, von denen ich nebenbei nicht weiß, woher sie stammen. Du kannst Alvesloh vertrauen. Sollte er einen geeigneten Heiratskandidaten finden, so prüfe seine Wahl genau und entscheide nicht nach deiner Laune. Die Jugend fasst schnell Zu- und Abneigung und verliert sie auch wieder.«

Der Onkel starrte aus dem Fenster. Wie gelähmt saß Fanny da, nur ihre Augen folgten seinem Blick. Er sah zur Mühle der Lombardsbrücke. So stetig wie ein Schicksalsrad drehte sie ihre Flügel hinauf und hinunter. Fanny schloss kurz die Augen und versuchte, ihre Gefühle zu sortieren. Angst und Wut rangen miteinander. Ihr Onkel würde sterben und Alvesloh sollte ihr Vormund werden?

»Mein Kind, vor dir liegt keine leichte Aufgabe: Du musst eine Frau werden, vielleicht eiliger als du es dir wünschst. Betrachte das Leben so, wie es ist, nicht so, wie du es gerne hättest. Glaube mir, nichts wäre mir lieber, als euch, Miss Tibbs und dich, glücklich zu sehen.«

Kapitel 10

Caroline, eine Katastrophe!«

Fanny rauschte ins petersensche Frühstückszimmer. Gesche hatte sie mitgebracht, weil es die Schicklichkeit gebot. Sie wartete draußen vor der Tür. Fanny war mit Caroline allein, ein Umstand, der so selten war wie ein stummer Aalverkäufer.

»Was ist passiert? Der Onkel?«

»Nein, sein Zustand ist unverändert.« Fanny ging zum Fenster, schob die Gardine ein wenig zur Seite und versuchte, die Großen Bleichen entlang zu sehen. »Es ist sein Testament oder jedenfalls die wichtigsten beiden Verfügungen, die mich betreffen. Die eine hätte ich mir besser, die andere grauenvoller nicht vorstellen können.«

Fanny begann, im Zimmer auf und ab zu laufen. Caroline sagte nichts; das sah der Freundin gar nicht ähnlich. Fanny hatte immer stärker das Gefühl, dass sie Opfer eines völlig unnatürlichen Tages war. In wenigen Worten erzählte sie Caroline, was Breedenbek verfügt hatte.

Caroline starrte sie aus feuchten Augen an. »Oh, Liebes, es tut mir so leid! Ich kann mir nur denken, dass wir deinem Onkel vertrauen sollten. Er wird schon wissen, was er tut. Es sind ja alles nur Gerüchte um Monsieur von Alvesloh.« Caroline faltete mechanisch ein Zettelchen auseinander und wieder zusammen. Ihr Handarbeitszeug, sonst praktisch an ihr festgewachsen, lag unberührt auf dem Stuhl am Tisch.

Fanny vergaß für eine Weile ihre Probleme. Mit Caroline stimmte etwas nicht. Und vor dem Fenster hörte sie immer lauteren Krach. Schon auf dem Weg hierher war die Stimmung auf der Straße merkwürdig gewesen. Als hätten ein paar böse Jungen mit Ästchen in einem Ameisenhaufen gestochert.

»Was ist dir denn, Caro? Du bist so verändert. Und was ist das eigentlich für ein Lärm?« Sie trat zum Fenster. Unten rumpelte eine Kutsche vorbei, ansonsten lag die Straße wie ausgestorben da.

Caroline hielt ihr wortlos ein knitteriges Papier hin, das vom Falten arg mitgenommen war. Fanny las. Die Schrift war hektisch und unsauber:

Mein liebstes Fräulein,
ich hoffe, meine Nachricht erreicht Sie auf einem sicheren Weg! Wir müssen uns beeilen, soeben ist Befehl gegeben worden. Wir haben uns am Hafen zu sammeln, um für den Armeedienst eingeschifft zu werden. Weder über unsere Bestimmung, noch über eine Rückkehr wissen wir Genaues. Ich bitte nur den lieben Herrgott, mir Ihr trautes Gesicht so lebendig in Erinnerung zu belassen, wie es gerade vor mir steht. Weitere Briefe zu schreiben, wage ich nicht, um Sie nicht zu kompromittieren. Wenn Sie jedoch einen Weg finden, so wären mir einige Zeilen von Ihnen in der Fremde mehr als alles Gold der Welt!

Ich verbleibe, werte Caroline, mit den innigsten Wünschen
für Ihr Wohlergehen
Ihr getreuer Diener
K. Miller

Fanny ließ den Zettel sinken. »Aber Caro, das dürfen sie gar nicht. Miller ist bei der Präfecturgarde! Das kann nicht sein, er muss sich täuschen. Sie gehen vielleicht auf eine nahegelegene Waffenübung?«

»Nein, Fanny, es ist wahr. Margarete hat es mir bestätigt. Sie kam eben vom Markt. Die Leute sind empört und schlagen Krach, aber wahr bleibt es. Alle Hamburger von der Präfectur werden eingeschifft, egal, welche Versicherungen die Franzosen vorher gegeben haben.«

»Aber sie haben doch garantiert, sie vom Dienst außerhalb auszunehmen!«

»Ach, Fanny!« Mit Carolines Haltung war es vorbei und sie schluchzte in ihre Hände. »Ich werde Konrad nie mehr sehen! Er wird in irgendeiner Schlacht für diesen grässlichen Kaiser sterben. Ich habe ihm nicht Adieu sagen können. Seit zwei Wochen habe ich ihn nicht gesehen!«

»Caro!« Sie nahm die Freundin in die Arme und hielt sie. Eine ungeheuerliche Wut stieg in ihr auf. Ihre Gedanken schossen durcheinander. Als ihre Eltern starben, war sie machtlos gewesen. Zu ihrem neuen Leben auf dem Kontinent war sie nicht gefragt worden. Breedenbek war todkrank und ein Vormund konnte ihr einfach so vorgesetzt werden. Im Grunde sollte sie sich besser heute als morgen von einem Ehemann gängeln lassen. Miller wurde Caroline genommen, ohne dass diese irgendetwas dagegen unternehmen konnte. Diesen Krieg entschieden und kämpften Männer. Nur über einem Aquarell und dem Stickrahmen durften Frauen Glut und Eifer empfinden. Eine große Revolution war über Europa hinweggefegt, aber für Frauen hatte sich nichts geändert: Sie waren wie Puppen, die folgsam an den Fäden der Spieler zu hängen hatten. Was sie betraf, war damit Schluss. Sie hatte genug gelesen, jetzt waren Taten notwendig. Sie schob Caroline fast unsanft von sich fort.

»Caro, du wirst Konrad sehen. Ihr sollt nicht ohne einen Gruß, ohne eine Umarmung voneinander scheiden. So herzlos springt das Leben nicht mit uns um!«

Die Freundin hob das verweinte Gesicht und schaute so trostlos, dass Fanny ihren Entschluss gleich noch einmal fasste.

»Aber was können wir denn tun?«

»Na, hingehen, mein dummes Gänschen! Wer zwingt uns, hier unser Unglück zu betrauern. Miller ist noch in Hamburg, oder?«

»Ich weiß nicht, ich glaube es.« Caroline schniefte und fasste sich etwas. »Das Billett kam vor zwanzig Minuten. Dann habe ich Margarete gefragt, die vom Markt kam. Die hatte von der Einschiffung erfahren, aber auch gerade erst.«

»Gut. Das Dumme ist, wir wissen nicht, wo er eingeschifft wird. Und wir können nicht den Hafen ablaufen.« Fanny legte die Finger an die Schläfen und versuchte, sich zu konzentrieren.

»Um Gottes willen! Wir dürften uns dort überhaupt nicht blicken lassen. Du weißt, was für ein Gesindel am Hafen unterwegs ist. Mein Vater bringt mich um!«

»Ein bisschen Mut, Caroline. Willst du ihm Adieu sagen oder nicht?«

»Ja, ja, das will ich. Nichts mehr als das.« Carolines Veilchenaugen blinkten feucht und vertrauensvoll.

»Na, also. Margarete können wir nicht noch mehr fragen, die läuft sofort zu deiner Mutter. Gesche hat keine Ahnung und Meta und Johann will ich gar nicht zum Nachdenken bringen.« Fanny schwieg einen Moment und fasste sich dann an den Kopf. »Natürlich. Jakob. Wir holen Jakob!«

»Wer ist denn das?«

Aber Fanny antwortete nicht, sondern rief Gesche, die wie immer mitgekommen war und im Flur wartete. Fanny ließ Jakob holen.

Eine Viertelstunde später war der Kleine bei Petersens. Seine täglichen Streifzüge durch die Stadt machten ihn zu einer Fundgrube an Wissen. Nicht nur kannte er den Ort der Einschiffung, er wollte sogar gesehen haben, wie eine aufgeregte Menge sich am Baumwall zusammenrottete, um zu protestieren. Fanny war zwar einige Male mit ihrem Onkel am Hafen gewesen, doch immer in einer Kutsche. Sie traute sich nicht zu, den Weg dorthin zu finden.

»Jakob, hör zu: kannst du Caroline und mich sicher an den Ort bringen, wo du die jungen Männer gesehen hast? Und darüber Stillschweigen bewahren?«

»Und ob ich das kann, gnädiges Fräulein« Jakob richtete sich kerzengerade auf und faltete die Hände hinter seinem Rücken.

»Na, dann nichts wie los! Caro, bist du bereit? Nimm deinen schlechtesten Umhang und dann lasst uns hinten heraus zum Fleet verschwinden. Kommen wir über das Mäuerchen?«

»Ja, ich glaube schon. Fanny, meine Familie bringt mich um, wenn sie das erfährt. Wir können doch nicht auf uns gestellt durch die Stadt laufen, nur mit einem Kind als Begleitung!«

Jakob schien das als Beleidigung aufzufassen, jedenfalls sandte er einen vielsagenden Blick an Fanny.

»Fass dir ein Herz, Caro. Niemand kann wissen, wo wir sind. Du legst eine Notiz für deine Eltern hin und schreibst, du seist auf einen kurzen Besuch bei uns. Bei mir denken alle, ich wäre bei dir. Alles in bester Ordnung!«

Fanny spürte, dass der Nervenkitzel imstande war, alle zukünftigen Probleme zu verdrängen und gab sich dem Gefühl hin. Zwei Jungfern aus gutem Hause allein auf den Straßen – das war ungesehen und unerhört. Zumindest würde sie am Hafen niemanden aus ihrem Bekanntenkreis treffen, dachte sie mit einem Anflug von Galgenhumor.

»Jakob, kannst du uns auf versteckten Wegen hinbringen? Es sollten uns am besten keine Kutschen und gute Gesellschaft passieren können.«

»Fräulein, wir gehen durch die Gänge. Dort ist so wenig gute Gesellschaft wie auf'm Plumpsklo.«

Die Verantwortung, die auf ihm lag, schien Jakob nicht in die Knie zu zwingen. Fanny schaute Caroline von der Seite an und sagte bemüht fröhlich: »Gut, dann wollen wir es wagen!«

Über einen Gang des Nachbargrundstücks erreichten sie die Vorderseite der Großen Bleichen. Bei dem Versuch, die kleine Grundstücksmauer zu überklettern, hatte Fannys Tageskleid aus gelbem Musselin und ihr Wollmantel merklich gelitten. Sie war froh, als sie die großausgebaute Straße mit den stattlichen Bürgerhäusern hinter sich ließen. Als Jakob in die kleinere Fuhlentwiete einbog, entspannte sich Fanny ein wenig.

Von Ferne hörte sie Lärmen und Johlen, hier war jedoch alles ruhig. Nur einmal liefen sie an einem Haufen grölender Handwerksburschen vorbei, die alle französischen Kokarden von Hauswänden und Türen rissen und in den Schmutz traten. Nirgends waren Patrouillen zu sehen und niemand setzte dem Treiben ein Ende.

Als einer der Burschen die herabgerissenen Abzeichen mit unaussprechlichen Körperflüssigkeiten tränkte, war es nur Jakob zu verdanken, dass Caroline bei Bewusstsein blieb. Ruppiger als nötig zog er sie in einen schmalen Durchlass, den Fanny nicht einmal bemerkt hatte. Dieser Gang schluckte die kleine Gruppe wie ein gefräßiges Maul von der Landkarte der biederen Gesellschaft.

Sie tauchten in einer anderen Welt wieder auf, die Fanny noch nie gesehen hatte. Sie standen in einem Gässchen, das in der Mitte von einer Abwasserrinne geteilt wurde. Kinder spielten darin. Die Sonne erstarb zwischen den fast aneinanderstoßenden Häusergiebeln und das Restlicht gab allem einen dämmerigen, grau-grünen Schleier.

Fanny atmete durch den Mund, um den Gestank auszublenden. Es roch nach Kot und süßlich verrottendem Gemüse. Seifenlauge, die ihren Kampf aufgegeben hatte, gab der Wasserrinne hier und da einen ölig-glänzenden Schimmer. In der Enge liefen Männer, Frauen und Kinder hin und her und schrien durcheinander. Viele der Fenster waren trotz der Kälte geöffnet und sie mussten ständig aufpassen, sich an den Läden nicht den Kopf zu stoßen.

Jakob bog in ein weiteres Gässchen ein, von dem wieder ein Weg abging. Bald hatte Fanny in dem Gewirr der Gänge den Überblick verloren. In den meisten Gassen hätte sie mit ihren beiden Händen die gegenüberliegenden Hauswände berühren können. Ihr Onkel hatte einmal von einer Verordnung gesprochen, nach der die engsten Hamburger Straßen noch für einen Sarg breit genug zu sein hatten. Hier ahnte sie, warum.

Stets, wenn sie sich in einer Sackgasse glaubte, weil eine Hütte den Weg versperrte, duckte sich Jakob in einen neuen Verbindungsweg. Mehrere Male wichen sie nur knapp dem Inhalt eines von oben ausgeschütteten Nachttopfs aus. Wie konnten Menschen in diesem Gestank und Unrat leben? Zum Nachdenken blieb keine Zeit. Jakob zog sie mit sich, so oft sie stockte.

An der Ecke eines besonders schäbigen Ganges mussten sie verschnaufen, weil Caroline vom Rennen Seitenstiche bekam. Sie standen in einer dunklen Nische unter einem Machwerk aus Fenstern und Wänden, dessen oberes Stockwerk wie ein Kropf über ihnen hervorragte. Sie fühlte sich von unsichtbaren Augen beobachtet und drängte voran, als wie aus einem Spinnennetz eine Frau auf sie zu schoss. Ihr Kittel war schmutzverkrustet und die Haube rutschte halb die strähnigen Haare herab. Als sie Fannys Kleid festhielt und nach Almosen verlangte, öffnete sie einen zahnlosen Mund. Der Atem roch faulig. Fanny wurde übel.

Sie schüttelte die Alte ab, doch gleich mischten sich zerlumpte Kinder dazu, die erst von dem Trio abließen, als Jakob Knüffe und Tritte verteilte. Frauen schauten aus den Fenstern und zwei grobschlächtige Kerle lachten über die Szene. »He, Claas, guck hin, heute gibt's noch zarte Täubchen zu fangen und nicht nur zähe Franzosenröcke.«

Sein Kumpan mühte sich ab, ein Fass, das er Gott weiß wo herhaben mochte, eine Kellerstiege hinunter zu wuchten. Nach einem abschätzenden Blick rief er zurück: »Die sehen mir zu mager aus, aber vielleicht sind ihre Geldbeutelchen praller gefüllt als ihre Mieder.« Lachen erscholl aus den Kammern über ihnen. Jakob schob sie schnell vorwärts und schimpfte wüst.

Fanny bereute ihren Entschluss zu diesem abenteuerlichen Unterfangen. Was dachte sie sich nur? Sie kannte dieses Hamburg nicht und es machte ihr Angst. Nach all dem Gerenne konnten sie nicht mehr weit vom Hafen sein. Das war ihr einziger Trost. Auf keinen Fall durften sie den Höllenparcours durch die Gänge unverrichteter Dinge zurückgehen, schon um Caroline wieder mit der Welt zu versöhnen. Die schaute drein, als hätten Jerichos Mauern sie begraben.

Nur Jakob war unverändert frisch und gut gelaunt. Er schlug Haken wie ein Hase und bewegte sich unbeirrt auf sein Ziel zu. Erst als sie am Herrengraben auftauchten, erkannte sie ihr Hamburg wieder. Die Straße empfing sie verlässlich und zurückhaltend, so wie sie es gewohnt war. Einen Moment durchstreifte ein verstörender Gedanke ihren Sinn: Was mochte sie von diesem Leben alles nicht wissen?

Sie erreichten den Hafen. Rechts überquerten sie das Fleet und schon wiesen dutzende Masten wie die Borsten eines ausrangierten Besens gen Himmel. Sie roch den modrigen Geruch, eine Mischung aus Algen, Holz, Schlamm und wohl unzähligen toten Ratten. An der Hafenkante entlang führte Jakob sie zum Baumhaus, das wie ein stattlicher Riese die Einfahrt in den Binnenhafen bewachte.

Der Lärm verstärkte sich, je näher sie ihrem Ziel kamen. Unten am Wasser wimmelte es von Menschen. Die Männer der Präfecturgarde und die französischen Soldaten standen nicht allein, sie wurden umringt von einfachen Bürgern, Gesellen und Tagelöhnern. Auch Marktweiber und Kinder wie Jakob waren darunter. Von den Seiten und von hinten strömten mehr Menschen auf den Pier zu, an dem Miller und seine Kameraden verladen werden sollten. Sie wurden geschubst und gestoßen.

Caroline stöhnte auf, als ihr ein Bursche auf den Fuß trat. Fanny beachtete das nicht, sondern drehte die Freundin in Richtung einer Szene, die kaum zu glauben war: Die Männer der Garde waren nicht in der Gefahr, fortgebracht zu werden. Die Gendarmen, die ihre Einschiffung überwachen sollten, standen jetzt zusammengetrieben an der Hafenmauer. Eine wilde Menge umstand die Soldaten und brüllte franzosenfeindliche Ausrufe. Steine flogen. Die Besatzer sahen zu Tode geängstigt aus.

Eine berittene Patrouille hätte wohl zur Hilfe kommen sollen, steckte aber in der Menschenmasse fest. Schon bald war auch Fanny, Caro und Jakob der Weg nach hinten durch immer mehr Zuströmende versperrt. Sie saßen in diesem revoltierenden Gewühl fest.

Ein Offizier der Präfectur, der von den Elbkähnen wieder auf festes Land getreten war, hob die Arme und sprach beruhigend auf die Umstehenden ein. Die meisten seiner jungen Kameraden johlten allerdings mit den Tagelöhnern und Marktweibern mit. Fanny bekam kaum Luft, weil sie von hinten immer Menschen nach vorne drückten. Die weißen Uniformen der Garde mit ihren orangefarbenen Aufschlägen hoben sich grell von der Masse ab, in der auch sie gefangen waren. Die Elbschiffer, die das Ganze beobachtet hatten, machten sich achselzuckend davon, einige mit einem feixenden, andere mit einem gleichgültigen Gesicht.

In den Lärm hinein rief Caroline: »Da, ich sehe Miller! Oh, Gott, ich kann nicht atmen, ich habe solche Angst!«

Fanny schlug das Herz bis zum Hals. »Caro, sie werden sie nicht einschiffen. Die Leute erlauben es nicht. Die Bootsmänner sind schon fort.« Sie schaffte es, Carolines Cape zu fassen und ließ sie nicht mehr los. Dann wandte sie sich an Jakob:

»Bring uns irgendwie raus!«

Der Junge begann, ihnen durch Stoßen und Drücken einen Weg zur Seite zu bahnen. Für einige Momente glaubte Fanny, Caroline nicht hinauszubekommen. Sie war blass wie ein Milchkännchen und stieß nicht energisch genug. Fanny ließ das Cape los und packte Carolines Arm. Sie zog sie so kräftig sie konnte hinter sich her, auch gegen die Protestrufe der Freundin. Auf diese Weise schafften sie es, sich an den Rand des Auflaufs zu schieben – nicht ohne blaue Flecke und zerrissene Kleidung. Sie hielten erst an, als sie auf der Höhe des Schiffer-Armenhauses waren und suchten sich einen Winkel, in dem sie verschnaufen konnten.

Die Gruppen vom Schaarmarkt drängten unaufhaltsam vorbei. Es war, als stünden sie an einem Flussbett, das von einem Strom geflutet wurde. Nun erst erfasste Fanny die gesamte Situation: Sie waren in eine Rebellion gegen die Franzosen geraten! Was ihr vor wenigen Stunden die größte Freude bereitet hätte, machte ihr jetzt vor lauter Angst die Kehle eng. Die Menschen warfen immer mehr Steine und brüllten wie die Tiere. Was, wenn ein Offizier vor lauter Furcht in die Menge schoss?

»Hört, ihr zwei«, sagte sie ohne Atem. »Wir müssen weg. So schnell wie möglich. Und diesmal über die großen Straßen. Kein braver Bürger, der bei Trost ist, zeigt sich jetzt draußen.«

Einige Burschen demolierten jetzt ein Häuschen der Hafenwache und schleppten alles Brauchbare fort. Einem berittenen Offizier hatten sie den Sattel gestohlen und schwenkten ihn wie eine Trophäe über den Köpfen. Aus der Menge hörte sie immer öfter die Rufe: »Zum Millerntor, zum Millerntor!« Ein guter Teil der Horde wälzte sich nun in diese Richtung fort.

Fanny deutete auf eine ruhige Seitenstraße, die ihr für die Flucht geeignet schien und schob Caroline und Jakob vorwärts. Niemand achtete in dem Gedränge auf die Mädchen. Sie rannten in die verwaist daliegende Straße und sammelten sich im Schatten eines buckligen Fachwerkhauses. Fanny hielt sich die Rippen und sah, wie zwei Männer aus dem Halbdunkel der Hauswand glitten und sich vor dem schutzlosen Grüppchen aufstellten. Der eine war schrecklich pockennarbig und stank noch auf zwei Meter, als wäre er einem Schnapsfass entstiegen. Sein Freund war so mager und knochig, dass sich die Haut wie festgenagelt über den Gesichtsknochen spannte. Der Narbige zog ein Messer aus seiner Jacke. Fanny blieb fast das Herz stehen.

»Na, meine Hübschen, so allein unterwegs?« Die Klinge blitzte auf. Im nächsten Moment lag Fannys Umhang mit zertrennten Haltebändern vor ihr im Dreck. Carolines Mantel folgte.

»Los, nimm ihnen die Börsen ab und dann weg hier.« Er deutete mit dem Messer von seinem Kumpan zu ihnen und blickte hinter sich. Die tobende Menge war weit genug entfernt. Der Dünne begann, an Fanny und Caroline herumzufummeln. Jakob schmiss sich mit seiner schmalen Statur gegen ihn und versuchte, ihm das Bein wegzureißen. Der Narbige packte den Jungen am Kragen und schüttelte ihn wild herum.

»Du Küchenschabe, sieh zu, dass du wegkommst, sonst schneide ich dir schneller die Kehle auf, als du nach deiner Mutter rufen kannst.« Er stieß Jakob auf den Boden.

Der Junge stöhnte auf, kam aber sofort wieder auf die Beine. In seinen Augen las Fanny das Dilemma: Durch eine Flucht rettete er zwar die eigene Haut, ließ jedoch sein verehrtes Fräulein im Stich. Er stand unbeweglich, endlose Sekunden lang, so dass sich der Mann mit dem Messer wieder zu ihm umdrehte.

Fanny schrie: »Verschwinde, Jakob, ich befehle es dir!«

Ein Ruck ging durch ihn und endlich rannte er fort.

»Wer von euch noch einmal muckst, spürt meine Schneide im Hals. Und ich bin nicht für meine Späße bekannt.« Der Narbige sah dem Jungen nach, spuckte aus und bedeutete dem Dünnen, fortzufahren.

In Fannys Kopf rasten die Gedanken, erfolglos. Sie musste sich genau wie die todesbleiche Caroline von dem Abschaum anfassen lassen.

»Kein Pfennig. So ein Reinfall!«

»So? Na dann werdet ihr uns anders für unsere Mühe entlohnen.« Der Anführer leckte sich die aufgesprungenen Lippen und kam langsam näher.

Kapitel 11

Alvesloh fuhr am Vormittag eines trüben Tages mit Christ auf Hamburg zu. Das Treffen mit dem Herzog von Oldenburg war höflich, aber ergebnislos verlaufen. Er machte sich trotz der artigen Worte des Höhergestellten keine Hoffnungen, dass aus dieser Richtung militärische Hilfe für Hamburg kommen würde.

Als er mit seinem Diener auf dem Rückweg Rast in einem Landgasthof machte, hörten sie von Zusammenrottungen in Hamburg.

»Was hältst du davon, Christ?« Alvesloh sah beim Tränken der Pferde zu.

»Unter den einfachen Bürgern gärt es schon lange und die Zöllner sind das Schlimmste, was es in den Augen der kleinen Leute gibt. Wovon soll man denn ohne ordentliche Arbeit noch leben, wenn nicht vom Schmuggel?« Christ stellte den Eimer zurück neben die Tränke und überprüfte noch einmal den Sitz des Geschirrs. »Der Alte im Gasthof sagte, es ist bei Altona losgegangen. Wenn, dann da.«

Alvesloh gab dem einen Kutschpferd noch einen freundschaftlichen Klaps auf die Flanken und schwang sich dann in den Wagen zurück. Er streckte den Kopf aus dem Fenster. »Nimm den Umweg übers Millerntor in die Stadt hinein. Mal sehen, ob der Wirt die richtige Ahnung hatte.«

Als sie durch das Stadttor hineinfuhren, umgab sie beißender Rauch. Palisaden brannten und verkohlte Trümmerteile säumten den Platz. Mindestens sechs Menschen lagen bewegungslos am Straßenrand. Einige Bürger beugten sich über sie und lamentierten. Über Gesicht und Oberkörper eines der Männer war eine Jacke gebreitet. Alvesloh fuhr weiter zum Ende des Platzes hinter dem Millerntor, wo ein Pfarrer zusammen mit seinem Helfer drei erschlagene Zöllner auf einen Karren hievte. Niemand sonst schien sich um die toten Franzosen zu scheren.

Er bedeutete Christ, anzuhalten. Der Kopf des einen Zöllners war offen und Alvesloh sah durch die eingedrückte Schädelplatte auf die graue Masse darunter. Sein Puls ging schneller, Erinnerungen bestürmten ihn. Obwohl es nicht kalt genug war, konnte er Schnee riechen und Pulverdampf. Und Blut. Er hörte Männer schreien und sah Pferde, die sich aufbäumten und dann zusammensackten. Er konnte nicht atmen und riss an seiner Halsbinde. Er hörte Christs Stimme und fühlte dessen festen Griff am Arm.

»Herr, wir sind hier. Hier in Hamburg.«

Er nickte langsam. Sein Blut beruhigte sich. »Danke, Christ. Geh, hilf dem Knecht, damit der Pastor ausruhen kann.«

Alvesloh beruhigte mit ein paar Worten den Kirchenmann, der völlig verstört war. Noch während sie sprachen, rissen die Männer Bretterzäune ein und steckten sie in Brand. In der angrenzenden Straße randalierten weitere und traten alle französischen Zeichen in den Dreck.

Alvesloh holte sich mit einem Griff einen Jungen aus einer der vorbeiziehenden Gruppen, die zum Zeughausmarkt torkelten. Der Bursche hielt eine Branntweinflasche liebevoll an seine Brust gedrückt.

»Sag Er! Wo gehen Seine Kumpane hin?«

»Zum Hafen, Herr, wir ziehen zum Hafen! Dort wollen sie unsere Brüder wegschaffen. Aber das lassen wir nicht zu, denen schneiden wir die Kehlen durch!«

Alvesloh ließ den Mann los, der weiter wankte, ohne sich umzusehen. »Los, Christ, du hast es gehört. Zum Hafen. Und dann zu Perthes. Wir müssen die alte Bürgerwehr wieder aufstellen. Wenn nicht bald Ruhe einkehrt, gibt es noch mehr Tote.«

Alvesloh sprang in die Kutsche, sein Diener ließ die Peitsche knallen. Die Hauseingänge flogen an Alveslohs Augen vorbei. Er öffnete das Fenster und schob den Kopf vor. Die meisten Bürger hatten sich in ihren Wohnungen verschanzt und schienen abzuwarten. Franzosen ließen sich ebenfalls nicht blicken. Nur vor dem Haus eines hohen Polizeibeamten prügelten sich einige Gendarmen mit einer Gruppe von jungen Männern, die offensichtlich versucht hatten, das Gebäude zu stürmen. Christ wählte einen Umweg, damit sie von oben auf den Hafen zukamen und die randalierende Menge umgingen, die sich vom Millerntor zum Baumwall drängte.

Bald mussten sie langsamer fahren, weil Christ enge Straßen nahm, die sich schattig und unauffällig zwischen den Fachwerkhäusern entlangschlängelten. Obwohl alles friedlich schien, wurde die Stimmung bedrohlicher. Alvesloh hörte den Aufruhr förmlich, ein Brei aus Rufen und Lärmen, Brechen und Krachen.

Als sie in die nächste Gasse bogen, hielten sie fast schon in direkter Linie auf den Hafen zu. Am Ende seiner Blickachse lag das Schiffer-Armenhaus, davor stand ein Grüppchen aus drei oder vier Menschen. Er kniff die Augen zusammen. Mit jeder Umdrehung der Kutschachsen wurde das Bild klarer. Zwei Kerle bedrängten zwei Demoiselles, die von guter Herkunft schienen. Jedenfalls trugen sie keine Dienstmädchentracht. Der eine hielt ein Messer in der Hand.

»Christ! Da vorne!«

Der Diener gab ihm das Zeichen, dass er verstanden hatte, und jagte die Pferde über das Pflaster. Zehn Ellen weiter konnte Alvesloh die Gesichter erkennen.

Fanny schmeckte Angst auf ihrer Zunge, ihre Beine wollten nur noch fortlaufen. Caroline neben ihr atmete hektisch. Mit dem Messer eine Armeslänge vor ihnen konnten sie jedoch nichts tun, als zurückweichen. Als sie die Hauswand im Rücken fühlte, wurden ihre Knie weich. Bevor der Mann Caroline an der Schulter packen konnte, hörte sie eine Kutsche über das Kopfsteinpflaster rollen. Fanny schmiss sich kurz entschlossen vor, schrie und ruderte mit den Armen.

»Zum Teufel mit euch!« Der Narbige schubste Fanny in den Dreck. Sie konnte noch sehen, wie sich vier braune Beine davonmachten. Dann hielt der Wagen vor ihnen. Die Pferde schnaubten. Ihre Knie zitterten als sie versuchte, aufzustehen. Ein besorgt aussehender Diener sprang vom Kutschbock und half ihr auf. Im selben Moment öffnete sich die Kutschentür. Fanny blieb zum zweiten Mal heute das Herz stehen, als sie in das Gesicht ihres zukünftigen Vormunds blickte.

Alvesloh fing Caroline noch gerade rechtzeitig auf, bevor sie ohnmächtig zusammensackte. Fanny wischte sich hektisch den Matsch von den Händen. Ihre Finger zitterten.

»Ist Ihnen etwas geschehen? Sind Sie verletzt?«, fragte Alvesloh und sah ihr forschend in die Augen.

»Nein –, mir geht es gut, aber Caro!«

Caroline kam schon in diesem Moment wieder zu sich, auch wenn sie noch sehr blass war. Alvesloh stützte sie. Als Caro sah, wer ihr Retter war, schaute sie fast noch alarmierter als im Angesicht der Verbrecher, die ihr eben fast den Hals aufgeschlitzt hatten.

»Was um Himmels willen machen Sie denn hier?« Alveslohs Stimme klang gereizt, er sah sich um. »Kommen Sie erstmal in den Wagen, sonst sieht uns noch jemand.«

Fanny war so erleichtert, dass ihre Haut an Kopf und Nacken kribbelte. Gleichzeitig kam es einer Katastrophe gleich, dass Alvesloh sie hier gefunden hatte. Sie musste sich kunstvoll aus diesem Schlamassel herausreden. Leicht würde es nicht werden.

Alvesloh half ihr und Caroline in das Innere der Kutsche. Alle setzten sich und Alvesloh sah so aus, als ob er Fragen stellen wollte. In diesem Moment schluchzte Caroline dankenswerterweise auf.

»Caro, beruhige dich. Alles ist gut, es ist ja nichts passiert!« Fanny streichelte die Hand der Freundin.

»Ach, was wird Vater sagen? Wie komme ich nur nach Hause? Mein Kleid ist zerrissen, schau nur, und das Cape!«

Caroline wies auf einen hässlichen Riss in ihrem karierten Kleid und auf ihren zerschnittenen Umhang. »Wie soll ich das erklären?«

Sie wischte hektisch an einem Fleck an ihrem Knie herum. »Und ich bin ganz schmutzig. Oh, Gott, hoffentlich hat uns niemand gesehen!« Caroline schien vor lauter Sorge sogar zu vergessen, dass sie mit einem angeblichen Mörder zusammen in einer Kutsche saß.

Alvesloh sah in Fannys Richtung. Sie straffte sich und faltete die schlammverschmierten Hände im Schoß. Sie wollte einen würdevollen und geordneten Eindruck machen. Angesichts der Situation eine besondere Herausforderung. Wenn sie Monsieur von Alveslohs Charakter richtig einschätzte, gehörte er weder zur abenteuerlustigen noch zur nachgiebigen Sorte. Die Frage war, ob er sich mit einer überzeugenden Ansprache einwickeln ließ.

»Herr von Alvesloh, sind Sie bereit, uns noch weiter zu helfen? Sie sehen wie es Caroline geht! Ich bitte Sie, wir brauchen eine glaubwürdige Ausrede für ihre Eltern. Wenn Sie bereit wären, sie nach Hause zu bringen –«, Fanny überlegte einen Moment. »Ja, so wird es gehen! Caro, hör zu: Wir sind in unserem Garten gewesen, weil mein Anhänger aus dem Fenster gefallen ist. Wir haben gesucht, du bist dabei in die Sträucher geraten und hast dir Kleid und Cape zerrissen. Herr von Alvesloh«, sie wies mit einem, wie sie hoffte, verbindlichen Lächeln auf ihn, »der gerade bei uns zu Besuch war, hat darauf bestanden, dich in seinem Wagen mitzunehmen. Er hatte bereits von den Aufständen in der Stadt gehört und es schien ihm draußen nicht sicher genug. Und Gesche gebe ich dir natürlich der Ordnung halber gleich mit. Deine Eltern werden keinen Verdacht schöpfen!«

Als hätte sie ihr den Einsatz gegeben, beugte Caroline sich mit tränenfeuchten Augen zu Alvesloh vor. »Monsieur, ich beschwöre Sie, verraten Sie uns nicht!«

Alvesloh zögerte einen winzigen Moment und sah zwischen ihr und Caroline hin und her. Fanny versuchte, ihren überzeugendsten Blick aufzusetzen. Eine Mischung aus ängstlich und schuldbewusst.

»Wir werden dem Plan folgen, den Ihre Freundin«, er räusperte sich, »soeben entwickelt hat.«

Alvesloh nickte in Carolines Richtung und schickte dann einen düsteren Blick zu Fanny herüber.

»Danke, danke, mein Herr, ich stehe ewig in Ihrer Schuld!« Caroline sah so aus, als würde sie gleich Alveslohs behandschuhte Finger küssen. Nun tat er Fanny fast leid.

Unbeholfen klopfte er Carolines Arm.»Beruhigen Sie sich, Fräulein Petersen.« Zum Fenster gewandt sagte Alvesloh: »Ich muss gleich weiter zu Perthes, um mit ihm einige Dinge zu besprechen. Machen Sie also schnell, Mademoiselle Fanny, wir warten vor der Tür. Nur rasch ihre Gesche geschnappt und los.«

»Kann ich nicht mitkommen? Wir haben schließlich gesehen, wie es unten am Hafen steht. Ich könnte eine wertvolle Hilfe sein?«, sagte Fanny.

Monsieur Alvesloh drehte seinen Kopf langsam zu ihr, als hätte er Schmerzen. »Über meine Leiche. Ich fahre im Anschluss direkt zu Ihnen. Sie können mir dann in Ruhe erklären, warum sich zwei Jungfern ohne Begleitung am Hafen die Kehle durchschneiden lassen wollten.«

Kapitel 12

Als Alvesloh mit Perthes von einem schneidigen Adjutanten in das Zimmer des französischen Generals geführt wurde, saß der Grund für die überraschende Einladung schon auf dem Fauteuil. Es war Johann Georg Rist, der dänische Generalkonsul in Hamburg. Er war in eine Unterhaltung mit Carra Saint-Cyr vertieft, der sich mit zittrigen Händen fortwährend die Tressen seiner Uniform glattstrich.

Als Rist Alvesloh sah, zwinkerte er und der General erhob sich. Alvesloh war froh, dass Carra Saint-Cyr zurzeit das Regiment führte. Dem langgedienten Soldaten stand die Sorge vor den Rotten aufgebrachter Hamburger auf die Stirn geschrieben. Es sollte nicht zu schwer werden, den alten Mann zu überzeugen, dass eine Bürgerwehr auch in seinem Interesse war. Das Gespräch dauerte nicht lange und der Franzose gab seine Zustimmung. Rist versprach zur Unterstützung dänische Husaren, die schon am Abend die Straßen patrouillieren sollten. Saint-Cyr dachte in ihrer Gegenwart sogar über einen vollständigen Abzug der Truppen nach, weil das Gerücht ging, dass die Russen auf Hamburg zögen.

Nach dem Gespräch schlenderte Alvesloh mit Rist die Straße entlang. Es war ruhig und außer ein wenig mehr Unrat auf den Straßen war von der Revolte nichts mehr zu sehen.

»Bleiben die Franzosen und die Russen kommen tatsächlich, dann Gnade uns Gott!« Rist trat eine ehemals blau-weiß-rote Kokarde zur Seite, deren Form im Matsch kaum zu erkennen war.

»Die Franzosen werden abziehen. Hast du Saint-Cyr eben gesehen? Er hatte Angst.«

Rist nickte.

Sie erreichten Rists Wohnung in einem alten Fachwerkhaus in der Nähe der Börse, dessen geschnitzte Umschrift durch herabhängende Efeuzweige gar nicht mehr richtig zu lesen war. Alvesloh musste einen ganzen Strauß von Ranken zur Seite schieben, weil er im Gegensatz zu seinem Freund so groß war, dass er sonst nicht durch die Tür gepasst hätte.

Im Inneren wimmelte es von Depeschen, Pässen, Anordnungen und Briefen. Alle Stühle und der Tisch in der Zimmermitte waren davon bedeckt. Clausewitz, Rists Faktotum, machte sich an einem besonders chaotischen Stapel zu schaffen, schaute aber immer wieder ängstlich aus dem Fenster.

Rist legte seinen Mantel ab und wies seinem Freund einen Lehnstuhl an. Bevor Alvesloh sich hinsetzen konnte, räumte er mehrere Lagen Briefe und Zettel weg, eine Teekanne und Schmalzbrot, das seine besten Tage schon hinter sich hatte.

»Johannes, willst du nicht endlich weibliches Personal nehmen? Der arme Clausewitz kann doch nicht die Wartefrau ersetzen. Du versinkst in Dreck und Unrat.«

»Herr von Alvesloh, ich danke Ihnen. Da spricht es jemand aus! Wenn wir nur eine Magd und eine Köchin einstellen würden, dann gäbe es auch mal etwas anderes als Brot morgens, Brot mittags, Brot abends.« Clausewitz verschränkte die Arme vor der Brust. »Aber es muss ja unbedingt das Gespann mit den Füchsen sein!«

Rist lachte. »Ach, Clausewitz. Soll ich zu Fuß gehen?«

Der Sekretär stand schon wieder am Fenster und riskierte einen Blick über das Fleet. »Ich glaube, da hinten ist noch was passiert! Nur gut, dass wir den Franzosen von heute Morgen los sind.«

»Du hattest einen Franzosen hier?«, fragte Alvesloh.

»Ja, ja,« Rist winkte ab. »Auf meinem Fechtboden. Molier hatte ich einige Male dorthin eingeladen. Kein übler Kerl, aber weibisch bis zum Lächerlichen. Wurde vom Mob durch die Straßen getrieben und flüchtete hierher. Ist mit einem blauen Auge davongekommen, und zwar im wahrsten Sinne des Wortes. Seinen Kameraden haben sie um die Ecke ins Wasser geworfen. Zum Glück haben die Halunken schnell den Spaß an einem zappelnden Fleetfisch verloren.« Rist zündete sich seine Meerschaumpfeife an und paffte eine Weile vor sich hin.

»Noch hat Dänemark ein gutes Ansehen bei den Leuten. Wie lange das so bleibt, wenn ich hier jeden Franzosenrock unterschlüpfen lasse, weiß ich nicht«, sagte Rist durch den Qualm hindurch. Lächelnd wandte er sich wieder an Clausewitz, der immer noch wie ein Spion am Fenster stand. »So, Clausewitzchen, spiel hier nicht den Beleidigten, sondern hol uns den guten Weinbrand. Im Geheimschapp.« Rist schaute zu Alvesloh rüber. »Ich denke, wir können alle einen Schluck vertragen.«

»Sehen Sie, Monsieur, so geht das ständig. Als wäre ich das Mädchen.« Clausewitz plusterte sich auf, verließ aber wie gebeten das Zimmer.

»Der Aufstand wird nicht ohne Folgen bleiben. Saint-Cyr muss das Kriegsrecht ausrufen. Er wird alles von den umliegenden Gegenden hierherbeordern, was ein Gewehr halten kann. Wäre ich du, ich würde mich so wenig wie möglich draußen bewegen. Er wird sich einige arme Teufel greifen und erschießen lassen, sonst kann er keinen beschwichtigenden Bericht nach Paris melden.« Rist nahm wieder einen Zug und paffte den Rauch langsam ins Zimmer. »Würd's genauso machen.«

Alvesloh nickte. Es passte ihm gar nicht, überhaupt nicht, dass seine Brüder mitten in Hamburg ihre Lehrzeit verbringen mussten. Noch mehr aufständisches Gefasel von den beiden und er würde sie auch gegen ihren Willen nach Liebenau bringen.

Rist fuhr fort: »Und wenn jetzt auch noch die Russen mitmischen ...«, er schüttelte den Kopf.

»Warum sollten die Russen eine Stadt im Norden sichern, die so weit von ihrer Front entfernt ist?«, sagte Alvesloh.

»Ich habe gehört, dass dieser Mensch, der die Bürgerwehr organisieren soll, wie heißt er gleich?«

»Von Heß.«

»... dass von Heß seine Verbindungen spielen lässt und Tettenborn schöne Augen macht. Der ist jetzt Oberst bei den Russen und streift in der Nähe angeblich mit drei Kosakenregimentern, zwei Schwadronen Isum'scher Husaren und einer Handvoll Dragonern umher. Hat übrigens vom Zaren den Wladimirorden 2. Klasse bekommen. Dir sagt das doch was. Möglicherweise wird er Hamburg mit seinem Besuch beglücken.«

»Tettenborn.« Allein der Klang des Namens riss an seinen

Eingeweiden. Seine Orden konnte er sich sonstwo hinstecken. »Wenn er kommt, wird es Hamburgs Schaden sein.«

Bevor Rist fragen konnte, kam Clausewitz mit der Flasche und drei Gläsern wieder. Alvesloh wischte seines mit dem Ärmel nach, beseitigte damit die gröbsten Schlieren und sagte nach einer Pause: »Die Hamburger werden jubeln, wenn sie von den Russen hören. Aber die Franzosen kommen wieder.« Er spielte mit seinem Glas. »Und was machen wir Holsteiner dann, Johannes? Frankreich oder die Koalition? Wird Kopenhagen Hamburg die Hilfstruppen senden, die es so dringend gegen die Franzosen bräuchte?«

»Ich weiß es nicht.« Rist rieb sich die Stirn und legte müde den Kopf in den Nacken. »Ich wünsche das eine und muss so oft das andere vertreten. Seine holsteinischen Subjekte stehen in der Gunst des Königs nicht eben obenan, entsprechend wenig interessiert es Kopenhagen, was ein paar holsteinische Junker wünschen. Frankreich ist die Macht und will uns Dänen als Verbündete im Norden. Trotzdem: Ich habe in Kopenhagen gedrängt, 20 000 Mann an die Hamburger Grenze zu ziehen. Wir verfügen über die Truppen und hier täten sie bitter Not. Aber es wird laviert und laviert.

Wenn Morand von Rostock abzieht, werden 3000 bis 4000 Franzosen frei. Wenn er die Stadt halten will, könnte Saint-Cyr diese Truppen zu sich nehmen und es auf einen Versuch ankommen lassen. Aber ich schätze es ein wie du: Der alte Knabe hat zu viel Angst vor Aufständen wie diesem. Er wird weichen. Wir sehen heute ja, wohin es mit dem Pöbel führt.«

Alvesloh nickte und wünschte, er würde bald etwas von dem Weinbrand eingeschenkt bekommen.

»Du solltest dich bald auf dein Gut zurückziehen und deine Brüder mitnehmen, Georg. Hier ist es nicht mehr lange sicher. Und bewaffne deine Leute. Wer weiß, was für Einquartierungen und Scharmützel die umliegenden Gegenden in den nächsten Monaten erleben werden.«

Endlich schenkte Clausewitz den bernsteinfarbenen Wein ein und genehmigte sich selbst auch ein Gläschen.

»Für mich gibt es hier noch Verpflichtungen. Frage nicht, aber halb und halb habe ich Perthes meine Unterstützung zugesagt.« Alvesloh nippte an der honiggelb schimmernden Flüssigkeit. Der Brand war angenehm trocken, dabei seidenweich und schmeckte nach Mandeln. »Hervorragend. Doch nicht Englisch?«

»Ein Sherry von Averys aus Bristol.« Rist zwinkerte ihm zu. »Hat Clausewitz einige schlaflose Nächte gekostet.«

»Du bist ein Gauner, Johannes. Clausewitz, mein Beileid zu diesem Herrn«, er schlug dem Sekretär auf die Schulter. »Wenn Sie es hier nicht mehr aushalten, hätte ich auf meinem Gut eine Menge Rechnungen zu kopieren.«

Clausewitz schmiss die Arme in die Höhe und rollte stumm mit den Augen. Alvesloh trank in Ruhe noch einen Schluck, stellte dann sein Glas auf den Tisch und nahm seinen Rock.

»Ich kann eure Gastfreundschaft jetzt nicht länger beanspruchen. Ich habe noch ein Hühnchen mit meinem zukünftigen Mündel zu rupfen.«

»Ein Mündel? Wer zum Henker ist denn plötzlich dein Mündel?«

»Rist, du hörst nicht zu. Noch ist sie es nicht. Ich rede von Fanny Breedenbek. Ihr Onkel liegt im Sterben. Und wenn du glaubst, die Franzosen sind unberechenbar, dann hast du diese Demoiselle noch nicht kennengelernt.«

»Vormund für eine Jungfer! Georg, du wirst erwachsen.« Rist lachte. »Was kommt als nächstes? Zur Kur nach Baden-Baden?«

Alvesloh warf ein zerknülltes Stück Papier nach seinem Freund, der sich lachend wegduckte.

Die Kutsche rumpelte durch die verlassenen Straßen. Alvesloh stützte seinen Arm auf den Türknauf und starrte ziellos hinaus. Hier und da streiften Grüppchen angetrunkener Burschen umher. Die dänischen Husaren, die Rist bestellt hatte, lenkten mit großer Ruhe ihre Pferde durch die Gassen. Die ersten Douanen trauten sich schon wieder und versahen ihren Dienst an den Zollstellen. Es war glimpflich abgelaufen. Dieser Aufstand hätte schlimmere Formen annehmen können, sowohl für die Bürger Hamburgs als auch für die französischen Besatzer.

Für Caroline Petersen freute ihn die Befreiung der jungen Männer der Präfecturgarde. Er war nicht lange mit ihr in der Kutsche gewesen, da hatte sie ihm unter Tränen ihre Liebesbeziehung zu Konrad Miller gestanden. Ein im Übrigen anständiger und freundlicher junger Mann aus bürgerlichen Verhältnissen. Alvesloh kannte ihn von einer der berüchtigten Gedichtlesungen bei Maltzahn, die getarnte Saufgelage waren und deswegen ungeheuren Zulauf hatten. Für die schlichte und gütige Caroline war Miller eine anständige Wahl, auch wenn ihre Eltern dies anscheinend anders sahen.

Schnell hatte Alvesloh auch die übrigen Umstände des Himmelfahrtskommandos herausgefunden. Zwar hatte Fräulein Caroline auf eine tapsige Art versucht, ihren Anteil an der Sache größer erscheinen zu lassen als den Fannys. Doch ein Blick auf beide genügte, um den wahren Kopf der Unternehmung zu erkennen. Mademoiselle Fanny war ganz offensichtlich eine Draufgängerin geworden. Sie hatte schon damals, bei ihrer ersten Bekanntschaft, ein frühreifes Interesse für politische und gesellschaftliche Veränderungen gehabt. Sie war, wenn er sich recht erinnerte, mit einem Buch über die Rechte der Frau beinahe verwachsen gewesen. Offensichtlich hatte sie ihre Lektüre in absonderliche Richtungen geführt. Nur mit einem kleinen Jungen als Begleitung durchs Gängeviertel, da hätte sie auch gleich in einer Schankwirtschaft anheuern können. Was hatte Breedenbek nur all die Jahre versäumt? Alvesloh seufzte schicksalsergeben und beglückwünschte sich heimlich zu dem Fehlen jeglicher jüngerer Schwestern in seiner Familie. Die Erziehung seiner Brüder war, so betrachtet, eine Leichtigkeit.

Kapitel 13

Fanny beobachtete das Herannahen der Kutsche bereits oben aus dem Teezimmer und stählte sich innerlich für das bevorstehende Gespräch. Seit Alveslohs Blick in der Kutsche machte sie sich Gedanken, welche glaubwürdige Geschichte sie ihm auftischen konnte. Sie musste den Vorfall unbedingt in einem schicklicheren Gewand präsentieren. Wie sie es drehte und wendete, es ging nicht ohne eine gehörige Portion Wohlwollen auf Seiten ihres zukünftigen Vormunds.

Vormund! Wie schrecklich das klang. Als wäre das Treffen mit ihm nicht schon demütigend genug gewesen. Warum hatte sie ihn auf dem Konzert nur an damals erinnern müssen? Jetzt musste sie auch noch damit leben, dass Alvesloh ihr in naher Zukunft vorschreiben würde, was sie zu tun und zu lassen hatte. Es war zum Verrücktwerden. Warum konnte dieser eine Nachmittag vor sechs Jahren sie so verfolgen? Alvesloh war nicht einmal unfühlend oder spöttisch gewesen. Sie ließ ihre Stirn kurz an die Scheibe sinken, das Glas war angenehm kühl.

Er hatte so ernst ausgesehen, als er sie anlog. Erst Wochen später war ihr klargeworden, dass es niemals eine Verlobte gegeben hatte. Ein Gefühl von Scham stieg in ihr auf. Noch heute. Sie drehte sich ein wenig in den Raum, um nach der Uhrzeit zu schauen. Auf dem Tischchen lag ihr Buch und es gab ihr Kraft, wie immer. Wenn sie eine Frau sein wollte, die sich nicht gängeln ließ, – auch nicht durch ihre eigenen Gefühle – dann konnte sie es heute beweisen.

Fanny reckte den Hals ein wenig, die Kutschte hielt jetzt und Alvesloh stieg aus. Er warf einen kurzen ungerichteten Blick an der Häuserfront hoch und sie zog ihren Kopf so schnell vom Fenster weg, dass sie sich ganz albern vorkam. Sie atmete tief durch.

Noch wusste sie gar nicht, ob Alvesloh so streng mit ihr ins Gericht gehen würde, wie sie es im Stillen befürchtete. Ohne, dass sie es wollte, drängten sich die Erinnerungen an ihre gemeinsamen Gespräche von damals in ihren Geist. Meist hatte Alvesloh still im Sessel gesessen, seinen verletzten Arm hochgebunden, während sie ihm vorgelesen hatte. Anschließend sprachen sie über die ungeheuren Umwälzungen, die vom französischen Volk ausgegangen waren, über die Menschenrechte, auch über Mary Wollstonecraft und Fannys eigenen Wunsch, ihr Leben selbstbestimmt zu gestalten.

Alvesloh war ein guter Zuhörer, so gut, dass sie nach jedem Gespräch das Gefühl hatte, weiter und klarer zu sehen als vorher. Sie hatte fest geglaubt, dass er ehrlich und offen mit ihr war. Heute wusste sie, dass er sie nur hatte reden lassen, zu seinem Amüsement, so wie man kleine Kinder reden lässt, wenn sie erzählen, dass sie Theaterschauspieler werden wollen oder Kunstreiter oder Kapitän.

Sie scheuchte die Schatten von ihrer Seele, die sie nicht gebrauchen konnte. Im Grunde half es ihr für den Umgang mit ihm, dass es einen so handfesten Eklat zu bearbeiten gab. Sie hatte eine klare Aufgabe: Er musste diesen Vorfall für sich behalten. Und sie musste ihn dazu bringen. Schauspielerische Künste auf ihrer Seite waren dafür nötig und natürlich eine gute Geschichte. Und die hatte sie. Nach mehreren eher phantasievollen Versionen war sie am Ende so nah an der Wahrheit geblieben wie nur irgend möglich. Ihre Ausschmückungen waren minimal und beinahe hatte sie sich selbst davon überzeugt, keine Lügen vorzutragen, sondern nur leichte Verschiebungen der Wahrheit.

Da Alvesloh nicht wusste, wer sie an den Hafen geführt hatte, sollte Gesche als Urheberin des Schlamassels dienen. Fanny hatte sie mit zwei freien Samstagnachmittagen bestochen, ein gutes Geschäft für beide. Unten hörte sie jetzt das Klopfen an der Tür und Johanns tiefe Stimme.

Sie ging im Raum auf und ab und rekapitulierte die Geschichte: Gesche hatte ihren Bruder auf einem der Boote gewähnt, wollte ihm Adieu sagen, traute sich allein jedoch nicht dorthin. Nichts ahnend gerieten sie zusammen in den Aufstand, im Getümmel ging Gesche ihnen verloren, gelangte aber gottlob auf sicherem Weg nach Hause. Eine Schwachstelle ließ sich nicht leugnen: Gesche hatte überhaupt keinen Bruder, nur drei Schwestern, aber davon wusste Alvesloh nichts. Mit ein wenig Glück gab es die Chance, Carolines Liebschaft zu Miller komplett zu verheimlichen. Gleichzeitig konnte sie elegant verschleiern, nur in Begleitung eines achtjährigen Jungen durchs Gängeviertel gestromert zu sein. Natürlich wäre die ganze Sache unglücklich und leichtsinnig gewesen, wie sie reumütig eingestehen wollte, aber wer hätte sich dem Flehen seines Dienstmädchens entziehen können?

Ihre Hände waren trotz allem feucht, als Georg von Alvesloh ihr gemeldet wurde. Hoffentlich machte er es sich nicht zur Aufgabe, ihr Schwierigkeiten zu bereiten. Sie hatte das vage Gefühl, dass er darin talentiert sein könnte.

Fanny nahm sich ihren Stickrahmen, der in den letzten beiden Stunden fast nutzlos in ihrem Schoß gelegen hatte, und stocherte darauf herum. Wenige Augenblicke später trat Alvesloh dicht hinter Johann ins Zimmer und verbeugte sich kurz und etwas steif.

»Soll ich Miss Tibbs holen, Fräulein? Sie ist allerdings beim gnädigen Herrn.«

»Nein, um Gottes willen, Johann. Wir kommen schon zurecht, danke. Möchten Sie etwas trinken, Herr von Alvesloh?« Fanny war aufgestanden und hatte ein professionelles Gastgebergesicht aufgesetzt, das sie einige Mühe kostete.

»Nein, danke.«

Johann blieb einfach stehen und betrachtete Alvesloh nachdenklich.

»Johann, das wäre dann alles«, sagte Fanny und wies mit den Augen zur Tür.

Der alte Diener neigte den Kopf und ging. Alvesloh machte einen Schritt in den Raum hinein. Plötzlich kam Fanny das Teezimmer beengt vor. Johann hatte Recht, es schickte sich nicht, mit einem Mann allein zu sein. Sie bedeutete ihrem Gast, Platz zu nehmen, ging selbst jedoch langsam umher und verschränkte die Hände ineinander.

»Setzen Sie sich doch auch, Mademoiselle Fanny. Dann können wir besser plaudern.« Alvesloh beobachtete sie aufmerksam aus seinen grauen Augen.

»Danke, ich stehe lieber!« Fanny holte tief Luft und entschied sich für die Offensive. »Herr von Alvesloh, sicher fragen Sie sich, wie es zu diesem, nun, sagen wir, verwirrenden Zwischenfall heute kommen konnte?«

»In der Tat«, sagte Alvesloh ruhig.

Sie setzte eine besonders zerknirschte Miene auf und gab sich dabei alle Mühe. »Ich bin Ihnen für unsere Rettung äußerst dankbar und schulde Ihnen eine Erklärung. Nun, Sie kennen ja unsere Gesche und wissen, wie schwierig es mit Dienstboten sein kann ...«

Fanny sprudelte ihre Geschichte hervor, verlor sich sogar in kleinen ausgedachten Details, und ließ sich von ihrer eigenen Darstellung hinreißen. Es lief gut, denn Alvesloh hatte sich im Stuhl zurückgelehnt, die Beine vor sich ausgestreckt und hörte ihr aufmerksam zu.

Als sie fertig war, stand er wortlos auf, ging zum Fenster, verschränkte die Arme und sah hinaus. Sein Schweigen verwirrte sie. Auch war es äußerst unhöflich, dass er sich abwandte. Endlich drehte er sich zu ihr um. Seine Augen waren dunkel, wie verschleiert. Er kam auf sie zu und ihr wurde bewusst, was für ein großer, kräftiger Mann er war. Als er nah vor ihr zu stehen kam, musste sie eine ganze Kopflänge zu ihm aufsehen.

»Sie sind die schamloseste kleine Lügnerin und Abenteurerin, die mir je begegnet ist. Wenn ich in einer anderen Laune wäre, würde ich Sie sogar zu Ihrem Talent für die Bühne beglückwünschen.«

Alveslohs Augen blitzten sie an und Fanny wich einen Schritt zurück.

»Wissen Sie, was ich tun würde, wenn Sie meine Braut wären?«

Sie schüttelte verwirrt den Kopf.

»Ich würde Sie auf der Stelle übers Knie legen. Wahrscheinlich hätte das jemand schon viel früher tun sollen!«

Eine Hitzewelle stieg Fanny von ihrem Magen bis in den Hals.

»Ihre Freundin Caroline war so ehrlich und, wenn ich das hinzufügen darf, so erschüttert von dem heutigen Vorfall, dass sie mir die tatsächlichen Umstände ihres Ausflugs anvertraut hat.« Seine Stimme wurde eindringlicher. »Was hat Sie nur dazu getrieben? Wissen Sie eigentlich, was hätte passieren können?«

Er ging im Zimmer auf und ab. »Ihre durchweg zu gutmütige Umgebung bekommt Ihnen nicht, mein Fräulein.«

Fanny musste der Situation entfliehen und sie suchte fieberhaft nach einer Möglichkeit dazu. »Monsieur, wir sprechen weiter, wenn Sie in der Lage sind, mit einer Dame in einem angemessenen Ton zu sprechen.« Sie drehte sich zur Tür und wollte den Raum verlassen.

Alvesloh war mit zwei großen Schritten bei ihr, fasste sie am Arm und drehte sie zu sich herum. »Vor einer Dame hätte ich diesen Ton nicht nötig!«

Fanny riss sich aus seinem Griff los und starrte ihn an. Ihr waren vor Wut die Tränen in die Augen getreten.

»Was glauben Sie eigentlich, wer Sie sind? Sie kommen daher und meinen, mir Anweisungen geben zu können? Jeden Schritt müssen wir Frauen erklären, nichts können wir alleine tun. Immer nur sitzen und handarbeiten, während um uns herum die Welt aus den Fugen fliegt? Was hätten Sie denn getan, wenn Ihr bester Freund weinend vor Ihnen gesessen hätte? Die Franzosen wollen alles zerstören, was uns lieb und heilig ist!« Fanny rann gegen ihren Willen eine Träne aus dem Auge. Sie wischte sie hastig weg.

Alveslohs zorniger Blick veränderte sich und er wollte etwas sagen, als die Tür aufsprang und Gesche im Rahmen stand. Sie atmete schwer und vergaß sogar, vor dem Besucher zu knicksen.

»Gnädiger Herr, Fräulein, kommen Sie schnell. Ihr Herr Onkel!« Sie presste sich die Schürze vor den Mund und schluchzte.

Fanny wich alles Blut aus dem Kopf. Sie drängte sich an Alvesloh vorbei zur Tür hinaus und lief zu Breedenbeks Zimmer. Alvesloh folgte ihr mit schweren Schritten.

Sie riss die Tür auf. Miss Tibbs umklammerte die Hände ihres Onkels und flüsterte schnell immer wieder die Worte »Alles wird gut, alles wird gut«. Sie saß kerzengerade und reglos da.

Breedenbeks Wangen waren eingefallen, die Nase spitz und die Augen blickten starr zur Decke.

Fanny konnte einen Schrei nicht unterdrücken.

Alvesloh schob sie zur Seite und war mit drei schnellen Schritten bei Breedenbek. Er kontrollierte Puls und Atmung. Dann schloss er sanft die Augen des Onkels, löste die Hände behutsam aus Tibbys Umklammerung und faltete sie ihm vor der Brust. Mit einem Ruck begriff sie.

»Es ist vorbei«, sagte Alvesloh.

Ein Schluchzen stieg tief aus ihrem Inneren auf und sie warf sich auf Breedenbeks Körper. Es durfte einfach nicht sein, es durfte nicht sein!

Eine Hand legte sich auf ihren Rücken, groß und warm. Wütend stieß sie den Arm weg. Alles drehte sich in ihr, sie vergrub die Hände und den Kopf in die Laken. Das einzige, was ihr real erschien, war die wollene Überdecke des Betts, die ihre Stirn berührte. Es konnte nicht sein, es durfte nicht sein.

Alvesloh legte erneut seinen Arm um ihre Schultern. Die Berührung half ihr, der Schwindel in ihrem Kopf wurde weniger. Sie ließ ihn gewähren. Endlich spürte sie wie die Tränen liefen und weinte in die Bettdecke des Toten.

Kapitel 14

Breedenbeks Tod hatte sein Haus und sein Geschäft in einen Zustand der Auflösung versetzt, der Fanny zeigte, wie unsicher ihre Stellung war. Als der Onkel noch lebte, hatten ihr die immer gleichen Tagesabläufe und der gesellschaftliche Rahmen einen festen Halt geboten, trotz Fremdherrschaft und wirtschaftlichem Niedergang. Nun war alles von Tag zu Tag berechnet, ihr fehlte jegliche Vorstellung von der Zukunft, jegliche Sicherheit, wie es weitergehen sollte.

Die Dienstboten schlichen umher und schienen auf ihre Entlassung zu warten. Fanny musste sich über kurz oder lang von Personal trennen, aber sie konnte sich einfach nicht dazu entschließen. Metas schlechter Braten, Johanns Despotie und Gesches plattdeutsche Lieder gehörten für sie ebenso zum Leben wie der Hamburger Nieselregen und die Alster vor ihrer Haustür. Und als wenn es nicht schon schlimm genug war, stiegen jede Nacht Bilder und Gefühle von damals in ihr auf, als ihre Eltern kurz hintereinander gestorben waren. Ein kalter Panzer umhüllte sie in den Nächten, tagsüber fühlte sich ihr Magen an wie eine wunde Kugel. Sie war auf sich allein gestellt, wieder einmal.

Breedenbek wurde auf St. Petris neuem Friedhof draußen vor dem Dammtor beigesetzt. Ein Dekret der Franzosen verbot jedes Begräbnis innerhalb der Stadtmauern seit Jahresbeginn und nicht einmal ein Bestechungsversuch Conradis hatte daran irgendetwas ändern können.

Miss Tibbs beschwerte sich zum Glück nicht über den Spaziergang und pilgerte fast täglich zu dem Grab vor den Stadtmauern. Sogar die Zöllner am Dammtor kannten sie nach einer Weile und wussten, dass die schwarzgekleidete Demoiselle zu sehr trauerte, um sich als Schmugglerin zu betätigen. Fanny begleitete sie, sooft sie konnte, und auf ihren stillen Gängen kam ihr die hoffnungsvolle Stimmung in der Stadt wie ein böses Zerrbild ihrer eigenen Mutlosigkeit vor.

Seit dem Aufstand war eine unterdrückte Aufregung nicht mehr aus Hamburg gewichen. Die Bürger flüsterten von Befreiung und es waren allerlei Gerüchte im Umlauf, über die Caroline den trauernden Haushalt informiert hielt: Die einen meinten, die Russen würden die Elbe überqueren und die Herrschaft in der Stadt übernehmen, andere wussten von einem Überfall der Schweden. Jedes Mal waren die Meldungen falsch und Fanny war froh, ihnen von Anbeginn kaum Beachtung geschenkt zu haben.

Ihren Vormund hatte sie seit der Testamentseröffnung nicht gesehen. Eine der wenigen angenehmen Überraschungen dieser Tage, denn sie hatte befürchtet, er würde seine neue Position ernster nehmen.

Fanny hatte das Zusammentreffen an dem schicksalsschweren Tag nicht vergessen. Sie war zu stolz und wollte sich auf keinen Fall an ihn wenden, dabei hätte sie Rat bitter nötig gehabt. Drei Dienstboten, die stündlich um Weisung zu ihr aufschauten, zwei Lehrjungen und Miss Tibbs, der außer Weinen und Sticken keine Beschäftigung zuzumuten war: Sie war am Rand ihrer Belastbarkeit.

Conradi war zwar da, aber die Arbeit fesselte ihn fast den ganzen Tag an das Kontor. Er war damit beschäftigt, Licht in die Verbindlichkeiten und ausstehenden Rechnungen zu bringen und verfasste ständig beruhigende Briefe an die Gläubiger. Nachdem der Tod Breedenbeks bekannt geworden war, hatten aus lauter Angst vor dem Zerfall des Handelshauses viele Geschäftspartner ihre Übereinkünfte widerrufen oder eingesetzte Gelder zurückgefordert. Conradi sah übernächtigt und grau aus. Wenn bei den tristen Mittagessen alle zusammenkamen, merkte Fanny, wie bemüht er war, seine Besorgnis zu verheimlichen.

Während sie heute zum Grab des Onkels ging, nahm sie sich vor, Conradi so bald wie möglich die Wahrheit über ihre Geschäftslage abzunötigen. Das Geschweige zerrüttete ihre Nerven endgültig.

Neben ihr her trottete die arme Miss Tibbs, halb unter ihrem Cape vergraben, den Blick trübe nach unten gerichtet. Sie hatten wie so oft kein Wort miteinander gewechselt, seit sie vom Jungfernstieg aufgebrochen waren. Miss Tibbs hing an ihrem Arm wie ein Bündel fleischgewordener Sorge und doch spürte Fanny eine neue Kraft um sich herum. Es war einer jener besonderen Märztage, an denen die kalte Winterluft einen sanfteren Geruch hatte und auch das Licht anders schien, nicht mehr frostklar, sondern milchig und weich.

Als sie ohne große Verzögerungen das Dammtor passierten, holte Fanny tief Luft. Trotz des schönen Tages ließ die Stadt in ihren Mauern nie die Enge und das Unwürdige der Besatzung vergessen. Hier, draußen vor den Toren, atmete es sich freier.

Fanny ließ den Blick weit schweifen und die Krokusse und das bunte Gemisch der Gärten und kleinen Lusthäuser entspannte sie. Die große Alster lag wie ein grünblau glitzernder Edelstein inmitten von Wiesen und Weiden. Schon direkt hinter dem Dammtor konnte man einen breiten, gut ausgebauten Weg erkennen, der mit mächtigen Eichen gesäumt war und weit in das Alsterland hineinführte. Fanny liebte diesen Weg und war ihn unzählige Male in einem offenen Stuhlwagen gefahren, auch einige Male gegangen, obwohl Miss Tibbs das bei Sonnenschein wegen ihres Teints missbilligt hatte.

Die Petersens besaßen draußen in Harvestehude ein Sommerhaus, das mit seiner kleinen Freitreppe wie ein Schlösschen aussah. Fanny war im Juli und August oft mit Caroline dorthin gereist, wenn die Luft in der Stadt allzu drückend geworden war. Sie hatten Blumenkränze gewunden, waren durch die Wiesen gelaufen und hatten den kleinen Schwestern von Caro Reifenschlagen beigebracht.

Diese Bilder besserer Tage begannen in ihrem Kopf herumzuwirbeln, alles zog sich zusammen, es war, als ob ihre Gedanken zu einem bunten Rauschen wurden, dann explodierten und nur Leere zurückließen. Ihr wurde schwindelig, sie schloss kurz die Augen und als sie sie wieder öffnete, sah sie den Friedhof am Ende der Allee. Am liebsten hätte sie mit der flachen Hand an den Baum neben ihr geschlagen oder laut geschrien. Sie würde sich nicht kampflos in ein böses Schicksal fügen. Sie war jung und hatte Kraft und diese Kraft musste sie einsetzen.

Als sie das Tor zum Friedhof durchschritten, stand ihr Entschluss fest: Sie wollte mit Conradi reden und ihm bei der Arbeit helfen. Es ging um ihr Geld, ihr Leben, ihre Zukunft. Sie konnte es sich nicht leisten, anderen ihre Belange zu überlassen. Möglicherweise drohte ein neuer Streit mit Alvesloh, wenn sie ihm das erklären würde, aber das musste sie in Kauf nehmen.

Fanny wurde von Tibbys Schluchzen in das Jetzt zurückgeholt und legte für die letzten Meter zum Grab ihre Arme um die dünnen Schultern der Gouvernante.

Hinten am aufgeschütteten Grab stand eine hohe Gestalt mit Hut und Reitgerte in der Hand. Erst als sie die Augen zusammenkniff, erkannte sie Georg von Alvesloh. Ein Schreck fuhr heißkalt durch sie hindurch. Las er ihre Gedanken? Sie fühlte sich ertappt. Allerdings konnte sie genauso gut jetzt wie später mit ihm reden, ein Treffen ließ sich sowieso nicht vermeiden. Sie straffte sich und reckte ihr Kinn nach vorn.

Wenn auch Alvesloh von der Zusammenkunft unangenehm berührt war, so zeigte er es nicht. Er wechselte freundliche Worte mit Miss Tibbs und drückte ihr die Hand, dann verbeugte er sich vor Fanny.

»Was für eine Fügung, Sie zu sehen, Mademoiselle. Ich hatte vor, Sie heute Abend zu besuchen.« Er schaute auf Miss Tibbs, die mit ihren Gedanken bereits wieder ganz bei sich war, und sagte leise: »Lassen Sie uns Ihrer Gouvernante einen Augenblick Ruhe gönnen und ein Stück gehen.«

Er bot Fanny den Arm, den sie zögernd annahm. Sie gingen einen kleinen begrünten Pfad entlang, der an mehreren Grabmälern vorbei einen Rundweg bildete. Das Wetter war immer noch mild, auch wenn Wolken jetzt die Sonne verdeckten. Zwei kleine Blaumeisen hüpften vor ihnen über die Kiesel und Fanny atmete die seidige Luft. Obwohl Alvesloh auch bei der Testamentseröffnung zurückhaltend und höflich gewesen war, so wappnete sie sich doch für einen Streit. Fanny wollte kein Geplänkel, also sprach sie gleich aus, was sie dachte.

»Herr von Alvesloh, ich möchte mich selbst um die Finanzen meines Onkels kümmern und mir zusammen mit Monsieur Conradi einen Überblick über die noch ausstehenden Verbindlichkeiten und Gewinne verschaffen. Ich habe darin Erfahrung. Ich weiß nicht, aus welchem Grund Sie uns heute aufsuchen wollten, aber ich möchte, dass Sie das wissen.«

Alvesloh stutzte einen winzigen Moment, dann sagte er:

»Sehr wohl, Mademoiselle.«

Fanny guckte ihn verstohlen von der Seite an und suchte nach dem Haken an diesem zu leichten Sieg.

Alvesloh sah zu ihr hinunter und ein Lächeln spielte um seine Augen. »Fräulein Fanny, wenn ich Ihrem Gesicht nach urteile, müssen Sie eine grauenvolle Meinung von mir haben. Ich begrüße Ihre Bemühungen um Eigenständigkeit. Ich bin Ihr Vormund, nicht Ihr Kerkermeister. Es ist nie verkehrt, ein Auge auf Stellvertreterschaften zu haben.«

»Sie sprechen Frauen also nicht generell Verstand und Kenntnis ab, wie so viele, die uns am liebsten ganz aus allen geschäftlichen Zusammenhängen verbannen wollen?« Sofort ärgerte Fanny sich über ihren biestigen Ton.

»Verbannen ist vielleicht nicht das treffende Wort«, sagte Alvesloh. »Ich sehe nichts Falsches daran, wenn Sie sich für Ihre finanziellen Verhältnisse interessieren. Ich hoffe jedoch für Ihre Zukunft auf Freiheit von solchen Zwängen.«

»Ich brauche keinen Ehemann. Hausstand, Kinder, Dienstboten! Was für eine Last, wenn man keine Neigung dazu verspürt. Nie eine Aufgabe zu kennen, die einen begeistert oder erfüllt hätte?«

»Glauben Sie, ich wurde gefragt, ob ich nach dem Tod meines Bruders die Gutsgeschäfte führen wollte? Wir müssen dort wirken, wo wir hingestellt werden, Mademoiselle.«

Fanny erinnerte sich. Das war immer Alveslohs Haltung gewesen. In ihren Diskussionen von damals war er allerdings unsicherer, forschender gewesen.

»Sollten wir nicht versuchen, die uns geschenkten Gaben so gut zu entfalten wie möglich?«

Alvesloh lächelte, aber sie sah darin keine Überheblichkeit. »Immer noch die Ideale der Französischen Revolution? Sie wissen, dass auch ich als junger Mann nichts attraktiver fand als Freiheit, Gleichheit, Brüderlichkeit. Aber sehen Sie, was uns diese Wandlungen der Geschichte auch gebracht haben?«

Alvesloh war nahe der Kapelle vor einer alten Eiche stehen geblieben und schaute Fanny ins Gesicht. Der Wind blies hier im Schatten kühl und wirbelte ihr eine Lockensträhne vor die Augen, die sich wie immer nicht an ihren Bestimmungsort hielt.

»Natürlich weiß ich es«, sagte sie und löste ihren Arm von seinem. »Meinem Onkel haben sie das Grab gebracht und Hamburg nichts als Zerstörung. Wenn ich es ändern könnte, dann täte ich es!« Eine Träne rann heiß ihre Wange herab.

Warum schon wieder ein Gefühlsausbruch vor diesem Mann? Sie hatte sich fest vorgenommen, ihm nichts als ihr gleichmütigstes Gesicht zu zeigen. Schnell drehte sie den Kopf weg und schaute auf einige Krokusse, die sich mühselig durch die schwere, nasse Erde am Fuß des Baumes arbeiteten.

»Mademoiselle, ich wollte Sie keineswegs aufregen. Es war dumm von mir, überhaupt mit solchen Themen anzufangen«, sagte Alvesloh. »Lassen wir uns nicht dazu herab, so hohen Werten wie Brüderlichkeit und Freiheit eine solche Bürde aufzuladen. Kommen Sie, wir haben Miss Tibbs warten lassen.« Er reichte ihr seinen Arm und führte sie schweigend zu Breedenbeks Grab zurück.

»Ich möchte mich heute Abend tatsächlich mit Conradi über die Geschäfte beratschlagen«, sagte Alvesloh. »Wie die Dinge liegen, werden Sie also wohl mit von der Partie sein. Ich will Sie nicht beschweren und Ihnen noch weitere Bewirtungen zumuten. Sagen wir daher nach dem Abendessen, um acht Uhr?«

»Das ist sehr freundlich von Ihnen, Monsieur, aber unseretwegen müssen Sie sich keine Umstände machen. Ich schaffe das alleine. Und Conradi weiß ja das Meiste.«

»Versuchen Sie, mir zu vertrauen, Fanny. Es ist besser, wenn ein drittes Augenpaar mitschaut. Und Umstände machen Sie keine. Ich bin den Nachmittag über sowieso bei Perthes zwei Häuser weiter.« Alvesloh zögerte einen Augenblick und warf einen Blick auf Miss Tibbs, die immer noch reglos vor dem Grabstein stand. »Die gerade erst gebildete Bürgergarde ist aufgelöst worden. Es gibt Dinge zu besprechen.«

»Die Bürgergarde aufgelöst? Aber warum? Erwarten Sie denn etwas? Gar von den Russen? Wir haben die letzten Tage wie die Eremiten gelebt und nichts mitbekommen!«

»Geduld, mein Fräulein, ich werde Ihnen heute Abend mehr berichten. Jetzt bringen Sie Miss Tibbs nach Hause. Ich darf mich den Damen empfehlen.« Mit einer raschen Verbeugung verabschiedete er sich und ging zu seinem dunklen Holsteiner, der gutmütig am Eingang des Friedhofs graste.

Kapitel 15

Fanny war mit Conradi und Karl schon eine Weile dabei, alle ausstehenden Verbindlichkeiten und Gewinne zu sichten, als sie neben dem Kontor die Tür hörte und Meta kurz darauf Monsieur von Alvesloh meldete. Sie arbeiteten gerade an einer Reihenfolge der Dringlichkeit, mit der die Gläubiger befriedigt und die Erlöse eingetrieben werden sollten. Alvesloh setzte sich ruhig hin und sah eine Weile einfach nur zu.

»Platz eins bis vier scheint mir völlig klar zu sein«, sagte Conradi, als er die Liste der Schuldner überschaute. »Die große Summe, die Richardson & Kalbe für den Branntwein und die Rosinen bei uns noch offen hat, könnte die ersten zwei Verbindlichkeiten decken, die Fräulein Fanny hier auflistet.«

»Nein, lieber Monsieur Conradi, da bin ich nicht Ihrer Meinung«, sagte Fanny. »Ich verkehre gesellschaftlich mit einer Tochter Kalbes. Wenn es wahr ist, was ich höre, können wir den ganzen Betrag zu diesem Zeitpunkt niemals von ihm bekommen. Eher wird er sich bankrott erklären und dann sehen wir nicht einen Taler. Was halten die Herren davon«, Fanny kritzelte mit der Feder einige Zahlen auf ein Papier, »wir teilen die Hälfte der Summe auf drei Raten für die nächsten drei Monate auf und erwirken für diese Raten eine verbindliche Zusage Kalbes. Den Rest verrechnen wir mit zukünftigen Geschäften. Ein solches Angebot wird das Haus kaum ablehnen, wir können fest mit den drei Zahlungen rechnen und binden schließlich auch noch einen Geschäftspartner an uns.« Fanny lehnte sich in ihrem Stuhl zurück und schaute die beiden Männer an. Es war ihr wichtig, was Monsieur Alvesloh dazu sagen würde, und sie war ein wenig aufgeregt.

»Mademoiselle Fannys Vorschlag ist nicht so schlecht, Conradi«, sagte Alvesloh nach einer kurzen Pause. »Lieber den Spatz in der Hand, vor allem in diesen Zeiten.«

Conradi nickte bedächtig und sie änderten die Liste. Fanny atmete aus. Es war wie ein kleiner Sieg. Es schien also nicht unmöglich, dass Alvesloh und sie je einer Meinung sein könnten.

Schwieriger war es mit den Schulden. Einige der Gläubiger kannte Alvesloh aufgrund seiner Verbindungen und bot an, mit ihnen über eine Stundung der ausstehenden Beträge zu sprechen. Bei anderen half nur eine grobe Einschätzung der Geschäftslage. So lavierten sie zwischen zwei Notwendigkeiten: die Gläubiger weiter zu vertrösten und einen halbwegs zuverlässigen Namen innerhalb der Kaufmannschaft zu wahren.

Nach einer Weile besserte sich das quälende Unwohlsein, das Fanny seit Tagen begleitete. Sie tat etwas Sinnvolles und die Konzentration darauf ließ sie andere Gedanken verdrängen. Auch war es auf eine merkwürdige Art schön, neben Alvesloh zu sitzen, der sie ab und zu aufzog, wenn eine zu verwegene Idee sie packte. Ansonsten hörte er ihr ruhig zu und sein Blick schien so etwas wie Anerkennung auszudrücken oder jedenfalls mochte sie sich das gerne einbilden.

Sie erschrak über die späte Uhrzeit, als Meta gegen zehn Uhr oben in der Bibliothek Tee und einen kalten Imbiss bereitstellte. Fanny hätte den Moment gerne festgehalten. Sie grauste sich vor der Einsamkeit in ihrer eigenen Kammer und dem morgigen Tag, an dem es wieder mehr Probleme als Lösungen geben würde.

Sie beendeten ihre Arbeit und gingen hinauf. Conradi und Karl voran, Alvesloh bot Fanny den Arm. Die ungleiche Gruppe setzte sich an den großen Tisch in der Bibliothek. Meta hatte das Feuer im Kamin noch brennen lassen, der Raum war mäßig durch zwei Kerzen beleuchtet.

Die Stimmung war vertraulich und trotz all ihrer Vorbehalte musste Fanny zugeben, dass der Abend mit Alvesloh angenehm verlaufen war. Es gelang ihr sogar, nur für wenige Augenblicke den Sessel anzustarren, in dem Alvesloh damals bei ihren gemeinsamen Gesprächen immer gesessen hatte. Dieser Raum, dieser Sessel hatte ihre peinlichsten Momente gesehen, aber es stach heute nicht mehr so scharf, wie sie befürchtet hatte. Fanny bereitete den Tee und brach das Schweigen nach einigen Momenten:

»Herr von Alvesloh, Sie deuteten heute auf dem Friedhof an, die Bürgergarde sei aufgelöst worden? Ich dachte, die Franzosen wären froh über die zusätzliche Sicherheit durch die Garde. Berichten Sie doch! Wir sind mit unseren Angelegenheiten derart beschäftigt, dass sogar hartnäckige Gerüchte an uns vorbeigehen.«

»Die Auflösung lag an inneren Unstimmigkeiten, nicht so sehr am äußeren Druck. Vor allem durch von Heß' Auftreten ist ein falscher Eindruck im Volk entstanden. Die Garde steht nun unter dem Verdacht, gegen die Bürger und für die Franzosen zu sein ...«

»... was doch sicher absurd ist!«, warf Fanny ein.

»... was in der Tat nicht richtig ist«, sagte Alvesloh. »Aber natürlich muss diese Einheit für die Aufrechterhaltung der Ordnung sorgen und daher die öffentlichen Autoritäten unterstützen. Das sind, ob es uns gefällt oder nicht, die Franzosen.«

Conradi ließ ein Löffelchen Honig in seinem Tee verschwinden und rührte bedächtig um. »Einige Gründungsmitglieder, so geht das Gerücht, wollen die Kraft der einfachen Bürger nutzen und im geeigneten Moment einen erneuten Aufstand gegen die Franzosen provozieren. Allerdings stellt sich von Heß in dieser Angelegenheit quer, wie ich verstehe?«, sagte Conradi.

»Nun, es ...«

»Wie können diese alten Männer nur so wankelmütig sein?« Karl schien kaum zu merken, dass er seinen Bruder unterbrochen hatte. »Sind wir nun für die Befreiung oder nicht? Dieses Hin und Her wird uns zum Verhängnis! Die Franzosen sehen mit ihrer mickrigen Besatzung noch zu, wie wir uns selbst zerfleischen. Niemand bringt den Mut auf und geht hart gegen sie vor!« Karls Hände zitterten und er fuhr sich mit beiden Händen durch die Haare.

»Mäßige deinen Ton, Karl«, sagte Alvesloh. »Die alten Männer, wie du sie nennst, haben allesamt mehr Lebenserfahrung und, was wichtiger ist, Familien und Güter zu schützen. Das verstehst du nicht und es ist dir auch nicht vorzuwerfen. Du hast den Krieg nicht mit eigenen Augen gesehen, Junge. Mut kommt und geht schnell, glaube mir. Im Übrigen kann eine Institution, die von den Franzosen gebilligt werden muss, kaum öffentlich zum Kampf aufrufen, oder?«

»Aber was ist nun mit dem Plan, die Garde für einen eventuellen Befreiungsschlag zu nutzen, wenn die Gelegenheit günstig ist?«, sagte Fanny.

Alvesloh trank ruhig einen Schluck Tee, aber Fanny hatte den Eindruck, dass seine Miene sich versteinerte. Mit einem Klirren setzte er die Tasse auf den Unterteller. »Nun, es mag solche Pläne geben. Offiziell ist die Garde aufgelöst und mehr muss uns nicht interessieren.«

Karls ganzer Körper spannte sich an. Seine Hände umkrallten die Tischplatte. »Georg, Sie wissen doch etwas! Perthes, Mettlerkamp und andere hegen Pläne, die Garde neu im Geheimen aufzustellen, ist es nicht so?«

»Aber ist das nicht sehr gefährlich?«, warf Fanny dazwischen, »was, wenn die Franzosen herauskriegen, was die treiben?«

»Das dürfen sie eben nicht, Fräulein Fanny!« Karls Wangen glühten. »Bitte, Georg, lassen Sie mich dabei sein. Ich würde alles, alles gegen die Franzosen setzen!«

»Und das ist genau, was ich fürchte«, sagte Alvesloh leise.

»Wir könnten andere junge Leute mobilisieren und eigene Kompanien bilden, die euch Älteren unterstellt würden!«

»Junge, ich weiß nicht, wovon du sprichst. Bring uns nicht mit deinen Äußerungen in Gefahr und überlasse Männern mit Verstand die Kriegsführung. Es gibt davon wenige genug.«

Alvesloh hatte übertrieben scharf gesprochen, wie Fanny fand. Sie sah trotz des schummrigen Lichts, wie Karl die Tränen in die Augen traten.

Alvesloh schien es auch zu bemerken, jedenfalls sagte er in einem versöhnlicheren Ton: »Karl, ich brauche dich doch auf dem Gut. Nicht mal die Stallburschen haben dein Geschick, wenn sich ein Fohlen ankündigt. Ein kaum 17-jähriger Kriegsinvalide nützt mir nichts.«

Es schien als Scherz gemeint, doch Karl sprang auf. Er stieß den Stuhl dabei so kräftig nach hinten, dass er umfiel. »Georg, lassen Sie doch endlich die Vergangenheit ruhen! Oder wenn Sie es nicht können, so lassen Sie wenigstens uns damit unbehelligt!«

»Wie kannst du es wagen!«, rief Alvesloh. Seine Stimme hatte etwas Drohendes, gleichzeitig hatte sie ihn noch nie so blass gesehen.

Karl drehte sich ohne ein weiteres Wort um und ging. Er riss die Bibliothekstür auf und ließ sie krachend hinter sich in die Angeln fallen. Conradi hielt Alvesloh an der Schulter zurück. »Lassen Sie ihn gehen, Monsieur. Es ist eine schwierige Zeit für uns alle, auch für den Burschen.«

»Monsieur Conradi hat Recht.« Fanny war ebenfalls aufgesprungen. »Ich bitte Sie, Sie wecken mir sonst noch die arme Tibbs auf. Ein Hitzkopf ist genug!«

Alvesloh stand nur da und sagte gar nichts. Er atmete angestrengt, sein Oberkörper bewegte sich schwer auf und ab. Sekunden vergingen, noch immer sprach niemand. Hinter seinen Augen schien ein Theaterstück abzulaufen, das sie nicht kannte, das niemand in diesem Raum zu kennen schien. Seine Gesichtszüge spannten sich an, der Mund war eine harte Linie, der Kiefer aufeinandergepresst.

Conradi schien so verwirrt und erschrocken wie sie selbst. Auch er sprach kein Wort. Nach weiteren Sekunden schloss Alvesloh die Augen, dann schüttelte er den Kopf.

»Monsieur?« Fanny flüsterte.

Ein kleiner Ruck ging durch ihn hindurch und er schaute auf sie hinunter. Sein Blick war erstaunt, als hätte er selbst in sich etwas gesehen, das ihn verwunderte. Er ergriff ihre Hand und drückte sie kurz. »Verzeihen Sie, Mademoiselle.« Er stellte seine Teetasse aufs Tablett und richtete sich seine Halsbinde. »Wir sollten den Tag beschließen. Karl hat es uns schon entschieden vorgemacht.«

Weder Conradi noch Fanny widersprachen.

Als Meta Alvesloh in der Eingangshalle seinen Spazierstock und seinen Mantel reichte, stand Fanny unschlüssig auf der Treppenstufe. »Monsieur, kann ich Sie noch kurz sprechen?«

Alvesloh zog die Augenbrauen nach oben, legte aber augenblicklich seinen Mantel wieder ab. Conradi verabschiedete sich mit einer kurzen Verbeugung. Meta gähnte zwar verstohlen, stellte sich aber in einiger Entfernung an die Treppe und wartete.

»Meta, geh bitte schlafen, es ist schon spät«, sagte Fanny. Es schien zwischen Meta und Johann die geheime Abmachung zu geben, sie niemals aus den Augen zu lassen, und das ärgerte sie.

»Es ist gut, Meta«, sagte Alvesloh. »Es ist sicher nicht unschicklich, wenn ein Mann meines Alters mit seinem Mündel eine Unterhaltung unter vier Augen führt.«

»Sehr wohl, Monsieur.« Meta drehte sich um, raffte ihre Röcke umständlicher als nötig und warf über die Schulter noch einen Blick zurück. Als sie außer Hörweite war, konnte Fanny ein Lachen nicht unterdrücken. »Ein Mann Ihres Alters! Das klingt, als wären Sie ein Greis.«

»Wovon Sie, wenn ich es recht entsinne, bei dem reinckeschen Konzert vollauf überzeugt waren – oder waren nicht Sie es, die uns als ›alternde Herren‹ bei Ihren Freundinnen einzuführen geruhten?« Alvesloh schnippte ein wenig Staub von seinen Rockaufschlägen.

Fanny merkte, wie sie rot wurde und war froh über das Halbdunkel in der Halle.

»Sie sind abscheulich, wissen Sie das? Wie können Sie mich nur daran erinnern? Ich war fest entschlossen, das Kriegsbeil zwischen uns ruhen zu lassen, aber Sie, Sie sind so …«

»Ja?«, sagte Alvesloh.

»Ach, es ist einerlei.«

»Wie schade. Ich dachte, ich hätte das Vergnügen, mir mehr Ihrer Komplimente anzuhören. Oder gab es noch einen anderen Grund, aus dem Sie mich sprechen wollten?«

Offensichtlich amüsierte sich Alvesloh über sie und sie stampfte mit dem Fuß auf, ohne es zu wollen. Sie hasste diese Angewohnheit, die sie seit ihrem siebten Lebensjahr nicht loswurde. »Ich muss sagen, ich kann Karl verstehen. Sie stoßen einen immerzu vor den Kopf«, sagte sie.

»Ma chère Demoiselle, ich zähle Ihre Entgleisungen jetzt. Wir sind bei drei.«

Fanny schnaubte und machte mit einem »Gute Nacht, Monsieur« auf dem Absatz kehrt. Alvesloh hielt sie jedoch am Handgelenk zurück. Sein Griff war sanft, aber er ließ nicht los.

»Fanny, ich habe wenig Lust, heute noch ein zweites Mal stehen gelassen zu werden. Sie wollen also so gütig sein und mir den Grund dieses Gesprächs mitteilen?«

Fanny versuchte, sich nicht weiter aufzuregen. Sie spürte seine Finger zu deutlich auf ihrem Handgelenk, es machte sie nervös und sie entwand ihren Arm.

»Kommen Sie, ich werde Ihnen ganz untertänig zu Diensten sein.« Er verbeugte sich leicht.

»Dann müssen Sie mir aber auch versprechen, ehrlich zu antworten, auch wenn es Ihnen intim erscheinen mag«, sagte sie.

»Ich tue mein Bestes.«

Draußen ging der Wind um das Haus und rüttelte leicht an der Tür. Durch die Ritzen zog es und Fanny fror.

»Sie wollen durchaus die Befreiung von den Franzosen, aber wenn es um konkrete Pläne dafür geht, dürfen Ihre Brüder nicht einmal darüber sprechen. Als Patriot muss Ihnen doch das Herz aufgehen! Sie selbst sind doch als ganz junger Mensch einer Koalitionsarmee beigetreten. Warum wollen Sie Karl nicht gewähren lassen? Vielleicht fühlt er wie Sie damals?«

»Das nehme ich an. Jung und ungestüm ist er und hat keine Ahnung vom Leben. Der Krieg bringt selten das Beste im Menschen hervor, Fanny. Ich habe das erlebt. Meine Brüder soll nicht das gleiche Schicksal treffen.«

Fanny dachte an Alveslohs Gesicht, an seine ganze Haltung von eben. Er hatte seinen Freund verloren. War da noch mehr? Wie Schatten drängten sich die Gerüchte über den Mord in ihre Gedanken. Sie verscheuchte sie, aber sie kamen wieder. »Was haben Sie erlebt? Wir haben damals fast nur über die Revolution und meine Gedanken geredet. Ich weiß gar nicht, warum Sie aus der Armee ausgetreten sind.« Ihr wurde klar, dass sie nichts über Monsieur von Alvesloh wusste. Aber das traute sie sich nicht zu sagen.

Er sah ihr mit einem merkwürdigen Blick direkt in die Augen, dann legte er ihr das lose Ende ihres Schals um die Schulter. Die Geste war seltsam zärtlich und machte sie verlegen.

»Ein anderes Mal, Mademoiselle. Ich kann nicht erlauben, dass Sie sich in diesem zugigen Entrée den Tod holen.«

Er öffnete die Haustür und Fanny wusste, dass er nicht mehr sagen würde. »Dann gute Nacht, Monsieur. Aber ich werde Sie erinnern!«

»Gute Nacht, Fanny.« Alvesloh verbeugte sich und verschwand in die klare Nacht hinaus. Sie blieb zurück und schaute ihm einige Augenblicke nach, bevor sie die Tür schloss und verriegelte. Irgendetwas stimmte nicht. Und sie würde herausfinden, was das war.

Kapitel 16

Fanny ging die Treppe hinauf. Sie wollte gerade ihre Kammertür öffnen, da entschied sie sich anders. Sie ging auf Zehenspitzen ein Stockwerk höher und klopfte leise an Karl und Wilhelms Kammer. Sie wusste nicht, ob Karl ihr aufmachen würde oder ob er überhaupt auf seinem Zimmer war. Noch bevor sie einen Schritt zur Seite treten konnte, öffnete Wilhelm in seinem Schlafhemd die Tür. Er schaute überrascht, dann verlegen, trat beiseite und gab den Blick ins Zimmer frei.

»Karl. Fräulein Fanny ist hier für dich.«

Gottlob war Karl noch nicht ausgezogen, sondern lag auf seinem Bett, die Arme hinter seinem Kopf verschränkt. Als er sah, wer da war, stand er hastig auf und richtete sich sein Hemd.

»Fräulein Fanny!« Er warf eine Wolldecke zu Wilhelm rüber. »Mach dich mal schmal, Bruder.«

Wilhelm fing die Decke, legte sie sich um die Schultern und ging zur Tür. Er nahm sich das kleine Unschlittlicht vom Schemel und hielt es Karl wortlos hin. Der zündete daran die einzige Kerze an und stellte sie auf die Kommode an der Fensterseite. Dann verbeugte sich Wilhelm vor Fanny und verschwand als Lichtpunkt auf den dunklen Gang hinaus.

Karl schloss die Tür. »Moment, Mademoiselle.« Hastig zog er das Bett glatt und stopfte zwei herumliegende Kleidungsstücke in einen Leinensack. Er rückte Fanny den Stuhl zurecht und staubte ihn noch einmal völlig unsinnigerweise ab. Er selbst setzte sich auf sein Bett.

»Sie müssen verzeihen, wenn ich gewusst hätte, dass Sie kommen ...«

»Bitte, Karl, ich dringe hier so ein, bitte verschwende keinen Gedanken daran. Ich ...«

»Wenn es wegen eben ist: Mademoiselle, es ist mir unangenehm, dass Sie die Szene miterleben mussten, aber ich schäme mich meiner Gefühle nicht.«

Karl sah sie trotzig an, rang aber ganz offensichtlich um eine erwachsene Haltung.

»Nein, Karl, darum geht es nicht.« Herrje, das war schwieriger als sie gedacht hatte. »Ich frage mich, ob du mir helfen kannst was die Vergangenheit deines Bruders betrifft. Ich ... ich habe auf dem reinckeschen Konzert Gerüchte gehört, die ich hier in deiner Gegenwart nicht wiedergeben möchte und doch beunruhigen Sie mich. Vor allem jetzt, da dein Bruder auch mein Vormund geworden ist.« Hoffentlich machte Karl es ihr leicht, sonst würde sie vor Verlegenheit sterben.

»Das.« Karl bekam einen roten Kopf.

»Es tut mir leid, Karl!«

»Es muss Ihnen nicht leid tun.« Karl stand auf und ging zu der blakenden Kerze. Er beschnitt den Docht mit der Schere, die oben auf der Kommode lag. Von der Seite hatte er große Ähnlichkeit mit seinem Bruder. Er war wie eine Miniaturausgabe von Monsieur, nur dass ihm die Statur und alles Harte, Männliche fehlte.

»Ich wünschte, ich könnte helfen. Aber ich fürchte, Sie werden enttäuscht von mir sein.« Er legte die Schere wieder ab, setzte sich zurück aufs Bett und beugte sich leicht zu ihr vor.

»Sie ahnen vielleicht, dass Georg mich nicht sonderlich ins Vertrauen zieht.« Karl lachte kurz, aber es klang bitter. »Obwohl ich auch nicht bedeutend weniger weiß als der Rest der Welt.«

»Sag mir einfach, was du weißt, Karl. Ich bin sicher, dass es mir helfen wird.«

Karl nickte und schien sich zu konzentrieren. »Der beste Freund meines Bruders, Friedrich, kam bei der Schlacht um Preußisch Eylau ums Leben. Das wussten Sie vermutlich?«

Fanny nickte.

»Leider kann ich nicht leugnen, dass es Anschuldigungen gegen Georg gab. Ein Militärgericht wurde einberufen und es gab eine Untersuchung. Mein Bruder wurde von allen Vorwürfen freigesprochen. Ich weiß bis heute nicht, woher sie kamen und was die Hintergründe waren. Ich weiß nur, dass es meinen Bruder verfolgt. Bis heute und mehr als gut für ihn ist.«

Fannys Hände zitterten und sie faltete sie in ihrem Schoß, damit Karl es nicht sah. Also war es mehr als ein Missverständnis. Konnte es eine militärische Untersuchung gegen einen Offizier geben, wenn die Anschuldigungen völlig unbegründet waren?

»Wer hat die Vorwürfe erhoben?«

»Ich weiß es nicht, Mademoiselle.« Er fuhr sich durch die Haare und stand auf. »Wenn Sie es wirklich wissen wollen: Es gibt einen Freund meines Bruders. Hier in Hamburg. Er ist Klosterschreiber in St. Johannis, Leopold von Maltzahn. Er war damals in der Einheit meines Bruders und Mitglied der Untersuchungskommission, soweit ich weiß.«

Fanny nickte wieder. Sie wusste nun gar nicht mehr, was sie denken oder tun sollte. »Danke, Karl. Ich gehe jetzt besser.«

Sie eilte auf ihr Zimmer, noch ehe Wilhelm auf dem Gang mit seinem Lichtchen und der Decke um die Schultern einen ordentlichen Diener zuwege brachte.

Kapitel 17

Einige Tage später, es war Freitag, der 12. März, kam Gesche morgens mit hochrotem Kopf in Fannys Zimmer gerannt. Sie plapperte ohne Unterlass, während sie die Gardinen aufzog und das Waschwasser brachte.

»Fräulein Fanny, Jakob ist eben gekommen und er sagt, es ist überall Bewegung, und er meint, die Franzosen räumen ihre Wohnungen, und er hat das als todsichere Nachricht! Denn das Liebchen, verzeihen Sie, Mademoiselle, also das Liebchen von seinem Bruder, dem Peer, ist Wäschemagd bei dem Monsieur Oberquartiermeister und die weiß, ach, ich weiß nicht mehr wieso, aber sie weiß, dass alle französischen Beamten den Befehl haben, binnen drei Stunden ihre Abreise vorzubereiten.«

»Mein Gott, Gesche, hol Luft! Ist das wahr?« Sie schlug mit einer hastigen Bewegung die Decke zurück. Es war bitterkalt im Raum und ihre Hauspantoffeln waren wie immer verschwunden. Mit dem Fuß tastete sie unter dem Bett danach, vorsichtig, damit sie so wenig wie möglich auf den eisigen Boden kam.

»Steck mir die Haare auf, nein, hol mir erst das blaue Musselinkleid, das ist schnell anzuziehen. Du hast mich ganz nervös gemacht.«

Fanny hatte die Schuhe gefunden und ging zu ihrem Spiegeltischchen. Sie hielt sich eine Hand an die brennende Wange und fing dann selbst an, ihre Locken mit einem Kamm zu entwirren.

Vor Aufregung zitterten ihre Hände, aber sie verbot sich noch jede echte Freude. Jakob war ein kleines Schlitzohr. Seit er in ihrem Haushalt ein und aus ging, hatte er ihr schon so manche erstaunliche Information gebracht. Er blieb jedoch ein Kind und die Quelle, die Gesche genannt hatte, klang alles andere als belastbar.

Zwanzig Minuten später war Fanny unten in der Küche. Es herrschte komplettes Durcheinander. Jakob thronte wie ein kleiner König auf dem Küchenhocker und genoss nicht den ersten Becher Milch, wenn man der Größe seines weißen Milchbarts trauen durfte. Um ihn herum tänzelten Wilhelm und Karl und pressten mit Schmeicheleien und Drohungen noch das winzigste Detail aus dem kleinen Informanten heraus.

»Wo sind denn Monsieur Conradi und Johann?«, fragte Fanny in die Runde, doch niemand nahm von ihr Notiz.

Meta erbarmte sich als Erste. »Ah, Fräulein Fanny, verzeihen Sie, ich hatte Sie in der Aufregung gar nicht reinkommen hören. Wissen Sie schon, was unser Jakob für Nachrichten bringt?«

»Ja, ja, Gesche hat schon alles hervorgeplappert. Aber glauben kann ich es nicht.«

»Monsieur Conradi auch nicht. Er ist mit Johann vor einer Viertelstunde weg, um selbst zu sehen. Er hat unseren beiden Jungens allerdings verboten, auf die Straße zu gehen. Wer weiß, was wirklich ist? Nachher gibt es wieder gefährliche Zusammenrottungen.« Meta gab Jakob noch mehr Milch. Er grinste breit. Sie fuhr fort: »Noch vor wenigen Tagen hieß es, der Kaiser Napoleon persönlich würde seiner Stadt einen Besuch abstatten. Seiner Stadt! Und Maire Abendroth hatte tatsächlich schon für diesen grässlichen Menschen seine Wohnung geräumt, wissen Sie. Das weiß ich von der Grete Paulsen, die den Kohl verkauft. Und nun ziehen sie ab. Was für eine Lüge!« Metas Gesicht, sonst schon gegerbt und dunkel, färbte sich an Wangen und Kinn tiefrot.

»Ach, Meta. Was wissen wir schon? Oder Grete Paulsen oder die Wäschemagd beim Oberquartiermeister?« Fanny schüttelte den Kopf und fühlte sich plötzlich ausgelaugt. Meta guckte sie verständnislos an.

»Ich bin im Frühstückszimmer. Sei so lieb und bring mir einen Kaffee, essen kann ich nichts. Jedenfalls nicht, bis ich weiß, was Conradi herausgefunden hat.«

Gerade als sie die Küche verlassen wollte, öffnete jemand die Dienstbotentür vom Garten aus. Johann kam herein. Er sah Fanny und deutete nach oben zur Haustür. »Monsieur Conradi ist auch zurück, Fräuleinchen. Wir haben Herrn von Alvesloh unterwegs getroffen. Und das will ich euch schon verraten«, brummte Johann und sah dabei auf Karl, »sie bringen keine schlechten Neuigkeiten.«

»Kommen Sie, Fräulein Fanny, dann wollen wir keine Sekunde vertun!« Karl hielt ihr die Küchentür auf und ihre Müdigkeit war vergessen. Im Hinausgehen streichelte sie Jakob durch seine schmuddeligen Kinderhaare und flüsterte: »Du bist doch ein kleines Schlitzohr!« Er wuchs auf der Stelle um einen halben Kopf.

Oben hatten Conradi und Alvesloh schon im Frühstückszimmer Platz genommen und sprachen leise miteinander. Fanny kam mit Karl, Wilhelm und Miss Tibbs dazu und alle warteten ungeduldig, bis Meta endlich Kaffee eingeschenkt hatte.

Als sie hinaus war, gab Conradi mit einem kurzen Satz das Wort an Alvesloh ab. Conradis Stimme war ein wenig höher als gewohnt und er zupfte rhythmisch an seinem Ohrläppchen. Karl und Wilhelm warfen sich Blicke zu.

Alvesloh war ganz ruhig. Fanny fragte sich, ob er in der Zwischenzeit wegen des Streits von neulich mit Karl gesprochen hatte. Er benahm sich ihm gegenüber wie immer.

»Ich kann es ganz kurz machen – die Gerüchte, die Sie vom Gesinde gehört haben, meine Damen, sind wahr: Die gesamte französische Führung, alle Douaniers und Gendarmen, auch die Soldaten werden die Stadt verlassen. Der Abzug findet noch heute statt. Es ist, wie Sie gleich sehen werden, ein ziemliches Durcheinander.«

»Gott sei Lob und Dank!« Fanny war zeitgleich mit den Alvesloh-Brüdern aufgesprungen und drückte dem neben ihr stehenden Karl einen Kuss auf die Wange, bevor sie sich eines Besseren besinnen konnte. Karl färbte sich purpurn. Sie murmelte eine Entschuldigung.

Alvesloh schmunzelte. »Lassen Sie meinen Bruder leben und kommen Sie lieber mit zu Monsieur Perthes. Wir sind dort alle eingeladen und können den Abzug der Franzosen vom Balkon aus verfolgen.«

Auf dem Jungfernstieg war das Chaos ausgebrochen. Vor ihnen hatten sich zwei Karren ineinander verkeilt, die bis oben mit Koffern und Hausrat beladen waren. Ein kleiner Käfig mit einem panisch zwitschernden Star rutschte fast vom Berg der Bettdecken hinunter. Nur durch Karls beherztes Zupacken wurde der kleine Vogel vor dem Absturz gerettet. Die Ehefrau mit einer riesigen Rüschenhaube bedankte sich wortreich, ihr Mann stritt weiter mit dem Besitzer des anderen Karrens um die Vorfahrt.

Zöllner und Gendarmen hasteten auf die Versammlungsplätze, Handpferde wurden eilig mit Lasten beladen. Der Kutscher eines merkwürdigen rotgestrichenen Reisewagens drängte sich eine Handbreit vor ihnen an dem Wagenknäuel vorbei, so dass Fanny Angst hatte, er könnte ihr die Füße abfahren. Am Ufer der Alster und an den Häuserecken hatten sich Grüppchen von Gaffern eingefunden, die unter witzelnden Bemerkungen die Reisevorbereitungen kommentierten.

Bei Perthes waren sie nicht die einzigen Gäste. Das erste Mal traf Fanny hier auf Herrn von Heß. Er diskutierte mit dem Arzt der Familie, Dr. Ferdinand Beneke. Heß machte auf Fanny keinen besonders einnehmenden Eindruck. Er war ein feister Mann mit vorstehenden Augen und einem unangenehmen Mund, der sie sehr an den eines Karpfens erinnerte. Monsieur Perthes' Frau hingegen war das Herz der Gesellschaft. Sie wirbelte mit leuchtenden Augen hin und her, schenkte nach, verteilte selbstgebackene Krapfen und schüttelte immer und immer wieder Hände. Dazu ging sie mit ihrem siebten Kind schwanger und sah aus wie eine überdimensionierte Kanonenkugel.

Fanny gesellte sich zu Alvesloh, Karl und Wilhelm, die mit Johann Georg Rist an einem der offenen Fenster standen und hinausschauten. Der Morgennebel lichtete sich langsam, aber über der Alster hing noch ein Dunstschleier. Die Schwäne zogen ihre Bahnen durch die zähen Schwaden, als wäre es ein Tag wie jeder andere.

Monsieur von Heß kam zu der Gruppe und unterhielt sich so leise mit Alvesloh, dass Fanny nichts verstand. Die Mienen der Männer verdunkelten sich. Alvesloh nahm Rist zur Seite und sprach eindringlich mit ihm, bevor beide wieder zu den anderen traten.

Der Jungfernstieg hatte sich mit Hunderten Zuschauern gefüllt, doch wie von Zauberhand erstarb nicht nur das Stimmengemurmel, auch die Rufe und die Hektik von zuvor hatten sich mit einem Mal gelegt. Es trat eine gespannte Ruhe ein.

Alvesloh nahm Fanny am Arm und führte sie auf den Balkon. Die Übrigen folgten. Niemand sprach ein Wort. Ein Schwan flog auf, man hörte, wie seine Flügel auf das Wasser klatschten. Von Ferne drang Hufschlag zu ihnen, der allmählich lauter wurde. Fanny, die nahe neben Alvesloh stand, bekam vor Anspannung eine Gänsehaut. Dann waren sie da: Eine Gruppe von vierzig, fünfzig Reitern, nur die höheren Ränge, ohne Fußvolk. Vorneweg der General mit seinem Stab, die Offiziere, sämtlich blass wie der Tod. Dahinter der Generalpolizeidirektor d'Aubignosc mit seinen Männern und einem Detachement Gendarmen. D'Aubignosc schaute hoch und grüßte, als er Rist sah. Nach einigen Metern rief der Franzose »Adieu, messieurs, à revoir dans deux mois!«

Fanny schauderte es, doch in dem Moment flüsterte Perthes: »Auf, auf, meine Freunde! Sie nehmen den Weg zum Steintor. Ohne Pferde können wir einen kürzeren Weg gehen.«

Die Gruppe hastete, so schnell es mit den Damen ging, auf verschlungenem Weg zum Stadtrand. Sie fanden einen guten Platz auf der Bastion Hieronymus und wurden Zeugen eines noch größeren Spektakels: Die Wälle ringsum waren mit Tausenden von Bürgern übersät, aber wieder herrschte Totenstille. Dann war es soweit: Auf dem Schweinemarkt nahmen Hunderte französicher Fußsoldaten Aufstellung, die ankommenden Offiziere ritten ins Zentrum. In dieser Formation wälzte sich der Zug langsam weiter. Dann und wann riefen die Soldaten ein »Vive l'Empereur«, es klang gepresst und niedergeschlagen. Die Menge beantwortete es schweigend, die Offiziere starrten grimmig auf den Boden.

Fanny rannen die Tränen die Wange herunter und sie wischte sie fort. Doch je weiter die Masse der Soldaten fortdrängte, desto mehr liefen ihre Augen über, bis sie nur noch ein schwammiges Ungeheuer ausmachte, das sich fortschlängelte. Alvesloh sah sie an, drückte ihr leicht die Schulter und gab ihr wortlos sein Taschentuch.

»Wenn Breedenbek es nur sehen könnte«, sagte Conradi. Fanny nahm sich zusammen und schloss Miss Tibbs in den Arm, die leise weinte. Sogar Rist schnäuzte sich. Überall umarmten sich die Menschen still und die Franzosen verschwanden durch das Tor wie ein grauer, müder Geist.

»Ist es nicht merkwürdig, Herr von Alvesloh«, sagte Fanny, als sie neben ihrem Vormund den Rückweg antrat, »die Franzosen sind endlich weg und es scheint, als seien sie es doch nicht. Als würde jeder darauf warten, dass sie gleich wieder zum Tor hereinmarschieren.«

»Sie haben doch d'Aubignosc's Worte gehört? Er glaubt, dass er in zwei Monaten wieder da ist. Wären Sie Bonaparte, würden Sie eine Stadt wie Hamburg aufgeben, nur weil die jetzige Besatzung flieht?«

»Da ich nicht den Vorzug habe, in seinem Kopf zu sitzen, kann ich Ihre Frage nicht beantworten. Ich weiß aber eines, Monsieur: Ich will mich heute freuen. Und ich glaube, Sie wollen es auch, können es aber nicht, weil sie ein geborener Pessimist sind.« Fanny leistete sich einen Seitenblick auf Alvesloh und hoffte, dass er ihre Worte nicht übelnahm.

»Sie sind ein freches Ding. Sie legen es geradezu darauf an, dass Ihnen jemand die Ohren lang zieht.« Er lächelte auf sie herunter. »Aber Sie haben großes Glück und finden mich heute in bester Laune. Wie Sie sehen, lasse ich Ihnen sogar mehr durchgehen als billig ist.«

»Sicher eine große Kraftanstrengung. Übernehmen Sie sich nicht, sonst werden wir noch Freunde.« Sie schaute betont unbeteiligt vor sich auf die Straße, musste aber grinsen. Eine angenehme Leichtigkeit breitete sich in ihr aus, doch dann erinnerte sie sich an Karls Worte und die Vergangenheit Alveslohs, die sie nicht kannte. Sie musste sich besser in Acht nehmen.

Alvesloh, der von ihren Gedanken nichts ahnte, sah kopfschüttelnd auf sie herab. »Vielleicht ist es besser und für Ihren Übermut gesünder, wenn ich Sie weiter glauben lasse, dass ich Mündel schon zum Frühstück verspeise.«

Fanny musste gegen ihren Willen lachen und ihre Strohhaube kippte ein wenig nach hinten. Die hellblauen Bänder lösten sich und die Haube rutschte. Sie nahm sie ab und der Wind blies durch die Schläfenlocken, die nicht in ihrem gesteckten Knoten gefangen waren. Sie konnte das erste Mal heute ein Gefühl von Freiheit spüren. Alvesloh hin oder her, die Franzosen waren fort und das war ein Grund zur Freude. Sie strich sich die Haare hinters Ohr und sah ihren Vormund an.

»Da ich es Ihnen zumindest im Moment nicht glaube, will ich die Gunst der Stunde nutzen: Was haben Sie vorhin mit Herrn von Heß und Herrn Rist so Wichtiges besprochen? Es hat Sie die Andeutung von guter Laune gekostet, die sich – sicher gegen Ihren Willen – Ihrer Züge bemächtigt hatte.«

Alvesloh griff nach Fannys Ohrläppchen und zog leicht daran. Als seine Finger sie berührten, lief ein angenehmer Schauer über ihren Rücken. Sie zog den Kopf weg.

»Wenn Sie es unbedingt wissen müssen: Von Heß hat mir von seiner Verbindung zu einem Oberst Tettenborn erzählt. Diesen Namen werden Sie sich merken sollen. Selbiger soll, wenn wir Herrn von Heß glauben, mit 7000 Mann eines Kosakenregiments auf Hamburg zuhalten und angeblich in wenigen Tagen diese Stadt befreien oder besetzen, wie man es nimmt.«

Fanny fühlte sich einen Moment wie vor den Kopf gestoßen. Also waren die Gerüchte um die Russen doch realer als sie vermutet hatte.

»Ist dieser Tettenborn denn Russe?«

»Nein, er ist ein badischer Schwerenöter und dient nur auf dem Papier dem Zaren, tatsächlich sich selbst.«

»Sie kennen ihn?«

Alvesloh trat einen Kiesel fort, der mit einem leisen Platschen in einer Pfütze am Rand des Jungfernstiegs landete.

»Ja.« Er schien sich zu versteifen.

»Nun, und wo haben Sie ihn kennengelernt und wie ist er? Muss man aus Ihnen alles mühevoll herauslocken? Eine Unterhaltung mit Ihnen ist Schwerstarbeit.«

Alvesloh griff wieder nach Fannys Ohr. Diesmal war sie darauf gefasst, aber das machte es nicht besser. Wieder reagierte ihr Körper völlig unberechenbar. Alveslohs Gegenwart bekam ihr nicht.

»Ich habe Kameralwissenschaften in Göttingen studiert. Er war dort mein Studiengenosse. Ihre zweite Frage habe ich schon beantwortet: Er wird Hamburg schaden.«

»Wie hart Sie sind! Wahrscheinlich ist dieser Tettenborn nur halb so abscheulich, wie Sie ihn malen.«

»Es steht Ihnen frei, sich ein eigenes Bild zu machen, wenn Sie die Gelegenheit erhalten.«

»Das ist nicht gerade wahrscheinlich.«

»Im Gegenteil. Sollte Tettenborn mit seinem Stab einziehen, wird er es sich nicht nehmen lassen, die hübschesten Jungfrauen der Stadt zu einer Feierlichkeit zu laden.«

Fanny stutzte. »War das ein Kompliment?«

»Ich mache keine Komplimente. Ich stelle nur Tatsachen fest.« Mit diesen Worten geleitete er Fanny die Stufen zu ihrem Haus am Jungfernstieg hinauf, wo sie auf die strahlenden Gesichter der kleinen Hausgemeinschaft trafen.

Kapitel 18

Fanny wachte früh am nächsten Morgen auf, dabei fühlten sich ihre Augenlider so an, als hätte sie kaum geschlafen. Der Punsch tags zuvor bei Perthes war ihr offensichtlich nicht bekommen. Mit einem wattigen Kopf hatte sie wachgelegen und an den Abzug der Franzosen denken müssen, an die Russen, an Oberst Tettenborn. Was es für ihr Kontor bedeuten mochte?

An ihren Gedanken war auch immer wieder die Gestalt ihres Vormunds vorbeigezogen. Er schmeichelte ihr nicht, wie es Fanny von jüngeren Männern gewohnt war – eher im Gegenteil.

Es verunsicherte sie, dass sie die Geister seiner Vergangenheit nicht kannte. Ihr Onkel wollte, dass sie ihm vertraute, und ihr Onkel war immer gut zu ihr gewesen. Allerdings hatte Alvesloh sie schon einmal angelogen, als er sich eine imaginäre Verlobte ausgedacht hatte. Ihre Wange brannte bei der Erinnerung. Gewiss konnte man dafür mildernde Umstände anführen, auch wenn sie das vor ihm nicht zugegeben hätte.

Und wie ehrlich war sie zu sich selbst? Heute Morgen, beim Aufwachen, in der Stille ihres Zimmers wollte sie es sein. Und musste sich eingestehen, dass er sie anzog, was auch immer er vor ihr verborgen hielt. Wie schon damals, als sie noch ein Mädchen gewesen war. Seine Gesichtszüge waren viel zu düster für den Geschmack der meisten. Aber wenn er sie anlächelte, wäre sie nirgendwo lieber gewesen. Vielleicht, weil es so selten vorkam.

Für Alvesloh bedeutete sie eine Bürde, im besten Fall. Möglicherweise hielt er sie nach den Vorfällen der letzten Wochen sogar für dreist. Wieso nur fühlte sie sich neben ihm immer noch so merkwürdig? Es war besser, wenn sie sich wenig sahen. Fanny kaute auf ihrem Fingernagel herum.

Nun, da die Franzosen weg waren, mussten sich die Geschäfte einfach bessern. Wenn Douaniers und Geheimpolizei nicht mehr jeden Schritt überwachten, gab es Hoffnung. Vielleicht begann sogar bald wieder der offizielle Handel mit englischen Gütern. Sie wusste von Conradi, dass über Tönning und Helgoland schon die ganze Zeit Waren aus dem Empire gekommen waren, die sich nun hoffentlich mit geringerem Risiko weiterverkaufen ließen. Darauf wollte sie ihre Gedanken lenken und nicht auf schiefe Gefühle zu ihrem Vormund.

Fanny schwang fröstelnd die Beine aus dem Bett. Vor ihrem Fenster rückte das erste Morgenrot kämpferisch gegen die Dunkelheit vor. Sie mochte nicht länger liegen bleiben, obwohl Gesche zu dieser Uhrzeit noch nicht einmal Wasser gebracht hatte.

Der Raum war kalt, wie immer. Die Dielenbretter rochen noch nach der Lauge, mit der Gesche sie gestern bearbeitet hatte. Fanny steckte sich einige Haarsträhnen fest, die sich aus ihrem Schlafzopf gelöst hatten. Die beiden Talglichter vor dem Spiegel und eines auf dem Nachttisch mussten dafür reichen. Sie wickelte sich in ihre wollene Stola und setzte sich an ihren Sekretär. Wenn sie schon wach war, konnte sie auch einige Briefe schreiben. Vielleicht käme sie sogar noch ein wenig zu ihrer Livius-Übersetzung.

Fanny sah auf den schiefen Papierstapel mit dem alten Buch, das danebenlag. Wie lange saß sie jetzt schon daran? Über ein Jahr mochte es sein. Sie kratzte ein wenig an den schwarzen Einschlüssen im alten Schminkspiegel und sah wieder auf die Papiere. Sie sollte erwachsen werden. Wenn sie ehrlich war, hatte sie niemals Interesse an dieser Art von Bildung gehabt. Vielleicht war es an der Zeit, Mary Wollstonecrafts Buch als das zu betrachten, was es war: Ein Vorschlag für eine bessere, gerechte Welt. Kein Lebensleitfaden, an den sie, Fanny, sich sklavisch zu halten hatte. Mochten andere Livius übersetzen!

Ein Gefühl von Ruhe breitete sich in ihr aus. Sie war überrascht, wie richtig sich ein Gedanke anfühlen konnte. Hätte Mary nicht gerade das gewollt? Dass Frauen ihre eigenen Entscheidungen fällten und zu ihren Meinungen standen? Sie wollte ehrlicher zu sich sein und sich selbst eine bessere Freundin. Und sie wollte jetzt nichts Lateinisches übersetzen, sondern einen Brief an ihre alte Kinderfrau in York schreiben.

Gerade als sie die Feder in das Tintenfässchen tauchen wollte, fiel ihr Blick auf einen Umschlag, der unter ihrer Zimmertür hervorlugte. Er musste hier schon eine ganze Weile gelegen haben, denn gehört hatte sie nichts. Wer schob ihr nachts eine Botschaft unter der Tür hindurch?

Fanny öffnete den Brief und strich das Blatt auseinander. Sie überflog die Zeilen, sank auf ihren Stuhl nieder und stöhnte in die Hände. Dann legte sie den Brief ausgebreitet vor sich und las erneut:

Frühling, du bist heimgekommen,
hast in Welken und Vergehn,
hast in Sturm- und Nebelnacht,
deinen Platz still eingenommen,
und das Ganze nur gesehen.

Deine Weihe ist das Leben,
das du sanft und mit Bedacht,
aus dem Chaos der Vernichtung,
wo die Todesengel weben,
an das Licht der Welt gebracht.

Liebes, verehrtes Fräulein Fanny,

es drängt mich, Ihnen diese Zeilen zu widmen, jetzt, wo Hamburg frei ist von Unterdrückung und der Frühling alle Herzen beflügelt! Fanny, ich kann nicht länger schweigen und muss auch meinen Gefühlen Raum geben. Darf ich Ihnen ausdrücken, wie herzlich ich Sie verehre und schätze und dass noch zärtlichere Empfindungen meine Seele durchdringen? Und darf ich wagen, zu hoffen, dass Sie meine Werbung nachsichtig aufnehmen?
Mademoiselle, geben Sie mir die Gelegenheit, meinen Mut und meine Würdigkeit in diesen Tagen zu beweisen, um einem so patriotischen Herzen wie dem Ihren zu genügen!

Ihr untertänigster Diener
Karl v. A.

Ach du liebe Güte, Karl! Das war alles, was sie denken konnte. Er war noch so jung, fast ein Kind. Sie fühlte eine schwesterliche Zuneigung zu beiden Lehrjungen, aber um Himmels willen nicht mehr. Hatte sie durch unglückliche Kleinigkeiten die Gefühle Karls in diese Richtung gelenkt? Ihr fiel der rasche Kuss ein, als sie alle so ausgelassen den Abzug der Franzosen gefeiert hatten. Möglicherweise trug sie an dieser peinlichen Verirrung Mitschuld.

Sie ging im Zimmer auf und ab und kaute auf dem stumpfen Ende der Feder herum. Was konnte sie tun, um Karl einen Gesichtsverlust zu ersparen und seinen Stolz zu schonen? Was, wenn dieser etwas Unüberlegtes tat, um seine Heldengesinnung zu beweisen?

Sie musste sich mit Alvesloh besprechen. Es wäre nicht recht, seinem Bruder diesen Brief zu verheimlichen – trotz aller Peinlichkeit, die so ein Gespräch mit sich brachte. Eigentlich duldete die Sache nicht einmal Aufschub, denn die Vorstellung, Karl könnte ihr seinen Mut beweisen, war mehr als beunruhigend. Da Alvesloh heute nicht kommen wollte, würde sie selbst nach dem Frühstück zu ihm gehen. Als sie diesen Entschluss einmal gefasst hatte, war sie ruhiger und schrieb in der Zeit bis zum Morgenkaffee sogar noch ihren Brief fertig.

Nach dem Essen setzte sie sich mit ihrem Stickrahmen ins Frühstückszimmer und wartete, bis Miss Tibbs wie immer über ihrer Handarbeit eingeschlafen war. Sie schlich aus dem Zimmer und ging nach unten zur Küche, wo sie Gesche für ihren Gang rekrutierte. Wenn sie die Magd mitnahm, würde Miss Tibbs sich nicht über ihr plötzliches Verschwinden wundern, sondern glauben, sie sei einer Besorgung nachgegangen.

Alvesloh bewohnte mit seinem Diener Christ einige Räume eines hohen, langgestreckten Hauses am Gänsemarkt, das eher ernst und ehrwürdig als gemütlich aussah. Als Fanny die schwere Haustür aufdrückte, hatte sie ein komisches Gefühl. Sie war noch nie in einer Junggesellenwohnung gewesen. Im Eingang empfing sie eine kleine, rundliche Frau mit einer akkurat gestärkten Schürze und einer ebenso feinen Rüschenhaube. Sie lächelte freundlich, aber mit fragendem Gesicht.

»Madame, mein Name ist Fanny Breedenbek. Ich möchte meinen Vormund sprechen, wenn das möglich ist.«

Unter den aufmerksamen braunen Augen der Matrone fühlte sie sich jünger als sie war. Sie hatte jedes Recht, hier zu sein. Und zum Spaß geschah es gewiss nicht.

»Ah, Mademoiselle Breedenbek. Monsieur hat schon viel von Ihnen erzählt. Er hatte gar nicht erwähnt, dass er Sie erwartet.« Madame legte den Kopf ein wenig schief und runzelte die Stirn.

Fanny merkte, wie ihr die Hitze den Hals hochstieg.

»Aber wie ich hier rede! Und habe mich Ihnen noch nicht einmal vorgestellt.« Die Frau streckte die Rechte herzlich vor. »Witwe Schuhmacher, ich warte die Räume Ihres Vormunds und koche dann und wann ein warmes Essen. Sie wissen ja, wie es mit dem Mannsvolk zu gehen pflegt. Den einen Tag hier, den anderen wieder ausgeflogen. Aber immer ein dankbares Wort, da kann ich nicht klagen.« Frau Schuhmacher drehte sich zu der schmalen, steilen Treppenstiege, die in die oberen Etagen führte.

»Kommen Sie, Kindchen, folgen Sie mir. Oben kann Christ sich um Sie kümmern, denn ich fürchte, Sie müssen noch ein wenig warten. Herr von Alvesloh ist zur Stunde noch mit einem anderen Besucher befasst. Aber er ist kein Mann langer Reden und so wird es sicher eine kurze Wartezeit sein.«

Sie drehte sich zu Gesche um, die im Hintergrund artig mit der Holzvertäfelung verschmolzen war. »Und du, min Deern, kannst da in die Küche gehen und dir eine Milch nehmen. Als Gegenleistung erzählst du mir gleich, wie es in einem großen Haus so zugeht.«

Witwe Schuhmacher brachte sie in den ersten Stock und stieg nach ein wenig höflichem Geplänkel wieder in ihr Reich hinab. Fanny wurde von Christ in einen Vorraum zum eigentlichen Salon geleitet. Der Diener meldete ihre Ankunft und zog sich dann ebenfalls zurück.

Der Raum war geschmackvoll in Grau und Lindgrün tapeziert. Es gab einen kleinen Sekretär, einen Stuhl und ein drehbares, gedrechseltes Bücherregal, das mit allerlei Journalen bestückt war und gleichzeitig als Tischchen diente. An der Wand stand ein halboffener Schrank mit vielen Fächern, in die Alvesloh seine Korrespondenz abzulegen schien. Fanny bewunderte einige Stiche an der Wand, die ländliche Szenen aus Holstein zeigten. Als sie alle Bilder zweimal angeschaut hatte, überlegte sie, ob man sie absichtlich warten ließ.

Endlich ging die Tür zum Salon auf und ihr Vormund trat mit einem Mann seines Alters heraus. Der Fremde war von mittlerer Statur, hatte eine olivfarbene Haut und glänzende Haare, die sie an das Fell eines gestriegelten Rappen erinnerten. Er wäre gut aussehend gewesen, wenn ihn nicht eine noch rote und wulstige Narbe über Kinn und Wange entstellt hätte. Noch merkwürdiger war seine Aufmachung. Er trug einen viel zu engen Rock mit einer geschmacklosen pistaziengrünen Weste. Seine Schnallenschuhe waren nicht mehr sehr modern und er machte den Eindruck, als sei ihm äußerst unwohl in seiner Haut. Beide Männer verneigten sich und Alvesloh stellte seinen Gast vor, wobei er französisch sprach.

»Mademoiselle, ich habe die Ehre, Ihnen meinen verehrten Freund Wassili Ominsky vorzustellen, der sich auf einer kleinen Handelsreise befindet. Ominsky, darf ich dir mein Mündel präsentieren, die Nichte meines Freundes Breedenbek, Mademoiselle Fanny Breedenbek.«

Ominsky nahm Fannys Hand und küsste sie. Sie war bei dem Wort »Mündel« zusammengezuckt. Alvesloh hätte sich diesen Zusatz sparen können.

»Enchanté, Mademoiselle! Ich bitte Sie, mein herzliches Beileid zu Ihrem Verlust entgegen zu nehmen. Ich darf trotzdem so frei sein zu erwähnen, dass eine solche Vormundschaft eine süße Verpflichtung für meinen Freund bedeuten muss.« Ominsky lächelte gewinnend und seine Augen tanzten von Fanny zu Alvesloh hinüber.

»Zu gütig, Monsieur Ominsky. Sie sind, wie mein verstorbener Onkel auch, im Handel tätig?«

»Mademoiselle, so ist es. Ein schwieriges Geschäft in diesen Zeiten. Aber was bleibt einem Christenmenschen?«

Alvesloh schob seinen Gast zur Tür. »Leider muss Monsieur Ominsky uns in diesem Augenblick wieder verlassen und hat keine Minute zu verlieren. Ominsky, dein Diener.«

Fanny hatte den Eindruck, dass der Angesprochene etwas zu zügig an ihr vorbeigeschoben wurde. Wenn das auch Ominskys Gefühl war, so zeigte er es nicht. Er verabschiedete sich und verneigte sich ruckartig und fast militärisch vor ihr. Irgendetwas stimmte nicht. Sie hätte diesem Herrn zu gerne noch ein paar Fragen gestellt. Wieso tauchte ein offenkundig ausländischer Händler einen Tag nach dem Abzug der Franzosen bei Alvesloh auf? Ihr Vormund geleitete sie in den Salon. Christ brachte Wasser.

»Monsieur haben sehr weitreichende Verbindungen in der Handelswelt. War ihr Freund ein russischer Kaufmann?« Fanny versuchte, sich ihren Zweifel nicht anmerken zu lassen.

»Ja. Ein überraschender Besuch.« Alvesloh zog einen feingedrechselten Stuhl für sie hervor, der, wie auch der Tisch, frisch poliert glänzte. »Aber der Überraschungen sind heute viele. Was führt Sie zu mir, Mademoiselle?«

Er goss ihnen Wasser ein. Seine Hand war nicht so ruhig wie sonst. Was hatte ihn aufgeregt? Sie zügelte mit Mühe ihre Neugier und erinnerte sich an den Grund ihres Besuchs.

»Es ist mir etwas unangenehm, Sie privat aufzusuchen. Allerdings sagten Sie einmal, es kann an einem Gespräch unter vier Augen bei unserem Verhältnis nichts Unschickliches gefunden werden?«

»Unschickliches? Nein, Gott bewahre. Und unangenehm muss es Ihnen auch nicht sein. Ich freue mich, Sie zu sehen«, sagte Alvesloh in einem ruhigen Ton, der gar nicht ironisch klang.

Fanny beäugte ihn misstrauisch. Dieser Mann war ihr ein Rätsel.

Alvesloh lachte. »Fanny, Sie sehen mich an, als wäre ich Bonaparte persönlich. Was haben Sie nun schon wieder ausgefressen?«

»Ich habe gar nichts ...« Sie wollte sich rechtfertigen, ließ es aber und sagte mit so viel Würde, wie sie angesichts des lachenden Alvesloh aufbringen konnte: »Ich wünschte, Sie würden mich nicht immer wie ein Mädchen behandeln. Das macht mich wütend und wenn ich wütend bin, sage ich Dinge, die ich später bereue.«

Alvesloh verneigte sich.

»Ich werde mich angesichts dieser entwaffnend ehrlichen Kritik in Zukunft angemessener verhalten. Auch wenn ich mittlerweile ungern auf Ihre spontanen Beleidigungen verzichte. Wollen Sie sich nicht setzen?« Alvesloh wies auf den Stuhl.

Fanny blieb stehen. Irgendwo in einem Hinterstübchen ihres Gemüts ärgerte es sie, dass Alvesloh mit seinem spöttischen Amüsement so leichtes Spiel mit ihr hatte.

»Monsieur, ich muss mit Ihnen über Karl sprechen. Es ist etwas äußerst Unvorhergesehenes passiert, das mich betrifft, und, nun, wie soll ich sagen?« Sie knetete ihre Finger. Wie ließ sich Karls Brief am besten zusammenfassen?

Alvesloh stützte sich mit gestreckten Armen auf die Stuhllehne. »Karl hat sich unsterblich in Sie verliebt und es Ihnen gestanden?«

Einen Moment stockten ihr die Worte irgendwo unterhalb der Kehle, dann fand sie die Sprache wieder. »Woher wissen Sie das? Und wenn Sie es wissen, wieso?«

»Fanny, setzen Sie sich endlich.« Alvesloh fasste sie an der Schulter und schob sie mit sanftem Druck zu dem Stuhl, auf den sie sich etwas unelegant niederplumpsen ließ.

»Mein Bruder hat mich aufgesucht und wir haben uns nach dem Vorfall neulich ausgesprochen. Sehr zu meiner großen Erleichterung. Bei dieser Unterhaltung sprachen wir auch, Sie verzeihen, von Ihnen und Karls Neigung. Er bat mich um Rat und ich sagte ihm, er solle sich erklären.«

Alvesloh setzte sich auf die Tischkante zu ihrer Seite. Er trug keinen Rock, sondern nur ein weißes, aufgekrempeltes Leinenhemd und eine blassgelbe Weste. Seine Halsbinde war locker geschnürt. Ohne es zu wollen, musste sie auf seine bloßen Unterarme sehen, die er vor dem Körper verschränkt hielt. Sie war bei ihm eingedrungen, in seine Privaträume. Sie besann sich wieder auf den Gesprächsinhalt und schüttelte die Gedanken ab.

»Und das ist alles? Er ist Lehrjunge bei uns! Wie um Himmels willen soll ich ihm denn begegnen, wenn sogar sein erwachsener Bruder und Familienvorstand ihn in diesem Unsinn bestärkt?« Fanny verschränkte ebenfalls die Arme vor dem Körper. »Na, wunderbar! Sie waren mir eine große Hilfe.«

»Danke.« Alvesloh machte eine angedeutete Verbeugung.

»Ihr Vertrauen in mich war selbstverständlich gerechtfertigt. Denn weder unterstütze ich sein Ansinnen noch glaube ich, es könnte auf fruchtbaren Boden fallen. Und das habe ich ihm auch gesagt.«

»Ach, und was machte Sie da so sicher?«

»Fräulein in Ihrem Alter pflegen sich nicht ernsthaft für Jungen zu interessieren, die noch grün hinter den Ohren sind. Ihr Verhalten Karl gegenüber hat Zuneigung erkennen lassen, aber niemals mehr. Außerdem ist er viel zu jung für eine Familie.«

Alvesloh hatte in einem ganz beiläufigen Ton gesprochen und goss Wasser in sein Glas nach.

Fanny wusste nicht, was sie impertinenter fand. Den Rat an Karl, sich zu erklären, oder die Gewissheit, mit der Alvesloh ihr Innerstes zu kennen glaubte. Das Lächeln, mit dem er seine Behauptungen garnierte, brachte sie vollends in Rage. Da sie sich keineswegs eine Blöße geben wollte, sagte sie mit sorgfältig unterdrückter Erregung:

»Sie haben sich in uns Frauen hineingedacht. Wie erfrischend. Nur nebenbei, weil ich nicht so begabt bin: Warum haben Sie Ihrem Bruder zu diesem kompromittierenden Vorgehen geraten?«

Alvesloh ließ sein Wasserglas los und sah sie an. Sie fühlte sich wie ein dünnes Heftchen, das aufgeblättert wurde. Nur weil er ein paar Jahre älter war, sollte er sich nicht einbilden, in allen Dingen Bescheid zu wissen. Sie konnte die Wärme seines Körpers spüren und seine Nähe machte sie unruhig.

»Wir wissen ja, Fanny, dass Ihnen Karls Gefühle nicht gänzlich fremd sind?«

»Ich weiß nicht, was das mit dieser Angelegenheit zu tun hätte.« Sie unterdrückte den Impuls, aufzustehen. Sie hätte ahnen müssen, dass dieses Gespräch schieflief.

»Ein unglücklich verliebter Geist entwickelt enorme Kräfte, um sich seine Phantasien wahrzureden. Das einzige Mittel, ein solches Leiden zu heilen, ist die Konfrontation mit der Realität.

Und da, Mademoiselle, kommt Ihr Part«, sagte Alvesloh nüchtern. »Deshalb habe ich meinem Bruder geraten, sich Ihnen so rasch wie möglich zu erklären.«.

»Sie wissen wohl immer, was zu tun ist, nicht wahr, Monsieur?« Sie fuhr sich über die Augen und störte sich diesmal nicht an ihrem biestigen Ton. Er sollte es mit ihr ruhig genauso schwer haben, wie sie mit ihm. »Wenigstens werde ich Karl nicht anlügen.«

Alvesloh schaute heute das erste Mal nicht gleichmütig oder amüsiert. Geschah ihm recht.

Er stieß sich vom Tisch ab und ging umher. »Ich habe gelogen und ich bin nicht stolz darauf. Da Sie offensichtlich partout darüber reden wollen: Ich weiß noch genau, wie Sie während Ihrer Erklärung vor mir standen: Ein mutiges Häufchen Elend.«

Fanny schloss die Augen. Sie hatte selbst Schuld. Warum stand sie nicht auf und ging?

»Diese kleine Person, die mich damals ansah, konnte ich nicht ablehnen. Und als das hätten Sie es verstanden, wenn ich ehrlich gewesen wäre: als Ablehnung.«

Sie öffnete die Augen und schaute auf den Boden. Er war auf die andere Seite des Tisches gekommen und stand ihr jetzt genau gegenüber.

»Sehen Sie mich einmal an«, sagte Alvesloh.

Fanny hob den Kopf, wenn auch widerwillig.

»Ich habe die Gespräche mit Ihnen genossen und nichts, was ich damals gesagt habe, war gelogen. Außer dieser eine Satz.« Er fuhr sich durch die Haare. »Fanny, ich hatte gerade eine Zeit hinter mir, die ich seitdem zu vergessen trachte, und Sie waren ein Kind. Ein aufgewecktes, rührendes Ding, aber dennoch ein Kind.« Er machte eine kleine Pause. »Und nun sind Sie mein Mündel.« Er lächelte sie an, aber es war ein trauriges Lächeln. »Wir haben es nicht leicht miteinander, wie es scheint.«

»Lassen Sie uns dieses Gespräch jetzt beenden, wenn es beliebt«, sagte Fanny.

Er verbeugte sich. »Sehr wohl, Mademoiselle.«

Fanny stand auf. »Und was nun Karl betrifft, heißt das, dass Sie mich im Stich lassen?«

Alvesloh gewann augenblicklich seine alte selbstsichere Haltung zurück. »Es wird Ihnen gelingen, einen nicht einmal siebzehnjährigen Freier von der Hoffnungslosigkeit seiner Werbung zu überzeugen. Das heißt es. Sollten sich erfahrene Kandidaten einstellen, treibe ich sie in die Flucht. Ich kann ziemlich unangenehm sein, wissen Sie?«

»Das, Monsieur, weiß ich aus eigener Anschauung.« Fanny erinnerte sich an den verhängnisvollen Nachmittag im Februar: Den Aufstand, ihren Alleingang und Alveslohs Wut darüber. Keine Frage, niemand wollte diesen Mann zum Feind haben. Und dennoch: Sein Ausbruch ihr gegenüber hatte eine merkwürdige Zutat gehabt. Mehr als Ärger und Entrüstung, irgendetwas, das sie nicht benennen konnte. Sie wollte sich von diesen Gedanken lösen und sprach den nächstbesten Einfall aus: »Was um alles in der Welt ist nur in Karl gefahren?«

Alveslohs Blick glitt nun wieder belustigt über ihr Gesicht. »Finden Sie es so schwer, zu glauben, jemand könnte sich in Sie verlieben, Fanny?«

Sie merkte, wie ihr das Blut in die Wangen schoss. Schnell drehte sie sich zur Tür. »Dazu habe ich nichts zu sagen«, stotterte sie und kam sich unglaublich dumm vor.

»Das müssen Sie auch nicht.« Alvesloh öffnete die Tür für sie.

Sie fühlte sich so verwirrt, dass sie nicht, wie es selbstverständlich war, den Vortritt beanspruchte. Er deutete auf den Weg durch die Tür und geleitete sie sanft hinaus. Dazu legte er seine Hand zwischen ihre Schulterblätter. Obwohl die Berührung fast zufällig war, durchfuhr sie ein warmes Kribbeln. Sie empfand überdeutlich den Druck jedes einzelnen seiner Finger und nahm seinen Geruch wahr, eine Mischung aus Kernseife und Wind und etwas Undefinierbarem. Es war, als begegnete sie das erste Mal einem Mann. Ganz anders als damals, gar nicht vergleichbar. Als sich der Nebel ihrer Gedanken lichtete, merkte sie, dass Alvesloh zu ihr gesprochen hatte und sie mit besorgtem Gesicht ansah. Ob ihr nicht wohl sei? Ob sie sich setzen wolle?

Sie verneinte alles und eilte hinaus. Sie stolperte die Stufen hinunter und ließ unten wie mechanisch das freundliche Abschiedsgeplauder von Frau Schuhmacher über sich ergehen. Die Witwe hielt ihr die Tür auf und drückte Gesche ein Glas Eingemachtes in die Hand.

Alvesloh stand im Halbdunkel des Eingangs wie ein Schatten. Als er einen Schritt ins Licht trat, sah sie, dass er sie mit nachdenklichem Blick musterte. Mit einem raschen Abschiedsgruß zog sie Gesche fort und bog mit schnellen Schritten in Richtung Binnenalster. Ihr Herz pochte. Auf keinen Fall hätte sie noch von einem besorgten Alvesloh nach Hause gebracht werden wollen. Sie atmete auf, als sie nach wenigen hastigen Schritten die Reihen wohlgeordneter Lindenstämme sah. Das war ihr Jungfernstieg und im Hintergrund St. Petri, ihre Konfirmationskirche. Sie ging langsamer. Die feste Erde unter ihren Füßen beruhigte sie genau wie der Hufschlag des Kutschpferdes auf dem Pflaster, der kleine, Reifen schlagende Junge, das Grüppchen lachender Offiziere vor dem Alsterpavillon. Alles war wie immer.

Sie brauchte dringend Ablenkung und war mehr als froh, als sie zu Hause Tibby mit Caroline im Teezimmer vorfand.

»Wo warst du denn, Darling? Fast hätte ich mir Sorgen gemacht. Du warst plötzlich mit Gesche verschwunden.« Tibby sah sie vorwurfsvoll aus ihren kleinen Äugelchen an und klimperte dabei mit den Lidern wie ein Uhu.

»Verzeih, ich habe vergessen, eine Nachricht zu hinterlassen. Mir war nach einem Gang auf den Wall. Von dort hat man immer so eine schöne Aussicht aufs umliegende Land. Gesche hat mich begleitet. Du hast den Frühling auch gespürt, nicht wahr?« Fanny sah dem Mädchen streng ins Gesicht.

»Ganz recht, mein Fräulein«, sagte Gesche gehorsam, schürte die Glut im Kamin und legte Holz nach.

»Nun, what a pity. Hättest du noch ein bisschen gewartet. Ich brauche Garn und wollte es mit dir kaufen gehen. Aber da du nun, wenn Fräulein Caroline da ist, keine Lust mehr haben wirst, werde ich mich alleine auf die Weg machen.«

Tibby raschelte mit ihren Röcken davon und die beiden Freundinnen kamen in den Genuss eines Zwiegesprächs. Caroline hielt die Hände gefaltet und schloss kurz die Augen.

»Caro, was ist dir denn? Ist etwas passiert?«

»Ach, Fanny, ja und nein. Ich meine, es geht allen gut und mir auch. Herrje! Es geht um Konrad.«

»Was ist los? Sind es die Eltern?«

Die Freundin schwieg und Fanny nahm das Heft in die Hand: »Es sind die Eltern, ich sehe es dir an. Du darfst nicht denken, dass sie Miller hassen, das ist Unfug. Weißt du, sie brauchen nur Zeit. Sie müssen sich an den Gedanken gewöhnen. Ihre Tochter wird eben nicht Gelehrtenfrau, sondern das Mädchen eines Offiziers! Warte ab, wenn Miller erst befördert ist oder sogar in den Dienst der Alliierten tritt, dann wird dein Vater ganz versöhnt sein.«

»Ich fürchte, ich habe etwas Dummes getan und ich weiß nicht, wie ich es dir sagen soll.«

Fanny stutzte einen Moment. Hatte Caroline ihr überhaupt zugehört? »Na, sag es einfach, so furchtbar kann es doch nicht sein?«

Caroline zögerte, dann sprach sie schnell. »Fanny, du kannst alle Informationen, die wir uns immer bezüglich, nun, bezüglich dieser Sache gewünscht haben, du weißt schon. Also, alles, was du wissen willst, kannst du aus erster Hand von mir erfahren.«

Es vergingen einige Sekunden, in denen Fanny darüber nachdachte, was das alles zu bedeuten hatte. Ihr wurde schwindelig, als es ihr dämmerte. »Du willst mir doch nicht sagen, du und Miller, ich meine, ihr beide habt wie Mann und Frau«, sie suchte nach einem Begriff und dachte an das unsägliche Wörterbuch, »ihr habt euch fleischlich verbunden?«

»Ja, Fanny, genau das«, piepste Caroline.

»Und, war es schrecklich?«

»Nein, nein, schrecklich war es nicht«, sagte Caroline schon etwas fester. »Und es stimmt auch tatsächlich, man passt aufeinander, eher ineinander, da unten, du weißt schon.« Caroline winkte diffus in Richtung ihrer Oberschenkel, sie bekam dabei ganz erhitzte Wangen. »Margarete hatte also Recht. Miller ist, nun ja, in mich hineingefahren, mit seinem, nun – jedenfalls waren wir verbunden. Ein eigenartiges Gefühl, beängstigend und schön zugleich.«

Fanny wusste plötzlich nicht mehr, ob sie das wirklich alles wissen wollte. Schnell sagte sie: »Gut, gut, dann ist es doch nicht schlimm. Es hat doch niemand erfahren, oder?«

Fanny beschlich ein grauenvoller Gedanke. »Caro, oh, mein Gott! Ihr habt euch doch nicht erwischen lassen?«

»Nein, keine Sorge, das ist es nicht. Niemand weiß davon«, sagte Caroline.

»Und das wird auch nie jemand erfahren. Du musst nur schön den Mund halten und abwarten. Irgendwann wird Miller dich heiraten können. Ihr liebt euch, oder nicht?«

»Ja, gewiss und Miller möchte nichts sehnlicher als das. Aber er ist auch sehr besorgt«, sagte Caroline.

Fanny schaute sie nur fragend an.

»Weißt du, er hat als Mann viel mehr Erfahrung. Unter den Freunden reden sie auch anders und kennen die Welt viel gründlicher als wir. Kurz, Miller war unglücklich, dass wir uns so haben hinreißen lassen. Er sagt, daraus könne etwas entstehen.« Caroline sammelte sich. »Fanny, man muss gar nicht verheiratet sein, um schwanger zu werden. Das geht auch ohne. Gerade, wie wir es gemacht haben, weil das Kind dadurch in mich hineinkommen kann.«

»Ich habe es mir doch gedacht!«, sagte Fanny, die ein Gefühl der Befriedigung nicht unterdrücken konnte. Sie hatte schon immer vermutet, dass die gefallenen Frauen, von denen der Pastor redete, ihre Kinder von Männern haben mussten. Nur waren die Männer in den Worten des Pastors nie gefallen. Etwas verzögert ging ihr auf, was Caroline da eigentlich gesagt hatte. »Ist das denn sicher?«

»Nein, sicher nicht. Vielmehr recht unwahrscheinlich, meint Miller. Weil es gerade nur das eine Mal war. Es gibt einen Trick, wie man es merkt. Wenn ich ganz normal meinen Monatsfluss bekomme, ist alles gut. Wenn nicht«, Caroline machte eine vielsagende Pause, »dann könnte ich ein Kind in mir tragen.«

»Aber du hast ihn doch bekommen, oder?«

»Nein, habe ich nicht.« Caroline wrang den Stoff ihres Kleides in der Hand. »Es passiert manchmal, dass es später kommt. Aber seitdem mache ich mir solche Sorgen! Was, wenn ich guter Hoffnung wäre?«

Was für ein Tag, dachte Fanny, nachdem sie die Freundin zur Tür hinausgeleitet hatte. Sie ging hoch auf ihr Zimmer, schlüpfte unter ihre Bettdecke, schlang die Arme um die Knie und grübelte. Sie hatte Tibby gesagt, sie sei unpässlich, und tatsächlich drückte ihr die Stirn wie verrückt. In der Angelegenheit zwischen Caroline und Miller überlegte sie hin und her. Am besten hätten die beiden so schnell wie möglich geheiratet. Verfluchte Franzosen, verfluchter Krieg!

Natürlich machte sie sich Sorgen um die Freundin, aber wenn sie ihre Gefühle sorgsam abklopfte, war da auch eine Portion Neid. In allem war sie selbst sonst die treibende Kraft. Und nun sollte Caroline ihr so ein Abenteuer voraushaben?

Dann drängte sich Karl in ihre Gedanken. Alvesloh hielt sie offenbar für souveräner als sie war. Ihr war eine solche Unterredung ein Graus! Über Gefühle hatte sie noch nie sprechen mögen. Sie wollte auf keinen Fall lügen, Karl gegenüber aber besonders rücksichtsvoll sein.

Dann der Morgen bei Alvesloh. Diese Empfindungen in seiner Nähe blieben ihr unverständlich. Das Gefühl von Schwärmerei damals war anders gewesen, also konnte es das nicht sein.

Die Fanny von vor sechs Jahren gab es nicht mehr, sie war erwachsen. Andererseits waren ihre Gefühle Monsieur gegenüber alles andere als einfach. Seine Hand auf ihrem Rücken und diese Flut von Empfindungen. War es die Intimität des Themas, die sie so überempfindlich gemacht hatte? Wahrscheinlich. Sie steigerte sich in etwas hinein, das gar keine genauere Betrachtung verdiente. Mit Macht zwang sie ihre Gedanken in eine andere Richtung. Sie legte sich das Kissen zurecht, rutschte hinunter und verschränkte die Arme hinter dem Kopf. Langsam ließ sie auch die Beine sinken. Oben in ihrem Bettbaldachin hatte sich eine kleine Motte verfangen, die einen nervösen Tanz aufführte.

Wer war dieser merkwürdige Freund Alveslohs? Nie im Leben war das ein Kaufmann gewesen. Diese Weste und die Schnallenschuhe! Vielleicht hatte er mit Alveslohs Vergangenheit zu tun. Der Gedanke, etwas darüber herauszufinden, war unwiderstehlich, und doch ging es sie eindeutig nichts an. Auf der anderen Seite war er ihr Vormund. Gerade sie sollte über sein Vorleben Bescheid wissen, schließlich verlangte alle Welt von ihr, dass sie ihm vertraute.

Sie hatte Monsieur von Maltzahn auf der Soirée getroffen, mit ihm ließe sich reden. Hätte Karl ihr dessen Namen genannt, wenn er hundertprozentig von der Unschuld seines Bruders überzeugt gewesen wäre? Offensichtlich hatte Karl selbst nicht gewagt, Maltzahn anzusprechen. Monsieur von Alvesloh regierte seine Brüder mit Strenge und es herrschte nicht gerade ein kameradschaftliches Verhältnis zwischen ihnen. Vielleicht wünschte Karl sich dieses Gespräch geradezu von ihr und sie könnte die Jungen nach dem Gespräch beruhigen.

Ein bisschen Leben kam in ihre Glieder und sie setzte sich wieder auf, während sie überlegte, wie sie das Gespräch mit Maltzahn anfangen konnte. Die verabredete Landpartie kam ihr zustatten. Es war Maltzahns Idee gewesen und daraus ließe sich ein Gesprächsanlass stricken. Wenn es gut lief und sie sich verstanden, würde sie vorsichtig ihre Fragen platzieren.

Fanny war so zufrieden mit sich, dass sie sich auf ihr Bett stellte und sachte die Motte fing, die immer noch gegen den Seitenbehang flog. Sie ging zum Fenster, öffnete es und ließ das kleine Wesen fliegen. Die Luft über den Dächern war kalt und feucht, der Himmel hing tief. Die kleine Andeutung des Frühlings hatte sich wieder verflüchtigt und war dem typischen Hamburger Wetter gewichen. Im Zweifel nasskalt. Sie lehnte ein wenig über dem Fensterbrett und sah über die umliegenden Fachwerkhäuser, aus denen hier und da Rauch aufstieg. Es roch nur wenig nach Fleet, dafür nach dem Rauch der Hölzer und Sträucher, die die Gärtner um diese Zeit verbrennen durften. Die feuchte Luft wehte sie an und sie konnte förmlich hören, wie ihre Locken sich stärker kräuselten. Das war die erste Sache, die sie mit Maltzahn besprechen konnte: Was seiner Definition nach »milderes Wetter« bedeutete. Denn er wollte seine Landpartie unternehmen, wenn es milder war. Jedenfalls, wenn sie es recht erinnerte. Noch zufriedener schloss sie das Fenster. Wer hätte gedacht, Hamburger Wetter könnte zu irgendetwas gut sein?

Kapitel 19

Gleich am nächsten Morgen schob Fanny einige Besorgungen vor und verließ zeitig mit Gesche das Haus. Sie hatte Monsieur von Maltzahn keine Karte geschickt, wie es für einen gesellschaftlichen Besuch üblich gewesen wäre. Wenn sie jetzt kurz vorher der Mut verließ, würde es wenigstens nicht auffallen.

Sie schlenderte mit Gesche durch die Straßen und genoss ihren Gang, ganz unabhängig von dem Zweck ihrer Reise. Die Franzosen waren fort. Es war tatsächlich kein Traum und mittlerweile hatte das auch der letzte ihrer Mitbürger begriffen. Die braven Hamburger tendierten nicht – wie ihr Vormund – zu übermäßiger Zurückhaltung, und so war die Laune auf den Straßen ansteckend fröhlich.

Zwei Bäckerburschen bei der Mühle auf der Bergstraße bewarfen sich mit kleinen Mehlklümpchen, sodass sie aussahen wie Gespenster. Fanny stupste Gesche an und beide blieben lachend stehen, um sich das Schauspiel anzusehen. Leider kam nur allzu bald die Müllersfrau aus der Tür, warf Fanny und Gesche einen strengen Blick zu und klatschte beiden Übeltätern einen nassen Lappen um die Ohren. Fanny konnte sich nicht helfen, irgendwie wirkte sogar diese Disziplinierungsmaßnahme heiter, obwohl die beiden Lehrlinge das vielleicht anders sahen.

Nirgends standen Patrouillen, nirgends wurden Gewehre in die Luft gehalten oder Taschen kontrolliert. Keine Willkür, kein Schaden trübte die Luft und Hamburg hatte heute sogar einige Sonnenstrahlen zugelassen, wie um diesen schönen Tag zu heiligen. Fanny schwitzte in ihrer gefütterten Spencerjacke und war kurz davor, sich die Haube abzunehmen. Sie entschied sich jedoch dagegen, weil es leichtfertig gewirkt hätte. Sie wollte nicht, dass Tibby Vorwürfe wegen Fannys Aufzug gemacht wurden.

Ein Schlachterwagen mit offenen Rinderhälften wurde von zwei trägen Ochsen an ihr vorbeigezogen. Gut, dass es um diese Jahreszeit noch wenig Insekten gab, sodass die Fleischhälften noch einigermaßen manierlich aussahen. Hinter dem Wagen ging eine Wasserträgerin in ihrer Tracht mit breitkrempigem, flachen Hut. Über den Schultern hielt sie ihr Joch mit zwei Eimern. Fanny bat sie um eine Kelle Wasser. Gesche und das Mädchen unterhielten sich ein bisschen in dem breiten Platt, das Fanny mittlerweile ganz gut verstand, wenn sie es auch nicht sprach.

Während sie trank, beobachtete sie drei balgende Mischlinge und einen Jungen in schwarzer Ausgehgarnitur mit weißem Rüschenkragen. Der Präzeptor an seiner Seite hielt ihm einen Vortrag über Gott-weiß-was, während das Kind sehnsüchtig auf die raufenden Hunde schielte. Fanny musste lächeln, als sie das

Kind sah. Natürlich hatte der Knabe es besser als Jakob, würde vielleicht Großkaufmann oder Senator werden. Aber Opfer ihrer Verhältnisse waren doch beide.

Sie dankte der Wasserträgerin und bog mit Gesche kurze Zeit später in den Breitengiebel ein. Die unauffällige Straße führte direkt auf die Johanniskirche nebst Seiteneingang zum Kloster zu. Eine langgezogene, zweigeschossige Backsteinfront mit großen Fenstern schmiegte sich an die Kirche. Der wuchtige Kirchenbau war weder schön noch elegant, das angrenzende Gebäude wirkte dagegen fast schmuck mit seinen Sandsteinverzierungen und dem üppigen Portal.

Langsam stieg Nervosität in Fanny auf. Sie hatte sich beim Waschen und Frisieren an diesem Morgen mögliche Einstiege in das Gespräch zurechtgelegt und doch fühlte sich ihre Mission verboten an. Würde Maltzahn Alvesloh von ihrem Besuch erzählen? Und wenn ja, wäre er wütend auf sie? Wie sie Monsieur einschätzte, wäre er demnächst sowieso wegen irgendetwas verstimmt und Fanny hatte das Recht auf ihrer Seite. Ob sie Maltzahn zur Geheimhaltung nötigen konnte? Doch eigentlich war das feige.

Ein Prediger in seiner schwarzen Soutane ging an ihr vorbei und lächelte freundlich. Sie erinnerte sich daran, dass sie ehrlicher zu sich sein wollte. Die Wahrheit war, dass sie einem Streit mit Alvesloh gar nicht in jedem Fall aus dem Weg gehen wollte. Ein Streit mit ihm war nichts, was ihr den Tag versüßte. Aber irgendetwas passierte mit Alveslohs Augen und seiner Miene, wenn er wütend war. Da war ein leidenschaftlicher Ausdruck in seinen Zügen, eine Wahrhaftigkeit, die ihr den echten Mann zeigten und nicht nur seine selbstkontrollierte Fassade.

Gesche zog Fanny zur Seite und sie hob instinktiv die Röcke hoch, um sich nicht mit dem Schweinemist zu besudeln, der direkt vor ihr auf dem Kopfsteinpflaster lag. Sie standen jetzt schon beinahe vor den Wirtschaftsgebäuden des Klosters und sie ging mit neuem Elan auf das hohe Sandsteinportal zu. Ihre Augen mussten sich erst an die Dunkelheit und feuchte Kühle im hohen Durchgangsgewölbe gewöhnen.

Als sie in den dahinterliegenden Hof trat, umfing sie die vornehme Ruhe des Klostergeländes. Eine einsame kleine Buche und ein plätschernder Brunnen standen in der Hofmitte. Sie konnte Vogelgezwitscher hören, das draußen auf der Straße vom Lärm der Hunde, Karren und Passanten erstickt worden war. Dabei war dies noch nicht einmal das Reich der Domina und ihrer Schwestern, das erst jenseits von Ställen, Wäscherei und Witwenwohnungen begann und von einem weiteren, respektheischenden Portal bewacht wurde. Eine Wäschemagd mit einem Stapel Leinen kam aus einem der Gebäude und grüßte höflich. Fanny fragte nach Monsieur von Maltzahns Amtsräumen und die Magd wies auf eine kleine steinerne Treppe, die von der Hofseite aus in das Gebäude führte, das sie gerade durchquert hatten.

Im Obergeschoss fand sie Maltzahns Reich. Mehrere hohe, langgestreckte Räume mit allerlei Regalen, Truhen und Sekretären, alles holzgetäfelt, eher mit dem Ansehen einer Bibliothek als einer Amtsstube. Die Dielen waren frisch gebohnert und rochen angenehm. Die Luft war weniger staubig als man bei all den Folianten und losen Papieren hätte vermuten dürfen und ein geöffnetes Fenster ließ Licht und Sonne herein.

Fanny ging durch zwei Räume hindurch und kam an das Ende der Zimmerflucht, wo Maltzahn hinter einem schweren Schreibtisch aus dunklem Holz stand. Er steckte ein zusammengerolltes Pergament in ein Loch, das zu einer Wand mit unzähligen solcher Löcher gehörte.

Fanny ließ Gesche außer Hörweite im angrenzenden Raum stehen, trat näher und räusperte sich. Monsieur von Maltzahn drehte sich erstaunlich schnell um und sein Blick hatte etwas routiniert Wachsames, bevor er sich in den arglosen und liebenswürdigen Maltzahn verwandelte, den sie von der Soirée kannte.

»Mademoiselle Breedenbek!« Maltzahn zupfte sich seine Krawatte zurecht und fingerte kurz an seinem Zopf herum, den er nach alter Tracht mit einem Lederbändchen gewickelt hatte. »Ein Sonnenstrahl, der unerwartet durch den wolkenverhangenen Himmel bricht. Endlich heitert mich zwischen meinen tristen Pergamenten etwas auf!«

Maltzahn küsste ihre Hand in einer blumigen Verbeugung. Er murmelte diese Art Galanterien vermutlich auch der drallen Fischverkäuferin zu, und dennoch konnte man ihm mit seinen schelmischen Augen einfach nicht böse sein.

»Und ich dachte, Sie hätten diesen Posten selbst gewählt, um nicht auf dem elterlichen Gut zu verschmachten?«, sagte Fanny.

»Ganz so, mein Fräulein, ganz so. Wer wäre ich auch, zu widersprechen?«

Maltzahn zog seinen Schreibtischstuhl für sie vor und holte für sich einen Schemel aus der Zimmerecke. Er wirkte, als hätte er nur auf sie gewartet und wäre über ihr Kommen nicht im Mindesten erstaunt. Ein Gentleman, wie Tibby sagen würde. Er lud sie mit einer Geste ein, sich zu setzen, und brachte vom Fensterbrett eine Karaffe Wasser und ein zweites Glas. Sein Hemd war perfekt weiß, die Goldknöpfe an seinem dunkelblauen Rock schimmerten und seine Krawatte band er genauso blumig wie er sprach. Unterschiedlicher konnten zwei Freunde nicht sein, denn ihr stand Alveslohs nüchterne Gestalt vor Augen.

Während Maltzahn eingoss, begann sie ein Gespräch über den Abzug der Franzosen. Maltzahn war euphorisch und in allem ganz ihrer Meinung. Sie redeten über seine Arbeit, er erzählte Anekdoten über die ehrwürdige Domina des Klosters und gab ganz den zufriedenen Märchenonkel, obwohl er dafür ein bisschen zu jung war. Fanny konnte sich Maltzahn einfach nicht mit einem Säbel an der Seite vorstellen und doch hatte er ihn getragen. Nur sein ständiger Griff an seinen Zopf verriet, dass er sich wohl heimlich fragte, was sie hier eigentlich machte. Sie wollte ihn nicht lange zappeln lassen, aber ein wenig Mut musste sie sich noch herbeireden.

Sie ging zum Wetter und zu der verabredeten Landpartie über. Maltzahn war der perfekte Gesprächspartner: Eifrig, ohne sich aufzudrängen, und galant, ohne klebrig zu sein. Nach einer Weile ebbte das Gespräch ab, doch Fanny ließ den natürlichen Zeitpunkt zum Gehen verstreichen.

»Monsieur von Maltzahn, ich hoffe, dass es unsere Beziehung nicht belastet, wenn ich noch auf eine weniger alltägliche Angelegenheit zu sprechen komme?«

Maltzahn zog die Augenbrauen hoch und setzte sich etwas aufrechter hin. Er fasste nicht einmal an seinen Zopf und sie fragte sich, ob das ein gutes oder ein schlechtes Zeichen war.

»Mademoiselle, nichts aus Ihrem Mund könnte mich belasten, es sei denn, es wäre ein Kummer, der Ihnen widerfahren ist.«

Fanny lächelte ihn kurz an. »Sehr freundlich, Monsieur. Es ist nichts dergleichen, obwohl ich sagen muss, dass mich eine Sache augenblicklich in Unruhe versetzt.«

»Unerträglicher Zustand. Kann ich die Abhilfe sein?«

»Es hat mit meinem Vormund, Ihrem Freund, Monsieur von Alvesloh zu tun.«

Maltzahns Miene kühlte sich augenblicklich ab. Oder sie bildete es sich zumindest ein.

»Ich habe mich nach Klatsch gewiss nicht umgesehen und doch konnte ich den Gerüchten nicht ausweichen«, sagte Fanny.

»Wie es sooft mit Gerüchten ist, ma chére Mademoiselle, sind sie eben nur das: Gerüchte.«

Diese Beschwichtigung klang zurechtgelegt und Maltzahns ganze Miene verriet, dass er auf der Hut war.

»Sie waren damals bei dem Verfahren zugegen, das gegen Monsieur wegen des Mordes an seinem Freund angestrengt wurde?«, fragte Fanny. Sie musste Maltzahn lassen, dass er nur wenig zusammenzuckte.

»Wegen des angeblichen Mordes? Ja, das war ich. Was die ganze Angelegenheit nicht wahrer oder den Vorgang weniger hässlich macht.« Er schlug die Beine übereinander und drehte sich ein wenig nach links weg, als müsste er eine Mauer zwischen ihnen errichten.

»Monsieur – ich will Sie nicht bedrängen, sagen Sie mir nur klipp und klar, dass ich mir keine Gedanken darüber machen muss, einen Mörder zum Vormund zu haben. Dann sind Sie mich augenblicklich los und ich nehme nur den heitersten Eindruck von unserem Gespräch mit.«

Es war eine einfache Frage. Sie hatte mit einer schnellen und einfachen Antwort gerechnet. Doch Maltzahn zögerte. Sein Blick streunerte in einem Halbkreis über die Dielen der Zimmerecke.

»Monsieur? *Monsieur?*«

Maltzahn fuhr zusammen. »Verzeihen Sie, Mademoiselle, ich war kurz in Gedanken. Ich möchte Ihnen versichern, dass Alvesloh ein Ehrenmann ist und ein treuerer Freund erst geboren werden muss.«

»Aber sie können mir nicht ins Gesicht sagen, dass er nichts mit diesem Mord zu tun hat? Ist es das, was Sie meinen?« Fannys Herzschlag beschleunigte sich. Ihre Stimme klang ein wenig schrill und sie atmete hektischer.

Maltzahn sah hilflos aus. »Nein, nein, Mademoiselle, bitte, verstehen Sie mich nicht falsch. Das würde mich tief betrüben. Monsieur von Alvesloh, ihr Vormund, hat keinen Menschen umgebracht.«

»Und das können Sie mir zusagen und ihr Ehrenwort darauf geben?«

»Mademoiselle, das Ehrenwort eines Mannes sollte nicht leichtfertig gegeben werden, lassen Sie mich zunächst erklären ...«

Fannys Knie katapultierten sie vor Schreck nach oben und ehe sie sich versah, stand sie vor Maltzahn. Ein wenig ihres Wassers war auf seinen Schreibtisch geschwappt.

Maltzahn erhob sich ebenfalls, hastig und verlegen zugleich.

»Monsieur, wenn Sie mich so beruhigen wollen, dann sind Sie nicht besonders talentiert!«

Er vergrub sein Gesicht in seiner Rechten und stöhnte auf.

Die linke Hand streckte er nach ihr aus. Vielleicht hatte er Angst, sie könnte einfach gehen.

Fanny wich einen Schritt zurück und verschränkte die Arme vor dem Körper. Sie zischte: »Es tut mir leid, wenn ich Ihnen Schmerzen bereite. Wir können dieses Gespräch abbrechen. Seien Sie nur versichert, dass ich weitere Erkundigungen einziehen muss. Nur Sie können ermessen, ob ich sie an anderer, sicher weniger berufener Stelle suchen sollte.«

Ihre Worte hingen eine Weile in der Luft. Maltzahns Unwohlsein schien ein angemessener Preis für ihre seelische Gesundheit. Trotzdem fühlte sie sich schlecht, weil sie ihn so unter Druck setzte.

Maltzahn rührte mit der Hand in der Luft herum, mit grober Richtung auf den Stuhl. »Nein. Nehmen Sie Platz. Bitte, Mademoiselle.« Er wirkte plötzlich müde. »Es tut mir leid, dass ich Ihre Erwartungen nicht erfüllen konnte. Und es war schwach von mir, die Wirrungen der Vergangenheit an den Gestaden Ihrer Jugend und Unschuld auflaufen zu lassen.« Maltzahn ging zu einem Tischchen am Fenster und wandte ihr halb den Rücken zu. Er legte die gespreizten Finger auf die Oberfläche des Holzes.

Es war ihr ein Rätsel, wie er in offensichtlicher Unruhe immer noch wie ein Lyrikbändchen sprechen konnte. Sie musste sich um zusammenhängende Sätze bemühen, so sehr hämmerte ihr der Herzschlag im Hals.

Die Sonne war höher gestiegen und schien nun voll durch das Fenster. Die Strahlen umflossen Maltzahn und im Schein hatten seine Haare eine Aureole von Licht. So einen Heiligenschein hatten ganz andere Leute nötig. Ein bitterer Geschmack machte sich in ihrem Mund breit. Sie nahm all ihre Kraft zusammen, um nicht vorschnell zu urteilen. Vielleicht lieferte Maltzahn gleich die nötigen Erklärungen.

Er öffnete eine Schublade unterhalb des Tisches und nahm ein silbernes Kästchen heraus. Dann kam er zu ihr. Seine Gesichtszüge waren gefasst, aber sein ganzer Körper wirkte angespannt. »Bitte, setzen Sie sich doch, Mademoiselle.« Er hob das Schächtelchen hoch. »Eine wunderbar milde Mischung. Auch für Damen. Eine leichte Note von Bergamotte und Lavendel.« Er lächelte ein wenig schief.

Fanny mochte keinen Schnupftabak und schüttelte den Kopf, aber sie setzte sich wie gebeten hin. Mochte er seine Pause haben und sich ein wenig mit seinem Tabak beschäftigen. Solange er ihr danach die Wahrheit sagte, war ihr alles recht. Sie verschränkte die Hände im Schoß. Es half ihr, wenn sie sie zusammenpresste, dann konnte sie wenigstens etwas tun.

Maltzahn zog ein blütenweißes Batisttüchlein aus seiner Brusttasche und schnupfte mit einer delikaten Bewegung des Handgelenks eine kleine Portion Tabak. Er lehnte sich zurück und atmete aus. »Ich habe gezögert, weil die damaligen Umstände alles andere als einfach waren. Ich weiß bis heute nicht, was am Vorabend der Schlacht und am Tag danach passiert ist.«

Fanny verstand nicht. Wollte er leugnen, bei der Gerichtsverhandlung dabei gewesen zu sein?

»Ich weiß, was Sie denken«, sagte Maltzahn und umgriff fest seine Tabakdose. »Ich war nicht nur anwesend. Ich war Alveslohs Advokat.«

Fanny atmete aus und ließ ihren Oberkörper zurückfallen. Sie dachte am besten gar nichts mehr, bis Maltzahn zu Ende geredet hatte.

»Alvesloh war wie vernichtet durch den Tod des Freundes. Er hatte eine Schlacht hinter sich und war verwundet. Dann sah er sich plötzlich mit Mordanschuldigungen konfrontiert. Ich habe mich ihm regelrecht aufdrängen müssen. Ich glaube, er selbst wäre nicht auf den Gedanken gekommen, dass er einen Advokaten bräuchte.«

»Wenigstens das verstehe ich! Warum sollte er auch, wenn er nichts verbrochen hatte?«

»Sie haben sich gestritten, am Abend vor der Schlacht. Jedenfalls brachte die Anklage Zeugen dafür bei.« Maltzahn zögerte kurz. »Und Alvesloh leugnete diesen Streit nicht.«

»Aber das ist doch kein Grund. Lieber Himmel!«, sagte Fanny.

Maltzahns Stirn legte sich in gequälte Furchen. Er trank ein Schlückchen Wasser und schlug seine Beine in die andere Richtung übereinander.

»Es trat ein weiterer Zeuge auf, der angeblich den Hintergrund des Streits kannte. Eine unangenehme Sache, die alles sehr verkomplizierte.«

Fanny schaute ihn auffordernd an.

»Mademoiselle, zwingen Sie mich nicht dazu.« Maltzahn sah aus, als wünschte er sich eine Spalte im Boden, breit genug für ihn.

Sie schwieg und starrte ihn an. Er schaute zurück, flehend, ein, zwei Sekunden, dann sackten seine Schultern ein wenig nach unten und er wandte den Blick ab. Sie hatte gewonnen. Aber was?

»Der Zeuge behauptete, Alvesloh hätte einem Mädchen Gewalt angetan. Jedenfalls sei es das gewesen, was Friedrich von Plessen, der Freund Ihres Vormunds, ihm im Streit vorgeworfen hätte.«

Fannys Kehle zog sich zusammen. »Aber hat Monsieur denn nicht alles bestritten?«

»Das Unglückliche war, dass der Zeuge die Umstände dieser Vergewaltigung genau benennen konnte, weil er angeblich alles gehört hatte. Alvesloh kannte das Mädchen, das gab er zu. Auch bestritt er nicht, dass ihr Gewalt angetan wurde. Es wurden Erkundigungen eingezogen und es stellte sich heraus, dass Alvesloh ihrer Familie eine große Menge Geld gegeben hatte. Er weigerte sich allerdings zu sagen, warum.«

Fanny konnte nur langsam mit dem Kopf schütteln.

»Sie können sich vorstellen, wie das gewirkt hat. Ich habe Monsieur bekniet, mir irgendetwas zu geben. Irgendetwas, das ich vor Gericht verwenden konnte. Doch er wiederholte nur immer wieder: Du wirst es auf Ehrenwort machen müssen.« Maltzahn sah zu ihr hinüber. »Auf Ehrenwort. Das war meine Verteidigung.«

Es viel Fanny schwer, sinnvolle Gedanken zu fassen. Draußen rumpelte ein Karren über das Kopfsteinpflaster und ein Mann rief dem Kutscher ärgerlich etwas zu. Eine Frau schrie dazwischen und pries ihre Kohlköpfe an. Zwei andere lachten. Vor dem Fenster flog eine Dohle vorbei und Fanny wusste immer noch nicht, was sie denken sollte.

»Und das war alles? Alles, was er zu sagen hatte?«, fragte sie endlich.

»Ja. Genauso verzweifelt wie Sie jetzt klingen, fühlte ich mich damals und noch zehnmal mehr.«

»Und das Mädchen, konnte man es nicht ausfindig machen? Es hätte ihn doch sicher entlastet?«

Maltzahn wurde das erste Mal während des Gesprächs wirklich blass. »Das arme Ding hat sich nach der Geburt des Kindes das Leben genommen. Die Eltern waren bereit, für Monsieur von Alvesloh auszusagen. Aber sie hätten nur zu Protokoll bringen können, dass er während seiner Studentenzeit zur Miete bei ihnen gewohnt und mehrfach mit dem Mädchen alleine gesprochen hatte, nachdem deutlich geworden war – nun ja.« Maltzahn räusperte sich und schaute angestrengt zu Boden.

Es war mehr als klar, dass er den anschwellenden Bauch der Wirtstochter meinte. Für ein paar Sekunden wunderte sich Fanny über sich selbst. Sie war nicht geschockt oder verängstigt, fühlte noch nicht einmal Trauer um das arme Kind. In ihr war nur ein fiebriger Antrieb, alles wissen zu müssen.

»Was noch, Monsieur?« Sie lehnte sich zu Maltzahn vor.

»Zu ihrem Erstaunen erhielten die Eltern wenige Tage darauf eine beträchtliche Geldsumme von Alvesloh mit der Anweisung, über die Angelegenheit nicht weiter zu reden.« Maltzahn hob in einer fatalistischen Geste die Hände und ließ sie wieder sinken. »Der Vater sprach nur gut von Monsieur. Ich konnte ihn als Zeugen trotzdem nicht vorführen. Ein falscher Zungenschlag und es hätte uns mehr geschadet als genützt.

Ich hatte also immer noch nichts, außer Alveslohs Ehrenwort, dass er weder das Mädchen vergewaltigt noch Friedrich umgebracht hätte. Ich habe gebettelt, gedroht und gefleht. Aber er saß nur da und sagte: Auf Ehrenwort. Du musst es auf Ehrenwort machen. Weiter kann ich dir nicht helfen.«

Beide saßen einen Moment reglos da und Fanny fühlte das Blut durch ihren Hals pulsieren. Sie roch die Ausdünstungen der alten Papiere, das Leinöl, mit dem der Sekretär poliert war, die zarte Bergamottenote von Maltzahns Schnupftabak, und ihre eigene Angst.

Endlich sprach Maltzahn wieder. »Das Gericht war Alvesloh sehr geneigt. Ich tat mein Bestes, aber der Ankläger hatte den gleichen Rang und die Beweise lagen alle in seinem Feld. Man legte Alvesloh nahe, sein Offizierspatent ruhen zu lassen und sich für einige Zeit zurückzuziehen.« Maltzahn schnaubte. »Diese Empfehlung des Gerichts war wahrhaft überflüssig. Ich habe Georg von Alvesloh noch nie schwanken sehen. Er schwankte, als er den Gerichtssaal verließ. Und es lag nicht an seiner Armwunde.«

»Wer?«

Maltzahn sah bei ihrer Frage auf und musterte sie bestürzt. Wenn sie nur ein kleinwenig so aussah wie sie sich fühlte, musste sie einen gruseligen Anblick bieten.

»Wer hat die Anklage vorgebracht? Wer war sich so sicher, dass Alvesloh diese abscheulichen Verbrechen verübt hat?«, sagte Fanny.

Maltzahn presste die Lippen aufeinander und schüttelte den Kopf. Das erste Mal heute hatte sie das Gefühl, dass er von dieser Klippe nicht springen würde, egal, was sie tat.

»Ich habe schon zu viel gesagt und Monsieur von Alvesloh wird mich mit einem stumpfen Löffel ausweiden, wenn er von unserem Gespräch erfährt.« Er schloss kurz die Augen. »Mit Recht.«

Als Fanny mit Gesche wieder auf der belebten Straße stand, fühlte sie sich wie betäubt. Gesche fragte nichts und sagte nichts

– gottlob –, und Fannys Füße gingen mechanisch in Richtung Alster, ohne auf irgendetwas um sie herum zu achten.

Am liebsten wäre sie zu Monsieur von Alvesloh gegangen und hätte ihn zur Rede gestellt. Zum Glück merkte sie nach zwei ruhigeren Atemzügen, dass das der größte Unsinn war. Was erwartete sie denn? Dass Alvesloh ein anregendes Pläuschchen mit ihr über seine schwärzesten Stunden hielt? Dass er ihr mehr erzählte als einem seiner engsten Freunde, der noch dazu sein Kampfgenosse und Advokat gewesen war?

Gesche zog scharf die Luft ein und Fanny wurde an der Schulter nach hinten gerissen. Ein Wagen mit riesigen Fässern donnerte fünf Zentimeter vor ihrer Nase vorbei.

»Haken se sich man ein, Fräulein. Ich weiß zwar nich, was der Herr gesagt hat, aber so schlimm kanns nich sein, dass man sich gleich überfahrn lassen will.«

Fanny nickte langsam und hängte sich in Gesches Arm. Ihr Gefühl sagte ihr, dass Alvesloh nicht der Mann war, der ein Mädchen ins Unglück stürzte und dann seinen besten Freund umbrachte, weil der es ausplaudern wollte. Aber sicher konnte sie nicht sein. Warum hatte er der Familie Geld gegeben, warum sich überhaupt gekümmert? Da war ein schlechtes Gewissen, sicherlich. Und wenn er mit dem Mädchen gesprochen hatte und selbst unschuldig war, dann musste sie ihm gesagt haben, wer ihr Peiniger war. Deckte er einen Freund?

Hatte Friedrich das Mädchen vergewaltigt? Möglicherweise hatte Alvesloh für ihn gelogen, sich dann aber mit ihm gestritten und im Kampf tatsächlich umgebracht?

»Ach, du liebe Güte!« Gesche drückte ihren Arm und Fanny guckte schnell nach vorne, um nicht wieder von einem Bierkutscher überfahren zu werden. Sie waren am Jungfernstieg angekommen und in Sichtweite lag schon ihr Hauseingang. Oben auf dem steinernen Treppenabsatz hielten Johann und Meta Ausschau. Vermutlich nach ihnen. Davor hüpfte Jakob herum, der sofort auf sie zu gerannt kam.

»Wenn da nix passiert ist, bin ich die Kaiserin von China«, sagte Gesche schicksalsschwer und Fanny konnte nicht widersprechen.

Kapitel 20

Noch bevor Fanny das Haus betreten konnte, schwirrte ihr der Kopf von Schreckensnachrichten. In ihrer Abwesenheit waren Gerüchte durch die Stadttore gewabert; angeblich bedrohten die Franzosen Hamburg wieder. In den nächsten Stunden jagte eine Hiobsbotschaft die andere. Aus den Gerüchten wurden Nachrichten und die Gefahr wurde immer realer: General Morand stand kurz vor Hamburg, nicht einmal eine Woche nachdem die Franzosen abgezogen waren.

Ein Nebel aus Angst und Unruhe ergriff alle. Kaum jemand schlief in dieser Nacht, ständig hallte das Pflaster von den Pferdehufen der Botenreiter wider. Doch Morand kam nicht.

Am nächsten Tag, dem 17. März, stand Fanny an der Treppe zum ersten Stock und sah mit Wut im Bauch einem Umzug zu. Christ hievte mit Johann den Nussholzsekretär ihres Vormunds in das Gästezimmer. Der Besitzer war selbst noch nicht erschienen. Er hatte Fanny durch ein Billett über ein Ende der Gerüchte informiert: Nicht die Franzosen, die Russen standen vor den Toren.

Obwohl Alveslohs Brief überzeugt geklungen hatte, wusste Fanny am Ende gar nicht mehr, was sie glauben sollte. Sie musste sich beruhigen und zog sich in das Teezimmer zurück. Nähen verlangsamte ihren Puls in der Regel empfindlich und sie musste sowieso noch die pfirsichfarbene Borte an ihrem Lieblingsstrohhut fester anheften.

Im Teezimmer war es ruhig, auf der Straße auch, nur aus dem

Treppenhaus hörte man gedämpft das Schnaufen von Johann, der offensichtlich noch andere Habseligkeiten von Monsieur von Alvesloh nach oben brachte. Ihre Nadel glitt widerstandslos durch die kühle Seide.

Vor ihr auf dem Tisch lag Alveslohs Schreiben. In einem Anfall von Unmut drehte Fanny es um, weil sie so die herrische Schrift nicht weiter betrachten musste. Alvesloh kündigte darin in wenigen Zeilen ein Kosakencorps an, das in den nächsten Stunden Quartier in Bergedorf nehmen würde. Ihr Vormund hatte verlangt, dass sie ein Zimmer für ihn und seinen Diener im Haus herrichten ließe. Auf unbestimmte Zeit wollte er in den Jungfernstieg übersiedeln, zu ihrem Schutz, wie er sagte.

Obwohl der Brief höflich abgefasst war, köchelte eine leise Wut in ihr. Sie hatten auch ohne jeglichen Beistand die Franzosen ertragen, warum sollte sie nun Schutz vor russischen Befreiern brauchen? Alvesloh hätte sie wenigstens nach ihrer Erlaubnis fragen können, sie war die Hausherrin. Je mehr Fanny darüber nachdachte, desto infamer fand sie das Schreiben.

Sie legte Hut und Borte hin und trat auf den Gang hinaus. Wo steckte Tibby? Ein rasselndes Geräusch riss sie aus ihren Gedanken. Meta war ihr großer Schlüsselbund vor dem Wäscheschrank in der Diele heruntergefallen. Die Hände der alten Magd zitterten so, dass sie den Schlüssel offenbar nicht ins Schloss brachte.

Erst jetzt drang der Gehalt der Neuigkeiten auch bei Fanny durch. Die Russen in Bergedorf! Eine bessere Nachricht konnte es kaum geben. Niemals wieder würden die Franzosen ihren Griff um die Stadt legen!

Sie warf den Brief beiseite und ging hinunter in das Kontor. Karl und Wilhelm standen mit roten Gesichtern da und sogar Conradi lief auf sie zu und fasste ihre beiden Hände. Jakob wartete grinsend im Hintergrund und schien auf seine Weise den Inhalt des Schreibens verbreitet zu haben.

»Wissen Sie, was das bedeutet, liebes Fräulein Fanny! Der

Handel wird aufblühen. Endlich haben wir Sicherheit!«, sagte Conradi.

Fanny lachte auf, als sie Conradi so untypisch hin und her tänzeln sah. Sie fühlte sich auf einmal tief erleichtert und den anderen schien es ebenso zu gehen.

»Ich werde mich freiwillig melden«, verkündete Karl. »Die Russen werden Truppen ausheben und egal, was mein Bruder sagt: Ich bin dabei. Wir werden diese Blutsauger und Despoten auf immer vertreiben!«

»Und ich auch!« Wilhelm schaute ebenso finster entschlossen drein wie sein Bruder.

Fanny bekam eine Gänsehaut. Sie hatte noch keine Gelegenheit gehabt, alleine mit Karl zu sprechen und wurde die Sorge nicht los, Karl könne sich nicht zuletzt ihretwegen beweisen wollen.

Wie immer brachte Alveslohs Ankunft eine Abkühlung der patriotischen Gefühle mit sich. Alle versammelten sich zum Kaffee um den Esstisch im Salon. Karl und Wilhelm sprachen weniger freigebig von ihren Schwüren für Freiheit und Vaterland.

Alvesloh erklärte ihnen in wenigen Worten die Lage: Hamburg war noch eine französische Stadt. Entsprechend blieben auch die zivilen Obrigkeiten, allesamt Hamburger, Napoleons Staatsdiener. Diese Männer fürchteten um Leben und Habe, wenn sie sich von Frankreich lossagten. Die Mutigeren waren sich offenbar einig, dass Hamburg gemeinsam mit seinen Verbündeten gegen die Franzosen kämpfen müsse. Dennoch zeigte Alvesloh Verständnis für die Zweifler unter ihnen. Bürgermeister Abendroth und ältere Mitglieder des Rates waren daher auf eine List verfallen: Man wollte sich von den Russen in die alte Verfassung zwingen lassen. Sollten die Franzosen tatsächlich wieder einmarschieren, konnte Hamburg sich so vor dem Vorwurf der Rebellion schützen. Karl und Wilhelm murrten, als sie das hörten. Sogar Miss Tibbs klapperte über so viel unpatriotische Taktiererei empört mit den Augenlidern.

In diesem Moment wurde ein Bote mit einer Nachricht für Alvesloh gemeldet. Sie kam von Monsieur von Heß, der sich bereits im russischen Hauptquartier in Bergedorf befand und dort dem Befehlshaber nicht von der Seite wich. Alvesloh las die Zeilen und hob eine Augenbraue. Er faltete den Brief zusammen und schob ihn in seine Westentasche. Es herrschte gespannte Ruhe. Er räusperte sich und sagte:

»Nun, augenscheinlich sind wir all unserer Zweifel und Berechnungen enthoben. Eben schreibt mir von Heß, die Russen seien erbost über die lauwarme Gesinnung der Stadt. Der Befehlshaber der russischen Truppen, Oberst Tettenborn, hat sich geweigert, eine städtische Deputation vorzulassen. Er will nur mit einer freien Stadt sprechen. Wie ich Monsieur von Heß verstehe, will der Oberst bis zum Morgengrauen die Meldung der Hamburger. Wir müssen uns unabhängig erklären, andernfalls behandelt man uns wie eine eroberte französische Stadt.«

»Georg!«, rief Karl und sprang vom Stuhl. »Der Rat muss handeln. Können Sie nichts tun? Können Sie nicht auf die entscheidenden Männer einwirken oder die Russen besänftigen? Sie kennen sich doch mit denen aus!«

Alvesloh lächelte. »Danke für dein Vertrauen in meine scheinbar unbegrenzten Fähigkeiten, Karl. Männer wie Perthes und ich haben sich schon mehr eingemischt als billig war. Die Entscheidung über das politische Los der Stadt müssen wir denen überlassen, die es später zu verantworten haben. Wir werden wohl oder übel auf eine öffentliche Proklamation warten müssen, wenn Herr von Heß nicht im Laufe der Nacht noch einmal seine Verbindungen spielen lässt und uns informiert.«

»Sie sagen das, als wäre es Ihnen völlig egal, Monsieur. Unsere Zukunft hängt doch von diesem Beschluss ab!« Fanny ertrug Alveslohs ruhige Haltung nicht.

»Mademoiselle, es wird auf Formulierungen hinausgehen.« Er rückte mit nervenaufreibender Ruhe seine Halsbinde zurecht. »Seien Sie unbesorgt. Die Männer, die ich kenne, übergeben

Tettenborn nicht eine französische Stadt. Zwar wird man durch eine Verklausulierung im Vertrag versuchen, weder das eine noch das andere zu sagen. Aber glauben Sie mir – in den mündlichen Abmachungen werden die alten Kaufmänner schon bedenken, wie wenig mit einer erneuten feindlichen Übernahme der Stadt gewonnen wäre. Mit Freudentränen werden sie sich den Russen an den Hals werfen. Wir können sowieso nichts anderes tun.« Alvesloh sah bitter aus. Fanny konnte sich darauf keinen Reim machen.

»Georg, Sie sagen das, als wären sie unsere Feinde. Es ist doch besser, sich von den Russen befreien zu lassen, als wieder den Franzosen in die Hände zu fallen. Ich verstehe Sie einfach nicht«, sagte Karl hitzig.

»Was, glaubst du, werden die Franzosen mit Hamburg machen, wenn sie uns als alliierte Stadt einnehmen? Was, wenn die edlen Russen uns nicht schützen können?« Alvesloh legte seinen Löffel mit einem Klirren auf die Untertasse und stand auf. »Ich muss jetzt mein Zimmer beziehen, um wenigstens eine sinnvolle Sache zu tun. Danke für den Kaffee, Miss Tibbs. Mademoiselle Fanny.« Er verbeugte sich kurz und war verschwunden. Karl atmete hörbar aus und es klang wie ein Stöhnen.

Abends saß Fanny im Salon noch lange, nachdem Miss Tibbs bereits zu Bett gegangen war. Sie stach auf ihren Stickrahmen ein und wartete, ob noch Nachricht aus Bergedorf eintraf. Zur Ablenkung hatte sie Fortschritte bei einem ungeliebten Kissenbezug machen wollen. Der zeigte ganz nach der neuesten Mode eine ländliche Szene mit einem Schäfer und einem Lämmchen. Sie mühte sich mit dem Schäfer ab, der immer noch aussah wie der bucklige Antichrist persönlich. Mary Wollstonecraft lag neben ihr und schien mit Spott auf die Stickerei zu blicken, aber sie hatte es Tibby versprochen. Wenn sie erst einundzwanzig Jahre alt wäre, könnte ihr keiner mehr vorschreiben, wie sie zu leben hatte. Jedenfalls kein Vormund.

Wütend ließ sie die Sticknadel sinken und starrte in das Feuer des Kamins. Nebenan waren schon seit zwei Stunden Alvesloh und Monsieur Rist in ein Gespräch vertieft. Letzterer war spät am Abend gekommen und direkt mit ihrem Vormund in der Bibliothek verschwunden. Fanny war wie immer neugierig, aber nicht einmal der zuvorkommende Rist hatte ihr irgendwie angedeutet, worum es ging.

Der Tag war eine einzige Abfolge von Aufregungen gewesen. Die Gelindeste davon war noch die Unterredung mit Karl. Am Nachmittag hatte sie ihn endlich alleine abgepasst und war froh, dass sie sich dieser Qual gestellt hatte – auch wenn ihre Unterhaltung nicht den klärenden Effekt brachte, den sie erwartet hatte. Trotz aller gegenteiligen Beteuerungen von ihrer Seite sah Karl durchaus nicht schwarz für eine gemeinsame Zukunft. Er ging mit dem hoffnungsvollen Wunsch, dass Zeit gewiss ihre Neigungen ändern konnte und er sich für sie aufsparen wollte. Fanny war am Ende des Gesprächs einer nervlichen Zerrüttung nah gewesen und hatte nur noch genickt. Immerhin: Versucht hatte sie es.

Am schwersten lag ihr der neuerliche Streit mit Alvesloh auf der Seele. Wie hatte sie noch vor wenigen Tagen glauben können, ihn gern zu haben? Plötzlich wirkten die Gerüchte um seine Vergangenheit nicht mehr ganz so sagenhaft.

Eigentlich hatte sie ihm nach dem Abendessen nur sein Zimmer zeigen wollen, doch dann war alles entglitten. Seine Gutsherrenart, ihre Wut über den Ton seines Schreibens: Sie hatte ihn einfach kritisieren müssen. Sobald Fanny die Augen schloss, spielte sich die Szene erneut und erneut vor ihrem inneren Auge ab.

Sie stand in Alveslohs provisorischem Zimmer. Ihr Vormund sah sich um und prüfte, wohin Christ seine Sachen geräumt hatte.

»Ich dachte, mein Ton wäre freundlich gewesen, aber Sie sehen das offensichtlich anders«, sagte Alvesloh.

Das Thema schien ihn weniger zu interessieren als der Verbleib seines Siegelwachses. Fanny stellte sich mit verschränkten Armen in eine Fensternische. »Freundlich war vielleicht die

Wortwahl. Trotzdem gaben Sie mir Anweisungen, zu denen ich vorher gerne befragt worden wäre.«

Alvesloh sah von seinem Sekretär auf, in dem sich das Wachs angefunden hatte. »Es tut mir leid, wenn Ihnen diese Einrichtungen lästig sind. Ich hätte es auch lieber, wenn die Dinge anders gekommen wären. Glauben Sie mir das.«

Fanny wurde wütend, wenn er auf die ihm leidige Vormundschaft anspielte. »Es geht nicht darum, ob die Umstände mir lästig sind oder nicht. Ich finde es unmöglich, nicht vorher gefragt zu werden. Woher wollen Sie wissen, ob mir diese ganze Beistands-Angelegenheit recht ist?«

Alvesloh legte das Wachs beiseite. Fanny konnte sehen, dass er verärgert war, aber es war ihr egal.

»Ich wusste nicht, ob es Ihnen recht ist«, sagte er. »Im Moment braucht man allerdings keine große Menschenkenntnis, um zu sehen, dass es das nicht ist. Aber das ist nicht relevant. Wenn ich es recht erinnere, wollten Sie keine höflichen Lügen mehr von mir. Bitte sehr, Mademoiselle: Sie hatten in dieser Sache keine Wahl, also habe ich auch gar nicht den Anschein erweckt.« Alvesloh zog seinen Rock aus und hängte ihn über den Schreibtischstuhl. »Wahrscheinlich wäre diese Differenz vermeidbar gewesen, wenn ich Ihnen diesen Umstand vorher mitgeteilt hätte. Mein Fehler.« Er verbeugte sich ruckartig.

Fanny hasste es, wenn er so kurz angebunden mit ihr redete. Ihr Puls beschleunigte sich. »Sie entscheiden über meinen Kopf hinweg, was in diesem Haus getan oder gelassen wird? Und leugnen das nicht einmal?«

Alvesloh umgriff die Lehne. Seine Augen verdunkelten sich und sie wusste genau, dass sie besser aufhören sollte, aber die Worte ließen sich nicht stoppen.

»Monsieur, ich habe noch einige Freunde in dieser Stadt, denen sowohl meine Meinung als auch mein Wohlergehen am Herzen liegt. Sie können gerne hier wohnen bleiben. Allerdings werde ich dann ausziehen.« Fanny hielt einen winzigen Moment inne, dann sprach sie weiter. »Vielleicht gibt es für mich ja mehr Grund, als ich bisher dachte, Ihre Entscheidungen und Ihre Integrität in Zweifel zu ziehen? Und wenn Sie denken, ich hätte Angst vor Ihnen, nur weil ich ein paar Geschichten über Sie gehört habe, dann haben Sie sich getäuscht!«

Der Raum war unnatürlich still. Vor Wut zitterten ihre Beine. Sie wandte sich ab und ging mit geballten Fäusten zur Tür. Sie hörte ihr Kleid rascheln und spürte, wie der Boden unter Alvelohs schweren Schritten vibrierte.

Bevor sie den Knauf erreichte, stellte er sich ihr in den Weg. Er war ihr absichtlich noch nie so nah gekommen. Er hielt sie an der Schulter zurück und umfasste mit seiner Hand ihr Kinn. Sie musste, ob sie wollte oder nicht, zu ihm aufsehen. Seine Augen bohrten sich in ihre und sein Blick war so dunkel, dass sie schauderte. Er hatte es doch geschafft, ihr Angst einzujagen, egal, was sie eben noch gesagt hatte. Zeigen würde sie es ihm nicht.

»Mademoiselle, es war nicht mein Wunsch, diesen Ton zu bemühen. Aber wir müssen uns an dieser Stelle ganz richtig verstehen: Solange Sie mein Mündel sind und Tettenborn mit seinem Gesindel in der Stadt kampiert, vielleicht sogar hier einquartiert wird, tun Sie, was ich sage. Und glauben Sie mir, ich scheue keinen Eklat. Wenn Sie fortlaufen, werde ich Sie finden, wie einen Sack Hafer über die Schulter legen und zurückschleppen.« Er ließ ihr Kinn los. »Ich weiß, dass Sie eine tiefe Abneigung gegen mich gefasst haben. Ich kann damit leben. Sie werden im Gegenzug akzeptieren, dass Sie sich in einigen Dingen nach meinen Wünschen zu richten haben, auch wenn Sie nicht verstehen, warum.« Er legte seinen Zeigefinger unter ihr Kinn und berührte sie erneut, diesmal sanfter.

Sie stand da wie eingefroren.

»Was meine Integrität betrifft, so darf ich Sie an die Entscheidung Ihres Onkels erinnern. Wenn Sie glauben, er hätte seine Nichte einem Mörder anvertraut, so sind Sie ein albeneres Ding als ich gedacht hätte.«

Fanny merkte, wie ihr die Tränen in die Augen traten. Sie riss sich von ihm los. Ohne etwas zu erwidern, lief sie hinaus.

Die Erinnerung an diese Szene zog wieder und wieder eine zerstörerische Spur in Fannys Gedanken. Sie schüttelte sich leicht, wie um sich aufzuwecken, und nahm sich den schief gestickten Schäfer erneut vor. Vielleicht war sie zu weit gegangen. Sie stach sich, weil sie nicht richtig hinsah, und saugte das Blut von ihrer Fingerkuppe. Tibby kritisierte ihr viel zu hitziges Temperament seit Jahr und Tag. Aber Alveslohs herrische Art war unerträglich. Offenkundig empfand er die Beziehung zu diesem Haus als ständige Belastung und er ließ es sie wahrlich spüren. Ihre Kehle fühlte sich an wie zugeschnürt. Wie sehr sie einen Freund gebrauchen konnte! Sie sah auf die Nadel in ihrer Hand und den blutenden Finger. Bestürzt stellte sie fest, wie einsam sie war. Sie legte den Stickrahmen auf den Tisch und weinte.

Alvesloh schenkte sich ein Glas Wein nach und betrachtete einen kurzen rostroten Wollfaden, den er auf der Treppe gefunden hatte. Sicher hatte ihn eine der Damen aus ihrem Handarbeitszeug fallen lassen. Er ließ den Faden langsam durch seine Hände gleiten und war froh, dass er damit seine Anspannung mildern konnte. Rist schien es ähnlich zu gehen, denn er rutschte auf dem Stuhl hin und her und schlug ständig ein Bein über das andere.

»Ich muss Tettenborn natürlich meine Aufwartung machen, wenn er in der Stadt sein Quartier aufschlägt, aber ich gehe jede Wette mit dir ein – ich werde die Order bekommen, dass ich mich politisch ganz bedeckt halten soll. Dabei ist jetzt die Stunde, die Dänemark nutzen könnte, um sich den Alliierten anzuschließen! Durch den Schutz von Hamburg hätten wir die Chance. Ich weiß wirklich bald nicht mehr, was ich noch in meine Depeschen nach Kopenhagen schreiben soll. Der gesunde Menschenverstand kann kaum begreifen, warum der König an seiner vagen Freundschaft mit den Franzosen festhält.«

»Schweden treibt hinter den Kulissen sein Spiel«, sagte Alvesloh. »Und wie sieht es eigentlich mit Norwegen aus?«

»Oh, Georg, du weißt, es ist mein Beruf, aber dieser Tage wächst mir einfach alles über den Kopf. Es ist kompliziert und verworren. Ich wollte dieses Frühjahr heiraten. Eine Familie gründen. Emmy und ich warten nun schon beinahe ein Jahr. Aber bei meinen wackeligen Verhältnissen hier kann ich an eine Hochzeit einfach nicht denken.«

»Du siehst mich vor Mitleid zerfließen«, sagte Alvesloh.

»Wer dich zum Freund hat, braucht keine Feinde mehr.« Rist guckte beleidigt. »Glaub ja nicht, du bekämst noch mal etwas von meinem englischen Sherry.«

Alvesloh lächelte und drehte aus dem Faden eine Schnecke. »Also: Norwegen?«

Sein Freund schnaubte gequält. »Seit dem Treffen in Åbo sind Schweden und Russland ein Herz und eine Seele.«

Alvesloh zog lediglich eine Augenbraue in die Höhe und nötigte Rist damit zu einer ausführlichen Erklärung.

»Sie haben sich auf Dänemarks Kosten geeinigt. Wenn wir als Dänen zu den Alliierten übertreten wollen, müssen wir unser Norwegen an Schweden abgeben. Dafür gibt Schweden Finnland an Russland. Ein Kuhhandel mit Völkern. Verstehst du, Georg? Kopenhagen wird unter diesen Bedingungen niemals überwechseln. Mit dieser Politik treiben sie uns Dänen geradezu in Napoleons Umarmung.« Rist sah entschieden unglücklich aus.

»Wirklich ein verworrenes Spiel. Wenn nur Tettenborn mit seinen elenden Kosaken nicht gerade zu diesem Zeitpunkt hier eingefallen wäre«, sagte Alvesloh.

Rist nickte. »Ohne diese halsbrecherische Aktion der Russen wäre es für Dänemark vielleicht möglich gewesen, Hamburg unter seinen Schutz zu nehmen. Immerhin seid ihr die erste deutsche Stadt, die sich Napoleon widersetzt. Was für ein Fanal! England, Russland und Preußen hätten Dänemark und Hamburg mit Freuden aufnehmen müssen. Norwegen wäre vergessen gewesen.«

»Oder auch nicht.« Ungeduldig warf Alvesloh den Faden ins Kaminfeuer, wo er sich kurz zusammenkrümmte, eine kleine Stichflamme produzierte und im nächsten Moment zu Asche wurde.

Rist schenkte sich noch Kaffee ein und häufte braunen Zucker in seine Tasse. »Schmeckt wirklich gut. Vielleicht gebe ich dir doch noch etwas von meinem Sherry ab. Clausewitz schafft mir nur diesen ungenießbaren Muckefuck heran. Dabei gebe ich ihm wirklich genug Geld für Schmuggelware.«

»Sagst du auch schon Muckefuck?«

»Du etwa noch ›mokka faux‹? Ich finde, ein so übel schmeckendes Gebräu sollte generell mit einer falschen Aussprache bestraft werden.« Er rührte herzhaft um. »Wieso haben die Russen Tettenborn nur geschickt? Eine merkwürdige Sache, wenn du mich fragst. Warum hier unnötig Kräfte binden und einen Frieden mit Dänemark geradezu unmöglich machen?«

Alvesloh schwieg und fragte sich, ob er es Rist erzählen sollte.

»Ist was?« Rist hielt den Löffel einen Moment still.

»Johannes, erinnerst du dich, dass ich dir einmal von einem Waffengefährten damals in russischen Diensten erzählt habe? Heute Oberst. Wassili Stepanowitsch Badunov?«

»Dunkel. Wie zur Hölle kommst du jetzt auf alte Erinnerungen?«

»Er war bei mir.«

Rist ließ den Löffel gegen den dünnwandigen Tassenrand sinken und schaute auf.»Was soll das heißen? Ist er in Tettenborns Stab? Was will er von dir? Doch sicher nicht Jugenderinnerungen auffrischen?«

Alvesloh lächelte. »In Tettenborns Stab? Ich glaube, eher würde er sich erdolchen. Nein, er kam direkt aus dem russischen Hauptquartier in Kalisch.«

»Ich verstehe nichts mehr. Wann war Badunov denn bei dir?«

»Einen Tag nach dem Abzug der Franzosen. Er hatte sich in eine grässliche zivile Verkleidung gesteckt. Er muss tagelang gereist sein. Dummerweise ist ihm auch noch Fanny Breedenbek über den Weg gelaufen.«

»Was hast du der Demoiselle gesagt, wer er sei?«, fragte Rist.

»Ich war nicht besonders geistesgegenwärtig, aber ich glaube, sie hat keinen Verdacht geschöpft. Seine Familie lebt seit einiger Zeit in Minsk. Ich habe ihn deshalb in einer vielleicht nicht gerade bedeutenden Wortschöpfung ›Ominsky‹ genannt.«

Rist musste lachen.

»So schlecht ist es auch wieder nicht«, sagte Alvesloh.

»Heraus damit, was wollte Badunov von dir?«

Alvesloh schaute in die Flamme des Kamins. »Das, Johannes, weiß ich eben auch nicht.«

»Und mich darfst du ab jetzt Zar Alexander nennen«, sagte Rist.

»Er hat mich über Tettenborn ausgefragt und noch über ein paar andere Dinge. Aber ich kann mir auch keinen Reim darauf machen. Noch nicht.«

»Du hast doch irgendwelche Gedanken dazu, das sehe ich dir an.«

»Gib mir ein bisschen Zeit, Johannes. Eines ist sicher: Wir brauchen eine bessere Verteidigung. Dänemark muss Hamburg schützen. Wenn wir nichts tun, wird Tettenborn diese Stadt ausmelken und entkräftet in die Hände der Franzosen legen, darauf gebe ich dir mein Wort.«

Rist schwieg. Dann sagte er: »Was muss ich tun?«

Alvesloh brachte Rist nach unten und verabschiedete den Freund in die Märznacht hinaus. Er blieb noch am geöffneten Fenster neben der Tür stehen. Der Jungfernstieg lag verwaist da. Die Wellen der schwarzen Alster schwappten an die Binnenseekante und die feuchte Luft wehte ihm in die Haare. Schließlich löste er seine Halsbinde ein wenig, schloss die Läden, nahm die Kerze und ging die Treppe zu seinem Zimmer hinauf. Als er den ersten Stock erreichte, sah er Fanny mit einem Licht aus dem Salon schlüpfen. Sie zuckte zusammen, als sie ihn bemerkte. Offenbar hatte sie eine Weile gewartet, damit sie ihn nicht treffen musste, und wollte nun an ihm vorbeihuschen. Im Licht der Kerze konnte er kurz ihr blasses und verweintes Gesicht erkennen.

»Fanny, kommen Sie her«, sagte Alvesloh.

Wie versteinert blieb sie mit dem Rücken zu ihm stehen. Ihre Haare schimmerten wie lackiertes Ebenholz und ihr weißer Hals hatte etwas rührend Verletzliches.

»Bitte«, setzte er hinzu. Sie drehte sich zögerlich um und ging zwei Schritte in seine Richtung. Dort blieb sie stehen und wischte geschäftig an dem bronzenen Kerzenständer herum, auf den Wachs getropft war. Er unterdrückte das Bedürfnis, ihr Gesicht in beide Hände zu nehmen.

»Mademoiselle, Sie haben doch geweint? Ist es wegen vorhin?«

»Nein, wo denken Sie hin? Die ständigen Nachrichten von den Russen machen mich nur schlaflos«, sagte Fanny in einem bemüht gleichgültigen Ton. Er hatte sie schon besser schauspielern sehen.

»Natürlich, die Russen. Fanny, auch wenn es Ihnen ganz egal ist: Ich wollte Sie vorhin nicht verletzen.«

Ihre Augen lagen groß und dunkel in ihrem Gesicht. Sie wirkte so jung. Er schämte sich für die harten Worte von vorhin.

»Sie werden zugeben, Ihr ganzes Gebaren war nicht eben Vertrauen einflößend. Haben Sie Ihren eisigen Blick eigentlich vor dem Spiegel geübt?« Ihr Lächeln misslang kläglich. Sie schaute schnell weg.

»Ich war ungerecht, Fanny. Aber als Sie davon sprachen, dass Sie ausziehen wollten, sah ich Sie in Gedanken unten am Hafen stehen. Mit einem Messer an der Kehle. Sie müssen eingestehen, Sie sind schwerer zu hüten als ein Sack Flöhe.« Er stupste sie sanft in die Schulter. »Verzeihen Sie mir. Ich gab Ihrem Onkel mein Wort, auf Sie aufzupassen. Mein Wort muss ich halten, das werden Sie verstehen.«

Fanny wandte sich ab und schluchzte auf. Ihr Rücken zuckte und ihre schmalen Schulterblätter bewegten sich unter dem enganliegenden Kleid auf und ab wie kleine Vogelschwingen. Er ging halb um sie herum, entwand ihr den Kerzenständer und stellte ihn auf ein Wandtischchen. Dann machte er einen Schritt auf sie zu und nahm sie in die Arme, erst vorsichtig, dann fester.

Sie fühlte sich zart und gleichzeitig widerstandsfähig an wie ein kleiner, gepanzerter Schmetterling. Sie weinte stärker und er strich ihr sanft über den Rücken.

Irgendwann schniefte sie in seine Weste: »Ist es nicht schrecklich unschicklich?«

»Wenn ein Mensch einen anderen tröstet? Nein, Fanny, das kann niemals unschicklich sein.«

Kapitel 21

Am Mittag des 18. März 1813 ritt Oberst Tettenborn an der Spitze seiner Kosaken zum Steintor ein. Die Nachricht, dass die Russen tatsächlich kommen würden, erreichte den breedenbekschen Haushalt am frühen Morgen. Conradi erzählte Fanny, dass die schlauen Hamburger in der Nacht den alten Senat wieder eingesetzt hatten, nicht ohne zu betonen, dass sie dazu gedrängt worden seien. Die Russen waren über diese Taktiererei offenbar nicht begeistert. Als Befreier wollten sie sich trotzdem feiern lassen und ordneten für den Abend Festbeleuchtung in allen Fenstern an.

So still und gespenstisch der Abzug der Franzosen gewesen war, so laut klang die Freude jetzt. Seit einer Stunde hörte Fanny nichts als Glockengeläut und Kanonendonner. Immer stärker drang ein Brausen und Jubeln von Osten zu ihr herüber und sie wusste, dass sie nun gleich da sein würden. Sie eilte mit Tibby und Karl zum Jungfernstieg 22, zu Perthes, der sie auch diesmal eingeladen hatte.

Auf der Straße konnten sie sich nur meterweise voranschieben, weil halb Hamburg auf den Beinen war. Menschen quollen aus Fenstern und Kellern, schwenkten ihre Schnupftücher von Dächern und Giebeln. Einige Gassenjungen waren sogar auf die Zäune gestiegen und jubelten.

Fanny roch das Schwarzpulver Hunderter abgefeuerter Flinten und hoffte, dass ihr kein Querschläger um die Ohren sauste. Bis zu Perthes waren sie noch nicht gelangt, als die Hurra- und Vivat-Rufe tausendfach über ihren Köpfen zusammenschlugen. Sie reckte sich. Die ersten leibhaftigen Kosaken! Die Krieger mit ihren langen Bärten und Piken sahen fast noch exotischer aus als ihre zotteligen Pferde. Solche Tiere hatte Fanny in ihrem Leben noch nicht gesehen.

Junge Väter reichten dem vorne reitenden Oberst ihre Säuglinge aufs Pferd, um sie segnen zu lassen. Bald ließen die Kosaken kleine Knaben vor sich auf den Sätteln reiten, von der Menge bejubelt. Ganz in weiß gekleidete und bekränzte Jungfrauen warfen rote Papierblumen auf die Reiter und die blütenweißen Mädchen stachen seltsam gegen die schmutzigen und dunklen Kosaken ab. Mütter verteilten Fähnchen mit dem alten Hamburger Wappen, weiße Türme auf rotem Grund, an die Kinder, die diese mit ernsten Gesichtern schwenkten.

Die Soldaten stiegen ab, alte Frauen fielen vor ihnen in den Straßenstaub und beteten. Schnell wurden sie von den beschämt dreinblickenden Russen aufgehoben, die vielleicht an ihre Mutter in der russischen Heimat denken mussten.

Zwischen den Linden auf dem Jungfernstieg waren in zwei endlos langen Reihen Tische mit hellem Leinen gedeckt. Brot, Butter, Wurst, eingelegter Fisch, Schmalz und Branntwein stapelten sich darauf.

Fanny und ihre Begleiter rissen sich von dem Schauspiel los und schoben sich weiter vor, bis sie ein Schub der Menge förmlich in Perthes' Laden hineindrückte. Dort summte es wie in einem Bienenstock. Sie retteten sich die Treppe hinauf in die Wohnräume. Oben ergatterte Fanny bald einen der Fensterplätze und lehnte sich mit verschränkten Armen wenig damenhaft über den Fenstersims.

Jetzt hatte sie das erste Mal Ruhe und konnte nachdenken. Vorher war sie nur mit Mühe all den Ereignissen und Bildern hinterhergestolpert und die letzten zwölf Stunden kamen ihr vor wie ein Jahr.

Unten gestikulierte ein gut gelaunter Kosake mit einer Hühnerkeule mit einer der weißen Jungfrauen, die verschüchtert am Tisch stand und einen irdenen Topf mit Senf festhielt, als ginge es um ihr Leben. Eine Hausfrau mit zweckmäßigem braunen Kleid und dunkelgrüner Schürze schob ihre mächtigen Hüften auf den Kosaken zu und fuchtelte mit den Händen. Fanny musste ein bisschen lächeln, aber eigentlich war ihr gar nicht danach zumute. Sie wusste nicht, bei welchem ihrer Probleme sie anfangen sollte. Dass die Russen hier waren, war das einzig Gute, das in der letzten Zeit passiert war. Trotzdem steckte ihr der Schreck noch in den Knochen. Zwar hätte sie es vor Tibby und den Jungs nicht zugegeben, aber es war nicht unmöglich, dass die Franzosen wiederkamen. Vielleicht waren sie nur haarscharf daran vorbeigeschrammt.

Das erste Mal in ihrem Leben war ihr bewusst, wirklich bewusst, wie sehr ihr Geschick mit dem Hamburgs verbunden war. Größere und kräftigere Handelshäuser als das ihres Onkels waren in der Zeit der Besetzung bankrott gegangen. Conradi tat alles, um sie über Wasser zu halten. Aber wenn die Franzosen mit Strafforderungen an die Bürger herantraten – und das würden sie – dann hatte Fanny nichts mehr. Nichts, außer einer älter werdenden Gouvernante und dem Wohlwollen ihrer Freunde. Die dann auch nichts mehr hatten. Fannys Brust schnürte sich zu. Wo sollte sie denn hin? Als Gouvernante war sie nicht einmal gebildet genug, da rächte sich dann ihre Schludrigkeit beim

Klavierspiel und im Aquarellmalen. Und wer stellte in diesen Zeiten eine eigenwillige und schlecht ausgebildete Erzieherin ein? Dienstmädchen ... Nein, das konnte sie nicht. Und wenn sie müsste? Sie schüttelte sich. Schluss damit, da waren die Kosaken! Da, vor ihrer Nase.

Ein Rittmeister nahm seine hohe Fellmütze ab und klopfte seinem zotteligen Pferd auf die Hinterflanke. Er trug einen langen blauen Mantel und weite Hosen. Ihr fiel auf, dass er keine Sporen an den Stiefeln hatte. Er drehte sich zur Hausfront um und zeigte sein braunes, faltiges Gesicht und den zwirbeligen Oberlippenbart. Er sah vertrauenserweckend aus oder jedenfalls so, als verstünde er sein Handwerk. Er sah zu ihr hoch und seine milchig blauen Augen zwinkerten ihr lustig zu. Als er ihr eine Kusshand zuwarf, stöhnte es neben ihr auf.

»Benimm dich, du Steppensohn, sonst komm ich runter!« Neben ihr stand Karl, dessen Körper sich wie ein Bogen spannte. Fanny legte ihre Hand beruhigend auf sein Handgelenk. Das Letzte, was sie gebrauchen konnte, war eine Prügelei zwischen Karl und den Kosaken. Als sich sein Arm bei ihrer Berührung noch mehr anspannte, ließ sie schnell los. Obwohl Karl eins ihrer kleineren Probleme darstellte, durfte sie nicht leichtfertig werden.

Beide redeten nicht mehr über den Brief des Anstoßes, nachdem sie ein weiteres Gespräch mit Karl geführt hatte. Er war bei Weitem nicht so geknickt gewesen wie sie es vermutet hatte. Im Gegenteil: Er wollte ihr seine Tüchtigkeit immer noch auf dem Schlachtfeld beweisen. Sie betete, dass es nie dazu kam.

Fanny wies ein Stückchen weiter den Jungfernstieg hinunter, um Karls Aufmerksamkeit abzulenken. Die Reiter streuten dort ihren Futterhafer direkt auf das Pflaster. Die Alster dahinter wimmelte von geschmückten Booten. Das Wahrzeichen der Stadt, die weißen Türme, wurde selbst an dem schäbigsten Kahn befestigt.

Karl gab wortlos seinen Platz ab. Fanny sah es aus dem Augenwinkel, ohne dass sie sich drehen musste. Alveslohs kräftige Arme schoben sich über die Fensterbank neben ihr. Seine Hände hielt er locker gefaltet. Da war es also. Eins ihrer größeren Probleme.

Schon den ganzen Tag mied sie Alvesloh und hatte ihn auch nicht gefragt, ob er mit ihnen zu Perthes hinübergehen wollte. Die vergossenen Tränen der Nacht erschienen ihr heute kindisch. Bei dem Gedanken an Alveslohs Umarmung stieg ihr eine Hitze in die Wangen, die sie gerne vor aller Welt, vor allem aber vor ihm verborgen hätte. In seiner Gegenwart funktionierte sie nicht normal und mit diesem Gefühl musste sie erst umgehen lernen. Vor allem, weil sie immer noch nicht wusste, ob sie ihm trauen sollte. Plötzlich sah sie sich mit einer Dienstmädchentracht und einem schweren Eimer Wasser am Arm. Hatte sie eine Wahl?

»Darf ich, mein Fräulein?« Alvesloh fragte zwar, hatte aber seinen Platz schon eingenommen.

»Oh, Monsieur Alvesloh, ich hatte Sie noch gar nicht bemerkt.« Fanny log und es war ihr kein bisschen unangenehm. Sie gab ihrer Stimme einen ganz unbekümmerten Ton.

»So? Und ich hatte schon gedacht, Sie wollten mich heute mit Absicht meiden.« Sie hörte ihn förmlich lächeln. »Dabei ist doch nun alles eingetroffen, was Sie gewünscht haben, nicht wahr?«

»Ja. Noch gestern hatte ich es nicht für möglich gehalten. Und nun dieser Einzug! Was sagen Sie zu unseren Hamburgern? Ist das nicht eine glühende Verehrung, die sie für ihre Stadt und für die Freiheit zeigen? Ich glaube, ich war auf meine Mitbürger noch nie so stolz.«

»Seien Sie stolz, wenn sie sich bewiesen haben. In Freudenzeiten gehen Treue und Mut locker von der Hand. Wer weiß, wie es weitergeht.« Alvesloh wies auf ein Grüppchen Offiziere. »Das dort ist übrigens Tettenborn, der mit seinem Stab gerade in die Bleichen einbiegt.«

»Wissen Sie, wo er Quartier nimmt?«, fragte Fanny und ignorierte seinen auf einmal harten Ton.

»Er wird im Gouvernementshotel residieren und sein eigenes Fest feiern. Ich hoffe, er zecht nicht zu lang, sondern macht sich bald an die Pläne für die Verteidigung.«

Fanny seufzte. »Ich hatte es schon vergessen: Sie mögen ihn nicht. Es wäre zu viel von Ihnen verlangt, nicht ein Haar in der Suppe zu finden, oder?«

»Und es wäre zu viel von Ihnen verlangt, sich einen Tag lang in zurückhaltender Höflichkeit ihrem armen, gebeutelten Vormund gegenüber zu üben, oder?« Alvesloh zog in gespielter Entrüstung eine Augenbraue hoch.

Fanny musste lachen. »Sagen Sie so etwas nicht. Das passt einfach nicht zu Ihnen.«

»Nein, da haben Sie recht. Arm und gebeutelt bin ich nicht«, sagte er ruhig, »aber ihr Vormund eben doch.«

Sie schluckte. Warum musste er sie immer wieder daran erinnern, wie lästig ihm diese Aufgabe war? Aber sie hatte keine Lust, sich heute kränken zu lassen.

»Nun, und was befürchten Sie als ewiger Pessimist in dieser Lage?« Sie zeigte auf das Treiben unten auf dem Jungfernstieg. Dort setzten sich die Kosaken eben an die gedeckten Tische und wurden von aufgeregten Hamburgern bewirtet, die ständig hin und her rannten.

»Befürchten? Ich hoffe vielmehr. Ich hoffe, die Kosaken und Tettenborn bleiben nicht allein hier. Es sollen 1300 Reiter sein. Das ist gut. Besser wäre auch das versprochene Fußvolk. Wo sind die 7000 Mann Infanterie und Geschütze, die uns von Heß in Aussicht gestellt hat?«, fragte Alvesloh.

»Vielleicht kommen sie noch?« Fanny atmete tief ein, um das plötzlich enge Gefühl zu vertreiben.

»Vielleicht, mein Fräulein. Vielleicht auch nicht. Das Kind ist in den Brunnen gefallen und Hamburg wird sich nun selbst helfen müssen.«

»Hamburg wird diese Aufgabe mit Bravour meistern, wenn ich mir den Geist der Bürger ansehe. Wir müssen an uns glauben, Monsieur! Bislang ist jedenfalls keine Ihrer Schwarzmalereien eingetroffen.« Fanny reckte das Kinn nach vorne und hätte am liebsten selbst eine Bürgerkompanie gegründet.

»Wissen Sie, aufsässig gefallen Sie mir besser als so traurig wie am gestrigen Abend.«

Ihr Magen machte einen unnatürlichen Satz. Natürlich ließ er den Vorfall nicht auf sich beruhen! »Ich kann mich für mein Benehmen nur entschuldigen. Es war sehr freundlich, dass Sie nicht über mich gelacht haben. Ich muss auf Sie sehr albern gewirkt haben. Heulende Jungfern sind für Männer wie Sie gewiss anstrengend.« Fanny starrte geradeaus, sah aber aus dem Augenwinkel, wie Alvesloh sich zu ihr herüberbeugte und die Stirn runzelte.

»Für Männer wie mich? Darf ich mir etwas aussuchen: Grausige Vormünder, unpatriotische Langweiler, Kerkermeister? Ich weiß nicht, ob es mich beruhigen oder verschrecken sollte, dass Sie die Güte haben, rot zu werden. Dann liege ich mit meiner Auswahl richtig?«

Fanny sagte gar nichts, weil sie sicher war, dass sie dann im Gesicht noch roter wurde.

»Ich hoffe, es wird mir irgendwann gelingen, einen anderen Eindruck auf Sie zu machen«, sagte Alvesloh. »Jetzt kann ich wohl nur sagen, dass ich Sie nicht anstrengend finde – wenn ich darüber nachdenke: Ganz entgegen meiner anfänglichen Befürchtung. Sie sind eine gewisse Herausforderung an meinen Gleichmut. Aber mit seinen Aufgaben wächst man, nicht wahr?«

Fanny musste lachen und genoss Alveslohs Blick. »Wissen Sie, manchmal sind Sie mir ein Rätsel.«

»Es steht Ihnen frei, mich zu enträtseln.« Alvesloh machte eine kleine Verbeugung. »Aber Sie sollten Ihre Energie vorerst in andere Dinge stecken. Lieben junge Damen nicht gemeinhin Balltoiletten? Sie sollten Ihr bestes Kleid herausputzen.« Alvesloh schmunzelte. »Wenn das mit den Rechten der Frau vereinbar ist.«

Dann verschwand sein Lächeln und die Züge um seinen Mund wurden harsch. »Oberst Tettenborn wird nicht lange allein seinen triumphalen Einzug feiern wollen. Es würde mich nicht wundern, wenn schon in den nächsten Tagen ein rauschendes Fest im Gouvernementshotel stattfinden würde.«

Bevor Fanny etwas darauf erwidern konnte, wies Alvesloh auf zwei Segler, die sich auf der Alster im Gedränge gegenseitig zum Kentern brachten. Die Schiffsführer konnten gottlob schwimmen. Der eine bewies sogar Geistesgegenwart und rettete die Flagge vor dem Untergehen. Er schwenkte sie mit einem Arm durch die Luft. Fanny wusste nicht, ob sie lachen oder weinen sollte: Die Farbe war offensichtlich nur aufgemalt und das Rot des Untergrunds verlief in Rinnsalen in das feuchte Weiß der Türme. Bald klebte die Fahne nur noch wie ein nasser, blutiger Verband am Arm des Schwimmenden.

»Weiß und Rot – meine Schicksalsfarben«, murmelte Alvesloh.

»Nicht nur Ihre, Monsieur. Hamburgs Fahne ist unser aller Schicksal.«

»Ganz recht, Mademoiselle.« Alvesloh lächelte kurz und drückte ebenso kurz ihre Hand. Irgendetwas blieb ungesagt, da war sich Fanny sicher. Ein merkwürdiger Schmerz lag in Alveslohs Augen, der wie ein dunkler Vorhang etwas Tieferes verhüllte.

Kapitel 22

Es war, wie Alvesloh vorausgesehen hatte. Schon drei Tage später flatterte Fanny eine Einladung zu einem Ball im tettenbornschen Quartier ins Haus. Die ersten Familien der Stadt waren angeschrieben worden, besonders aber die mit gesellschaftsfähigen Töchtern. Caroline war ebenfalls eingeladen und ganz außer sich, weil Miller auch kommen sollte. Er hatte sich sofort in die neugebildete hanseatische Legion eingeschrieben, die schon in den nächsten Tagen das erste Mal gegen französische Truppen kämpfen würde.

Während sich Fanny für Caroline freute, war sie selbst am Tag des Balls in einer unglücklichen Lage. Miss Tibbs hütete mit starken Kopfschmerzen das Bett und das bedeutete, dass sie mit dem ebenfalls geladenen Alvesloh beim Ball erscheinen musste. Alvesloh selbst hatte gar nicht gehen wollen, sich aber von Tibby mit ihrem treuesten Gouvernanten-Blick nötigen lassen. Vielleicht, dachte Fanny düster, wollte er seine harten Worte am Tag seines Einzugs so wieder gut machen. Nun war eigentlich keiner glücklich, außer vielleicht Miss Tibbs, die sich ganz gegen alle Wahrscheinlichkeiten so ihren Willen erschlichen hatte.

»Wie sieht das denn aus, Tibby? Das wirkt doch gerade so, als wäre er mein Ballherr. Was sollen denn die Leute denken?«, sagte Fanny, während sie vor der Chaiselongue im Teezimmer auf und ab patrouillierte.

Miss Tibbs stöhnte in ihr Tuch mit Essigwasser, das sie sich abwechselnd an die Schläfen presste und vor die Nase hielt. »Es wundert mich, wie du plötzlich so um deine Ruf bedacht bist«, sagte sie durch das Tuch hindurch. »Das ist sonst nicht immer deine erste Gedanke. Aber sorge dich nicht, um dich bin ich schon bedacht: Es ist völlig in der Ordnung.« Miss Tibbs nahm den Lappen vom Gesicht und fuchtelte damit vor ihrem Gesicht herum. »Good Grief, du gehst mit deine Vormund! Das ist schicklich genug. Niemand wird Anstoß haben. Außerdem ist es ganz gut, nicht immer die alte Tibby alles machen zu lassen. Ich glaube, Herr von Alvesloh ist sehr geeignet, seine Augen auf dich zu werfen.«

»Ein Auge auf dich zu werfen«, verbesserte Fanny. War da die Spur eines Grinsens in Miss Tibbs' Gesicht oder war das nur der Kopfschmerz? In gereizter Stimmung verließ Fanny den Raum, weil sie sich um ihre Garderobe kümmern musste.

Niemand im Haus wollte die Trauerzeit für Breedenbek als Hindernis für den heutigen Ball sehen. Alle waren einig: Der Onkel hätte Fannys schönstes Kleid zu Ehren der Befreier gerade für gut genug befunden.

Sie entschied sich für ein fliederfarbenes Seidenkleid, das sie sich vor zwei Jahren bei ihrer Einführung in die Gesellschaft nach der neuesten Mode hatte anfertigen lassen. Es hatte einen enormen Eklat um dieses Kleid gegeben: Es strahlte nicht in unschuldigem Weiß, wie es eigentlich für junge Mädchen vorgeschrieben war. Der Schneider hatte sie überdies zu einem modernen Schnitt überredet, bei dem die Taille so hoch wie möglich saß, das Dekolleté dafür tief hinunter reichte. Es gab viel Gerede und Miss Tibbs hatte sich von Fannys Debüt mehrere Wochen nicht erholt. Fanny hatte das Kleid vor allem deswegen gemocht, weil es schlicht war und nicht so aufgeputzt wie die rüschigen Modelle der jungen Mädchen um sie herum. Monatelang blieb das Kleid in die hinterste Ecke des Schrankes verbannt.

Mittlerweile nahm niemand mehr Anstoß und Fanny mochte ihr Kleid noch immer. Der Schnitt passte gut zu ihrer schmalen Büste. Der Stoff war luftig und so leicht wie Watte. Ein Unterkleid gab es nicht. Auch ein Korsett, das sie als Mädchen bei ihrer Mutter so bewundert hatte, fehlte.

Gesche steckte ihr Haar auf und bändigte ihren Lockenkopf. Es dauerte eine halbe Ewigkeit. Fanny entschied sich gegen Federschmuck auf den Haaren und jeglichen anderen Schmuck, außer einem samtenen Halsband in Schwarz mit dem kleinen silbernen Kreuzanhänger ihrer Mutter.

Unten in der Eingangshalle versammelte sich der ganze Haushalt und wollte ihren Auszug miterleben. Als Fanny die Treppe hinunterkam, drängelte sich Jakob von hinten zu ihr durch. Er hatte ihr schon angedroht, dass er sie unbedingt in Ballgarderobe sehen wollte. Alvesloh stand im Halbschatten der Halle und wartete. Er zog sich gerade die Handschuhe an und hatte seinen Mantel noch nicht geschlossen. Er sah gut aus mit seinem dunklen, schlicht geschnittenen Anzug und der eierschalfarbenen Weste. Seine Krawatte war immer nach der neuesten Mode gebunden, aber nie aufdringlich oder stutzerhaft.

Jakob zog sie zu sich herunter und flüsterte ihr ins Ohr. Meta und Johann schimpften, aber Alvesloh kam nach vorne, strich Jakob durch die Haare und lachte. Er ließ den Kleinen eine Weile gewähren und entfernte ihn dann wie ein Käferchen von ihr.

Sie hatten für den kurzen Spazierweg zum Quartier Tettenborns nicht anspannen lassen. Die Luft war kühl, fast frostig und Fanny konnte die Sterne am klaren Himmel schon deutlich sehen.

Alvesloh bot ihr seinen Arm und sie schlenderten über die gebogene Königstraße zu den Hohen Bleichen. Als sie dort um die Ecke kamen, standen vor dem Eingang des Gouvernementshotels schon mindestens sechs Wagen mit ihren laut miteinander rufenden Kutschern. Das Haus strahlte von Weitem und Diener in Livree geleiteten die ankommenden Gäste ins Innere.

Fanny rang mit sich. Einerseits wollte sie den Ball genießen, so gut es ging, und allen Gerüchten und Tuscheleien ausweichen. Andererseits würde sie heute bestimmt Monsieur von Maltzahn wiedertreffen und das erinnerte sie daran, dass sie nicht ewig die Augen und Ohren vor dem verschließen konnte, was sie an jenem Morgen erfahren hatte.

Die Lage war jedoch noch komplizierter: Monsieur von Maltzahn würde auch Alvesloh wiedertreffen und ihm vielleicht alles von ihrem gemeinsamen Gespräch erzählen. Sicher wäre Monsieur nicht erfreut. Vielleicht hätte sie ihm doch alles beichten sollen? Mitten in ihre Gedanken hinein sagte Alvesloh:

»Was hat Jakob Ihnen denn so Geheimnisvolles anvertraut? Er hat Sie dafür ja in den dunkelsten Winkel der Halle gezerrt?«

»Eigentlich ist es nicht nett, wenn ich es Ihnen erzähle. Aber weil Sie mein Vormund sind, haben Sie wohl ein Recht darauf.« Fanny seufzte gespielt.

»Ganz so, mein Fräulein.«

»Nun, Jakob hat mir versprochen, dass er ein reicher Mann wird und mich dann heiratet. Wenn ich allerdings vorher eine Liebesheirat eingehen möchte, ist er so großmütig, mich freizugeben. Sagt er.«

»Das ist ein generöses Angebot«, sagte Alvesloh ernst.

»Ja, nicht wahr?«, sagte Fanny.

Dann mussten beide lachen.

»Ich wünsche Jakob von Herzen Glück«, sagte Alvesloh. »Wenn er ein reicher Mann wird, könnte er vielleicht eine Tochter von Ihnen heiraten. Sie sollten ihn rechtzeitig mit diesem Abstieg vertraut machen.« Alvesloh hielt sie kurz am Arm zurück, bevor sie die Straßenseite wechselten. Eine Kutsche war hinter ihnen aus einer Einfahrt gekommen und fuhr Richtung Großneumarkt davon.

Vermutlich hätte ihre Tochter in Jakobs Haushalt viel eher eine Zukunft als Zweitmädchen zum Plätten und Stopfen, wenn die Russen nicht Wunder vollbrachten. Fanny wischte diese Gedanken fort.

»Ich kann mir gar nicht vorstellen, eigene Kinder zu haben. Dafür bräuchte ich ja zuerst einen Mann.«

»Dafür bin ja ich zuständig.«

»Wie meinen Sie das?« Fanny schoss das Blut ins Gesicht.

Alvesloh lachte. »Oh, arme Fanny, nicht wie Sie denken!«

Sie merkte, dass es mit ihren roten Wangen nicht besser wurde. Alvesloh störte sich offensichtlich nicht an der Peinlichkeit.

»Unter einigen anderen Dingen habe ich Ihrem Onkel auch versprochen, dass ich Ihnen einen geeigneten Ehekandidaten vorschlage. Bislang hatte ich jedoch zu viel Angst vor Ihrer schonungslosen Kritik. Ich dachte, wir lernen uns erstmal besser kennen und ich fasse mehr Zutrauen in die mir gestellten Aufgaben.«

Fanny atmete ruckartig aus. »Es wird heute schwierig mit Ihnen. Ich sehe Ihnen an, dass Sie mich ärgern wollen.«

»Immerhin laufe ich nicht weg oder stampfe mit dem Fuß auf«, sagte er und schmunzelte.

Er schien sich großartig zu amüsieren. Sie überging seine Miene.

»Erstens: Überlassen Sie das Suchen getrost mir. Zweitens und viel wichtiger: Ich will gar nicht heiraten«, sagte Fanny.

»Unsinn. Jedes Mädchen will heiraten.«

»Sie sind ein furchtbarer Besserwisser, wissen Sie das? Was gewinne ich denn mit einem Ehemann? Doch nur jemanden, der mir ständig vorschreibt, was ich tun und lassen soll!«

»Da haben Sie allerdings recht.«

Fanny nickte. Ein bisschen Einsicht stand Alvesloh gut.

»Das ist der Grund, warum ich Sie besser heute als morgen unter die Haube bringen sollte«, sagte er.

Sie bedachte ihn mit ihrem bösesten Blick. »Sie sind schon wieder abscheulich. Dabei müssen wir den Abend miteinander auskommen. Sonst fallen wir unangenehm auf.«

»Weswegen Sie mir als mein Mündel gebührenden Respekt erweisen sollten. Privat bin ich Ihre Entgleisungen gewöhnt, aber auf dem Ball? Ich wäre gezwungen, Ihnen noch während der Polonaise die Ohren lang zu ziehen.«

Fanny blieb abrupt stehen. Sie waren nur noch wenige Schritte von ihrem Ziel entfernt. »Können Sie eigentlich gar nicht galant sein? Sie behandeln mich immer wie ein Kind.«

Alvesloh sah zu ihr herunter und in seinen Augen lag gar kein Spott mehr. »Wäre es ausreichend galant, wenn ich Ihnen versicherte, dass ich noch nie ein Mädchen mit so leuchtenden Augen auf einen Ball geführt habe?«

Fanny hatte auf ihre Frage nicht mit einer Antwort gerechnet und wusste nicht, wo sie hinschauen sollte. Sie sagte zu den Pflastersteinen unter sich: »Ich dachte, Sie machen keine Komplimente?«

»Nein, nur Feststellungen, wie gesagt. Sie sind übrigens äußerst niedlich, wenn Sie verlegen sind.«

Sie öffnete den Mund, wusste aber nichts zu erwidern.

Alvesloh lächelte und drückte ihren Arm. »Kommen Sie,

Fanny, ich will Sie nicht weiter ärgern. Hier ist das tettenbornsche Quartier und dort sehe ich schon Ihre aufgeregte kleine Freundin im Entrée auf Sie warten.«

Fanny trennte sich oben von Alvesloh und machte mit Caroline eine Runde durch den Raum. Sie war erstaunt über den Prunk, den Tettenborn in so kurzer Zeit herbeigezaubert hatte. Mehrere Geiger und ein Bratschist stimmten ihre Instrumente, weitere Musiker trudelten ein und ein Meer von Kerzen hüllte alles in teuer erkauftes Licht. Limonade und Schaumwein standen bereit, gehütet von übereifrig aussehenden Dienern in dunkelblauen Galauniformen. In den Seitenzimmern luden Spieltische zu einer Pharao- oder Whistpartie. Es gab sogar ein eigenes Hazardzimmer für die Männer, die auch in dieser Zeit noch über reichlich Geld oder Übermut verfügten. Noch waren die Kartentische jedoch leer. Jeder schien die Männer aus Tettenborns Stab sehen zu wollen und den Helden der Stunde selbst, der sich noch nicht zeigte.

Caroline trennte sich von ihr und suchte Miller. Fanny stellte sich zunächst in einen Pulk Hereintretender nah an der Tür, weil sie die Treppe im Auge behalten wollte. Sie gab ihren Wachposten allerdings auf, als sie von dem Schal der Dame vor ihr fast erstickt wurde und der junge Mann hinter ihr schon das zweite Mal unter wasserfallartigen Entschuldigungen auf ihre Hacke trat.

Sie ging in eine weniger bevölkerte Ecke zu Alvesloh, der dort mit Johannes Rist und dessen Frischverlobter, Emmy Hanbury, stand. Fanny war froh, dass sie Monsieur von Maltzahn noch nicht sah. Also drohte zumindest aus dieser Richtung keine Gefahr. Die junge Mademoiselle Hanbury war selbstbewusst genug für einen Hut mit eigenwilligem Federschmuck, gefiel Fanny aber wegen ihrer warmherzigen Augen. Fanny stellte sich direkt neben sie.

Caroline stieß auch wieder zu ihnen. Sie hatte Miller aufgetrieben und ihre Mutter abgehängt. Die beiden wagten es allerdings nicht, zusammenzustehen, sondern drückten sich verlegen um einander herum.

Miller war der Abstand zu den gestandenen Männern der Gruppe sichtlich unangenehm. Als Alvesloh ihn ansprach, wurde er rot, murmelte, er wolle Getränke für alle holen und verschwand. Fanny nahm Caroline an ihre andere Seite und war froh, als Rist in seiner umgänglichen Art losplauderte. Nur sie und Alvesloh bildeten kein Paar. Im Stillen verfluchte sie Miss Tibbs' Kopfschmerzen.

Rist zeigte den Damen einige exponierte Mitglieder des Stabes, die in dem großen Raum umherflanierten und die Aufmerksamkeit genossen.

»Der kleine graue Mann dort, der durch seine Strenge so auffällig nicht zu den anderen passt, das ist Oberstleutnant Pfuel, ein verdienter preußischer Offizier. Ich glaube, er steht an der Spitze des Stabes«, sagte Rist.

»Er sieht nicht glücklich aus«, sagte seine Verlobte.

»Wie auch, bei den Galgenvögeln, die sich in seinem Hauptquartier sammeln.« Alvesloh verschränkte die Arme vor der Brust.

Rist fuhr fort: »Sehen die Damen dort den Herrn mit den sieben Orden? Das ist der landflüchtige Graf von Hahn. Er soll die größte Sammlung englischer Jagdhunde auf dem Kontinent besessen haben. Seine Sammelleidenschaft hat sich im Übrigen nicht auf Vierbeiner beschränkt, aber das ist kein Thema für Damen.«

»Und wieso landflüchtig?« Fanny verrenkte sich den Hals, damit sie alles genau sehen konnte.

»Nun, Mademoiselle, ich sage es nur ungern, aber ich fürchte, er flüchtet vor seinen Gläubigern.«

»Und wer ist dieser so empfindsam ausschauende Mann mit der großen Stirn, der neben dem kleinen Blassen in der preußischen Uniform steht?«, fragte Caroline.

»Oh, da kann ich dienen«, sagte Emmy Hanbury. »Nicht

wahr, Johannes, das ist doch Monsieur von Blomberg, ein begabter Dichter. Daneben, tatsächlich sehr blass, Monsieur von Hardenberg. Wie ich hörte, ein vielversprechender Bruder von Novalis.«

»Oh, wie poetisch!«, rief Caroline.

»Ich hoffe, sie führen den Degen so gut wie den Federkiel«, sagte Alvesloh ins Nichts. Fanny schickte ihm einen Blick und hoffte, dass er ihn als Tadel interpretierte.

»Also, Orden gibt es hier mehr als unsere Legion Männer hat«, sagte Miller, der mit einem Tablett mit Erfrischungen zurückkam.

»Warten Sie erst, bis Sie Tettenborn selbst in seiner Galauniform sehen«, sagte Rist und zog die Augenbrauen hoch. »Zwölf glänzende Orden! Übrigens gibt es im Hauptquartier noch einen Dichter, der auch Diplomat ist. Es ist der Privatsekretär Tettenborns und sein größter Vertrauter. Vielleicht kennt eine der Damen ihn sogar? Er hat eine Zeit in Hamburg gelebt und heißt Varnhagen von Ense.«

Fanny und die anderen schüttelten den Kopf und nahmen sich ihre Getränke vom Tablett. »Nie gehört«, sagte sie, nippte einen Schluck von ihrer Limonade und ließ ihren Blick über die übrige Gesellschaft schweifen. Hier und da sah man einen echten Kosakenoberst. Wettergegerbte Gesichter, ernst und ehrenvoll, manche mit dem Anna-Orden geschmückt. Sie standen wie verloren inmitten der bunten Gesellschaft. Zum Hauptquartier schienen auch einige fast noch bartlose Knaben zu gehören, deren junge Gesichter vom Wein erhitzt waren. Daneben Männer in den merkwürdigsten Anzügen: Zum Teil trugen sie russische gemischt mit preußischen Uniformteilen, zum Teil sogar Franzosenröcke. Einige hatten die hohen Fellmützen unter den Arm geklemmt, die Fanny schon bei dem Rittmeister gesehen hatte, viele trugen lange Bärte. Fanny fühlte sich unangenehm an eine Theateraufführung erinnert.

Auf einmal ging ein Raunen durch die Menge. Tettenborn erschien. Um ihn herum schwebten einige Damen, gegen deren

Büsten sich Fannys Dekolleté ausnahm wie aus einem Mädchenpensionat. Auch der von Rist beschriebene Varnhagen von Ense ging an der Seite Tettenborns. Etwas hinter ihm wieselte von Heß.

Tettenborn war im mittleren Mannesalter, hatte dunkelblonde, wirre Haare und einen Schnurrbart, der an den Enden so spitz gezwirbelt war wie ein Bajonett. Fanny fiel besonders sein riesengroßer Kehlkopf auf, den sie gegen ihren Willen immer wieder anstarren musste. Seine unsteten grünen Augen irrten von einer Person zur nächsten. Er schien das Bad in der Menge seiner Bewunderer zu genießen. Rist hatte nicht übertrieben: Der Retter Hamburgs war mit Orden und Medaillen behängt wie ein Junge, der General spielte. Die Musiker spielten einen Tusch. Tettenborn nahm Lobpreisungen und Glückwünsche entgegen.

Langsam formierte sich ein Set von Paaren und der Tanz kam in Gang. Fanny wurde zuerst von dem Sohn des Syndikus Asmussen geführt, der seine miserablen Tanzkünste immerhin durch ein gewinnendes Wesen ausgleichen konnte. Danach hatte sie die Ehre, mit einem russischen Offizier zu tanzen, einem Baron Wetterstedt. Er war so galant, dass Fanny für einen schwachen Moment ihre gesellschaftliche Mittelmäßigkeit bereute. Sie sah zwar aus wie aus einem Mädchenpensionat, hatte aber nicht die gesellschaftliche Finesse von dort mitbekommen. Ihr schwindelte von den Artigkeiten, mit denen der Baron sie bedachte. Sie klammerte sich an ihr Glas, nachdem Wetterstedt sie mit einer formvollendeten Verbeugung zu ihren Freunden zurückgeleitet hatte. Fanny fragte sich, was Alvesloh davon halten mochte, doch der war mit Rist in ein Gespräch versunken.

Sie stand schweigsam bei Emmy Hanbury und Caroline, die angeregt über Ballgarderoben plauderten. Als Caroline von Miller um einen Tanz gebeten wurde, blieb Fanny mit Mademoiselle Hanbury zurück. Es entstand eine kleine Pause.

Emmy legte ihr die Hand auf den Arm und wies mit dem Gesicht in die Menge. »Was halten Sie von Oberst Tettenborn?«

»Ich weiß es noch nicht, er macht einen, wie soll ich sagen, sehr welterfahrenen Eindruck.« Fanny nippte diplomatisch an ihrer Limonade.

»Ja, nicht wahr? Er scheint sich hier in Hamburg nicht unwohl zu fühlen. Ihr Vormund und mein zukünftiger Gatte«, sie lächelte verschmitzt, »halten nicht besonders viel von diesem Mann. Vielleicht sollte man sich in Acht nehmen?«

»Ach, wissen Sie, liebe Emmy, ich habe langsam gelernt, nicht alle Unkenrufe Monsieur Alveslohs allzu ernst zu nehmen. Wer ständig von einem Weltuntergangsorakel umgeben ist, stumpft ab.«

Emmy guckte einen Moment erschrocken, dann musste sie lachen. Es entstand wieder eine kleine Pause und Fanny suchte mit den Augen die Menge ab. Alvesloh stand nicht mehr bei Rist, sondern auf der anderen Seite des Saals. Er sprach mit einer ihr fremden Frau. Sie war groß und hielt sich auffällig gerade. Die Haare wirkten wie eine Löwenmähne, nur unter dem Druck der Konventionen hochgesteckt. Dunkle Brauen saßen ihr wie zwei Torbögen im Gesicht; ob sie den Betrachter einladen oder abschrecken wollten, war unklar. Die übrigen Gesichtszüge konnte Fanny auf die Entfernung nicht erkennen. Überdeutlich präsentierte die Dame ihre üppigen Körperformen. Sie schien sich nicht um die neueste Mode zu scheren, jedenfalls trug sie eindeutig ein Korsett mit starker Schnürung, das ihre Oberweite in Richtung Kinn beförderte. Alvesloh stand sehr nah bei dieser Person.

»Meine Liebe, wer ist die Dame, mit der mein Vormund spricht?«, fragte Fanny.

Emmy schaute und zuckte dann zusammen.

»Gehen Sie nicht ins Theater, Fanny? Das ist Appollonia Francke. Eine – Schauspielerin.«

»Ich mag die Bühne nicht.« Fanny kniff die Augen zusammen, weil sie dann besser sehen konnte. »Sehen alle Schauspielerinnen so aus? Ist sie verheiratet?«

Emmy lachte. »Es würde mich wundern, wenn sie es wäre!«

Das Lachen brach plötzlich ab und Emmy sah sie von der Seite an. »Es tut mir leid«, sagte sie, »ich wollte keine leichtfertigen Bemerkungen machen. Fräulein Francke ist, wie ich befürchte, kein passender Gesprächsgegenstand für uns.«

»Nein, bitte, Emmy! Ich weiß so wenig über diese Dinge und ich hasse es. Fräulein Francke ist irgendwie anders, nicht wahr? Bitte, lassen Sie mich nicht so ahnungslos, wie ich mich fühle!«

Emmy schien zu überlegen, dann sagte sie: »Fanny, Mademoiselle Francke ist eine einflussreiche Frau. Ihre Macht erwächst daraus, dass sie sich gegen alle Ehrbarkeit entschieden hat. Wir werden, wenn wir es geschickt anstellen, das Vertrauen unserer Ehemänner erringen. Fräulein Francke genießt das Vertrauen vieler Männer, wenn Sie verstehen, was ich meine.«

Fanny verstand nicht, was sie meinte. Doch ehe sie nachfragen konnte, ging ein Ruck durch ihre neue Bekannte. Emmy fasste sie an der Schulter. »Sehen Sie nur! Ich glaube, der Oberst kommt direkt in unsere Richtung.«

Nach dem Gespräch mit Rist hatte Alvesloh Polly entdeckt, die etwas abseits eines kichernden Kurtisanenrudels stand. Während er auf sie zuging, lächelte sie ihn an.

»Was treibst du denn hier?« Seine Stimme klang unwirscher als er beabsichtigt hatte.

Polly zog die Augenbrauen hoch. »Enchanté, mein Lieber. Ich freue mich auch, dich zu sehen.«

»Verzeih, aber Tettenborns Recken hier machen mich reizbar. Bist du eingeladen worden?«

»Oui, Monsieur. Stell dir vor, es dauerte keine fünf Stunden, da hatte mir der Oberst persönlich seine Aufwartung gemacht. Qualität spricht sich herum.«

»Tettenborn geht zu dir?«

»Ja. Natürlich.«

»Ich will nicht, dass du ihn weiter triffst.«

Sie zog ihre Augenbrauen noch höher als beim ersten Mal.

»Mon cher, ich bin erwachsen und entscheide selbst, mit wem ich mich treffe. Vielleicht steigt dir deine Vormundschaft zu Kopf?«

Er legte ihr die Hand auf die Schulter. »Ich befehle dir nichts und will es auch gar nicht. Ich bitte dich. Triff dich nicht mit Tettenborn. Ich erstatte dir den Ausfall.«

»Alvesloh, wenn du mich so ansiehst, könnte ich fast weich werden. Aber nur fast. Ich habe nämlich, im Gegensatz zu dir, wie mir scheint, ein bisschen Verstand. Du wirst noch froh sein, dass Tettenborn mich besucht – und wenn du genau nachdenkst, dann weißt du das auch.«

Er schwieg. Sie hatte recht und er hasste es.

Polly klappte ihren Fächer ein. »Ich glaube, deine Person wird verlangt.«

Er folgte Pollys Blick und seine Muskeln spannten sich an. Tettenborn ging geradewegs auf Fanny zu. Er schien sie tatsächlich auffordern zu wollen.

»Georg«, sagte Polly sanft, »denk daran, er ist der Befreier Hamburgs. Einen Tanz wird dein Mündel ihm einräumen müssen – es wird sie nicht umbringen.«

»Nein, sie sicher nicht.«

Polly lächelte. »Sie sieht bezaubernd aus.«

Es stimmte und es war ihm bis zu diesem Abend nie so bewusst geworden. Fanny sah hinreißend aus mit ihren klugen braunen Augen und den glänzenden Locken, die genau wie sie nie taten, was sie sollten. Die Blicke, die Tettenborn ihr zuwarf, machten ihn ganz krank.

Er drückte Polly kurz den Arm. »Ich gehe hinüber. Wenn Tettenborn dir irgendwelche Schwierigkeiten bereitet, dann komm zu mir. Versprochen?«

»Ja, versprochen. Und nun geh«, sagte Polly wie zu einem Schuljungen und tätschelte ihm die Schulter.

Fanny erschrak, als Tettenborn tatsächlich mit einem Tross von Getreuen in ihre Richtung vorrückte. Sie machte sich ganz gerade. Was wollte der Oberst denn von ihr? Die Aufmerksamkeit des Gastgebers war ihr unangenehm. Als er bei ihnen angekommen war, verbeugte er sich.

Wie aus dem Nichts stießen Alvesloh und Rist dazu. Alvesloh stellte sich direkt an ihre Seite. Seine Bewegungen waren steif, sein ganzer Körper schien angespannt.

»Tettenborn, das ist mein Mündel, Fanny Breedenbek. Sie steht unter meinem Schutz.«

Fanny zuckte zusammen. Alveslohs Ansprache war am Rande der Beleidigung. So konnte ihr Vormund doch nicht mit dem Befreier Hamburgs sprechen. Dass Alvesloh Tettenborn nicht leiden konnte, war jetzt jedem bewusst, der Ohren hatte. Komischerweise schien es den Oberst kalt zu lassen. Er lächelte sogar, ein kaltes, unangenehmes Lächeln.

»Ah, tatsächlich? Enchanté, Mademoiselle.« Tettenborn küsste ihre Finger. Sein Schnurrbart kitzelte über ihre Haut.

Dann wandte er sich an Alvesloh. »Ihr Mündel, Monsieur? Wie sich die Zeiten ändern. Wer hätte gedacht, dass wir uns unter solchen Umständen wiedersehen.« Nach diesen Worten drehte er sich von Alvesloh weg und wandte sich vollkommen ihr zu. »Wem haben Mademoiselle den nächsten Tanz versprochen? Ich würde mich sonst glücklich schätzen, eine der schönsten Frauen des Abends auf die Tanzfläche zu führen.«

Sie schaute zu Alvesloh hinüber. Er nickte knapp. Sie merkte, dass es ihm nicht recht war, und dennoch fühlte sie sich von Tettenborns Ansprache geschmeichelt.

Tettenborn tanzte routiniert und wusste genau, was er im rechten Moment zu einer Dame zu sagen hatte. Nach ein wenig Geplänkel verschaffte ihnen ein Tanz zu vier Paaren mit Wartezeiten die Gelegenheit zu einem längeren Gespräch.

»Sie kennen also meinen alten Bekannten, Georg von Alvesloh?« Tettenborn lächelte sie beim Sprechen an, doch wieder blieben seine Augen davon unberührt.

»Besonders gut kenne ich ihn nicht.« Fanny wählte ihre

Worte mit Bedacht. »Er wohnt zur Zeit in unserem Haus und ist uns eine große Hilfe.«

»Nun, das ist zu begrüßen. Sicher kennen Sie seine Vorgeschichte?«

Der Tanz verlangte seinen Beitrag und Fanny wurde von einem anderen Partner durch zwei Figuren geführt. Sie konnte sich schlecht konzentrieren, zweimal drehte sie sich falsch. War es richtig, mit diesem Mann über Monsieur von Alvesloh zu sprechen? Jeder Funke Loyalität in ihrem Körper schrie Nein, aber ihre Neugierde war stärker.

Als sie wieder mit Tettenborn zusammengeführt wurde, nahm sie ihren Mut zusammen. »Wissen Sie, wer ihn damals angeklagt hat?«

Ein winziges Zucken huschte über sein Gesicht, sonst ließ er nicht erkennen, dass ihn diese Frage wunderte. »Oh, wenn Sie das nicht wissen, möchte ich nicht indiskret sein. Vielleicht fragen Sie Ihren Vormund direkt selbst? Obwohl er nicht gerne darüber sprechen wird, wie ich fürchte.« Tettenborn seufzte und zwinkerte dann einer vorbeitanzenden Dame zu. »Die Schlacht damals war furchterregend. Wir flüchteten in heller Unordnung über nur oberflächlich vereiste Tümpel und Seen. Viele sind vor dem Feind geblieben. Ein Drama, was sich mit Alvesloh und seinem Freund abgespielt hat. Der Krieg verroht das Gemüt, Mademoiselle. Beide so jung! Zwei zerstörte Leben. Aber Verbrechen bleibt Verbrechen.«

Fanny atmete flach und schnell und hatte kaum gemerkt, wie sie an den Rand des Saales geraten waren. Sie hatten den Tanz vorzeitig abgebrochen.

»Aber Mademoiselle, nun haben wir unsere Bekanntschaft mit Schauergeschichten begonnen. Das kann nicht richtig sein in einer solchen Freudenzeit für Hamburg. Haben Sie meine Kosaken gesehen? Prächtige Kerle, nicht wahr? Auch wenn sie ein bisschen schlicht sind. Aber reiten, mein Fräulein, reiten können sie wie der Teufel! Soll ich uns eine kleine Erfrischung bringen lassen?«

Tettenborn war so nah an Fanny herangetreten, dass sie die Pomade in seinen Schnurrbartenden sehen konnte. Ihr wurde plötzlich bewusst, wie viele Augenpaare auf sie gerichtet waren. »Monsieur sind sehr freundlich. Aber mir ist vom Tanzen ganz schwindlig. Ich möchte jetzt zurück zu meinen Freunden und mich ein wenig ausruhen.« Ob Tettenborn nicht auffiel, wie zittrig ihre Stimme klang?

»Aber wir haben ja übers Plaudern unseren Tanz nicht zu Ende getanzt! Ich kann nicht dulden, um dieses Vergnügen gebracht zu werden. Ich werde Ihre Schuld später einfordern müssen«, sagte Tettenborn etwas zu verbindlich.

Fanny wollte nur noch zu ihrem Platz, doch er hielt sie an ihrer Hand zurück, sodass sie sich umdrehen musste. »Eine Sache noch: Ich möchte mir gerne einbilden, dass Sie in Ihren eigenen vier Wänden sicher sind. Doch wenn Sie sich Schutz vor Ihrem Vormund wünschen, so zögern sie nicht, mich anzusprechen.«

In Fanny drehte sich alles, als sie wieder bei dem Grüppchen ihrer Freunde stand. Sie hatte das Gefühl, Emmy Hanbury schaue sie mit einer Mischung aus Überraschung und sanftem Tadel an. Ihr war nach Heulen zumute. Alvesloh stand wie eine Tempelwache mit verschränkten Armen da. Er schob ihr einen Stuhl hin, drückte sie darauf und postierte Caroline an ihrer Seite.

»Bleiben Sie schön hier. Senator Greven hat mich kurz um ein Gespräch gebeten, das ich schlecht abschlagen kann. Bin gleich zurück. Schaffen Sie beide es, für ein paar Minuten keinen Unfug anzustellen?« Er verschwand nach einer kurzen Verbeugung.

Caroline plapperte sofort drauf los: »Wie ist er denn, Fanny? Mein Gott, er hat ganz allein mit dir so lange geredet. Ihr seid jetzt schon das Gespräch des Abends. So ein Held und sucht dich aus! Was meinst du, wie viele Mädchen grün vor Neid sind? Was hat er denn gesagt?«

»So dies und das«, sagte Fanny und zwang sich, langsam zu atmen. »Was viel schlimmer ist: Caro, er will noch einmal mit mir tanzen. Das kann ich nicht. Zweimal mit Tettenborn? Aber ablehnen?« Fannys Handflächen waren feucht. Aber das lag nicht allein an Tettenborn.

»Ablehnen? Machst du Scherze? Morgen überlegen wir uns, wie wir die ganzen Giftanschläge deiner Neiderinnen abwehren.« Caroline warf ihren Kopf nach hinten und lachte übermütig.

Fanny kam es so vor, als hätten sie die Rollen getauscht. Carolines Augen glänzten im Schein der vielen Kerzen und sie selbst hätte sich am liebsten hinter Tibbys Lappen mit Essigwasser versteckt. Ihre Schläfen pochten und sie schaute verstohlen zu Alvesloh hinüber. Er stand vor der Tür zu einem der Kartenzimmer und redete mit einem alten Mann, der noch eine Perücke trug. Im Gegensatz zu der übrigen Gesellschaft wirkte Alvesloh auf einmal groß und schlicht und gut. Am liebsten wäre sie zu ihm gegangen. Es war ein fast körperlicher Wunsch und sie unterdrückte ihn mit aller Macht.

Der Oberst hielt ihn also auch für einen Verbrecher! Fannys Herz schlug hart in ihrem Bauch. Tettenborn stand mit einigen seiner Männer bei einem Pulk junger Frauen. Er äffte gerade jemanden nach und die Damen kreischten überdreht.

Die Flügeltüren zum Garten standen weit offen, dennoch fühlte sich die Luft klebrig an. Fanny schwitzte sogar in ihrer leichten Garderobe. Unzählige Kerzen flackerten vor den Spiegeln und der Saal sah wie verhext aus mit den seidenen Tapeten und den vielen Goldverzierungen. An der hohen Decke prangte ein Gemälde, das die Entführung der Europa zeigte. Europa war kaum bekleidet und der Stier, auf dem sie rittlings saß, hatte einen wollüstigen Blick. Das ganze Bild war ihr unangenehm, sie schaute schnell wieder auf die Wand. Caroline neben ihr atmete hörbar ein.

»Du, Tettenborn kommt wieder in unsere Richtung. Ich glaube, jetzt will er seinen zweiten Tanz.«

Ihre Haut kribbelte. Sie konnte natürlich eine körperliche Schwäche vorschützen, aber das sähe nach einer Abfuhr aus.

Die meisten der anwesenden Frauen und Mädchen würden auch noch mit einem amputierten Bein mit dem Befreier Hamburgs tanzen und das wusste jeder. In ihr sträubte sich alles gegen eine erneute Aufforderung. Sie konzentrierte sich auf den Saum ihres Kleides, als könnten ihr die mäandernden Verzierungen eine Antwort auf ihr Problem flüstern.

»Fanny, Fanny!«, zischte Caroline und bohrte ihr einen Finger in den Oberschenkel. »Was ist mit dir los? Der Oberst!«

Sie schreckte auf und sah Tettenborn genau vor sich stehen.

»Ah, habe ich Mademoiselle doch aus ihren Reverien reißen können? Ich habe Selbstvergessenheit immer als ein gutes Zeichen betrachtet. Wer sich selbst so ganz vergisst, kann sich auch ganz hingeben. Der richtigen Sache, versteht sich. Das brauchen wir dieser Tage. Aber genug davon. Ich habe soeben einen Ländler ausgerufen. Ich wäre beglückt, wenn Sie ihn mir schenken könnten. Dann machen wir unseren faux pas von vorhin wieder wett?« Tettenborn schaute geradewegs in ihren Ausschnitt.

»Oh, Monsieur sind zu gütig. Das ist sehr schmeichelhaft, aber – aber, ich kann nicht.« Fanny verkrampfte ihre Hände und hoffte, er wäre so wohlerzogen, nicht weiter zu fragen.

»Aber Mademoiselle, warum können Sie nicht? Sie müssen! Kommen Sie, so eine Nacht wie diese kommt nicht wieder.«

Als sie gerade ihr Einverständnis geben wollte, hörte sie Alveslohs Stimme hinter sich.

»Mademoiselle muss sich entschuldigen, weil sie mir diesen Tanz versprochen hat. Danach muss ich leider um ihrer Gesundheit willen darauf bestehen, dass sie sich nicht weiter erhitzt.« Alvesloh legte ihren Arm in seinen wie ein Matador, der den Umhang hebt. Die Männer fixierten sich einige Sekunden, die Fanny wie Stunden vorkamen. Tettenborns linkes Auge zuckte. Endlich verbeugte sich der Oberst.

»Natürlich. Mademoiselle müssen Ihrem Vormund die Ehre erweisen«, sagte Tettenborn.

Alvesloh lächelte kalt und spöttisch.

»Ich bitte Sie auch in meinem Namen, sich danach auszuruhen. Überhitzung ist auf jeden Fall zu vermeiden.« Tettenborn verneigte sich wieder und führte statt ihrer Emmy Hanbury auf die Tanzfläche.

Alvesloh und sie reihten sich ein und tanzten den gestohlenen Tanz.

»Wie ansatzlos Sie lügen können!« Fanny wollte noch etwas ganz anderes sagen, aber sie konnte nicht. Sie hatte schon wieder wütend geklungen, dabei war sie eigentlich nur wütend auf sich selbst.

»Vielleicht ist es Ihr schlechter Einfluss?«, sagte Alvesloh und schaute über die Menge hinweg. Er hielt den Arm während einer Drehung hoch und ließ sie hindurch, dabei führte er bestimmt und sicher.

Ihre Füße vollführten mechanisch die Tanzschritte. Wie erstaunlich, dass der Körper diszipliniert funktionieren konnte, wenn der Geist so in Aufruhr war.

»Fanny? Sagen Sie bloß, ich habe Sie mundtot gemacht? Das wäre zu viel der Ehre für einen einzigen Abend. Wollen Sie sich nicht über meine Eigenmächtigkeit und Arroganz beschweren? Ist Ihnen nicht gut?« Er führte sie wieder durch eine Figur. Sie schwieg noch immer. Gerade nach ihrer Begegnung mit Tettenborn fühlte es sich so richtig an, dass sie Alvesloh nah war. Aber sie durfte ihren Kopf nicht ausschalten.

»Sie haben ganz kalte Hände, ich merke es durch die Handschuhe hindurch«, sagte er ruhig.

»Und das, obwohl mir so warm ist.« Hastig setzte sie hinzu: »Ich bin froh, dass ich diesen Tanz mit Ihnen und nicht mit Oberst Tettenborn tanze.«

»Das freut mich aufrichtig, Mademoiselle.«

Fanny hatte den Eindruck, dass er ihre Hand ganz besonders festhielt.

»Ich glaube, alle schauen zu uns. Sicher, weil es nicht comme il faut ist, mit seinem Vormund zu tanzen«, sagte sie.

Alvesloh lächelte zu ihr herunter. »Ich würde das gerne auf mich nehmen, mein Fräulein. Aber ich fürchte, Sie täuschen sich. Jeder sieht Sie an, weil Sie vorhin so vertraulich mit Tettenborn ins Gespräch vertieft waren. Was hatten Sie übrigens so Dringendes zu besprechen? Ihnen war ja jeder Bruch der Konventionen recht.«

Ihr gemeinsamer Tanz endete und so musste sie nicht gleich antworten. Sie wies zur Fensterseite. »Ich möchte einen Moment nach draußen gehen, wenn es Ihnen nichts ausmacht. Es ist so stickig hier.«

Alvesloh führte sie durch die Menge der fragenden Gesichter und brachte sie auf die Veranda. Eine Freitreppe führte von dort in den mondbeschienenen Garten. Es war immer noch sternenklar und ihre Atemluft formte kleine, sich rasch auflösende Wölkchen.

»Fanny, Sie zittern ja. Warten Sie hier auf mich. Ich hole Ihnen Ihr Cape.«

Alvesloh verschwand und sie lehnte sich an die verzierte Brüstung bei der Treppe. Sie merkte, wie die Kälte ihr eine Gänsehaut verursachte und obwohl es stimmte, dass sie zitterte, genoss sie die reinigende, kalte Luft. Von drinnen hörte sie die Musik des nächsten Tanzes und das Lachen einer jungen Hamburgerin. In ihren Ohren klang es boshaft. Sie drehte sich vom Haus weg zum kahlen Garten, der im Mondlicht silbrig glänzte. Hinten spiegelten sich die kalten Strahlen in einem Teich. Einige alte, hohe Bäume zerteilten den Nachthimmel. Fanny atmete tief aus und entspannte ihre Gesichtszüge. Für einen Moment schloss sie die Augen. Ihr Herzschlag ging schnell. Was sollte sie sagen? Lügen wollte sie nicht.

Ihre Hände wurden feucht, als sie den Kies der Veranda knirschen hörte und Alvesloh mit seinen langen Schritten auf sie zutrat. Wortlos legte er ihr Cape und Schal um die Schultern.

»Sind Sie mir böse, weil ich mit Tettenborn getanzt habe?«, fragte Fanny.

Er schaute über den Garten, während er seine Hände wie sie auf das Geländer legte. Seine Augen konnte sie nicht sehen.

»Nein. Ich selbst habe meine Einwilligung gegeben und Sie hätten schlecht nicht mit ihm tanzen können. Tettenborn ist einer jener Männer, die bekommen, was sie sich in den Kopf setzen.«

»Es missfiel Ihnen aber gewaltig.«

Er lachte kurz auf. »Als ihr Vormund kann ich es kaum erfreulich finden, wenn Sie mit einem so«, Alvesloh räusperte sich, »erfahrenen Mann wie Tettenborn in einem Tête-à-Tête am Rande der Tanzfläche stehen. Übrigens, wie ich hinzufügen darf, höchstens zehn Zentimeter von ihm entfernt. Dabei haben Sie ihn angesehen, als könnte er übers Wasser gehen. Und diese Wortwahl stammt nicht von mir, sondern von einem Tuchfabrikanten, der neben mir stand. Womit hat er Sie denn so verwirrt? Schmeicheleien?«

»Nein. Er hat mir keine Komplimente gemacht. Sie werden es nicht glauben, aber wir haben von Ihnen gesprochen, Monsieur.« Sie umgriff die Brüstung fester. »Er hat mir von der Schlacht damals erzählt.«

Sie merkte, wie Alvesloh sich versteifte.

»Dazu hatte er kein Recht.«

»Bitte, Monsieur! Ich habe ihn dazu gebracht. Er machte nur Andeutungen. Ich habe ihn genötigt, weiter zu sprechen. Er wollte gar nicht mit mir darüber reden.«

»Warum haben Sie es dann getan?«

Fanny merkte, wie ihr die Tränen in die Augen schossen. »Ich weiß es nicht, Monsieur. Ich weiß es wirklich nicht. Vielleicht, weil ich so wenig über Sie weiß und es mir Angst macht. Ich habe auch mit Monsieur Maltzahn über Sie gesprochen. Er hat mir alles erzählt. Fast alles. Er wollte mir nicht sagen, wer die Anklage gegen Sie geführt hat.« Leise schob sie hinterher: »Es ist einfach ungerecht!«

Alvesloh schien zu Stein erstarrt. Atemzug für Atemzug verging, ohne dass er redete. Ein paar braune, ledrige Ahornblätter aus dem letzten Herbst fegten über die Steinplatten unter ihnen. Unglückliche Überbleibsel aus einer vergangenen Zeit.

»Was fänden Sie denn gerecht?« Als Alvesloh endlich sprach, klang seine Stimme gefasster.

»Das alles von Ihnen erzählt zu bekommen! Und nicht von Monsieur von Maltzahn oder dem Oberst eines Kosakenregiments, den ich noch dazu nicht besonders vertrauenserweckend finde. Immerhin verwalten Sie mein Vermögen oder was davon übrig ist. Auch sonst mischen Sie sich in meine Angelegenheiten.« Ihre Wangen glühten gegen ihren Willen. »Monsieur, sagen Sie mir die Wahrheit? Haben Sie kaltblütig einen Menschen getötet?«

Alvesloh schien jetzt ruhig wie immer. Er drehte sich zu ihr und sah sie an. »Ich habe viele Männer getötet, Fanny. Das bringt der Krieg mit sich. Kaltblütig war es nie. Aber das ist es nicht, was Sie meinen.«

Er berührte nachdenklich ihren Schal, wie um zu prüfen, ob sie ein Wesen aus Fleisch und Blut war. »Ich habe Friedrich nicht getötet. Und wer immer Ihnen etwas anderes erzählt, hat seine eigenen Gründe dafür.« Er machte eine kleine Pause und verlagerte das Gewicht von einem Bein auf das andere. »Wenn Sie Tettenborn nicht vertrauenserweckend finden, beruhigt mich das. Darüber hinaus könnte man meinen, mein Vorleben sei allein meine Sache. Jedenfalls nicht die meines Mündels, das noch ein Kind war, als sich diese Dinge ereigneten.« Er zog die Augenbrauen hoch und lächelte ein wenig. »Auch ungerecht?«

Fanny rutschte als Antwort ein kleines Schnauben heraus. Sie war erleichtert, dass sein Ton die anfängliche Kälte verloren hatte. Er nahm ihren Arm und führte sie auf den silbernen Weg zum Teich. Dann erzählte er:

»Friedrich und ich hatten uns als ganz junge Burschen im preußischen Dienst kennengelernt und waren später zusammen in die russische Armee übergetreten. Wir waren damals überzeugt, unter dem Zaren alles Gute versammelt zu finden. Wir wollten Europa befreien. Oh, Gott, wenn ich daran denke.« Alvesloh fuhr sich mit der Hand durch die Haare. »Unsere Zeit im Heer war hart, aber wir waren jung und, was am wichtigsten war, heillos überzeugt, die richtige Sache zu tun. Und wir hatten uns. Eine törichte Freundschaft, wie sie nur junge Männer fassen können, die sich für unsterblich halten. Wir wurden ständig ins Feld geführt, aber über die Jahre lernten wir unser Handwerk. Obwohl wir sahen, wie Kameraden fielen und verstümmelt wurden, fühlten wir uns unverwundbar. Durch vornehme Geburt, Geschick und Mut stiegen wir schnell auf. Doch bei Preußisch Eylau trug mein Freund mehr Verantwortung als gut für ihn war. Ich sagte es ihm auf den Kopf zu und es gab einen sehr hässlichen Streit. Ich wünschte, wir hätten uns versöhnt, bevor ... vor der Schlacht.«

Alvesloh schwieg einige Augenblicke. Es klang, als würde er tief vergrabene Erinnerungen aus dem Dunkel zerren. Fanny fragte sich, ob er diese Geschichte je einem Menschen erzählt hatte.

»Ich war mit meiner Kompanie am Ende des russischen Flügels, als die Order zum Rückzug gegeben wurde. Eine Eskadron schwerer französischer Kavallerie hatte es auf uns abgesehen und uns von aller Hilfe abgeschnitten. Friedrich zögerte zu lange und ein Zug seiner Abteilung wurde komplett von den verfolgenden Franzosen aufgerieben. Es war Februar und sein einziger Fluchtweg führte über eine verschneite Fläche mit vielen gefrorenen Seen. Dann traf ein Schuss ihn von hinten in die Schulter. Und ich konnte nicht mehr klar denken.«

Alvesloh machte eine Pause.

»Sie haben versucht, ihn zu retten, nicht wahr?«, sagte Fanny leise.

»Ich ließ meine Männer im Stich, obwohl ich für sie verantwortlich war. Nur durch meinen guten Corporal ist den meisten die Flucht gelungen. Mein Verhalten war durch nichts zu entschuldigen.«

Fanny meinte, Alveslohs Unterkiefer knirschen zu hören. Seine Augen waren in der Dunkelheit zwei schwarze, tiefe Löcher.

»Friedrich ließ die Zügel sinken, das Pferd jagte voran, er rutschte vom Sattel und schlug längs auf die Oberfläche eines dieser vereisten Krater. Er blutete stark. Das Eis brach ein und er konnte sich mit dem verletzten Arm kaum noch an der Bruchkante festhalten. Uniform und Ausrüstung zogen ihn nach unten. Ich konnte mich nur elendig langsam an die Stelle heranschieben, sonst wäre ich selbst eingebrochen. Als ich bei ihm war, packte ich seine Hand. Sie war nass und entglitt mir immer wieder. Mehr Eis brach weg und ich konnte ihn im Liegen nicht aus dem Loch ziehen. Ich rief um Hilfe, aber«, er stockte kurz, »niemand kam. Mir fehlte die Kraft.«

Alvesloh sammelte sich für einige Augenblicke. Er schluckte schwer, einmal, zweimal.

»Wir hielten uns an der Hand und sahen uns in die Augen. Als das Eis knackte und unter mir zu brechen drohte, ließ er mich los. Er ließ einfach los und verschwand in dem schwarzen Schlund. Ich blieb in der Hölle der Lebenden zurück. Der Schnee, das Blut.« Alvesloh sprach nicht weiter, sondern schüttelte nur den Kopf.

Fanny standen Tränen in den Augen. Sie waren bei dem kleinen Teich angekommen, der ihr eben noch so friedlich erschienen war. Das Wasser wirkte nun dunkel und böse. Sie schluckte ihre Tränen hinunter, die Alvesloh nicht sehen sollte.

»Weiß und Rot. Sind es deshalb Ihre Schicksalsfarben?«

Alvesloh schloss die Augen. »Vielleicht, Fanny.«

Sie wollte die Spannung brechen, aber ihr fiel nichts ein, was sie hätte sagen können. Sie ertrug es kaum, dass Alvesloh so hilflos schien.

Er öffnete die Augen, seine Stimme war fester. »Ich hätte es zugeben sollen. Im Prozess. Hätte erklären sollen, dass ich meinen Posten verließ, um Friedrich zu helfen. Dann hätten sie mir wenigstens zu Recht mein Offizierspatent aberkannt. Aber ich konnte es nicht. Es wäre wie ein Schuldeingeständnis gewesen. Außer den niedrigen Rängen hat es niemand gewusst. Meine Männer haben mich gedeckt und nie ein Wort über diese Angelegenheit fallen lassen. Ich weiß nicht, warum, aber sie hingen mir mit einer Treue an, die ich nicht verdient hatte. Mit dieser Lüge muss ich leben.«

Alvesloh schwieg. Sie mochte nicht weiter fragen. Noch nie hatte ihr Vormund so viel von sich preisgegeben. Plötzlich kam sie sich wie ein verzogenes Kind vor, das nur seine eigenen Nöte kannte. Das also hatte der Mann mit dem Arm in der Schlinge erlebt, den sie ohne Unterlass mit ihren hitzigen Ideen zu Frauen- und Menschenrechten vollgeplappert hatte. Unter den kalten Blicken des Mondes fröstelte ihr trotz des Capes.

»Sie frieren. Kommen Sie, Mademoiselle, ich bringe Sie nach Hause.«

Sie nickte.

Alvesloh hielt kurz inne. »Fanny?«

»Ja, Monsieur?«

»Nehmen Sie sich vor Tettenborn in Acht. Er ist ein schlechter Mensch.« Alveslohs Züge waren hart, fast verkrampft. Sie hatte nicht den Eindruck, dass er mehr sagen wollte, und sie traute sich nicht, zu fragen. Sie nickte leicht mit dem Kopf und es schien ihm zu genügen. Dann gingen sie weiter auf den lauten Saal zu. Sie hätte die unzähligen Augenpaare im Inneren gerne vermieden.

»Ich fürchte«, sagte Alvesloh nach einer kleinen Pause, »wir müssen uns noch von Ihrem speziellen Freund verabschieden. Er könnte es sonst übel aufnehmen.«

»Sie haben recht«, sagte Fanny leise.

»Haben Sie eben gesagt, dass ich recht habe?« Alveslohs Tonfall war gespielt ungläubig.

Fanny musste kurz lächeln, dann wurde sie ernst. »Monsieur, ich danke Ihnen für Ihr Vertrauen. Ich glaube Ihnen. Und ich habe keine Angst mehr.«

»Um Himmels willen. So etwas hatte ich befürchtet.« Er legte einen Arm um ihre Schultern und drückte sie kurz. »Wenn ich Sie gar nicht mehr einschüchtere, wie soll ich dann Ihrem Sturkopf beikommen?«

Kapitel 23

Der vierstöckige Turm, der seit Urzeiten die Roggenkiste genannt wurde und eigentlich ein Gefängnis für lässlichere Vergehen war, stand mittelalterlich und windschief gegenüber dem Bauhof am Deichtor.

Alvesloh befand sich im Inneren des furchterregenden Gebäudes und lächelte, weil er an das Gespräch mit Fanny denken musste. Sein Fähnrich sah ihn mit einem kurzen, erschrockenen Blick an. Wahrscheinlich dachte der arme Mann, Alvesloh hätte schon am Beginn seiner neuen Aufgabe den Verstand verloren. Er konnte es ihm nicht verdenken. An kaum einem Platz war gute Laune weniger angebracht als hier und doch verzog sich Alveslohs Mund unwillkürlich zu einem Lächeln, wenn Fanny sich in seine Gedanken stahl. Seit dem Ball tat sie das immer öfter und er musste sich eingestehen, dass er ihre Nähe an dem Abend genossen hatte.

Der Fähnrich hüstelte höflich, anscheinend, um Alvesloh ins Hier und Jetzt zurückzuholen. Damit hatte er ganz recht, denn ihre Aufgabe war erledigt, und es war wenig erstrebenswert, ihren Aufenthalt länger auszudehnen. Alvesloh machte, dass er fort kam. Ein Gestank nach Exkrementen und moderndem Holz umwehte ihn. In einer der engen Zellen, die wie hölzerne Kojen an die alten Mauern geklatscht waren, rief eine Frauenstimme unaussprechliche Schimpfworte. Zwei waren ihm völlig neu – trotz seiner Zeit in der russischen Armee – und sein junger, bartloser Fähnrich hatte sogar den Anstand, rot zu werden.

Für einen kurzen Moment tat es ihm fast leid, dass er zwei der Trunkenbolde aus seinem Bataillon zur Ausnüchterung hier hatte einschließen lassen. Aus seinem Bataillon! Es klang noch so unwirklich.

Der schmallippige Wärter rief ihn zurück und hielt ihm zwei Zettel zum Unterzeichnen hin.

Wie er so schnell hierher und an diesen Posten gekommen war, blieb ihm ein Rätsel, obwohl man in diesen Tagen über nichts mehr rätseln durfte. Strenggenommen war der breedenbeksche Haushalt daran schuld.

Er entließ mit einem Nicken den Unteroffizier, der die beiden Delinquenten mit hierhergeleitet hatte.

Der Mann salutierte. »Tornister, Herr Major?«

»Um sechs Uhr, Fähnrich.«

Es verschaffte ihm eine grimmige Befriedigung, dass die beiden Saufnasen morgen früh die Tornister ihres gesamten Zuges einfetten würden. Es gab nichts, das einen Kater so gründlich heilte wie ein bisschen Arbeit für die Gemeinschaft.

Während er wieder hinüber zum Bauhof ging, dachte er über die letzten Tage nach. Der Senat hatte am 6. April endlich eine Bürgergarde gebildet, die die Stadtverteidigung übernehmen sollte. Ludwig von Heß war zum Kommandeur ernannt worden und man sah ihn oft auf dem Dammtorwall in seiner Uniform umherstolzieren. Sie passte ihm ungefähr so gut wie einem Gockel das Taufkleid.

Karl hatte sich unbedingt mit seinem Freund August in die Reihen der 2. Hanseatischen Legion einschreiben wollen. Söhne aus den besten Hamburger Familien dienten dort und Alvesloh konnte ihm diesen Wunsch nicht verdenken. Schweren Herzens hatte er es erlaubt. Ein Verbot hätte den Jungen nur von ihm fort und ohne Ausrüstung in ein zwielichtiges Regiment getrieben.

Er hatte für Karl und dessen Freund englische Gewehre ergattert und sie eine Weile frühmorgens auf dem breedenbekschen Dachboden im Kriegshandwerk unterwiesen. Wenn es zum Kampf kam, konnte dieses Wissen ihr Leben retten.

Nachdem er gesehen hatte, wie schnell die Burschen lernten, hatte er sich als Offizier der Bürgergarde angeboten. Es gab viele Mütter, denen er unendliches Leid ersparen konnte, wenn ihre Söhne wenigstens wussten, wie herum man das Gewehr hielt.

Das Bild von Friedrichs Mutter drängte sich vor seine Augen. Baronin von Plessen war eine strenge, unnahbare Frau gewesen. Er würde nie vergessen, wie ihre Arme gezittert hatten, als er ihr die Nachricht vom Tod ihres Sohnes überbringen musste. Sie hatte seine Hand gegriffen und sich an ihm festgehalten, minutenlang, während sie um Fassung rang. Er hatte sie nie weinen sehen. Mit Macht schob er die Baronin aus seinen Gedanken.

Es war richtig, dass er Männer ausbildete, das Beste, was er seit langem getan hatte. Obwohl er es vor Fanny nicht zugegeben hätte: Auch ihre Art, so voller Kampfgeist und Leben, hatte seine Haltung ins Wanken gebracht. Wenn sein Mündel und das Schicksal Hamburgs bewirkten, dass er sich nicht mehr so vollständig von den Ereignissen der Vergangenheit regieren ließ, dann sollte es so sein.

Perthes war überglücklich gewesen, als er von seinem Entschluss gehört hatte. Alvesloh wurde zum vorläufigen Bataillonschef ernannt. Der Buchhändler hatte sich in den Rang eines Stabsmajors erheben lassen und trug eine verzierte Uniform. Alvesloh konnte ihn noch gerade davon abhalten, ihm ebenfalls einen mit Goldtrassen geschmückten Rock zu verordnen.

Als er das erste Mal zum Übungsplatz gekommen war, hatte das Gros der Männer nutzlos herumgestanden. Kampffähig waren höchstens die Flöhe in den Uniformröcken. Es gab kaum brauchbare Gewehre und selbst die einfachsten Handgriffe musste er mit den Kaufleuten, Handwerkern und Hafenarbeitern einüben.

Es war zunächst gar nicht klar gewesen, welche der unausgebildeten Männer er zu Offizieren und Hauptleuten machen sollte. Er wählte solche, die verlässlich wirkten, hauptsächlich aber Familie hatten und nicht mehr jung waren. Die wichtigste Entscheidung betraf die Feldwebel, die er nach seinen Vorschlägen von den einzelnen Zügen wählen ließ. Sie entschieden über Gelingen oder Versagen einer ganzen Operation und mussten von den Männern widerspruchslos anerkannt werden.

Alvesloh war von Tag zu Tag unabkömmlicher geworden, die Reihen der Garde füllten sich mehr und mehr. Neben dem quirligen Perthes, der über sich hinauswuchs, versuchte er, Ruhe und Routine auszustrahlen. Die Bürgergardisten sogen die Führung auf wie Ambrosia.

Tettenborn machte es sich hingegen trotz der Gefahr, in der Hamburg schwebte, mit seinen Kosaken gemütlich. Schon bald hörte man nichts mehr von Streifzügen ins Umland, um die Franzosen von der Elbe fernzuhalten. Stattdessen ließ der Oberst sich das Bürgerrecht in einer goldenen Kapsel mit einem Geldgeschenk von 5000 Louisdor überreichen und wurde zum General Hamburgs ernannt. Die Russen arbeiteten jedoch zu wenig an der Errichtung einer Wehrbefestigung, es gab weder Artillerie noch Männer, die sie hätten bedienen können. Nur ein einziges Kanonenboot patrouillierte die Elbe entlang und sah kläglich aus.

Tettenborn! Inmitten der ganzen Arbeit hatte Alvesloh kaum Gelegenheit, sich über sein Treffen mit ihm den Kopf zu zerbrechen. In größerer Muße hätte es ihm schlaflose Nächte bereitet. Das Gespräch mit Fanny drängte sich trotz aller Arbeit jedoch immer wieder in seine Gedanken. Er musste erneut lächeln.

Es hatte ihm gut getan, mit ihr über Friedrich zu reden. Und er glaubte, dass sie ihm wieder vertraute. Der Gedanke, dass Fanny seine Vergangenheit kannte, wirklich kannte, erschreckte ihn weniger, als er vermutet hätte. Einen verstörenden Moment lang wünschte er, sie würde alles wissen. Alles über den Prozess und die Anklage. Das Lächeln entglitt ihm. Sei nicht töricht, sagte er sich. Nur weil es dir Erleichterung verschafft?

Er musste noch ein Wörtchen mit Maltzahn reden, der sich offensichtlich von Fannys Art derart einschüchtern ließ, dass er seine Loyalität vergaß. Ganz verdenken konnte er es ihm freilich nicht. Maltzahn war kein Gegner für Fanny. Sie hätte aus ihm vermutlich noch das strengste Staatsgeheimnis herausgekitzelt.

Alvesloh wurde unsanft aus seinen Gedanken gerissen, weil eine Bajonettspitze nur knapp an seiner Nase vorbeischlenkerte. Ein junger Bursche schwang das Gewehr dazu und sah bleich und verbissen aus. Alvesloh nahm ihn beim Arm und beförderte ihn mit einigen Anweisungen direkt durch das Tor des Bauhofs, in dessen umbautem Innenhof die Garde täglich exerzierte. Als er hereinkam, standen die meisten Männer um einen Nachrichtenreiter herum, der gerade eine Bekanntmachung an das Stallgebäude nagelte. Als der Mann fertig war, verlas er das Schreiben: Tettenborn forderte alle Bürger auf, ihr Erspartes und ihre Wertgegenstände für die Ausrüstung der Truppen zu spenden. Die Männer raunten zustimmend und einige applaudierten, doch Alvesloh hegte den bösen Verdacht, dass es sich um eine neue List Tettenborns handelte, an noch mehr persönlichen Reichtum zu kommen. Er meldete sich daher freiwillig, um eine der Sammlungsaktionen zu koordinieren. Wenigstens die Verzeichnisse würden dann ordentlich geführt sein, was vielleicht den einen oder anderen Unterschleif verhindern mochte.

Als er am nächsten Abend nach seinem Dienst die Hütte für die Sammlung vorbereitete, stand vor dem Westportal des Fachwerkzuges schon eine Menge von sicher hundert oder hundertfünfzig Menschen. Alles Spendenwillige. Er besorgte noch drei Hefte mehr, einen Federkiel, ein Fass Tinte und einen ordentlichen Stuhl. Als er seine kleine Bank eröffnete, sah er die Schlange von seiner Bude durchs Portal an der Roggenkiste vorbei bis in die Brauerstraße hineinreichen. Er atmete tief durch und machte sich auf eine lange Nacht gefasst.

Drei Schergen aus Tettenborns Truppe waren ihm beigegeben worden, angeblich als Hilfe. Die Männer hatten nichts vorbereitet, lehnten an einem Bretterzaun und beobachteten das Treiben. Es waren keine Kosaken, sondern Soldaten, die deutsch sprachen, auch wenn er die Mundart nicht zuordnen konnte.

Nachdem er die Sammelstelle eröffnet hatte, drängten sich die Leute vor dem Eingang der kleinen Amtsstube. Einer der Soldaten richtete sich die Mütze und spuckte aus, dann sagte er zu seinem Kumpan: »Die Hamburger lassen sich nicht lumpen. Ein schönes Sümmchen, wenn's versetzt ist, meinst du nicht?«

Die Männer hielten große Säcke auf und ließen die eingesammelten Spenden darin verschwinden. Alvesloh wurde das Gefühl nicht los, dass zumindest die Hälfte des Bargeldes in ihre Taschen wanderte. Er führte das Verzeichnis akribisch, damit er später Tettenborns Verwaltung solche Vorfälle nachweisen konnte.

Die Soldaten stöhnten über die Langsamkeit, mit der die Aufzeichnung voranging. Sie lachten über die Gabe einer alten Witwe, die die silbernen Hemdsknöpfe ihres Mannes brachte, und kniffen die Dienstmädchen, die einige Pfennige ihres Ersparten einzahlten, im Vorbeigehen in die Kehrseite.

Schon bald war Alveslohs Geduld erschöpft. Er schloss vor den verdutzen Gesichtern der Spender die Tür zur Hütte. Mit zwei Schritten hatte er sich den lautesten der Drei gegriffen, seinen Säbel gezogen und ihn an der Gurgel gegen die Wand gedrückt.

»Wenn ich noch eine Beleidigung dieser Menschen höre oder sehe, könnt ihr euch wegen direkter Insubordination gegen einen Offizier erklären. Gnade euch Gott, wenn ich am Ende in euren Taschen irgendetwas außer dreckigen Schnupftüchern finde. Dann sorge ich dafür, dass euch eine schöne Zelle in der Roggenkiste freigeräumt wird. Soldat, hat Er mich verstanden?« Er schrie die Worte mehr als dass er sie sprach und beglückwünschte sich zu seiner Ausbildung im russischen Militär. Zu seiner Zeit wäre diese Ansprache eine versöhnliche Plauderei genannt worden.

»Ja, Herr Major«, krächzte der an die Wand Gedrückte und massierte sich seine Kehle, als Alvesloh ihn losließ.

»Ich habe Ihn nicht gehört!«, brüllte Alvesloh noch lauter.

Der Soldat rappelte sich zu einer militärischen Haltung, salutierte und rief: »Jawohl, Herr Major!«

Für den Rest des Nachmittags hatte er Ruhe vor den Dreien und seine Verzeichnisse füllten sich rasant. Es war den Bürgern offensichtlich ein Bedürfnis, zu spenden. Jeder brachte, was er konnte, auch der ärmste Tagelöhner.

Er hatte von Anbeginn für die größeren Spenden Quittungen ausgestellt, doch es kamen gerade die armen Leute zu Hauf, die nicht lesen und schreiben konnten. Er schrieb daher den Menschen mit seiner Feder ein geschwungenes *d* auf den Handrücken. Dabei erklärte er ihnen, das stünde für das lateinische *donavit*, was so viel bedeute wie »er hat gespendet«. Schon bald schien sich diese Methode herumgesprochen zu haben, denn alle Bürger wünschten sich nun statt einer Quittung das *d*.

Als es schon dunkel wurde, kamen auch Meta und Gesche und spendeten einige Pfennige, die sie von ihrem Lohn angespart hatten. Es wurde Alvesloh immer schwerer, das Geld der Dienstmädchen und Handwerksburschen zu nehmen. Fast stündlich ließen Tettenborns Männer die Säcke mit dem Geld und den Sachspenden mit einem sprechenden Grinsen abtransportieren. Niemand wollte Alveslohs Verzeichnisse sehen oder erkundigte sich danach.

Als er ein vollgeschriebenes Heft einem Adjutanten des Grafen Pfuel übergeben wollte, wiegelte der ab. Er klopfte Alvesloh auf die Schulter, gab ihm den Rat, er solle sich nicht zu viel Mühe geben, und zwinkerte dazu mit dem Auge. Alvesloh zwang sich wieder an die Arbeit und entschied, die Zahlen und Belege persönlich zu Tettenborn zu bringen, damit das Geld nicht irgendwohin verschwand.

Als nächste Spender traten Jakob und ein junger Bursche in die Tür, der offensichtlich so schnell gewachsen war, dass die alten Kleidungsstücke Arme und Beine nur noch zu Dreivierteln bedeckten. Beide schauten ehrfurchtsvoll auf die Säcke.

»Jakob, das ist eine Überraschung. Nur herein«, sagte Alvesloh. Innerlich fluchte er. Raubte er jetzt unterernährten Kindern ihre warme Mahlzeit?

Jakob und sein Begleiter kamen zum Pult und schielten auf die bulligen Soldaten im Hintergrund.

»Hast du denn etwas zu geben, mein Sohn? Oder du, Junge?«

»Nein, nein, Herr von Alvesloh, ich ja nicht«, sagte Jakob, »ich habe ja nichts. Aber Peer hier, das ist mein Bruder.« Peer zog bei seinem Namen die Mütze und machte einen artigen Diener. »Peer ist bei einem Kürschner in Lehre und will was spenden.«

»Mein Herr, ich habe gehört, auch jede Sachspende ist willkommen. Es ist mein größter Wunsch, etwas zu geben.« Peer packte umständlich ein Päckchen aus und legte ein merkwürdig geformtes Messer auf den Tisch.

»Ein Kürschnermesser, hast du es aus der Werkstatt?« Alvesloh wog das schöne Handwerksmesser in seinen Händen.

»Sein Meister hat ihm wegen seiner guten Leistung jetzt schon ein eigenes Messer gegeben. Er sagt, Peer kann mal ein sehr guter Kürschner werden.« Jakob guckte stolz, doch Peer knuffte ihm in die Seite.

»Gnädiger Herr, bitte, es ist meins, mein eigenes. Ich möchte es spenden, damit unsere Brüder in den Kampf gegen die Franzosen gehen können.«

»Junge, das Messer wird dir auf Jahre dein Einkommen sichern. Hast du nicht ein wenig Geld, das du geben kannst?«

Peer fixierte seine Füße. Jakob erklärte freizügig, alles Geld gäben sie der Mutter. Wieder bekam er einen unsanften Stoß mit dem Ellenbogen.

»Gnädiger Herr, bitte!« Peer wies auf das Messer und wollte wohl so die Verhandlung zu einem glücklichen Ende bringen.

Alvesloh betrachtete das Stück noch eine Weile. Nur über seine Leiche würde es im Sack hinter ihm landen. Er gab es Peer zurück und sagte mit einer angemessen bedauernden Miene: »Es tut mir leid, Peer, aber ich kann deine Spende nicht brauchen. Wir haben schon genug Messer und so ein Handwerksgerät ist für den Kampf ungeeignet.«

»Aber Herr Major, das Ding ist doch gut«, mischte sich ein Soldat ein, »wir könnten es versetzen und eine Menge Geld ...«

Alvesloh schlug mit der flachen Hand auf die Tischplatte und rief: »Soldat, hört Er schlecht? Will Er meine Aussage in Zweifel ziehen?«

»Nein, Herr Major!«

Alvesloh wendete sich wieder Peer und Jakob zu, die ihre Mützen in der Hand kneteten und verschreckt dreinblickten.

»Du hast es gehört. Wir können dein Messer nicht brauchen«, sagte Alvesloh. »Aber was ist mit deinen Knöpfen?«

Peer schaute verwirrt.

»Kannst du das Opfer bringen und für die Kameraden deine Rockknöpfe geben? Sie sehen gut aus. Vielleicht können wir damit sogar Gewehrkugeln gießen, das wird sich zeigen.«

Einer der Soldaten schnaubte, doch Alvesloh wandte sich nicht um.

»Mit deinem Messer können wir sie sauber abschneiden. Was sagst du?«

Peer wirkte nach der Enttäuschung überglücklich, dass er überhaupt etwas geben konnte, und willigte ein. Jakob wollte nicht hintenanstehen und schnitt seinerseits die Knöpfe seiner Joppe ab. Alvesloh zwang seine Gesichtszüge zu größter Ernsthaftigkeit und nahm auch diese entgegen. Er kritzelte pro forma etwas in sein Verzeichnis. Danach schrieb er sein *d* besonders sorgfältig auf Peers und Jakobs Hand und schickte die beiden in einem Zustand seliger Verzückung nach draußen. Er würde Meta bitten, Jakob heute noch neue Knöpfe anzunähen.

In aller Frühe am nächsten Morgen saß Alvesloh im verwaisten Salon im Haus am Jungfernstieg, sah die Verzeichnisse durch und rechnete die Summen aus. Es war noch fast dunkel, weil ein bleischwerer Himmel die Sonne am Aufgehen hinderte. Nach einiger Zeit hörte er dicke, schwere Tropfen gegen die Fensterscheiben klatschen. Christ erhob sich schwerfällig und schürte das Feuer im Kamin.

Bis in die Nacht hinein waren Spender gekommen und hatten ihr letztes Hemd für ihre Stadt und die Freiheit gegeben. Wenn es nach Alvesloh ging, sollten sie es nicht umsonst getan haben.

Nachdem das Feuer besser brannte, band Christ ihm eine neue Krawatte und sah dabei so schlechtgelaunt aus, dass Alvesloh lachen musste. Wahrscheinlich träumte sein Diener von einem starken Schluck Kaffee und hatte nicht mal ein schlechtes Gewissen dabei. Es war ein offenes Geheimnis, dass Christ – vermutlich als einziger Diener in ganz Hamburg und Holstein – mit seinem Lohn immer zuerst einen starken Mokka in Gundermanns Kaffeehaus trinken ging.

Als Christ mit Gottes Hilfe fertig geworden war und Alvesloh sich mit den Büchern gerade auf den Weg zu Tettenborn machen wollte, klopfte es unten an der Tür. Die verschlafene Gesche meldete ihm eine Minute später Monsieur Ominsky, der sofort danach mit schlammbespritzter Kleidung und feuchten Haaren in den Raum trat.

»Ah, Ominsky!«, sagte Alvesloh übertrieben herzlich, damit Gesche sich so wenig wie möglich wunderte. Er streckte ihm zur Begrüßung beide Hände entgegen. Die Magd schloss die Tür.

»Was machst du denn zu dieser Uhrzeit hier? Wie soll ich das dem Haushalt erklären?«

»Habt ihr die Sitte, mit den Dienstboten jeden Besuch zu diskutieren?«, sagte Badunov. Mit einer fragenden Kopfbewegung wies er auf Christ.

Alvesloh lächelte. »Für Christ kann ich mich verbürgen, auch wenn er so aussieht, als würde er seinem Herrn und Meister gerne ein Messer in den Rücken stechen. Ich bin mit einem Leibdiener gestraft, der Langschläfer ist.«

Christ schnitt eine gequälte Grimasse.

»Dann gönn deinem Christ ein warmes Bier in der Küche – ich brauche dich unter vier Augen.«

Alvesloh bedeutete dem Diener, zu gehen. Badunov wartete, bis er die Tür hinter sich zugezogen hatte.

»Es tut mir leid, mein Lieber, wenn ich dich in Verlegenheit bringe. Aber die Damen des Hauses sind sicher noch auf ihren Zimmern und so gibt es keine unnötige Aufregung. Ich wäre nicht gekommen, wenn ich es hätte vermeiden können.«

»Nimm Platz, ich vergesse ganz meine Manieren. Kaffee?«, fragte Alvesloh.

»Nein, keinen Aufwand. Bin gleich wieder weg.« Er machte eine kleine Pause. »Du hast dich nach meinem letzten Besuch gewundert, nicht wahr?«

»Nun, die Franzosen hatten ihre klebrigen Finger noch am Stadttor, da kreuzt du auf und möchtest Konversation machen. Außerdem wolltest du über Tettenborn mehr erfahren als ich berichten konnte, habe ich recht?« Alvesloh ging langsam um den Tisch und strich mit seiner Hand über die glatte Mahagonifläche.

Badunov stand still da und verschränkte die Arme ineinander. »Ich hätte gerne gewusst, was für ein Spiel er hier treibt. Er hat mit seiner handstreichartigen Übernahme der Stadt völlig eigenmächtig gehandelt.«

»Zu meiner Zeit wäre er dafür einen Kopf kürzer gemacht worden«, sagte Alvesloh.

»Bei uns sind zwei Lager am Werk, Georg, und es ist bis jetzt nicht entschieden, welches das stärkere ist.«

»Lass mich raten: Tettenborn gehört nicht zu denen, die Friedensglocken herbeisehnen.« Alvesloh setzte sich und bot seinem Gesprächspartner ebenfalls einen Stuhl an.

»Und wird gedeckt von den anderen Kriegstreibern. Jede Verständigung zwischen Dänemark und den Alliierten, jede Hoffnung auf einen schnellen Frieden verstehen sie als verlorene Chance auf Ruhm und Geld. Aber wir waren auch nicht untätig. Ein Bote aus unserer Mitte ist als Gesandter nach Kopenhagen abgegangen. Dänemark hat einer neutralen Besetzung Hamburgs zugestimmt.«

»Neutral?«

»Kopenhagen will nur mit vollständiger Zusage aller beteiligten Mächte handeln. Norwegen ist für den Hof nicht verhandelbar. Davon müssen aber erst London und meine eigene Führung überzeugt werden. Das dauert. Deswegen bekommt uns das schnelle Vorrücken der Franzosen übel.« Badunov setzte sich ebenfalls, fuhr sich durch die nassen Haare, schüttelte einige Tropfen zu Boden und mied seinen Blick. »Weißt du es schon?«

»Ich kenne die Nachricht, französische Truppen, schlimmer noch, Davout sei wieder auf dem linken Elbufer gesichtet worden. Gestern hörte ich unter den Soldaten solche Gerüchte«, sagte Alvesloh.

»Leider wahr. Der dänische König hat unter diesen Umständen sogar auf die neutrale Besetzung gedrängt, damit der Krieg nicht auf sein Gebiet gezogen wird. Wie dem auch sei, für Hamburg ist es die einzige Chance.«

»Muss nur noch Tettenborn davon überzeugt werden. Gibt es eine Direktive, irgendetwas aus eurem Hauptquartier?«

»Nein, ich fürchte, es wird dem Oberst überlassen, wie er sich entscheidet. Solange es keine Zusagen aus London und Moskau gibt, können wir das Ruder im Hauptquartier nicht zu unseren Gunsten wenden. Aber ich habe den Brief unseres Gesandten aus Kopenhagen bei mir. Ich muss noch heute zurück. Bitte überbring den Brief und wirb so viel du kannst für die Besetzung. Du kennst Tettenborn. Nimm deinen Freund Rist mit. Ich nehme an, er wird zur Stunde von seinem Hof in ähnlicher Art informiert.« Badunov stand auf und zog eine Depesche aus der Innenseite seines Rockes.

»In Ordnung«, sagte Alvesloh und nahm den Brief. »Allerdings pflegen wir keine freundschaftlichen Beziehungen. Und das ist noch geschmeichelt. Wenn du also irgendjemanden weißt, der besser geeignet wäre ...«

Badunov lächelte dünn. »Glaub mir, es gibt nicht viele Männer, die freundschaftliche Beziehungen zu ihm pflegen. Du wirst den Brief sicher überbringen. Das ist genug.«

»Was, wenn Tettenborn sich weigert, den Dänen das Kommando zu übergeben? Ist Hilfe von den Alliierten zu erwarten, wenn die Franzosen kommen?«, fragte Alvesloh.

»Die Schweden rühren sich nicht, preußische und leider auch unsere russischen Truppen rücken zu langsam vor. Die Franzosen gewinnen mehr und mehr Zeit und werden immer stärker. Und Napoleon will Hamburg. So leid es mir tut, mein Freund, aber wenn Tettenborn nicht zustimmt, wird Norddeutschland wieder von französischen Truppen eingenommen werden. Er kann Hamburg mit seinen Kosaken allein und ohne Dänemark nicht halten.«

Fanny lag seit fünf Uhr morgens wach und konnte nicht schlafen. Hundert Gedanken gingen ihr im Kopf herum, doch zum Ankleiden konnte sie sich auch nicht entschließen. Die Tristesse vor dem Fenster sprach auch nicht für einen frühzeitigen Aufbruch in den Tag. Sie konnte kaum unterscheiden, was noch die Dunkelheit der Nacht war und wo die schwarzen, schweren Regenwolken anfingen.

Wenn sie sich ablenken wollte, konnte sie allerdings ein kurzes Aufstehen nicht vermeiden. Sie musste sich nur kurz eine Reisebeschreibung aus der Bibliothek holen und sich dann schnell wieder ins Bett verkriechen. Als sie die Decke zurückwarf, schlug ihr eine so eisige Kälte entgegen, dass sie ihren Plan fast wieder aufgab. Wie durch ein Wunder standen ihre sonst ständig abwesenden Hausschuhe direkt am Bett und luden sie ein. Sie nahm es als Zeichen, fischte nach ihrem Morgenmantel und trat auf den frostigen Gang hinaus. Auf dem Weg in die Bibliothek hörte sie unten eine fremde Stimme. Es klang wie der russische Kaufmann, den sie in Alveslohs Wohnung in so eigenartigem Aufzug kennengelernt hatte.

Sie glitt schnell in die Bibliothek, holte jedoch nicht wie geplant ihr Buch, sondern schlich an die Flügeltür zum Salon. Die Dielenbretter knarrten unter ihren Pantoffeln und schweren Herzens streifte sie die Schuhe ab. Als ihre nackten Füße die eiskalten Bretter berührten, hielt sie kurz die Luft an. Dann schob sie sich vorsichtig zum Schlüsselloch vor und kniff ein Auge zusammen.

Alvesloh und Ominsky hatten sich am Ende des Zimmers an den Kopf des ovalen Tisches gesetzt, der Russe redete mit ernster Miene auf ihren Vormund ein. Fanny kämpfte kurz gegen ihre Erziehung an, presste dann das Ohr an die Tür und konnte so die meisten Teile der Unterhaltung verfolgen.

Je mehr sie hörte, desto unruhiger wurde sie. Tettenborn sollte einer dänischen Besetzung Hamburgs zustimmen? Und ausgerechnet Alvesloh sollte ihn dazu bringen? Und wenn er es nicht schaffte? Ominskys Antwort dazu klang ihr in den Ohren: Er kann Hamburg nicht halten. Sie presste ihre Hände gegen die Wangen, die sich anfühlten wie heiße Steine. Verfluchte Neugier! Sie musste etwas unternehmen, irgendwie helfen, aber wie? Mit Alvesloh reden, kam nicht in Frage. Wenn er sie hätte einweihen wollen, wäre ihr sein Freund nicht als russischer Kaufmann vorgestellt worden.

Wenn die Franzosen zurückkehrten, würden sie ein schreckliches Strafgericht verhängen und die Hamburger niemals wieder aus ihren Fängen lassen. Fanny bekam Angst, ihre Fingerspitzen kribbelten vor Sorge. Sie würden Geld fordern, viel Geld. Es wäre das Ende ihres Kontors, das Ende ihrer Chance auf ein eigenes Leben.

Sie wippte mit den Fußballen auf und ab, weil sie ihren Körper nicht ruhig halten konnte. Was konnte sie nur tun?

Als sie Stühlerücken hörte und die Unterhaltung zu enden schien, griff sie panisch nach ihren Pantoffeln und schoss in ihr

Zimmer zurück. Sie schloss die Tür schnell und leise, lehnte sich von innen dagegen und wartete, bis sich ihr Atem beruhigte. Niemand konnte sie gesehen haben, denn erst jetzt hörte sie, wie sich die Salontüren öffneten und schlossen und die zwei Männer die Treppe hinuntergingen.

Fanny umklammerte ihre Hausschuhe und glitt an der Tür hinab, bis sie auf dem Boden landete, die angezogenen Knie vor sich. Alles, weil dieser arrogante und sturköpfige Tettenborn keine fremde Hilfe herbeiholte! Oder vielleicht tat er das ja? Vielleicht hatte ihr Vormund Glück mit seiner Sendung. Der General konnte Hamburg den viel stärkeren Dänen übergeben! Sie ließ den Kopf nach hinten an das Holz sinken. Wenn die Dänen sich den Alliierten anschlossen, war alles gerettet. Alvesloh musste Tettenborn einfach überzeugen. Sie ließ die Pantoffeln aus der Hand gleiten. Er musste.

Kapitel 24

Lassen Sie ihn endlich vor, Mann!«, raunzte Tettenborn seinen Adjutanten an. Schon seit Stunden wartete er auf eine Nachricht über die Truppenbewegungen der Franzosen. Nun hatte irgendeiner seiner begriffsstutzigen Männer den Kurier antichambrieren lassen wie einen dahergelaufenen Diplomaten und über eine Stunde im Vorzimmer vergessen. Die Flügeltür wurde geöffnet und ein dreckiger russischer Postreiter verbeugte sich.

»Gott schütze Zar Alexander!«, grüßte der Mann auf Französisch.

»Gott schütze Zar Alexander«, sagte Tettenborn und ließ es nicht besonders leidenschaftlich klingen. »Wir haben nicht viel Zeit, also: Wo stehen die Franzosen?«

»Mein General, die Franzosen haben sich wieder entfernt

und sind nicht mehr in der Nähe der Elbe gesichtet worden. Sie sollen alle Richtung Magdeburg ziehen. Graf Dörnberg konnte französische Plänkler sogar in wenigen Scharmützeln überwältigen. Die Gefangenen wussten allerdings keine Details über den Zug auf Hamburg.«

»Oder haben sie nicht preisgegeben, weil Dörnberg ein verfluchter Menschenfreund ist«, sagte Tettenborn mehr zu sich selbst.

Der Kurier verbeugte sich wieder. Tettenborn bedeutete ihm, zu gehen und ließ sich auf seinen brokatbespannten Stuhl fallen. Ein schönes, wenn auch etwas antiquiertes Stück seines französischen Vorgängers. Er fuhr sich mit der Hand über die Augen und atmete das erste Mal seit Tagen befreit aus. Bessere Nachrichten hätte der Reiter ihm nicht bringen können. Er war kein Mann, der sich Illusionen machte. Hamburg war eine leichte Beute für eine geordnete und starke Truppe. Wenn Davout sich mit dem Korps Vandammes vereinigte, dann konnte er mit seiner Handvoll Kosaken nur die Segel streichen. An seinen besseren Tagen tat es ihm wahrhaftig leid für die Stadt. Die hanseatische Legion mochte noch angehen, zumindest bestand sie aus einigen ganz fähigen Offizieren und heißblütigem Jungvolk. Wie sollte er aber mit dieser Bürgergarde, die ihren Namen gar nicht verdiente, eine Stadt dieser Größe verteidigen, im Süden auch noch von zerfledderten Inseln gesäumt?

Garde! Einige behäbige Familienväter und ein paar Knäblein, dazu Gesindel und Handwerker in großer Zahl. Alle völlig ohne militärischen Hintergrund. Mochten sich von Heß, Perthes und auch Alvesloh, dieser Philister, ruhig überschlagen mit Übungen und Schanzarbeiten und was nicht allem. Helfen tat es nichts.

Tettenborn rückte seine schweren Stiefel etwas von dem Tintenfass auf dem Schreibtisch weg. Man musste es mit der Gemütlichkeit nicht übertreiben. Wo stand eigentlich seine Weinkaraffe? Er hasste es, wenn die Diener nicht darauf achteten.

Wie merkwürdig das Schicksal spielte, dass es ihn hier in

Hamburg mit Georg von Alvesloh zusammenbrachte. Alvesloh setzte immer auf das falsche Pferd.

Seit Preußisch Eylau hätte es Alvesloh klar sein müssen, dass er sich besser nicht mit ihm, Tettenborn, anlegte. Aber solche wie Alvesloh verstanden Rechnungen der Ehre nicht. Konnte er ihm gefährlich werden? Nein, dafür war Alvesloh zu unbedeutend. Er würde ihn trotzdem im Auge behalten.

Für Bitterkeit war jedoch gar kein Anlass. Daran konnte auch diese leidige Bekanntschaft nichts ändern. Hamburg brachte ihm für seine Karriere mehr als er es sich je erträumt hätte. Begabt war er immer schon gewesen, aber Schicksal und Kühnheit hatten ihm diesen Befehl in die Hände gespielt. In Friedenszeiten hätte er sich noch die nächsten zehn Jahre bei schlechtem Schaumwein in Offizierskasinos herumgedrückt und mit kleinen Tänzerinnen abfinden müssen. Im Krieg war alles möglich.

Die Schulden seiner Jugendtage waren durch die reichen Geschenke der braven Hamburger Bürger schon fast nicht mehr der Rede wert. Herrlich, diese Krämer! Irgendwie hatte er sie liebgewonnen. Sie mochten lamentieren und von ihrer alten kranken Mutter zu Hause erzählen. Geld kam doch. Man musste nur lange genug bohren. Wenn er diese patriotische Bürgerschaft für sich einspannte, konnte er vom Senat alles bekommen. Wie gut, dass die Franzosen abgedreht sind! Sonst hätte er ernstlich Hilfe von diesen dänischen Windbeuteln annehmen müssen. Dann doch lieber ein gemütliches Warten auf die Preußen oder Schweden, die doch nicht kamen.

In seine Überlegungen hinein klopfte sein Adjutant und steckte den Kopf ins Zimmer.

»Mein General, draußen warten Major von Alvesloh und der dänische Generalbevollmächtigte Rist und bitten, vorgelassen zu werden.«

»Sollen warten.« Was wollten die denn? Wenn man über den Teufel nachdachte. Und dann noch im Doppelpack. »Ach, sollen reinkommen!«

Der Adjutant verschwand und kam kurz darauf mit beiden in das Zimmer. Alvesloh und Rist verbeugten sich.

»Guten Morgen, die Herren. Schon so früh in Staatsdingen unterwegs?« Tettenborn lachte, doch seine Gesprächspartner schienen noch nicht zu Jovialität aufgelegt. Alvesloh war nicht nur ein Moralapostel, sondern auch mutiger, als er gedacht hatte. Dass er sich nach alledem, was passiert war, immer noch in seine Nähe traute? Immerhin hatte er dieses reizende Mündel in seiner Obhut. Daraus ließe sich sicher etwas machen.

»Guten Morgen, Kommandant. Wir bringen einen Brief aus Kopenhagen von Fürst Sergei Dolgorucki.« Alvesloh reichte ihm die Depesche, die Tettenborn zwar entgegennahm, aber nicht erbrach. »Und was schreibt der Fürst? Sie wissen doch sicherlich, was darin steht. Ich kann mich am frühen Morgen noch schwer dazu überwinden, komplizierte Abhandlungen von Höflingen zu lesen.«

Alveslohs Blick bohrte sich förmlich in den Kopf. Fast hätte Tettenborn gelacht.

Rist ging einen Schritt nach vorn, offensichtlich wollte er die Gesprächsführung übernehmen.

»General, meine Regierung bietet den russischen Kräften in Hamburg an, die Stadt vorläufig zu besetzen. Wir können Hamburg und Holstein mit einer ungleich größeren Macht schützen. Allerdings müssen wir weiterhin Wert auf Neutralität legen.« Rist räusperte sich. »Das heißt auch, die Schweden können keinen Einlass bekommen.«

Tettenborn lachte auf. Er erbrach das Siegel und überflog den Brief. »Monsieur Rist, ich bin Ihrer Regierung äußerst verbunden. Aber ich sehe keinen Grund, von einem russischen Schutz der Stadt abzusehen. Schon gar nicht, Sie müssen verzeihen, um sie Milchbrüdern Napoleons in die Hände zu geben. Gottlob erreichte mich Minuten vor Ihrem Besuch ein sehr willkommener Kurier. Sie werden es nicht glauben, meine Herren, aber die Franzosen haben sich vollständig auf Magdeburg zurückgezogen.

Keine Rede mehr von einer direkten Bedrohung Hamburgs. Ich werde die genauen Gründe selbstverständlich noch heute oder spätestens morgen Ihrer und meiner Regierung darlegen und bedanke mich für Ihre Mühe.«

Alvesloh ballte seine Fäuste. »Tettenborn, das ist blanker Selbstmord und das wissen Sie. Binnen einer Woche können die Franzosen wieder hier sein. Nehmen Sie Vernunft an!«

»Und warum, mein lieber Alvesloh, soll das Selbstmord sein? Seien Sie gewiss, meine Kosaken sind im Handstreich eingesammelt, wenn es sein muss.«

Die Adern in Alveslohs Hals schwollen an und sein Gesicht wurde weiß. Sicher hätte Alvesloh ihn in diesem Moment gerne an den höchsten Ast gehängt. Wie wunderbar, wenn die Verhältnisse alle Trümpfe in die richtige Hand spielten.

»Monsieur, ich appelliere an Ihre Ehre und Ihren Großmut«, rief Rist dazwischen. »Sie sind schnell fort, wenn ein Untergang der Stadt droht, aber die Hamburger müssen bleiben und das volle Strafgericht der Franzosen ertragen.«

Alvesloh konnte offensichtlich nichts Zusammenhängendes mehr sagen.

»Ach, die Hamburger! Die werden es überleben. Außerdem bin ich bestürzt, wie wenig Vertrauen Sie in unsere Verteidigung setzen.« Er wandte sich wieder an Alvesloh. »Monsieur, Sie selbst trainieren doch mit schönem Erfolg Männer der Bürgergarde und können sich täglich von dem Fortgang unserer Schanzarbeiten und dem Aufbau der Verteidigungsanlagen überzeugen. Vielleicht sollten Sie Ihren Freund einmal herumführen.«

Sein Gegenüber antwortete nicht, sondern starrte ihn aus funkelnden Augen an. Auch wenn Tettenborn dieses Spiel Freude machte, – Alvesloh hatte seinen Fangschuss verdient.

»Mal etwas anderes, Monsieur: Sie haben doch einige Zeit bei den Pionieren gedient, oder? Hier sind die Pläne für die Wilhelmsburg. Was ist Ihre Meinung zu unseren Anlagen? Ich habe den Plan selbst entworfen und wäre entzückt über Ihre Meinung.

Ich mache mich gleich auf den Weg, um vor Ort zu sein. Kommen Sie doch auch. Heute Nachmittag ist Stabsbesprechung.« Tettenborn breitete eine riesenhafte Karte Hamburgs auf seinem Schreibtisch aus.

Alvesloh zögerte kurz und verbeugte sich dann.

Tettenborn genoss, wie die Niederlage einen ausgelassenen Tanz auf dessen Gesicht spielte.

Kapitel 25

Noch am frühen Vormittag traf Alvesloh wieder im Hause Breedenbek ein. Er hätte beinahe seine Haltung verloren. Tettenborn rührte an seine niedersten Instinkte. Er hatte sich geschworen, alles gehen zu lassen, was damals passiert war. Doch wenn Tettenborn mit seinen kalten, irren Augen vor ihm stand, brachte ihn dieser Schwur an seine Grenzen.

Der General war nicht nur ein Verbrecher und lumpiger Beutegeier, er war auch noch ein miserabler Stratege. Es fehlte an Männern, es fehlte an Schanzen, vor allem aber war die wenige Artillerie, die sie hatten, sinnlos verstreut. Die Elbinseln waren verloren, wenn die Franzosen hier ihren Hauptangriff starteten. Was sie sicher tun würden, wenn sie eine Unze mehr Verstand hatten als Tettenborn.

Tettenborn hasste ihn mit einer Kraft, die er jahrelang unterschätzt hatte. Es war eine reine Machtdemonstration, dass er ihn auf die Wilhelmsburg einlud. An Alveslohs Meinung war er nicht interessiert. Doch in Hamburgs Interesse musste er seinen Stolz herunterschlucken. Vielleicht würde er auf der Wilhelmsburg wenigstens erfahren, was Tettenborn vorhatte. Es konnte seinen Männern nützen.

Sie brauchten Verstärkung. Offiziere, Fußtruppen und Geschütze. Es war zum Verzweifeln. Alvesloh fuhr sich durch die Haare. Er musste Badunov kontaktieren. Dieser konnte, so gut es ging, auf die russische Führung in Kalisch einwirken. Im Hauptquartier mussten sie entscheiden. Entweder weitere Truppen oder eine Duldung der Dänen! Er dachte an die zerstrittenen Lager, von denen Badunov berichtet hatte, und schüttelte den Kopf.

Er ging in die Bibliothek, weil er kurz ausruhen und seine Gedanken sammeln wollte. Gegen seine Gewohnheit schenkte er sich schon zu dieser Zeit einen Sherry ein und schwenkte die rotbraune Flüssigkeit gegen die Aprilsonne. Immerhin hatte sie ihren Kampf gegen die Wolken gegen alle Wahrscheinlichkeit doch noch gewonnen. Vielleicht konnte Hamburg es auch.

Es klopfte. Fanny schlüpfte ins Zimmer.

»Monsieur! Guten Morgen, ich hoffe, es geht Ihnen gut?« Sie legte den Kopf schief wie ein Vögelchen.

Alvesloh stand auf und verbeugte sich leicht. »Ja, Fanny, nur etwas in Gedanken, Sie müssen verzeihen. Ich muss gleich wieder fort zu meinen Männern.« Es wunderte ihn, dass sie nicht ins Frühstückszimmer ging, wo die Damen zu sitzen pflegten. Er setzte sich wieder hin und schirmte mit der Hand den Sherry ab, weil es ihm unangenehm war, dass sie ihn am Morgen bereits etwas trinken sah.

»Es ist doch nichts geschehen, was Sie trübe stimmen würde, oder?«, sagte sie und neigte sich dabei fast mit dem ganzen Oberkörper ihm zu, während sie ihre Hände vor dem Körper knetete.

»Es heitert mich auf, dass Sie wie ein Spatz um die Ecke gucken, aber was können Sie meinen?« Er wies mit der Hand auf einen Stuhl.

»Nun, etwas, das schlecht für Hamburg wäre? Sagen Sie mir, es wird doch alles gut?« Fanny hatte Tränen in den Augen und wirkte ganz und gar nicht wie die Fanny, die er kannte.

»Aber Mademoiselle!« Alvesloh zog nun einen Stuhl heran und setzte sie kurzerhand darauf. »Was können Sie denn für Ahnungen haben?« Plötzlich dämmerte es ihm. Hatte sie an diesem frühen Morgen vielleicht nicht so brav in ihrem Bett gelegen, wie er dachte?

»Fanny?« Er versuchte, ihr in die Augen zu sehen. »Haben Sie an der Tür gelauscht und ein Gespräch mit angehört, das in Ihren Ohren nur bedrohlich und verwirrend gewirkt haben kann?«

Sie sah ihn mit feuchten Augen an und wollte ihren Kopf wegdrehen, aber er ließ es nicht zu.

»Fanny!«

Schließlich nickte sie. »Ja. Ich .... Es tut mir so leid, Monsieur. Aber nun ist es geschehen und ich muss wissen, wie es um unsere Zukunft steht. Als dieser merkwürdige Russe heute früh ins Haus kam ... Soviel habe ich verstanden: Wir können nur von Dänemark Hilfe erwarten und Tettenborn muss zustimmen, sonst sind wir verloren? Nicht wahr, so ist es doch? Und Sie waren eben bei ihm und haben mit ihm geredet!«

Alvesloh fühlte auf einmal eine große Müdigkeit und, was schlimmer war, einen Anflug von Verzweiflung. Er fuhr sich über die Augen, die Wärme seiner Hände war angenehm auf seinen gereizten Lidern. Er atmete tief aus. Er hätte Fanny so gerne geschützt, aber lügen war sinnlos.

»Zuerst: Sie dürfen mit keiner lebenden Seele über diese Vorfälle sprechen, haben Sie mich verstanden? Sie bringen uns sonst in Gefahr.«

»Ja.« Sie nickte heftig und ihre Locken sprangen um ihr Gesicht herum. Alvesloh stellte sich vor, wie sie mit gelösten Haaren aussah. Mit einiger Anstrengung vertrieb er diese Gedanken. Was war denn mit ihm los? Hamburg stand kurz vor der Katastrophe und er dachte an Fannys offene Locken? Er konzentrierte sich und ging langsam im Raum auf und ab.

»Ich muss es kurz machen: Ihr General Tettenborn hat unserem Wunsch nach einer Besetzung durch dänische Truppen nicht entsprochen.«

»Er ist nicht ›mein‹ General!« Fanny schaute ihn böse und mit zusammengezogenen Augenbrauen an. Es sah entzückend aus. Er musste gegen seinen Willen lächeln.

»Verzeihen Sie, Mademoiselle.« Er verbeugte sich kurz. »Das ist die schlechte Nachricht; allerdings gibt es auch eine gute: Die Franzosen, die mit großen Schritten auf die Elbe zuhielten, sind abgedreht und sollen sich auf Magdeburg zurückgezogen haben. Ein unmittelbarer Angriff steht also nicht bevor.«

Fanny sah ihn verwirrt an. »Aber sie können doch wiederkommen, oder nicht?«

»Ich fürchte, sie werden genau das tun.«

»Haben Sie darüber nicht mit Tettenborn gesprochen? Sicherlich, wenn er um die Gefahr für Hamburg wüsste, dann ...«

»Fanny, Sie wissen, ich schätze den General Hamburgs nicht. Aber ihm zu unterstellen, er könnte die Situation nicht richtig einschätzen, hieße, ihn für dumm zu verkaufen. Und dumm ist er nicht. Nicht im herkömmlichen Sinn jedenfalls.«

Alvesloh setzte sich zu Fanny an den Tisch und beugte sich zu ihr vor. »Mein Fräulein, seien Sie ruhig. Mir gefallen die Nachrichten ebenso wenig wie Ihnen. Gott weiß, ich habe mir heute schon mehr als einmal gewünscht, dass er sich anders entschieden hätte. Aber ich weiß, wann Gelegenheiten kommen und wann sie gehen. Dänemark wird sich dieser Stadt nicht so annehmen können, wie wir es alle gehofft haben. Das kann betrauert werden, aber zu ändern ist es nicht.«

Alvesloh blickte in Fannys blaue Augen, die unruhig hin und her irrten. Als er so nah vor ihr saß und sie ansah, fiel ihm auf, wie klar und schön ihr Gesicht war, gerahmt von den dunklen Haaren und den geschwungenen Augenbrauen.

»Die Entscheidung müsste heute oder morgen fallen, ich fürchte sogar, Tettenborn verfasst in diesen Minuten ein Ablehnungsschreiben. Kopenhagen muss deswegen aber nicht auf ewig seine Hilfe versagen. Es wird uns schon etwas einfallen, seien Sie unbesorgt. Sie kennen Rist. Er ist ein fähiger Diplomat mit den besten Beziehungen und auch meine Kontakte zu den Russen sind nicht ganz umsonst. Dann Perthes mit seiner Rührigkeit. Wir müssen es gegen Tettenborn und nicht mit ihm tun, aber es wird gehen. Immerhin begibt sich unser General schon heute auf die Wilhelmsburg. Dort will er persönlich die Schanz- und Verteidigungswerke in Augenschein nehmen. Ich hoffe, er nutzt die Zeit sinnvoll.«

Alvesloh schloss beide Hände um Fannys Fäuste. »Mademoiselle, wenn alles nichts nützt: Machen Sie sich mit dem Gedanken vertraut, in nicht allzu ferner Zukunft auf mein Gut in Holstein zu gehen. Ich werde Sie dorthin bringen, vielleicht zusammen mit Wilhelm, wenn der keine Dummheiten begeht und sich irgendwo einschreibt. Dort sind Sie sicher – egal, was in Hamburg passiert. Ich habe Ihrem Onkel mein Wort gegeben. Ihnen wird nichts geschehen.«

Fanny sah ihn trübe und ergeben an. Er wusste gar nicht, dass sie dazu fähig war, und misstraute der Miene sofort. Wie zu seiner Bestätigung weitete sich ihr Blick wieder. Sie zog ihre Hände mit einer kleinen verlegenen Bewegung unter seinen fort.

»Und wenn ich mit Tettenborn spreche? Sie wissen, er ist mir, nun ja, er ist mir zugetan. Ich – ich könnte ihn vielleicht dazu bewegen, seine Meinung zu ändern!« Ihre Augen bekamen ein Leuchten, ihre Wangen röteten sich leicht und sie fuhr sich mit ihrer Zungenspitze kurz über die Lippen. Er fragte sich, ob dieser Mund jemals geküsst worden war.

Was hatte sie da eben gesagt? Er stand auf. Er brauchte etwas Abstand. Sie und Tettenborn allein in einem Raum? Die Vorstellung verursachte ihm Übelkeit.

»Das werden Sie schön bleiben lassen. Erstens bringt es nichts und zweitens bin ich heilfroh, wenn Tettenborn Ihnen nicht weiter schöne Augen macht.«

»Aber wenn ich dem General als Hamburgerin, die er schätzt, eine Bitte unterbreite ...«

Ihr Brustkorb hob und senkte sich schnell, ihre Haut war milchweiß und zart.

»Fanny, nur damit es keine Missverständnisse gibt: Nein! Beruhigen Sie sich. Es gibt viele Männer, die sich in diesen Tagen um Hamburgs Zukunft sorgen. Haben Sie Vertrauen.« Er verbeugte sich und floh zur Tür. »Entschuldigen Sie meinen Aufbruch, aber ich bin spät dran und will meine Männer nicht länger warten lassen.«

Wenn das auch die Wahrheit war, so konnte er sich unmöglich länger mit ihr in einem Raum aufhalten. Jedenfalls nicht, ohne Opfer völlig deplatzierter Gedanken zu werden.

Kapitel 26

Fanny stand ebenfalls auf. Sie hielt den Kopf gesenkt und schwieg, damit Alvesloh ihre Aufregung nicht bemerkte. Vertrauen! Das war sicherlich eine Tugend, aber keine, die sie auszeichnete. Wer kümmerte sich um ihre Existenz, wenn nicht sie selbst? Alvesloh würde das Versprechen an ihren Onkel in Ehren halten und sie nach Holstein bringen. Weit von Hamburg entfernt. Und was sollte sie dort tun? Sticken, bis sie tot umfiel, und von den Almosen leben, die Alvesloh erübrigen konnte? Den Dorflehrer heiraten? Und was geschah mit Tibby?

Warum sollte sie ihre Kontakte zu Tettenborn nicht nutzen, wenn so viel auf dem Spiel stand? Sie konnte von ihm mehr haben als andere, da war sie sich sicher. Was hatte Emmy Hanbury über die Macht dieser Schauspielerin gesagt? Sie erwuchs daraus, dass sie sich gegen Ehrbarkeit entschied.

Fanny fasste eine Idee, schneller als die Vernunft es verhindern konnte. Sie war erwachsen. Was Fräulein Francke tat, konnte sie auch. Wenn sie nur wollte. Und sie musste gar nicht viel opfern.

Ein verstohlener Kuss und ein Händedruck genügten vermutlich schon. Natürlich durfte von einem Treffen mit Tettenborn niemand erfahren. Sie konnte den General von Hamburg schlecht zu sich rufen, das hätte Aufsehen erregt. Sie musste zu ihm.

Tettenborn residierte jedoch nicht mehr im Gouvernementshotel. Er inspizierte ab heute, wie es schien, die Arbeiten auf der Wilhelmsburg und hatte dort Quartier genommen. Vor Enttäuschung stampfte Fanny mit dem Fuß auf. Das war die denkbar schlechteste Entwicklung. Wie sollte sie ihn erreichen? In die Hohen Bleichen wäre sie noch gekommen. Aber die Wilhelmsburg! Das lag vor den Toren und war eine halbe Weltreise.

Fanny ging hinüber ins Frühstückszimmer zum Fenster, öffnete es und holte tief Luft. Unten auf dem Jungfernstieg nahm der gewohnte Alltag seinen Gang. Einige Kosaken tranken Branntwein und stritten mit einer Hausfrau über die Größe eines Laibs Brot. Direkt unter ihr machten einige ältere Gassenjungen Lärm. Dreiste Flegel, die vor gar nichts Respekt hatten.

Ein blonder, vielleicht dreizehnjähriger Bursche drehte sich um, erblickte sie am Fenster und warf ihr übermütig eine Kusshand zu. Sie wollte schon ärgerlich die äußeren Scheiben zuriegeln, hielt dann jedoch inne und sah dem Jungen nach. Als Fanny Breedenbek kam sie niemals unerkannt auf die Wilhelmsburg. Als Junge verkleidet gelangte sie überall hin. Ihr Herz schlug schneller. Noch nie hatte sie so etwas auch nur gedacht. Sie strich ihre feuchten Hände an ihrem Kleid ab und erschrak über sich selbst. Was eben eine Gedankenspielerei war, wurde zum Plan.

Fanny sah an sich herunter. Ihre Figur war schmal, aber sie hatte eine gerundete Hüfte wie andere Frauen auch. Das würde etwas schwierig werden.

Sie riss die Tür zum Gang auf und rief lautstark zweimal nach Gesche.

Das Mädchen kam angerannt.

»Gesche, bring mir auf der Stelle Jakob her, wenn du ihn irgendwo auftreiben kannst!«

Gesche knickste.

»Und, Gesche?«

»Fräulein?«

»Ist Wilhelm im Kontor?«

»Ja, Fräulein, soweit ich weiß, ist er mit Monsieur Conradi schon seit früh bei der Arbeit.«

»Gut. Lauf jetzt.«

Fanny ging im Raum auf und ab. Nach wenigen Minuten brachte Gesche Jakob, der sich im Stall bei den Pferden rumgetrieben hatte.

Jakobs Gesicht strahlte, als er in einem Zwiegespräch mit ihr allein gelassen wurde. Sie nahm seine beiden Hände in ihre und ging in die Knie. Er roch nach Stall und ungewaschenem Kind. Für ihren Zweck irgendwie kompetent. »Jakob! Hör zu, du musst einige wichtige Dinge für mich erledigen.«

Nach einer Stunde hatte Fanny ein Hemd, eine Hose, ein Paar Stiefel, eine Mütze und einen fadenscheinigen Rock, der dennoch seine Dienste tun würde. Jakob hatte den Großteil dieser Garderobe aus Wilhelms Zimmer geklaut. Wegen des Rocks war er jedoch zu seinem Bruder Peer gegangen, damit alles nicht zu schnieke aussah, wie er sich ausdrückte. Er meinte, die Leute könnten Verdacht schöpfen, wenn sie als einfacher Junge die hochwertigen Sachen von Karl oder Wilhelm trüge.

Während sie sich an die Verwandlung von Fanny in Frank machte, schickte sie Jakob wieder los. Er sollte herausfinden, wie sie schnell und vor allem unauffällig in Tettenborns neues Quartier gelangte. Dann stand sie allein vor dem Stapel Kleidung in ihrem Zimmer. Gottlob war Miss Tibbs einkaufen, Gesche und Meta in der Küche beschäftigt und aus dem Kontor hörte man keinen Laut. Sie schrieb für die Wiederkehr ihrer Gouvernante ein Zettelchen, auf dem sie sich wegen ihrer Kopfschmerzen für ganz und gar unpässlich erklärte.

Nachdem das erledigt war, ging sie etwas ratlos auf und ab. Es blieb nichts, als es zu versuchen. Sie legte den Riegel vor die Tür, zog sich aus und stellte sich vor ihren großen Ankleidespiegel. Fanny betrachtete sich nicht oft ohne Kleider, weil es sich nicht schickte. Mary Wollstonecraft sagte zwar nichts über die Verwandlung in einen Jüngling, trotzdem hatte Fanny das Gefühl, dass sie im Geist ihrer unbekannten Freundin handelte.

Fanny stellte sich ihr kleines Talglicht nah vor den Spiegel. Gegen ihre gerundete Hüfte ließ sich wenig machen. Bei ihrem Busen war es einfacher. Sie griff nach der Schere für den Stoffzuschnitt ihrer unvermeidlichen Handarbeitssitzungen. Wie sollte sie Meta erklären, dass sie einen langen Streifen aus ihrem Bettlaken geschnitten hatte? Sie durfte einfach nicht zu viel denken, entschied sie, und schnitt und riss beherzt zu.

Es war ein Schnitt in die Eingeweide der guten Gesellschaft. Das Herz klopfte ihr bis zum Hals. Das schmale Stück Laken wickelte sie um ihre Brust und band alles so platt wie möglich. Sie schaute in den Spiegel, war zufrieden und wandte sich den Beinkleidern zu. Ihr Unterkleid konnte sie nicht wieder anziehen, der voluminöse Stoff hätte nicht in die Hosen gepasst. Sie schlüpfte nackt in die zwei Röhren und fühlte sich äußerst merkwürdig. Sie ging durch den Raum und konnte sich gar nicht genug über den engen Schnitt und das freie Gefühl wundern. Sie machte so große Schritte wie sie konnte, – die Hose ermöglichte alles.

Sie ging wieder am Spiegel vorbei und wurde rot, obwohl sie allein im Raum war. Dieses Kleidungsstück zeigte alles. Die Kontur ihrer Beine, ihre Hüfte und vor allem ihre Kehrseite sahen völlig anders aus, als sie das bei Männern gewohnt war. Sie kämpfte einen Anflug von Panik nieder. Wenn sie jetzt zimperlich wurde, konnte sie ihren Plan vergessen. Mit Peers Hemd und Rock wurde alles ein wenig manierlicher.

Die Haare steckte sie am Kopf fest und setzte sich die Mütze auf. Sie stopfte vorne in die Stiefel etwas Papier hinein, weil sie zu groß waren. Das Gehen machte trotzdem Mühe. Sie verbrachte den Rest der Wartezeit damit, eine männliche Haltung einzuüben. Als Jakob nach einer halben Stunde zaghaft an die Tür klopfte, fühlte sie sich in ihrer neuen Identität bereits ganz wohl.

»Na, endlich! Wie findest du mich?« Sie drehte sich hin und her und lachte.

Jakob ließ den Unterkiefer fallen.

»Mund zu, mein Kerlchen. Noch nie ein Fräulein in Herrengarderobe gesehen?« Sie musste lauter lachen. Es fühlte sich gut an.

»Fräulein Fanny, ich möchte meinen, das haben Sie gut hingekriegt. Aber es schickt sich nicht. Wirklich. Wenn Ihr Herr Vormund das sehen würde, wären wir ganz schön gekniffen.« Jakob wackelte unsicher mit dem Kopf.

»Du willst doch jetzt kein Sonntagsschüler werden, oder? Wenn ich dich nicht mehr auf meiner Seite habe, wen dann? Und nenn mich ab jetzt um Gottes willen nicht mehr Fräulein Fanny, sondern einfach Frank.«

»Ist gut, Fräul –, Frank. Aber komisch isses doch.«

»Wir machen es auch nicht zum Spaß, schon vergessen? Also, mein Junge, was hast du herausgefunden?«

Jakob berichtete, dass eine Reise auf die Wilhelmsburg zu dieser Zeit nicht einfach werden würde. Sie mussten dazu die Elbe überqueren und die Elbfähren waren zurzeit militärischem Personal und Amtspersonen vorbehalten.

Jakob wäre jedoch nicht Jakob gewesen, wenn er nicht einen Plan ausgeheckt hätte. Die Wilhelmsburg war übersät mit Milchbauern, die ihre Ware auf Elbkähnen zum Rödingsmarkt brachten und dort verkauften. Jakob wollte einen dieser Kahnführer überzeugen, dass er Fräulein Frank mit zurück auf die Wilhelmsburg nahm.

Fanny hatte keine bessere Idee, also ließ sie Jakob prüfen, ob die Luft rein war. Dann schlichen sie die Treppen herunter. Ihr wurde ganz schwach, wenn sie an den letzten geheimen Ausflug unter Jakobs Führung dachte. Ihre mulmigen Gefühle legten sich schon auf dem Jungfernstieg. Es war wie Magie: Sie schienen gar nicht zu existieren. Wären sie nicht beinahe einem Fuhrmann vor den vollbeladenen Karren gelaufen, hätte überhaupt niemand in dieser großen Stadt von ihnen Notiz genommen.

Jakob zeigte ihr einige Male in einer ruhigen Straße, wie sie laufen sollte. Oder vielmehr, wie sie nicht laufen sollte. Fanny hielt fortan ihre Hüfte ruhig und ging mit möglichst geraden und lässigen Schritten. Sie ließ ihre Hände so freizügig durch die Luft baumeln, dass Miss Tibbs einen nervösen Zusammenbruch erlitten hätte.

Das Treiben in der Stadt zog ungeniert an ihr vorbei und sie war Logengast. Sie blieb kurz vor einem Kellerlokal stehen, das den Namen »Zur steifen Brise« trug. Das im Wind quietschende Wappen über der Tür zeigte allerdings einen Matrosen mit einer mächtigen Beule in der Hose, die in keinem erkennbaren Zusammenhang zum Namen des Etablissements stand.

Die Tür unten wurde gerade geöffnet und drei angetrunkene Männer kamen heraus. Sie blieben im Türsturz stehen und sortierten ihre Spielkarten. Unten im Schankraum standen grobgezimmerte Tische mit funzeligen Öllämpchen. Warme, stickige Luft strömte bis auf die Straße. Auf einem der Tische saß breitbeinig eine junge Bedienung, deren Kleid bis über die Knie hochgerafft war. Der vor ihr sitzende Seemann nahm abwechselnd einen Schluck Bier und küsste ihre Brüste, die fast entblößt aus ihrem tiefen Ausschnitt ragten. Fanny konnte sich nicht bewegen und starrte auf die Szene, bis einer der Kartenspieler auf sie aufmerksam wurde.

»Paar Jährchen noch, mien Jung. Dann zeigt unsre keusche Magdalena dir auch die schönsten Teile ihrer Takelage.« Die anderen beiden lachten aus vollem Halse, wobei ihnen die Spielkarten auf die nassen Stufen fielen.

Fanny wurde mit einem Ruck vorwärtsgezogen und Jakob ließ ihren Arm einige Schritte nicht los. Seine Stimme hatte einen so väterlich-erbosten Klang, dass ihr Vormund noch davon hätte lernen können:

»Mein Fräulein, so geht das nicht! Bin sicher nich aus gutem Hause, aber ich weiß doch, wo die Straße gerade ist und wo sie schief wird. Und Ihre Neugier is ungesund!«

Fanny verbiss sich ein Lächeln und nickte nur heftig und schuldbewusst, als sie Jakobs strenge Miene sah.

»Wir bleiben sauber und ehrenhaft! Hat sich manch einer vertreten auf der schiefen Strecke, glaubense mir ruhig. Und das lass ich mir nich nachsagen, dass ich ...«

Fanny fasste Jakob an der Schulter und unterbrach ihn, bevor er noch sein sicher reiches Anschauungsmaterial von der schiefen Strecke vor ihr ausbreitete. »Jakob. Ist gut. Es tut mir leid. Kommt nicht wieder vor. Ich bin das eben nicht gewohnt, weißt du? Sowas zu sehen und all das.« Fanny gestikulierte in Richtung der Straßenszene vor ihr, wo sich die betrunkenen Seeleute jetzt mit den Marktfrauen, zerlumpten Straßenkindern und Kontorschreibern mischten. In einiger Entfernung rumpelten zwei Kutschen über die Ellerntorsbrücke, in denen vielleicht gerade eine Jungfer wie sie saß und nicht einmal die Gardinen wegzog.

Jakob schien besänftigt und auf dem Weg bis zum Graskeller geschah nichts Aufregendes. Als sie von dort aus an der Heilig-Geist-Kirche vorbeikamen, gab es die einzig wirkliche Schrecksekunde, als Fanny ihrem alten Pastor Wedemeyer in die Arme lief. Er ging so eilig vom Hof der Kirche, dass sie im Schweinshörn direkt gegen seine Soutane prallte. Jakob und sie verbeugten sich und haspelten wortreiche Entschuldigungen. Im Gegensatz zu dem Jungen konnte sie nicht die Mütze ziehen, aber Wedemeyer schien sich nicht daran zu stören. Er murmelte ein paar väterliche Worte und war weg, ehe Fanny sich ernsthaft sorgen musste.

Dann lag ihr Ziel vor ihnen, der Rödingsmarkt, der eher ein langgezogener Straßenzug als ein Platz war. Hölzerne Kräne säumten das in der Mitte liegende Fleet. Sie standen in gleichem Abstand da wie Soldaten, die ihre Befehle ausführten. Das brackige Wasser war fast verdeckt von Ewern und Schuten. Schwimmende Euter, dachte Fanny. So viele Milchkannen hatte sie noch nie auf einem Haufen gesehen. Die Kannen wurden auf Fuhrwerke gehievt und ständig rumpelte ein Wagen davon.

Die Männer auf den Ewern arbeiteten schweigsam. Sie sahen nicht so aus, als hätten sie Lust, Knäblein, die keine waren, auf ihren Booten durchs Umland zu kutschieren. Jakob kannte jedoch keine Skrupel, schoss los und mischte sich sofort zwischen Bauern und Käufer. Fanny blieb etwas abseits stehen. Bald hielt Jakob sich an einen jungen Mann, der weniger Kontakt zu den anderen hatte. Ihr kleiner Freund zupfte dem Burschen energisch an der Hose und Fannys Handflächen wurden wieder feucht.

Wenige Augenblicke später schienen die wichtigsten Fragen geklärt, denn Jakob fuchtelte mit dem Finger in ihre Richtung. Er rannte zurück und raunte ihr zu: »Ich glaube, ich habe einen! Wenn Sie dem da ein paar Münzen geben, dann nimmt er Sie mit. Ist kein übler Kerl. Ich rieche das, wenn sie verschlagen sind.« Jakob tippte sich an die Nase.

Fanny schlug sich mit der Hand an die Stirn. »Geld! Wie konnten wir das vergessen, Jakob? Ich habe nicht einen Pfennig dabei. Warte, ich komme mit.«

So männlich wie möglich schlenderte sie hinüber und erklärte, dass sie kein Geld hätte. Der sommersprossige Bauernsohn beäugte sie.

»Was will einer wie du denn da? Ich kenne dich nicht.«

Fanny schoss das Blut in den Kopf. Bei aller Eile hatte sie gar nicht darüber nachgedacht, was sie als Grund für ihre Fahrt angeben wollte. Sie antwortete nicht gleich und suchte nach einer guten Begründung.

Der Bauer lachte schelmisch. »Hast du etwa ein Mädchen dort? Wer ist sie?«

Fanny schickte ein kleines Dankgebet zum Himmel. Sie versuchte, unverkrampft zu klingen. »Nun, wenn du es wissen willst: Ja, ich will zu einem Mädchen. Aber ich glaube, du weißt nicht, wer sie ist.«

Ihr Gegenüber lachte wieder und stemmte die Hände in die Hüften. »Ich kenne alle hübschen Mädchen auf der Wilhelmsburg und Umgebung. Nun sag schon!« Der Bauer schaute verschmitzt und wartete. Er hatte kleine Grübchen und rote Haare, die er nach hinten strich. Jakob hatte recht, er war sehr jung und wirkte gutmütig. Sie musste Zeit gewinnen, sonst konnte sie ihr Geleit zu Tettenborn vergessen.

Fanny ahmte den ruppigen Ton zwischen Karl und Wilhelm nach. »Sie heißt Anna, wenn du es wissen willst, aber reden können wir auch unterwegs. Nimmst du mich nun mit oder nicht? Sonst suche ich mir jemand anderen.«

Sie hielt kurz die Luft an, aber ebenso wie Jakob hatte sie den Burschen richtig eingeschätzt.

Er hob begütigend die Handflächen in die Höhe. »Ist ja recht, ist ja recht. Nichts für ungut. Sind halt merkwürdige Leute unterwegs. Aber man soll mir nicht nachsagen, ich neide einem ehrlichen Knaben sein Schäferstündchen. Heiße Johann und du?« Johann streckte seine riesige Hand hinüber. Sie hatte gewonnen. Für den Moment.

»Frank.« Sie sah aus dem Augenwinkel, wie Jakob leicht zuckte. Sie stellte sich innerlich auf Fragen ein. Johann sah tatsächlich aus, als würde er jedes Mädchen in einem Umkreis von zehn Meilen kennen.

Schweigend kletterten sie in den Ewer. Jakob winkte ihnen vom Fleet aus zu, als sie langsam im grün-schlierigen Wasser auf den Binnenhafen zustakten. Nach der Schleuse an den Kajen hielten sie vom Baumhaus auf den Niederbaum zu. Fanny versuchte, etwas von ihrem letzten Ausflug zu Lande wiederzuerkennen, an dem denkwürdigen Tag, als sie am Hafen in den Aufstand geraten waren. Aber sie sah nur die hohe Kaimauer an den Vorsetzen und unzählige Duckdalben und Schiffe.

Das Wasser roch nach Algen und weiter Welt. Es war unheimlich, als kleiner Kahn mitten durch den Teppich aus Seglern und Handelsschiffen zu gleiten. Johanns ganzer Körper wirkte angespannt. Sicher war es nicht leicht, zwischen den Frachtschiffen und übrigen merkwürdigen Wasserfahrzeugen hindurch zu manövrieren. Sie sah von unten an den modrigen Holzplanken eines Schiffes hoch, dessen Bauch sich über ihnen wölbte wie der Wanst eines Riesen. Weit oben schlenkerten die Hemdsärmel eines Matrosen, der sich über die Reeling beugte und einen Eimer Wasser hinaufzog. Noch immer konnte sie die rettende Hafenausfahrt nicht erkennen. Ein Gewirr aus Masten und flatterndem Segeltuch versperrte die Sicht.

Das kleine Boot kämpfte sich voran und nachdem sie die Ausfahrt am Blockhaus passiert hatten, wurde Johann munterer. Das Segel lief gut im Wind, ihr Kapitän packte sogar ein Käsebrot aus und bot ihr davon an. Fanny lehnte ab. Ihr war leicht übel, denn das Boot schwankte kräftig. Hier, außerhalb des engen Hafens, fegten die Böen frei über den Strom. Sie war noch nie gesegelt, abgesehen von dem einen Mal, als sie nach dem Tod ihrer Eltern von England nach Hamburg gebracht worden war. Damals hatte sie unter Deck im Wechsel geweint und geschlafen und erinnerte sich an nichts als ihren Kummer. Heute brauchte sie all ihre Willensstärke, um angesichts des Geschaukels nicht zu schreien. Sie krallte die Hände in die Seiten des Ewers und ihre Knöchel traten weiß hervor.

Der Himmel war wolkenverhangen, aber es regnete nicht. Der scharfe Wind blies Fanny durch Mark und Bein, für eine Bootsreise war sie viel zu dünn angezogen. Während sie vor sich hin fror, konzentrierte sie sich auf das Land am Ufer. Sandige, wilde Inseln und verwilderte Böschungen wechselten sich mit hübschen Wiesen und Kuhweiden ab. Erst vor fünf Minuten hatten sie eine so menschenreiche Stadt verlassen. Angesichts der wilden Natur war das fast unglaublich.

»Und welche Anna ist es, auf die du dein Auge geworfen hast?«

Fanny wurde durch Johanns Frage jäh aus ihren Gedanken gerissen.

»Die Anna vom Schmied oben an der Hauptstraße kann es nicht sein. Die geht, soweit ich weiß, mit Clemens, diesem arroganten Sattlerlehrling, Gott weiß warum. Und Anna, die beim Pfarrer arbeitet ...«, er schaute Fanny abschätzend an, »du siehst sehr jung aus, aber dumm bist du nicht.« Johann schnalzte mit der Zunge und lachte dann. »Also, nicht so schüchtern! Ich weiß nicht einmal, wo du hin willst.«

Fanny nahm ihren Mut zusammen. »Ich muss zum Haus des Amtmanns. Dort finde ich die Anna, die ich suche.«

Johann fielen fast die Augen aus dem Kopf. »Zum Haus des Amtmanns? Oberst Tettenborn, Gott schütze ihn, wird dort heute Quartier aufschlagen, du Bengel. Da können wir nicht hin! Was macht dein Mädchen denn da? Und eine Anna gibt es da gar nicht.« Johann kniff die Augen zusammen.

Fannys Herz schlug schneller, dennoch zwang sie sich, souverän zu klingen. »Bis vor kurzem hätte ich dir recht gegeben. Sie ist erst vor einer Woche dorthin gewechselt. Anna hat als Kleinmagd in einem Haushalt in der Stadt gearbeitet. Aber die Köchin, verstehst du? Meine Deern hat ein ziemliches Temperament. Alle hielten es für besser, wenn sie eine Zeit lang zu ihrer Base geht und dort mithilft. Und die arbeitet im Amtmannshaus. Aber als was, weiß ich nicht.« Fanny hielt den Atem an. Wenn Johann dort jede Seele kannte, hatte sie verspielt.

»Hm, wegen der Besetzung durch Tettenborn ist jede Menge neues Personal eingestellt worden. Ab heute soll der gesamte Stab da sein. Die ganze Gegend steht Kopf und keiner weiß, ob man abhauen sollte oder die Gelegenheit für eine kurzfristige Anstellung zu günstig ist. Ob du deine Anna findest, weiß ich nicht. Das Haus des Amtmanns liegt nicht in unserem Teil der Insel. Wir haben einen Hof nah bei der Veddel.«

Johann guckte jetzt wieder ganz entspannt, diese Klippe hatte sie umschifft. »Wenn du willst und ich heute nicht mehr gebraucht werde, dann kann ich dich ein Stück bringen. Aber eines musst du gleich wissen: Näher als eine halbe Meile fahre ich nicht ran. Oberst Tettenborn ist sicher ein feiner Mensch, da will ich nichts gesagt haben. Aber diese Russen sind wüst und haben uns hier schon so manchen Schlamassel eingebrockt. Ich könnte gut meinen Braunen los sein, wenn ich die auf dem falschen Fuß erwische. Die requirieren selbst die Hühneraugen meiner Großmutter!« Er lachte herzhaft über seinen Scherz und Fanny lachte nach Kräften mit. »Und du solltest auch aufpassen. Obwohl sie solche Kinder wie dich vielleicht nicht beachten. Wie alt bist du eigentlich?«

»Ich? Fünfzehn«, sagte Fanny. »Ich schlag mich schon durch. Keine Sorge.«

Johann schien mit den Informationen zufrieden. Den Rest der Reise verbrachten sie in einträchtigem Schweigen, nur unterbrochen von einigen derben Witzen auf Johanns Seite. Der Bauernsohn mochte sie offenbar.

Mittlerweile war es früher Nachmittag und der Wind pfiff nicht mehr ganz so kalt wie noch zu Beginn ihrer Reise. Die Wolken hingen immer tiefer und schwerer und als sie festmachten, fing es an zu nieseln.

Sie vertäuten den Ewer am Ufer und stiegen auf Johanns Fuhrwerk um. Trotz des Wetters fand Fanny ihre Fahrt hier beinahe malerisch. Zu den Seiten lagen Wiesen mit weißblühenden Kirschen, als Teppich hatten sie Buschwindröschen und Schlüsselblumen. Johanns Kaltblüter pflügte durch den klammen Frühling, der Niesel wandelte sich in sprühenden Landregen und ließ die Gegend verwunschen aussehen.

Vielleicht genoss Fanny die Fahrt auch deswegen so sehr, weil sie endlich dem Kahn entkommen war. Sie begegneten niemandem, vom Militär noch keine Spur. Einzig die morastigen Straßen mit den tiefen Huf- und Radspuren zeigten, wie viele Pferde und schweres Gerät vor Kurzem durchgezogen sein mussten.

Am Hof von Johanns Eltern warf der Vater nicht einen halben Blick auf den fremden Jüngling und nickte nur, während er weiter seinen Zaun ausbesserte. Fanny gewann neues Zutrauen. So einfach hätte sie sich die Reise nicht vorgestellt.

Eine kurze Wegstrecke brachte Johann sie, dann musste er umkehren. Er gab ihr noch gute Ratschläge mit auf den Weg, zum Beispiel, dass jede Frau sich über eine selbstgedichtete Zeile freute, in der man sie wahlweise mit der Morgensonne oder den Sternen verglich. Fanny musste an Karls Brief denken und hätte Johann am liebsten geschüttelt. Stattdessen machte sie ein beeindrucktes Gesicht, ließ sich den Weg erklären und winkte dann dem Hut schwenkenden Burschen hinterher.

Fanny wanderte jetzt eine schnurgerade Straße entlang und kam sich schutzlos vor. Von der stillen Landschaft war nichts mehr zu sehen. Kein Baum, kein Strauch, dafür biwakierende Soldaten, Zelte und militärisches Gerät. Je weiter sie den Sandweg entlangging, desto öfter kamen ihr kleine Kosakentrupps entgegen. Sie versuchte, so harmlos und unbedeutend wie möglich auszusehen.

Bald lag eine kleine Allee mit knorrigen Kastanien vor ihr. Dahinter musste der Sitz des Amtmanns sein. Etwa hundert Schritt vor dem Hofplatz war die Auffahrt zusätzlich mit großen Findlingen gesäumt, die der ganzen Anlage etwas Stattliches gaben. Das Haus selbst war ein großes zweistöckiges Gebäude mit einigen Nebengelassen. Davor herrschte geschäftiges Kriegschaos. Provisorische Amtsstuben, Latrinen, Kochplätze im Freien, all das verunzierte das Gelände wie Pocken ein edles Gesicht. Gesinde gab es fast mehr als Kosaken, was Fanny erleichterte. Sie setzte eine zielstrebige Miene auf, nahm sich einen Stapel Feuerholz und ging aufs Haus zu. Brennbares wurde immer gebraucht. Wenn sie damit in die Küche gelangte, erfuhr sie sicher, wo der General sich gerade aufhielt.

Fanny presste die Scheite an sich und ging mit klopfendem Herzen auf die Freitreppe zu. Niemand hielt sie auf. Als sie mit einem Gebet auf den Lippen die Tür schon beinahe passiert hatte, rief jemand von hinten »Halt!«. Angst kribbelte bis in ihre Fußspitzen. Sie drehte sich um. Ein Mann in einheimischer Tracht kam auf sie zu; er hinkte leicht. In der Hand hielt er einen Korb.

»Für die Küche?«, schnauzte er und deutete auf ihren Holzstapel.

Sie konnte nur nicken, ihre Kehle war staubtrocken.

»Gib das der Köchin. Es sind die Brezeln, die der Adjutant bestellt hat. Und wer hat dir eigentlich erlaubt, den Haupteingang zu benutzen, du Bengel?« Er wies unwirsch mit dem Daumen auf eine Kellerstiege am Ende des rechten Hausflügels.

Fanny nahm den Korb und nickte so gehorsam wie sie konnte. Besseres hätte ihr nicht passieren können. Warum sie nicht selbst nach den Dienstboteneingängen gesucht hatte, war ihr ein Rätsel.

Täuschte sie sich oder hatte der Mann sie merkwürdig angesehen? Sie musste die Mütze tiefer ins Gesicht ziehen, damit sie weniger auffiel. Fanny ging zügig auf den Kellereingang zu und balancierte ihren Holzstapel so auf einem Arm, dass sie mit zwei Fingern der Hand auch die Brezeln halten konnte. Dann beugte sie den Kopf nach unten und schob eine Haarnadel samt Mütze weiter nach vorne, damit sie tiefer im Gesicht saß.

Plötzlich lief sie in eine harte Wand, fiel nach hinten und landete schmerzhaft auf dem Steiß. Die Holzscheite flogen um sie herum und landeten mit den Brezeln gemischt auf dem Boden. Der Mann, in den sie geradewegs hineingelaufen war, fluchte leise und rieb sich den Arm.

»Junge, kannst du nicht aufpassen?« Er schien sich zu besinnen und setzte dazu: »Na, ich habe schließlich auch nicht besser hingesehen, nicht wahr? Komm!« Er reichte ihr seine Rechte und zog sie hoch.

Einen kurzen Moment war sie vor Schreck wie versteinert. Die Stimme, der Mann – es war Monsieur von Alvesloh. Sie hielt sich die Mütze fest und verdeckte dabei mit der Hand ihr Gesicht, dann ließ sie sich von ihm hochziehen. Als sie stand, schoss ein Schmerz von ihrem Po bis in die Beine und unter normalen Umständen hätte sie laut aufgeschrien. Im Angesicht ihres Vormunds hatte sie allerdings andere Sorgen.

Alvesloh achtete gottlob gar nicht auf sie, sondern sammelte die Brezeln in den Korb.

Fannys Beine waren schwer wie Blei. Wenn sie mit ihm sprach, würde er sie sofort erkennen. Andererseits musste sie etwas erwidern, alles andere wäre aufgefallen. Das einzige, was ihr einfiel, war ein Hustenkrampf.

Während sie sich die Seele aus dem Leib keuchte, ließ Alvesloh die Brezeln liegen und klopfte ihr fürsorglich auf den Rücken. »Na, na, du hast dich doch nicht ernsthaft verletzt, oder?«

Jetzt galt es. Fanny sagte mit verstellter, röchelnder Stimme: »Nein, gütiger Herr. Nur etwas Wasser. Ich ... zum Brunnen.« Sie zeigte vage hinter das Haus, dann hustete sie wieder. »Gehen Sie nur, Monsieur. Bin gleich zurück und hole das Holz. Gehen Sie nur.«

»Der Brunnen ist bei den Ställen, Junge. Da komme ich gerade her. Komm mit, nur rasch. Ich muss weiter.« Damit nahm er sie beim Arm.

Fanny machte sich los und überlegte, ob sie einfach hinters Haus laufen sollte.

Alvesloh stutzte. »Wieso kennst du dich hier nicht aus?« Er packte sie wieder am Arm und diesmal hielt er fest. »Oder ist mir hier ein kleiner Spion in die Arme gelaufen, gar von den Franzosen bestellt? Los, steh gerade und antworte mir gefälligst!«

Mittlerweile waren einige Knechte und zwei Mägde stehen geblieben und starrten in ihre Richtung.

Das alles war entschieden katastrophal. Vielleicht konnte sie sich losreißen, aber irgendein Knecht würde sie festhalten und dann wäre sie wahrhaftig in der Klemme.

Es half nichts. Mit gequältem Gesicht sah sie zu Alvesloh hoch. »Monsieur, ich bin ein Junge aus der Gegend. Nur fremd hier auf dem Hof und frisch eingestellt. Wenn Sie mich jetzt wieder meine Arbeit tun lassen, bitte?«

In dem Moment, in dem ihre Blicke sich trafen, war alles dahin.

Alvesloh schaute erst sie an, dann die Umstehenden. Seine Augen waren stahlhart und passten zu seinem angespannten Lächeln. »Sicher, mein guter Junge, sicher. Ich bringe dich nur eben zum Brunnen. Das bin ich dir partout schuldig, wo ich dich doch umgerannt habe.«

Als Fanny in einem letzten Versuch an seinem Griff rüttelte, sagte er: »Wirklich, ich bestehe darauf«, und seine Augen funkelten sie so schwarz an, dass sie sicher war, er würde sie umbringen. Und zwar langsam.

Die Mägde und Knechte gingen weiter und Alvesloh zog sie unsanft in Richtung der Ställe.

»Ich fasse es nicht. Sie sind der schlimmste Wildfang, den ich je gesehen habe. Sie sind zu meinem persönlichen Verderben geschaffen!«

Alveslohs Stimme klang furchtbar zornig. Sie wollte etwas erwidern, aber er hob die Hand.

»Treiben Sie es nicht zu weit. Ich könnte Sie in Ihrem Aufzug zu leicht so behandeln, wie es einem Knäblein von Ihrem kriminellen Format gut täte.«

In Fanny kochte eine heiße Wut hoch. Sie hätte Alvesloh gerne diverse Dinge entgegengeschleudert, aber sie ließ es. Nicht weil sie Angst vor ihm hatte. Mittlerweile kannte sie ihn gut genug. Sondern weil sie wusste, dass sie sich klug benehmen musste, wenn sie von nun an nicht zu Hause angekettet sein wollte. Das Schweigen fiel ihr schwer, denn Alveslohs Worte ärgerten sie maßlos. Sie war kein Wildfang, der es zuhause nicht aushielt, sondern eine Patriotin, die Hamburg helfen konnte.

Sie atmete tief ein und riss ihren Arm aus seinem Griff. »Lassen Sie mich los. Ich komme mit. Aber fassen Sie mich nicht an!«

Er zuckte bei ihren letzten Worten zusammen; Fanny registrierte es mit Befriedigung. Dann ließ er sie stehen und ging mit riesigen, wütenden Schritten auf die Ställe zu.

Als Fanny dort ankam, hatte Alvesloh offensichtlich schon mit dem Pferdeknecht gesprochen. Draußen vor dem halboffenen Stallbereich wies der Knecht ihr mit knappem Nicken einen Holzklotz als Sitzgelegenheit an. Vor dem Klotz lag Baldurs Sattel, daneben ein irdener Topf und ein alter Lumpen.

»Reib mir Baldurs Sattel ein. Besonders die Unterseite und die Ränder. Und arbeite ordentlich, sonst setzt es was«, sagte Alvesloh laut.

Fanny war sich sicher, dass der letzte Satz für das Schauspiel nicht nötig gewesen wäre. Sie war zu wütend für Worte und setzte sich hin.

Alvesloh beugte sich zu ihr vor und zischte: »Ich gehe zu Tettenborn und versuche einen Grund zu finden, warum ich wenige Momente nach meiner Ankunft schon wieder fort muss. Und wenn ich wiederkomme und Sie nicht hier sitzen finde, dann gnade Ihnen Gott!«

Fanny drehte als Antwort den Kopf weg und hörte, wie Alveslohs stampfende Schritte sich entfernten.

Sie nahm den Lappen und schmiss ihn aus lauter Wut gegen einen Holzpfosten des Stalls. Dann besann sie sich, weil der Knecht sie scharf ansah.

»Mach deine Arbeit, Bengel. Du ziehst 'ne Flunsch wie 'ne Deern.« Im Weggehen wies er mit dem Zeigefinger auf sie. »Ich hab ein Auge auf dich!«

Widerstrebend stand sie auf und holte den Lappen. Von drinnen hörte sie die Pferde schnauben. Der Knecht war in Sichtweite und schaufelte Heu in die Boxen. Wenn sie nicht noch mehr auffallen wollte, musste sie diesen hassenswerten Sattel jetzt mit irgendetwas einschmieren. Sie hob den Deckel des Töpfchens und tauchte den Stoff in die Fettmasse, die zu allem Überfluss auch noch entsetzlich stank.

Während sie am Leder herumrieb, verschleierten ihre Augen sich und eine Träne rann ihre Wange herunter. Sie hätte laut vor Wut schreien können. Es war demütigend, dass Alvesloh sie so sah. Mit Hosen und auf Abenteuerreise. Denn so würde er es verstehen. Ihm würde nicht im Traum einfallen, dass sie Recht haben könnte mit irgendetwas, das sie tat. Alles, was ihr jetzt noch blieb, war die Verteidigung eines gescheiterten Unterfangens. Nichts hätte ihr widerwärtiger sein können.

Kapitel 27

Nach endlosen Minuten neben dem stinkenden Schmierfett hörte Fanny endlich Alveslohs Schritte. Er ging an ihr vorbei, ohne sie zu beachten. Sie hörte ihn mit dem Knecht im Stall sprechen, dann kam er zu ihr nach draußen. Er führte Baldur am Halfter. Alvesloh hatte einen Jungen im Schlepptau, der Fanny den Sattel abnahm und damit wieder verschwand.

»Können Sie reiten?«, fragte Alvesloh kurz.

»Nein, jedenfalls nicht ohne Sattel!« Fanny stand auf und wischte sich die Hände an der Hose ab. Es war nicht nur das Schmierfett, das sie rutschig machte.

»Dann lernen Sie es jetzt«, sagte er mit einer Stimme, die wenig zur Diskussion einlud. »Wir können nicht mit Sattel reiten, der Platz wäre zu knapp. Versuchen Sie, sich auf dem Tier zu halten. Wenn Sie eine Pause brauchen, dann sagen Sie es.«

Alvesloh stieg an einem Findling auf den riesengroßen Braunen. Der Stallbursche half ihr hinauf, doch sie stellte sich ungeschickt an und Baldur schnaubte nervös. Als er die Hufe hob, klammerte sie sich fest. Sie hatte bislang nur im Damensitz gesessen und auch das nie wirklich lange.

Als sie die Allee erreichten, spornte Alvesloh das Pferd zum Trab an. Die ersten Schritte hatte sie das Gefühl, gleich hinunter zu rutschen. Sie drückte sich an Alvesloh und verschränkte die Hände vor seinem Körper.

»Vielleicht hätten Sie die Güte, mir nicht den Brustkorb einzudrücken.« Alveslohs Stimme klang angestrengt.

Erst nach einigen weiteren Schritten wurde ihr die kompromittierende Lage bewusst. Sie klebte an Alveslohs Rücken und konnte jeden seiner Muskeln fühlen. Sein Rock war feucht und roch nach Wolle. Was er wohl dachte? Natürlich war er wütend, aber war ihm die Nähe genauso unangenehm wie ihr?

Sie ritten schweigend. Alvesloh gab keinen Ton von sich und Fanny fürchtete, dass jedes Wort ein Pulverfass zünden könnte.

Es regnete nicht mehr, es war aber diesig und unangenehm. Mit zunehmender Zeit wurde der Ritt zur Qual. All ihre Glieder verkrampften sich und ihre Kehrseite fühlte sich an wie ein rohes Ei, das bei jedem Schritt auf den Pferderücken fiel. Nach einer endlosen halben Stunde konnte sie nicht mehr und verlangte nach einer Pause.

Alvesloh lenkte das Pferd ohne Kommentar auf eine nahgelegene Weide und hielt an. Er stieg an einem großen Felsstein ab und hob Fanny herunter.

Sie fühlte sich wie eine hölzerne Puppe. Nach ein paar Metern besserte sich die Steifheit in ihren Muskeln. Dafür merkte sie jetzt, wie wund sich ihre Sitzregion anfühlte. Unwillkürlich rieb sie sich ihren Hosenboden und stöhnte.

Alvesloh stand mit verschränkten Armen gegen einen Baum gelehnt und sah ihr mit unverhohlener Schadenfreude zu. »Tut es weh?«, fragte er.

Fanny antwortete nicht, bedachte ihn aber mit einem Blick, der die Elbe hätte gefrieren lassen.

»Gut so«, sagte Alvesloh. »Dass ich dafür nicht einmal Hand anlegen muss, bedauere ich aufrichtig.«

Fanny hätte ihm am liebsten seine Reitgerte entwendet und damit um sich geschlagen. Sie verschränkte die Arme und stand einfach da. Sie wusste nicht, wie sie je wieder ein freundliches Wort mit ihm sprechen sollte.

Alvesloh wickelte sich seine Halsbinde ab und reichte das

Stück Stoff zu ihr herüber. »Nehmen Sie das und stopfen Sie es sich in die Hose. Das wird Ihnen für den Rest des Ritts helfen. Gehen Sie dort hinter die Eiche. Ich schaue gewiss nicht.«

Fanny zögerte einen Augenblick, nahm jedoch die Binde mit so viel Haltung wie möglich und verschwand hinter den Baum.

Als sie wiederkam, hob Alvesloh zuerst sie aufs Pferd und stieg dann hinter ihr auf. Beim Kontakt mit dem Pferderücken biss Fanny sich auf die Lippen. Die Halsbinde half jedoch mehr als erwartet.

Ihre Position barg allerdings neue Unannehmlichkeiten. Nun saß Alvesloh hinter ihr und musste seine Arme um sie legen, damit er Baldurs Zügel halten konnte. Er umfing sie mit seiner Wärme und seinem Geruch. Es war, als wenn er sie in den Armen halten würde und sie war ihm so nah, dass sie sogar seinen Herzschlag in ihrem Rücken fühlte. Nach einigen Metern schob er seine Arme unter ihren Achseln hindurch, weil es so einfacher für ihn war. Dabei berührte er ihre Seiten und seine Hände schwebten einen Fingerbreit über ihren Oberschenkeln. Das eigenartigste Gefühl flutete durch Fannys Bauch. Ihr Atem ging schneller und sie ertappte sich dabei, dass sie wünschte, Alvesloh würde sie überall berühren. Es konnte nicht sein, dass ihr Körper sie so verriet, während Alvesloh sicher im Geist gerade die Vorwürfe formulierte, die sie später über sich ergehen lassen musste.

Alveslohs Laune wurde immer schwärzer, je mehr er sich die Folgen dieser Eskapade ausmalte: Es ging nicht nur um die Gefahr, in die Fanny sich mit dieser Reise gebracht hatte, oder um ihren Ruf. Ihm schnürte die Vorstellung an ihr Tête-à-Tête mit Tettenborn die Kehle zu. Denn darauf hätte ihr Ausflug wohl im besten Falle hinauslaufen sollen. Er mochte sich die Details gar nicht ausmalen. Fannys Naivität wurde ihm in ihrer ganzen Wucht bewusst.

Der Gedanke, dass er sie nicht schützen konnte, rieb an seinem Magen wie eine Feile. Er fühlte sich schuldig. Es war ein

Fehler, ihr das gewalttätige Gesicht des Generals zu verheimlichen und doch hatte er keine Wahl. Wenn er Tettenborn nur nicht sein Ehrenwort gegeben hätte! Ohne den Bruch seines Schwurs konnte er Fanny nicht aufklären. Alles Herumreden war unsinnig, weil es nur trübes Stochern in Andeutungen und Halbwahrheiten gewesen wäre. Schlimmer noch, so wie er Mademoiselle einschätzte, machte jede vage Kritik von seiner Seite sie nur noch begieriger, die Bekanntschaft mit Tettenborn zu vertiefen. Und wenn es nur aus Trotz war.

Fannys Körper war an ihn geschmiegt, seine Arme hielten sie umfangen. Sie roch nach Lavendel und warmer Haut. Und nach Sattelfett. Er erlaubte sich ein kleines Lächeln, weil sie es nicht sehen konnte. Es verging ihm allerdings sofort wieder, als Fanny ihr Gewicht verlagerte und noch enger an ihn heranrutschte. Es war die reinste Folter. Diese unsägliche Verkleidung! Fanny in Hosen war eine schwere Prüfung. Auch das war ihr nicht bewusst, wie konnte es auch? Er hatte genau die Form ihrer Hüfte und ihres Hinterteils sehen können. Er tröstete sich mit dem Gedanken, dass wenigstens einmal er die Zügel in der Hand hielt und sie nicht weg konnte. Ein Zustand, so selten wie eine Sonnenfinsternis. Das schlimmste war, dass er sich seit einigen Meilen vorstellte, wie er sie in Mütze und Hose irgendwo gegenpresste und dabei so gründlich küsste, dass ihr Hören und Sehen verging.

Alvesloh riss sich zusammen und konzentrierte sich auf das Jetzt. Kühler Wind strich ihm über das Gesicht und einige Tropfen glitten auf ihn herab, als sie unter den Zweigen einer kahlen Birke hindurchritten. Es gab beileibe noch Einiges, das er seinem Mündel einschärfen konnte, bevor es um Feinheiten ging. Fanny könnte zur Abwechslung einfach seinen Anweisungen folgen und zu Hause bleiben. Wo sie sicher war! Er atmete tief ein, jedenfalls so tief, wie es ging, ohne Fanny aus dem Gleichgewicht zu bringen.

Er war froh, als er auf der nächsten Militär-Fähre absteigen konnte. Sein Gefühlswirrwarr betäubte er durch ein Gespräch mit dem Fährmann und ignorierte Fanny geflissentlich. Sie würde ihm früh genug ihre haarsträubenden Ansichten auseinandersetzen. Es wäre gut, dabei mindestens die Länge eines Zimmers von ihr entfernt zu sein.

Fanny wurde nervöser, je näher sie Hamburg kamen. Sie hatten die Elbüberfahrt hinter sich gebracht und mussten wieder aufsteigen. Alvesloh lächelte nicht ein einziges Mal, fragte sie nur kurz, ob sie weiterreiten konnte und ob die Binde half. Sie hatte zwar das Gefühl, dass seine Stimme bei dieser Frage einen befriedigten Unterton hatte, aber sie war nicht sicher. Als sie nickte, suchten sie einen Feldstein und Alvesloh hob sie mit seinen kräftigen Armen wieder aufs Pferd.

Die Landschaft der Elbe veränderte sich immer mehr und sie konnte schon die großen Teermagazine und den Holzhafen sehen. Am Deichtor lag der Bauhof, jeder dort kannte Alvesloh. Was, wenn jemand sie anhielt und fragte, wer der Junge auf seinem Pferd sei? Was, wenn Tibbs doch mitbekommen hatte, dass sie nicht auf ihrer Stube gewesen war? Sie hatte zwar Mut für zwei, aber die geistigen Kapazitäten eines Herings gezeigt. Nun war ihr das bevorstehende Gespräch mit Alvesloh noch unangenehmer. Aber wenn man jede Handlung, jeden Impuls tausendfach durchdachte und immer zweifelte, änderte sich die Welt nie!

Wie durch ein Wunder verlief ihr Ritt durch die Stadt ohne Zwischenfall. Alvesloh ließ sie kurz vor der breedenbekschen Haustür absteigen, versorgte das Pferd und sah nach, ob niemand im Treppenhaus war. Er winkte sie in den Eingang und schob sie die Treppe hoch in die Bibliothek. Dann schloss er die Tür.

Trotz ihrer verkrampften Muskeln richtete sie sich zu voller Größe auf. Sie hatte nicht einen Zoll zu verschwenden. Sie wollte wenigstens einen Teil ihrer Verkleidung ablegen und nahm die Mütze ab. Die Haarnadeln rutschten heraus und ihre Locken fielen lang über ihre Schultern. Sie zuckte zusammen. Niemand außer ihrem Ehemann wäre es je erlaubt, ihre offenen, unfrisierten Haare zu sehen. Es war unglücklich, äußerst unglücklich. Alvesloh hatte eine Menge zu ertragen, das musste sie in einem versteckten Winkel ihres Geistes zugeben. Tatsächlich blitzten seine Augen beim Anblick ihres gelösten Haares auf. Einige Haarnadeln waren heruntergefallen, die anderen legte sie still auf die eine Seite des Bibliothekstisches.

Alvesloh stand auf der anderen Seite, seine Hände in die Lehnen eines Stuhles verkrampft. »Hätte Tettenborn dieses Schauspiel auch genießen dürfen? Sie, mit gelösten Haaren? Wollten Sie dort auch gleich die Mütze vom Kopf ziehen? Oder hatten Sie das für später reserviert?«

Fanny ging auf ihrer Seite des Tisches auf und ab. Sie fühlte sich wie ein Tier im Käfig. »Sie haben keine Ahnung, was ich vorhatte. Und dass Sie es so bitter durchkreuzt haben, macht es nicht leichter, es Ihnen zu erklären ...«

»Bitte nicht!« Alvesloh riss beide Handflächen nach oben. »Ersparen Sie mir Ihre irrwitzige Erklärung über den Sinn und Zweck dieses Ausflugs.«

Sie verdrehte die Augen. Niemand würde in dieser Laune vernünftig mit ihm reden können.

»Was mich aber doch interessieren würde«, Alvesloh wechselte in einen Plauderton, »wie haben Sie sich Ihr intimes Geplänkel mit Tettenborn denn vorgestellt? Wollten Sie ihn mit militärischer Sachkenntnis beeindrucken?«

Sie bekam Lust, ihn für seinen sarkastischen Ton zu ohrfeigen. Er war jetzt auf ihre Seite herübergekommen und lehnte mit seinen Handflächen auf dem Fenstersims, seine Arme nach hinten, sein Brustkorb ihr zugewandt. Sein Atem ging schneller als sonst.

Zum Glück stand sie weit von ihm entfernt. Sein Körper verwirrte sie mehr, als sie es sich eingestehen mochte. Der Ritt zusammen auf dem Pferd hatte das nicht besser gemacht.

»Ich bin eine Frau. Ich weiß, wie ich Tettenborn beeinflussen kann. Und das hätte ich auch getan.«

»Wie bitte?« Er stieß sich vom Fensterbrett ab und kam auf sie zu. Viel zu nah vor ihr blieb er stehen und blickte auf sie hinunter. Fanny knautschte die Mütze in ihrer Hand zusammen, wich seinem Blick aber nicht aus.

»Sie denken, ein Mädchen wie Sie, ohne Kenntnis von der Welt, ohne Kenntnis von irgendetwas, geschweige denn von Männern, hätte Tettenborn in die gewünschte Richtung gelenkt? Das ist ein himmelschreiender Irrtum, Fanny!«

»Monsieur, es ist nutzlos, mit Ihnen in dieser Lage zu diskutieren. Sie glauben sowieso nur, was Sie glauben wollen.«

»Nein, bitte, ich möchte verstehen, was in Ihrem Kopf vorgeht! Dann kann ich Sie bei einer ähnlichen Regung gleich in den tiefsten Keller sperren.«

In seinem Gesicht entdeckte Fanny wie schon damals bei ihrem ersten heftigen Streit mehr als nur Zorn. Dieser undefinierbare Ausdruck in seinen Augen reizte sie und obwohl es unklug war, sprach sie weiter.

»Ich versichere Ihnen: Ich weiß genug von Männern, um jeden Ihrer Geschlechtsgenossen um den Finger zu wickeln. Jedenfalls, wenn er sich mir gegenüber so aufführt wie Tettenborn.«

Eine Vene an Alveslohs Schläfe pulsierte und seine Wangenknochen färbten sich rot. »Ach ja? Welchen Preis wären Sie denn bereit gewesen, zu zahlen?«

»Mein Herr, ich weigere mich, dieses Gespräch fortzusetzen.« Fanny ging ein paar Schritte rückwärts in Richtung Tür.

»Oh, mein Fräulein, das werden Sie aber müssen. Jedenfalls sehe ich niemanden, der Sie aus dieser Situation erretten wird.«

Fanny ignorierte seinen Satz und wandte sich zur Tür, aber er fasste sie an der Schulter und drehte sie herum.

Was glaubte dieser Mann eigentlich? »Ich brauche keinen Aufpasser, schon gar nicht jemanden, der besser seine eigenen Leichen im Keller sortiert!«

Alvesloh zuckte zusammen, als wenn sie ihn geschlagen hätte, und ließ sie los.

Fanny wusste, dass sie zu weit gegangen war, doch sie konnte nicht anhalten und taumelte voran. »Ein Kuss? Was wäre dabei gewesen, wenn man bedenkt, was auf dem Spiel steht?«

Alvesloh wich alle Farbe aus dem Gesicht. Er packte sie, drängte sie gegen die Wand bei der Tür und presste ihre Hände neben ihrem Kopf an die Tapete. Sein Körper berührte sie fast. Ihr Puls raste.

»Lassen Sie mich los!«

Er reagierte nicht, schaute sie nur an, zwei, drei Herzschläge lang. Dann ließ er ihre Hände sinken und küsste sie.

Für einen Moment erschrak sie so, dass sie kaum denken konnte. Sie versteifte sich, doch er ließ nicht nach, fasste sanft ihren Kopf, griff in ihre Haare und hielt sie, schob sie weiter zu sich hin. Ihre Glieder gaben nach und fügten sich, ihr Körper begriff, dass es richtig war, noch ehe ihr Geist anderer Meinung sein konnte. Sie drängte sich ihm entgegen und schlang die Arme um seinen Hals. Er küsste sie so, dass sie jede Illusion verlor, Küsse könnten etwas Harmloses sein. Ein fast schmerzhaftes Sehnen zog ihr bis in die Fußspitzen.

Unvermittelt löste er sich, nahm ihre Schultern und drückte sie fort. Die kalte Luft zwischen ihnen war wie eine Ohrfeige. Er wich weiter zurück. Schließlich sprach er, abgehackt, unnahbar:

»Ich weiß nicht, wie das passieren konnte, Mademoiselle. Ich habe mich vergessen. Es ist unverzeihlich. Eine Entschuldigung deplatziert.«

Das einzige Geräusch im Raum war ihr Atem, der stoßweise ging. Sein Gesicht war eine Wand, sie konnte nichts darin lesen. Sein Rock raschelte, als er sich verbeugte.

Das Blut rauschte immer lauter durch ihren Kopf.

Ohne ein weiteres Wort verließ er die Bibliothek und ließ die Tür offen stehen. Seine Schritte hallten auf den Stufen, eine Minute später schlugen die Hufe seines Pferdes auf das Pflaster. Dann war es so still, dass sie im Treppenhaus das Echo ihres Herzschlags hören konnte.

Kapitel 28

Mehrere Tage traf Fanny Alvesloh überhaupt nicht am Jungfernstieg. Nach einer Woche schlief er wieder regelmäßig bei ihnen, verließ das Haus aber früh am Morgen und kam erst spät zurück. Er aß nicht mit ihnen und ließ sich höchstens eine kalte Mahlzeit von Meta in die Bibliothek bringen. Niemand außer Fanny vermutete dahinter etwas Persönliches, denn Perthes, Alvesloh und von Heß wurden fast ununterbrochen im Stabsquartier der Bürgergarde oder bei den Stellungen der Hanseatischen Legion verlangt.

Wenn die Pforten der Hölle ihn verschlungen hätten, so wäre es Fanny auch recht gewesen. Sie war in ihrem ganzen Leben noch nicht so gedemütigt worden. Alveslohs Ablehnung von damals kam ihr im Vergleich wie ein Frühlingsspaziergang vor.

Ein Mädchen wie Sie, ohne Kenntnis von der Welt, ohne Kenntnis von irgendetwas. Es war eine reine Machtdemonstration gewesen. Wenn es Alvesloh darum gegangen war, ihr die eigene Ohnmacht vor Augen zu führen, dann hatte er ganze Arbeit geleistet. Ohnmächtiger als jetzt hatte sie sich noch nie gefühlt. Dabei war es ihm mehr um Tettenborn gegangen als um sie, da war sie sich sicher. Irgendetwas stand zwischen diesen beiden Männern, aber es war ihr egal. Sie brauchte all ihre Kraft für sich und ihren Kummer, also verbannte sie die Gedanken an Alveslohs Vergangenheit aus ihrem Kopf.

Seit jenem Tag konnte sie sich nichts mehr vormachen: Sie war verliebt in diesen schrecklichen Menschen. Und zwar mit Haut und Haar und nicht so, wie sie es sich mit vierzehn Jahren eingebildet hatte. Sie fürchtete mehr als alles andere auf der Welt, dass sie dieses Gefühl und die Erinnerung an diesen Kuss nicht mehr loswurde.

Alvesloh verbrachte die Wochen wie im Rausch. Am Ende des Aprils gab es für die 6000 Männer der Bürgergarde nicht mehr als 1500 Gewehre. Zahlreiche seiner Bäcker, Sattler und Hutmacher versuchten immer noch, mit dem Kolben nach vorne zu schießen. Die Arbeit forderte ihn ganz und versetzte ihn in einen Zustand willkommener Gefühlsapathie.

Die Nächte waren anders. Wenn er in der Stille seines Zimmers saß und das wertvolle Kerzenwachs wie eine Mahnung am Stumpf herunterrinnen sah, machten seine Gedanken sich selbstständig. Er verstand sich nicht mehr und vor allem verstand er nicht, wie er Fanny in diese unerträgliche Situation hatte bringen können. Es verstörte ihn, denn er war niemals unbeherrscht.

Drei Tage später, nach einer besonders lästigen Nacht, lud er sich bei seiner alten Freundin Polly Francke zum Tee ein. Sie war eine Frau und die verstanden etwas von Gefühlsdingen. Hoffte er.

Alvesloh saß in Pollys Stube auf dem zu kleinen Sesselchen, gefangen wie in einem Schraubstock. Seine Gastgeberin hatte die Flügeltür zu ihrem Schlafzimmer nicht geschlossen, weil sie es offenbar nicht für nötig hielt. So hatte er Sicht auf die eingelassenen Wandschränke mit den unsäglichen Vogelbildchen. Heute hielt er immerhin eine feine Porzellantasse mit englischem Tee in den Händen.

Er war kein Philister. Natürlich wusste er, was Polly hier tat. Heute stieß es ihn trotzdem ab. Mehr noch: Er fühlte sich gegängelt von allem Körperlichen, allem Verlangen, all diesen Verstrickungen des ohnehin schon komplizierten Lebens. Polly machte es richtig. Keine Gefühle. Das war immer ihr Leitspruch gewesen. Sie fuhr gut damit.

»Georg, du bist ja ein Ausbund an Plauderhaftigkeit. Möchtest du schweigend einen Tee trinken, dann würde ich gerne meine Korrespondenz erledigen. Brauchst du mich, oder nicht?« Polly faltete ihre Hände und schaute ihn mit fragendem Gesicht an.

»Bleib bitte, ich brauche dich.« Er schaute in seine Tasse und wusste nicht, wie er anfangen sollte.

Polly seufzte und schenkte sich selbst ebenfalls ein. »Was ist passiert, Georg? Ich sage dir gleich: Meine Besucher sind nicht besonders zahlreich und wenig auskunftsfreudig. Die Franzosen waren ganz anders. Das mag an der langweiligen Besatzungszeit gelegen haben. Ich verkehre aus dem Stab nur mit Graf Hahn und Tettenborn selbst. Der General und ich sind erst dabei, das zarte Band der Zuneigung zu spinnen. Wir machen jedoch schöne Fortschritte. Ansonsten: Oberstlieutenant Pfuel war einmal hier, aber, nun ja, lassen wir das. Er ist nicht mehr der Jüngste.« Polly nahm einen Schluck Tee.

»Darum geht es nicht.« Alvesloh verbannte alle Gedanken an Tettenborns Schwerenöter aus seinem Kopf. »Polly, ich weiß nicht, was mit mir los ist.«

»Ich wusste noch nie, was mit dir los ist, mon cher. Das hat sich in den letzten Tagen nicht geändert. Ich bin eine schlechte Beraterin für solche Fragen.«

»Ich habe mein Mündel geküsst.« Alvesloh glaubte, dass Polly das erste Mal in ihrer Bekanntschaft ehrlich erstaunt war. Er erzählte ihr, was sie wissen musste. Sie stellte Fragen. Dann schwieg sie, nippte an ihrem Tee und lächelte.

»Kannst du dieses Lächeln einmal lassen? Ich dachte, du könntest mir helfen«, sagte er.

»Oh, das kann ich. Wenn dir an Selbsterkenntnis gelegen ist. Du machst mir allerdings nicht den Eindruck.« Sie beugte sich leicht zu ihm vor. »Georg, du hast über dreißig Jahre deines Lebens gefristet, aber merkst nicht, dass dir ein junges Ding den Kopf verdreht.«

»Bitte?«

»Mein Lieber, du willst dir und mir weismachen, dich hätte ein aus dem Ruder geratenes Verlangen kurzfristig benebelt. Ich sage dir: Du bist so verliebt, wie man nur verliebt sein kann.« Polly faltete ruhig und freundlich ihre Hände im Schoß.

»Völliger Unsinn«, sagte Alvesloh und stellte die Teetasse ruckartig auf das Tellerchen. »Fanny ist kaum eine Frau, überdies mein Mündel. Außerdem«, er zählte an den Fingern ab, »ist sie unsäglich provokant, naiv und draufgängerisch. Eine grauenvolle Mischung, glaub mir.«

»Das ist der Grund, warum ich so sicher bin.« Polly lächelte so breit, dass er am liebsten geflüchtet wäre.

Ihm wurde heiß und er griff an seine Halsbinde.

»Ich begreife allerdings dein Problem«, sagte Polly. »Von ihr werden deine Gefühle nicht erwidert, wie ich verstehe. Und sie ist, nun ja, eben dein Mündel. Pech, mein Lieber. Schlag sie dir aus dem Kopf. Die Besten von uns haben das erlebt, die allermeisten auch überlebt.« Polly lachte. »Alvesloh, schau mich nicht so an. Sonst bekomme ich Albträume.«

»Ich muss nachdenken.« Er drückte Pollys Hand, nahm seinen Hut und ging.

Draußen atmete er tief durch. Zum Teufel! Was war nur los? Er ging zur Lombardsbrücke und merkte, dass seine Gedanken einem Kugelhagel glichen. Er bremste seinen Schritt und hoffte, der Kopf würde folgen. Ruhig und logisch, er musste es nur ruhig und logisch angehen. Letztlich ging es um Schadensbegrenzung.

Fanny hatte nicht geredet, da war er sich sicher. Wenn sie eine Brust zum Ausweinen brauchte, so konnte er nur hoffen, ihre kleine Freundin Caroline wäre verschwiegen genug. Nach außen war vermutlich nichts gedrungen. Und doch: Als Ehrenmann musste er ihr die Ehe anbieten. Wieso er diesen Gedanken nicht eher gehabt hatte, wusste Gott allein. Ablehnen würde sie sowieso.

Er blieb stehen. In der Ferne über der Außenalster türmten sich die Wolken auf wie Berge aus kaltem Marmor. Er stützte sich auf ein Mäuerchen am Rand der Brücke und schaute einer einsamen Möwe zu, die gegen den Wind steuerte. Ihr Gefieder sträubte sich, sie änderte leicht die Richtung und wollte ihren Weg fortsetzen. Eine weitere Böe erfasste sie und drängte sie aus ihrem Kurs. Die Möwe kreischte, taumelte und musste schließlich abdrehen.

Er schloss die Augen. Die Einsicht traf ihn wie ein Schlag: Polly hatte recht.

Als er abends ins breedenbeksche Haus kam und seine Briefe durchsah, fand er eine Einladung Maltzahns vor. Es ging um die Landpartie, die vor so langer Zeit auf diesem lebensgefährlichen Konzert verabredet worden war. Dort hatte er Fanny das erste Mal wiedergesehen. Er setzte sich hin und stöhnte in seine Hände. Unsägliche Landpartie. Am liebsten hätte er abgesagt, aber es ging nicht. Fanny und er waren der Rechtfertigungsgrund und damit die Galionsfiguren für diese Erkundungsfahrt. Er überflog die beiliegende Notiz. Maltzahn, das Schlitzohr, wollte noch nicht einmal Mütter oder Gouvernanten mitnehmen. Als Anstandsdame war Adele auserkoren, die älteste, schon verheiratete Reincke-Tochter.

Alvesloh riss sich zusammen, setzte sich gerade hin und strich seine Weste glatt. Auch wenn alles misslich war: Es konnte kaum einen günstigeren Moment für das Gespräch mit Fanny geben.

Kapitel 29

Christ verdarb an Alveslohs Hals schon die dritte Halsbinde und murrte vor sich hin. Alvesloh faltete den *Hamburgischen Korrespondenten* zusammen. Lesen hatte keinen Sinn.

»Christ, es ist nach neun, du kannst unmöglich immer noch müde sein.«

»Könnt 'nem Pferd leichter die Krawatte binden als Ihnen heute Morgen. Dieses Gezappel ist zum Verrücktwerden.«

»Bin ja still. Bring dein Werk zu Ende, diese hier oder keine.

Ich muss fort. Maltzahn ist schon da. Wenn ich den länger allein lasse, macht er Unfug.«

Alvesloh hatte sich Maltzahn nach dessen Indiskretion im Gespräch mit Fanny gründlich vorgenommen, aber es war, wie er gedacht hatte: Der Freund war unter Fannys Einfluss quasi schuldunfähig gewesen. Obwohl er ihm das so deutlich natürlich nicht gesagt hatte.

Als Christ fertig war, wählte Alvesloh mit Sorgfalt einen nachtblauen Rock zur safranfarbenen Weste. Während sein Diener letzte Hand an die Stiefel legte, dachte Alvesloh darüber nach, dass er heute den ersten Heiratsantrag seines Lebens stellen würde. Nie hätte er für möglich gehalten, dass dieses Vorhaben sich gleichzeitig so ernsthaft und so aussichtslos anfühlen könnte.

Sein Freund Maltzahn besaß das glückliche Naturell, nicht nur gegen die meisten anderen Menschen nachsichtig und wohlwollend zu sein, sondern auch gegen sich selbst. Er strahlte über das ganze Gesicht, als Alvesloh aus dem breedenbekschen Haus kam.

»Mein Gott, Georg, was ist das denn für eine Leidensmiene? Wir haben eine Landpartie bei herrlichem Wetter mit den reizendsten Damen vor uns. Und als ob das nicht reichte: Bei meiner Anwesenheit! Ich könnte verstehen, wenn du angesichts dieser Höhepunkte ein blödes Lächeln nicht mehr aus deinen Zügen bekämst. Dein Blick hingegen ist beleidigend.«

»Leo, ›Landpartie‹ ist ein reiner Euphemismus für Getier im Essen. Mit Zivilisation hat das nichts zu tun. Nur degenerierte Städter können schlechte Straßen und feuchte Wiesen charmant finden.«

»Das ›degeneriert‹ habe ich nicht gehört. Nun zu wichtigeren Dingen als deinem Querulantentum.« Maltzahn rieb sich die Hände und deutete dann den Jungfernstieg entlang. »Nur um die Ecke, da steht der Wagen. Also: Es kommen die drei Reincke-Töchter Katharina, Sophie und Adele. Letztere mit ihrem Gatten, einem Monsieur Rohlsdorff. Daneben Traugott Hennigsen und wir selbst. Hennigsen hat es auf Sophie abgesehen, wie er mir neulich gestand. Das junge Ehepaar wird sich mit sich selbst zu beschäftigen wissen. Du kümmerst dich um dein Mündel und nimmst Caroline Petersen gleich mit unter deine Fittiche. Ja, und ich wollte meine spezielle Fürsorge unserer reizenden Katharina angedeihen lassen.«

Alvesloh hob die Augen zum Himmel. »Solange ihr nicht singt.«

Sie waren bei dem Gefährt angekommen, das sich im Verhältnis zu den Kutschen auf dem Jungfernstieg ungefähr so ausnahm wie eine Vorstadtdirne zur Madame Pompadour.

»Was ist das?«, fragte Alvesloh.

»Nach was sieht es denn aus? Und wisch dir endlich diese schmerzverzerrte Grimasse vom Gesicht. Ich bin mir sicher, dass ich allein mit diesem Einfall die Herzen der Weiblichkeit erobere. Ein Stuhlwagen mit Bänkchen an den Seiten! Kannst du dir etwas denken, das romantischer und ländlicher ist? Die Damen werden es lieben. Die Herren werden es auch lieben. Wo haben sonst so viele Menschen auf so engem Raum Platz?« Maltzahn entfuhr etwas, das sich wie ein Kichern anhörte.

Alvesloh hielt es für besser, das nicht zu kommentieren, und fragte schicksalsergeben: »Wo ist der Fahrer?«

Maltzahn räusperte sich und legte die Fingerspitzen aneinander. »Ich dachte es mir so besonders niedlich, wenn wir das selbst machen?«

»Wer?«, fragte Alvesloh, doch Maltzahns Grinsen wurde nur breiter. Ohne eine Antwort abzuwarten, kletterte Alvesloh mit einem schweren Seufzen selbst nach vorne und nahm die Zügel in die Hand.

Fanny redete sich ein, dass sie auf einen Ausflug wie jeden anderen fuhr. Das beruhigte ihre Nerven und sie beendete ihre Toilette ohne Händezittern. Um ihre schwer erkämpfte Duldsamkeit zu unterstreichen, wählte sie ein blau-grau kariertes, hochgeschlossenes Kleid. Sie wusste, dass sie darin aussah wie eine Dreizehnjährige auf dem Weg zur Sonntagsschule. Wenn sie diesen Tag schon mit Alvesloh verbringen musste, dann wollte sie wenigstens mit jeder Mauer verschmelzen. Bei den vielen Anwesenden würden sie sich leicht aus dem Weg gehen können. Mehr als oberflächliche Höflichkeit war nicht vonnöten. Ein guter Plan. Er brach ihr das Herz.

Als Gesche das Kleid geschlossen hatte, besah Fanny sich im Spiegel. Bevor Gesche hinausschlüpfen konnte, hielt Fanny sie zurück. »Bleib noch. Nicht das Karierte. Hilf mir wieder heraus und bring das Lindgrüne.«

Das Mädchen stutzte kurz, öffnete dann aber folgsam die Knöpfe am blau-grauen Kleid. »Ich hab mich schon gewundert, Fräulein. Nichts für ungut, aber das steht Ihnen einfach nicht. Aber nun gleich das Lindgrüne fürs Land? Sie haben so viele Komplimente dafür bekommen, wenn's dann zerreißt?« Gesche kräuselte unzufrieden die Nase.

»Ich pass schon auf, Gesche. Das Lindgrüne und los. Wir müssen uns beeilen. Ich möchte vor den Herren bei Caro eintreffen.«

Eine halbe Stunde später saß Fanny im Salon der Familie Petersen und Margarete meldete, dass ein Leiterwagen mit zwei Herren vorgefahren sei.

Fannys Handflächen waren feucht, als sie vor die Tür trat. Es half, dass Alvesloh wie ein Bauer auf dem Bock des Gefährts saß. Der Anblick hatte etwas erfrischend Lächerliches.

Sie grüßten sich mit perfekter Artigkeit. Maltzahn nahm sie und Caroline sofort mit seinem Geplauder in Beschlag, während Alvesloh der Reihe nach die übrigen Parteien ansteuerte.

Als sie das Dammtor hinter sich gelassen hatten, hörte die Stadt auf und mit ihr die Enge und das Gefühl, in ein Pulverfass eingeschlossen zu sein.

Fanny saß dicht gepresst neben Caroline und Baumwollfabrikant Hennigsen. Er hatte neben sich seine Sophie und für niemanden sonst Augen. Fanny schwieg und hörte auf das Stimmengeplätscher der anderen. Die Sonne wärmte ihre Hände und das wenige Heu zu ihren Füßen roch angenehm.

Sie fuhren an den schönen Auen der Alster vorbei mit alten Eichen, die noch kein Laub trugen. In den Gärten erhoben Magnolienbäume ihre schneeweißen Häupter und über ihnen trieb ein hoher Himmel nur dann und wann einen Wolkenturm vorbei. Wenn sich die Sonne dann verdunkelte, merkte man, wie kühl es noch war. Fanny ließ sich ganz von der Frische der Natur einfangen und sah nicht ein einziges Mal zu Alvesloh. Mit dieser Leistung war sie sehr zufrieden.

Wie aus dem Nichts tauchte nach einer halben Stunde ein Landgasthof inmitten eines großen, bäuerlich angelegten Gartens auf. Die Wirtin hatte draußen unter zwei schon zartgrünen Birken eingedeckt.

Das Tischgespräch war die drohende Gefahr für Hamburg, trotz Landpartie und schönen Wetters. Alvesloh war ein gefragter Gesprächspartner und musste zu allem antworten. Es war, wie Fanny vermutet hatte: Sie saß weit entfernt von ihm und konnte sich aus jedem Gespräch und jeder Verlegenheit heraushalten. Caroline saß blass und still neben ihr und konnte jemanden gebrauchen, der sie aufheiterte.

»Caro, ein Spatz verschlingt gegen dich noch Mengen. Du solltest wieder öfter bei uns essen, dann würdest du dieses Frühstück hier anders wertschätzen.«

Caroline lächelte müde. »Ich kann einfach nicht für meinen Magen garantieren. Und bevor ich der Wirtin die Hecke vollspucke ...«

Fanny streichelte Caroline die Hand. »Bestimmt etwas Eingeschlepptes von den Russen. Wir werden gleich einen schönen Spaziergang machen, dann fühlst du dich wohler, glaub mir.«

Vom anderen Ende des Tisches kam ein Quieken und Adele klatschte in die Hände.

»Nein, ich glaube es nicht! Fräulein Fanny! Sophie hier will mir weismachen, Sie hätten mit General Tettenborn getanzt? Das ist ja unerhört. Ich muss alles wissen! Und seien Sie nicht so grausam, uns irgendein Detail vorzuenthalten!« Adele leckte sich die Lippen.

Für eine Sekunde sah Alvesloh zu ihr herüber, dann faltete er weiter seine Serviette auseinander.

Fanny wollte die Frage übergehen, aber alle Augenpaare waren auf sie gerichtet, alle Gespräche verstummten.

»Nun«, sagte sie zögerlich, »er war sehr galant und weltmännisch. Ein tieferes Urteil traue ich mir nicht zu, Madame. Es war nur ein Tanz.«

Alvesloh schaute bei ihren Worten nicht auf, sondern massakrierte auf seinem Teller mit übertriebener Grausamkeit eine Pastete. Dabei hatte sie wohlweislich die persönliche Dankeskarte verschwiegen, die Tettenborn ihr zusammen mit einer parfürmierten Seidenblume am Tag nach dem Ball geschickt hatte.

»Bah. So können Sie uns nicht abspeisen. Jeder soll gesehen haben, wie Sie am Rande der Tanzfläche in ein Gespräch versunken waren. Finden Sie ihn nicht auch unerhört schneidig?« Adele lachte etwas zu schrill und knuffte ihrem Ehemann in die Seite.

Alvesloh räusperte sich. »Maltzahn, unternimm einmal irgendetwas Zivilisiertes für uns. Das lange Sitzen ist die reine Qual. Du kennst doch immer irgendwelche Spiele?«

»Oh, ja, spielen wir etwas! Aber was?«, rief Katharina begeistert.

Maltzahn war sofort in seinem Element. »Ich habe mir erlaubt, ein wenig Kreide mitzubringen. Wenn es Ihnen nicht zuwider ist, können wir dort auf der gepflasterten Auffahrt eine Partie ›Herzensjagd‹ spielen?«

»Monsieur Maltzahn, was für eine charmante Idee.« Fanny sprang auf. Sie war Maltzahn kolossal dankbar. Der Elan verging, als Alvesloh ihr und Caroline den Arm bot. Sie bewegte sich hölzern an seiner Seite.

»Ich fürchte, ich kenne die Regeln gar nicht«, rief Rohlsdorff von hinten.

Maltzahn erklärte, als sie bei den Pflastersteinen angekommen waren: »Also, Madame, Mesdemoiselles, Messieurs: Ich male auf die Steine in einiger Entfernung voneinander acht Herzen. Wir sind neun Personen. Es fehlt also eines. Danach fassen wir uns an den Händen und tanzen zum bekannten Vers in einer Runde um die Bildchen herum. Wenn das Lied endet, versucht jeder, ein Herz mit Hand oder Fuß zu erhaschen. Derjenige, dem das nicht gelingt, muss ein Pfand hinterlegen. Er kann es nur durch einen Kuss mit einer Person des gegenteiligen Geschlechts auslösen.«

Ein Raunen ging durch die Gesellschaft.

»Die gute Nachricht: Der Büßer kann diesen Partner auswählen«, sagte Maltzahn.

Adele kicherte.

»Das sind die üblichen Regeln. Wir spielen drei Runden. Sind alle bereit?« Maltzahn malte seine Herzen auf die Steine. Alles fasste sich an den Händen und der Rundtanz begann.

Während sie sich im Kreis drehten und sangen, glitt Fannys Blick zu Alvesloh, der ihr gegenüber zwischen Maltzahn und Katharina stand. Er fügte sich zwar in den Tanz, sang aber nicht mit und schaute wenig amüsiert. Sie bereute schon, dass sie hingeschaut hatte und nahm sich vor, ihn so gut zu ignorieren, wie es ging.

Als das letzte Wort verklungen war, lösten sich die Spieler voneinander und alles rannte, stürzte oder schlenderte, je nach Temperament, auf die Kreidebilder zu. Fanny erreichte ohne Probleme ein Herz in ihrer Nähe. Hennigsen war der erste Verlierer. Sophies Wangen glühten vor Hitze und man sah ihr deutlich an, wie wenig sie an die Ungeschicklichkeit ihres Verehrers glaubte. Er hinterlegte seine Taschenuhr.

Bei der zweiten Runde kam Katharina ungünstig zu stehen und konnte kein Herz erwischen. Das wiederum ließ Maltzahn grinsen, der sich wohl Chancen auf die Buße ausrechnete. Katharina hinterlegte ihr Halstuch.

In der letzten Runde standen Alvesloh und Katharina in Reichweite desselben Herzens. Alvesloh hätte es spielend leicht erreichen können, ließ aber Katharina den Vortritt.

Ein heißkaltes Gefühl schoss durch Fanny hindurch. Es passte schon nicht zu Alvesloh, dass er bei einem solchen Spiel teilnahm. Die Vorstellung aber, er könnte eine der anwesenden Damen küssen, war grauenvoll. Wenn er wenigstens Caroline auswählen würde oder diese furchtbare, aber immerhin verheiratete Adele. Er hinterlegte seinen Hut.

»So, meine Herrschaften!« Maltzahn rieb sich die Hände. »Wir haben drei Pfänder auszulösen. Ich ersuche die Büßer, zu mir zu kommen. Mit recht reuiger Miene, wenn ich bitten darf. Das ist hier keine Tombola!«

Die Drei traten zu ihm vor. Die Damen lachten. Maltzahn machte ein strenges Gesicht. »Hennigsen, willst du deine Uhr wieder? Dann zeig uns, wie du deinen Fehler ausgleichen und doch noch ein Herz gewinnen willst. Wähle klug!«

»Nun, wegen der größten Bekanntschaft kann ich mir doch wohl nur Fräulein Sophie auswählen. Mademoiselle, ich bitte Sie inständig, helfen Sie mir, Buße zu tun!« Hennigsen verbeugte sich.

Alles feixte und Sophie bekam hektische Flecken. Fanny konnte sie verstehen. Hennigsen gab ihr lediglich einen Kuss auf die Wange, aber Sophie wurde noch roter im Gesicht.

In das laute Klatschen der Übrigen rief Maltzahn hinein: »Ruhe, bitte, wir sind noch nicht am Ende. Eine weibliche Büßerin haben wir auch, wie ich zur großen Schande ihres Geschlechts sagen muss. Fräulein Katharina, ich mache Sie darauf aufmerksam, dass in Ihrem schweren Fall auch der Spielleiter sich anheischig macht, die Menge der zur Wahl stehenden Herren zu vergrößern.« Maltzahn zog die Brauen zusammen und schüttelte den Kopf. »Wenn ich es recht überlege, so kann in ihrem Fall wohl nur der Spielleiter die Bußleistung wirklich beurteilen. Ihr Schal wird sonst dem Waisenhaus gestiftet!«

Aus der Menge: »Schiebung! Erpressung!«

Fanny musste ganz gegen ihren Wunsch lachen. Maltzahn war einfach ein Schlitzohr.

Er hob wie ein Volkstribun die Hand und alle schwiegen. »Nun, mein Kind?«

Katharina, rot wie eine Hagebutte, nuschelte ihr Einverständnis. Daraufhin fing Maltzahn sie mit ihrem eigenen Schal ein, zog sie zu sich heran und küsste sie direkt und unverschämt lange auf den Mund.

Nach seiner Tat wandte Maltzahn sich bestens gelaunt an Alvesloh. Der hatte die Szene mit leicht gekräuselten Lippen beobachtet, schien aber ansonsten völlig unbeeindruckt. Nun war er an der Reihe. Fanny wurde immer mulmiger zumute.

»Ah, Alvesloh, unser letzter Büßer. Bei dir wundert mich nichts. Natürlich konntest du kein Herz erhaschen. Ein schwerer Fall. Und obstinat dazu. Ob sich überhaupt eine der jungen Damen bereit erklärt? Wollen wir's hoffen! Deine Wahl?«

Alvesloh räusperte sich. »Ich muss unzweifelhaft Buße leisten. Und heute kann ich nichts befehlen oder erzwingen und, nebenbei, mein lieber Maltzahn, auch nicht überrumpeln. Ich kann nur inständig bitten und hoffen, dass Sie, Fräulein Fanny, mich aus meiner Lage befreien wollen?«

Sie erstarrte. Diese Wendung hatte sie weder vorausgesehen noch für möglich gehalten.

»Natürlich muss ich aufgrund meiner Stellung als Vormund um eine Änderung der Buße bitten. Fräulein Fanny, ich dachte, wir könnten die gesellige Runde entlasten und unseren kleinen Pilgerweg zu dem Berg mit der fraglichen Linde allein antreten? Wir würden dann ausgiebigen Bericht erstatten, wie unsere Meinungsverschiedenheit beigelegt wurde. Mesdames et Messieurs könnten sich hier in der Nähe des Hauses noch in allerlei Spielen ergehen, besonders jetzt, wo es nach Regen aussieht.«

Eine Welle von Erleichterung und Enttäuschung umspülte Fannys Inneres.

»Das ist eine gute Buße und eine noch viel bessere Idee!«, sagte Maltzahn. »Obwohl ich dich ja nur ungern lobe. Fräulein Fanny muss natürlich entscheiden, ob sie sich den Gefahren der Witterung stellen kann – schlimmer noch: mit dir als Unterhalter.«

»Das müsste Fräulein Fanny allerdings entscheiden.« Alvesloh sprach mit ruhiger Stimme. Etwas in seinem Blick entschied es und sie sagte: »Ich stehe bereit.«

Alvesloh bot ihr den Arm und sie trennten sich von der Gruppe. Fanny war so aufgeregt, dass ihre Knie zitterten. Hoffentlich würde das Gehen sie ruhiger machen.

Die Wirtin räumte gerade den Tisch ab. Alvesloh rief ihr zu: »Frau Wirtin, kann Sie uns sagen, wie wir von hier zu dem Sagenhügel kommen? Kennt Sie die Geschichte? Das arme Klosterfräulein, das dort irgendwo bestattet sein soll?«

»Ja, gnädiger Herr, die Sage kennt hier jeder. Den Hügel können Sie nicht verfehlen. Er liegt auf dem Klosterfeld. Die Chaussee nach Eppendorf immer zu und nach einer Weile links hinter einer Wiese. Ein bisschen eingewachsen allerdings, aber die einzige Erhebung weit und breit. Nur übers Feld rüber müssen die Herrschaften schon.«

Alvesloh nickte und führte Fanny auf die sandige Straße. Die Wolken verdichteten sich, der Wind strich wie ein kühles Tuch über ihre Stirn und Wangen. Der wattegraue Himmel sah jetzt wirklich nach Regen aus.

Eine Weile gingen sie schweigend nebeneinander. Fannys Knie fühlten sich stabiler an, aber ihr Puls ging immer noch unnatürlich schnell. Ob Alvesloh auch jemals an den Kuss dachte? Fanny wollte unbedingt die Nähe überspielen, die sie beim schweigsamen Gehen empfand. »Warum hier wohl ein Hügel ist, wo weit und breit nur plattes Land liegt? Wie merkwürdig«, sagte sie.

»Vielleicht ein klassisches heidnisches Hünengrab, das sich ein germanischer Fürst hier errichten ließ. Vielleicht gibt es auch eine ganz einfache geologische Erklärung, die …«

»Da! Ich sehe es. Dort muss es sein.« Fanny ergriff die Gelegenheit und löste sich von Alveslohs Arm. Sie lief einige Schritte voraus. Vor ihr lag eine breite, verwilderte Wiese. Hinten am Knick, wo eine Baumreihe den angrenzenden Acker abtrennte, ging das Land in eine Anhöhe über. Der Hügel war obendrauf mit stattlichen Bäumen bewachsen, so dass sie nicht sehen konnte, ob im Inneren eine Linde stand oder nicht.

Alvesloh schloss zu ihr auf und stieg über eine kleine Buschhecke, die die Wiese vom Weg abschirmte. »Darf ich?«, fragte er.

Da sie mit ihrem Kleid kaum anständig das Hindernis überwinden konnte, erlaubte sie ihm, um ihre Taille zu fassen und sie über die Hecke zu heben. Sie fühlte sich wie eine Puppe, so mühelos hob er sie in die Luft. Als seine Hände sie berührten und sie sich an seinen Schultern abstützte, fuhren tausend winzige Blitze durch ihren Körper. Selbst wenn sie sich noch so sehr um Haltung bemühte, ihr Körper führte ein verräterisches Eigenleben. Es war zum Verrücktwerden! Alvesloh merkte, wie sie zusammenzuckte und interpretierte es offensichtlich als Abneigung, denn er stellte sie so schnell es ging auf dem Boden ab und entfernte sich einen Schritt von ihr.

»Verzeihen Sie, Mademoiselle. Ich wollte Ihnen nicht zu nahe treten.« Alveslohs Miene war verkrampft.

Wenn Fanny in einer anderen Lage gewesen wäre, hätte sie bei seiner Äußerung gelacht. Wenn er ihr damit zu nahe trat, was war der Kuss dann für ihn gewesen? Sie strich ihr Kleid glatt, mied seinen Blick und ging geschäftsmäßig voran.

Obwohl der Hügel verwildert aussah, führte ein kleiner ausgetretener Pfad auf der einen Seite hinauf. Alvesloh fasste ihre Hand, weil sie mit ihren glatten Schühchen auf der feuchten Erde sonst hinuntergerutscht wäre. Fanny hatte diesen Tag gefürchtet, aber dass es so schwer werden würde?

Als sie oben angekommen waren, ließ sie schnell seine Hand los und ging durch den Wall aus Eichen und einigen Buchen hindurch. Dahinter lag eine kleine Lichtung. Nun waren sie am Ziel und hatten eine Aufgabe. Sie atmete auf. Fast versteckt unter den Zweigen eines kleinen Weißdornbusches stand ein feinziseliertes Kreuz aus Eisen.

»Sehen Sie nur«, rief sie und kniete sich vor das Kreuz. Sie berührte die Kreuzmitte und erfühlte mit den Fingern eine verwitterte Prägung. »Hier steht S.O.C. Also keine Agnes.«

»Das würde ich so nicht sagen.« Alvesloh hatte sich neben sie gekniet und fuhr ebenfalls die Prägung des Kreuzes entlang. »S.O.C. Das bedeutet Sacer Ordo Cisterciensis.«

»Heiliger Orden der Zisterzienser?«, fragte Fanny.

»Ja. Unsere Agnes war Zisterzienserin, soviel ich weiß. Aber sehen Sie hoch.«

Über ihnen wölbte sich eine Baumkrone, in kaum zwei Metern Höhe. Die Blätter waren jung und frisch, die Borke des Baumes jedoch zerfurcht und dick. Der Stamm war mächtig.

»Eine Linde!« Sie bekam Gänsehaut. »Agnes' Linde. Ich kann es kaum glauben.« Sie betastete den Baum und befühlte seine schwielige Rinde.

Alvesloh machte es ihr nach. »Jung ist er nicht«, sagte er. »Aber winzig. Als wäre er nie gewachsen, nur gealtert.« Er schwieg einen Moment und sah an dem Baum hoch und runter. »Sie haben Recht. Es ist äußerst merkwürdig, was hier passiert ist. Ich sage es nur ungern, aber vielleicht ist dieser Ort doch verwunschen.«

Fanny brachte bei Alveslohs offensichtlichem Bemühen sogar ein kleines Lächeln zustande, aber genießen konnte sie ihren Triumph nicht. Sie trat einen Schritt vom Baum weg und verschränkte ihre Arme. »Warum musste Agnes nur so ein schauerliches Los treffen? Sie war doch unschuldig. Gott muss es gewusst haben.«

»Vielleicht sollte sie weit über ihr eigenes Leben hinaus eine Wirkung entfalten, die nur so möglich war«, sagte Alvesloh nach einer kurzen Pause. »Wir sprechen immer noch über diese kleine Nonne. 500 Jahre später.«

»Aber sie hat so gelitten. Warum hat sie nichts unternommen? Sie hätte ihrem Geliebten ins Heilige Land folgen können«, sagte Fanny.

»So hätten Sie es gemacht, nicht wahr?« Alveslohs Mundwinkel zuckten leicht und er schaute sie mit einem Blick an, der Fanny daran erinnerte, wie es zwischen ihnen gewesen war. Dann legte er unvermittelt die Hand auf ihren Arm. »Sie hat sich den Regeln ihrer Gesellschaft unterworfen, Fanny, wie wir es alle müssen. Das Leben ist kein Roman, wie sie jetzt so in Mode kommen. Helden, die bei jeder Gelegenheit mitten ins Abenteuer springen, existieren nur auf Bücherseiten. Wir sollten alle mehr den Alltags- als den Bücherhelden nacheifern.«

»Ich mag gar nicht fragen, wie Ihre Alltagshelden aussehen. Vermutlich spielt da viel Verantwortung eine Rolle, Nüchternheit und eine Prise Selbstlosigkeit?« Fanny klang ein bisschen trotzig, aber es war ihr egal.

Alvesloh lachte sein tiefes Lachen. Dann wurde er wieder ernst. »Ich glaube nicht, dass uns eine Portion von alldem schadet. Wir jagen der Vorstellung hinterher, wir könnten zu jedem Zeitpunkt bestimmen, wie unser Leben verläuft.« Er schüttelte leicht den Kopf. »Ich glaube nicht, dass das so ist. Und doch haben wir Verantwortung vor Gott und den Menschen.«

Fanny zog sich ihre Haube fester; der Wind wehte streng.

»Also, ich für meinen Teil jage ganz gern dieser Vorstellung hinterher.« Der Satz war in ihr einfach nach oben gestrudelt und herausgerutscht.

»Ja, ich weiß.« Er lächelte sie wieder auf die Weise an, die sie so vermissen würde. Dann drehte er sich zum Gehen und bot ihr den Arm.

Ihr tat sein Lächeln weh und sie konnte ihn nicht berühren. Sie schlang die Arme um ihren Körper. »Dieser Wind! Wir sollten wirklich zu den anderen zurückkehren.«

Alvesloh ließ seinen Arm sinken und kurz blitzte so etwas wie Enttäuschung in seinem Gesicht auf. Fanny legte eine Wiesenblume auf Agnes' Grab und nahm Alveslohs Hand erst, als sie den kleinen Pfad wieder hinuntergingen.

Auf dem offenen Feld drückte eine Böe ihr das Kleid gegen die Beine. Die Wolken über ihnen verdunkelten sich immer mehr und es legte sich eine Spannung über sie, jetzt, da sie den Rückweg antraten und ihre eigentliche Aufgabe erledigt war. Alvesloh hob sie wieder über die kleine Böschung. Sein Griff war sicher und behutsam und sie hätte sich am liebsten in seine Arme geworfen. Hoffentlich konnte er ihre Gedanken nicht lesen. Sie fühlte sich ertappt, als er in einem ernsten Ton zu reden anfing.

»Fanny, ich wollte Sie nicht nur wegen unserer Buße entführen, sondern auch, weil ich hoffte, allein mit Ihnen zu sprechen.«

Kurz schloss sie die Augen und betete inständig, er würde sie nicht fragen, warum sie sich ihm so aufgedrängt hatte bei jenem Kuss. Ihr Stolz riet ihr zu irgendeiner Lügengeschichte. Ihr Herz war anderer Meinung.

Alvesloh schaute kritisch nach oben. »Mademoiselle sind nicht aus Zucker, oder?«

»Wie man es nimmt.« Ihre Hand auf seinem Arm brannte.

»Fanny, dieser unselige Nachmittag! Es muss grässlich für Sie sein, weiter mit mir in Kontakt zu stehen, aber ...«

»Warum quälen Sie mich dann?« Sie wischte sich einen Tropfen von der Wange. Feiner Regen kitzelte auf ihren Augenlidern.

Alvesloh schwieg eine Weile.

»Mademoiselle, es macht nichts ungeschehen, aber mir ist mein eigenes Verhalten unerträglich.« Er sah sie von der Seite an. »Verzeihen Sie. Noch unerträglicher ist Selbstmitleid.« Mit dem Fuß schoss er einen dicken Kiesel vom Weg. »Fanny, als Ehrenmann muss ich Sie fragen und tue dies nur das eine Mal, um Sie nicht weiter zu beleidigen: Wenn Sie sich unter meinen Schutz stellen möchten, so sagen Sie nur ein Wort.«

Sie brauchte einige Sekunden, um seine Worte einwirken zu

lassen. Dann schwemmte eine heiße Wut jedes bessere Wissen fort. Sie befreite sich augenblicklich von seinem Arm.

»Wie können Sie es wagen! Soll ich vielleicht für diesen – wie soll ich es nennen? Antrag? – noch dankbar sein?« Sie spie die Worte aus und beschleunigte ihren Schritt. »Ich hätte mir denken können, wie sehr Sie Ihre hässliche Machtdemonstration im Nachhinein gereut. Sie, die fleischgewordene Integrität! Fühlen Sie sich jetzt besser? Ist die Weste wieder weiß?«

Fanny blieb stehen und lachte. Es war einfach alles zu absurd. Sie fasste sich mit ihren regenfeuchten Händen an die Wangen. Mein Gott, sie war erst neunzehn Jahre alt und wurde schon zur Zynikerin. Sie zwang einige ungeweinte Tränen hinunter und fasste sich.

Alvesloh sah sie mit verwirrtem Gesicht an und sagte kein Wort.

»Monsieur, halten Sie mich für verrückt, aber ich glaube an Gefühle zwischen Ehegatten. Wenn ich jemals heirate – und glauben Sie mir, die Erfahrungen mit Ihnen haben diesen Wunsch in weiteste Ferne gerückt, – dann niemals anders als aus Liebe.«

Alvesloh verbeugte sich steif und sie gingen weiter. »Eine ähnliche Antwort hatte ich erwartet, Mademoiselle. Aber Sie so verletzt und wütend zu sehen? Es ... es tut mir sehr leid.«

Er hob seine Hand und es wirkte, als hätte er Fanny berühren wollen. Dann ließ er den Arm sinken.

Sie nickte seine Entschuldigung ab wie Metas Haushaltspläne. Ein Schleier aus Tränen ließ die Bilder um sie herum verschwimmen. Die Wiesen lagen da wie grünlackierte Bretter, schlierige, bleierne Wolken, ineinander verlaufende Schafe.

Sie hatte den Heiratsantrag des Mannes abgewiesen, den sie liebte. Wenn man es Heiratsantrag nennen konnte. In seiner Sicht wohl eher ein Mittel der Schadensbegrenzung. Und dennoch: Er hätte sie zur Frau genommen. Schnell und ungebeten türmten sich Bilder versteckter Hoffnungen vor ihr auf und fielen krachend in sich zusammen. Ihr Leben war eine einzige Bankrotterklärung. Eine Träne rann aus ihrem Auge und ließ den Blick wieder klarer werden. Sie wischte sie so weg, dass Alvesloh es nicht sehen konnte.

Mittlerweile waren sie die Chaussee ein ganzes Stück hinauf gelaufen. Vom Gasthaus und dem Treiben hörte man noch nichts. Es regnete still vor sich hin. Der Duft feuchter Wiesen drang zu ihr und hatte etwas Tröstliches. Sie zwang sich, ruhiger zu atmen, und es gelang ihr. Auf diesem Weg mochte auch das Fräulein Agnes vor vielen hundert Jahren in ihren schlimmsten Stunden gegangen sein.

»Monsieur, was geschehen ist, ist geschehen. Ich kann auf mein Verhalten mit ebenso wenig Seelenruhe schauen, wie Sie auf das Ihrige. Ich schlage vor, wir verdrängen die ganze Sache aus unseren Gedanken, so gut es geht. Ich kann Ihnen jedenfalls versprechen, Sie nie wieder in Verlegenheit zu bringen.« Fannys Wangen brannten bei der Erinnerung. Die Straße bog sich leicht und sie konnte schon die Birken vor dem Gasthaus sehen.

»Ich höre Maltzahns Stimme«, sagte Alvesloh. »Wir machen es, wie Sie sagen: Als wäre nichts geschehen.«

Alveslohs Stimme klang irritiert. Aber Fanny hatte keine Kraft mehr und fragte sich nicht, warum.

Kapitel 30

Am Abend bei ihrer Heimkehr wollte Fanny nur schnell auf ihr Zimmer, aber im Eingang warteten Meta und Johann wie zwei Säulen und verhießen nichts Gutes. Metas sonst so rotgegerbtes Gesicht war blass und grau.

Die Nachbarn hätten von größeren Truppenbewegungen gesprochen. Bald darauf seien Gerüchte von dem Herannahen der

Franzosen in aller Munde gewesen. Johann stand zwar äußerlich ruhig da, aber seine Hände zitterten, als er Alvesloh den Mantel abnahm. »Es heißt, Davout habe sich mit diesem Vandamme vereinigt und sie hielten auf Hamburg zu.« Leiser fügte er hinzu: »13000 bis 17000 Mann stark.«

»Wann hattet ihr die Nachrichten?«, fragte Alvesloh.

»Vor drei Stunden, gnädiger Herr. Diese Depesche ist außerdem für Sie gekommen«, Johann reichte ihm ein gefaltetes Blatt Papier.

Alvesloh nahm seinen Mantel wieder an sich und las den Brief mit fliegenden Augen. »Meine Anwesenheit bei der Garde ist unentbehrlich. Ich werde heute Nacht erst spät kommen, verriegelt die Tür nicht.« Er rief nach Christ, verbeugte sich gegen Fanny und war verschwunden, ehe sie ihn fragen konnte, was das alles bedeutete.

Abends saß Fanny noch lange im Salon und stickte, nachdem Miss Tibbs bereits mutlos zu Bett gegangen war. Die Kerze brannte herunter und das Schlagen der Glocken der nahen St.-Petri-Kirche erinnerte sie, wie die Zeit verstrich. Wie hypnotisiert starrte sie in das einzige Licht im Raum. Sie ließ den Rahmen auf ihren Schoß sinken, weil sie sowieso kaum noch etwas erkennen konnte. Sie wartete. Worauf, wusste sie auch nicht so recht. Das Holz im Kamin war längst verbraucht und die glimmende Kohle brachte nur noch wenig Wärme. Sie zog ihren Schal enger um die Schultern.

Ihr Warten war jedoch nicht vergebens. Petri schlug zwei Uhr, da öffnete sich die Tür zum Salon und ein im Kerzenlicht bleich wirkender Alvesloh trat herein.

»Von draußen habe ich schwaches Licht gesehen. Ich dachte mir, Sie müssten es sein.« Er ließ sich in einen der zierlichen Stühle fallen, die Beine ausgestreckt, die Füße übereinandergeschlagen. Mit einer Hand fuhr er sich über die Augen, dann angelte er sich vom Tisch die Weinkaraffe und mischte sich ein Glas davon mit Wasser. Seine Hände waren unruhig und er sprach erst, nachdem er sich gestärkt hatte. »Harburg ist von unseren Truppen geräumt. Die Vorposten der Franzosen sind bereits da. Tettenborn hat alle Männer, die über die Elbe gegangen waren, zurückgezogen. Die Gerüchte über die Truppenstärke sind wahr. Die Franzosen werden heute oder morgen Harburg besetzen.«

Fanny sprang auf und hielt sich an ihrem Stickrahmen fest. »Aber wenn die Franzosen Harburg haben, dann ist es doch bis zu uns nur ein Katzensprung?«

Er nickte. »Es hängt jetzt alles an der Wilhelmsburg. Wir müssen sie so lange wie möglich halten.«

Fanny zitterte, weil ihr eine eisige Kälte das Rückgrat hinaufkroch.

Alvesloh stand auf und ging im Raum umher. »Fanny, ich habe eine Bitte.«

»Ja, Monsieur?« Fanny brannte darauf, irgendetwas zu tun, das sie von ihrer Sorge ablenkte.

»Für den Fall, dass mein Bataillon kämpfen muss und ich bei meinen Männern stehe und«, er stockte kurz, »und nicht zurückkomme, für diesen Fall habe ich eine Bitte.«

Fanny hakte der Atem in der Brust fest. Über diese Möglichkeit hatte sie noch niemals nachgedacht. Sie konnte nichts sagen, nur nicken.

Er blieb am Tisch stehen. »Fanny, wenn ich nicht mehr auf Sie aufpassen kann und Hamburg verloren geht, dann möchte ich, dass Sie fliehen. Versuchen Sie, mein Gut zu erreichen. Nehmen Sie nichts mit, nur, was Sie am Leib tragen, und natürlich Miss Tibbs. Meinetwegen die Dienstboten, wenn die nicht wissen, wohin. Christ wird Sie rausbringen. Karl wird sich eine Weile verstecken müssen, weil er in der Legion kämpft und die Franzosen ihn suchen werden. Aber sobald sich die Lage beruhigt, wird er nach Liebenau kommen.«

Fanny atmete immer noch flach. Sie spürte, dass das nicht alles war. Bislang hatte Alvesloh sie mit einem eindringlichen Blick angesehen, wie um ihr die Worte einzubrennen, damit sie sie nicht vergaß. Doch nun schaute er weg, hinunter auf die Stuhllehne, an der er sich festhielt.

»Ich möchte, dass Sie Karl heiraten. Er ist mein Erbe. Sie wären in Sicherheit, auch wenn hier alles untergeht.« Er schaute kurz auf und musste ihren Blick gesehen haben. »Fanny, ich weiß. Aber Karl würde Sie lieben und Sie könnten Liebe lernen, da bin ich sicher.« Ein flüchtiges Lächeln huschte über sein Gesicht. »Jedenfalls haben meine Eltern es vermocht, die sich vor ihrer Hochzeit kaum kannten. Oder wenn es nicht Liebe war, so doch Vertrauen und Respekt. Das ist nicht wenig.«

Er stieß sich von der Lehne ab, ging zum Fenster und sah in den dunklen Garten. Er atmete schwer aus. »Und wo wir schon so weit gekommen sind und es in Ihren Augen sicher kaum schlimmer werden kann: Sollte Karl auch auf dem Schlachtfeld bleiben, dann versprechen Sie mir, dass Sie Wilhelm in Erwägung ziehen. Er ist nur vier Jahre jünger als Sie und wird sich in allem nach meinen Wünschen richten.« Er drehte sich wieder zu ihr um. »Ich hinterlasse meinen Brüdern und meinem Verwalter einen Brief, indem ich all meine Anweisungen festhalte. Sie müssen nur zustimmen.«

In Fannys Kopf rasten die Gedanken. Sie sah sich vor dem Traualtar mit Karl, ihr Herz gebrochen und auf ewig dazu verdammt, neben einer Miniaturausgabe Georg von Alveslohs aufzuwachen. Das konnte sie nicht. Eher ginge sie selbst aufs Schlachtfeld.

Es war wie ein Schlag in den Magen, als ihr klar wurde, dass sie keine Wahl hatte. Eine solche Verbindung war das einzige, was sie rettete, wenn ihr Kontor in Trümmern lag, Alvesloh tot war und ihr – und Tibby – nur das Armenhaus blieb. Tibby! Sie war nicht für sich allein verantwortlich.

»Fanny? Ich würd Ihnen ja Bedenkzeit geben, aber ich fürchte, die haben wir nicht.«

Alveslohs Stimme klang ruppig und kalt. Sie schrak aus ihren Gedanken. Er wirkte untypisch angespannt. Er brauchte ihre Zustimmung für seinen Seelenfrieden mit Breedenbek, das wurde ihr mit einem erneuten Blick auf ihn klar. Sie hätte Dankbarkeit empfinden sollen, aber da war nur Wut. Ein brodelndes, brennendes Gefühl, das in ihr hochkochte. Frauen waren und blieben Verfügungsmasse und wenn es war, um das dem Freund gegebene Wort einzulösen.

Fanny schmiss ihren Stickrahmen auf den Tisch. Ihr Schal rutschte herunter, aber sie hob ihn nicht auf. Ihr war heiß.

»Ich gebe Ihnen meine Zustimmung. Aber ich will über alles unterrichtet werden, was in den nächsten Wochen passiert. Über ihre geheimen Abmachungen, über Truppenbewegungen der Franzosen, über die Russen und ihren merkwürdigen Freund. Über alles.«

»Fanny, das ist unmöglich. Sehen Sie ...«

»Monsieur, ich glaube, heute muss ich mich einmal ganz klar ausdrücken: Entweder der Handel kommt zu meinen Bedingungen zustande – oder gar nicht. Die Wahl liegt bei Ihnen.«

»Ich fasse es nicht!« Alvesloh warf die Hände nach oben. »Ich werde von meinem Mündel erpresst. Mein liebes Kind, Sie haben Nerven! Die Franzosen stehen vor der Stadt und ich hinterlasse Sie mittellos und im Chaos, wenn wir nicht einen Weg finden, Sie mit meiner Familie zu verbinden. Ich erwarte keine Dankbarkeit, aber Ihre Zustimmung noch an Bedingungen zu knüpfen, ist doch ein wenig forsch.«

Fanny wusste, dass sie völlig ohne Abwägung handelte. Aber die Wut tat ihr gut und brachte ihr eine Kraft, die sonst, das ahnte sie, von einer namenlosen Angst erstickt worden wäre.

»Monsieur, Sie bleiben unter Ihren Möglichkeiten. Ich habe von Ihnen schon weitaus schärfer schneidende Kommentare gehört. Ich stumpfe ab, wie Sie merken. Außerdem ist alles gesagt. Allgemein wird doch eher uns Frauen Schwatzhaftigkeit unterstellt? Ein Wort von Ihnen genügt: Ja oder Nein.«

Alvesloh schaute Fanny mit diesem Blick an, seinem dunklen Blick. Ohne, dass sie es wollte, dachte sie an die Arme, die sie gehalten hatten, seine Finger in ihren Haaren, die Wärme seines Körpers und ...

»Ja«, sagte er. »Aber eines schönen Tages werden Sie mir für diese Caprice büßen. Denn ich habe nicht die Absicht, Kanonenfutter für die Franzosen zu werden. Und der Ehemann, den ich Ihnen aussuche, wenn das alles hier vorbei ist, wird entweder Dompteur sein oder Gefängnisaufseher.«

Fanny wollte etwas erwidern, doch unten klopfte es energisch.

»Wer kann das sein, um diese Uhrzeit?« Sie war sofort bei der Tür.

Alvesloh eilte mit langen Schritten die Treppe hinunter. Sie zögerte kurz, dann lief sie hinterher.

Auf dem schwarzen Jungfernstieg stand Monsieur Rist mit halboffener Weste und ohne Krawatte. Neben ihm ein junger Mann, den sie von Abendgesellschaften her kannte. Es war von Berg, der Adjutant des dänischen Befehlshabers in Altona. Ihr Bauchgefühl war ungut.

Rist sah erst auf sie, dann auf Alvesloh. Zur Begrüßung sagte er:

»Wenn ich gewusst hätte, noch Damen anzutreffen, hätte ich mir diesen Aufzug nicht erlaubt. Mademoiselle müssen entschuldigen, ich bin von Monsieur von Berg aus dem Schlaf geholt worden.«

Alvesloh führte alle zügig aus der Kälte in den Salon. Für einige Momente standen sie stumm da. Fanny steckte noch zwei Kerzen an und musterte dabei Adjutant von Berg. Er war noch sehr jung und hatte einen spitz vorstehenden Adamsapfel. In ihrer Gegenwart fühlte er sich sichtlich unwohl und zupfte ständig an seinen Uniformtressen.

Als Alvesloh keine Anstalten machte, sie aus dem Raum zu schicken, sagte Rist: »Mademoiselle, nichts für ungut, aber ich muss Ihren Vormund in einer dringenden Angelegenheit alleine sprechen. Ich hoffe, Sie fassen das nicht falsch auf.«

Fanny lächelte Rist an, bewegte sich aber keinen Zentimeter

von der Stelle. Endlich sagte Alvesloh zwischen den Zähnen hindurch: »Messieurs, was Sie mir sagen, kann auch Mademoiselle hören. Ich bürge für ihre Verschwiegenheit.«

Rists Augenbrauen flogen nach oben, aber er sagte nichts, sondern übergab nur mit einer Handbewegung das Wort an den Adjutanten.

Sie musste ein Lächeln unterdrücken. Bergs Tressen würden nach diesem Abend in Fetzen hängen.

Er räusperte sich und sprach mit einer erstaunlich hohen Stimme: »Tettenborn hat Kommandant Haffner heute Nacht wiederholt und heftig um Beistand ersucht. Er will dänische Truppen zur Verstärkung auf den Elbinseln.«

»Offenbar glaubt nun auch unser Generalissimus, dass er die Stadt nicht ohne Hilfe halten kann«, sagte Rist.

Alvesloh schaute unbewegt. »Wie vorausschauend.«

»Ich bin praktisch im Verfassen der Antwort, wollte mich aber mit dir abstimmen«, sagte Rist. »Wir sind in einem schrecklichen Dilemma, Georg. Das Schutzangebot des Königs besteht weiterhin. Auch wenn Tettenborn geruhte, es abzulehnen. Aber es bezog sich immer auf das Hamburger Stadtgebiet. Die Elbinseln sind hannoveranisch und damit im Besitz Englands. Ich kann unmöglich den Befehl auf fremdes Gebiet ausdehnen. Ich muss Tettenborn diese Hilfe versagen. Es sei denn, du siehst die Sache anders – und ich hoffe, du weißt mein Vertrauen zu schätzen! Von Berg hier und Kommandant Haffner sind mit uns eins im Geiste. Du kannst also offen sprechen.«

Als Bestätigung verbeugte sich von Berg und man sah ihm an, dass dies das größte Abenteuer seines Lebens war.

Fanny verfolgte Alveslohs Blick durch die offenen Flügeltüren zum Teezimmer und weiter aus dem nachtschwarzen Fenster hinaus. Er überlegte einige nicht endende Sekunden. Dann sagte er: »Du musst Tettenborn eine Absage erteilen. Aber schreib heute Nacht noch nach Kopenhagen, Johannes. Hamburg kann nur auf den Elbinseln verteidigt werden oder gar nicht. Das musst du dem König in drastischen Worten darlegen. Wenn er die Stadt nicht verloren geben will, dann muss er einen Entschluss fassen.«

»An Überredungskunst soll es nicht mangeln. Der Rest ist in Gottes Hand«, sagte Rist, verbeugte sich vor Fanny und nickte Alvesloh knapp zu.

Die beiden waren so schnell gegangen, wie sie gekommen waren. Augenblicke später stand sie mit Alvesloh wieder allein im stillen Salon. Fanny starrte in die Reste der Glut, denn sie traute sich nicht, Alvesloh in die Augen zu sehen.

»Wird der König Hilfe schicken?«, fragte Fanny.

»Ich weiß es nicht, Mademoiselle. Dänemark steht zur Zeit beinahe so alleine da wie wir.«

Dumpf schlug St. Petri wieder. Sie wünschte sich so, er möge sie in den Arm nehmen, und wusste gleichzeitig, dass es nicht geschehen würde. Sie standen beide unbeweglich da, drei Meter voneinander entfernt. Endlich sagte er mit rauer Stimme: »Rasch ins Bett mit Ihnen. Sie werden sonst noch krank.«

Als Fanny sich nicht bewegte, verbeugte er sich und verließ den Raum.

Kapitel 31

Ein dunstiger Morgen empfing Alvesloh am Bauhof, grau und nass. Baldurs Nüstern dampften und der Hengst schien genauso nervös wie die Truppe. Vier Soldaten stritten lautstark, Stiefel und Ausrüstung wurden hektisch poliert, der Hof war überfüllt.

Es bedurfte keiner Hellseherei, um zu merken, dass die Männer die Nacht kaum geschlafen hatten. Es wurde ernst. Mit den Franzosen im Umland hatten sie den Hof innerhalb der Stadtbefestigung wieder zu ihrem Übungsplatz erkoren.

Die Männer erkannten ihn und Applaus, erst verhalten, dann immer lauter, stieg innerhalb der Fachwerkmauern auf. Er war nun auch offiziell zum Chef des 3. Bataillons der Bürgergarde ernannt worden. Wenn die Handwerker und Arbeitsleute Angst hatten, so zeigten sie es nicht.

Als er Peer in seinen Reihen sah, hätte er am liebsten die Faust in die Offiziershütte gerammt. Von Christ erfuhr er, dass der Junge sich gestern völlig rechtmäßig von seinem Meister hatte beurlauben lassen. Alvesloh konnte befehlen, dass man Jakob die Knöpfe an seiner Jacke wieder annähte, aber gegen den Selbstmord dessen Bruders war er machtlos.

Der junge Kürschnerlehrling strahlte den ganzen Tag wie ein Komet. Peer verfolgte jeden seiner Schritte, jeden Blick und er bot sich auch noch für die geringste Gefälligkeit an. Er kannte das alles. Das Glänzen in den Augen, die Tagträume und heroischen Gefühle. Sie waren erfroren, damals in dem Eisloch in Preußisch Eylau.

Während Alvesloh Anordnungen erließ, Kompanien zusammenstellte, Feldkarten und Listen studierte und die Ausrüstung inspizierte, merkte er, wie die falsch verheilte Wunde in ihm aufriss. Er sah Peer, seine eigenen Brüder und den kleinen Jakob vor sich. Er konnte nicht ertragen, dass auch sie entweder ihr Leben oder ihren Glauben an die Menschlichkeit verlieren würden. Er stand bewegungslos in seiner Hütte auf dem Bauhof und hörte von draußen die Geräusche der sich rüstenden Männer, das Rufen und die derben Scherze. Er sah auf seine Hände, sie zitterten. Die Tür stand offen, er schloss sie fest zu und legte den Riegel vor. Alvesloh setzte sich an seinen Tisch und tat das, was kein Mann, kein Offizier je tat. Er weinte.

Fanny wurde zuhause fast verrückt. Miss Tibbs wiederholte alle zwanzig Minuten irgendwelche unsinnigen Fragen über die Franzosen, die sie schon beim ersten Mal nicht hatte beantworten können. So herzlich sie ihre Gouvernante lieb hatte, so froh war sie, dass Tibbs einige Tage bei Petersens aushelfen wollte. Die beiden Mägde der Familie, Margarete und ihre Schwester, waren beim Herannahen der Feinde zu Verwandten aufs Land geflohen. Die arme Auguste Petersen war mit fünf Kindern und dem gesamten Haushalt völlig überfordert.

Miss Tibbs packte ihre Sachen so ungeschickt, wie man es nur anfangen konnte. »Dear, wenn du mich brauchst, dann sagst du es, do you promise?«

»Ja! Aber Tibby, noch einmal: Wir langweilen uns hier zu Tode. Wilhelm und ich kommen zurecht. Drei Bedienstete auf zwei junge Leute! Ich bitte dich.«

Miss Tibbs vergewaltigte zum wiederholten Mal die Schnallen ihres Reisekoffers, weil sie ohne es zu merken den Futterstoff ihres Morgenkleides zwischen die Ränder geklemmt hatte.

Fanny nahm ihr den Koffer aus der Hand und schloss ihn mit einer fließenden Bewegung. »So, und jetzt hole ich Johann, damit er dir die Sachen hinüberträgt – und Schluss.«

Miss Tibbs nickte tapfer, aber unter ihren klappernden kleinen Augendeckeln quoll eine Träne hervor.

»Tibby!« Fanny drohte mit dem Finger. Sie nahm ihre Gouvernante in den Arm und flüsterte: »Weißt du, es ist gut, dass du in dem ganzen Trubel bei Petersens auf andere Gedanken kommst. Die schwere Zeit und all die Trauer der letzten Wochen – Ablenkung ist die beste Medizin.«

Nachdem sie Miss Tibbs hinausgebracht hatte, ließ sich Fanny erschöpft auf die Chaiselongue im Teezimmer sacken. Wie bitter hatte sie selbst Ablenkung nötig! Sie ertrug das Nichtstun und die trübe Stimmung im Haus kaum. Alle waren so verändert. Johann stand kurz vor der Meuterei, weil sie ihm mehr oder weniger verboten hatte, sich bei der Bürgergarde zu melden.

Weit schlimmer als Johann erging es Wilhelm. Es gab für den Jungen kaum etwas zu tun, weil Conradi in das 5. Bataillon der Garde eingetreten war, kaum ins Kontor ging und die Geschäfte brachlagen. Wilhelm schloss sich die meiste Zeit in seine Kammer ein und lief ansonsten leichenblass und mit einem mörderischen Blick durch die Gegend. Nachdem Meta sein Zimmer gewischt hatte, legte sie Fanny wortlos zwei Blätter vor. Es war Kleists Ode »Germania an ihre Kinder«. Sie hatte davon gehört, aber sie nie selbst gelesen. Sie mochte schwülstige patriotische Dichtungen nicht. Was sie hier las, war einfach nur blutrünstig:

›Zu den Waffen! Zu den Waffen!
Was die Hände blindlings raffen!
Mit der Keule, mit dem Stab
Strömt ins Tal der Schlacht hinab!‹

Wenn sie an Wilhelms Blick dachte, wurde ihr bei den nächsten Zeilen ganz übel:

›Alle Plätze, Trift' und Stätten,
Färbt mit ihren Knochen weiß;
Welchen Rab und Fuchs verschmähten,
Gebet ihn den Fischen preis;
Dämmt den Rhein mit ihren Leichen;
Lasst, gestäuft von ihrem Bein,
Schäumend um die Pfalz ihn weichen,
Und ihn dann die Grenze sein!‹

Weiter unten hatte Wilhelm mit einem Kohlestift die Zeilen *›Schlagt ihn tot! Das Weltgericht fragt euch nach den Gründen nicht‹* doppelt unterstrichen.

Fanny ließ die Blätter sinken und dachte mit einem Anflug von Galgenhumor daran, dass man den beiden jungen Alvesloh-Brüdern besser keinen Stift in die Hand gab. Karls Liebesbrief war im Gegensatz hierzu allerdings eine reine Freude gewesen.

Fanny hielt sich die Zettel vors Gesicht und stöhnte hinein. Immerhin kam sie so zu einer Beschäftigung, die sie von fruchtlosen Grübeleien abhielt: Sie musste den jüngsten Alvesloh so subtil wie möglich unter Hausarrest stellen und dafür sorgen, dass er nie ohne eine überwachte Tätigkeit blieb. Meta wollte ihr dabei gerne helfen, wie sie ihr mit einem grimmigen Gesichtsausdruck versicherte.

Es kam der 6. Mai und seit der letzten Aprilnacht hatte sie von ihrem Vormund keine Nachrichten erhalten. Fanny beschäftigte Wilhelm gründlich mit Sortier- und Abschreibearbeiten im Kontor und was er in seiner Freizeit in seiner Kammer trieb, wusste sie nicht. Allerdings konnte man von ihm kaum eine friedliebende Haltung fordern, wenn seine beiden Brüder mit einem Bein auf dem Schlachtfeld standen. Caroline hatte ein paar Mal mit Gerüchten bei ihnen vorbeigeschaut, aber weder von Rist noch von den Dänen gab es irgendwelche Nachrichten.

Das Mittagessen war wie so oft der Tiefpunkt des Tages. Wilhelm und Fanny saßen sich schweigend wie ein ungleiches Ehepaar gegenüber. Meta hatte eine fade Lauchsuppe und Salzkartoffeln aufgetischt. Die Kartoffeln gab es weich und ohne Salz, dafür mit einer Scheibe Schweinesülze. Die Sülze war die Stärke des Gerichts, weil Meta sie für horrendes Geld eingekauft hatte. Leider war das Stück dünn wie Papier und nicht größer als ein Handteller. Der Beerenkompott zum Nachtisch war der Lichtblick, denn in Süßspeisen war Meta immerhin durchschnittlich begabt und sie hatte im letzten Sommer Mengen von Obst eingemacht.

Nach einem Löffelchen spuckte Wilhelm das Dessert in seine Schüssel. Fanny schaute ihn tadelnd an und hoffte, ein bisschen Tibbys Gouvernantenblick zu imitieren. Sie probierte vorsichtig und stellte fest, dass Meta statt Zucker Salz verwendet hatte. Sie warf den Löffel hin und schloss die Augen.

»Wenn nicht bald etwas passiert, dann drehen wir uns gegenseitig den Hals um. Dafür brauchen wir gar keine Franzosen!«

Als hätte sie es mit ihrem letzten Satz bestellt, drang das Geräusch von Gewehrschüssen in den Salon.

Wilhelm stürzte zum Teezimmerfenster und riss fast das Tischtuch mit. Fanny lief hinterher. Die Passanten auf dem Jungfernstieg hatten das Knallen auch gehört und wiesen in Richtung des Hafens. Immer mehr Schüsse fielen.

»Ein Gefecht!« Wilhelms Stimme vibrierte. »Das kann nur ein Gefecht sein. Vielleicht haben die Unsrigen einen Ausfall gemacht und angegriffen?«

Fanny verzog den Mund. So eine Torheit konnte sie sich nicht vorstellen. Wenn Alvesloh doch nur Nachrichten bringen würde!

Sie ließ Wilhelm unvermittelt stehen, nahm ein kleines Tablett und ging mit dem Kompott in die Küche. Dort prallte sie auf Johann, der offensichtlich auch nachsehen wollte, was es mit dem Lärm auf sich hatte. Meta, Gesche und Jakob saßen noch beim Mittagessen. Jakob sah aus, als hätte Meta ihn während der Schüsse mit Gewalt an den Stuhl gefesselt. Meta nahm ihr schnell das Tablett ab und runzelte die Stirn wegen der noch vollen Schüsselchen.

»Jakob, iss auf, ich will dich gleich sprechen«, sagte Fanny.

Der Kleine sprang hoch und kam sofort zu ihr, nicht ohne ein triumphierendes Lächeln in Metas und Johanns Richtung. An der Tür drehte Fanny sich um und sagte: »Nichts für ungut, Meta, aber du hast den Nachtisch gepökelt.«

Auf der Diele fasste sie Jakobs Schulter. »Du hast die Schüsse auch gehört. Kannst du zum Hafen laufen und dich umhören? Du weißt am besten, wie du an Nachrichten kommst, habe ich nicht recht?«

Jakob faltete die Hände hinter dem Rücken und wippte stolz mit den Fußballen auf und ab. »Ja, Fräulein Fanny. Ich bin wieder da, eh Gesche das Geschirr gespült hat. Und ich werde Nachrichten bringen, da können Sie Ihren linken Zeh drauf verwetten!«

Als Jakob zurückkam, zog Fanny ihn in den Salon. Wilhelm lief hier seit geraumer Zeit wie ein hungriger Tiger auf und ab. Sollte er ruhig mithören, sonst hätte sie doch keine ruhige Minute. Jakob atmete schnell und seine Haare waren verschwitzt.

»Wo bist du gewesen, Jakob? Was ist los?«, rief Wilhelm.

Fanny musste ihn zurückhalten, sonst hätte er den Jungen geschüttelt. Jakob wandte sich allerdings demonstrativ an sie. »Ich war bei Peer, beim 3. Bataillon, Fräulein. Leider hat mich der gnädige Herr gesehen.«

Fanny ließ ihre Augen gequält zur Zimmerdecke gleiten.

»Hat's nich sehr gut aufgenommen und mich beim Kragen gepackt. Hat gesagt, wenn ich noch mal bei Schusswechsel das Haus verlasse, dann zieht er mir den Hosenboden stramm.« Jakob machte nicht den Eindruck, als ob ihm das irgendetwas ausmachte. Er grinste. »Irgendwie hat er auch gerochen, dass Sie mich geschickt haben, obwohl ich nichts gesagt habe, das schwöre ich!« Jakob hob heilig zwei Finger in die Luft.

»Ist gut, Jakob. Was hat er gesagt?«, sagte Fanny.

»Er hat gesagt, wenn Mademoiselle mich bei Schusswechsel noch einmal nach draußen schickt, dann verhaut er Sie gleich mit.«

»Mach uns nicht verrückt, Jakob! Mademoiselle meint, was er zum Gefecht gesagt hat«, rief Wilhelm und schmiss die Hände hoch. Wilhelm war ganz offenkundig nicht mehr zu Späßen aufgelegt.

Jakob grinste noch breiter und sie musste ihm lassen, dass er mit Einschüchterungen umzugehen wusste. »Monsieur nicht viel. Aber Peer wusste alles, Fräulein.«

»Na komm, dann spann uns nicht lange auf die Folter!« Wilhelm war kurz davor, Jakob am Kragen zu packen.

»Unsere Hanseaten sind über die Elbe und haben einen ganz starken Posten der Franzosen angegriffen.«

»Welche Hanseaten, Jakob? Weißt du das?«, fragte Wilhelm.

»Mannschaften vom 2. Bataillon. Karls Truppe, nicht?«, sagte Jakob.

»Ja, das ist Karl.«

Fanny gefiel Wilhelms verklärter Blick nicht. »Ach, du liebe Güte!«, sagte sie. Mit ihrem Patriotismus war es nicht mehr weit her. Jedenfalls nicht, wenn ihre Freunde ihren Hals riskierten. »Weißt du, ob Karl dabei war, Jakob?«

»Nee, das wusste Peer nicht und auch nicht der gnädige Herr. Der war sowieso nich mehr sehr gesprächig.«

»Kann ich mir denken.« Fanny gefiel das alles ganz und gar nicht.

»Ein paar Mannschaften sind im Nebel geheim über die Elbe und am Ufer aus ihren Booten gesprungen. Die Franzosen wussten nicht, wie ihnen geschieht! Und was glaubt ihr? Die Hunde mussten sich zurückziehen.« Jakob stemmte seine dünnen Arme in die Hüften.

»Ja!«, rief Wilhelm und ballte eine Hand zur Faust.

Fannys Puls beschleunigte sich.

»Sie haben natürlich Verstärkung geholt. Das Gefecht geht immer noch. Aber einige Verletzte konnten berichten. Peer glaubt, unsere werden nicht eher verschwinden, als bis sie ihre ganze Munition verschossen haben.«

»Wir kämpfen! Endlich kämpfen wir. Hoffentlich darf Karl dabei sein.« Wilhelms Blick verlor sich in der Ferne.

Die heroischen Gefühle, die Wilhelm offenbar durchglühten, blieben bei Fanny aus. Sie waren jetzt zum Warten verdammt und warten machte sie krank. Unfreundlicher als beabsichtigt sagte sie: »Komm Wilhelm, ab an die Quittungskartei. Irgendwie müssen wir uns ja beschäftigen. Ich helfe dir. Jakob, du kannst jetzt in die Küche gehen und Meta und Johann alles erzählen. Du hast deine Sache gut gemacht.«

Zwei Stunden später, als Fanny schon meinte, Wilhelm und sie müssten an Conradis Quittungen vergehen, schepperte die Haustür. Sie liefen aus dem Kontor in die Diele. Johann hielt die Tür so weit auf wie es ging und versuchte gleichzeitig, den zweiten Flügel aufzusperren.

»Lass, Johann, wir schaffen es schon. Vorsicht! Sonst fällt er noch«, hörte sie Alveslohs Stimme.

Zwei Bäckergesellen bugsierten eine Holztrage ins Innere.

Auf ihr lag Karl. Schmutzig und bleich, aber anscheinend bester Laune. An seiner Schulter glänzte die Uniform dunkel und nass. Dahinter trat Alvesloh ins Haus, seine Rockaufschläge schmutzig und sein Haar durcheinander. Auch Meta und Gesche traten aus der Küche in die Diele und schauten wie angewurzelt auf die Szene.

»Meta, bring uns sauberes Leinen und kochendes Wasser. Johann, hol den Arzt. Sag, Major von Alvesloh persönlich verlangt nach ihm.«

»Gleich, Gnädiger Herr.« Meta knickste und rannte und auch Johann verschwand augenblicklich.

»Aber Georg, es geht mir gut. Wirklich, ich brauche keinen Arzt.« Karl hatte seinen Kopf leicht angehoben und grinste Fanny an.

»Willst du die Kugel selbst entfernen, dummer Junge?«, sagte Alvesloh, aber es klang nicht unfreundlich. Er legte seine Hand auf Karls zusammengekrampfte Faust und ließ sie dort liegen. Karl erwiderte ganz gegen seine Gewohnheit nichts, sondern ließ seinen Kopf zurück auf die Trage sinken.

»Herr Major, wo können wir denn jetzt Ihren Herrn Bruder ablegen, bitte?«, fragte einer der Gesellen. Seine Arme zitterten von dem Gewicht.

»Nur noch zwei Treppen, dann bekommt ihr euren Lohn.«

Die Gesellen stellten die Trage ab und nahmen Karl auf ihre verschränkten Arme. Er verlor fast das Gleichgewicht und griff mit einem Stöhnen die Schulter des einen Bäckerburschen. Alvesloh stützte von hinten Karls Rücken und redete beruhigend auf ihn ein. Fanny ging rasch mit Wilhelm hinter den Trägern her. Auf dem ersten Stock drehte sich Alvesloh zu ihr um. »Warten Sie kurz im Teezimmer, ich komme gleich zu Ihnen.«

Fanny nickte knapp und ließ die Prozession die Treppe hinaufziehen. Im Teezimmer war es totenstill. Sie ging zum Fenster und öffnete es ein wenig. Die Luft strich ihr angenehm kühl über die Wangen, ihr Kopf fühlte sich heiß und schwer an.

Es regnete leicht, kaum ein Wind wehte, so dass die Tropfen fadenartig auf die glatte Oberfläche der Alster fielen und sie an eine Theaterkulisse erinnerten. Während sie wartete, trugen Helfer noch zwei weitere Männer aus Karls Bataillon vorbei. Sie kannte beide und auch deren Familien. Auf einer dritten Trage lag der Körper eines Soldaten, dessen Gesicht mit einem Tuch verhüllt war. Mit einem beklemmten Gefühl verfolgte sie, wohin sie den Toten brachten. Bevor sie ihren Kopf weiter drehen musste, stürzte die Witwe von Dr. Sprinkhorn aus ihrem Haus. Mit schaurigem Weinen beugte sie sich über den Leichnam ihres einzigen Sohnes.

Fanny schloss das Fenster. Sie wandte sich ab, weil Tränen ihr den Hals eng machten. In diesem Moment öffnete Monsieur von Alvesloh die Tür.

»Darf ich?«

»Bitte! Wie geht es Karl? Was ist mit ihm?«

Alvesloh machte einen Schritt in den Raum und blieb dort stehen. Seine Miene wirkte angespannt und konzentriert. »Der Steckschuss hat, soweit ich sehe, weder die Lunge noch irgendwelche großen Adern verletzt.«

Fanny atmete aus.

»Allerdings muss die Kugel geschickt extrahiert werden. Ich hoffe, der Arzt versteht sein Geschäft.«

»Wenn Johann unseren Dr. Beneke erreicht, dann sind wir in guten Händen«, sagte Fanny rasch.

»Gut. Dann können wir jetzt nur warten. Ich hoffe, Ihr Doktor ist schnell. Karl macht keinen guten Eindruck.«

»Ich fand ihn geradezu heiter«, sagte Fanny vorsichtig.

»Das ist oft so, Mademoiselle. Der Schock, die Aufregung, auch die Freude darüber, überhaupt noch am Leben zu sein. Ich habe viele dieser Fälle gesehen. Die Kraft lässt schnell nach und er ist jetzt schon bleich wie ein Laken.«

Fanny schluckte und dachte mit Schrecken an das Entfernen der Kugel. Wenn es auch Alvesloh so ging, dann zeigte er es zumindest nicht. Sie wechselte das Thema, um ihnen die Wartezeit zu verkürzen. »Gibt es Nachrichten vom dänischen Hof? Hat Monsieur Rist schon irgendetwas gehört?«

»Nein, vom König immer noch nichts. Der Wind ist ungünstig, dann dauern die Gesuche nach Kopenhagen eine kleine Ewigkeit«, sagte Alvesloh.

»Solange haben wir aber nicht Zeit!«

»Nein, Mademoiselle.« Er lächelte. »Schauen Sie mich nicht so grimmig an. Wenn Kuriere mit Flügeln erfunden worden wären, hätte ich einen geschickt. Wir können nur –«

»Hören Sie«, unterbrach Fanny. »Dr. Beneke!«

Alvesloh ging dem Arzt sofort entgegen.

Fanny blieb im Teezimmer sitzen, weil sie Beneke in dieser Situation keine höflichen Begrüßungen aufzwängen wollte. Sie nahm sich einen Handarbeitsrahmen, damit sie nicht ganz untätig in der Ecke saß. Wenige Minuten später steckte Alvesloh den Kopf noch einmal zu ihr herein.

»Fanny, rufen Sie Johann. Er soll hinaufkommen. Mit einer Flasche Branntwein, wenn Sie eine auftreiben können.«

»Sofort. Kann ich mitkommen? Ich kann helfen!«

»Noch nicht. Im Moment gibt es nichts, was Sie tun können.«

Sie holte Johann und den Branntwein. Dann starrte sie wieder auf ihren Stickrahmen. Kurze Zeit darauf gellten Karls Schreie durch das Haus. Sie fuhren ihr wie ein glühendes Messer durch den Magen. Obwohl sie sich dafür schämte, hielt sie sich die Ohren zu. Nach einer Weile traute sie sich und nahm die Hände herunter. Es war still geworden.

Sie trat auf den Gang hinaus, unschlüssig, ob sie zu Karls Kammer gehen sollte oder nicht. Von oben hörte sie Stimmen und eine Tür ging auf. Dann kam ihr Beneke in seinem altmodischen Rock und seiner Zopfperücke auf der Treppe entgegen. Sein Anblick hatte etwas Beruhigendes.

Sie bat ihn in den Salon und schenkte ihm ein Glas Wein ein. Meta brachte ihm eine Schüssel mit Wasser und einen Lappen.

Fanny sah auf seine blutbefleckten Hände. Leise war auch Alvesloh hinzugetreten.

»Wird Fräulein Breedenbek Ihren Bruder betreuen?«, wandte Beneke sich an Alvesloh. »Dann würde ich gerne einige Details mit ihr absprechen.«

»Ich kann nicht über Mademoiselle verfügen ...«

»Doch, doch. Verfügen Sie«, unterbrach Fanny. »Natürlich pflege ich Karl. Das ist das Mindeste, was ich tun kann.«

Alvesloh verbeugte sich schweigend und in seinen Augen war ein kurzes Aufflackern von Erleichterung. Es freute sie und gleichzeitig fühlte sie sich albern für dieses Gefühl.

»Wenn Mademoiselle mir Feder und Tinte bringen, dann will ich Ihnen einiges aufschreiben, was Sie bei Diestler besorgen können«, sagte Beneke.

Bevor sie die gewünschten Dinge holen konnte, verabschiedete sich Alvesloh. Er wollte am späten Nachmittag wiederkommen und sich nach Karls Zustand erkundigen.

Fanny brachte das Schreibzeug und war dann mit dem Doktor allein.

»Herr Beneke, wir kennen uns schon lange. Sagen Sie mir ehrlich, wie geht es Karl?«

Der Arzt spreizte seine Finger auf dem Tisch und schaute auf seine Hände, die alt und geädert waren.

»Karl ist jung und gesund. Allerdings saß die Kugel tief und die Ränder sehen nicht so aus, wie ich sie gerne hätte. Niemand kann in die Wunde hineinschauen. Eine leicht erhöhte Temperatur und ein gewisses Eitern zu Beginn der Heilung sind normal und vergehen von selbst. Wenn sich aber ein Faulfieber einstellt, wird es ernst.«

»Und wie erkenne ich das?«, fragte Fanny.

»Delirium und starke Schmerzen.«

Sie nickte und hoffte, dass sie gefasster aussah, als sie sich fühlte.

»Sie können Karl helfen.« Beneke tauchte die Feder in die

Tinte und begann, auf dem Papier herumzukratzen. »Bereiten Sie ihm einen Aufguss aus Frauenmantelkraut und weißer Taubnessel. Sie bekommen beides beim Apotheker. Wenn das Fieber stark ansteigt, was Gott verhüte, so geben Sie ihm stündlich einen Esslöffel Johanniskrautöl. Auch bei Diestler.«

Nachdem Beneke gegangen war, sah Fanny noch einmal nach Karl. Er lag ruhig auf seinem Bett und war nach den Schrecken des Tages in einen tiefen Schlaf gefallen. Meta kochte in der Küche eine spezielle Brühe, deren Rezept sie von ihrer Mutter hatte. Fanny musste bei dem Gedanken lächeln, dass in dieser Suppe vermutlich die stärkste Gefährdung für Karls Genesungsprozess lag.

Fanny machte sich auf den Weg zur Apotheke am Gänsemarkt. Die Luft war jetzt seidig und mild, der Regen hatte sich verzogen, nur einzelne Tropfen glitzerten im Sonnenlicht an den Bäumen. Sie atmete ruhig ein und aus und ließ ihre verkrampften Schultern nach unten sacken. Gesche trottete neben ihr her und sagte nach all der Aufregung wenig.

War Alvesloh wirklich erleichtert, dass sie Karl pflegte? Oder war er nur froh darüber, dass er keine fremde Pflegerin einstellen musste?

Auf dem Rückweg nahm sie einen Umweg über den Wall und schickte die Magd mit der Medizin voraus. Bei der Mühle hielt sie an. In der Ferne am Ende der Brücke stand ein Posten der Bürgergarde Wache. Niemand kümmerte sich um sie.

Das Umland zu den Seiten der großen Alster lag vor ihr. Die Weiden am sumpfigen Ufer wogten sacht hin und her. Eine Entenfamilie mit flauschigen Jungen paddelte durch das Wasser und scherte sich nicht um das Weltgeschehen. Nichts in der Natur deutete darauf hin, dass sich eine Katastrophe über ihren Köpfen zusammenbraute. Wenn Napoleon den Krieg gewann, dann wären diese Küken französisch. Tränen stiegen ihr in die Augen.

Seit dem Gespräch mit Alvesloh ließ sie neben der Angst vor der Niederlage eine andere Angst nicht mehr los, die heute durch

Karls Verwundung nicht weniger geworden war. Was, wenn die Bürgergarde wirklich kämpfen musste? Was, wenn Alvesloh kämpfen musste? Wie leicht hätte Karl die Kugel direkt in die Brust treffen können. Ähnliches konnte Alvesloh jederzeit passieren.

Sie nahm die Haube ab und kühlte ihren Kopf. Die Dänen mussten kommen. Sie mussten einfach! Aber wann erreichte sie die Nachricht? Fanny hatte sich noch nie so machtlos gefühlt.

Eines konnte sie heute schon tun: Karl so gut pflegen, wie es ging, nicht zuletzt als Dienst an seinem Bruder. Wie demütigend, solche Gefühle für jemanden zu empfinden, der dies nicht einmal ahnte, geschweige denn erwiderte. Tränen rannen ihr schwer und nass die Wangen entlang. Sie wischte sie weg. Was bin ich für ein lächerliches Geschöpf, schalt sie sich. Wo ist mein Stolz? Dann fielen ihr Alveslohs Worte an Agnes' Grab ein. Auch sie trug Verantwortung vor Gott und den Menschen. Karl brauchte sie jetzt.

Kapitel 32

Am späten Abend verschlechterte sich die Lage des Kranken. Er klagte über Schüttelfrost und Schmerzen in der Wunde und Fanny erneuerte den Verband. Die Stelle sah scheußlich aus, zerfetztes Fleisch, rot und gereizt. Kurz überlegte sie, ob sie Beneke rufen sollte. Meta meinte jedoch, dass wohl niemand mit einem Loch in der Schulter aussah wie neu geboren. Fanny war nur froh, dass Alvesloh bei seinem Besuch einige Stunden zuvor einen friedlich schlafenden Karl vorgefunden hatte und sich nicht die Gedanken machen musste, die jetzt durch ihren Kopf gingen.

In der Nacht bekam Karl Fieber. Er war unruhig und an Schlaf war kaum zu denken. Sie saß neben seinem Bett und flößte ihm, wann immer es ging, ein wenig von dem empfohlenen Aufguss ein. Meta und sie wechselten sich ab. Fanny überlegte schon, ob sie zur Verstärkung Tibby von Petersens abberufen sollte, doch die Dunkelheit verstrich, der Tag kam und Karl schien es besser zu gehen.

Meta übernahm Karls Pflege für einige Stunden ganz, so dass Fanny etwas essen konnte, sich dann erschöpft hinlegte und bis zum frühen Abend schlief. Vom Klopfen an ihrer Kammertür wurde sie geweckt. Sie war sofort hellwach.

»Meta! Ist es Karl?«

»Gnädiges Fräulein, sie sollten doch Herrn Doktor rufen lassen. Das Fieber steigt immer weiter, der Junge redet wirres Zeug. Ich weiß bald nicht mehr, was ich machen soll.«

Fanny ließ umgehend nach dem Arzt schicken. Gesche kam mit der Nachricht zurück, dass Beneke am Lager eines Verwundeten letzte Linderungen spendete und erst danach kommen konnte. Fanny fluchte innerlich.

Karl lag mit schweißnassem Gesicht im Bett und hielt die Lider geschlossen. Sie wischte die blassen Tropfen von seiner Stirn und seinen Wangen. Er atmete schnell und flach. Sie streichelte seine Hand und sang ein englisches Lied ihrer Kinderfrau. Es schien sie mehr zu beruhigen als ihn und doch fiel er nach einer Weile in einen unruhigen Schlaf. Das Fieber stieg weiter. Sie wusste nicht, wieviel Zeit vergangen war, als Karl sich mit einem heißen Griff an ihr Handgelenk krallte. Er riss die Augen auf und starrte sie an.

»Mutter?« Er richtete sich halb im Bett auf und sie drückte ihn sanft in die Kissen zurück.

»Karl, ich bin es, Fanny.«

»Mutter?«, wiederholte Karl, ohne von ihrer Antwort Notiz zu nehmen. Fanny bekam Angst. Himmel, wo blieb nur Beneke?

Karl presste ihre Hand regelrecht zusammen. Woher er in diesem Zustand solche Kraft nahm, wusste sie nicht. Er flüsterte, sein Atem war heiß und seine Pupillen weit.

»Mutter, muss ich sterben? Meine Brust ist so eng.«

»Dummes Zeug. Du musst dich ausruhen.« Sie gab ihrer Stimme einen festen Klang und hoffte, dass er Karl beruhigte.

»Gut, Mutter. Gut.« Karl schloss die Augen und seine Gesichtszüge entspannten sich. Er atmete ruhiger.

Fanny löste ihre Hand sanft aus seiner Umklammerung. Sie öffnete die Tür und rief nach Meta, die gerade die Treppe heraufkam. »Wo bleibt Beneke? Du musst noch einmal los, wir können nicht warten!«

»Mademoiselle, der Doktor ist eben angekommen, er macht sich nur sauber. Ich wollte es Ihnen gerade sagen.«

Fannys Knie wurden vor Dankbarkeit ganz weich.

Beneke blieb eine halbe Stunde bei Karl, wechselte eigenhändig den Verband und untersuchte die Wunde. Karl lag apathisch da und regte sich trotz des Verbandswechsels kaum. Als Fanny den Arzt danach in den Salon bat, sah sie ihm das Unheil schon an.

»Der Aufguss hat Karls Natur nicht ausreichend unterstützt, Mademoiselle. Ich habe die Wunde mit einer Auflage behandelt. Inwendig braucht er Serpentaria, Valeriana und Angelica in dieser Mischung stündlich.« Er stellte eine Glasflasche vor ihr auf den Tisch. »Nicht mehr als einen Teelöffel, sonst vergiftet es ihn. Die erste Dosis habe ich ihm eben verabreicht.«

»Wie lange kann er diesen Zustand aushalten?« Fanny griff das winzige Fläschchen und hielt sich daran fest.

Beneke schaute ihr nicht ins Gesicht. »Außer dem, was ich verordnet habe, können wir nichts tun. Diese Nacht bringt die Krisis. Wenn das Fieber sinkt, ist Hoffnung. Wenn nicht,« er machte eine kleine Pause und nahm Fannys Hand, »wird der Junge nicht lange leiden.«

Fanny konnte nichts antworten, nickte nur, meinte damit aber nichts.

»Sein Bruder wird ihn noch einmal sehen wollen. Schicken Sie nach ihm.« Beneke suchte ihre Augen. »Verzeihen Sie, Mademoiselle, ich wünschte, ich könnte mehr tun.«

Sie löste sich aus ihrer Starre, dankte dem Arzt und ließ nach Jakob rufen.

Eine Stunde später war Alvesloh da. Es war neun Uhr abends. Er hielt die Hand seines Bruders und ließ sie nicht los. Was in seinem Kopf vorgehen mochte, wusste Gott allein. Fanny wusch die Stirn des Fiebernden mit Wasser, dann setzte sie sich und hielt Karls andere Hand.

Plötzlich rasselte ein Geräusch in die Stille hinein. Alvesloh sprang auf und eilte zu einem der vorderen Zimmer. Fanny hörte die Nachtwächter mit ihren scheußlichen Lärmtrommeln. Sie schrien: »Die Franzosen! Zum Bauhof, ihr Leute, zum Bauhof!«

Wenige Augenblicke später läuteten die Sturmglocken von den Türmen der Hauptkirchen. Fanny konnte hören, wie die Stadt erwachte.

Alvesloh rief zu ihr hinein: »Bleiben Sie bei Karl. Ich bin gleich zurück.« Sie hörte ihn unten mit Johann sprechen. Dann wurde die Haustür entriegelt.

Nach einigen endlosen Minuten kam Alvesloh zurück. Er ging zu ihr, nahm ihre Linke in seine beiden Hände. Mit der Rechten hielt sie noch immer Karl.

»Fanny, die Franzosen sind auf der Wilhelmsburg.«

Sie brauchte einige Momente, um die Worte zu verstehen, dann drehte sich alles in ihr.

»Ich muss zum Bauhof. Wenn meine Männer heute Nacht kämpfen, will ich bei ihnen sein. Ich verzeihe es mir sonst nicht.« Alvesloh schaute auf den Kranken, dann fuhr er sich übers Gesicht.

Fanny verstand. »Hier können Sie Karl nicht helfen. Aber Sie können Ihren Männern helfen. Uns allen. Ich wache bei Karl und bete für ihn, als wäre er mein Bruder.«

Alveslohs Augen schimmerten im Halbdunkel. Die Kerze vom Nachttisch warf ihren Schein von unten gegen sein Gesicht. Fanny konnte nicht sagen, ob es das Licht war oder ob er verändert aussah.

»Wenn es Gottes Wille ist, wird Karl dann in Ihren Armen sterben?«

Fanny ließ Karls Hand behutsam los und richtete sich auf, um Alvesloh im Stehen in die Augen sehen zu können. »In meinen Armen. Ich verspreche es Ihnen. Nun gehen Sie.«

Alvesloh hatte schon die Türklinke in der Hand, als er umdrehte. Er drückte ihren Körper mit einer Wucht an sich, dass ihr für einen Moment die Luft wegblieb.

»Beten Sie. Ich komme zurück, so schnell ich kann«. Dann war er verschwunden.

Fanny setzte sich hin und begann die schwerste Nachtwache ihres Lebens.

Niemand im Haus schlief. Meta wollte Fanny ablösen, aber sie lehnte es ab. Karl phantasierte. Zuweilen flüsterte er Dinge, die sie nicht verstand. Dann wieder stöhnte er auf und machte gespenstische Pausen vor dem Luftholen. Jedes Mal glaubte sie, es müsse sein letzter Atemzug sein. Sie mühte sich unendlich, jede Stunde die von Beneke verschriebene Arznei zu verabreichen. Zweimal erbrach Karl sich danach. Wie sie nun dosieren sollte, wusste sie nicht.

Gegen ein Uhr nachts kam Meta und brachte ihr eine Nachricht von Jakob: Zwei Bataillone mecklenburgische Grenadiere verstärkten die Wut der Hamburger Truppen, aber die Südspitze der Wilhelmsburg war bereits verloren. Fanny war zu erschöpft, um zu überlegen, was das hieß.

Als Petri vier Uhr schlug, wimmerte Karl nur noch. Er verglühte fast, so heiß waren seine Wangen. Als ihr jede Hoffnung schwand, erinnerte sie sich an ihr Versprechen, ging zum Kopfende und setzte sich zu ihm auf das Bett. Dann schob sie, so gut sie konnte, ihren Arm unter seinen Körper. So hielt sie ihn und sang: *Wer nur den lieben Gott lässt walten* mit allen Strophen, die sie kannte, immer wieder, bis sie jedes Zeitgefühl verlor und Karls schweißnasser Körper ihr Kleid durchnässte. Irgendwann wurde Karls Wimmern leiser. Der Herr ist barmherzig, dachte sie noch, bevor ihr im Morgengrauen vor Erschöpfung die Augen zufielen.

Als sie hochschreckte, war es Tag und jemand berührte sie am Arm. Sie erinnerte sich erst nach ein paar Augenblicken, wo sie war. Alvesloh stand vor ihr und murmelte etwas mit geschlossenen Augen. Sie rappelte sich auf und versuchte, ihren tauben Arm unter Karl herauszuziehen. Er lag darauf wie ein Grabstein. Sein Körper glühte nicht mehr, er war kalt. Fanny erinnerte sich an das Wimmern, das immer schwächer geworden war, und wusste, dass es kein Albtraum war.

Sie fuhr über Karls Wange, der so friedlich wie ein Schlafender vor ihr lag. Als sie seine Haut berührte, fühlte sie jedoch keine Todeskälte, sondern eine angenehme Kühle. Nach der Hitze des Fiebers schien es wie ein Wunder.

»Den Herrn will ich loben, solange ich lebe«, sagte Alvesloh in ihre Gedanken hinein. Erst jetzt hörte sie, dass er ein Dankgebet sprach.

»Das Fieber«, rief sie, »es ist fort!« Sie fasste wieder an Karls Wangen und an seine Stirn. So tief wie ein Kind schlief er, sein Atem ging ruhig und langsam, der Puls war fast normal. Alvesloh betete noch immer. Was sie in seinem Gesicht sah, erschütterte sie. Wie hatte sie nur glauben können, er liebe seine Brüder nicht?

Als er fertig war, ging er auf sie zu und ergriff ihre Hände. »Fanny, ich danke Ihnen. Ich werde es nicht vergessen.«

Sie nickte und schaute zu Boden, weil ein Kloß im Hals ihr das Sprechen unmöglich machte.

Alvesloh ging im Raum auf und ab. »Die Hamburger, wir alle, sind heute Nacht der Katastrophe knapp entkommen. Meine Hausväter und Handwerker mussten gottlob nicht kämpfen. Die Hanseaten und Mecklenburger konnten die Franzosen so weit zurückdrängen, dass nur noch die Südspitze in Vandammes Hand ist.«

»Also haben sie einen Fuß auf der Insel?«

»Ja.«

»Dann ist es nur eine Frage der Zeit ...?« Fanny konnte den Satz nicht beenden.

»Ich fürchte, ja«, sagte Alvesloh.

Meta, die nichts vom Schock und von der Freude der letzten Minuten ahnen konnte, steckte den Kopf zur Tür hinein. Hinter ihr stand Wilhelm mit bleichem, ängstlichem Gesicht.

»Um der Liebe Gottes willen, Kind, lassen Sie mich endlich hinein! Sie klappen mir noch zusammen. Dann ist keinem geholfen.«

Alvesloh nickte in Metas Richtung und machte eine beruhigende Geste. Fanny ließ den Jungen durch, er stürzte zum Bett seines Bruders und stand dann verlegen davor.

Alvesloh legte seine Hand auf Wilhelms Schulter. »Er hat es geschafft. Ab jetzt wird es bergauf gehen.« Dann wandte er sich an Meta. »Fanny hat für heute genug getan. Gesche soll uns einen kräftigen Kaffee in das Teezimmer bringen.« Er bot Fanny den Arm. »Kommen Sie!«

»Gleich.« Fanny warf noch einen letzten Blick auf den Schlafenden und blieb neben Wilhelm stehen.

Sanft sagte Alvesloh zu dem Jungen: »Karl muss jetzt schlafen. Mach dir keine Sorgen mehr. Bleib eine Weile, wenn du willst. Meta wird dich schon vertreiben.« Alvesloh lächelte Meta zu.

»So sicher wie ich jeden Tag meine Schürze binde, gnädiger Herr. Komm, Jung, reich mir mal Wasser und Schüssel.«

Die Uhr im Teezimmer zeigte noch nicht sieben. Eine zaghafte Sonne beschien die Oberfläche der Alster. Der Himmel war wolkenlos und ein wenig dunstig. Die Wände reflektierten das milchige Licht und gaben dem Raum etwas Unangetastetes. Fanny hatte hier noch nie so früh ihren Kaffee genommen.

Wilhelm kam zwei Minuten später wieder nach unten. Er lief vor dem Fenster auf und ab und trank noch nicht einmal seinen Kaffee im Sitzen.

Er tat Fanny leid. Seine Jugend, die Aufregung über Karls Verwundung und jetzt auch noch der Angriff. Wilhelm hatte genau wie sie in sehr jungen Jahren seine Eltern verloren, das vergaß sie manchmal.

Gerade als Alvesloh Einzelheiten des Angriffs erzählte, klopfte es unten an die Haustür. Alvesloh ging selbst. Wilhelm und Fanny sprangen zum Fenster. Ein berittener Bote stand vor der Tür.

»Was kann das bedeuten?«, fragte Fanny.

»Sicher wieder eine Hiobsbotschaft«, sagte Wilhelm.

Als Alvesloh wieder kam, hielt er ein Billett in den Händen. »Es ist von Rist. Vielleicht Nachricht aus Kopenhagen.«

An der Heftigkeit, mit der er das Briefchen entfaltete, merkte Fanny seine Anspannung. Zu ihrer Überraschung las er laut:

»Heute Morgen fünf Uhr erreichte uns die Direktive des Königs: Er lässt nicht zu, dass die Franzosen Hamburg erneut besetzen. Um sechs Uhr hat sich Haffner mit dem Brief aus Kopenhagen als Parlamentär nach der Wilhelmsburg eingeschifft. Wir hoffen auf einen Waffenstillstand.
Ich bin um 11 Uhr auf dem Domhof,
dein treuer J. G. R.«

Alvesloh ließ den Brief sinken. »Heute Nacht hat Gott mehr als einmal Erbarmen mit uns gehabt.« Seine Hände zitterten, als er die Hand mit dem Brief auf den Tisch sinken ließ.

Wilhelm stieß einen Jubelschrei aus.

Fanny musste sich setzen.

»Ich gehe sofort zu meinem Bataillon. Wenn Rist noch einen Boten schickt, Fanny, – ich werde am Domhof sein. Komm mit, Wilhelm, dann fällst du Mademoiselle nicht lästig. Vielleicht kannst du dich nützlich machen. Darf ich Sie weiter mit Karls Pflege betrauen?«

»Natürlich.« Fanny brachte keinen längeren Satz heraus.

Wilhelm war nach dem Angebot seines Bruders aufgesprungen und holte seinen Rock.

Alvesloh drehte sich zum Gehen.

»Monsieur?« Ihre Stimme stockte.

»Ja, Fanny. Ich werde kommen und Ihnen alles erzählen.«

Kapitel 33

Fanny hatte befürchtet, den Tag mit Warten und endloser Grübelei zu verbringen. Doch es kam ganz anders. Die Hamburger wussten nichts von der Hilfe der Dänen und auf den Straßen brach das Chaos aus. Die Kämpfe der Nacht trieben die Bürger in die Flucht und das Teezimmer wurde zu Fannys Beobachtungsposten.

Ein paar arme Leute schleppten ihre Habe auf dem Rücken und zerrten quengelnde, müde Kinder hinter sich her. Bürger mit Fuhrwerken und Kutschen verstopften die Straße. Sie luden Essgeschirr, Federbetten und Leinen, Koffer mit Garderobe, Vasen und Stühle auf ihre Wagen.

Ihr Nachbar zur Rechten, Geheimrat Siemsen, presste seine Insektensammlung in den Verschlag seiner Kutsche. Mindestens fünfzig hölzerne Rahmen gespickt mit Käfern, Schmetterlingen, Spinnen und anderem Getier.

Trotz der Verzweiflung, die auf Siemsens Gesicht stand, konnte sie ein Lächeln nicht unterdrücken. Sie hoffte nur, er würde Platz für Frau und Kinder lassen.

Wenige Minuten später kam es fast zu einem erneuten Bürgeraufstand, als Militär erschien und mindestens fünf Zug- und Kutschpferde im Gedränge beschlagnahmte. Fanny konnte den Wortwechsel nicht verstehen, so laut die Männer auch sprachen. Sie vermutete, die Pferde würden zur Verteidigung der Stadt gebraucht.

Der hagere Offizier bot seine ganze Autorität auf und drängte einen wild schreienden Zuckerbäcker zurück. Fanny kannte ihn, er verkaufte sonst mit unterwürfiger Freundlichkeit seine Kringel an die vornehmen Familien der umliegenden Häuser. Solche Energie hätte sie dem kleinen, dicklichen Mann nie zugetraut. Am Ende siegte der Offizier. Die Bürger gaben mit bleichen Gesichtern ihre Pferde her und trugen ihre Habseligkeiten wieder in ihre Häuser. Die Frauen weinten.

Gegen neun Uhr kamen Miss Tibbs und Caroline, gerade nachdem Fanny die Medizin in Karls Zimmer gebracht hatte. Sie lief ihnen entgegen, sah aber schon auf der Treppe, dass etwas nicht stimmte. Caroline wirkte krank, ihre Glieder hingen so schlaff herunter wie die einer Marionette.

Miss Tibbs bestellte bei Gesche Kräutertee, ging hinter ihnen in das Teezimmer und schloss die Flügeltüren zum Salon. Dabei verhakte sie den Stift zum Arretieren der Türseite so fest im Boden, dass Fanny eingreifen musste und ihn nur mit dem Schürhaken des Kamins herausstemmen konnte.

Diese absurde Handlung war so komisch wie lange nichts und Fanny musste laut auflachen. Was auch immer die beiden für Nachrichten brachten, nach den letzten vierundzwanzig Stunden konnte es so schlimm nicht sein.

Nachdem Fanny den Schürhaken wieder an den angestammten Platz gehängt hatte, setzte sie sich zu Caroline auf die Chaiselongue. Die Freundin sah so aus, als würde gleich die letzte Posaune erschallen. Miss Tibbs hatte auf dem Sesselchen schräg neben ihnen Platz genommen.

»So, ihr zwei!«, sagte Fanny, »jetzt erzähle ich euch erst einmal, was wir hier erlebt haben. Dann werdet ihr vor Dankbarkeit auf die Knie fallen und eure Leidensmienen verlieren. Und dann berichtet ihr mir, wie es bei Petersens –«

»Familie Petersen ist mit die kleineren Kinders heute Morgen nach Goslar zu Augustens Schwester geflohen«, fiel Miss Tibbs ihr ins Wort.

Fanny merkte, wie ihr die Heiterkeit vom Gesicht glitt wie ein Lappen.

»Fanny, ich bin schwanger«, flüsterte Caroline. Dann saß sie wieder schlaff da und eine Träne glitt so langsam wie eine Schnecke über ihre Wange.

»Wie bitte?« Fanny wusste gar nicht, was sie denken sollte. »Caro?«

»Miss Tibbs und Mutter wissen alles. Die Hebamme sagt, es ist noch früh. Miller weiß noch nicht einmal, dass er Vater wird.« Caroline fing an zu schluchzen.

Fanny nahm Caroline in den Arm und schaute fragend über deren Schulter zu Miss Tibbs. Irgendwie hoffte sie, es würde noch eine ganz einfache und undramatische Erklärung für alles geben.

Miss Tibbs seufzte und setzte sich sehr gerade hin. »Eine Bekannte von mir aus Altona ist eine midwife, wie sagt man, Hebamme. Sie hat Caroline angesehen, wie ich es Auguste empfohlen hatte. Es kam uns merkwürdig vor, dass es Caroline so schlecht ging. Die midwife ist sich nicht vollständig sicher, aber sie ist sehr erfahren.«

»Aha«, sagte Fanny nur. Sie wusste kaum, was sie denken sollte.

»Das ist die Grund, warum Mademoiselle Caroline bei uns ist«, sagte Miss Tibbs. »Wir haben es für das Beste gehalten. Die Verwandten in Goslar und Monsieur Petersen müssen nichts erfahren. Wenigstens bis diese Monsieur Miller aus dem Gefecht zurück ist und seine Schuldigkeit an poor Caroline tut.«

Fanny überlegte, ob sie sich zwicken sollte. Was für eine abenteuerliche Geschichte, wenn sie die Gefahren in Hamburg bedachte! Vor allem, da alle Petersens offensichtlich fliehen wollten. Wie konnten sie Caroline und den kleinen Wurm unter ihrem Herzen hier einem ungewissen Schicksal überlassen?

Als hätte Caroline ihren Blick gedeutet, sagte sie: »Ich habe es so gewollt, Fanny. Ich konnte es Vater nicht antun und die

Freundlichkeit deines Vormunds hat endgültig den Ausschlag gegeben.« Als hätte sie dieser eine Satz zu viel gekostet, fing sie wieder an zu weinen.

Was hatte Alvesloh damit zu tun? Über Carolines Schulter hinweg suchte Fanny wieder Miss Tibbs Blick.

»Oh, verzeih, dear girl, alles musste so schnell gehen. Ich habe Monsieur geschrieben und ihm in den diskretesten Worten unsere Misslichkeiten dargelegt. Ich muss sagen, deine Vormund war der reine Gentleman. Er ist bereit, uns alle und dear Caroline auf sein Gut zu bringen, wo wir sicher sein werden. Unter diesen Bedingungen hat Monsieur Petersen dem Wunsch seiner Tochter und seiner Frau entsprochen.« Sie neigte sich etwas zu Fanny und raunte: »Monsieur hat sogar erlaubt, dass unsere Freundin für ihre Niederkunft dort bleibt, sollte young Miller nicht zurückkehren.«

Fanny war immer noch ganz betäubt. Sicher war es das Beste so. Auf einmal war es, als schwappe das ganze Leid und die Angst Carolines körperlich zu ihr herüber. Fanny schämte sich für die Selbstbezogenheit der letzten Wochen. Sie war weiß Gott nicht der einzige Mensch auf der Welt, den Sorgen quälten.

»Ich bin froh, dass du hier bist, Caro.« Sie drückte Caroline an sich und flüsterte: »Ich bin für dich da. Wir schaffen das.«

Am Nachmittag kehrte erstmals etwas Ruhe in das breedenbeksche Haus ein, nachdem Caroline sich erschöpft hingelegt hatte.

Miss Tibbs nähte mit Eifer Hemden für die Männer der Bürgergarde. Fanny entzog sich diesem löblichen Stück Patriotismus und tat so, als würde sie mit Meta über Carolines Unterbringung verhandeln wollen.

Sie ging ganz in Gedanken die Treppe zu Kontor und Küche hinunter und genoss die Ruhe. Beinahe blieb ihr das Herz stehen, als mit Wucht die Eingangstür aufsprang.

Alvesloh kam mit Wilhelm im Schlepptau herein und schlug die Tür so heftig wieder zu, dass der Holzrahmen nachschwang.

Ohne ein Wort des Grußes gürtete er sich den Säbel ab und schmiss ihn in eine dunkle Ecke der Diele. Wilhelm hob ihn leise auf.

»Monsieur! Was ist denn los, um Gottes willen?« Gegen alle Wahrscheinlichkeit war ihr Gewissen so rein und weiß wie die Hemden, die Miss Tibbs nähte. Sie selbst konnte also nicht der Grund für Alveslohs grauenvolle Laune sein.

»Ihr genialer Tettenborn ist über uns gekommen. Das ist passiert.« Alvesloh wischte sich über das Gesicht und stemmte eine Hand in die Hüfte. Dann wandte er sich an Wilhelm. »Bring mir bitte Papier und Schreibzeug in die Bibliothek.«

»Kommen Sie, Mademoiselle«, sagte er zu Fanny und zog sie am Arm mit sich. »Sind wir oben ungestört?«

»Ich glaube schon.«

Er ließ ihr den Vortritt und schloss energisch die Türen. Wilhelm stand wenige Augenblicke später mit Tintenfass und Papier da, wie ein übereifriges Kind. Alvesloh setzte sich und schrieb.

Sie wartete nicht gerne. Gleichzeitig wollte sie Alvesloh in dieser Lage nicht unterbrechen. Waren die Franzosen weiter vorgedrungen? Hatten sie die Wilhelmsburg genommen? Was war mit dem dänischen Schutz?

Alvesloh faltete den Brief und gab ihn seinem Bruder. »Nimm mein Pferd und reite damit zu Rist. Auf der Neuen Burg. Nummer zwölf.«

Wilhelm nickte.

»Warte auf seine Antwort und dann bring sie mir auf den Bauhof. Ich muss gleich wieder zurück. Lass dich nicht aufhalten!«

Wilhelm nickte wieder und eilte hinaus.

»Verzeihen Sie diese Auftritte, Fanny.« Alvesloh schüttelte den Kopf.

»Was ist denn nur geschehen? Die Franzosen, nicht wahr? Sie wollen sich auf keinen Waffenstillstand einlassen. Müssen wir kämpfen?«

»Die Franzosen, liebe Fanny, haben im Gegenteil sofort das Feuer eingestellt. Sie sind bereit, zu verhandeln.«

»Aber das ist doch gut! Ein Waffenstillstand gibt uns Zeit. Die Russen können Hilfe anfordern. Möglicherweise kommt heute oder morgen die Meldung aus London und Dänemark tritt ganz den Alliierten bei.« Fanny stockte einen Moment. »Irgendetwas in Ihrem Blick sagt mir, dass alles ganz anders ist.«

Alvesloh klopfte mit der Feder auf den Tisch. »Tettenborn will keinen Waffenstillstand.«

»Bitte?« Fanny musste sich zwingen, sitzen zu bleiben.

»Er lässt sich nicht auf Verhandlungen ein. Er glaubt, er könne den Franzosen die Bedingungen diktieren.«

»Aber das ist verrückt! Die Wilhelmsburg ist doch heute Nacht beinahe verloren gegangen. Was glaubt er denn, wie er die Elbinseln verteidigen soll?«

»Ich kann Ihnen sagen, was er will. Er will die Dänen auf Gedeih und Verderb in den Kampf hineinziehen.«

Fanny überlegte einen Moment. »Und was wäre so schlimm daran, wenn die Dänen für uns kämpften?«

»Die dänische Regierung kann, wie wir sehen, von den Franzosen einen Waffenstillstand erpressen. Dänemark könnte mit einer geschickten Taktik die Kriegshandlungen gegen Hamburg so lange hinauszögern, bis klar ist, wo Kopenhagen seine Verbündeten suchen muss. Wenn London sich Kopenhagen gegenüber verhandlungsbereit zeigt, dann ist es nicht weit bis zu einem Beitritt Dänemarks zu den Alliierten. Dann werden die Dänen für uns und gegen Napoleon kämpfen. Vorerst wissen wir das aber nicht. Der Hof in Kopenhagen kann es nicht auf eine offene Kriegserklärung gegen Frankreich hinauslaufen lassen, bevor diese Dinge geklärt sind. Aber Tettenborn will es erzwingen, weil er partout kämpfen will. Langes Warten liegt ihm nicht.«

»Oh, Gott, Diplomatie ist so fürchterlich. Und was haben Sie so Eiliges an Monsieur Rist geschrieben?«

Alvesloh hörte auf, mit der Feder zu spielen. »Ich habe ihn

gefragt, was er vorschlägt, wenn wir Machtgier, Dummheit und Ignoranz mit einem schnellen, sauberen Streich in die Hölle schicken wollen.«

»Und was ist es, das Sie vorschlagen? Ich könnte vielleicht doch meine besondere Beziehung zu Monsieur Tettenborn nutzen? Vielleicht könnte ich ihn überzeugen. Ich bin sicher, er mag mich.« Fanny ließ ihre Stimme so unbeteiligt wie möglich klingen und fixierte die Maserung der Dielenbretter. Es wäre eine Untertreibung, zu sagen, dass ihr erster Besuch bei Tettenborn nicht besonders erfolgreich gewesen war. Aber wenn auch nur die geringste Chance bestand, dass sie Tettenborn manipulieren konnte, dann wäre es einen erneuten Versuch wert. Nicht nur Hamburg ließe sich mit Hilfe der Dänen retten, auch ihre Freunde müssten dann nicht an vorderster Front kämpfen. Alvesloh müsste nicht kämpfen.

»Fanny, wissen Sie, was das Schlimme ist? Ich bin so in Übung, ich sehe es sogar Ihren Augenbrauen an, wenn Sie ein Abenteuer planen.« Er beugte den Kopf und sah sie von unten an. »Und ich sehe, dass es Sie ärgert, wenn man Ihnen auf die Schliche kommt. Mademoiselle, missgönnen Sie mir diese kleine Freude nicht. Mein Alltag sieht wenig genug davon.«

Sie drehte den Kopf zur Seite und er lachte. In dem Ausnahmezustand der letzten Tage hatte sie ihre Gefühle gut verdrängt, aber wenn Alvesloh sie auf diese Art aufzog, war alles wieder da. Wie lange würde es dauern, bis sie abstumpfte? Zum Glück wurde er gleich wieder ernst.

»Wenn Sie glauben, ich ließe Sie Tettenborn schöne Augen machen, um was-auch-immer zu erreichen, dann kennen Sie mich doch noch nicht. Es bringt auch überhaupt nichts, glauben Sie mir.«

Fanny schwieg dazu und hatte Mühe, ihre Unterlippe nicht nach vorne rutschen zu lassen.

»Mir«, sagte Alvesloh, »gehen im Angesicht von Tettenborn langsam die gesunden Ideen aus.« Mit einer Hand zerbrach er die Feder und warf sie ins Feuer. »Aber nicht die Phantasie. Und das ist ein Problem.«

Kapitel 34

Alvesloh ging und Fanny blieb reglos im Raum stehen, weil sie nachdenken musste. Was hatte Fräulein Hanbury gesagt? Es gab Frauen, die Macht über Männer hatten. Dass Alvesloh diese Macht nicht nutzen wollte, war aus seiner Sicht wohl natürlich. Aber da Fanny kein Bataillon befehligen konnte, blieb ihr wenig anderes übrig.

Diese Mademoiselle Francke wusste offensichtlich, wie man von Männern wie Tettenborn alles bekam. Sie hatte sie beobachtet auf dem Ball. Sie und die anderen Frauen, die so anders waren als Mademoiselle Hanbury oder Caro oder sie selbst. Wie sie sich anzogen und bewegten!

Irgendetwas reizte Tettenborn an ihr, da war sie sich sicher, auch wenn das ein unangenehmer Gedanke war. Sie musste es sich zunutze machen. Eine Idee nahm in ihrem Kopf Gestalt an. Mademoiselle Francke kannte ihren Vormund und schien vertraut mit ihm, sie würde ihm einen Wunsch kaum abschlagen.

Fanny ging in die Bibliothek, holte sich Schriftzeug und verfasste ein Billett an Alvesloh. Dann schickte sie Johann mit dieser Nachricht zum Bauhof und ließ Jakob holen, damit er Fräulein Franckes Adresse herausfand. Wenn einer das konnte, dann ihr kleiner Freund.

Als alles erledigt war, setzte sie sich in die Bibliothek und starrte auf die dicken Bände, die ruhig und unerschütterlich in den Regalen standen. In diesem Raum regierte der Verstand. Männerverstand. Berechnungen, Ehre, Diplomatie.

Es war Zeit für eine andere Art der Kriegsführung und es war Zeit, dass sie eine Frau wurde, mit allen Konsequenzen. Kurz erfasste sie ein Schwindel, der von ihrer Stirn ausgehend in ihrem gesamten Kopf herumwirbelte. Dann wich das Gefühl, sie schüttelte sich leicht und stand auf.

Wenig später kam Jakob mit der Adresse und als die Uhr halb sechs schlug, war Gesche mit der Rückantwort ihres Vormunds da.

Von diesem Brief hing alles ab. Sie faltete das Blatt rasch auseinander und fühlte eine körperliche Erleichterung, als sie ein zweites Schriftstück in den ersten Bogen gefaltet sah. Ihr Plan war aufgegangen. Ein Gefühl von Triumph breitete sich in ihr aus. Kurz sah sie Alveslohs Gesicht vor sich und drängte mit Kraft ihr Gewissen beiseite, das wie ein kleines Kind an ihrem Ärmel zupfte. Sie strich das Billett energisch glatt und las, was Alvesloh geschrieben hatte:

Mein liebes Fräulein,
ich antworte nur kurz, da hier die unterschiedlichsten Erfordernisse meine Aufmerksamkeit beanspruchen. Bilde ich es mir ein oder konnte ich mit der Unterstützung Ihrer Freundin tatsächlich Ihr Wohlwollen erregen?
Was Ihre Bitte betrifft, so finden Sie die geforderte Vollmacht innenliegend. Ich hoffe, dass die Hebamme Ihnen auf diese Weise all die kleinen Hilfen gerne und schnell bereitstellt, die Ihre Freundin robuster machen werden.
Ganz Ihr Diener, Mademoiselle,
Ihr G. v. Alvesloh

Sie warf einen Blick auf das zweite Papier.

Mademoiselle,
haben Sie die Güte, mein Mündel, Fanny Breedenbek, in all ihren Verlangen zu unterstützen. Seien Sie versichert,

dass ich in dieser Angelegenheit die Verantwortung übernehme und über alles unterrichtet bin.
Major Georg von Alvesloh

Fanny jubelte innerlich. Besser hätte er das Schreiben nicht abfassen können. Zwar wirkte die Unterschrift etwas kühl, wenn man die Bekanntschaft zwischen den beiden bedachte, aber sonst war die Tarnung perfekt. Fräulein Francke musste ihr mit diesem Schreiben jegliche Unterstützung gewähren. Sie bemerkte ihr Hochgefühl und zwang sich zu mehr Nüchternheit. Auf Betrug sollte ein Christenmensch nicht stolz sein und doch: Ihre Idee war so brillant, dass sie sich für einen klitzekleinen Moment feierte.

Das Haus lag wie in einem Schlummer, nur aus der Küche hörte sie es klappern. Caroline schlief wohl noch und von Miss Tibbs hörte sie keinen Ton. Sie suchte sie und fand sie nähend im Teezimmer.

»Tibby, ich ziehe mich schon zurück. Der Tag hat mir zugesetzt und ich werde jetzt schlafen oder es zumindest versuchen. Vielleich werde ich meinen drückenden Kopf dann los. Esst bitte ohne mich.«

Miss Tibbs schaute von ihrem Nähzeug auf, nahm einen gelben Faden aus dem Mund und sah sie mitleidig an. »Oh, yes, Dearest. Tu das. Wenn du eine Sache brauchst, lass es mich wissen. Poor Caroline schläft auch, sie ist jetzt vorübergehend in meinem Zimmer. Ich habe überlegt, ihr Christs schönes Zimmer zu geben. Er kann genauso gut unter das Dach ziehen.«

»Ist mir alles recht. Verfüge, wie du es für richtig hältst. Ich muss mich jetzt zurückziehen, Tibby, wirklich.«

»Certainly! Wie ich hier rede! Geh nur. Gute Besserung, my Darling. Ich sehe dich morgen früh.«

Fanny fühlte sich schlecht, weil sie Miss Tibbs belog, gleichzeitig war sie so angespannt, dass sie ihre Zweifel schnell vergaß. Nun gab es kein Zurück mehr.

Sie lief zu ihrer Stube, holte sich ihr Cape und eine Strohschute mit Seiten so groß wie Scheuklappen. Sogar von vorne warf diese Haube einen Schatten über ihre Augen, von der Seite war sie unmöglich zu erkennen. Sie knotete sorgfältig die Bänder, stellte sich dann in die Kammertür, wartete und lauschte. Ihr Herz pochte in ihren Hals hinein. Sie hörte niemanden im Treppenhaus, keine Bewegungen in den Zimmern. Sie schlich nach unten, überstieg die knarzenden Treppenstufen und öffnete so leise sie konnte die Eingangstür.

Der Jungfernstieg lag schon in abendlicher Ruhe, Spaziergänger gab es in diesen Tagen kaum. Weit oben in Richtung Petrikirche stand eine einzige Kutsche und davor ein Mann mit Spazierstock. Ein, zwei Passanten und einige Militärs gingen am Alsterpavillon vorbei und ein junger Bursche lief mit einem Dutzend Gänse zu den Küchengärten am Alsterdamm. Auf der Wasserseite direkt gegenüber ihrem Haus eilten zwei Dienstmädchen mit Binsenkörben vorbei und hielten sich gegenseitig untergehakt.

Fanny zögerte nicht lange, überquerte die Straße und reihte sich hinter den Dirnen ein. Sie lief so dicht in deren Windschatten, dass die Ältere sich umdrehte. Die Magd überlegte, sagte aber nichts, als Fanny ihr freundlich zulächelte.

Mit den Mädchen vor sich kam sie bis hinter den Gänsemarkt. Ihre Begleiterinnen bogen zum Dammtor ab und sie war auf sich allein gestellt. Mit Unbehagen dachte sie daran, dass sich hinter dem Valentinskamp die Armenquartiere bis zum Hafen erstreckten. Seit ihrem Ausflug mit Jakob konnte sie die zahnlose Alte und den spindeldürren Kerl nicht vergessen.

Polly Francke wohnte in der Caffamacherreihe 253, also genau an der Grenze zu den Quartieren, die sich wie verknotetes Gedärm hinter den bürgerlichen Straßenfronten entlangwanden. Am Gänsemarkt hätte sie sich normalerweise die Nase an dem Bijouterieladen von Monsieur Louis plattgedrückt. Heute huschte sie so schnell vorbei, dass sie seine Auslage nicht einmal wahrnahm.

Ein Bürger mit zwei Hunden kam ihr entgegen, als sie erneut die Straßenseite wechseln musste. Sie nestelte vorsichtshalber an dem Verschluss ihres Capes und beschleunigte ihren Schritt, so dass sie jeden Augenkontakt vermied. Der Mann war so sehr mit seinen unerzogenen Mischlingen beschäftigt, dass Fanny schon fürchtete, die Tiere könnten sie anspringen. Doch im richtigen Moment bog auch er ab und Fanny atmete auf.

Je näher sie ihrem Ziel kam, desto nervöser wurde sie. Wenn Fräulein Francke gar nicht zu Hause war? Einen anderen Plan als diesen hatte sie nicht. Noch einmal würde sie den Mut zu so einem Ausflug nicht aufbringen.

Sie fühlte nach dem Reticule, das an ihrem Handgelenk wie eine Fessel baumelte. Alveslohs Schreiben war ihre einzige Erfolgsgarantie. Trotzdem wurde ihr bei dem Gedanke an seine Reaktion ganz übel. Schluss damit! Wovor hatte sie Angst? Alveslohs Wohlwollen, gar seine Achtung zu verlieren? Ihn wütend zu machen? Ihre Unternehmung würde ganz sicher zu einem Bruch zwischen ihnen führen, nach allem, was auf der Wilhelmsburg und danach passiert war. Wie, war im Grunde einerlei. Es konnte ihr nur recht sein, denn für ihre eigene Seelenruhe musste sie sich in Zukunft sowieso von ihm fernhalten. Wenn sie es geschickt anstellte, konnte sie ihre Zukunft und die Zukunft der Menschen um sie herum zum Besseren wenden. Das sollte ihr genügen.

Sie wich noch gerade dem Wasser aus, das sich vor ihr schwallartig aufs Pflaster ergoss. Normalerweise hätte sie mit der Magd geschimpft, die mit ihrem Eimer oben auf dem Treppenabsatz eines großen Fachwerkhauses stand. Heute hüpfte sie nur hastig über die Seifenlauge hinweg und war froh, dass das Dienstmädchen die Tür sofort wieder schloss.

Nachdem ihr Entschluss einmal feststand, verursachte ihr das Treffen mit Polly ein Kribbeln im ganzen Körper. Was wusste diese Frau von Männern? Wusste sie die richtigen Schmeicheleien für Tettenborn und konnte Fanny ihn damit überzeugen?

Oder waren es keine Worte, die sie benötigte? Sie schwitzte und spürte einen Tropfen Angstschweiss ihr Mieder hinunterrinnen. Würde sie Tettenborn küssen? Würde es sich so anfühlen, wie an dem Tag, an dem Alvesloh sie geküsst hatte?

In der Caffamacherreihe reihten sich Fachwerkhäuser wie Perlen auf einer Schnur. Die Gebäude waren in einem ordentlichen Zustand, Bäume gab es nicht, aber die Straße war sauber gepflastert. Ein Lieferant ihres Onkels wohnte im hinteren Teil, ebenso ein Sattler, ein Fettwarenhändler und zwei Konditoren, bei denen Meta schon gekauft hatte.

Fräulein Franckes Haus sollte gleich zu Beginn der Straße auf der rechten Seite liegen. Jakob verstand sein Geschäft und so fand sie das Haus mit der Konskriptionsnummer 253 auf Anhieb.

Drei Stockwerke wuchsen schmal gen Himmel, ein Geschoss ragte dreister über das andere hervor. Es schien, als wollte jedes besser zur Geltung kommen als das vorige. Fanny konnte sich nicht helfen, Mademoiselle Francke musste einfach im oberen Teil wohnen.

Im Erdgeschoss waren etliche der äußeren Fenster geöffnet und der Klang einer verzweifelten Violine drang auf die Straße, zusammen mit den Tönen eines Tafelklaviers, das wie ein Feldwebel den Takt gegen das Quietschen durchsetzte. Fanny fühlte sich sofort an die Reincke-Schwestern erinnert und wusste endgültig, dass sie hier, bei Musikus Mettke, richtig war. Sie ging die fünf Stufen zur Tür hinauf, zögerte einen Moment, hörte hinter sich einen Karren über das Pflaster rumpeln und ergriff endlich den eisernen Türring. Dreimal klopfte sie gegen das Holz, um die Instrumente zu übertönen. Der taubenblaue Anstrich unter dem Ring blätterte schon ab; offensichtlich war sie nicht die Erste, die den Klopfer sehr energisch benutzte.

Nach kurzer Zeit öffnete ein Dienstmädchen die Tür. Es fragte nicht, wer sie war und was sie wollte, sondern hielt den Blick zu Boden gesenkt. Sie erinnerte Fanny an eine kleine Spitzmaus mit Baumwollhaube. Fanny bat, bei Mademoiselle Francke angemeldet zu werden und angesichts des verschwiegenen Wesens der Dienstmagd erklärte sie nichts weiter. Das Mädchen ging und meldete sie. Allein im halbdunklen Flur musste Fanny unfreiwillig dem Konzert des Grauens lauschen. Hoffentlich bedeuteten diese Töne nichts für den Abend, der vor ihr lag.

Die Magd erschien wieder und führte sie zwei schmale, dunkle Stiegen hinauf. Sie machten auf einem Treppenabsatz halt, von dem eine geöffnete Tür in einen Salon führte. Mademoiselle bewohnte tatsächlich das oberste Stockwerk.

Das Mädchen zog sich in eine kleine Stube zurück und Fanny blieb zurück. Die Decke hing niedrig auf sie herab. Hinten, am Ende der Diele, führte eine grobgezimmerte Leiter zum Dachboden hinauf. Trotz der Enge und des fahlen Lichts überraschte der Ort sie mit Eleganz. Es mochte die Deckenbemalung sein, die genau wie die Eingangstür in einem kühlen Taubenblau gehalten war. Eher lag es noch an dem herrschaftlichen Sesselchen, das mitten auf dem Absatz stand und den Wartenden einlud. Daneben stand ein Tisch, auf den ein Strauß getrockneter, tiefroter Rosen drapiert war.

Es roch eigenartig, leicht süßlich, als hinge ein Parfüm in der Luft, das sich mit den Ausdünstungen des alten Holzes und den Küchengerüchen von unten mischte. Der ungewohnte Duft beklemmte Fanny und machte sie noch nervöser. Sie rieb sich die Arme und überlegte, ob sie nicht einfach ungesehen die Treppe hinunter verschwinden sollte. Da trat Fräulein Francke aus ihrer Tür und bat sie mit einem Lächeln hinein.

Der Salon war noch merkwürdiger als der Vorraum. Mademoiselle empfing ihre Gäste offensichtlich in ihrem Schlafzimmer, das eine Mischung aus Ruhestätte, Boudoir und Teesalon darstellte. Es brannten um diese Zeit schon echte Kerzen, Fanny zählte drei, und es war trotz der Lichter unnatürlich dunkel. Das mochte an den rubinfarbenen Vorhängen liegen, die die Fenster fast ganz verhüllten.

Fanny schielte zum Bett, obwohl es ihr ungehörig schien. Es

sah aus, als wäre es vor Kurzem noch benutzt worden, zumindest sah sie die Laken. Ein Überwurf verdeckte nur den unteren Teil des Bettgestells.

»Mademoiselle Breedenbek! Nun lerne ich Sie doch noch einmal kennen. Es freut mich!«

Ihr Gegenüber streckte ihr eine weiße, feingliedrige Hand entgegen und lächelte. Fräulein Francke zog dabei nur die linke Seite ihres Mundes in die Höhe, als fragte sie sich, was sie mit diesem Überraschungsfund anstellen sollte.

Fanny wurde heiß. »Mademoiselle Francke. Bitte, nennen Sie mich Fanny. Ich muss mit Ihnen reden, deswegen suche ich Sie auf.«

»In der Tat? Dann nennen Sie mich auch Polly, sonst fühle ich mich hundert Jahre alt.«

»Ja, Mademoiselle«, sagte Fanny.

»Polly.«

»Richtig, Polly.« Fanny versuchte, zu lächeln, ihr Gesicht fühlte sich dabei an wie eine Fratze.

Fräulein Francke wies mit der Hand auf die Sesselchen. Fanny setzte sich, ihre Knie dankten es ihr. Ruhig atmen, sagte sie sich. Wenn sie hier schon so aufgeregt war, wie sollte es erst werden, wenn sie vor Tettenborn stand?

Fräulein Francke taxierte sie mit einem prüfenden Blick, wie eine Schneiderin, die Maß nahm. Was wusste sie von ihr? Hatte Monsieur Alvesloh mit seiner Bekannten über sie geredet?

»Nun, Mademoisellchen? Jungfern wie Sie, ich gestehe es, verirren sich nicht oft in mein Reich.« Fräulein Francke zog ihren Morgenmantel enger und hakte langsam zwei Ösen am Hals und über der Brust zusammen. Sie sprach nicht unfreundlich, ihre Stimme klang tief, aber weich und melodisch. Jetzt erst fiel Fanny auf, dass Mademoiselle gar kein Kleid trug.

»Oh, verzeihen Sie mir, Polly, Sie sind nicht einmal empfangsbereit und ich stürme hier herein!« Fanny hoffte, dass sie nicht zu offensichtlich auf den halb offenen Mantel gestarrt hatte.

Polly lächelte nur. »Mein Kind, was treibt Sie zu mir? Weiß Ihr Vormund von Ihrem Besuch?«

Fanny nahm sich zusammen und sprudelte den Satz hervor, den sie auf dem Weg immer und immer wieder geübt hatte.

»Selbstverständlich, Mademoiselle. Er hat mich sogar hergeschickt. Er hat einen Plan gefasst, weil wir Tettenborn zu einer Kursänderung bringen müssen. Dafür soll ich, Sie verzeihen, dem General schöne Augen machen. Wenn er dann in einem ausreichend gefügigen Zustand ist, erbitte ich den Gefallen von ihm, den er Hamburg aus höherer Einsicht schon lange hätte gewähren müssen. Nämlich endlich die Dänen mit dem Schutz unserer Stadt zu betrauen. Mein Vormund und ich fürchten, dass es unsere letzte Chance ist.«

Fräulein Francke war einen Moment ganz regungslos, dann stand sie auf, ging zu ihrem Schminktisch, öffnete die oberste Schublade und holte ein verziertes Kästchen hervor. Sie öffnete es, schlug ein Öltuch auseinander und hielt Fanny den Inhalt entgegen.

»Ich denke, Ihr Auftritt verlangt mindestens nach kandierten Früchten.«

Fanny wusste nicht, ob Fräulein Francke scherzte. Die ganze Situation war absurd. Am absurdesten war ihr eigenes Verhalten, das wurde ihr im Angesicht der gezuckerten Feigen deutlich.

»Wie meinen Sie das?«, fragte Fanny.

»Ich esse immer kandierte Früchte, wenn ich etwas Verrücktes erlebe. Nehmen Sie, die sind sehr gut.« Polly streckte ihr den Kasten entgegen. Fanny lehnte ab. Selbst das Trinken wäre ihr im Moment schwergefallen. Es half nur die Flucht nach vorn.

»Sie müssen mich bei Tettenborn einschmuggeln«, sagte Fanny. »Dabei will ich so aussehen wie Sie neulich auf dem Ball. Und ich muss von Ihnen lernen, wie – wie ich Macht über Männer erlange.« Fanny war froh, dass sie nun alles gesagt hatte.

Fräulein Francke hörte auf zu kauen, blinzelte zweimal, schluckte ihren Bissen herunter und lachte dann schallend. Sie wischte sich eine Träne aus dem Auge. »Wissen Sie, ich würde Ihnen zu gerne einen Gefallen erweisen, denn mutige Menschen haben bei mir immer etwas gut. Wenn mir nicht an der Freundschaft zu Ihrem Vormund läge.«

Sie machte eine kleine Pause und lehnte sich sehr undamenhaft mit den Armen zu Fanny herüber. »Ich sage Ihnen, was ich für Sie tue: Ich lasse Sie jetzt von meiner Magd nach Hause bringen und vergesse, dass Sie jemals hier waren. Und vor allem schweige ich vor Herrn von Alvesloh von diesem Vorfall. Ich weiß, mein liebes Kind, dass Monsieur sich von Ihnen eine Menge bieten lässt. Aber es wäre nicht gut für Sie, glauben Sie mir, wenn er erführe, mit welcher Bitte Sie hier waren.«

Hitze kroch bis in Fannys Haarspitzen. Sie hätte den Brief so gerne unerwähnt gelassen. Mit zittrigen Händen nestelte Sie an ihrem Reticule und zerrte das Schreiben heraus. »Sie sind im Irrtum, Mademoiselle. Monsieur billigt dieses Vorgehen. Er bittet Sie sogar ausdrücklich um Hilfe.« Fanny erstickte fast an ihren eigenen Worten.

Sie reichte das Billett hinüber. Polly überflog die Zeilen, runzelte die Stirn und starrte eine Weile auf das Papier. Langsam ließ sie den Brief sinken.

Es vergingen mehrere Atemzüge, in denen Fanny nicht wusste, was sie sich mehr wünschte: Dass ihr Gegenüber die Geschichte glaubte – mit allen Konsequenzen. Oder, dass der Schwindel aufflog und sie einfach nach Hause gehen durfte.

»Warum ist er nicht selbst gekommen? Was für eine Zumutung!« Mademoiselle Francke faltete den Brief heftig zusammen und ließ sich auf das Sesselchen plumpsen. Sie sah zur Wandseite, schüttelte den Kopf und stöhnte.

Fanny lehnte sich zu Fräulein Franckes Stuhl hinüber, genau wie die Ältere es eben getan hatte, und ließ ihre Hand auf der Lehne liegen.

»Ja, Mademoiselle. Polly. Es ist bedauerlich, aber Sie verstehen sicher – die Bürgergarde, all die Verpflichtungen. Der Bauhof ist in diesen Tagen das zweite Zuhause von Monsieur geworden. Er kann sich nicht freimachen.«

»Ja, ja, schon gut.« Polly rollte mit den Augen. »Aber was soll ich denn nun mit Ihnen anfangen?« Mehr zu sich selbst sagte sie: »Sie sind ja noch ein Kind.«

»Ich bin kein Kind! Ich mag Ihnen jung erscheinen, aber ich kann Tettenborn umstimmen. Mit den Mitteln einer Frau.«

»Mit den Mitteln einer Frau? Was wissen Sie davon, mein Mädchen?« Polly wandte sich ihr zu und betrachtete sie. Dabei zog sie eine Augenbraue nach oben, bis sie fast einen spitzen Winkel bildete.

Fanny entschied, dass ihr Stolz sich an diesem Tag unpässlich meldete und zauberte ein schiefes Lächeln auf ihr Gesicht.

»Ehrlich gesagt? Gar nichts, Polly.«

Kapitel 35

Es war Abend, ehe Alvesloh nach einem katastrophalen Nachmittag einen Moment ausruhen konnte. Er hatte zwei Deserteure in den eigenen Reihen gehabt und drei französische Gefangene. Trotz angemessener brutaler Befragung durch seine Unteroffiziere wussten sie kaum etwas über die Pläne ihrer Führung.

Zu allem Überfluss war ein Feuer in einer der Küchen ausgebrochen, das den Koch der 3. Kompanie schwer verletzt hatte. Vierzig Gewehre in einem angrenzenden Schuppen waren durch die Hitze unbrauchbar geworden. Welcher Schwachkopf lagerte Gewehre an der Küche?

Stechende Kopfschmerzen quälten ihn und all seine Muskeln brannten. Es wäre sicher nicht schädlich, wieder einmal mehr als vier Stunden zu schlafen. Er ließ sich auf seinen Stuhl in der Offiziershütte fallen und wies Christ an, ihm irgendwo eine Suppe aufzutreiben.

Als es klopfte, konnte er den Duft von Eintopf beinahe schon riechen und nahm sich sein Zinngeschirr aus dem Bord hinter dem Schreibtisch. Etwas war falsch, denn hinter seinem Rücken roch er statt des Essens Parfüm. Polly. Er drehte sich um und sie stand tatsächlich im Türrahmen. Mit ihr fiel das letzte Licht des Tages in die Hütte.

Polly sperrte die Tür zu und redete ohne Begrüßung drauflos: »Alvesloh, es ist eine Dummheit! Zu gefährlich, viel zu gefährlich. Verzeih, dass ich dich hier aufsuche, aber ich habe ein schlechtes Gefühl. Hol sie da raus, ich bitte dich! Was haben wir uns da nur einfallen lassen?«

Polly wirkte fahrig und lief im Raum auf und ab. Sie rieb die Ellenbogen ihrer verschränkten Arme, was sie immer tat, wenn sie in Sorge war.

»Polly? Wovon redest du?«

»Tu nicht so. Es hat mich eine Stunde gekostet, dein Mündel auf Hure zu trimmen und ihr Dinge zu zeigen, die sie besser von einem nachsichtigen Ehemann gelernt hätte.« Polly rannte weiter auf und ab. »Wie du das über dich bringen konntest? Es sieht dir überhaupt nicht ähnlich!« Sie ließ ihren Blick flüchtig über ihn gleiten und Alvesloh vergaß Hunger und Kopfschmerzen. Was hatte sie getan?

»Heute ist niemand im Gouvernementshotel. Kein einziger Offizier. Sind alle beim Empfang von Orfano. Alle, außer Tettenborn, der ihn nicht ausstehen kann. Sie ist völlig alleine dort. Wenn etwas passiert? Niemand wird sie hören.« Polly warf die Arme in die Höhe. »Wie konnte ich das nur tun?« Sie spießte ihren Zeigefinger in seine Richtung. »Wie konntest du das nur tun?«

»Polly, ich bitte dich! Rede nicht in Rätseln. Was ist mit Tettenborn, warum ist Fanny – oh, Gott, Fanny ist bei Tettenborn? Willst du mir das sagen?«

Er trat auf sie zu und fasste sie bei den Schultern. »Polly, konzentriere dich, beruhige dich. Was hast du getan? Was habe ich getan?«

Sie schaute ihn verstört an. »Dein Brief. Dass Fanny Tettenborn umstimmen soll. Mit ... mit allen Mitteln. Sie war doch vorhin bei mir. Das hattet ihr doch besprochen.«

Alvesloh stöhnte aus den Tiefen seiner Seele. »Gar nichts haben wir besprochen. Mein Gott, Polly! Wie kannst du auf den Gedanken kommen, dass ich mein Mündel, – das Mädchen, das ich liebe – zu Tettenborn bringen lasse?«

Es klopfte und Christ kam mit dem Eintopf. Er machte ein erstauntes Gesicht, als er Polly sah.

»Nicht jetzt Christ, warte draußen.«

Christ drehte sich wieder um und wollte gehen.

»Nein, warte, geh zu von Heß und Perthes. Sag ihnen, dass ich weg muss. Ich weiß nicht, ob ich heute Abend noch wiederkomme. Sag ihnen, es sei unumgänglich.«

»Jawohl, Monsieur. Der Eintopf, Monsieur?« Christ hielt verwirrt die Kanne in die Höhe.

»Iss ihn selbst, geh danach zu Breedenbek und warte auf Weisung.«

»Ja, Monsieur.« Christ zog die Tür zu. Das Schummerlicht umfing sie wieder.

Polly rang die Hände. »Mein Gott, mein Gott! Verzeih meine Dummheit. Ich ahnte es nicht. Hat sie denn diesen Brief gefälscht?« Sie guckte verzweifelt. »Es war deine Unterschrift!«

Alvesloh dachte an die Vollmacht, die er Fanny für die Hebamme ausgestellt hatte. Dieses durchtriebene Ding, festketten hätte er sie sollen!

»Es ist einerlei, Polly. Ich erkläre alles später. Ich muss los. Seit wann ist sie dort?«

»Als Petri acht schlug, war ich wieder draußen. Dann konnte ich klar denken und bin sofort zu dir.« Pollys Miene war schuldbeladen. »Ich hatte ihr versprochen, zu warten. Aber ich musste dich doch holen!«

»Gut, nicht mal eine Viertelstunde. Dich trifft keine Schuld, Polly. Geh nach Hause, das ist eine Angelegenheit zwischen mir und Tettenborn.« Alvesloh gürtete sein Schwert um. »Wenn wir Glück haben, hat er sie schon wieder hinausgeworfen.«

Polly schüttelte unglücklich den Kopf. »Das würdest du nicht sagen, wenn du wüsstest, wie ich sie herausgeputzt habe.«

Tettenborn ließ in seinem Zimmer einen fünfarmigen Leuchter anzünden. Auf den Fensterbänken standen noch mehr Kerzen, so dass der Raum hell erleuchtet war.

Er trommelte mit seinen Fingern auf den Schreibtisch, auf dem ein unbearbeiteter Stapel Depeschen lag. Er mochte sein Quartier hier auf den Bleichen mitten in Hamburg. Das Haus des Amtmanns auf der Wilhelmsburg war gegen dieses Stadtpalais schäbig. Zum Glück rechtfertigte die militärische Lage den Rückzug in die Stadt.

Er lehnte sich zurück. Der Brokatsessel hatte nichts von seiner Gemütlichkeit eingebüßt und gegen den vorzüglichen Wein seines Vorgängers Davout war das Gesöff auf der Elbinsel reiner Fischtran gewesen. Er schwenkte die blutrote Flüssigkeit im Kristallglas und legte die Beine mit den verflucht schweren Stiefeln auf den Schreibtisch, mitten auf seine Unterlagen. Jetzt konnte höchstens ein Lakai stören und den gingen seine Gewohnheiten nichts an.

Seinen Adjutanten hatte er kurzerhand ins Hauptquartier zurückgeschickt. Was nahm sich dieser Grünschnabel auch heraus und kritisierte sein Vorgehen? Entlassen konnte er ihn nicht, er war der Neffe einer Prinzessin von Preußen. Das hätte hässlich ausgesehen und schadete der Karriere. Und langsam drohte Hamburg zu einer Karrierefalle zu werden.

Bei den Kämpfen der letzten Nächte war die Wilhelmsburg schon so weit verloren, dass eine echte Verteidigung nicht mehr in Frage kam. Seinem rotgesichtigen Adjutanten hatte das offensichtlich nicht eingeleuchtet. Dieser Bengel ohne diplomatisches Geschick hatte wieder und wieder den Mut der Hanseaten und Mecklenburger gelobt. Unter anderen Umständen hätte er den

Truppen sogar Kampfgeist bescheinigt. Allerdings nicht, wenn er dazu von einem keifenden Jüngling genötigt wurde.

Er nahm einen kräftigen Schluck und ließ die Flüssigkeit langsam über seine Zunge rollen. Ein Burgunder, Jahrgang 1809. Trinken konnten die Franzosen. Kämpfen leider auch. Tettenborn seufzte und fischte eine kleine Fliege aus dem Glas. Amüsiert sah er zu, wie sie ihre verklebten Beine sortierte. Soviel verschwendete Energie. Er zerdrückte sie zwischen Daumen und Zeigefinger und schnippte sie weg.

Und die Dänen zierten und zierten sich. Wollten verhandeln, gar einen Waffenstillstand mit den Franzosen! Es war schon klar, wieso. Die Dänen warteten immer noch auf Nachricht aus London. Kopenhagen schlingerte herum und wusste nicht, was es tun sollte. Aber war das sein Problem? Er brauchte Truppen, die kämpften. Und zwar unter seiner Führung und bis zum letzten Mann.

In Wahrheit tat er den Bürgern dieser Stadt einen Gefallen, wenn er die Dänen ohne Hintertürchen in die Kämpfe verwickelte. Dazu musste die Wilhelmsburg geopfert werden. Dann wäre den dänischen Befehlshabern klar, wie ernst es war.

Es klopfte und ein Diener mit mehr Falten im Gesicht als Haaren auf dem Kopf verbeugte sich.

»Herr Oberst gestatten?«

»Was ist?« Entweder dieser Trottel konnte oder wollte sich nicht merken, dass er zum General ernannt worden war. Er würde ihn bei nächster Gelegenheit zur Küchenschabe degradieren.

»Eine Demoiselle Breedenbek und eine Demoiselle Francke haben vorgesprochen. Die Jüngere bittet um eine kurze Unterredung. Das Fräulein wartet unten im Saal.«

Der Diener schlich sich in den Raum und reichte ihm eine kleine weiße Karte auf einem silbernen Tablett.

»Und wenn ich so frei sein darf, eine Merkwürdigkeit zu erwähnen: Die junge Demoiselle ist gänzlich ohne Begleitung, denn das andere Fräulein richtete ihre Empfehlungen aus, musste aber wieder gehen.«

Tettenborn konnte ein Lächeln nicht unterdrücken. Vielleicht war der Alte doch zu schade zum Kartoffelschälen.

»Soll raufkommen.«

Der Diener verbeugte sich und wandte sich zum Gehen, aber Tettenborn winkte ihn zurück.

»Wie heißt du?«

»Gotthilf, mein Herr.«

»Sorge dafür, Gotthilf, dass wir ungestört sind und die übrige Dienerschaft sich in die Dachstuben verzieht.«

Er drückte ihm ein Goldstück in die Hand und freute sich über den gierigen Blick des Alten.

Schon das zweite Mal wischte Fanny ihre nassen Handflächen an dem weinroten Kleid ab, das ihre neue Bekannte ihr geliehen hatte. Der Schnitt passte gut, obwohl sie weit weniger Körperfülle besaß als Polly. Die Schnürung des Mieders machte jedoch Erstaunliches möglich. Sie sah verboten aus. Ein Korsett war unbequem, aber das Wenige, das sie hatte, reichte ihr mit dessen Hilfe fast bis ans Kinn.

Sie durfte sich auf nichts einlassen, hatte Polly gesagt, höchstens auf ein bisschen Tändelei und einen Kuss. Polly hatte ihr gezeigt, wie sie sich vorlehnen sollte, wie sie an ihren Locken spielen und sich über die Lippen lecken musste. Fanny stieg die Hitze den Hals hoch, wenn sie daran dachte.

Sie mochte sich gar nicht vorstellen, was Mary Wollstonecraft zu ihrem Aufzug sagen würde. Aber Livius übersetzen rettete Hamburg ganz sicher nicht, das konnten nur noch die Dänen, und ihr Schicksal hing nun einmal an ihrer Heimatstadt.

Der Diener ließ sie im großen Saal warten, in dem vor wenigen Wochen noch Tettenborns strahlender Einzugsball gefeiert worden war. Wie schaurig es hier ohne Gäste, ohne Musik und ohne die vielen Kerzen aussah. Der riesige Raum war düster und gespenstisch. Ihre Schritte hallten wider und die vielen Spiegel an den Wänden wirkten ohne Licht beängstigend. Der Stier auf dem Deckengemälde, der ihr beim letzten Besuch so frivol hinterhergestarrt hatte, sah aus wie ein Monster mit glühenden Augen.

Fanny schrie auf, als der alte Diener plötzlich wie ein Geist vor ihr stand.

»Mademoiselle müssen verzeihen. Das Haus ist alt und wir haben überall Tapetentüren. Eine Angewohnheit von uns Gesinde, lautlos den Raum zu betreten. Habe ganz vergessen, dass Sie hier alleine warten. Wenn Mademoiselle jetzt so freundlich wären, mir zu folgen? Der Oberst lässt bitten.«

Der Alte musterte sie von unten bis oben. Trotz seiner tadellosen Ansprache hatte sein Blick etwas Unverschämtes. Sollte irgendetwas schief laufen, musste sie nur ein Zeichen am Fenster geben und in einer Minute käme Polly ihr zu Hilfe. Noch vor einer Stunde hatte sie das alles mehr als albern gefunden. Jetzt war sie froh darüber.

Der Lakai führte sie eine Flucht von dunklen Treppen hinauf, in der Hand nur ein Talglicht, das flackerte und spärlich den Weg beleuchtete. Wo war die Dienerschaft? Es war viel zu ruhig für so ein großes Haus. Polly hatte ihr erklärt, dass der Abend günstig war, denn die meisten Offiziere und Mitglieder des Stabes dinierten trotz der Bedrohung auf der Geburtstagsfeier des Grafen Orfano. Vielleicht war den Dienern freigegeben worden? Jetzt hätte sie sich gewünscht, dem väterlichen Grafen Pfuel zu begegnen oder wenigstens einem freundlichen Offizier. Aber die waren sicherlich noch auf einige Stunden nicht zurück.

Mit einer tiefen Verbeugung öffnete der Diener eine Tür im oberen Stockwerk. Fanny musste blinzeln, so gleißend war das Licht in dem Raum nach dem nachtdunklen Treppenhaus. Tettenborn hatte anscheinend alle Kerzen des Hauses auf einmal angezündet. Wenigstens kein Schummerlicht. Sie straffte ihren Rücken und ging mit einem in Stein gemeißelten Lächeln auf ihn zu.

»Ah, Mademoiselle Breedenbek!« Tettenborn wedelte mit einer raschen Handbewegung den Diener fort. Er kam vom Schreibtisch auf sie zu, nahm ihre beiden Hände und küsste sie. Als er ihre Gestalt ganz in Augenschein nahm, flackerte eine kurze Überraschung über sein Gesicht. Fanny kam sich plötzlich halbnackt vor.

»Monsieur Tettenborn, Exzellenz, Sie müssen es impertinent finden, dass ich Sie zu so später Stunde und allein aufsuche.«

»Ganz und gar nicht, es bedarf überhaupt keiner Erklärungen, Mademoiselle. Ich befinde mich hier in durchaus unfreiwilliger Einsamkeit und bin entzückt über einen so charmanten Gast. Ich hatte gar nicht zu hoffen gewagt, dass der Abend eine so reizende Wendung nehmen könnte. Sie sind mit Fräulein Francke gekommen?«

Fanny gefiel sein Lächeln nicht, sie nickte nur. Tettenborns Schnurrbarthaare vibrierten wie die einer Katze. Seine Wangen waren vom Wein erhitzt und sein Mund glänzte rot.

»Mademoiselle sehen bezaubernd aus.« Er ging zu einem Tischchen in der Nähe des Fensters und schenkte ihr ein Glas bis zum Rand ein. Dann schaute er an ihr hoch und runter. »Sie müssen diesen Tropfen kosten. Ganz hervorragend. Vollmundig, dabei weich und elegant.«

Er berührte ihre Hand, als er ihr das Glas gab. Fanny stellte es auf das Tischchen zurück. Es war schwieriger als sie gedacht hatte. Sie hätte lächeln müssen, den Wein annehmen, die Hand nicht zurückziehen. Aber es ging nicht.

»Exzellenz müssen verzeihen, aber es gehört nicht zu meinen Gewohnheiten, starke Getränke zu mir zu nehmen.«

»Aber, aber, Mademoiselle, es schaut doch keine Gouvernante zu. Sie können sicher sein, ich kann schweigen. Außer uns ist niemand hier, wenn Sie sich darüber sorgen sollten.«

Tettenborn sah sie merkwürdig an und der schwefelgelbe, leicht angetrunkene Ausdruck seiner Augen jagte ihr Angst ein. Ihr Herz klopfte in ihrer Kehle und sie beschloss, die Unterredung so schnell wie möglich in die gewünschte Richtung zu bringen.

»Monsieur, ich bin gekommen, um mit Ihnen über einen Waffenstillstand mit den Franzosen zu reden. Ich bin Hamburgerin und als solche flehe ich Sie an ...«

Er schnitt ihr mit einem kehligen Lachen das Wort ab und setzte sich lässig auf die Kante des Schreibtischs. Ihr bot er keinen Sitzplatz an.

»Er hat Sie geschickt.« Tettenborn nahm noch einen tiefen Zug aus seinem Weinglas und lachte in sich hinein.

»Ich weiß nicht, was Sie meinen, Monsieur.«

»Hören Sie mit dem Spielchen auf, mein Kind. Sie sind doch viel zu schade, um sich von so einem Langweiler wie Alvesloh benutzen zu lassen.«

»Monsieur, Sie irren! Herr von Alvesloh hat nichts mit meinem Kommen zu tun. Bitte, das müssen Sie mir glauben. Ich hatte gehofft, Sie als Patriotin auf Hamburgs Schicksal aufmerksam machen zu dürfen.«

Tettenborn lachte laut.

Fanny redete einfach weiter. »Und ich hatte gehofft, unter anderen Bedingungen mit Ihnen zu reden. Ich sehe, Sie sind nicht in der Stimmung dafür. Ich werde Sie nicht länger belästigen.«

Tettenborn reagierte nicht auf das Gesagte, sondern drehte sich zum Fenster und warf einen Blick ins Dunkle.

»Und der integre Major lässt Sie allein zu einem losen Gesellen wie mir? Sollte ich verführt werden, Fräuleinchen?« Tettenborn kam wieder auf sie zu und strich langsam mit seinem gekrümmten Zeigefinger über ihr Dekolleté.

Fanny zwang sich, nicht zurückzuzucken. Wozu hatte Polly ihr sonst alles erklärt. Vielleicht ließ sich das Gespräch noch wenden, wenn sie sich nicht so dumm anstellte.

»Nun? Zeigen Sie mir doch, wie gerne Sie mich haben.«

Er brachte sein Gesicht nah an ihres heran. Auf seiner Nase standen Schweißtropfen und sein Bart ekelte sie. Er leckte sich die Lippen. Sie hätte sich vorlehnen sollen, doch stattdessen bog sie den Oberkörper nach hinten. Unwillkürlich. Sie konnte es einfach nicht.

Tettenborn lachte erneut, ließ von ihr ab und ging zu einem schweren Mahagonisekretär an der Wand. Er schob ihn mit einem kräftigen Schub als Hindernis bis vor die Tür. »Kommt er selbst oder schickt er eine seiner Schranzen?«

Fanny stand da wie angewurzelt. Als sie sein Lächeln sah, brach ihr kalter Schweiß aus. »Monsieur Tettenborn, ich möchte gehen. Lassen Sie Ihre unangenehmen Scherze.«

»Aber mein Täubchen! Wir wollen doch den Herrn Vormund nicht enttäuschen. Er will das Scheusal haben. Bitte, an mir soll es nicht liegen. Und mit Ihren Verführungskünsten ist es trotz ihres wirklich anregenden Kleides leider nicht weit her. Sie brauchen Hilfe.«

Tettenborn kam immer näher und drängte sie vom Fenster weg. »Hat er Ihnen alles erzählt, ja? Ich hätte nicht gedacht, dass er sein Wort bricht. Sieht ihm nicht ähnlich. Oder hat er Anna außen vor gelassen und nur von dem Tribunal berichtet? Oh, es war genial, Mademoiselle. Ein besserer Plan muss erst noch erdacht werden!«

Fanny wich ihm aus, so weit sie konnte. »Ich weiß nicht, wovon Sie reden, Monsieur. Sie machen mir Angst. Bleiben Sie stehen!«

Er trieb sie weiter in die Tiefe des Zimmers, hinter ihr standen nur noch der Schreibtisch und eine Chaiselongue an der entferntesten Zimmerwand. Sie musste weiterreden, ihn zum Weiterreden bringen.

»Was meinen Sie denn? Natürlich hat mir Monsieur von Alvesloh alles vom Tribunal erzählt.« Fanny stocherte einfach ins Trübe hinein.

»Ja? Auch, dass ich es war, der die Anklage führte?«

Fanny erschreckte sich so, dass sie fast gestolpert wäre. Einen Moment vergaß sie sogar ihre Angst.

»Sie?«

»Ja, mein Kindchen. Ich.« Er ging immer weiter, fast waren sie am Schreibtisch. »Weil Ihr Vormund ein Verbrecher ist. Aber das wussten Sie ja schon. Oder hat er Ihnen etwas anderes erzählt? Dass er skrupellos ist, werden Sie selbst gemerkt haben. Denn sonst hätte er Sie nicht hierhergeschickt.« Er wies auf sich. »Zu mir. Und macht Sie damit zu nichts besserem als einer kleinen Hure.«

»Warum haben Sie das getan?«

»Das sagte ich doch schon, weil Ihr Vormund ein Verbrecher ist, weil er nichts von Ehre und Loyalität weiß«, Tettenborn spuckte die Worte aus und seine Augen verengten sich zu Schlitzen. »Weil er ein dreckiger Dieb ist. Aber jetzt lassen Sie uns von angenehmeren Dingen sprechen. Sie wollten mir also Ihre Zuneigung zeigen?«

Er berührte ihre Wange und sie schlug seine Hand weg. Er lachte leise und gehässig.

»Mademoiselle sind eine kleine Kratzbürste. Gut. Ich mag das. Bei Frauen mit wenig Erfahrung werte ich das als Zugewandtheit. Ich muss Sie allerdings warnen: Je mehr Sie sich wehren, desto sparsamer müssen meine Zärtlichkeiten ausfallen. Letztlich reduziert es das auf den bloßen Akt. Wie bedauerlich. Ich gelte als guter Liebhaber, wissen Sie?« Er sah ihr in die Augen. »Es liegt an Ihnen.«

Ein eiserner Griff schraubte sich um ihre Handgelenke. Kurz wich alles Blut aus ihrem Gehirn, als sie begriff, was Tettenborn meinte. Sie spuckte ihm ins Gesicht. Die Arme konnte sie nicht bewegen.

Tettenborn zuckte zusammen, ließ ihren linken Arm los und wischte sich über die Wange.

Schnell griff sie neben sich auf den Schreibtisch und fasste mit einer Hand den Leuchter. Dann schleuderte sie ihn mit aller Kraft gegen das Fenster. Das innere Glas splitterte im unteren Bereich, aber das äußere Fenster brach nur an einer handtellergroßen Stelle.

»Helfen Sie mir! Polly!«, schrie sie so laut sie konnte, aber sofort presste sich Tettenborns große Hand auf ihren Mund. Er machte es so geschickt, dass sie ihn nicht einmal beißen konnte.

»Polly, ja? Nur mit einer Hure als Kindermädchen. Ts, ts, was ist nur mit meinem alten Freund los?«

Er hob sie hoch wie ein Spielzeug, schleppte sie in die hinterste Ecke des Zimmers und schmiss sie rücklings auf die Chaiselongue. Dabei musste er seine Hand von ihrem Mund nehmen und sie schrie wieder aus Leibeskräften.

Eine namenlose Angst krallte sich in ihre Eingeweide. Einen kurzen Moment war ihr Gehirn leer, dann hatte sie das Gefühl, all ihre Sinne verzehnfachten ihre Kraft und Geschwindigkeit. Ihre Gedanken schossen wie Blitze durcheinander. Sie war jetzt die maximale Distanz von der versperrten Tür entfernt. Wie sollte Polly in das Zimmer gelangen?

Sie roch Tettenborns nach Fusel stinkenden Atem, fühlte jeden Finger seiner Klaue, die er in ihre Wange grub. Mit seiner anderen Hand wühlte er ihr Kleid nach oben. Sein halber Oberkörper lag auf ihrer Seite. Sie konnte weder das rechte Bein noch den rechten Arm bewegen. Ihr anderes Bein strampelte nutzlos halb vor dem Sofa, mit ihrem linken Arm schlug sie auf Tettenborns Rücken ein. Keine Reaktion. Sie musste ihn verletzen. Um jeden Preis.

Sie zog mit aller Kraft an den Haaren und krallte sich in sein Ohr und riss daran. Mit einem wütenden Grunzen gab Tettenborn ihren Mund frei. Er setzte sich rittlings auf ihren Körper und wickelte sein Halstuch ab.

»Monsieur, hören Sie mir zu! Sie machen sich unglücklich.« Fanny keuchte vor Anstrengung und suchte fieberhaft nach Argumenten. »Ich werde schweigen, wenn Sie jetzt zur Vernunft kommen. Ich werde das alles als bedauerlichen Irrtum werten, glauben Sie mir. Niemand Ihrer Vorgesetzten wird davon erfahren. Denken Sie an Ihre Ehre, Ihren Ruf!«

In diesem Moment hörte Fanny, wie jemand von außen gegen

die Tür trat. Der Sekretär bewegte sich keinen Zentimeter. Tettenborn schaute nicht einmal auf. Er band einen dicken Knoten in das Tuch.

»Fräulein, Sie werden so oder so nicht reden. Wer wird Ihnen denn glauben, haben Sie darüber nachgedacht? Sie kommen abends und ohne Begleitung zu mir – dem General von Hamburg. In diesem Kleid. Was meinen Sie, wie viele Mädchen jubeln würden, wenn man sie überhaupt vorgelassen hätte? Und Sie kleine Hure haben mich dann verführt. Hört man davon nicht immer wieder? Zur Not, Mademoiselle, heirate ich Sie eben. Sie sollen durchaus über Vermögen verfügen und so ein hübsches Frauenzimmer habe ich mir immer schon zulegen wollen. Ich denke, das würde auch Herrn von Alvesloh freuen.«

Tettenborn bleckte die Zähne in einem ekelerregenden Grinsen.

»Das würde er niemals zulassen!«

»Vielleicht überschätzen Sie die Wirkmächtigkeit Ihres Herrn Vormunds. Wie auch immer, Mademoiselle. So sehr ich das Gespräch mit Ihnen schätze, so sehr verabscheue ich Gekreische beim Liebesspiel. Wir werden daher schweigend genießen, wenn es beliebt.«

Mit diesen Worten steckte er ihr einen Knebel in den Mund und verknotete das Tuch hinter ihrem Kopf so heftig, dass ihr vor Schmerz die Tränen in die Augen traten. Dann riss er ihre Arme hoch und hielt ihr beide Handgelenke über dem Kopf fest, während er mit der anderen Hand das Unterkleid hochschob.

Fanny wurde für einen kurzen Moment schwarz vor Augen, als sie die Richtigkeit seiner Worte begriff. Niemand, nicht eine Seele würde ihr glauben. Ihr Herzschlag tat weh. Wenn er mich heiraten will, dann ertränke ich mich in der Alster, dachte sie, bevor Tettenborns Hand ihren Oberschenkel entlangfuhr.

Als Alvesloh auf das Gouvernementshotel zugerannt kam, sah er die Fensterscheibe im zweiten Stock splittern. Dann hörte er Fanny schreien. Er wollte nicht darüber nachdenken, was das bedeutete.

Er riss die Eingangstür auf und lief so schnell die Treppe hinauf, dass er einen eisenartigen Geschmack im Mund fühlte. Er rüttelte an der Tür zu dem großen Zimmer im oberen Stock, aber sie ging nicht auf. Er warf sich dagegen, wieder und wieder. Er schrie nach Tettenborn und trat gegen die Tür, aber es war nutzlos. Es musste einen anderen Weg geben. Er rannte hinunter und suchte einen Diener.

Tettenborn lag auf Fanny wie ein Amboss und sie konnte nicht weg. Sie schrie und schrie, doch es kamen nur krächzende, halb erstickte Laute. Der Knebel erregte ihren Würgereiz. Sie bewegte sich, soviel sie konnte, aber es half nichts. Er war zu schwer.

Von außen hämmerte und krachte es immer wieder gegen die Tür. Ihr war, als hörte sie Alveslohs Stimme wie durch einen dichten Nebel. Vielleicht wurde sie verrückt.

Sie stieß und wehrte sich, aber ihre Kraft nahm immer weiter ab. Tettenborn presste mit seiner Hand ihre Beine auseinander, er hatte ihr Unterkleid ganz hochgeschoben und berührte ihre nackte Haut. Bald musste sie aufgeben, würde einfach stillliegen. Es rauschte in ihren Ohren und sie schloss die Augen.

Tettenborns Bewegungen froren plötzlich ein. Sie riss die Augen auf. Über ihrem Gesicht blitzte eine breite Säbelklinge. Die Spitze drückte Tettenborns Adamsapfel von der Seite ein.

»Steh auf, Tettenborn.«

Es war Alveslohs Stimme, die in einem dunklen, fremden Register vibrierte. Tettenborn gab sie frei. Sie rappelte sich hoch und bedeckte hastig ihre Blöße. Ihre Knie zitterten wie Papier. Wie Alvesloh ins Zimmer gelangt war, wusste sie nicht. Sie zerrte sich den Knebel aus dem Mund.

Alvesloh hielt Tettenborn die Spitze seiner Klinge weiter an den Hals. Mit dem Degen drängte er ihn auf die Chaiselongue, bis Tettenborn darauf fiel und sich halb aufrappelte, den Oberkörper an die hohe Lehne gepresst.

Alvesloh zog Fanny zu sich und schob sie hinter sich, deckte sie mit seinem Körper. Im Hintergrund gähnte ein schwarzes Loch in der Mauer und erst nach einigen Sekunden begriff sie, dass es eine geöffnete Tapetentür war.

Fanny lehnte sich hinter Alveslohs Rücken ein wenig vor. Tettenborn lag leichenblass auf der Couch, seine Hände erhoben, die Degenspitze immer noch auf die Mitte seiner Kehle gerichtet.

»Sag es«, sagte Alvesloh.

»Was?« Tettenborns Stimme klang rau, unbenutzt.

»Das weißt du genau.«

In Tettenborns Blick lag eine Verachtung, die es Fanny kalt den Rücken hinunterlaufen ließ. Auf einmal wurden seine Augen weit und ein Blutstropfen quoll über seine Krawatte. Er drückte den Kopf nach hinten, doch die Lehne verhinderte, dass er entkam. Alvesloh bewegte den Degen von einer Seite zur anderen und Tettenborns Hand krampfte sich in die Lehne. Blut rann in einem kleinen Rinnsal in das weiße Leinen.

»Sag es!«

Tettenborns Brustkorb hob sich heftig auf und nieder. Auch Alvesloh atmete schwer.

»Ich war es.«

»So, dass sie es versteht.« Alvesloh brüllte.

Fanny zuckte unwillkürlich zusammen. Ihre Beine zitterten unkontrolliert.

Alvesloh drehte den Degen leicht, Tettenborns Augen traten hervor.

»Ich war es, ich habe Anna vergewaltigt. Ich habe sie vergewaltigt! Ich!«

Tettenborn keuchte, als Alvesloh von einer Sekunde auf die andere den Degen sinken ließ. Tettenborn griff sich an den Hals, sah erst auf das Blut an seiner Hand, dann auf Alvesloh. »Ich will Satisfaktion!«

»Nein, ich will Satisfaktion«, sagte Alvesloh und trat mit ihr einen Schritt zurück. Er steckte seinen Degen in die Scheide.

»Nenn mir deinen Mann, er soll sich heute Nacht noch bei Johann Leopold von Maltzahn melden.« Alveslohs Stimme klang kalt und ruhig.

»Nikolajewitsch. Viktor Nikolajewitsch.«

»Gut. Entschuldigung ausgeschlossen.«

Alvesloh griff fest ihre Hand. Dann zog er sie zu der Tapetentür und drehte sich nicht mehr um.

Er führte sie in einen dunklen Gang und muffige, wohl ewig nicht benutzte Gesindetreppen hinunter. Es war kalt und finster und roch nach Mörtel und alten Ziegeln. So musste es sich anfühlen, lebendig eingemauert zu sein. Von unten drang fahler Lichtschein und sie hangelte sich an einem staubigen Handlauf darauf zu.

Mit einem Schlag wurde ihr klar, dass Mauern sie nicht schützen würden. Sie konnte nicht kontrollieren, was nicht zu kontrollieren war. Sie konnte ihr Schicksal nicht zwingen. All das hatte sie geradewegs in die Katastrophe geführt. Zitternd griff Fanny hinter sich und suchte Alveslohs Hand. Warm und verlässlich schlossen sich seine Finger um ihre.

Er hielt an und fragte: »Sind Sie verletzt?«

Sie wollte »Ja!« schreien, aber sie verneinte.

Er drückte ihre Hand und führte sie zügig die Stufen nach unten und aus dem Haus hinaus.

Auf der Straße ließ er sofort ihre Hand los und bot ihr den Arm. Ein paar Offiziere auf dem Weg zu den Wachen grüßten Alvesloh.

Langsam kehrten Fannys Lebensgeister zurück, auch wenn sie noch immer zitterte. Es kam ihr vor wie ein böser Traum. Wenn Alvesloh nicht gekommen wäre, – sie hatte das Gefühl, sich übergeben zu müssen. Sie hielt an und lehnte sich gegen einen Baum. Alvesloh stützte sie und führte sie rasch zu einem Mäuerchen, auf das sie sich setzen konnte. Er legte ihr seine warme Hand auf die Schulter und ließ sie nicht los.

»Atmen Sie tief durch. Einatmen. Ausatmen.«

Fanny versuchte es und schloss dabei kurz die Augen. Die kühle Luft war angenehm. Die Übelkeit wich langsam, sie fühlte sich besser. »Es geht. Ich kann jetzt weitergehen.«

»Nein, wir bleiben ein wenig. Ruhen Sie sich aus.«

Sie flüsterte: »Wie sind Sie in diesen Gang und durch die Tür gelangt?«

Alvesloh grüßte einen jungen Soldaten der Bürgergarde, der schnell an ihnen vorüberging.

»Der alte Diener, der einzige, den ich unten finden konnte, zeigte mir gegen Geld diesen Weg. Er sollte sich damit besser eine andere Anstellung kaufen.«

»Wo ist Polly?«

»Bei sich zu Hause.« Alvesloh blickte so düster drein, dass Fanny nicht nur um Tettenborns, sondern auch um Pollys Leben fürchtete.

»Denken Sie nichts Schlechtes über Ihre Freundin. Ich war es. Ich habe Sie beide betrogen.«

»Ich weiß.«

Sie schwieg einen Moment und wartete. Dann hielt sie es nicht mehr aus. »Wollen Sie nicht schimpfen oder sonst irgendwelche schrecklichen Dinge mit mir anstellen?«

»Nein, Fanny. Der Einzige, mit dem ich schreckliche Dinge anstellen will, ist Tettenborn.«

Sein hohler Ton schnitt ihr direkt in die Eingeweide. Trotzdem musste sie fragen, solange sie sich noch traute. »Wer ist Anna?«

Alvesloh schaute auf sie hinunter. Er gürtete seinen Säbel ab, legte ihn sich zu Füßen und nahm auf der kleinen Mauer neben ihr Platz.

»Anna war die Tochter meines Wirts in Göttingen. Ich studierte dort gemeinsam mit Tettenborn.« Alvesloh griff sich einen verdorrten Bucheckernzweig und drehte ihn in der Hand. »Fanny, bevor ich Ihnen die Sache mit Anna erzähle, müssen Sie eines wissen: Tettenborn war es, der mich damals des Mordes bezichtigt hat.«

Fannys Puls beschleunigte sich wieder, aber sie atmete ruhig weiter. Es war so tröstlich, dass Alvesloh neben ihr saß. Sie glaubte, dass sie so alles hören konnte.

»Ich weiß, Monsieur. Er hat es mir gesagt. In seiner Raserei.« Fanny schloss kurz die Augen. »Er sagte, dass Sie ein Dieb seien und ein Verbrecher und nichts von Ehre wüssten.«

Alvesloh nickte.

»Warum ein Dieb, Monsieur? Was hat er damit gemeint?«

»Bleiben wir bei Anna, alles andere werden Sie bald verstehen.« Alvesloh schlug die Beine übereinander und wandte sich ihr zu. Ihre Schultern berührten sich nun nicht mehr und Fanny bedauerte es.

»Anna war ein fröhliches, offenes Mädchen mit weizenblonden Zöpfen und einem Muttermal an der Wange. Sie war hübsch und wirkte älter als sie eigentlich war. Über meinen Umgang mit der Wirtsfamilie schlich Tettenborn sich dort ein und schmeichelte ihr, machte ihr den Hof. Anna war so unbedarft und so jung, dass sie keinen Fehl darin sah. Vor allem, weil sie glaubte, dass meine Freunde auch ihre Freunde waren. Es kam wie es kommen musste, Tettenborn traf sie alleine an, nahm sich Freiheiten, zunächst vielleicht noch mit Annas Zustimmung, am Ende sicher nicht mehr.«

Alvesloh konnte ihr nicht in die Augen sehen, während er erzählte. Er brach eine Buchecker vom Zweig und schaute wie gebannt darauf. Seine Stimme war ungewöhnlich leise.

»Anna erzählte mir alles, bekniete mich unter Tränen, dass sie Tettenborn nicht heiraten müsste. Sie hatte eine panische Angst vor ihm, die ich mir nicht anders erklären kann, als dass er sie mit Gewalt …«. Alvesloh ließ den Satz unvollendet.

Auf Fannys Arm bildete sich eine Gänsehaut, die sie durch den Stoff ihres Kleides fühlte.

»Auch wenn er alles abstritt. Ich fühlte mich doppelt verantwortlich. Nicht nur, weil Anna sich in ihrem Vertrauen an mich gewandt hatte, sondern auch, weil ich ihr – ohne mein Wollen und Wissen – Tettenborn in die Kammer geführt hatte. Ich konnte die Wogen eine Weile glätten, Anna beruhigen, die Eltern aus allem heraushalten. Aber als klar wurde, dass«, Alvesloh fuhr sich mit der Hand übers Gesicht, »dass Anna schwanger ging mit Tettenborns Kind, da änderte sich alles. Es gab einen heftigen Streit. Tettenborn wollte sich seiner Verantwortung für das Kind nicht stellen, geschweige denn, es anerkennen. Ich war außer mir. Ich wusste, dass Anna ihn nie wiedersehen, schon gar keine Anzeige erstatten wollte. Also zwang ich ihn, ihr Geld zu zahlen. Ich gab ihm mein Ehrenwort, dass ich niemals von seinem Verbrechen sprechen würde und er musste mir im Gegenzug eine große Geldsumme aushändigen. Ich zahlte alles an die Eltern, damit Anna mit dem Kind ein Auskommen hatte.«

»Dann war Anna das Mädchen, dessen Vergewaltigung Tettenborn Ihnen vor Gericht anhängen wollte? Dabei hatte er es selbst getan?«

Alvesloh nickte. »Aber ich hatte mein Ehrenwort gegeben und konnte nicht darüber sprechen.«

»Also gab es niemals einen Streit zwischen Ihnen und Ihrem Freund am Vorabend der Schlacht, in dem es um Anna ging?«

»Nein, Friedrich wusste gar nichts von ihr. Gestritten haben wir uns trotzdem. Ich wollte ihn davon abbringen, sich selbst an die Spitze aller Unternehmungen zu setzen. Er war zu wagemutig und ich hatte Angst. Um ihn. Aber er wollte nicht auf mich hören.«

Fanny spürte die Trauer in Alveslohs Stimme. Sie hätte ihn so gerne berührt, ihm gesagt, dass er sicher der beste Freund war, den ein Mann haben konnte.

»Und Tettenborn tat Ihnen das alles an, nur weil er das Geld für Anna zahlen musste?«

»Ich glaube nicht, dass es ihm um das Geld ging, auch wenn ihn die Summe an den Rand des Ruins brachte. Er war sowieso verschuldet und sein Vater offensichtlich nicht in der Lage, noch mehr seiner Eskapaden zu finanzieren.«

»Hat der Mensch keine Moral, keine Ehre?« Fannys Gänsehaut wurde stärker.

»Doch, Mademoiselle. Nur war es seine Moral und seine Ehre. Das Leben eines Mädchens, einer Wirtstochter, bedeutete ihm nichts. Ein Jugendstreich.«

»Aber Sie haben das anders gesehen und das hat er Ihnen nicht verziehen?«

Alvesloh atmete tief ein, stellte die Beine gerade nebeneinander und legte die Handflächen auf die Knie. »Als ich Friedrichs Hand hielt und versuchte, ihn aus dem Eisloch zu ziehen, habe ich um Hilfe gerufen. Ich wusste, dass ich es allein nicht schaffen würde. Das alles habe ich Ihnen erzählt. Ich habe Ihnen nicht erzählt, dass Tettenborn dort war. Er ritt vorbei, hielt an, lächelte und gab seinem Pferd die Sporen. Das war seine Art, mir meine Illoyalität zu vergelten.«

Fanny war ganz schwindelig. »Ich – es tut mir so leid!« Sie legte ihre Hand auf Alveslohs Knie, kurz duldete er es, dann stand er auf.

»Ich hätte Ihnen all das früher sagen sollen, dann wäre dieser Tag vielleicht nicht passiert. Bitte, Mademoiselle, bitte akzeptieren Sie meine Entschuldigung.«

Er stand kerzengerade vor ihr und doch hatte sie das Gefühl, als könnte er jeden Moment unter seiner Last zusammenbrechen. Sie wollte etwas sagen, ihm versichern, dass er keine Schuld trug, aber sie nickte nur und reichte ihm die Hand. Er ergriff sie und hielt sie fest.

Dann war es, als wäre er gar nicht mehr bei ihr, sondern in der Vergangenheit oder in der Zukunft, sie wusste es nicht. Das

Duell drängte sich in ihre Gedanken. Eine Beklemmung stülpte sich über sie wie ein schwarzes Tuch. Nichts war vorbei zwischen ihm und Tettenborn.

Als sie nach Hause kamen, war alles ruhig, nur Christ empfing sie mit fragender Miene. Miss Tibbs hatte die Nachtwache bei Karl übernommen. Caroline und Wilhelm schliefen offenbar schon.

»Meta, bring das Fräulein in den Salon und bereite ihr einen starken Tee zu.« Alveslohs Augen wanderten schnell über ihr Dekolleté. »Und bring ihr einen Schal, damit sich bedecken kann. Stell keine Fragen.«

Meta nahm ihren Arm und ging mit ihr hoch. Fanny drehte sich um und sah, wie Alvesloh Johann und Christ beiseite nahm.

Eine ganze Weile verging. Sie hörte, wie die Tür unten geöffnet und danach mit einem schweren Balken verschlossen wurde. Meta kam und stellte eine Tasse Kräutertee auf den Tisch, dann reichte sie ihr mit unsicherem Blick ein Tuch. Fanny legte es sich um die Schultern. Meta wollte wohl etwas fragen, zog sich aber zurück, als hinter ihr Johann erschien.

»Johann. Wo ist Monsieur?« Das Gesicht des Dieners war so vertraut und doch steckte Fanny in einem fremden Körper. Vor ihr dampfte der Tee in einem feinen Porzellantässchen vor sich hin, als gäbe es nichts Böses auf der Welt.

»Herr von Alvesloh lässt Sie grüßen. Er muss die Details regeln. Fräulein verstehen schon.«

»Nein, ich verstehe gar nichts. Reicht es denn nicht, was passiert ist? Muss noch mehr Unheil geschehen?« Fannys Arme zitterten wieder.

»Fräuleinchen.« Johann trat weiter in den Raum hinein und setzte sich vor Fanny auf einen Stuhl. Mit seiner alten schwieligen Hand strich er über ihre zittrige Faust. »Es gibt Dinge, die dulden keinen Aufschub. Herr von Alvesloh tut, was er muss. Es ist eine Frage der Ehre, Ihrer und seiner. Unseres ganzen Hauses. Was glauben Sie, muss es den Major gekostet haben, nicht sofort Hackfleisch aus diesem Hund zu machen? Und schimpft sich General. Pfui Teufel.« Johann spuckte aus, etwas, das Fanny ihn noch nie hatte tun sehen.

Nach den letzten Stunden wurde ihr alles zu viel: Männergewalt, Männerehre, Männergehabe.

»Geh jetzt, Johann«, sagte sie. »Ich möchte alleine sein.« Sie drehte den Kopf zum Fenster.

Johann erhob sich langsam und ging hinaus.

Kapitel 36

»Hast du den Verstand verloren?« Maltzahns braune Augen waren rund wie Lebkuchen, aber Alvesloh wusste, dass er helfen würde.

»Im Morgengrauen, Maltzahn, ob du mein Mann bist oder nicht. Nur sag es schnell, sonst muss ich Rist bitten und der hat in diesen Stunden anderes zu tun.«

»Natürlich bin ich dein Mann. Muss eine ernste Sache sein, nach deiner Miene zu urteilen. Geht es um Ehrenwörter? Sag mir bloß nichts Konkretes, sonst bekomme ich noch falsche Vorstellungen von unserem Verhältnis.« Maltzahn grinste, nahm seine Schlafmütze ab und fuhr sich durch seine zerzausten Locken. Er wies auf einen Stuhl. »Nimm Platz.«

Alvesloh setzte sich. »Er hat Fanny Breedenbek kompromittiert. Ich sehe mich zu diesem Schritt gezwungen.«

»Kompromittiert?«

»Mein Gott, Leo, bemüh deine Phantasie. Eine Entschuldigung ist im Übrigen ausgeschlossen. Du musst es gar nicht erst versuchen.«

»Natürlich.« Maltzahn seufzte und trank einen Schluck Wein direkt aus der Flasche, dann bot er Alvesloh auch davon an.

Alvesloh trank und der Geschmack breitete sich angenehm in seinem Mund aus. Er fühlt sich wieder menschlicher und gab die Flasche an Maltzahn zurück.

»Säbel, Degen oder Pistolen?« Maltzahn nahm noch einen kräftigen Zug.

»Ich würde ihm gerne meinen Degen in die Seite rammen, aber angesichts der Schwere der Beleidigung wirst du auf Pistolen verhandeln. Irgendwie unpersönlich, aber mit etwas Glück tödlich.«

»Himmel, Georg, so kenne ich dich gar nicht.«

»Und ich will meine eigene Waffe, nicht diese Duellpistolen mit glatten Läufen. Da schießt ein guter Schütze fehl und ein Idiot trifft einen Spatz auf dem Kirchturm.«

Maltzahn pustete Luft durch die halboffenen Lippen. »Du weißt, dass sich Tettenborns Sekundanten auf solche Bedingungen nicht einlassen müssen. Außerdem: Wenn wir auf Wahl der eigenen Waffe setzen, dann ist es Tettenborn ebenso gestattet.«

»Er hält sich für einen grandiosen Schützen. Er wird zustimmen.«

»Wie du willst. Unter diesen Vorgaben lasse ich mich aber auf nichts unter vierzig Schritt Entfernung ein. Ich muss sehen, was sich mit den Sekundanten vereinbaren lässt. Wer wird dein zweiter Mann?«

»Ich reite jetzt zu Wenckstern, er ist Hauptmann bei den Mecklenburgern und ein guter Bekannter. Er wird sich noch heute Nacht bei dir melden.«

»Muss er nicht. Ist nur pro forma. Sag ihm, ich hole ihn morgen früh ab. Vier Uhr dreißig.«

»Ich danke dir, Leo, du hast etwas gut.« Alvesloh nahm seinen Rock und ging zur Tür.

»Georg?«

»Ja?«

»Bist du sicher? Schärfste Bedingungen?«

»Nichts anderes. Es muss einmal ein Ende haben.«

Alvesloh lag lange wach. Am wenigsten quälte ihn noch das Duell mit Tettenborn, das ihm ein Gefühl von Genugtuung verschaffte. Es waren die Gefühle für Fanny, die ihn schlaflos ließen. Als es dämmerte, hatte er einen Entschluss gefasst und fühlte sich besser.

Er rief nach Christ, der aufgeregter war als ein Konfirmand und ihm beim Rasieren ins Kinn schnitt.

»Na, Christ, hoffentlich das einzige Blut, das heute von mir fließen wird.«

»Amen. Und nichts für ungut, Monsieur.«

Draußen in der Stille des anbrechenden Tages hörte Alvesloh Pferdehufe. Die gut geölte und gefederte Kutsche hielt für die schlafenden Seelen des Hauses unhörbar vor der Tür.

Er zündete sich ein weiteres Talglicht an, weil es draußen noch dunkel war. Einzig das Schnauben des Pferdes drang an sein Ohr, während er sich sorgfältig einkleidete. In Uniform, so wie es vorgeschrieben war. Er öffnete das Fenster und atmete die würzige, feuchte Luft ein. Maltzahns angespanntes Gesicht lugte unten aus dem Kutschenfenster. Alvesloh bedeutete ihm, dass er noch einen Moment brauche. Maltzahn sah auf seine Taschenuhr und nickte.

Alvesloh schloss das Fenster wieder und zog leise den Kasten mit seiner Pistole unter dem Bett hervor. Dann stellte er das Talglicht auf den Schreibtisch, nahm ein Blatt Papier und schrieb einen Brief an Fanny. Er legte ihn neben sein Testament. Er betete, dass sie ihn nicht öffnen müsste. Er wollte zurück sein, noch ehe sie aufwachte. Mit einem letzten Blick auf das Zimmer nahm er den Kasten, zog die Tür zu und ging hinunter.

Es wurde langsam hell und man sah schon den Dunst des anbrechenden Tages. Von der Alster stiegen ein paar unschlüssige Nebelschwaden auf und die Schwäne sahen aus, als könnte der neue Tag ihnen noch eine Weile gestohlen bleiben.

Maltzahn öffnete die Tür der Kutsche und streckte seinen Kopf wie ein meckerndes Marktweib hervor. »Kommst du rein oder soll ich dich bei den Herren entschuldigen?«

Alvesloh tätschelte dem Freund die Wange und stieg ein. Maltzahn lachte. »Na, wie hast du geschlafen?«

»Gut genug.«

»Kein Wunder«, sagte Maltzahn mit einem gespielt beleidigten Ton. »Ich hatte ja auch die ganze Arbeit.«

Wortlos reichte Alvesloh ihm den Pistolenkasten und klopfte ans Kutschendach. Der Wagen setzte sich in Bewegung.

»Guten Morgen, Wenckstern. Ich danke Ihnen, dass Sie sich so schnell bereitfinden konnten.« Alvesloh nickte seinem zweiten Sekundanten zu. Er mochte Wenckstern, ein Mann von wenigen Worten und verlässlichen Taten.

»Meine Ehre, Herr Major.«

Maltzahn untersuchte die Pistole gewissenhaft und klärte ihn über sein Gespräch mit Nikolajewitsch auf.

»War sprachlich nicht ganz einfach, ist aber ein netter Kerl. Es gibt auch im russischen eine Maßeinheit für Fuß, wusstest du das? Bestehend aus zwölf Djujm.«

Alvesloh fragte sich, warum ihn das interessieren musste, aber Maltzahn strich schon wieder abwesend das Holz des Pistolenkastens entlang. Dann ließ er plötzlich los, packte Alvesloh an der Schulter und sagte: »Hör mal, Georg: ich weiß nicht wie, aber du darfst Tettenborn nicht erschießen.«

»Welchen Ort habt ihr verabredet?«, fragte Alvesloh.

»Georg, verdammt, denk nach!«

»Hören Sie auf Ihren Freund, Monsieur.« Auch Wenckstern legte ihm die schwere Hand auf den Arm. »Teuflische Sache und ich bin der Letzte, der diesem Schurken nicht eine Kugel in den Schädel wünscht. Aber es wäre nicht gut für Hamburg. Wäre nicht gut, glauben Sie mir.«

Alvesloh schwieg, während die Kutsche über die stillen Straßen rumpelte. Am Dammtor hielt der Wagen. Maltzahn stieg aus und stellte sicher, dass die Wache ein paar Münzen erhielt und keine Fragen stellte.

Als sie das Tor passiert hatten, schaute Maltzahn immer wieder nervös aus dem Fenster. »Wir haben uns geeinigt, dass ihr bei fünfundvierzig Fuß steht und bis auf eine Linie von fünfzehn Fuß vorrücken könnt. Schuss bei beliebiger Entfernung. Jeder eine Kugel. Wenn Tettenborn feuert, musst du sofort anhalten und innerhalb von einer Minute zielen und schießen. Andersherum genauso. Wer verwundet wird, aber noch stehen kann, hat zwei Minuten.«

Alvesloh nickte.

Der Wagen hielt in einer Alsterau auf einer nebligen Koppel. Ein undurchsichtiges Wäldchen schirmte sie von allen Blicken ab. Am Rand unter einigen Eichen und Weißdornbüschen standen schon zwei Kutschen. Tettenborn wartete mit seinen Sekundanten und einem Arzt.

Alvesloh stieg aus und die Kälte der Luft machte seine Gedanken ganz klar. Das Gras war noch nass und auf seinen blank polierten Stiefeln bildeten sich Rinnsale, die aussahen wie ein Gespinst aus flüchtigen kleinen Adern.

Tettenborns Männer begrüßten die gegnerischen Sekundanten. Viktor Nikolajewitsch war ein untersetzter, schwarzbärtiger Kosakenhauptmann, den Alvesloh vom Sehen kannte. Neben ihm stand noch Varnhagen von Ense, der verschlafen wirkte, so als würde ihn das alles wenig angehen. Es wurde kaum gesprochen, Tettenborn stand unbeweglich im Hintergrund.

Nikolajewitsch hätte als dem ältesten Sekundanten die Ehre gebührt, die Abmachungen zu verlesen. Er sprach jedoch kein Deutsch und nur wenig Französisch und übergab an Maltzahn. Danach markierten Varnhagen und Wenckstern die Abstände, während die beiden anderen Sekundanten die Pistolen luden.

»Ist alles bereit?«, fragte Maltzahn.

Die beiden nickten.

»Erkennen Sie, Major Georg von Alvesloh, die Bedingungen und Regeln dieses Zweikampfes an?«

Alvesloh verbeugte sich. Maltzahn wandte sich an Tettenborn, fragte dasselbe und der General neigte seinen Kopf ebenfalls.

»Ich ersuche die Kontrahenten jetzt, ihre Röcke abzulegen und sich auf die entfernteste Markierung zu begeben. Auf mein Kommando gehen Sie mit nach oben gerichteten Läufen vorwärts. Wer schießen will, schießt.«

An der äußersten Marke blieb Alvesloh stehen. Er sah Tettenborn an, so gut das auf die Entfernung möglich war. Dessen Katzenaugen verrieten nichts. Wie weit würde er vorrücken? Je weiter sie nach vorne kamen, desto eher war der Schuss tödlich. Alvesloh war die vorderste Linie recht. Er hatte keine Angst vor dem Tod. Eilig war es ihm damit aber auch nicht, vor allem nicht jetzt, da es noch Dinge zu klären gab. Kraft und Anspannung pulsierten durch seine Muskeln. Er kannte das Gefühl aus dem Kampf und konnte damit umgehen. Ein Käuzchen rief aus dem angrenzenden Wald und sein Gegner schreckte zusammen.

In diesem Moment gab Maltzahn sein »Vorwärts« und Tettenborn hastete los, hielt bereits nach zwei Schritten an der ersten Markierung, senkte den Lauf und feuerte.

Alvesloh hörte den Knall und spürte förmlich einen Luftzug, als die Bleikugel an seinem Ohr vorbeizog.

Nikolajewitsch sagte etwas und Varnhagen übersetzte. »Gültiger Schuss. Schuss ging fehl«. Dann hob Varnhagen seine Hand. »Der Gegner hat eine Minute zum Feuern.«

Alvesloh ging ebenfalls auf die nächste Marke, stellte sich auf und zielte sorgfältig. Tettenborns Augen waren fast schwarz, der Mund eine hässliche Linie. Er stand unbeweglich, wie es die Regeln forderten, nur seine Hände zitterten leicht.

»Noch zehm Sekunden zum Schuss.« Maltzahn schaute nervös auf seine Taschenuhr.

Alvesloh spannte den Hahn und schoss. Es krachte und im selben Moment fiel aus der Eiche ein dicker Zweig hinter dem General zu Boden. Tettenborn schrie auf und drehte sich um.

»Gültiger Schuss. Schuss ging fehl«, rief Maltzahn. Alvesloh hörte die unverhohlene Freude in der Stimme seines Freundes.

Alvesloh ließ seine Pistole sinken. Tettenborn atmete schwer und sein Gesicht war immer noch fahl. Alvesloh suchte seine Augen und sah ihn einfach an. Tettenborns Blick flackerte unsicher. Keiner der beiden bewegte sich. Sie standen so zehn, fünfzehn Atemzüge lang. Ein halbes Menschenalter. Dann drehte sich Alvesloh weg und ließ Tettenborn einfach stehen.

Zurück in der Kutsche machte Maltzahn den Eindruck, als wäre er gerne umhergehüpft. Zum Glück war es dafür zu eng.

»Gib es zu, Georg. Du hättest ihn erschießen können, aber du bist ein besserer Mensch als ich dachte. Gib es doch zu, du Gauner!« Maltzahn rieb sich die Hände.

»Leo, beruhige dich. Was soll unser Freund hier von uns denken?«, sagte Alvesloh und musste lächeln.

»Sie sollen ein hervorragender Schütze sein.« Wenckstern runzelte die Stirn. »Drei Meter über seinen Kopf in den Baum fehl zu schießen?«

»Meine Herren!« Alvesloh hob die Hände. »Was wollen Sie mir eigentlich unterstellen? Dass ich auf eine Astgabel ziele, in der Absicht, Tettenborns Haut zu schonen?«

»Hamburg zu schonen!«, rief Maltzahn dazwischen.

»Tettenborns Haut zu schonen«, wiederholte Alvesloh. »Bewusstes Fehlschießen bedeutet Verlust der Satisfaktionsfähigkeit. Das wollen Sie doch sicher nicht andeuten, oder?«

»Selbstverständlich nicht, Herr Major. Da hätten Sie mich missverstanden. Täte mir leid«, sagte Wenckstern schnell.

Maltzahn lächelte. »Nun, nun. Wir wollen all das bei einem gemütlichen Frühstück begießen, Messieurs. Ich habe mir die Freiheit genommen und im Eimbeck'schen Haus ein Tischchen für uns reserviert. Wenn Ihre Truppe Sie nicht braucht?«

»Oh, für ein Bier und einen schönen Schinken wird Zeit sein«, sagte Wenckstern.

Maltzahn schaute fragend zu ihm.

»Geht schon ohne mich. Zuerst habe ich jemandem die gute Nachricht zu überbringen. Diese Verpflichtung ist mir noch wichtiger als ein ordentliches Frühstück.«

Kapitel 37

Fannys Nacht war die Hölle gewesen. Erinnerungen an ihr abscheuliches Treffen mit Tettenborn hielten sie wach und Gedanken an das Duell, die ihr Inneres aufwühlten. Alvesloh und sie hatten sich nicht mehr gesprochen, nicht mehr gesehen, seit er sie nach Hause gebracht hatte.

Erste Schatten hellten das Nachtschwarz vor dem Fenster auf und ihr wurde heiß und kalt. Wenn Liebe sich so anfühlte, konnte sie ohne sie auskommen. Sie war keine Heilige wie Agnes, zum ewigen Leiden nicht gemacht. Sie wollte leben, und zwar hier in Hamburg und am besten mit dem Mann, dem bald schon eine Kugel im Leib stecken mochte.

Sollte sie aufstehen und zu seinem Zimmer schleichen? Was, wenn er sie auslachen würde? Warum hatte sie am Ausflugstag nur mit so großer Geste seinen Antrag abgelehnt? Sie würde darum betteln, wenn es nur dieses Duell verhindern könnte! Was hatte sie nur zu Tettenborn getrieben?

Durfte man um den Tod eines anderen Menschen beten? Sie schickte ein Stoßgebet zum Himmel.

Sie wusch sich das Gesicht und fuhr mit dem kalten Wasser immer wieder über ihre Augen, die sich entzündet und fiebrig anfühlten. Sie kleidete sich in ein einfaches hellgraues Morgenkleid, dessen Knöpfe am Arm sie nicht schließen konnte, weil ihre Hände so zitterten. Gegen die Morgenkälte schlug sie einen Schal um Brust und Schultern. Dann ging sie zum Fenster und beobachtete die Straße. Ihre Finger gruben sich in den Holzrahmen, als könnte der ihr Halt geben. Die Atemluft bildete kleine Flecken auf dem Fensterglas. Sie verschwanden so schnell wie Menschenträume.

Maltzahns Kutsche wartete schon unten auf der Straße. Nach einer Weile hörte sie Alveslohs Zimmertür leise aufgehen, seine

Schritte auf der Treppe, das Schließen der Haustür. Er schaute nicht hoch. Sicher dachte er, sie schliefe, wenn er überhaupt an sie dachte. Dann fuhr die Kutsche ab.

Fanny sackte auf einen Stuhl und wusste nicht, was sie tun sollte. Endlich schlich sie in den Salon und holte ihren Stickrahmen, der die nächsten zwei Stunden reglos in ihrem Schoß lag. Als sie immer mehr Geräusche von draußen hörte, stand sie auf und nahm wieder ihren Posten ein.

Es war ein dunstiger Morgen, sie konnte kaum bis zur großen Alster sehen. Feuchtigkeit klebte an den Fenstern, ein dicker Tropfen löste sich an der äußeren Scheibe und rann schwer und langsam auf das Fensterholz zu.

Die Wasserträgerinnen liefen ihre Runden, ein Mann verkaufte Brennholz von seinem Karren aus. Ein rotgesichtiger Knecht belud einen Wagen vor Rektor Godehards Haus mit Kisten, Schachteln und Stühlen. Anscheinend wollten ihre Nachbarn immer noch aus Hamburg hinaus, auch wenn die Pferde fehlten. Vom nahen Gänsemarkt hörte man das Rufen der Fuhrleute, die sich mit Soldaten um ihre Tiere stritten.

Der Besitzer des Alsterpavillons stand wie so oft vor der Tür und man sah seinem Gesicht an, dass er so tun wollte, als sei dies ein Maimorgen wie jeder andere. Um diese Zeit wären langsam die ersten Gäste gekommen, Reisende zumeist, die vor dem schlechten Frühstück in ihren Herbergen flüchteten. Heute war in seinem Lokal nichts als unnatürliche Leere. Wie immer grüßte er Fanny. Ihre Blicke begegneten sich, doch beide sahen schnell weg.

Petri hatte Dreiviertel-Sieben geschlagen. Als Fanny schon meinte, alles verloren geben zu müssen, hielt eine Kutsche auf dem Jungfernstieg. Ihr Atem ging flach. Sie zerrte sich das Tuch von der Brust und riss das Fenster auf. Die Tür des Wagens öffnete sich und heraus kam Maltzahn. Ihr wurde schwindelig und sie musste sich am Fensterbrett festhalten. Maltzahn trat zur Seite und hielt einem anderen Fahrgast die Tür auf.

Alvesloh.

Er reckte den Kopf in den Morgen hinaus und schaute sofort zu ihrem Fenster hoch. Für den Bruchteil eines Augenblicks sahen sie sich an, dann rannte Fanny mit einem erstickten Schrei die Treppen hinunter.

Unten in der Eingangshalle trafen sie sich. Einen Schritt vor ihm blieb sie abrupt stehen. Statt eine Bewegung zu machen, sagte sie den erstbesten dümmsten Satz, der ihr einfiel:

»Sie sind nicht tot, Monsieur!«

Alvesloh zog eine Augenbraue nach oben und verbeugte sich leicht. »Mademoiselle sind zu früher Stunde schon eine außergewöhnlich scharfe Beobachterin.«

In dem Moment ging auch die Küchentür auf und Johann und Meta kamen heraus. Johann ließ Alveslohs Hand gar nicht mehr los und Meta flatterte mit dem Mantel des Duellanten auf und ab wie ein Huhn. Aus dem Hintergrund kamen Gesche und Jakob und tänzelten um ihren Helden.

Alvesloh lachte und schüttelte sie ab. »Ihr freut euch so außerordentlich, dass es eine Beleidigung ist. Ich möchte mir gar nicht ausdenken, wie hoch ihr meine Fähigkeiten einschätzt.«

Fanny war auf die erste Stufe der Treppe ausgewichen und hörte ein Poltern hinter sich. Es war Wilhelm, der von oben kam, im ersten Stock stehen blieb und dann laut zu Karl hinaufrief: »Er ist es!«

»Ja, ja, Wilhelm, ich lebe, bemühe dich nicht. Später könnt ihr mich ausquetschen. Jetzt troll dich zu deinem Bruder und lass mir einen friedlichen Kaffee.«

Dann trat er auf sie zu und reichte ihr seinen Arm.

»Frühstücken Sie mit mir, Mademoiselle?«

Ihr Herz schlug bis zum Hals. »Alles, was Sie wollen!«

Er führte sie in den Salon und gab Meta Anweisungen, Kaffee zu servieren. Als alles gebracht war, schloss er die Türen und setzte sich.

Fanny war so zittrig, dass sie beim Einschenken die Hälfte

auf Alveslohs Untertasse verschüttete. »Wie ungeschickt! Warten Sie, ich hole Ihnen rasch eine neue.«

Sie wollte gehen, da hielt er sie am Arm zurück und drückte sie sanft in den Stuhl. Er selbst stand auf.

»Fanny.«

»Ja, Monsieur?« Der ernste Zug um seinen Mund versetzte ihr einen Stich.

»Mademoiselle, Sie brauchen einen neuen Vormund. Ich sehe mich der Aufgabe, Sie als Mündel zu betreuen, nicht mehr gewachsen.«

Einen Moment verstand sie das Gesagte gar nicht, dann griff ein Gefühl der Verzweiflung ihr direkt in den Bauch. »Nein, das können Sie nicht! Monsieur, ich habe Sie schmählich hintergangen, ich weiß, aber bitte, bitte – verzeihen Sie mir!«

Sie sprang auf und griff nach seiner Hand. »Ich beschwöre Sie, glauben Sie mir, dass ich immer nur noch tun will, was Sie sagen. Wenn Sie es wollen, verspreche ich es Ihnen sogar: Keine Eigenmächtigkeiten mehr!«

Als sie merkte, dass sie Alveslohs Finger umklammert hielt, ließ sie erschrocken los und trat einen Schritt zurück. Wenn er über ihren Ton und über die Geste erstaunt war, so zeigte er es nicht. Er lächelte auf eine merkwürdige Weise.

»Fanny, verzeihen Sie, aber Sie können gar nicht anders als eigenmächtig sein. All das verträgt sich nicht mit meiner Gemütsruhe. Die letzten Stunden haben mich in meinem Entschluss bestärkt: Ich werde Sie nach diesem Gespräch nie wieder sehen oder – zur Frau nehmen. Beides ist, wenn Sie gestatten, unvereinbar mit einer Vormundschaft.«

Ihr gesamtes Denken verflüssigte sich und sie konnte sich nicht bewegen.

Er lehnte sich zu ihr vor und stupste sie leicht mit dem Zeigefinger in den Arm. »Kommen Sie, Mademoiselle, es wird bessere Vormünder geben, als ich einer war. Und ganz gewiss gibt es bessere Ehemänner. Die Entscheidung liegt bei Ihnen.«

Nach einer Pause, in der sogar die Standuhr kaum zu ticken gewagt hatte, fragte sie vorsichtig: »Und wozu tendieren Sie? Ich meine, würden Sie mich lieber nie wiedersehen oder – heiraten?«

»Oh, Fanny!« Alvesloh lachte, tief und aus voller Kehle. »Sie dummes Ding – kommen Sie her.« Er griff nach ihr und zog sie an sich. »Ganz egal, was Sie sagen, Gott strafe mich, wenn ich Sie jetzt nicht küsse!«

Fanny wusste kaum, wie sie auf das Bett in Alveslohs Zimmer gelangt war. Alles, was hier passierte, war unerhört. Keine Berührung konnte ihr zärtlich und heftig genug sein, so dass sie sich vor sich selbst fürchtete. Vor allem war sie sicher, dass sie diesem Mann nie wieder in die Augen sehen konnte. Wie hatte er ihr Kleid aufbekommen und ihr Schnürleibchen? Irgendwie musste es geschehen sein. Beide lagen wie ein in sich zusammengefallener Haufen Anstand neben dem Bett. Darunter trug sie nur noch ein dünnes Unterkleid.

Langsam schob er den fein gewebten Stoff hoch bis zu ihrem Schlüsselbein. Sie war darunter bis auf Strümpfe und Strumpfhalter völlig nackt. Seine Bewegungen froren ein. Als sie in sein Gesicht schaute, musste sie gegen ihren Willen lachen.

»Sie sehen aus wie die betende Madonna auf einem Heiligenbildchen, das meine erste Kinderfrau immer bei sich trug. Ich glaube, sie war katholisch.« Fanny kicherte.

Alvesloh zog eine Augenbraue hoch. »Lachen Sie nur. Ich freue mich, dass der Moment gekommen ist, wo Sie für all ihre Frechheiten büßen werden.«

Eine halbe Stunde später, aber Äonen an Erfahrung reicher, lag Fanny in Alveslohs Armen.

In seinen Augen war so viel Behutsamkeit und Achtung, dass sie alle Scham in der Sekunde vergaß, in der sich ihre Blicke trafen.

»Was war das?«, fragte sie.

»Das«, sagte Alvesloh und strich ihr eine feuchte Locke aus der Stirn, »war das alte Lied zwischen Mann und Frau. Oder zumindest die Hälfte. Es ist eigentlich ein Duett. Sie glauben nicht, wie sehr ich mich auf die Vereinigung der beiden Stimmen freue.«

Sein Blick hatte etwas Wölfisches, das gar nicht zu dem zarten Liedergleichnis passen wollte.

»Sie reden schon wie Maltzahn! Wer sagt Ihnen, dass wir in Zukunft überhaupt irgendwelche Liedchen zusammen singen? Wenn ich mich recht erinnere, wollten Sie mich nie wiedersehen, wenn ich Sie nicht heirate. Und meine Einwilligung habe ich gar nicht gegeben. Vielleicht belassen wir es bei dieser erhellenden Vorstellung – für die ich mich selbstverständlich bedanke.« Fanny grinste und setzte sich ein wenig auf.

Im nächsten Moment griff Alvesloh um ihre Taille und zog sie bäuchlings über seine Knie. Ihr Kopf hing halb zum Bett hinunter und sie sah auf die geschrubbten Dielenbretter.

»Selbstverständlich müssen Mademoiselle nicht einwilligen«, hörte sie Alvesloh zu ihrer Rückseite gewandt sprechen. »Ich werde Sie allerdings so lange versohlen, bis Sie Ihre Zustimmung geben.«

Fanny drehte entrüstet ihren Kopf nach oben und zappelte mit den Beinen. »Das ist Erpressung!«

»Das ist Beugehaft, Sie freches Ding«, sagte Alvesloh und lachte. »Sie kommen noch vortrefflich bei diesem Handel weg. Ein kleines ›Ja‹ genügt und ich lasse los.«

Fanny zappelte noch mehr. »Sie sind unverschämt!«

»Ich wollte das schon lange tun«, sagte Alvesloh. Ein Klaps landete auf ihrem Hinterteil.

»Au!«

»Es muss ›Ja‹ heißen, Mademoiselle.« Er klapste ein zweites Mal.

»Ja, doch, ja!« Fanny rieb sich lachend ihre Rückseite. Alvesloh löste seinen Griff und zog sie hoch auf seinen Schoß. Dann küsste er jeden Widerspruch in die hinterletzte Ecke ihres Bewusstseins.

Kapitel 38

Als Fanny mit Alvesloh aus der Kammer schlich, sicher, dass sie niemanden antreffen würden, stand Miss Tibbs wie aus dem Nichts vor ihnen. Fanny hatte noch nie ein so entschlossenes und strenges Gesicht bei ihrer Gouvernante erlebt.

Alvesloh ließ ihren Arm los, als hätte er sich verbrannt. Miss Tibbs' Lippen waren ein Strich, die Augenbrauen ein Monument der Missbilligung. Ihr Blick glitt an Alvesloh hinunter, als wäre er ein Lakai, der sich am Silber der Herrschaft vergangen hatte. Fanny musste zusehen, dass ihr der Mund nicht offen stehen blieb. War das ihre Miss Tibbs?

»Fanny, komm her«, sagte Miss Tibbs und zog sie zu sich herüber. »Monsieur haben sicher wichtige Geschäfte. Wir halten Sie nicht auf. Wenn Sie Mademoiselle zu sehen wünschen, können Sie morgen zur Teezeit vorsprechen. Wir müssen uns jetzt entschuldigen.«

Fanny schaute Alvesloh hilfesuchend an, aber der schlug die Augen nieder und wusste offenbar nicht, wohin mit seinen Händen. Er verbeugte sich zuerst in Miss Tibbs', dann in ihre Richtung.

»Sehr wohl, Mademoiselle. Zur Teezeit. Ich erlaube mir die Freiheit, noch einen guten Tag zu wünschen. Ich hole nur eben meinen Rock aus dem Salon.«

Er verbeugte sich noch einmal und verschwand. Fanny hatte so immens gute Laune, dass sie ein Kichern unterdrücken musste. War das gerade der Mann, der mit einem Ton des Missfallens eine halbe Kompanie in Angst versetzte?

Wie Alvesloh mittlerweile dieses energische Klopfen an der breedenbekschen Haustür hasste! Es hatte nie, aber auch niemals etwas Gutes bedeutet.

Wilhelm war aus dem Kontor zur Tür gerannt und kam wenige Momente später mit dem bleichen Rist in den Salon. Alvesloh seufzte. Eigentlich wollte er schon auf der Flucht sein und suchte nur noch diesen vermaledeiten Rock. Miss Tibbs war, auch wenn er es ungern zugab – im Recht. Aber diese Stadt ließ ihm nicht einmal Zeit, seine sittlichen Verfehlungen zu feiern. Er musste lächeln, obwohl das im Angesicht von Rists angespannter Miene durchaus unpassend war.

»Georg, ich muss mit dir reden. Tettenborn schickt augenblicklich nach uns. Wegener und Haffner sind auch geladen. Ich fürchte, die Franzosen sind mit einer Forderung an ihn herangetreten.«

»Was glaubst du?«, fragte Alvesloh.

»Ich denke, Vandamme will von den Russen eine Übergabe Hamburgs und sichert ihnen dann freien Abzug zu.«

»Und was können wir dabei tun?«

»Rate mal. Tettenborn braucht uns«, sagte Rist und fuhr sich durch die Haare.

Alvesloh nickte und fand seinen Rock über dem Sessel am Kamin. »Ich sollte sowieso gehen. Und zwar schnell.« Er fühlte ein Grinsen bis zu seinen Ohren steigen.

»In einer halben Stunde bei Tettenborn im Quartier, ich hole Wegener noch ab, wir treffen uns dort«, sagte Rist. Er war fast aus der Tür, dann steckte er seinen Kopf wieder hinein. »Georg? Alles in Ordnung?«

»Ging mir nie besser. Vielleicht, weil ich gerade mein Mündel verführt habe und dabei von ihrer Gouvernante erwischt wurde.« Alvesloh merkte, wie es in ihm aufstieg und sich nicht mehr hinunterschlucken ließ. Er musste so lachen, dass ihm die Seite wehtat. Als er sich beruhigt hatte und sich die Tränen aus den Augen wischte, sah Rist ihn zweifelnd und ein bisschen erschrocken an.

»Keine Sorge, ich habe vorher um ihre Hand angehalten«, sagte Alvesloh.

Rist stieß erleichtert Luft aus. »Ich muss los, wir reden später.« Der Freund zeigte mit dem Finger auf ihn. »Ich will alles wissen, – vor allem die Details.«

Alvesloh fand ein Kissen und warf es nach ihm. Rist fing es auf und grinste.

»Ach, und Georg?«

»Was noch, ich dachte, du musst los?«

»Das nächste Mal, wenn du dich mit einem Schwachkopf duellierst, legst du ihn um, ja?«

Alvesloh nahm noch ein Kissen und schmiss.

Rist duckte sich schnell hinter die Tür, dann streckte er den Kopf wieder hervor. »Wenigstens weiß ich jetzt, dass ich einen Zweikampf mit dir nicht fürchten muss.«

Alvesloh lehnte sich gegen die staubige Wand und hatte seine gute Laune fast wieder verloren.

»Ich fasse das alles nicht!«, sagte der Prinz von Holstein-Beck.

»Ich schon, Jungchen, aber das macht es nicht besser«, sagte Generalmajor Wegener. Wegener war Kommandeur der holsteinischen Truppen und sah genauso übellaunig aus wie sein junger Stabschef, der Prinz. Auch wenn der grauhaarige Soldat und sein bartloser Landsmann unterschiedlicher nicht hätten sein können und obwohl Wegener die hässliche Angewohnheit hatte, seine Hoheit »Jungchen« zu nennen, waren sie ein Herz und eine Seele.

Alvesloh selbst stand mit beiden und Rist in einem stickigen Vestibül unweit von Tettenborns Arbeitszimmer. Alvesloh hasste es, hier zu sein. Er hatte noch vor wenigen Stunden all seine Selbstbeherrschung zusammennehmen müssen, um Hamburgs Kommandanten keine Kugel in den Schädel zu jagen. Das Bild wollte nicht verschwinden: die Angst in Fannys Augen. Bei der Vorstellung, er hätte zu spät kommen können, legte sich ein metallischer Geschmack auf seine Zunge. Wenn dieser Wurm ohne

Ehre Fanny jemals wieder anfassen würde, dann gäbe es keine feinere Abwägung mehr, keine politische Räson. Dann wäre Tettenborns letzte Stunde gekommen.

»Was ist denn das für eine Abstellkammer?«, fragte Haffner in Alveslohs Gedanken hinein. Ein Lakai brachte ihn zur Tür herein und schloss sie gleich wieder.

»Es ist wie bei einer Papstwahl, wir werden hier erst rausgelassen, wenn weißer Rauch aus unseren Ohren dringt.« Der Prinz verzog seine Mundwinkel.

Haffner lächelte. »Also im Ernst, was wird das hier? Ich komme eben nach Hause und der Bote lässt mich nicht mal mehr meinen Rock abstauben. Und jetzt warten wir hier?«

»Nein, nein, Haffner«, sagte Alvesloh. »Das sehen Sie falsch. Tettenborn wartet auf uns.«

Haffner zog die Augenbrauen nach oben. »Wäre einer der Herren so gütig?«

»Vandammes Generalstabschef war bei Tettenborn und hat ihm das Messer auf die Brust gesetzt«, sagte Rist. »Die Franzosen wollen wissen, ob die Russen kämpfen werden oder ob sie Hamburg als französische Stadt ihren rechtmäßigen Eigentümern wieder ausliefern. Das Problem hat der General eben an uns abgetreten.«

Haffner guckte immer noch irritiert.

»Will heißen, Tettenborn will von uns wissen, ob wir dänische Truppen zu Hamburgs Verteidigung gegen die Franzosen einsetzen oder nicht«, sagte Alvesloh. »Bis diese Entscheidung fällt, wartet in einem anderen, hoffentlich ebenso luftleeren Kämmerchen Vandammes Mann auf seine Antwort.« Er zog seinen Rock aus, es war heiß wie in einem Ofen.

»Und wir sind in einer Lage, die nur der Teufel selbst ersonnen haben kann. Holstein, erklär's ihm«, sagte Wegener.

Der Prinz schritt mit seinen blank geputzten Stiefeln auf und ab und nicht eine Haarlocke bewegte sich. An Wegeners ruppigem Ton störte er sich nicht. »Sehen Sie, mein Herr«, sagte er,

»wie Monsieur Rist uns eben in Ihrer Abwesenheit informiert hat, ist der eigens nach London entsandte Kurier Kopenhagens, Graf Bernstorff, zurück. Er ist so übel traktiert worden, dass Dänemarks gesamte Hoffnungen auf eine Zusammenarbeit mit England im Keim erstickt wurden.«

»Oh, Gott.« Haffner fasste sich an die Wange, als hätte er Zahnschmerzen, und sah von einem zum anderen. »Weiß der König schon von diesem Unglück?«

»Nein«, sagte Alvesloh. »Rist konnte Bernstorff davon überzeugen, dass ein Bad und einige Stunden Ruhe nach der Überfahrt nicht schlecht wären. Erst danach wird er den weiten und anstrengenden Weg nach Kopenhagen auf sich nehmen.«

»Ich verstehe.« Haffner lächelte schief.

»Wir sind also die Ersten, die es wissen«, sagte Alvesloh. »Kopenhagen ahnt noch nichts. Wir können Bernstorff allerdings nicht tagelang im Badezuber festhalten. In etwa einer Woche kann die Antwort des Königs hier sein, wenn alles schnell geht.«

»Und wie die aussieht, können wir uns denken«, brummte Wegener mit verschränkten Armen. Der Prinz nickte zustimmend.

»Können wir das?« Alvesloh trat in die Mitte und sah jedem der Männer in die Augen. »Noch kennen wir die Direktive nicht. Meine Herren, gegen den ausdrücklichen Willen des Königs handeln wir nicht. Das wäre Hochverrat. Aber wer kann uns in dieser Lage verdenken, eine Entscheidung zu treffen, die rein auf unserem Gewissen beruht? Wir müssen für Hamburg und Holstein denken. Das Einzige, was jetzt zählt, ist das einmal gegebene Wort des Königs. Es lautete, Hamburg zu verteidigen. Unser Widerstand könnte die Franzosen von einem entscheidenden Angriff abhalten.«

»Aber mit Frankreich ist dann alles verdorben«, sagte Rist.

»Ist es das nicht sowieso? Paris kennt doch längst die lavierende Taktik des Hofes. Aber die Alliierten lassen sich vielleicht noch umstimmen, wenn Hamburg durch dänische Hilfe gehalten wird.« Alvesloh holte tief Luft. »Wie handeln wir?«

Die Runde schwieg. Keiner schaute auf ihn. Er bewegte sich nicht einen Zentimeter von seiner Stellemitten im Raum.

Als Erster sprach der Prinz von Holstein-Beck, seine Augen glänzten feucht: »Wenn Redlichkeit in dieser Welt noch Wert hat, dann soll sie sich jetzt erweisen. Hamburg kann auf Dänemark zählen, so wahr ich hier stehe.«

Wegener nickte und brummte: »Meine Division steht dicht vor den Toren, Kanonenbote ziehen von Glückstadt auf den Hamburger Hafen. Unser Hauptquartier ist schon nach Schiffbek verlegt.«

»Haffner?«

»Altona steht zu seinen Freunden.«

Rist hob beide Hände und ließ sie dann zu Boden sinken. »Hoffen wir, dass es Gottes Wille ist, wenn es nicht der Wille des Königs sein sollte. Und der Herr steh uns allen bei.«

»Amen«, sagten gleichzeitig der Prinz und Haffner. Wegener schnaubte nur, man wusste nicht, ob zustimmend oder ablehnend.

Alvesloh schritt auf die Tür zu und sagte: »Lassen wir Vandammes Mann nicht länger warten.«

Kapitel 39

Warum verlegte Alvesloh den von Miss Tibbs verordneten Termin vor? Dieses frühe Abendessen schon heute mit allen Hausbewohnern schien Fanny mysteriös.

Tibby hatte nach ihrem Rencontre auf dem Flur den Rest des Nachmittags säuerlich geguckt und war Fanny die letzten Stunden nicht von der Seite gewichen. Von dieser Bewachung blieb sie zurzeit nur deshalb verschont, weil die Gouvernante mit Alvesloh, dem Stein des Anstoßes, seit einer halben Stunde in der

Bibliothek in Klausur saß. Conradi hatte man gleich dazugebeten, warum, wusste sie nicht.

Sie zog sich ein veilchenblaues Seidenkleid an, zu dessen Feinheit ihr Bräutigam sie einmal beglückwünscht hatte. Caroline triezte Gesche so lange, bis noch Fannys unkooperativste Locke hochgesteckt war. Die Freundin wuselte um sie herum und hielt ihr nacheinander einen cremefarbenen, einen rosageblümten und einen ockerbraunen Überwurf vor. Gesche kam mit Konkurrenzvorschlägen, die Caroline abschmetterte. Fanny war nicht so verrückt, dass sie sich in den Kleinkrieg gemischt hätte. Da sie jedoch keiner von beiden ihr mangelndes Interesse am Schultertuch eingestehen konnte, machte sie ein schalprüfendes Gesicht und tauchte in ihre eigenen Gedanken ab.

Wie benahm man sich vor einem offiziellen Eheversprechen? Musste sie aufgeregter sein? Komischerweise war sie es nicht. Sie fühlte sich erfüllt von einem warmen Licht, das ihr bis in die Fingerspitzen schien. Ganz ruhig. Diese Empfindung war ihr neu und seltsam altvertraut, als hätte sie tief in ihrer Seele einen Schlaf gehalten, der nun vorüberging.

»Fanny?«

Sie brauchte einen Moment, um ins Jetzt zurückzufinden. Im schlimmsten Fall hatte sie wichtige Entwicklungen in der Schalfrage verpasst.

Caroline beugte sich leicht vor und stützte sich mit den Armen auf Fannys Oberschenkel. Ihr Gesicht kam wenige Zentimeter vor Fannys Nase zum Halten. Carolines Augen waren rund und groß wie aufgeblühte Krokusse. Sie zog ihre Augenbrauen zusammen.

»Fanny. Du musst ihn nicht heiraten. Egal, was passiert ist und passieren wird: Wir schaffen es auch alleine. Hörst du? Ich bin kein Mädchen mit guten Verbindungen und weiß Gott auch nicht das mutigste. Aber bevor meine Freundin unglücklich wird, schiffen wir uns eher nach Amerika ein.« Mit einem Seitenblick fügte sie hinzu: »Und Gesche, das schusselige Ding, nehmen wir gleich mit. An den Hafen sind wir schon einmal ohne Hilfe gelangt.« Ein untypisches, verschmitztes Grinsen zeigte Carolines weiße Zähne. »Miller muss dann nachkommen.«

Fanny stand auf und warf das favorisierte Tuch aufs Bett. Es flatterte wie ein beschwipster Vogel hinüber und sie musste lächeln. Erst nahm sie Caroline in den Arm, dann drückte sie Gesche. »Ich weiß, dass ihr mit mir bis nach Amerika gehen würdet. Das ist eine bessere Liebeserklärung, als mein Vormund es in den letzten Wochen zustandegebracht hat. Aber im Moment, glaube es mir, Caro, will ich nichts mehr als in den Salon zu meinem Bräutigam. Und wenn ihr erlaubt – am liebsten ganz ohne Schal.«

»Gut.« Caroline straffte ihre Schultern. »Dann los. Es ist Zeit.«

Beim Essen versammelte sich das gesamte Haus Breedenbek mit Conradi und Caroline. Johann und Meta hatten den Salon trotz der Frühlingshelligkeit mit acht Kerzen erleuchtet.

Alvesloh erklärte förmlich, dass er nach dem ersten Gang eine Ankündigung zu machen gedenke. Er sprach so ruhig und sicher, als inspiziere er Mannschaftsunterkünfte. Fanny sah Caroline an, dass ihr das alles zu leidenschaftslos war.

Auch das Essen brachte keine größere Aufregung. Sowohl Salzgehalt als auch Konsistenz der Spargelsuppe waren angenehm durchschnittlich.

Karl und Wilhelm waren so begeistert bei der Sache, dass sie kaum von ihren Tellern aufschauten. Karl aß mit einer Hand, den anderen Arm in der Schlinge. Als sie den Appetit des Genesenden sah, dachte sie mit Grausen daran, dass er bislang nichts von der Verlobung seines Bruders wusste. Als endlich auch die Jungen die Gabel weggelegt hatten, wollte Gesche die Teller abräumen, doch Alvesloh hielt sie zurück.

»Lass es einen Moment gut sein, Gesche.«

Er stand auf und rief zur Tür heraus nach Johann und Meta, die Augenblicke später erschienen.

»Kommt bitte herein. Was ich zu sagen habe, ist für jeden in diesem Haushalt bestimmt.«

Alvesloh ging zu Fannys Platz und nahm stehend ihre Rechte. »Liebe Hausgenossen. Ich möchte euch mitteilen, dass ich um Mademoiselles Hand angehalten habe.« Er machte eine kleine Pause und ließ die Worte einwirken. Fanny spürte, wie eine aufmerksame Spannung den Raum erfüllte. Sie traute sich nicht, zu Karl hinüberzuschauen.

»Meine Vormundschaft ist damit hinfällig und der wackere Conradi hat zugesagt, dieses Amt für eine Übergangszeit zu übernehmen. Auch Miss Tibbs konnte ich in dieser Frage überzeugen. Ich sollte vielleicht noch anfügen, dass Fräulein Fanny selbst diesen Plan nach überraschend kurzer Gegenwehr gebilligt hat.«

Alvesloh lächelte auf sie hinunter und sie erinnerte sich daran, in welcher Situation sie zugestimmt hatte. Ihre Wangen wurden heiß. Aus Verlegenheit sah sie endlich auch zu Karl. Er hielt seinen Kiefer so fest zusammengepresst, als müsste er eine Sintflut von Gefühlen hinter den Zähnen gefangen halten.

»Das alles macht mich zu einem glücklichen Mann«, sagte Alvesloh schlicht und sah wieder auf sie. Sie wäre ihm am liebsten um den Hals gefallen, spürte aber, dass noch etwas kommen würde.

»Unsere Verhältnisse werden sich dadurch verändern, aber ich hoffe, dass nach einiger Überlegung jeder von euch darin einen Vorteil sehen wird.« Alvesloh drückte ihre Hand noch einmal und ließ sie dann sinken. »Ich bringe leider noch andere Neuigkeiten.«

Karl war bei den letzten Sätzen des Bruders aufgesprungen und ging mit geballten Händen auf die Tür zu. Fanny konnte es ihm nicht verdenken.

»Karl, bleib. Du wirst gleich verstehen, warum.«

Alvesloh sprach so scharf, dass Karl anhielt und offensichtlich nicht wagte, den Raum zu verlassen. Er setzte sich jedoch nicht wieder hin, sondern blieb an Ort und Stelle stehen.

Alvesloh berichtete ihnen von einem Treffen mit Rist und den dänischen Befehlshabern von Altona und Holstein. Er verkündete, dass die Dänen die Stadt vorerst verteidigen wollten, verhehlte jedoch nicht, dass ein schwerer Kampf mit den Franzosen trotz allem bevorstand.

»Aber wenn die Dänen mitkämpfen, dann bedeutet es doch die Chance auf Sieg?« Wilhelm sah zu Karl und dann wieder zu seinem großen Bruder. Er sah so jung und hoffnungsvoll aus, dass es Fanny direkt ins Herz schnitt.

»Nein, mein Junge. Das bedeutet es nicht. Es heißt vielmehr, dass unsere Freunde uns noch nicht verlassen haben. Vielleicht halten wir die Franzosen mit vereinten Kräften eine Weile auf. Aber die Hilfe von außen müsste schnell kommen.«

Fanny schaute hoch in Alveslohs kantiges Gesicht. Überdeutlich lag darin die Sorge.

»Was meinen Sie mit vorerst?«, fragte sie.

»Ich glaube nicht nur, ich weiß, liebe Fanny, dass der Hof in Kopenhagen seine Truppen von uns abziehen wird. Bald. Wenn dann keine alliierte Unterstützung kommt, werden die Franzosen die Stadt einnehmen, wie die Katze den verletzten Vogel schluckt. Hamburg stehen schwierige Zeiten bevor.«

Eine unsichtbare Hand drückte ihr den Brustkorb zu. Als hätte Alvesloh es gefühlt, setzte er sich auf den Stuhl neben sie und nahm ihre Hände. Ganz sanft und als ob keine Zuhörer um sie säßen, sagte er: »Sie wissen, dass ich Ihrem Onkel versprochen habe, auf Sie Acht zu geben? Seien Sie ganz ruhig, Fanny.« Dann stand er wieder auf.

»Wir werden erstmal bleiben und hoffen. Möglicherweise lassen sich die Franzosen doch noch auf einen Waffenstillstand ein.« Er schaute auf sie herunter und lächelte. »Ich habe in den letzten Wochen eines gelernt: Zuweilen kennt das Leben auch gute Überraschungen.« Alveslohs Gesicht wurde wieder ernst. »Sobald sich aber abzeichnet, dass die Franzosen die Oberhand gewinnen, müssen wir schnell handeln. Ich will nicht schwarzmalen, aber der Haushalt sollte sich ans Packen machen. Auf meinem Gut werden wir alle sicher sein.«

»Sie sind ganz blass um die Nase, mein Fräulein«, sagte Jakob und schwang sich mit seinen dünnen Ärmchen auf Fannys Bett, von wo aus er mit den Beinen baumelte. Caroline schniefte im Hintergrund und schrieb einen Brief an ihre Eltern. Hutschachteln lagen umher und etwa zehn Kleider und zwei Dutzend Tücher warteten darauf, dass sie zusammengelegt und verstaut wurden. Caroline hielt es für geboten, ab jetzt auf gepackten Koffern zu sitzen.

»Ich war besorgt, mein Junge. Jetzt geht es schon wieder«, sagte Fanny.

»Sie sollen nicht besorgt sein.« Jakob runzelte die Stirn.

Fanny ging auf ihn zu und zerzauste ihm die Haare. Caroline fing wieder an zu weinen und Jakob rollte mit den Augen. »Da kann einer ja verrückt werden, wenn immerzu geweint wird. Wo es doch im Leben ständig schlimme Sachen gibt. Da muss einer sich dran gewöhnen, Fräulein Caroline.«

Caroline presste sich einen Schal vor den Mund und stützte sich mit den Ellenbogen auf den kleinen Sekretär.

»Caro, mach einen Moment Pause. Jakob und ich gehen hinaus, dann hast du Ruhe.«

Caroline nickte und ging hinüber zum Bett.

Draußen nahm Jakob auf einer kleinen Bauerntruhe Platz, die Meta als Hort für das Bettleinen diente. Fanny ließ sich vorsichtig am Rand der Truhe nieder und hoffte, dass der Deckel hielt.

»Du darfst dich nicht über Mademoiselle Caroline wundern, Jakob. Sie ist in besonders delikaten Umständen und hat nicht die stärksten Nerven.«

»Von diesen Umständen weiß ich nix, ich weiß nur, dass man sich zusammennehmen muss. Das Leben will einen immer reinlegen, das können Sie mir glauben, Fräulein.«

»Obwohl du der Jüngste von uns bist, weißt du das am besten, nicht wahr? Und deshalb wirst du es tapfer aufnehmen, wenn ich dir jetzt etwas sage: Für Hamburg kommen harte Zeiten. Du musst sehen, dass deine Mutter so viele Lebensmittel kauft wie möglich. Rüben, Kartoffeln, Mehl, alles, was sich gut hält. Versprichst du mir das?«

Fanny reichte Jakob einen Beutel Münzen. Er guckte verwirrt und lugte hinein.

»Das is ja für mindestens – sehr viel Essen!«

»Es sollte für drei Monate reichen, wenn ihr sparsam seid. Jakob, wir verlassen vielleicht schon bald die Stadt. Ich weiß nicht, wann ich wiederkomme. Auf diesem Zettel steht die Anschrift des Guts, auf dem ich sein werde. Es ist das Anwesen von Monsieur. Wenn er nicht hier ist, um dir zu helfen oder etwas passiert«, Fanny musste ihren Kloß im Hals hinunterwürgen, »dann schlägst du dich dorthin durch, hörst du?«

Jakob nahm das Zettelchen und faltete es sorgfältig, bevor er es in seine Jackentasche schob.

»Der Meister von Peer kennt Buchstaben, Fräulein. Den kann ich fragen. Aber machen Sie sich keine Sorgen. Wir kommen durch. Auch ohne Ihr Geld.«

Er wollte ihr das Beutelchen zurückgeben, doch Fanny hielt seine Faust fest.

»Jakob, willst du, dass ich böse werde?«

Jakob guckte alarmiert, ein Ausdruck, den man nicht oft sah. »Nein, nein, mein Fräulein, ganz und gar nicht. Es ist nur ...«

»Tu, was ich sage, mein Junge. Wenn ich schon nicht hier bin, will ich wenigstens die Gewissheit haben, dass es euch gut geht. Dein kleinster Bruder soll genug essen und stark werden.«

»Das richte ich ihm aus«, sagte er stolz, »sobald er es versteht.«

»Das ist gut. Dann mach, dass deine Mutter immer eine Suppe auf das Feuer stellen kann.«

Jakob nickte bedächtig. »Fräulein?«

»Ja?«

»Werden Sie Monsieur heiraten?«

»Das werde ich. So Gott will.«

»Oh, er wird wollen! Jedenfalls wäre es eine gute Sache.«

Fanny musste das erste Mal an diesem Tag befreit lachen. »Es freut mich, dass du meinen Entschluss billigst. Was brachte dich zu deiner Einschätzung?«

Jakob tippte sich an seine Nase und sah ausgesprochen altklug aus. »Riecher, Fräulein. Monsieur ist nicht einer, der sich die Butter vom Brot nehmen lässt. Der gnädige Herr ist ein Schlauer.« Jakob zögerte einen Moment, dann sagte er: »Vielleicht schlauer als Peer.«

Fanny verbiss sich ihr Lachen so sehr, dass ihr die Wangen wehtaten. Sie fragte sich, wem Jakobs Kompliment gelten sollte. »Drück mich, Jakob. Du musst gehen. Es wird Abend.«

Jakob ließ sich in den Arm nehmen, aber es war ungewiss, ob diese Behandlung jemals an ihm durchgeführt worden war. Er versteifte sich so, als hätte er einen Spazierstock verschluckt. Fanny musste wieder lachen und das half ihr, die Tränen zu verdrängen. Auf keinen Fall wollte sie in seiner Achtung auf Carolines Platz sinken. Ein Gedanke zog düster durch ihren Kopf: Würden er und seine Familie eine erneute Besatzung durch die Franzosen überstehen?

»Ich sehe hier nach dem Rechten, Fräulein, und warte auf Sie. Wir werden uns wiedersehen!« Damit setzte sich Jakob die Mütze auf und hüpfte mitten in Monsieur Alvesloh hinein, der mit leisen, langen Schritten die Treppe heraufgekommen war.

Jakob zog die Mütze wieder hinunter und machte einen Diener. »Gnädiger Herr!«

»Jakob.«

Dann sprang er weiter. »Und recht vielen Dank für das schöne Geld«, rief er noch, bevor unten die Haustür in das Schloss fiel.

Fanny sah Alvesloh an, der einige Meter vor ihr, fast noch am Treppenabsatz, stehen blieb. Das Haus war seltsam ruhig, nicht einmal von Caroline im Zimmer nebenan hörte sie etwas.

Sie wischte sich die Finger an ihrem Kleid ab, dann strich sie ihre Locken aus dem Gesicht. Schließlich faltete sie die Hände vor dem Körper, weil sie nicht mehr wusste, was sie sonst damit anstellen sollte.

»Fanny.«

»Monsieur.«

»Ich denke, keiner könnte Anstoß nehmen, wenn sie mich ab jetzt Georg nennen würden?« Er lächelte und kam ihr jünger vor als sonst. Er ging einen Schritt auf sie zu, griff aber nicht nach ihren Händen, wie sie es ersehnte.

»Und ich denke, keiner könnte Anstoß nehmen, wenn Sie mich kurz umarmen würden.«

Alvesloh lachte und schloss sie in die Arme. Jedes Mal, wenn ihre Körper sich berührten, war es, als ob eine stärkende Schicht zurückbliebe, die sie heiler machte.

»Ich würde gerne noch ganz andere Dinge mit Ihnen anstellen, wenn ich nicht Angst haben müsste, dass hinter jedem dieser dunklen Winkel Ihre Gouvernante lauern könnte!«

Die schiere Lebenslust tanzte in seinen Augen und sie fragte sich, wie viele Seiten ihr Bräutigam in all den Jahren in seinem Inneren verschlossen gehalten hatte.

»Ich werde niemandem zu waghalsigen Unternehmungen raten. Meine Vorgeschichte kennen Sie ja«, sagte Fanny.

»Besser als die meisten. Daher habe ich mich hergewagt, weil ich Sie noch ein letztes Mal zu einem verbotenen Ausflug verführen möchte. Mit einem strengen Ehemann werden Sie das ja bald nicht mehr können.«

Sein Lächeln sandte kleine Blitze in ihre Mitte. Ihr Innenleben funktionierte einfach nicht normal, wenn er sie so ansah.

»Und wo soll es hingehen, Monsieur?«

Er strich zögerlich über ihr Schlüsselbein. »Sagen Sie Georg.«

»Wo soll es hingehen – Georg?« Der Name löste sich schwer von ihrer Zunge. Es war zu ungewohnt. Und gleichzeitig lag darin ihre Zukunft.

Er bot ihr den Arm. »Es gibt jemanden, der Sie noch einmal unter anderen Umständen kennenlernen möchte.«

»Und wer wäre das?«

»Meine Freundin, Appollonia Francke, mit der Sie ja schon bekannt sind.«

Ihr wurde bei dem Namen ganz schwach. Sie drehte ihr Gesicht weg und hoffte, dass er nicht sah, wie sehr sie sich schämte. Alvesloh hatte noch nicht ein Wort mit ihr über die ganze Angelegenheit geredet. Und sie hatte nicht nach Polly gefragt, weil ihr schlechtes Gewissen sie so drückte.

Sanft drehte er ihr Gesicht zurück, so dass sie ihn ansehen musste. »Sie hat es verdient, dass wir sie aus ihren Seelenqualen erlösen, finden Sie nicht?«

»Sie macht sich Vorwürfe?«, sagte Fanny. Es war die überflüssigste Frage des Tages.

»Wie könnte sie nicht? Sie kennt Tettenborn und sie kennt mich.«

Fanny schluckte, atmete tief ein und nahm Alveslohs Arm.

Kapitel 40

Mein Gott, zwei Verrückte in meinem Boudoir!« Polly zog ihre linke Augenbraue so hoch, dass sie fast im Haaransatz verschwand. Fanny merkte, dass die Ältere trotz ihrer Worte froh war, sie zu sehen.

»Wenn du nicht deinen Diener geschickt hättest, mon cher, um mich davon zu überzeugen, dass ihr beide noch lebt, dann könntest du jetzt vergebens an der Tür kratzen. Ich weiß gar nicht, wen von euch beiden ich infamer finde, die Betrügerin oder den Duellanten. Ihr scheint wie geschaffen füreinander. Und das soll kein Kompliment sein!«

Polly ging zu ihrem Schächtelchen mit kandierten Spezereien, das Fanny schon von ihrem Besuch kannte, öffnete es und fischte sich eine kleine unförmige Süßigkeit heraus. Sie bot die Schachtel ohne ein weiteres Wort auch Alvesloh und Fanny an.

»Mein Vorrat an Naschwerk hat aus Ärger und Sorge so sehr gelitten, dass ich dir die nächste Lieferung in Rechnung stelle, Alvesloh.«

Polly hatte sie zwar hereingebeten, aber noch nicht zum Sitzen aufgefordert. Im Vergleich zu ihrem vorigen Besuch war es erstaunlich hell im Zimmer. Vielleicht, weil die Vorhänge weit zurückgezogen waren und großzügig das letzte Licht des Tages passieren ließen. Polly trug ein normales Hauskleid, das sie jünger und weniger verrucht wirken ließ.

Alvesloh lachte. »Polly! Du schimpfst wie ein Marktweib. Du hast ja mit allem recht, aber wir sind gekommen, weil wir in Gnaden wieder aufgenommen werden wollen. Sei ein bisschen christlicher. Bitte.«

Fanny sah ihren Einsatz gekommen. »Madame, ich möchte Sie um Entschuldigung bitten. Ich bin nicht stolz darauf, dass ich Sie hintergangen habe.« Sie senkte das Kinn und hoffte, dass ihre Worte besänftigend wirkten.

»Aber Sie würden es wieder tun?«, fragte Polly.

Fanny hob vor Schreck den Kopf und Pollys kluge Augen sahen ihr geradewegs ins Herz.

»Nicht wahr, Sie würden es wieder tun und wenn es sein müsste, auch auf genau dieselbe Art«, sagte Polly und lächelte dabei.

»Polly!«, rief Alvesloh.

»Nein, lassen Sie«, sagte Fanny. »Ihre Freundin hat Recht.« Sie sah Polly fest in die Augen. »Ich würde es wieder tun. Nur das nächste Mal geschickter. Und ich hätte ein Messer dabei.«

Polly lachte kurz auf. Dann drehte sie sich zu Alvesloh, der wie versteinert guckte, und zeigte mit dem Finger auf Fanny. »Wirst du dieses Mädchen heiraten?«

Alveslohs Gesichtszüge entspannten sich und er schmunzelte. »Ja, das werde ich.«

»Das solltest du auch. Wenn sie dich nimmt.« Um Pollys Augen bildeten sich kleine Lachfältchen. Sie setzte sich, hielt Fanny die ausgestreckte Hand entgegen und zog sie neben sich auf den kleinen Fauteuil.

»Wo bleibt denn nur der Tee? Alvesloh, sei so gut und schau nach, wo Josephine untergetaucht ist. Und lass dir Zeit.«

Fanny musste in sich hineinlachen. Es war erfrischend, wie Polly ihren Bräutigam herumkommandierte. Sie konnte von dieser Frau noch viel lernen.

Alvesloh verbeugte sich mit einem Lächeln und zog die Tür hinter sich zu.

Eine Stille senkte sich über den Raum. Polly strich sich das Musselinkleid glatt und schenkte ihnen ein Glas Wasser aus einer verzierten Karaffe ein. Nach einer weiteren Pause merkte Fanny, dass Polly nach Worten suchte.

»Fanny, Sie und ich – wir sind uns auf eine Art ähnlich und dann sind wir es auch wieder nicht. Und das ist gut für Sie.« Pollys Gesichtszüge waren angespannt, sie sprach leise. Fanny lehnte sich zu ihr vor, weil sie nichts verpassen wollte.

»Sie sind wie das Mädchen, das ich einmal war. Aber das ist eine Ewigkeit her.« Polly verschränkte die Hände ineinander. »Im Gegensatz zu Ihnen traf ich keinen guten Mann.«

Fanny nahm einen Schluck von ihrem Wasser, weil sie ihre Verwirrung verbergen musste.

»Alvesloh ist ein guter Mann«, sagte Polly. »Einer der Besten, die ich je kennengelernt habe. Und weil Sie unerfahren sind, aber nicht dumm, will ich Ihnen etwas sagen: Sie wären nicht die Frau, für die ich Sie halte, wenn Sie nicht bald mit Argwohn an mich denken würden.«

Fanny hätte es nicht zugegeben, aber sie wusste sofort, worauf Polly anspielte. Es versetzte ihr einen Stich. Polly war so gewandt und selbstbewusst. Sie kam sich dagegen wie ein Kind vor.

»Ihnen ist klar, was ich hier tue, nicht wahr? Oder, wenn nicht, so lassen Sie es sich beizeiten von Ihrem Bräutigam erklären. Aber eines sollen Sie wissen: Georg von Alvesloh hat niemals meine Laken geteilt und wird es niemals tun.« Polly zögerte einen Moment und ergriff dann Fannys Hand. Sie wirkte plötzlich jung und verletzlich. »Vielleicht hat es eine Zeit gegeben, in der ich das bedauert habe. Aber auch das ist lange her.« Sie machte eine Kopfbewegung, als verscheuche sie die Vergangenheit. Dann sah sie Fanny an. »Lassen Sie uns Freunde sein.«

»Gerne. Sehr gerne.« Fanny drückte ihr die Hand und fühlte einen Zentner Gewicht von ihrer Seele rutschen. »Darf ich Sie fragen, woher Sie Monsieur von Alvesloh so gut kennen?«

Polly stand auf und zog die Vorhänge zu, es wurde schummrig im Raum. Sie ging zu ihrem Sekretär und zündete mit dem dort schon brennenden Talglicht zwei Kerzen an. Die Luft füllte sich mit dem Geruch des brennenden Dochtes, der Raum schimmerte fast feierlich.

»Wir sind gemeinsam auf seinem Gut aufgewachsen. Ich bin die Tochter des ehemaligen Verwalters.« Polly schaute in den Spiegel, der über dem Sekretär hing. »Ich war schon lange nicht mehr dort. Zehn Jahre nicht«, sagte sie zu ihrem Bild.

Da ging die Tür auf und im Rahmen erschienen Alvesloh und Josephine, die mit dem Teetablett und drei zierlichen Tassen hereinkam. Das Mädchen stellte alles auf den Tisch, knickste und verschwand wieder. Alvesloh schloss die Tür hinter ihr zu.

»Nanu«, sagte er, »hier ist es so beklommen. Hast du meine arme Fanny noch mehr ausgeschimpft? Dabei wollten wir doch einen Friedenstee trinken.«

Polly lächelte und sagte mit großer Ruhe. »Ganz im Gegenteil. Ich wollte deiner Braut gerade erklären, wie man Männer wie dich am elegantesten behandelt, aber du bist so schnell zurück, dass ich nur noch sagen kann: Wenn Sie sich jemals rächen müssen, meine Liebe, dann legen Sie ihrem Zukünftigen einen Regenwurm ins Bett. Man sieht es ihm nicht an, aber er hat mehr

Angst vor Würmchen als vor dem Untergang des Abendlandes. Jedenfalls war das vor ungefähr fünfundzwanzig Jahren so. Und Männer ändern sich wenig, wie Sie vielleicht wissen.«

Fanny lachte.

Alvesloh verschränkte die Arme und schaute gespielt düster zu Polly hinüber. »Ich weiß schon, warum ich Josephine so schnell wie möglich aufgetrieben habe. Meine Braut, ma chère, braucht keine Nachhilfe bei kriminellen Schlichen. Sie ist darin überqualifiziert. Ich dachte, das wäre dir schon klargeworden. Aber Frauen lassen sich eben keine Gelegenheit zur Demütigung des anderen Geschlechts durch die Finger gehen – selbst gegen besseres Wissen.« Er seufzte theatralisch.

Polly lächelte und schwieg. Sie ging zum Tisch, nahm ihre Teetasse und holte dann aus einem kleinen Wandschränkchen bei der Tür einen Schlüssel hervor.

»Du hast sicher mit allem Recht, mein Lieber, und ich würde gerne noch mit euch plaudern. Leider habe ich noch eine Verabredung.« Sie wandte sich an Alvesloh. »Mein Ersatzschlüssel. Schließ hinter dir ab, wenn du gehst. Genießt den Tee, er ist sehr gut. Ware aus Tönning.«

Dann ging sie mit ihrer Tasse zur Tür, nahm einen kleinen Beutel von einem Haken und drehte sich mit dem Knauf in der Hand noch einmal um.

»Gottes Segen für euch beide.«

Fanny meinte, Pollys Augen feucht schimmern zu sehen und war von dem plötzlichen Aufbruch überrumpelt. Alvesloh hob an, etwas zu sagen, aber da rastete die Tür schon ins Schloss. Polly war verschwunden.

Einen Moment sah Fanny einfach nur auf die Tür, dann wandte sie sich an Alvesloh.

»Gut, dass Tibby nichts davon weiß, dass wir hier ohne Aufsicht sitzen.« Erst nachdem sie das gesagt hatte, wurde ihr die Bedeutung ihrer eigenen Worte bewusst. Eine Aufregung breitete sich in ihrem Bauch aus. Sie war es einfach noch nicht gewöhnt, unter den veränderten Umständen mit Monsieur alleine zu sein.

»Nun müssen Sie aber meine Neugier befriedigen«, sagte Fanny schnell. »Polly stammt aus Liebenau, Ihrem Liebenau? Und war seit zehn Jahren nicht mehr dort? Mir ist das alles ein Rätsel.«

Alvesloh setzte sich. Dann nahm er ihre Hand. Er drehte sie um und streichelte mit seinem Daumen über die Innenfläche.

»Sie hat Ihnen erzählt, dass wir gemeinsam als Kinder auf dem Gut meines Vaters aufgewachsen sind?«

»Ja.« Fanny zog ihre Hand weg. Alveslohs Augen flackerten auf.

»Monsieur – ich kann Ihnen nicht zuhören, wenn Sie das mit meiner Hand machen. Und ich muss doch wissen, was es mit Pollys Geschichte auf sich hat.«

Alvesloh warf den Kopf nach hinten und lachte. »Exzellent. Da Sie noch nie wirklich auf mich gehört haben, ist das kein großer Verlust, nehme ich an. Und ich weiß nun wenigstens, mit welchen Mitteln ich Sie gefügig machen kann. Ich habe geahnt, dass meine neue Rolle mir ungewohnte Möglichkeiten gibt. Aber das übersteigt meine Erwartungen.« Der Schalk spielte in seinen Augen.

Fanny schubste ihn ein wenig. »Sie sind unmöglich! Ich brauche Sie noch, also kann ich nicht aufstehen und gehen. Aber treiben Sie es nicht zu weit. Die Geschichte?«

»Pollys Geschichte. Richtig. Sie ist nichts für fröhliche Stunden, wie ich fürchte, aber Sie wollen es wohl wissen?«

Sie zog nur die Augenbrauen nach oben.

»Ich mache es kurz, weil ich nicht vorhabe, unsere wertvolle Zeit mit Plaudereien zu vertun.«

Fanny merkte, wie sie rot wurde und wieder ein kleines bisschen nervös, als sie Alveslohs Blick sah. Dass Tibby nicht aus einer Wandnische hervorspringen würde, war beruhigend und beunruhigend zugleich. Das Leben war kompliziert. Ihr Atem ging schneller.

»Polly lernte einen jungen Studenten kennen, der auf unserem Gut seine agrarökonomischen Kenntnisse vertiefen wollte. Sie war etwa in Ihrem Alter. Er ließ sie in der Situation zurück, in der ihre Freundin Caroline sich jetzt befindet. Als deutlich wurde, dass er sich seiner Verantwortung nicht stellen würde, jagten wir ihn fort. Ihr Vater und auch meiner gehörten nicht einer Generation an, die einem Fehler mit Güte begegnen. Und Polly gehört nicht zu den Menschen, die leicht ihren Stolz verlieren.

Ich fand christliche Leute, bei denen sie ihr Kind zur Welt bringen konnte. Sie übergaben es später an unsere Köchin, die ein Findelkind anzunehmen glaubte. Die gute Frau wünschte sich sehnlichst eigenen Nachwuchs, aber sie und ihr Ehemann wurden nicht auf diese Art gesegnet. Dort lebt das Mädchen noch heute. Sie ist jetzt zehn Jahre alt. Ein kluges und verständiges Ding. Aber ihre Mutter kennt sie nicht.«

»Wie traurig!«

»Das Mädchen führt ein Leben, ohne die Bürde seiner Geburt zu fühlen. Das war es, was Polly sich für ihr Kind über alles wünschte. Ich konnte sie immer über die Fortschritte ihrer Tochter unterrichten.«

»Und Sie haben Polly hier in Hamburg am Theater untergebracht?«

Alvesloh lächelte. »Nein, so kann man es eigentlich nicht sagen. Polly ist kein Mensch, der untergebracht wird.« Er nahm wieder ihre Hand und küsste ihre Fingerspitzen. »Sie haben darin eine gewisse Ähnlichkeit.«

Fanny stand auf und schenkte ihnen eine Tasse Tee nach. Ihre Knie waren nicht so stabil, wie sie es gerne gehabt hätte. Sie merkte, dass Alvesloh jede ihrer Bewegungen beobachtete. Sein Geruch und seine Nähe verlangsamten ihr Denken so sehr, dass sie nicht mehr genau wusste, was sie hatte sagen wollen.

Alvesloh stand ebenfalls auf, nahm ihr die Kanne aus der Hand und zog sie zur Chaiselongue, auf der sie beide gleichzeitig sitzen konnten. Er ergriff ihre beiden Hände und sah ihr ins Gesicht.

»Fanny, bevor ich Sie wieder nach Hause bringe, muss ich mit Ihnen sprechen. Und diesmal geht es nur um uns beide.«

Fanny nickte langsam und ihr Herz pochte in ihrer Kehle. Sie ahnte, welches Thema er anschneiden wollte. Es war richtig, über die Zukunft zu sprechen und doch hätte sie sich zu gerne wie ein Kind verhalten, das sich hinter seinen eigenen Händen versteckt und gewiss ist, dass man es so nicht sieht.

»Obwohl ich mir vorgenommen hatte, nie wieder im Feld zu stehen und nie wieder meine Männer zu gefährden, habe ich mich doch der Bürgerwehr als Offizier zur Verfügung gestellt, wie Sie wissen«, sagte Alvesloh.

Natürlich wusste sie es und eine beklemmende Traurigkeit breitete sich in ihrer Brust aus.

»Ich werde dieser Verpflichtung nachkommen, auch wenn es mir das Herz bricht, zu denken, dass Sie weit weg sind und ich ...«

»Aber die Dänen helfen, wir werden die Franzosen vertreiben. Haben Sie doch Hoffnung, Monsieur!« Sie sprach heftig. Verräterische Tränen füllten ihre Augen. Es konnte auch alles anders kommen und das wussten sie beide.

»Mademoiselle, bitte! Weinen Sie nicht. Wissen Sie, dass Sie der stärkste Mensch sind, den ich kenne?« Er sah ihr unendlich sanft ins Gesicht. »Sie haben mich ertragen und Hamburg ertragen. Sie sind immer wieder gestolpert und aufgestanden.« Alvesloh zog eine Augenbraue hoch. »Auch wenn das manchmal vielleicht graziler hätte aussehen können.«

Fanny musste lächeln, durch ihren Tränenschleier hindurch.

»Aber Sie kennen meine Geschichte. Kennen mich. Mein Platz ist vorerst hier. Aber das Gut – unser Gut – muss auch in den nächsten Monaten geschützt werden und Sie müssen für die Menschen sorgen, die uns anvertraut sind. Darf ich Ihnen diese Aufgabe übertragen? Und hoffen, dass Sie alles treu verrichten, solange Karl und Wilhelm zu jung dafür sind – für den Fall, dass ich im Kampf sterbe?«

Fanny hielt zwei, drei Herzschläge ganz still. Es verlangte sie so sehr danach, das alles als unwahrscheinlich, gar als Unsinn abzutun. Sie wusste, dass es das nicht war, überwand den Impuls, straffte sich und wischte ihre Tränen aus den Augen. »Monsieur, Sie dürfen nicht nur hoffen. Ich verspreche es Ihnen.«

Alvesloh griff ihre Hände so fest, dass es fast wehtat. »Ich habe den Pastor für morgen bestellt. Ich will wissen, dass Sie meine Frau sind, bevor wir uns trennen. In einigen Wochen holen wir alles nach. Es wird das schönste Sommerfest, das Liebenau je gesehen hat. Versprechen Sie mir auch das?«

Alvesloh sah sie so ernst und zuversichtlich an, dass Fanny die Tränen nicht mehr zurückhalten konnte. Sie weinte vor Freude und Sorge gleichzeitig und Alvesloh küsste all ihren Kummer von den Wangen.

Kapitel 41

Es waren über zwei Monate seit jenem Tag vergangen und ein heißer Sommer lag über Liebenau. Das Blätterdach über Fanny raschelte im Wind. Die Eiche schirmte sie von der Mittagssonne ab, aber ihre Strahlen kamen hier und da durch die Blätterlücken und malten helle Flecken auf die Gartenbank. Der Jasminbusch hinter ihr duftete süß und schwer. Fanny fuhr mit den Fingern die Rosen und Blätterranken auf der gusseisernen Lehne nach. Die Formen waren kühl, hier im Schatten.

Der stille Garten war in den letzten Wochen der Platz gewesen, an dem sie am besten zu sich gekommen war. Heute war von Ruhe jedoch nichts mehr zu spüren.

Vor der Rückfront des Hauses standen zwei Reihen Tische mit weißem Leinen. Gesche und Katrine, die hiesige Kleinmagd, deckten das Porzellan ein und ihre heißen Wangen glühten. Jette, Pollys Tochter, hüpfte hin und her und drapierte kleine Sommersträuße zwischen Tellern und Kristall. In der Küche werkelte seit Stunden die Köchin mit zwei Leihmädchen aus dem Dorf und bereitete das Essen für die Gäste vor. Tibby hatte sich, erschöpft von all den Vorbereitungen, bis zur Ankunft der Gäste hingelegt.

Das Herrenhaus betrachtete alles aus seinen stillen, großen Fensteraugen, als gäbe es endlich etwas, über das es sich zu freuen lohnte. Fanny kam die ganze Betriebsamkeit fast unwirklich vor.

Der Brief von Alvesloh war erst vor vier Tagen angekommen. Vor zwei Wochen hatten die Franzosen einen Generalpardon für alle bewaffneten Truppen und Aufrührer erlassen. Alvesloh, Miller und Karl konnten nun endlich wieder einen Fuß auf französisches und dänisches Gebiet setzen. Erst hier, während ihrer Trennung, war ihr klar geworden, dass Alvesloh in Hamburg nicht nur die Kugel der Feinde gedroht hatte, sondern auch die Exekution als Rebell, wenn die Franzosen ihn aufgegriffen hätten.

Heute nun sollte sie ihren Ehemann wiedersehen, mit dem sie nach der Hochzeit kaum drei Stunden verbracht hatte. Die Warterei und die ganzen hastigen Vorbereitungen hatten sie ganz verrückt gemacht und sie war trotz der Hitze stundenlang über die Feldwege spaziert. Sie ging nicht ins Haus hinein, obwohl sie wusste, dass Alvesloh in ihrer Abwesenheit angekommen war. Hier, bei ihrer Bank wollte sie ihn treffen.

Alvesloh. Fannys Handflächen waren feucht. Würde alles so sein wie vorher? Die letzten Wochen ohne ihn waren ihr wie Jahre erschienen. Es war, als wäre sie als Mädchen aus Hamburg abgereist und erst auf dieser Bank erwachsen geworden. Wie oft hatte sie hier auf Briefe gewartet. Wie oft wäre sie bei den widersprüchlichen Neuigkeiten und langen Nachrichtenpausen fast verzweifelt, wenn die Sorge um Caro und Tibbs und ihre Arbeit hier sie nicht immer wieder gefordert hätten. Sie war jetzt die Herrin auf Liebenau, mit allen Pflichten und Möglichkeiten. Es war eine Stellung, die sie gottlob ganz ausfüllte und so manche Ängste in die Nachtstunden verbannte.

In nur wenigen Wochen hatte sie alle Pächter kennengelernt und sich deren Hoffnungen und Nöte angehört. Bei einigem konnte sie helfen: Viele Kinder im Dorf starben immer noch an den Pocken, obwohl die Impfung bekannt war und eigentlich in ganz Holstein obligatorisch sein sollte. Die Menschen hatten schlicht Angst vor Unbekanntem, wie sich bald herausstellte, und so ließ Fanny sich unter den Augen der Pächter im Gutshaus selbst impfen. Die Haushaltsvorstände versprachen ihr daraufhin, ihre Kinder behandeln zu lassen.

Noch immer regte sich nichts auf der Veranda und Fanny überlegte schon, ob sie doch zu Alvesloh hineingehen sollte. Sie entschied sich dagegen, ging einige Schritte in Richtung des Parks und sah zum See hinunter. Dort zwischen den alten Rotbuchen standen zwei Menschen engumschlungen. Es waren Caroline und Miller, endlich vereint. Miller war schon gestern Nacht mit Karl hier in Liebenau angelangt, einen Tag vor Alvesloh, der sich aufgrund seiner Stellung bei Wallmoden im Hauptquartier abmelden musste. In drei Tagen sollte Miller nun Caroline in der Dorfkirche von Liebenau zur Frau nehmen.

Neben der übergroßen Freude hatte die Nachricht sie auch in eine Verlegenheit gestürzt, die nur ermessen konnte, wer schon einmal eine schwangere Braut ausstatten musste. Das Fest war eine Sache, das Brautkleid für Caroline eine ganz andere. Caro besaß nur zwei sehr einfache Umstandskleider und es war ihnen in der kurzen Zeit nicht gelungen, etwas von Fanny so auszulassen, dass der Bauch der werdenden Mutter hineingepasst hätte. Diese Herausforderung kam Alveslohs Großmutter zu Ohren, einer pfeiferauchenden Greisin von 85 Jahren. Madame hatte mit ihrem Stock mehrmals unwirsch auf eine Truhe im Gartensalon geklopft und Katrine angewiesen, ihr dort verborgenes Hochzeitskleid hervorzuholen. Als die Magd es vor ihnen aus dem Seidenpapier wickelte, stockte allen der Atem. Es war zwar nicht modern, aber so wunderschön und aufwändig gearbeitet, als käme es direkt aus Paris oder London. Nun würde Caro in gelber Seide und einem champagnerfarbenen Unterkleid glänzen. Dazu gehörte ein Umstandskorsett, das – wie die alte Madame listig bemerkte – ihren Sechsmonatsbauch damals hübsch zivilisiert hatte. Sogar Katrine, die sonst nie um ein freches Wort verlegen war, schwieg dazu.

»Nun tut nicht so, ihr Hühner. Immer denkt die Jugend, sie allein hätte das Laster erfunden«, sagte Madame, schob sich die Pfeife in den Mund und ging auf ihren Stock gestützt zur Tür. »Könnt's umändern, wie ihr wollt. Ich werde es nicht mehr brauchen.«

Fanny schüttelte ihren Kopf bei dem Gedanken und lächelte. Caroline schien sie entdeckt zu haben, denn sie löste sich von Millers Arm. Sie kam ein wenig schwerfällig den Abhang heraufgepilgert.

»Fanny!« Caroline atmete schwer. »Da bist du ja – Alvesloh ist da! Hat Gesche dich gefunden?«

»Ja, hat mir alles ausgerichtet.«

Caroline schaute sie verwundert an.

»Ich warte hier draußen auf ihn. Weißt du, wir haben so lange gewartet – ich will ihn nicht das erste Mal drinnen in einer halbdunklen Ankleidekammer treffen, wo Christ gerade die Stiefel putzt.«

»Fanny, deine Augen glitzern ja so!« Caroline packte ihre Hand. »Und du hast ganz kalte Finger!«

Fanny machte eine wegwerfende Geste.

Caroline lachte übers ganze Gesicht. »Liebste Fanny, du bist ganz aufgewühlt! So kenne ich dich gar nicht.«

»Caro, mach mich nicht noch verrückter. Du hattest dein Wiedersehen schon, meins steht noch aus. Ich bin ja kein Eisklotz.«

»Deine Hände fühlen sich aber so an!« Caro lachte und hakte sich bei ihr ein. Zusammen gingen sie zur Bank.

»Musst du nicht bei Miller sein?«, fragte Fanny.

»Der kann einen Augenblick auf mich verzichten. Ich glaube, du brauchst dringend Ablenkung.«

»Seit wann bist du eigentlich so keck geworden? Lange kann es noch nicht her sein.« Fanny wies mit dem Kinn auf Miller, der am Seeufer im Gras saß und an einem Stock schnitzte. »Der ist schuld, nicht wahr?«

Caroline drückte ihren Arm und schmiegte sich an sie. »Ach, Fanny, ich bin so glücklich!«

Gemeinsam setzten sie sich und Caro wandte sich ihr ganz zu. »Ich wollte dich ablenken und ich weiß, dass ich dich dafür nur nach Adler fragen muss, auch wenn das kurzfristig deine Laune trübt. Warst du heute Morgen wirklich schon in der Frühe bei ihm? Katrine hat's mir vorhin erzählt.«

Fanny nickte und bei dem Gedanken an den Dorfschulmeister pochte ihr Hals. Die Erfolge mit den Kindern der Pächter hatten sie mutig gemacht. Die erste blutige Nase in ihrem neuen Gutsherrinnendasein hatte sie sich gleich darauf bei Adler geholt.

Adler unterrichtete nur Knaben und das auch nur, wenn die Eltern genug zahlten. Fanny wollte, dass er die Kinder der Tagelöhner zu einem geringeren Geld unterrichtete. Und vor allem wollte sie erreichen, dass er Mädchen aufnahm.

Am Anfang war Adler einfach nur ablehnend gewesen, doch heute war ihr Treffen in offene Feindschaft umgeschlagen.

»Ich habe ihm gesagt, dass mein Gemahl heute eintrifft und ihm selbst bestätigen wird, dass alle meine Ideen seine uneingeschränkte Zustimmung finden.«

Caroline nickte mit dem Kopf. »Sehr gut!«

Fanny schnaubte. »Keineswegs. Zunächst solle der gnädige Herr einmal wiederkommen und dann wäre immer noch Zeit, die Welt auf den Kopf zu stellen. Er hat sich nicht einmal die Mühe gemacht, mich zum Tor zu begleiten. Ein reiner Rauswurf.«

Fanny war kochend vor Wut aus Adlers enger Stube gestapft, aber sie hatte ihren Plan nicht aufgegeben. Bei ihrem Spaziergang durch die Felder war ihr bereits eine neue Idee gekommen für den Fall, dass Adler so verstockt blieb: Sie würde auf dem Gut eine Mädchenschule gründen und besonders den Töchtern der Tagelöhner neben Lesen und Rechnen auch Kochen, Plätten und Kinderpflege beibringen, damit sie eine Anstellung auch außerhalb der engen Dorfwelt fanden.

»Adler! Der wird schon klein beigeben, wenn Monsieur von Alvesloh ihn sich vornimmt. Ein Mann mit einer festen Meinung!«, sagte Caroline mit strenger Miene.

Ein Mann mit einer festen Meinung. Fanny rollte innerlich die Augen. In dieser Haltung lag das Grundproblem. Wieso sollte Adler sich von Alvesloh, nicht aber von ihr überzeugen lassen? Aber diese Diskussion wollte sie nicht führen, nicht heute, sie würde sich nur heißreden. Fanny zwang ihre Gedanken zum Halten und betrachtete die Freundin, die dasaß und unschuldig zwei Gänseblümchen ineinanderwand. Caroline hatte sie abgelenkt, dachte sie misstrauisch, und zwar gründlich. Vielleicht war die Freundin doch gerissener als sie vermutete.

Johann kam aus dem Keller, in der Hand Fackeln, die er für den Abend im Garten aufsteckte. Er grüßte sie beide und sah sie an, als wollte er sagen: Nun, Fräuleinchens, nun wird alles gut.

Caroline winkte ihm zu. »Ist es nicht wunderbar, dass so viele unserer Freunde und Hausgenossen in Sicherheit sind?«

Fanny konnte nur nicken und drückte Carolines Arm. Johann und Gesche waren mit ihnen zusammen geflohen, Meta lebte bei Verwandten in Sachsen. Caro und Tibbs waren nicht einen Tag von ihrer Seite gewichen, genau wie Wilhelm, bei dem dieser Zustand allerdings nicht auf Freiwilligkeit beruhte.

Nur um Jakob war ihr bang, denn er und die meisten armen Hamburger hatten während des Bombardements der späten Maitage bleiben müssen und erduldeten nun die neue Herrschaft der Franzosen.

»Weiß Miller irgendetwas von Hamburger Freunden? Hat er gehört, wie es steht?«, fragte Fanny.

Caroline schüttelte den Kopf. »Das Wenige, was er gehört hat, war nicht gut.«

Fanny schüttelte die schweren Gedanken ab. Alvesloh lebte, ihre Freunde lebten; heute war ein Tag der Freude, umso mehr, als er aus einer schweren Zeit geboren war. Die elementaren Dinge: Glaube, Hoffnung und Liebe standen ihr nach diesen Wochen fester zur Seite und hatten alles Erborgte verdrängt.

Mary Wollstonecrafts Büchlein war mit ihr aus Hamburg geflüchtet und lag fest verwahrt in ihrem Schreibtisch, als Andenken an die Mutter. Fanny trug es nicht mehr ständig bei sich; was es ihr war, hielt sie im Herzen.

Plötzlich musste sie über ihre Gedanken lächeln. Fanny, wie bist du auf die Kanzel geraten! Und doch: Sie war ein anderer Mensch, hier mitten in ihren neuen Aufgaben. Auch wenn sie um Hamburg trauerte, so spürte sie doch, dass all ihre Kraft und ihr Wille hier ein Betätigungsfeld fernab von Stickerei, Aquarellmalen und schlechtem Klavierspiel fanden.

Wenn ihr noch vor einem halben Jahr jemand geweissagt hätte, dass sie all das zusammen mit einem Ehemann finden würde, so hätte sie ihn ausgelacht. Dass es doch so gekommen war, lag nicht zuletzt an Alvesloh. In jedem Brief, in jeder seltenen Zeile hatte er ihre Vorschläge bestätigt und ihre Ideen unterstützt.

»Du bist ja ganz in Gedanken versunken!«, sagte Caroline. »Ich lasse dich hier bei deinem Baum.« Die Freundin stand auf und wedelte mit dem Zeigefinger in Fannys Richtung. »Wenn Alvesloh nicht bald herauskommt, gehe ich ihn persönlich suchen! Bald wimmelt es hier vor Gästen und ihr habt keine ruhige Minute mehr.«

Fanny schaute Caroline lächelnd hinterher. Es stimmte. Die ersten Gäste würden bald eintreffen. Eigentlich musste sie hinauf auf ihr Zimmer und sich für die Feier umziehen. Ein warmer Sommerwind strich kräftig in ihr Taftkleid und bauschte am vorderen Tisch das Leinen so auf, dass Gläser und Sträuße fast umgefallen wären, wenn Gesche sich nicht mit einem Quieken auf die Ecke geworfen hätte.

Es war kaum zu glauben, dass dies heute ihr Hochzeitsfest war. Sie war bereits verheiratet, natürlich. Aber in ihrem Inneren fühlte sie es kaum, weil alles so plötzlich gekommen war: Eine überstürzte Flucht auf einem offenen Stuhlwagen, Caroline halb krank vor Angst in ihrem Arm, Bomben, die glutrot bis zur Nikolaikirche schossen, und ein Ehemann, mit dem sie nach dem Segen des Pfarrers kaum eine Umarmung geteilt hatte.

Die ersten Tage auf Liebenau hatte Fanny nicht gewusst, ob Alvesloh lebendig oder tot war. Keine Nachricht war aus Hamburg herausgedrungen. Nur die Gewissheit, dass er bei seinen Männern stand, gab ihr die Ruhe, auf das zu warten, was kommen mochte. Und doch kannte Fanny den Mond über Liebenau in jeder möglichen Stellung und Größe und hätte aus dem Gedächtnis das genaueste Bild des nächtlichen Gartens zeichnen können, so wenig hatte sie in den ersten Wochen geschlafen.

Hinter den großen Gartentüren war Bewegung, erst wurden die Innenläden, dann die Außentüren aufgesperrt und eine Männergestalt trat hinaus.

Fannys Herz klopfte bis unter ihr Kinn. Ihre Knie katapultierten sie in die Höhe.

Es war Alvesloh. Er hielt seine Hand an die Stirn, um gegen das Sonnenlicht sehen zu können. Sein Blick schweifte über den Park, zu Caro und Miller, wanderte weiter zu ihrer Eiche und hielt dort still. Er nahm die Hand herunter und lächelte. Er zog seinen schwarzen Rock aus und ließ ihn über einen Stuhl auf der Veranda gleiten. Beim Gehen krempelte er sein Hemd auf und sah nur in Weste und Krawatte immer noch besser aus als all seine männlichen Bekannten in Galauniform. Seine Gestalt war hoch und groß wie ehedem, beinahe einschüchternd, wenn Fanny nicht gewusst hätte, wie sanft seine Hände sein konnten.

Er begrüßte kurz die Mädchen, die eifrig knicksten, und kam dann mit seinen langen Schritten auf Fanny zu. Ihr Mund war trocken und tief unten in ihrem Bauch flatterten tausend kleine Vogelschwingen.

»Hier haben Sie sich versteckt!«, rief Alveloh. Dann war er bei ihr und griff nach ihren Händen.

»Fanny!« Er sah ihr lang in die Augen, so als läge dort ein besonderer Schatz verborgen. Dann zog er sie langsam an sich und küsste sie. Er zitterte bei dem Versuch, sanft und zurückhaltend zu sein.

Fanny wollte ihn ganz, erwiderte seinen Kuss drängend und ohne Reue. Sein Körper spannte sich an. Er wich zurück, als könnte er sich sonst nicht kontrollieren. »Fanny!« Es klang verzweifelt.

Sie musste lächeln und fasste sich unwillkürlich an den Mund.

Er hielt ihre Hand fest und fuhr mit dem Daumen über ihre Lippen. »Sehen Sie mich nicht so mit Ihren großen Augen an! Grauenhaftes Fest. Wie konnten wir nur zulassen, dass heute so viele Leute kommen?« Er strich ihr über die Wangen und für einen winzigen Moment verdüsterte sich sein Blick. »Sie sind so schmal geworden.«

Statt einer Antwort warf sie sich an seine Brust. Es gab so vieles, das sie hätte sagen wollen, aber sie hatten später Zeit dafür.

Er drückte sie an sich und fuhr über ihre Haare. »Ich bin da. Und ich gehe nicht fort, bis der Waffenstillstand endet. Vor dem 17. erwartet Oberst Witzleben mich nicht zurück. Wir haben fast zwei Wochen. Nur für uns.«

Fanny atmete tief seinen Geruch ein, dann nahm sie den Kopf von seiner Brust und sah ihn an. »Sie dürfen auf keinen Fall meine Frisur durcheinanderbringen. Katrine bringt mich um, wenn ich ihr noch mehr Arbeit mache.«

Er lächelte auf sie hinunter. »Seit wann reagieren Sie auf Einschüchterungen? Ich dachte, Sie hätten schon meine Großmutter gezähmt?«

»Gezähmt würde ich das nicht nennen. Allerdings sind wir auf einem guten Weg. Sie hat mich gefragt, ob ich rauche.«

Alvesloh lachte laut und legte den Arm um ihre Schultern. »Fanny, es erregt mir den größten Widerwillen, aber ich fürchte, ich muss Sie gleich wieder teilen: Rist ist eben angekommen. Er klopfte sich den Staub von den Stiefeln und fragte sofort nach meiner Ehefrau, der Schuft. Darf ich Sie zu ihm führen? Er wird es mir sonst übelnehmen.«

»Natürlich! Nur rasch, ich muss gleich hinauf auf mein Zimmer und mich umkleiden.« Sie wies auf ihr Sommerkleid. »Sie wollen beim Diner schließlich kein Bauernmädchen an ihrer Seite.«

Er nahm den Arm nicht von ihr, während sie aufs Haus zugingen. »Es mag ihren weiblichen Sinn enttäuschen, aber meinetwegen könnten Sie auch in einem Mehlsack neben mir sitzen. Seit ich Sie in Hamburg im Evakostüm sehen durfte, ist meine Geduld mit jeglicher Kleidung dahin.« Er sah sie mit Augen an, die sagten, dass nichts mehr maßvoll und beherrscht sein würde, wenn sie allein wären. »Ich trachte nur noch danach, all diese lästigen Hüllen von Ihnen zu entfernen. Also ziehen Sie an, was Sie wollen und was die Not erzwingt. Ich werde es sowieso nur als Gegner betrachten.«

Das Flattern der kleinen Vogelschwingen breitete sich über Fannys ganzen Körper aus und ihre Wangen prickelten vor Hitze. Sie glühten auch noch, als sie durch den schattigen Gartensalon zur Eingangshalle gingen und Rist trafen. Er stand vor einer geöffneten Seitenkammer und ließ sich von Christ den Rock ausbürsten.

Rist verbeugte sich. «Madame! Wie ich mich freue!« Sein Gesicht war offen und ganz Freude und Fanny streckte ihm herzlich ihre Rechte entgegen.

»Kommen Sie, Monsieur! Erfrischen Sie sich ein wenig bei uns, bevor Christ Ihnen Ihr Zimmer zeigt.« Fanny führte ihn in den Gartensalon, der mit den tiefen, großen Fenstern und dem zierlichen Mobiliar fast den Eindruck erweckte, man säße draußen unter freiem Himmel.

Fanny schenkte Rist ein Glas Wasser ein. »Wie geht es Ihrer lieben Frau?«

»Ich danke Ihnen. Sie lässt herzlich grüßen. Die Reise war zu viel für sie, weil sie derzeit sehr unwohl ist. Kein Grund zur Besorgnis allerdings. Vielmehr dürfen wir nächstes Frühjahr auf Nachwuchs hoffen.«

»Wie schön, Monsieur!«

»Aber bevor ich Sie Ihren Gastgeberpflichten überlasse, müssen Sie mich noch beruhigen – ihre Flucht, die Freunde? Ist alles wohl verlaufen?«

»Ja, Monsieur, wir können sehr dankbar sein. Auch wenn unsere Herzen für Hamburg schwer sind.«

Rist sah verlegen aus und Fanny bereute, dass Sie nicht taktvoller gewesen war. Dänemark war nun in offener Freundschaft mit Napoleon verbündet. Das Verhältnis zwischen Hamburg und seinem Nachbarn war tief gestört, auch wenn alle Verständigeren wussten, dass Männer wie Rist getan hatten, was sie konnten.

»Verzeihen Sie, Monsieur – ich wollte Sie nicht belasten. Ich weiß, wie sehr Sie mit uns empfinden und immer empfunden haben.«

»Wie Sie wissen, Madame, habe ich meinen Abschied genommen, sobald die politischen Absichten meines Hofes unabänderlich waren. In meinem Exil in Hadersleben ist nun immerhin mein Gewissen ruhig, wenn ich auch zum Nichtstun verdammt bin.«

Rist schien gelassen, aber Fanny bedauerte seine Lage.

»Denken Sie heute nicht daran, Monsieur! Wir wollen feiern, dass die zweite Jahreshälfte mit so viel persönlicher Hoffnung beginnt, – die politische wird folgen.«

Rist drückte ihr die Hand. »Ganz so, Madame!«

Dann wandte er sich an Alvesloh. »Beruhige mich noch schnell in zwei Dingen: Perthes? Und Bürgerwehr und Legion? Für alles andere haben wir nachher Zeit.«

»Perthes ist unverletzt«, sagte Alvesloh. »Auch wenn es übertrieben wäre, zu sagen, dass es ihm gut geht. Sein Name war einer unter zehn, die von der Generalamnestie ausgenommen wurden. All seine Habe ist konfisziert, er ist völlig ohne Mittel und getrennt von seiner Familie. Seine Frau und die Kinder haben an der Ostsee in der Nähe von Altenhof in einem verlassenen Gartenhaus des Grafen Reventlow Unterschlupf gefunden. Er kann nicht zu ihnen, es wäre zu gefährlich. Wir unterstützen sie, wo wir können.«

»Ich hatte es befürchtet.« Rist kippte seinen Schluck Wasser hinunter, als wäre es Branntwein. »Und eure Truppen?«

»Tettenborn hat noch im Gehen die Bürgerwehr aufgelöst und alles ins Chaos gestürzt. Wir konnten viele Männer bewegen, mit uns nach Mecklenburg zu gehen, um den Kampf in der vereinigten Nordarmee fortzusetzen. Unter Wallmoden sammelt sich alles, was entschlossen ist. Die Bürgerwehr muss neu organisiert werden, aber die Hanseatische Legion ist gut aufgestellt. Witzleben brauchte mich bei der Legion, Perthes steht bei der Bürgerwehr.«

Rist nickte und sah zufriedener aus.

An der Tür warteten Karl und Wilhelm und wussten anscheinend nicht, ob sie bei dem ernsten Gespräch nähertreten durften.

»Kommt nur heran, Jungs«, sagte Alvesloh und wies auf Rist. »Monsieur Rist erkundigt sich gerade nach der Hanseatischen Legion, Karl.«

Die Jungs verbeugten sich und zogen eifrig Stühle heran. Karl sprach, seit er hier war, über nichts anderes als die großen Heerlager zwischen Ludwigslust und Rostock. Da Wilhelm augenscheinlich auch von nichts anderem hören wollte, waren die beiden ein selbsterhaltendes Gespann.

»Ich kann Ihnen alles erklären, Monsieur!«, sagte Karl ohne falsche Bescheidenheit. Fanny verbiss sich ein Lächeln.

Karl verhielt sich ihr gegenüber kühl und distanziert, schien aber mit seinem großen Bruder versöhnt. Dennoch gab es für ihn wohl angenehmere Veranstaltungen als Fannys nachträgliche Hochzeitsfeier. Und wenn es nur war, weil Karl dadurch für mehr als zwei Wochen die Stellungen der Nordarmee verlassen musste.

»Mein Bruder hat Ihnen sicher erzählt, dass wir beide beim Kavallerieregiment unter Oberst von Witzleben stehen. Wir sind jetzt Teil der Nordarmee und werden die Franzosen und diesen Schelm Davout zum Teufel jagen.« Plötzlich wurde Karls Blick unsicher. »Wenn ich es so sagen darf, Monsieur. Ich wollte Ihnen nicht zu nahe treten.«

Rist schmunzelte.

Alvesloh nahm Fannys Hand und drückte sie kurz. Er wies mit den Augen zur Tür.

»Keineswegs, Karl«, sagte Rist. »Ich bin kein Franzosenfreund, auch wenn mein Hof mich durchaus dazu machen will.«

»Absolut nicht! Habe das nie von Ihnen angenommen«, sagte Karl schnell und wusste nun gar nicht mehr, wo er sich lassen sollte. Er stand auf und schenkte Rists Glas nach.

»Unter Witzleben also, in der Kavallerie«, sagte Rist. »Und wie werdet ihr taktisch vorgehen? Ich bin ja reiner Zivilist auf Wartegeld. Du kannst mich gefahrlos einweihen.«

»Und das wird Karl auch gründlich tun, mein lieber Rist«, sagte Alvesloh und stand auf, während er immer noch ihre Hand hielt. »Aber jetzt, wo ich dich bis zum Kaffee in guten Händen weiß, muss ich die Hausherrin zum Umkleiden auf ihr Zimmer bringen. Das schöne Geschlecht, du verstehst?«

Rist stand auf und küsste ihre Hand. »Auch wenn ich nichts zu verbessern wüsste, Madame, kann ich an einem solchen Tag keinen weiteren Anspruch auf Ihre Gesellschaft machen. Ihr Diener.« Er verbeugte sich mit einem Lächeln und wandte sich dann Karl und Wilhelm mit der freundlichsten Ergebenheit zu.

Fanny ging an Alveslohs Arm durchs kühle Treppenhaus hinauf in den ersten Stock. »Sie sind sehr listig entkommen, Monsieur!«

Alvesloh zwinkerte sie an. »Glauben Sie mir, acht Wochen mit Karl und auch Sie wüssten alle moralisch vertretbaren Schliche, sich aus seinen Fängen zu befreien.« Er runzelte kurz die Stirn. »Streichen Sie das letzte. Sie wüssten auch alle moralisch Unvertretbaren.«

Fanny machte sich von seinem Arm los und boxte ihm in die Schulter.

Lachend fing er ihre Faust ein und küsste sie. »Und Sie hätten höchstens eine Woche gebraucht.«

Fanny zog die Augenbrauen nach oben. »Ich sehe, dass Sie gewohnt dreist sind, aber ich will Ihnen vergeben. Mir fällt nämlich etwas ein, das ich Sie unbedingt fragen muss.«

»Nur zu!«

»Monsieur, mir ist aufgefallen, dass Ihr Dorfschulmeister keine Mädchen unterrichtet.«

Alvesloh nickte. »Ja. Er hält nichts davon.«

»Es hat zu einem leichten Zerwürfnis zwischen uns geführt.«

»Zu einem leichten Zerwürfnis?« Alvesloh sah Fanny forschend an und sie tat so, als hätte sie ein Problem mit ihrem Ärmel. Er lachte auf. »Oh, ich verstehe! Armer Adler. Und das ihm!«

»Wie sehen Sie denn die Angelegenheit?«, fragte Fanny ungerührt.

Alvesloh zuckte mit den Schultern. »Ich habe mir darüber nie Gedanken gemacht und es hat sich nie jemand beschwert. Es sind einfache Mädchen hier bei uns. Sie arbeiten in der Wirtschaft und auf dem Feld. Ich meine, dass Hansen, mein Pfarrer, sie sonntags nach der Kirche ein wenig im Lesen und Schreiben unterweist.«

»Da Adler durchaus auf Ihre Meinung Wert legt, muss ich wissen: Habe ich weiter Ihre Unterstützung, wenn es darum geht, Mädchen und auch mehr arme Knaben aus dem Dorf auszubilden? Hätten Sie etwas dagegen, wenn ich mit Adler und Hansen rede? Ich denke, die Mädchen sollten durchaus Dinge lernen, die sie für ihren weiteren Lebensweg unabhängiger machen.«

Alvesloh nahm ihr Gesicht in die Hände. »Fanny, Sie sind

meine Gutsherrin. Ihre Entscheidungen sind meine Entscheidungen – solange Sie sich nicht in Lebensgefahr begeben.« Er lächelte. »Und ich denke, dass Schulmeister Adler trotz all seiner Fehler nichts als Lebensgefahr qualifiziert.« Murmelnd fügte er hinzu: »Eher wird seine Gegenwehr schnell einem gesunden Selbsterhaltungstrieb weichen.«

Fanny knuffte Alvesloh, musste aber selbst lachen. Sie standen jetzt vor ihrer Zimmertür.

Er wurde wieder ernst. »Ich meine es, wie ich es gesagt habe: Sie sind die Herrin auf Liebenau. Auch wenn wir hinter verschlossenen Türen unterschiedlicher Ansicht sein mögen – erschießen Sie mich, wenn ich so ein Schwächling werde, dass ich eine kluge Frau mit ihrer Meinung nicht mehr ertrage.«

»Vorsicht, ich werde Sie beim Wort nehmen!«

»Keine Gefahr, Madame, schließlich werde ich immer einen Ort wissen, wo ich meine angekratzte Männlichkeit kurieren kann.« Er grinste unverschämt und öffnete die Tür zu ihrem Zimmer. »Wollen Sie mich nicht hereinbitten?« Ohne auf ihre Antwort zu warten, zog er Fanny hinter sich hinein.

»Monsieur, Sie sind infam! Ich muss mich jetzt umziehen. Rist wird nicht der letzte Ankömmling bleiben.«

»Umziehen, richtig.« Alvesloh schaute in gespielter Überlegung an ihr hoch und runter. »Dafür müssen wir Sie wohl von diesem Kleid befreien? Gut, dass ich da bin. Sagten Sie nicht, dass wir Katrine auf keinen Fall mehr Arbeit verursachen dürfen?«

Alvesloh nahm sie in den Arm und strich ihr eine Haarsträhne aus der Stirn. »Wissen Sie eigentlich, wie oft ich das in den letzten Wochen, – nein, in den letzten Monaten machen wollte?« Er hielt einen Moment inne, dann beugte er sich zu ihr herab und küsste sie so, dass ihr ganzer Körper zu zittern begann. Als er sie wieder freigab, waren kaum Gedanken in ihrem Kopf übrig, außer dem Verlangen, sich in jeder möglichen Form mit diesem Mann zu verbinden.

»Wollten Sie etwas sagen?«, sagte Alvesloh langsam.

Sie schüttelte den Kopf.

»Sehr gut.« Dann zog er sie zum Bett und ließ sie darauf gleiten.

»Monsieur! Wir können doch nicht – hier?«

Alvesloh schaute sie mit einem Lächeln an, das ihr bis in die Fußspitzen kribbelte. »Wo sonst? Schließlich sind Sie meine Frau. Dieser Punkt ist mir bislang zu theoretisch behandelt worden. Mein Urlaub kommt mir gar nicht mehr so lang vor, wenn ich bedenke, wie viel wir üben müssen.« Er küsste ihre Nasenspitze. »Zum Beispiel, dass Sie endlich Georg zu mir sagen!«

Dank

Die Idee für dieses Buch verdanke ich den Menschen der Vergangenheit. Viele der erwähnten Männer und Frauen haben im napoleonisch besetzten Hamburg tatsächlich ihr Leben und ihre Karrieren aufs Spiel gesetzt, um für das einzutreten, woran sie glaubten.

Zwei von ihnen, Friedrich Perthes und Johann Georg Rist, will ich besonders hervorheben, weil sie mich durch ihre wunderbaren Lebensbeschreibungen tief in die vergangene Zeit schauen ließen.

Da sind aber vor allem die Menschen der Gegenwart, die mit ihrer Hilfe diese Geschichte so viel besser gemacht haben. Allen voran mein Mann, der nicht Leben und Karriere, aber oft genug seine Nerven im Dienst der Sache aufs Spiel gesetzt hat. Er würde außerdem sagen, dass ohne ihn die ganze Geschichte löchrig wäre und überhaupt alles in einer großen Katastrophe geendet hätte – aber das ist natürlich gelogen und hauptsächlich auf Selbstüberschätzung zurückzuführen ...

Danken möchte ich von Herzen all denen, die so viele gute Gedanken und Verbesserungen zur Hand hatten, besonders Nadia Al-Kureischi, Natalja Bade und Maya Ueckert für ihre konstruktiven Hinweise, Mandy Fischer, Claudia Lobenberg, Anika Nebe, Sybille Vogelsang, Jessica Wappler und Anne Wolff für ihren unerschütterlichen Glauben, ihren Enthusiasmus, ihre Einfälle – und für so viel mehr!

Zuletzt möchte ich noch meiner Lektorin, Sarah-Janina Hannemann, für ihre wertschätzende und kenntnisreiche Unterstützung danken!

Was jetzt noch an Fehlern und Ungereimtheiten in diesem Buch steckt, geht leider ganz allein auf mein Konto.

Bele Freudenberg, Juni 2017

Frauenschicksale im historischen China von Tereza Vanek

Das Geheimnis der Jaderinge

656 Seiten, gebunden
mit Lesebändchen
Edition Aglaia
im Bookspot Verlag
ISBN 978-3-937357-53-9
16,95 €
Auch als E-Book erhältlich!

Die verarmte Hamburger Reederstochter Viktoria Virchow kommt im Jahr 1882 nach Shanghai, um dort ihr Auskommen als Gesellschafterin zu suchen. Durch ihre Arbeitgeberin, eine alte britische Lady, stößt sie auf ein dunkles Familiengeheimnis. Ein grüner Jadering und ein chinesisches Schriftstück aus Zeiten des Taiping-Aufstands geben ihr Rätsel auf.
Gemeinsam mit dem chinesischen Akrobaten Jinzi versucht sie, das Geheimnis zu lüften. Die Spurensuche bringt die Deutsche und den Chinesen in Lebensgefahr.

Die Rebellin von Shanghai

686 Seiten, gebunden
mit Lesebändchen
Edition Aglaia
im Bookspot Verlag
ISBN 978-3-937357-81-2
17,95 €
Auch als E-Book erhältlich!

Shanghai 1900: Viktorias chinesische Adoptivtochter Charlotte lernt den englischen Offizier David kennen. Doch die Beziehung scheitert an gesellschaftlichen Zwängen. Charlotte muss erkennen, dass sie ihre Herkunft nicht verleugnen kann. Auf der Suche nach ihren Vorfahren gerät sie in den Bann der Boxerbewegung und schließt sich den Aufständischen an.
Auch die junge Hamburgerin Elsa Skerpov kämpft mit dem Schicksal; im Haus der Huntingdons findet sie eine Bleibe, bevor sie Schreiberin an der deutschen Gesandtschaft in Peking wird. Doch dann erschüttert der Boxeraufstand die Stadt und Elsa muss um ihr Leben fürchten.

Die schöne Insel

448 Seiten, Klappenbroschur
mit Lesezeichen
Edition Aglaia
im Bookspot Verlag
ISBN 978-3-95669-050-1
14,80 €
Auch als E-Book erhältlich!

Shanghai 1900: Als uneheliches Kind von ihrer Familie verstoßen, bleibt die junge Russin Anastassia allein in der Stadt zurück, da sie sich einer erzwungenen Heirat widersetzt. Durch Zufall trifft sie auf das chinesische Mädchen Clio, das aus einem Bordell geflohen ist, und die beiden Frauen verbünden sich. Clio verschenkt ihr Herz ausgerechnet an einen japanischen Offizier und damit an ein Mitglied eben der Besatzungsmacht, vor der Clios Familie aus ihrer Heimat, der Insel Taiwan, floh. Um ihn endlich wiederzusehen, kehrt die Chinesin, begleitet von Anastassia, zurück zur ›schönen Insel‹, wo Zauber und Gefahr die beiden Frauen erwarten.

Historische Liebesromane von Nora Berger

Die gefährlichen Intrigen des Marquis de Cinq-Mars

544 Seiten, Klappenbroschur
mit Lesezeichen
Edition Carat im Bookspot Verlag
ISBN 978-3-95669-077-8
14,80 €
Auch als E-Book erhältlich!

Ein heißer Sommer in Venedig, 1640: Julien de Rochebonne, ein Pariser Adeliger mit einer hohen Meinung von sich und noch höheren Spielschulden, hält um die Hand von Gabriella di Montadori an. Denn mit dem Vermögen der schwerreichen Familie, aus der die junge Frau stammt, lockt ein Ausweg aus seiner Misere. Doch Gabriella wehrt sich mit Kräften gegen die Heirat.
Da belauscht sie ein Gespräch zwischen Julien und dem Marquis de Cinq-Mars, seinem besten Freund und einem ehrgeizigen Günstling König Ludwigs XIII. Gabriella ist schockiert: Kardinal Richelieu soll aus dem Weg geräumt werden! Als sie Nachforschungen anstellt, gerät sie in Lebensgefahr …

Der Fluch der Zuckerinsel

464 Seiten, gebunden
mit Lesebändchen
Edition Carat im Bookspot Verlag
ISBN 978-3-937357-99-7
17,95 €
Auch als E-Book erhältlich!

Léon und Annabelle lieben einander. Doch ihre Väter, zwei der wichtigsten Zuckerrohrplantagen-Besitzer von Martinique, sind seit Jahren erbitterte Feinde. Eine Hochzeit zwischen den Familien scheint unvorstellbar. Um den Traum von einer gemeinsamen Zukunft dennoch verwirklichen zu können, muss Léon sein Medizinstudium beenden.
Schweren Herzens bricht er nach Paris auf und lässt Annabelle zurück. Vergeblich wartet sie auf ein Lebenszeichen. Als Sklavenaufstände die Insel erschüttern, flieht sie selbst – nach Paris. Sie muss wissen, was aus Léon geworden ist. Hat er sie vergessen oder ist er womöglich niemals in Paris angekommen?